Le dernier amour du président

Du même auteur,
chez le même éditeur

Le Pingouin, 2000

Le Caméléon, 2001
(« Piccolo » n°89)

L'Ami du défunt, 2002
(« Piccolo » n°85)

Les Pingouins n'ont jamais froid, 2004

Truite à la slave, 2005
(« Piccolo » inédit n°96)

Surprises de Noël, 2010
(« Piccolo » inédit n°75)

Laitier de nuit, 2010

Le Jardinier d'Otchakov, 2012
(« Piccolo » n°99, 2013)

Journal de Maïdan, 2014

Andreï Kourkov

Le dernier amour
du président

Traduit du russe par Annie Epelboin

Ouvrage traduit avec le concours
du Centre national du livre

LIANA LEVI *piccolo*

Carte d'Ukraine et des lieux évoqués dans le roman.

Toutes les notes sont de la traductrice.

Titre original : *Posledniaïa lioubov prezidenta*
© 2004 by Andreï Kourkov
© 2005 by Diogenes Verlag AG, Zürich
© 2005, Editions Liana Levi, pour la traduction française.
ISBN : 978-2-86746-746-2

www.lianalevi.fr

1

Kiev. Mai 1975. Dimanche, la nuit.

L'air est un mélange de parfums d'acacias et de marronniers en fleurs. J'ai quatorze ans. Je reviens à pied du centre, d'une fête un peu arrosée. Je marche dans une rue absolument déserte. Rue Tupolev. À gauche, l'usine d'aviation, à droite, la palissade de l'usine à légumes. Derrière la palissade, le halo léger de l'éclairage artificiel: dans les serres, on empêche les primeurs, concombres et tomates, de dormir. Au loin, on entend des pas. Les miens aussi. Je me mets à marcher au rythme des pas de l'autre. J'ai accordé ma cadence à celle de quelqu'un qui vient en face. Puis je le vois. Il avance sur l'autre trottoir: nous respectons la règle de la conduite à droite (en fait je ne sais pas encore qu'il existe une conduite à gauche). «Tu viens d'où?» dis-je en criant à l'autre, qui doit avoir mon âge. «De la rue Blucher, métro Sviatochino!» répond-il. «Et moi de la rue Saksaganski, métro Tupolev!» Puis nous nous croisons en nous lançant un «Bonne chance!» et continuons, chacun son chemin. La distance entre nous augmente. J'ai perdu le rythme de ses pas, dont le bruit s'est peu à peu éteint, comme s'est éteint dans mon corps le vin doux avalé juste avant. À droite apparaît notre «ni parc-ni jardin» local, au-delà duquel commencent les barres des «HLM Khrouchtchev». La première rangée, c'est «ceux du 16» et moi j'habite le deuxième immeuble de la deuxième rangée. Au 18 A. Cinquième étage. J'ai ma clef dans la poche, il va falloir ouvrir la porte doucement. Mais une fois entré dans la cour, je vois que la lumière de notre cuisine est allumée. On m'attend… Il va y avoir dix minutes d'engueulade. Ensuite ce sera le retour au calme. Et on sera lundi.

2

Kiev. Mai 2015. Lundi.

Les taches de rousseur sont apparues sur mon corps sans qu'on s'y attende. Un mois après l'opération. D'abord sur la poitrine, puis elles sont montées aux épaules et ont couvert les avant-bras. Peu à peu, elles ont roussi tout mon corps, même les côtés des paumes et les doigts. Le dermatologue a juste haussé les épaules. Il a dit que ça ne ressemblait pas à une pelade. Que c'était plutôt une histoire génétique.

– Monsieur le président, est-ce qu'il y a eu dans votre famille des taches de rousseur? a-t-il demandé.

– J'ai entendu parler d'infarctus, de congestions cérébrales et d'un cancer du sein. Il n'y a pas eu de jumeaux ni de tuberculose. Et pour les taches de rousseur, je ne sais rien.

Malgré tout, j'ai passé en revue toutes les photos de famille rangées au sous-sol dans deux vieux cartables en cuir. Mais sur les tirages en noir et blanc, je n'ai pas vu la moindre trace de taches de rousseur sur les visages. Par contre, j'ai retrouvé le souvenir de mes cousins, cousines, oncles et tantes.

Le cancérologue qu'on a appelé le jour suivant a repoussé l'idée d'un cancer de la peau.

– Le cancer, ça se passe autour d'un foyer, et vous, vous êtes couvert de taches de rousseur des pieds à la tête. Ne vous en faites pas. Vous voyez le changement du climat. Le réchauffement général… Il peut y avoir des dizaines de causes à ça, mais votre peau est en bonne santé. Qu'est-ce que c'est que cette cicatrice ? Une opération du cœur ?

Ma cicatrice, c'est devenu mon point faible. Dès le lendemain de l'opération. En m'observant de près dans le miroir, j'ai remarqué que la ligne de suture était l'épicentre de mes taches de rousseur. En fait, la ligne même de la cicatrice est une tache de rousseur étirée sur toute la longueur. Même si ça fait bizarre, puisqu'une tache de rousseur c'est un point, et un point, ça ne peut pas s'étirer.

3

Kiev. Mars 2015.

Je me suis réveillé, après l'opération, tôt le matin. Dans la chambre de luxe, mon lit était placé juste sous une large fenêtre qui donnait sur l'est. J'ai ouvert les yeux et plissé aussitôt les paupières. Et j'ai entendu le chant des oiseaux. Pas ceux d'aujourd'hui, ceux du passé. Jadis, les oiseaux chantaient autrement. Avec peut-être plus d'entrain. Vous connaissez la différence entre le son d'un CD et celui d'un 78 tours rayé, qui a reçu du thé et de la bière. Le disque sonne « sale » mais plus juste. Pareil pour les oiseaux, avant ils chantaient plus juste et maintenant, je ne leur faisais pas confiance. Comme je ne faisais pas confiance à la télé qui annonçait que j'avais juste pris froid et qu'à cause de ça, ma visite en Malaisie était reportée en juin.

– Les oiseaux chantent mal, ai-je dit à l'aide de camp, qui était à son poste, sur une chaise près de la porte.

Son bras s'est allongé vers un téléphone sur une petite table. Mais là, il a jeté encore un coup d'œil vaguement apeuré vers moi. Il a hoché la tête et il est sorti. Au bout de cinq minutes, j'ai entendu derrière la fenêtre un peu de remue-ménage. L'aide est revenu et m'a prié de patienter encore une dizaine de minutes.

Dix minutes après, en effet, le bruit a cessé. Et au bout d'un moment, les oiseaux se sont mis à chanter. Et ils chantaient vraiment bien. Avec plus de joie et d'optimisme. D'ailleurs ça n'avait plus grande importance. J'ai voulu me renseigner auprès de l'aide de camp: comment avaient-ils réussi à améliorer le chant des oiseaux? «On a mis sous votre fenêtre trois mangeoires avec des aliments vitaminés.»

Ce matin-là, sous la fenêtre qui donnait sur l'est, il s'est passé la même chose qu'un matin de 1965, où j'ai plissé les yeux exactement de la même façon. Et les oiseaux derrière la fenêtre chantaient aussi joyeusement. À l'époque j'étais un gamin de quatre ans qui se réveillait et maintenant, j'ai cinquante-quatre ans. Les meilleurs chirurgiens ont fait ma réparation générale. Le Service de la protection rapprochée veille derrière la porte. Mes médecins rédigent des comptes rendus sur ma santé. Mes adjoints profitent de mon absence pour fourrer leurs amis le plus près possible du budget de l'État. Mais je n'ai pas envie d'y penser. Je repasse dans ma mémoire le chant des oiseaux de 1965 et le compare avec les trilles que j'entends aujourd'hui. Les taches de rousseur ne sont pas encore d'actualité. J'ai la poitrine tendue et comme serrée dans un étau. Les points de suture doivent cicatriser. Ils n'ont pas le choix.

4

Kiev. Mars 2015.

– Comment il se sent, le malade?

Le médecin-chef se penche sur mon visage et, à ma grande surprise, je vois sur la poche de poitrine de sa blouse blanche comme neige le trident bleu de l'Ukraine brodé à la main.

Le médecin-chef n'a pas plus de cinquante ans mais il a des cheveux gris épais qui retombent en vague sur le côté et qui lui donnent la majesté d'un patriarche.

– Tenez, prenez ça! Il tire de la poche de sa blouse un chocolat Ferrero et me le tend.

Je jette un coup d'œil derrière son dos: personne. Drôle de geste!

– De quel droit me proposez-vous ça? dis-je d'une voix d'acier.

– C'est pareil pour tout le monde. À cet étage, pendant la visite, chacun a droit à un chocolat. (Et, en guise de confirmation de ses propos, il tire de l'autre poche de sa blouse une poignée de chocolats ronds. Il les remet aussitôt dans sa poche.) Ça entre dans le montant des soins… Ou peut-être vous demandez-vous pourquoi ce ne sont pas des chocolats de fabrication nationale?

– Non! Donnez! Je suis rassuré, et je lui tends la main pour recevoir mon dû.

– Si vous n'êtes pas contre, nous pouvons autoriser des visites. À partir de ce soir. Mais pas plus de deux heures par jour.

– C'est peut-être un peu tôt?

Je dis ça avec un léger espoir.

– À dire la vérité, c'est encore tôt, mais votre chef de l'Administration me fait des menaces. Si vous pouvez, dites-le-lui vous-même!

Je pousse un soupir.

– C'est bon, on va recevoir. (Je me tourne vers l'aide de camp.) Tu as déjà la liste des visiteurs?

5

Kiev. Mai 1977.

Le cadeau le plus étonnant que j'ai reçu pour mes seize ans, ça a été un tire-comédons. C'est Jeanne qui l'a offert. Dans une vraie trousse de manucure que son père

11

avait rapportée de Syrie, il y avait deux tire-comédons : un grand et un petit. Pour les gros comédons et pour les plus petits. Celui pour les gros, elle l'a gardé pour elle. Plus tard, elle m'a montré toute la trousse : une dizaine d'instruments chromés, avec des manches de nacre. Pour nettoyer la saleté oubliée sous les ongles. Pour repousser et tailler doucement les envies, etc. Mais au début elle ne parvenait pas à deviner quel était l'usage des deux instruments en forme de cuiller miniature avec un petit trou au milieu. Heureusement le mode d'emploi en arabe était accompagné d'un dessin. Et tout est devenu parfaitement clair. Elle avait des gros points noirs sur le front et moi des petits sur le nez. C'est sur mon nez que j'ai essayé son cadeau. On buvait justement à ma santé, mais moi, enfermé dans la salle de bains nez à nez avec mon reflet dans le miroir, j'approchais le trou de l'instrument vers un nouveau point noir et je pressais la petite cuiller sur mon nez. Le long comédon passait aussitôt à travers le trou, comme un fil à travers le chas d'une aiguille et tournicotait comme un asticot. Je bougeais un peu la petite cuiller et approchais de mes yeux le nouvel ennemi vaincu, que je retirais ensuite avec un morceau de papier hygiénique.

Quand je suis revenu à table, mon nez était plus rouge qu'une tomate. Mon humeur pétillait comme la bouteille de champagne rouge[1] qu'on venait de vider. Et mes regards les plus chaleureux étaient adressés ce soir-là à Jeanne. Et quand les parents, ostensiblement, ont décidé d'aller au cinéma, nous avons éteint la lumière, branché le magnétophone et déclaré que pour commencer, c'était les filles qui invitaient les garçons. Bien sûr, Jeanne m'a invité. Et c'est comme ça qu'ont com-

---

1. C'était, à l'époque soviétique, un mousseux rouge qui, de même que les boissons évoquées sous le nom de porto, était excessivement sucré. Il s'agit, avec les divers cognacs du Caucase ou d'Ukraine, de boissons bas de gamme, moins alcoolisées que la vodka.

mencé nos rencontres romantiques. D'ailleurs ses points noirs sur le front ont disparu très vite. Et moi j'ai fini ma puberté. Disons que j'ai mûri.

6

Kiev. Mars 2015.

Le premier visiteur à être reçu dans ma chambre «catégorie Luxe» s'est trouvé être le vice-ministre des Affaires culturelles. Une demi-heure avant son entrée, on a installé deux fauteuils de cuir. On a aussi arrangé mon lit de façon à ce que je puisse m'y asseoir à moitié. On y a fixé une tablette où poser une tasse de thé ou une feuille de papier et un crayon. On m'a donné la liste des visiteurs une demi-heure avant l'ouverture officielle des visites. Je l'ai parcourue des yeux en essayant d'estimer les sommes versées par certains des visiteurs de la liste avant d'y être inscrits par le chef de cabinet. J'avais une allergie chronique à trois noms. Je n'avais pas la moindre envie de m'occuper des problèmes de la sidérurgie. J'ai rayé les trois noms. Et c'est là que j'ai remarqué à la fin de la liste le nom d'une femme que je ne connaissais pas, pourtant c'était le chef de l'Administration lui-même, Kolia Lvovitch, qui établissait la liste.

«D'accord», ai-je pensé en faisant un signe de tête en direction de l'aide de camp qui, debout près de la porte, attendait en silence.

Le vice-ministre était un homme sympathique, idéaliste en politique et pragmatique dans la vie privée.

– Monsieur le président, a-t-il commencé, il y a une catastrophe qui s'annonce !

– Culturelle ? je lui ai demandé, en l'interrompant pour essayer de l'arracher à son texte appris par cœur et pouvoir passer à un dialogue normal.

– Quoi ? a-t-il dit, pantois.

– Une catastrophe culturelle ?

Il a poussé un soupir.

– Oui… Vous savez bien, le vingt-cinquième anniversaire de l'Indépendance correspond pratiquement au centenaire de la révolution d'Octobre. Nous n'avons pas eu jusqu'à présent de mouvement patriotique ou de renouveau nationaliste. Il faut, pour la fête de l'Indépendance, que nous fassions un pas décisif, grandiose au sens idéologique, sinon la Russie va nous écraser avec son centenaire de la révolution d'Octobre ! Je vous ai apporté des propositions.

Il montrait un gros dossier.

– Laisse-le ! je lui ai dit, avec un hochement de tête.

– Je vais vous expliquer ça vite…

– Très vite !

– J'ai parlé avec le haut clergé. Ils sont d'accord. Il faut introduire un serment religieux de fidélité à la patrie, un serment solennel, sur la Bible. Vous comprenez, les passeports qu'on reçoit à sa majorité, on va maintenant les délivrer à l'église, en grande pompe. C'est les prêtres qui les remettront. On va écrire pour ça une messe spéciale. Sur l'air de *La Parole du Seigneur*.

– Tu en as discuté avec tous les cultes ?

– Non, seulement avec Philarète.

– Et comment faire avec les Tatars de Crimée, les catholiques et les orthodoxes sous obédience du patriarche de Moscou ?

– Voilà, j'ai pensé… qu'à l'occasion, on pouvait reconnaître comme Église d'État le patriarcat de Kiev…

– Encore ? Commence par unifier toutes les églises orthodoxes et on pourra continuer la discussion !

– Mais c'est absolument impossible !

Les yeux du vice-ministre s'étaient arrondis et avaient pris l'expression de sagesse triste et docile des Juifs.

– Cherche d'autres moyens ! (Tout en lui donnant ce conseil, j'ai tourné mon regard vers l'aide de camp.)

Le vice-ministre a compris que son temps de visite était écoulé.

Dès que le visiteur est parti, j'ai ordonné à l'aide de camp :

– Rappelle-moi ces deux commémorations quand l'audience sera finie !

7

Moscou. Janvier 2013.

Pour nous rendre aux festivités organisées pour le quatre centième anniversaire de la dynastie des Romanov, deux trains express ont été apprêtés. Le premier, on l'a peint sur toute sa longueur aux couleurs du drapeau ukrainien, le deuxième à celles de la Russie. J'ai observé en hélicoptère le lancement d'essai et j'ai eu du mal à retenir mon enthousiasme. Les deux trains, comme deux longs drapeaux, ont fait vingt kilomètres en observant une distance de trois cents mètres. De l'hélicoptère, je me suis dit que ça ferait encore plus d'effet si les deux trains roulaient en parallèle : comme ça, personne ne viendrait m'accuser de manquer de respect envers la Fédération de Russie. Soi-disant qu'on ne comprend pas pourquoi le train-drapeau de la Russie doit suivre l'ukrainien. Mais les ennemis sont faits pour ça, pour tirer de chaque situation un prétexte à provocation.

Pour la délégation officielle, on n'a gardé que les plus costauds. L'entraînement a duré tout le mois de décembre, le soir. La protection militaire a permis que les séances d'entraînement échappent à l'attention de la presse libre. Pourtant on n'a pas pu éviter les victimes. La température de l'eau était de un degré, celle de l'air de moins dix. Au bout de la troisième séance, le secrétaire d'État à la Santé a d'abord atterri à l'hôpital, ensuite, il a donné sa démission. J'ai pris ça aussitôt en considération et déclaré obligatoire le contrôle des normes de natation d'hiver pour tous ceux qui occupaient les fonctions supérieures de l'État. Très bon prétexte, médical de surcroît, pour mettre au rancart les vieux ambitieux! Les autres ont suivi les cours de natation «morse[1] débutant» avec plus de succès. Moi, j'étais déjà un morse expérimenté. Bien avant d'accéder à la plus haute fonction. Si ça n'avait tenu qu'à moi, je n'aurais pris dans la délégation que les membres du Club de natation d'hiver, mais c'est comme au vieux temps soviétique, le Club a pour membres des gens qui sont loin d'être idiots, mais qui détestent la politique et les politiciens. Maintenant, je commence à les comprendre.

Arrivés à Moscou, à la gare de Kiev, après la cérémonie d'accueil, mon aide de camp m'a glissé à l'oreille que durant le trajet, les provocations n'avaient pu être évitées: un journaliste de *La Nouvelle Parole de Kiev* avait payé le machiniste et ses gardes pour qu'ils le laissent monter dans la locomotive du train-drapeau de la Russie, il les avait fait boire et avait réduit la distance entre les deux trains sans respecter les consignes de sécurité, il avait même sifflé plusieurs fois. Dans la presse russe du soir cet incident était perçu comme une métaphore des relations russo-ukrainiennes. On insistait sur l'idée que l'Ukraine, par sa situation économique et géographique, allait gêner l'entrée de la Russie dans l'Union européenne. Heureusement, il y a eu un journal pour citer les commentaires de l'ambassadeur d'Ukraine. Ils étaient résumés en une seule phrase, mais quelle phrase! «L'Albanie reste sagement en marge de l'Union européenne alors qu'elle en constitue le centre!»

«Avec l'Albanie, il a un peu charrié», ai-je pensé, en feuilletant les journaux, assis près de la cheminée du salon de la résidence où étaient hébergées les délégations. «Mais bravo quand même! Il faudra le récompenser! Pour repousser les attaques, il faut faire court, une seule phrase, au sens propre! Les longs baratins, personne ne les écoute!»

---

1. Nom donné aux amateurs de bains dans les lacs ou rivières gelés.

16

– Apporte un whisky ! ai-je dit à mon aide de camp.

– On vient d'apporter votre tenue de cérémonie, a-t-il annoncé en montrant la porte du menton.

– Apporte aussi la tenue !

La housse de voyage en cuir brésilien marron était de toute évidence un cadeau, comme la tenue de cérémonie apportée pour les festivités du lendemain.

J'imaginais les titres, le lendemain, dans nos journaux nationalistes. Oui, les Romanov avaient opprimé le peuple ukrainien. Ils avaient interdit la langue ukrainienne. Mais ils avaient construit un empire, et on ne peut pas construire un empire sur la base d'une seule nation. Il faut asservir les voisins. On peut même dire, plutôt qu'asservir, intégrer les peuples et les territoires voisins dans son propre État.

Le whisky écossais Balquider était un vrai single malt, tiré d'un tonneau de chêne qu'on avait gardé couché sur le même côté pendant quarante ans. J'ai lu ça sur l'étiquette.

Près de la cheminée, il y avait un filet de bûches avec une étiquette : « Bouleau russe. Made in Finland. »

J'ai donné ordre à l'aide de camp de se renseigner auprès du ministre des Forêts pour savoir si on fournissait des bûches de bouleau russe à la Russie. Si oui, à quel prix. Si non, pour quelle raison.

La tenue de cérémonie consistait en un maillot de bain aux couleurs du drapeau ukrainien, un peignoir en éponge dans les mêmes tons, avec le trident bleu sur la poche de poitrine, et une sortie de bain.

– Qu'est-ce que tu en penses ? ai-je demandé à mon aide.

– Un cadeau de roi, a-t-il dit prudemment.

J'ai eu un petit rire : il avait raison, même s'il ne mettait pas le même sens que moi dans ses paroles.

8

Kiev. Mars 2015.

Elle avait dans les quarante ans, cette femme dont le nom avait été inscrit en avant-dernier dans la liste officielle des visiteurs. Et elle n'était pas seule en entrant dans ma chambre, il y avait aussi Kolia Lvovitch.

– Quelle est votre question ? je lui ai dit, déjà las.

– Je voulais juste vous présenter, a répondu doucement le chef de l'Administration.

Méfiance ! Kolia Lvovitch avait une manière suspecte d'être poli et correct avec cette femme, comme s'il voulait lui faire bonne impression.

– Maïa Vladimirovna Voïtsekhovskaïa, a-t-il articulé respectueusement en la montrant des yeux.

– Enchanté ! Mais de quoi s'agit-il ?

– Pour l'instant, votre état de santé ne vous permet pas de prendre certaines décisions.

– Tu fais allusion à quoi ?

– Si vous me le permettez, je vous expliquerai tout ça demain ou après-demain. Au revoir.

La femme m'a lancé un sourire aimable et m'a fait un signe d'adieu avant de sortir, suivie de Kolia Lvovitch.

– Je veux savoir qui c'est et de quoi il s'agit, ai-je ordonné à l'aide de camp.

9

Moscou. Janvier 2013.

On a construit sur le mont des Moineaux une gigantesque piscine en plein air, la copie exacte de celle qui a été détruite pour édifier à la place la basilique du Christ-Sauveur.

Depuis le matin, Moscou, emmitouflée d'un duvet neigeux, est blanche comme le royaume enchanté d'un conte. Par ordonnance du maire, Loujkov junior, la circulation automobile a été interdite jusqu'à dix heures. Pendant ce temps-là, on a organisé un survol de la ville avec une cinquantaine de gros hélicoptères. À mille mètres d'altitude, la ville immense avait un air de bonté inhabituelle. Les rues et les avenues blanches, couvertes d'une neige immaculée, ressemblaient à des canaux gelés. À cette hauteur, on ne pouvait que s'éprendre de Moscou. À côté de la piscine, on avait construit des petites isbas provisoires en bois. En fait, c'était juste des sortes de cabines de bain, mais au-dessus des portes d'entrée et de sortie, il y avait les drapeaux officiels. Pour que les hôtes puissent s'y retrouver.

J'avais déjà mis mon maillot de cérémonie, enfilé le peignoir et les sandales quand j'ai ressenti un certain trouble dans mon âme. Je me sentais petit, faible, insignifiant. C'était probablement l'effet du vol en hélicoptère. Les psychologues officiels des services russes avaient bien calculé. Ils avaient prévu le moment où ça commencerait à faire de l'effet. Et me voilà debout devant ma porte. Au-delà, on a déroulé un tapis sur la neige jusqu'à l'échelle qui descend dans la piscine gelée, où a été creusé un large trou d'aspect accueillant, dont les bords ont été égalisés et décorés de branches de sapin. La voilà la Russie, d'abord vue du ciel, et maintenant, en bas, près du trou, c'est elle également. Traditionnelle, austère, froide, obsédante, triomphante.

On frappe à ma porte, que je ne me décide pas encore à franchir. C'est mon fidèle aide de camp. En fait je ne connais pas son nom. Et je préfère ne pas le savoir. Après les désagréments qu'il y a eu avec l'aide précédent, je préfère garder les distances. Et le meilleur moyen pour garder mes distances avec quelqu'un, c'est de ne rien savoir de lui, ni son prénom, ni son nom, ni son lieu de naissance. Du coup, il ne peut pas s'adresser à toi : ni plaintes ni requêtes. De la part de qui ? D'un homme sans nom ?

La neige, sous le tapis déroulé, crisse au rythme de mes pas. Un agréable air glacé passe sous mon peignoir. À ma droite, sur un tapis identique, dans un peignoir au drapeau britannique, marche le jeune Premier Ministre du Royaume-Uni, le chef du parti conservateur. À ma gauche, Kim Tchen Ir, qui a sacrément vieilli depuis l'an dernier, s'approche du trou pavoisé, d'une démarche prudente.

Et où est le président Poutine? Je jette des coups d'œil à droite et à gauche et ne vois que des centaines de visages indifférenciés, des objectifs d'appareils photo et des caméras. Ah voilà! De l'autre côté du trou, j'aperçois l'isba-cabine la plus grande, et sur son toit flotte le drapeau de la Russie.

C'est bon, l'eau froide qui vous brûle le corps! Cette partie de la piscine avec son trou dans la glace est réservée aux chefs d'État. Les membres des délégations officielles ont pour eux la piscine principale qu'on ne voit presque pas d'ici. Mais dans le trou de leur piscine, on voit s'avancer tous les trois ou quatre mètres une table flottante avec du champagne et des hors-d'œuvre. Ici, dans la piscine des chefs d'État, il n'y a pas la moindre table. J'ai un moment de tristesse. Dû au besoin naturel de lutter contre le froid. Cinquante grammes de bonne vodka ukrainienne n'auraient pas nui. Mais ma fonction m'impose de contenir mes désirs. J'ai des envies permanentes. Envie d'augmenter les retraites et les salaires. De payer nos dettes aux mineurs, de rendre le pays heureux et prospère. Habituellement, dans ces moments-là, Kolia Lvovitch fait son apparition, ou un autre, qui vient m'expliquer clairement: un pays riche, c'est un gouvernement pauvre. Un gouvernement pauvre, c'est un président pauvre, des voitures d'escorte à bon marché, des mauvais avions présidentiels, et, au bout du compte, la perte du respect qui vous est dû de la part des collègues de la carte politique du monde.

Les chefs des délégations sont déjà tous dans le trou à attendre. C'est alors que résonne l'hymne de la Russie et que s'ouvrent les portes de la cabine principale. Le maître des espaces russes s'avance sur le tapis. Il n'a pas changé. Il est toujours petit et maigrelet. L'an dernier, il est revenu au pouvoir, après quatre ans d'interruption. L'Ukraine lui a offert, en guise de félicitations, un cadeau de roi : un kilomètre de côte en Crimée, pour sa résidence d'été. C'était le seul moyen de se débarrasser de ces voyous du Centre de protection de la nature de Crimée, dont même les autorités de Simferopol n'arrivaient pas à venir à bout. Alors que là, il a suffi qu'un groupe de spécialistes russes vienne s'occuper du cadeau et aussitôt, toute la direction du Centre a disparu sans laisser de traces.

Dans le trou, Poutine s'est d'abord approché du nouveau président des États-Unis.

Puis il aura un petit échange avec le président du Kazakhstan et, enfin, il va nager vers moi.

10

Kiev. Mars 2015. Mardi. 2 h 45 du matin.

– Réveillez-vous ! Réveillez-vous !

Quelqu'un m'a arraché au sommeil comme on vide d'un sac un cochon de lait sur le sol.

J'ai eu aussitôt un élancement à la poitrine, mes doigts se sont avancés vers la sonnette d'alarme sur le lit.

– Il y a des nouvelles ! Urgentes ! la voix de Kolia Lvovitch en tremblait.

– Quoi donc ?

Mes yeux ensommeillés essayaient de scruter son visage rond. « Il a les joues rasées de près ! je me suis dit. S'il a eu le temps de se raser, c'est qu'il n'y a pas la guerre ! »

– Il faut de toute urgence limoger le gouverneur d'Odessa, s'est-il échauffé sur le seuil. Hier, à Kichiniov, il a discuté avec les Moldaves de la frontière. Il a promis de leur donner trois kilomètres d'autoroute.

– En échange de quoi?

– Pour le moment, ce n'est pas très clair.

– Comment as-tu appris tout ça? On a donc des gens à nous en Moldavie?

– Nos amis en ont, a répondu Kolia Lvovitch.

– C'est qui, aujourd'hui, nos amis?

– Monsieur le président, c'est vraiment grave. J'ai déjà rédigé un ordre. Il faut juste signer.

– Et qui on met à la place?

– Broudine.

– J'ai comme l'impression que vous avez été à l'école ensemble!

– C'est pour ça que je peux le recommander. Je ne conseille que ceux que je connais depuis au moins vingt ans... Je ne peux quand même pas recommander un type rencontré dans la rue!

– Non, dans la rue, c'est dangereux. Bon. Laisse-moi l'ordre. Je le regarderai ce matin.

Kolia Lvovitch est sorti. J'ai lancé un regard mécontent en direction de mon aide qui dormait sur une chaise près du téléphone. Il ne s'était pas réveillé pendant notre conversation et j'avais envie de l'engueuler. Mais je ne savais pas comment il s'appelait et je n'avais pas envie de l'engueuler comme ça, comme une bête sans nom.

Je n'ai pas réussi à me rendormir. Je me souvenais de cette femme. Comment s'appelait-elle? Maïa Vladimirovna Voïtsekhovskaïa? Qui était-elle? N'était-ce pas encore une intrigue dangereuse de la part de mon merveilleux chef de l'Administration? Maïa... On était en mars. Elle était apparue un peu tôt...

Je me suis mis à rire. Une vague de joie, de bien-être inattendu envahissait mon corps. J'ai lancé un oreiller sur mon aide. Il a fait un bond. M'a jeté un regard épouvanté.

– On ne dort pas! je lui ai crié.

11

Kiev. Juillet 1983. Vendredi.

Au restaurant *Les Chênes,* sur le Syrets, on fête quatre mariages en même temps. Trois sont «pour cause de grossesse» et le quatrième, c'est des gens tranquilles et plus très jeunes. Pas la mariée, bien sûr, mais la noce elle-même: le fiancé a la cinquantaine, la fiancée doit avoir trente ans. Ils ont peu d'invités, sept ou huit personnes. Ils sont sagement assis derrière trois tables réunies en triangle. J'aurais plutôt cru que c'étaient des vieux amis qui se retrouvaient, sauf que l'un d'entre eux, visage rougeaud, costume trois-pièces et cravate desserrée, clamait régulièrement «*Gorko*[1]!»

Mon mariage est «pour cause de grossesse». À notre table il n'y a donc que Svetka et moi, plus quelques parents.

«C'est pas grave, me dis-je intérieurement, dans quelques jours je ferai une vraie fête, avec les copains et sans ma femme!»

Dans Kiev, la chaleur fait fondre le goudron. Son odeur nous poursuit jusque dans le restaurant. Elle ne disparaît qu'au moment où on porte un verre de vodka juste sous les narines. Si c'est une coupe de champagne, l'odeur de goudron reste.

«Est-ce que ce n'est pas un avertissement?» je m'interroge, tout en découpant une côtelette Pojarski avec un couteau qui ne coupe pas. Peut-être que l'odeur de goudron, c'est le symbole de la vie de famille?

Je regarde ma montre, cadeau offert l'avant-veille par mon futur beau-père. Elle ne marche pas. Je n'ai pas envie de la remonter. Car si je la remonte, elle commen-

---

1. «C'est amer!» Exclamation rituelle prononcée par les convives lors d'un banquet de noces: l'amertume de l'alcool doit être compensée par un baiser des mariés.

cera à compter les minutes de ma nouvelle vie de dépendance !

Un jour ou l'autre, je divorcerai et je paierai une pension alimentaire. Et je montrerai bien que je rends la montre à mes ex-beaux-parents. En attendant, l'atmosphère de la fête balance entre le bonheur obligé et la sagesse triste des Juifs.

12

Kiev. Mars 2015.

— Alors, c'est qui cette femme ?

J'interroge Kolia Lvovitch en avalant, une cuiller après l'autre, du gâteau de semoule arrosé de coulis de fraises.

— Le médecin-chef a demandé qu'on vous laisse encore deux jours pour que votre santé s'améliore, après, je vous raconterai.

— Des cachotteries ?

— Comment pouvez-vous, Monsieur le président ! Kolia Lvovitch secoue énergiquement la tête, si bien que sa coiffure, mise en forme le matin par le coiffeur officiel, se défait. Ou plutôt, c'est la raie qui a disparu. La vague monolithique si bien laquée s'est brisée et une partie de la chevelure lui pend sur le front. Il s'en aperçoit et remet ses cheveux en place.

— On t'a déjà dit que tu ressemblais à Béria jeune ?

— Vous êtes d'une drôle d'humeur aujourd'hui. Vous n'avez jamais vu Béria ! Et je ne suis pas si jeune, je suis plus vieux que vous !

— Béria, on n'a pas besoin de le voir pour savoir à quoi il ressemble ! C'est pas un portrait, c'est un symbole…

Je vois que Kolia Lvovitch commence à bouillir intérieurement. Son visage garde encore le sourire, mais dans ses yeux s'est allumée une lumière froide.

— Si vous saviez tout ce qu'il faut balayer comme saleté pour vous ! dit-il, presque fâché. Et vous, ce petit décret sur le préjudice minimum porté à l'État, vous ne voulez même pas le signer, depuis deux mois !

– Je ne signe rien sous anesthésie ! Et ton petit décret nous obligera à libérer d'un coup une bonne dizaine de dangereux malfaiteurs !

– Mais en quoi sont-ils des malfaiteurs ? L'ancien président, les deux Premiers ministres et les autres, ce sont des figures de troisième plan ! Et si vous ne le signez pas, vous serez mis en prison à votre tour.

– Pourquoi ça ?

Je jette un coup d'œil sur l'aide de camp, assis à l'entrée près de la table du téléphone. Le pauvre, il est blême et fait semblant de lire un livre. Dommage que je ne puisse pas voir la couverture.

– Pour avoir causé à l'État un préjudice financier de plus de trois milliards d'euros.

– C'est moi qui ai causé un préjudice pareil ?

Je repousse l'assiette de semoule et tente de retirer la tablette de ses rainures.

– Si vous ne l'avez pas causé, vous le causerez. Ou bien ce sera des gens de votre équipe qui le causeront et c'est vous qui en répondrez ! Allez, signez-le, ce décret ! Il ne s'agit jamais que d'élever à dix milliards d'euros le montant du préjudice au-delà duquel on est responsable devant la loi ! On conserve la loi et personne ne va en prison !

– Va te faire foutre, pauv'con !

Cette fois, je suis fâché pour de bon.

L'assiette, sur la tablette, ne résiste pas. Elle vole par terre et se casse bruyamment

L'aide de camp fait un bond. Son livre tombe au sol et je vois enfin qu'il lit *Les Âmes mortes* de Gogol. C'est bon, qu'il fasse son auto-éducation !

Kolia Lvovitch s'est propulsé hors de la chambre comme un bouchon de champagne. Le médecin-chef apparaît dans l'encadrement de la porte, suivi d'une femme de salle munie d'un balai et d'une pelle.

– Il est encore trop tôt pour reprendre à plein les affaires de l'État, dit-il calmement, tout en baissant les yeux vers le livre tombé par terre.

L'aide le ramasse et le fourre dans la table du téléphone.

13

Kiev. Sviatochino. 31 décembre 1977.

À ma montre, il est onze heures du soir. Dans le filet à provisions, on a une bouteille de champagne que la température extérieure a refroidie. On est trois: Igor Melnik, Ioura Kaploun et moi. Ce soir-là, nous sommes perdants. Les parents de Svetka devaient en principe aller dîner chez des amis et nous nous préparions à venir chez elle pour fêter le Nouvel An. Mais il y a eu un drame. Sa mère a trouvé dans l'armoire de son mari une cache avec trois cents roubles prélevés sur le salaire destiné au budget familial et une boîte de préservatifs. Elle a fait un scandale. Il lui a envoyé son poing dans l'œil. Le scandale est passé, mais l'œil au beurre noir de la mère de Svetka est resté. Au final, ils ne bougent pas de la maison et vont faire la fête à deux. Ils ont même expédié Svetka chez sa cousine. Nous n'avions pas prévu de position de repli. Les rues sont désertes, la température est de moins dix. Nous allons d'un distributeur d'eau gazeuse à l'autre, peine perdue, les verres ont déjà été raflés. Chaque fenêtre est illuminée pour la fête. Les enfants de l'Union soviétique y boivent et s'y amusent. Et nous, comme des bâtards, nous ne savons pas où nous fourrer, sur quel amour nous appuyer? À quel poêle nous réchauffer?

Quand, par un vasistas de rez-de-chaussée, on entend carillonner à la télé les cloches du Kremlin, et que le type qui est là, le salaud, met le son au maximum, les larmes me montent aux yeux. Des larmes de rage.

Nous pénétrons dans le premier hall d'entrée qui se présente. Nous nous appuyons aux radiateurs, au moins eux sont chauds. Ioura ouvre le champagne et nous nous passons la bouteille. Comme les Indiens fument le calumet de la paix. Les bulles nous montent au nez, ensuite elles en sortent.

– Pas grave ! Bientôt ceux qui seront bourrés iront se promener dans la rue, nous console Igor Melnik, et on se trouvera de la compagnie !

14

Moscou. Janvier 2013.

Le président des États-Unis et le Premier Ministre anglais abandonnent la cérémonie et remontent du trou de glace de la piscine. Ils sont attendus par leurs aides de camp qui tiennent en mains leurs peignoirs chauds en éponge. À peine emmitouflés, ils avalent un verre de vodka que leur apporte une jeune fille en maillot «russe» avec une coiffe traditionnelle sur la tête. Et ils se dirigent vers le hangar gonflable où a été dressée une table dans le style vieille Russie. C'est pour les chefs d'État qui aiment la chaleur. Les autres sont encore dans le trou. Chacun attend son tour pour parler avec le président de la Russie. Si tu veux causer, faut patienter !

Moi, justement, c'est sans problème. L'eau froide me brûle agréablement le ventre et les jambes. De temps en temps, je me trempe jusqu'au menton, on doit essayer de se refroidir régulièrement pour ne pas mélanger dans les veines et les artères du sang de chaleur différente.

Notre entretien commence par les revendications mutuelles, comme d'habitude, lors des rencontres en Crimée. Les problèmes demeurent, mais au moins ils sont stables et on peut les remettre à un avenir lointain. Même s'il faut bien les évoquer régulièrement. Sinon, on n'aurait rien à se dire. Les dettes pour le gaz, le statut de Sébastopol, les relations avec la Turquie et les régiments ukrainiens au service de la Russie.

– Tu as instauré les élections à la proportionnelle au Parlement, me dit-il de son ton d'indifférence habituelle. Alors pourquoi avoir interdit le vote à Sébastopol?

– Vous comprenez, les sièges au Parlement sont revendiqués par des partis qui représentent des intérêts financiers variés. Tandis qu'en Crimée, ce sont des partis représentant les différents groupes ethniques qui les revendiquent. Si je laisse faire, c'est le parti des Russes de Crimée qui gagnera et avec lui, le parti Crimée tatare, du fait qu'il aura peut-être vingt pour cent des sièges, tandis que le parti ukrainien de Crimée n'obtiendra pas le pourcentage minimum pour se présenter. Et dans ces conditions, comment vont réagir les crétins du Conseil suprême d'Ukraine?

– Tu n'as qu'à leur montrer les numéros des comptes en banque qu'ils ont ouverts à l'étranger! Ou peut-être que tu ignores où file l'argent de l'État? Je te propose un partage. J'ai des dossiers sur une quarantaine de types de ton Conseil suprême. Tu veux que je t'envoie les photocopies?

– Pas la peine.

– Comme tu veux, mais si tu ne tiens pas fermement le pouvoir au centre, la périphérie va s'effondrer. Je te tournerai le dos et je bouclerai les frontières. Je fermerai la soupape…

– Vous vous rappelez votre proposition de lancer une opération «Mains étrangères»?

Je détourne la conversation en la ramenant vers les choses qui lui plaisent. Le moment est venu de le faire sourire.

– Et alors, maintenant tu es d'accord?

– Presque. Il faut d'abord décider de la composition de notre unité, avant de l'envoyer écrémer vos élites.

– Qu'est-ce que tu veux décider? Je peux te le transmettre aujourd'hui même. Nous connaissons les noms

de tous tes tchékistes honnêtes, les autres ne nous intéressent pas. Décide plutôt des frontières à l'intérieur
desquelles on peut commencer à épurer chez toi…

J'acquiesce d'un signe de tête. Il regarde sa montre.
Puis ses petits yeux glissent à côté de moi en direction
du canal de liaison qui permet, en temps normal, de
passer de notre trou dans la glace aux autres bassins en
plein air du complexe sportif.

– C'est bon, le Turkmène attendra, se dit-il à lui-
même.

Puis il me fait signe de regarder en direction du petit
canal.

D'un léger brouillard surgit une table en forme de
barque au-dessus de laquelle flotte une forme étrange.

La nacelle en bois avance, elle est couverte de coupes
en cristal, de champagne, de montagnes de blinis avec
du caviar et tout le reste. Elle s'arrête au centre du trou.
Maintenant, on peut voir au-dessus une projection holo-
graphique au laser représentant la famille du dernier
Romanov au complet. Ils sont tellement réels que j'en ai
le frisson. Je sens le regard de Nicolas II sur ma peau et
même si je sais que ce ne sont que des effets spéciaux, je
suis, pendant un moment, pris de peur. Un réflexe de
paysan serf me saisit le cœur, ce même cœur qui aime le
froid et la natation d'hiver mais qui, soudain, s'angoisse
et veut se cacher.

Le tsarévitch Alexis, brusquement, lève la main et la
fait passer sur tous ceux qui sont réunis dans le trou. Il
sourit. Il se retourne. On peut voir dans ses yeux une
joie sincère et de la curiosité.

– Tu as survolé Moscou ce matin en hélicoptère ?
demande soudain le président.

Moi qui pensais qu'il était allé nager ailleurs…

– Oui, j'ai vu ça, dis-je. Superbe ! Les avenues blanches !

– J'ai voulu montrer à tout le monde que Moscou
vaut bien Petersbourg !

La tête du président russe, dans un léger brouillard, se met à flotter doucement en direction du président de la Moldavie.

Mais moi, je ne peux pas arracher mes yeux de la famille du tsar. Comme si ces images avaient actionné dans ma mémoire génétique le levier de la soumission loyale.

– Buvons à la Russi-i-i-e! (Un système de haut-parleurs fait résonner au-dessus des bassins une belle voix d'homme.) À la mère des villes et des terres russes!

Ma main se tend vers la coupe de champagne la plus proche.

15

Kiev. Mars 2015.

– Tu t'es renseigné pour savoir qui est cette femme?

L'aide de camp secoue la tête négativement. Il a l'air coupable.

– Et pourquoi tu ne l'as pas fait?

– Ceux qui ont le droit de me parler ne savent rien. Et ceux du cabinet, ils voulaient me cracher dessus!

Il a la voix de quelqu'un d'offensé.

– Allez, ça va, dis-je pour le consoler. Si tu te conduis bien, après, tu pourras toi aussi leur cracher dessus!

Je lis dans son regard de la reconnaissance et l'espoir d'un avenir meilleur.

– Tu aimes Gogol?

Je lui pose la question comme ça, ce matin je suis de bonne humeur.

– Non, avoue-t-il. Mais à l'école, on l'a donné à ma fille et elle n'a pas le temps de le lire.

– Qu'est-ce qu'elle fait?

– Elle dirige un club de jeunes avocats. En ce moment, elle emmène tous les jours son équipe au tribunal. Assister à des procès.

– Quel âge a-t-elle?

– Treize ans.

– C'est un chiffre qui porte malheur!

Je laisse échapper ces mots en me rendant compte que je ne suis plus la conversation. Je me rattrape:

– Mais c'est un bel âge! Un âge en or!

16

Kiev. Septembre 1983. Samedi.

À travers la fenêtre, la pluie fait bruire les feuilles. On n'a pas lavé les vitres depuis longtemps. Le couloir de la maternité est silencieux. Sous le radiateur froid, on a posé une écuelle avec du lait, un petit chat dort à côté. Roux et maigre. Une nurse replète s'arrête en passant, sa blouse blanche est sale, elle s'accroupit et caresse le chat qui dort.

– Pauv'bestiole, dit-elle, avec compassion.

Puis elle se redresse et s'éloigne, sans m'accorder la moindre attention.

Le cri assourdi d'une parturiente parvient des tréfonds de la maternité. C'est là aussi que je me trouve, mais, à en juger par le cri, il y a, entre la femme et moi, deux ou trois portes ou cloisons. Peut-être que c'est Svetka?

J'écoute avec attention. On crie à nouveau, mais un cri ce n'est pas une voix, difficile de savoir à qui il appartient.

C'est à nouveau le silence. Le chaton s'est réveillé et il boit le lait. Une femme médecin passe rapidement dans le couloir et disparaît derrière une porte blanche. Il n'y a pas de plaque sur la porte, c'est donc qu'elle ne donne sur rien de concret. Il y a simplement quelqu'un en train d'accoucher.

À nouveau un cri, mais cette fois il est différent.

La nurse repasse à nouveau près de moi. Elle tient un balai et un seau métallique sur lequel est inscrit à la peinture rouge un numéro d'inventaire.

– Excusez-moi, dis-je en tentant de l'arrêter, combien de temps ça prend d'habitude pour accoucher ?

– Le temps que met l'enfant pour naître, répond-elle en sortant.

– D'accord, on va attendre, dis-je avec un soupir.

Puis je pense que je n'ai même pas eu l'idée de prendre une petite bouteille de porto de Crimée pour fêter ça ! Je regarde la montre que m'a offerte le beau-père avant le mariage. Marque Raketa, métal blanc, bracelet chromé. Il est une heure et demie du matin.

La femme médecin apparaît dans le couloir. Son regard s'arrête sur moi.

– Votre enfant est mort-né, dit-elle d'un ton qui laisse croire que je suis en faute.

Je me sens perdu. Je ne sais pas quoi faire. Je demande :

– Un garçon ? Une fille ?

– Un garçon. On garde votre femme ici trois jours, le temps que ses points de suture cicatrisent. Mais vous, vous pouvez partir.

17

Kiev. Mai 2015.

Le général Svetlov aurait pu être ministre de la Défense. S'il avait eu quelques centimètres de plus ou si je n'avais pas tenu compte de l'avis de Kolia Lvovitch. D'ailleurs, c'est ce qu'il pense aussi. Un ministre de la Défense doit avoir un physique parfait. Un physique et pas une personnalité. Or le général Svetlov, c'est une personnalité. À laquelle il manque quelques centimètres. Dommage. Il m'est entièrement dévoué.

Il vient d'entrer dans mon cabinet. Il attend que je lui désigne un siège du regard.

– Allez, assieds-toi, Valera. Tu veux du thé, du café ?

Il refuse. Il ouvre un dossier en cuir et lève les yeux vers moi.

– Je vous ai apporté la liste, pour l'opération «Mains étrangères». Soixante-douze noms. Majoritairement des gens de Moscou, mais il y en a aussi de Krasnoïarsk, de Cronstadt ou de Petersbourg. Ceux-là, j'en réponds. Ils ne transigeront pas avec leur conscience.

– Et qu'est-ce que tu penses de leur liste à eux?

– Ce sont des renseignements périmés. Sur les cinquante-trois, il n'y en a plus que quarante à l'appel. Sur les quarante, il n'y en a que vingt-huit dont je puisse répondre sur ma tête. Ils ont été vérifiés. Quant aux autres, espérons qu'on n'aura pas à en rougir.

– C'est bon. On garde les vingt-huit, tu en rajoutes trente de ton côté, et tu les réunis après-demain dans notre résidence de Pouchtcha-Voditsa. À onze heures du matin. Et pas d'oreilles qui traînent. Je viendrai. Mais tout ça reste entre nous.

Svetlov approuve de la tête.

Au bout d'une demi-heure, j'ai envie de me dégourdir. Je fais devant le miroir quelques étirements des bras, mais mon regard tombe à nouveau sur mes taches de rousseur qui ont véritablement envahi mon visage. J'en perds toute envie. Je sors dans le couloir. Au bout, près de l'escalier, il y a un poste de la Protection rapprochée. Un ouvrier en salopette dévisse une pancarte sur la porte de la pièce d'à côté. On y lit:

SERVICE DES ENREGISTREMENTS
GRIESS NADEJDA PAVLOVNA

– Que va-t-il y avoir à la place? je demande.

L'ouvrier, en fait, ne m'a pas entendu approcher. Il a soudain la trouille.

– J'en sais rien. Le patron m'a dit de la retirer, mais il n'a pas parlé d'une autre.

– Et qui est ton patron?

– Nikolaï Lvovitch.

– Et où est-il en ce moment?

– Chez lui, mais il est occupé…

«Ah! Il se prend pour une oie du Capitole! me dis-je en moi-même. Il est donc occupé?»

Je monte à son bureau du troisième étage. Sa secrétaire bondit de derrière son bureau.

– Je vais vous annoncer tout de suite! chantonne-t-elle.

– Inutile, je m'en charge!

Il est en discussion avec deux visiteurs. Je reconnais leurs visages, ce sont des députés, mais je ne sais plus à quel clan ils appartiennent.

– Foutez-moi le camp d'ici!

J'ordonne et les deux députés s'envolent sans un bruit, malgré leur corpulence.

– Tout se passe bien, dit doucement Kolia Lvovitch, pas le moindre état d'urgence. Dans une heure je ferai mon rapport…

– Et qu'est-ce que tu as l'intention de mettre au Service des enregistrements?

– Elle a réclamé, la salope! le sourire effrayé tourne au rictus. Je lui avais promis un paquet, avec en plus une télé et un micro-ondes…

– Laisse ta Pavlovna tranquille! C'est pas elle qui s'est plainte! Dis-moi simplement ce que tu veux faire de ce bureau!

Kolia Lvovitch reprend son souffle. Il se concentre.

– On ne peut pas parler tranquillement avec vous, Monsieur le président! Et il nous faudrait bien deux heures pour que je vous explique les choses clairement.

– Bon. Remets à demain le rendez-vous avec l'ambassadeur d'Israël, et je t'attends dans une demi-heure chez moi. Et n'oublie pas ton rapport sur la situation!

En me retournant, j'ai vu Kolia Lvovitch blêmir. Je ne peux pas omettre de dire que son visage épouvanté m'a procuré un sentiment de satisfaction. Il faudrait qu'il soit blême plus souvent!

Kiev. Septembre 1983. Dimanche. La nuit.

Tout est trempé. Sous les pieds et devant les yeux. L'automne est partout, même en moi. Je suis un père raté. J'erre sur la route qui me ramène chez moi. La fatigue, l'indifférence, ont brusquement remplacé les larmes. J'ai les yeux mouillés, comme si j'étais solidaire de la pluie d'automne.

Je tourne dans la rue Tupolev. La lumière jaune et détrempée des réverbères, et les yeux également jaunes des phares de voitures sont tout ce qui éclaire cette nuit.

Au-dessus de l'usine de légumes, le halo de l'éclairage des serres est luminescent. Près de l'entrée, quelqu'un est assis sur un poteau de réverbère couché sur le sol. Je m'approche et entends des petits sanglots rythmés.

Je m'accroupis et regarde le visage qui est penché vers le sol comme un tournesol fatigué. Je demande :

– Ça ne va pas ?

– Ça ne va pas du tout, me répond une voix de jeune fille. J'ai été renvoyée du boulot.

– À cause de quoi ?

– Je n'ai pas voulu obéir au patron.

– Bravo ! dis-je, m'efforçant de l'approuver.

Elle lève la tête et me regarde, les yeux pleins de larmes. Elle doit avoir dix-huit ans. Une petite blonde décolorée, dont le maquillage a fondu sur le visage. Et malgré tout quelque chose d'authentique dans son chagrin.

– Moi non plus, ça ne va pas, dis-je, pour la consoler.

Dans ses yeux apparaît une lueur d'espoir. Comme si elle voulait savoir les détails de mes malheurs pour pouvoir les comparer aux siens.

– J'ai un fils qui est mort-né ! ai-je ajouté.

Elle relève davantage la tête et me regarde avec plus d'attention. L'air de dire : « Vas-y, plains-toi donc ! »

– J'ai laissé ma femme pour trois jours à la maternité. Le temps que les points de suture cicatrisent.

– Quel poids faisait-il? demande-t-elle.

Je hausse les épaules.

– Les morts, on ne les pèse pas. Mais il faut lui donner un nom. Pour mieux s'en souvenir!

– Tu l'as vu?

– Non.

– Si tu veux, on peut aller chez toi, propose la blonde noyée dans ses larmes.

– On vit chez mes parents.

– Alors viens chez moi au foyer. C'est juste à côté. Seulement il faudra passer par la fenêtre pour pas réveiller Bourtchikha. C'est notre surveillante. Une conne. Dès qu'un mec vient nous voir, elle appelle la police.

– Ça marche!

Pour tout un tas de raisons, j'ai pas envie de rentrer chez moi.

19

Kiev. Pouchtcha-Voditsa. Mai 2015.

Le général Svetlov aime les uniformes. Il en porte un gris, mais qui ne se froisse pas. Et parfois, sous un faible éclairage, il brille. Si le général préfère porter l'uniforme, c'est qu'on peut lui faire confiance. Ça veut dire que son rêve n'est pas d'accéder au pouvoir. Il n'a pas la folie des grandeurs.

À côté de Svetlov, près du portail ouvert, se tient le directeur de la résidence, entouré d'une nuée d'employés en tous genres. Derrière eux, je vois briller une calvitie qui m'est familière, celle de Potapenko, l'officier qui dirige le Service de protection. Également amateur d'uniformes.

Les trois Mercedes franchissent la grille de l'entrée sans bruit et s'arrêtent. Je suis installé dans celle du milieu. La première est vide, mon aide de camp est dans la troisième.

– On a réuni tout le monde, dit Svetlov, quand nous approchons du bâtiment principal. Ils attendent dans la salle de concert.

– Changement de programme ! dis-je en le regardant droit dans les yeux. On change de salle. Dans une demi-heure au pavillon de chasse !

– Alors, il vaut mieux dans un quart d'heure, réplique doucement Svetlov. À tout hasard !

J'approuve d'un signe. Je me dirige vers le directeur.

– Des problèmes à signaler ?

– Il y en a toujours. Mais on ne se plaint pas !

– Parfait ! C'est pour ça que tu es là depuis dix ans ! Tu me fais du café ?

Quelques minutes après, nous sommes au bar. Un serveur, l'air d'un adolescent, apporte un express. Je vois ses mains trembler sous le regard du directeur.

– C'est le fils de qui ?

– De la lingère. Dans notre secteur, il vaut mieux miser sur les dynasties.

– Dans le nôtre aussi. Du moins c'est ce que pense la majorité. Vous n'attendez personne du ministère pour aujourd'hui ?

– Nikolaï Lvovitch est encore là, sinon personne. Aujourd'hui, les gens travaillent…

– Nikolaï Lvovitch est ici ? Je sens que je commence à bouillir.

– Il est arrivé cette nuit. Accompagné. (Les yeux du directeur brillent d'un mépris bienveillant. Comme s'il parlait d'un enfant.) Ils sont en train de petit-déjeuner dans la chambre. Le chauffeur est déjà là. C'est donc qu'il va partir d'un moment à l'autre.

– Qui l'accompagne ?

Je me mets à penser à cette femme, Maïa Vladimi-rovna, dont je ne sais toujours rien en dehors de son nom.

– Une jeune, qui ressemble à une tsigane, le directeur s'emmêle un peu. On voit à son air qu'elle est au courant de tout. C'est une chanteuse, Inna Janina…

– Beu-erk! dis-je, sans pouvoir me retenir.

– Pourquoi? (À la voix du directeur, c'est clair qu'il n'est pas d'accord.) Elle est très jolie. D'ailleurs, vous feriez mieux de vous marier…

– Tu dis des conneries, maintenant?

Mon poing droit se serre. Je me soulève du fauteuil de cuir.

– Je vous en prie, excusez-moi, se met-il à bredouiller. C'est parce que je suis fatigué. Et ce n'est pas moi qui dis ça. C'est Nikolaï Lvovitch qui parle comme ça à propos de vous!

Je rétorque en beuglant:

– C'est un crétin, ton Nikolaï Lvovitch!

– Oui, oui, un crétin, acquiesce le directeur.

En voyant les visages ouverts et francs de ceux qui sont réunis pour m'écouter dans le pavillon de chasse, mon humeur s'améliore. Quels regards! Elles sont là, nos réserves. Et non pas dans les agences pour l'emploi!

– Bonjour! dis-je tout en arrêtant d'un geste la moindre ébauche de salut. Le général Svetlov vous a sélectionnés pour une mission officielle importante. Nous avons décidé, d'un commun accord avec la Fédération de Russie, de lancer l'opération «Mains étrangères». Le sens, j'imagine, vous est clair. Ce que le Cobra de Kiev fait régulièrement en Crimée, et ceux de Tchernigov à Dniepropetrovsk, eh bien, vous, vous allez le faire en Russie, et eux, chez nous. Mais à un tout autre niveau. Vous partez à Moscou, et, de là, dans une des régions. À Moscou, vous recevrez des informations concernant les dignitaires du pouvoir régional qui, d'une manière ou d'une autre, sont mêlés à des activités criminelles. Vous ne mettrez pas au courant les organes du ministère de l'Intérieur ni les services secrets. Vous devrez, de nuit, en trois ou quatre heures, procéder à l'arrestation de ces personnes et immédiatement reprendre l'avion pour Kiev. Les détenus seront emprisonnés sur notre territoire. Le groupe russe fera la même chose ici et emmènera notre racaille en Russie. Tout est clair?

Les gars approuvent de la tête. Je constate que mon assurance leur plaît. Ils adorent se battre contre la criminalité dans les hautes sphères du pouvoir. Bien sûr, ils aimeraient mieux s'en occuper tout le temps, ici même. Malheureusement, ce n'est pas possible. Ici, on ne peut mener d'action radicale qu'avec des mains étrangères. C'est comme en Russie. J'espère que ça pourra continuer.

– La suite des informations vous sera donnée par le général Svetlov, que je nomme responsable des opérations, côté ukrainien. Bonne chance!

Pendant que je sors du pavillon de chasse, je sens les regards sur mon dos et ma nuque. Je longe un étang, sur lequel vogue un cygne. Je m'arrête.

«Et si mes gars étaient utilisés simplement pour opérer des coups de force locaux? (Le doute s'insinue en moi.) Non, moi, je me prépare à utiliser les gars de Russie pour de vraies opérations. Et pas simplement pour régler des comptes avec un Kolia Lvovitch... Bien qu'il soit en fait grand temps de les régler.»

Je demande au directeur, debout près de ma Mercedes:

– Il est encore ici?

– Il est parti. Dès qu'il a vu que vous étiez là, il a filé.

20

Crimée. Soudak. Juillet 1982.

– Qui est le dernier?

La file qui s'est formée devant le tonneau de piquette blanche se retourne. Ou plutôt, chacun se retourne pour vérifier qu'il n'est pas le dernier. Rien que des mecs, en maillot de bain. La moitié tient à la main des bidons de trois litres.

– C'est moi, le dernier, avoue un type âgé, vêtu d'un maillot et d'un vague panama.

Nous sommes trois à approcher: nous, c'est moi, Valiko, qui vient de Moscou, et Genia-la-perche, qui est d'ici. Nous avons deux bidons de trois litres et un sachet de moules fraîches. On est pressés parce qu'il fait chaud. Parce que les moules ne restent pas fraîches très longtemps.

Bientôt, elles grésillent sur une plaque de ferraille sous laquelle brûle un arbre mort, rejeté par la mer sur les rochers. Elles recrachent leurs dernières gouttes d'humidité.

Et nous, nous buvons la piquette. La vendeuse, derrière son tonneau, nous a dit que ce n'était pas du vin mais du rebut de champagne, autrement dit, du champagne sans gaz. On ne le dirait pas, au goût, mais c'est froid, et c'est incroyable ce que le soleil cuit. Il fait trente-cinq degrés. On n'en a donc rien à fiche que ce soit du rebut de champagne. Ou de la piquette. Nous sommes assis sur les pierres et prenons notre pied. Faut prendre son pied tant qu'on peut le prendre! Et faire l'amour tant qu'il est temps!

Mais on n'est là que depuis trois jours et on n'a donc pas encore envisagé avec qui. Faudrait, bien sûr, qu'on se fasse une sortie, qu'on aille à la discothèque de n'importe quel centre de vacances et qu'on voie ce qui s'y passe. Mais ça, on le fera sans doute demain. Pour le moment, on est aussi bien à trois.

– J'ai une blague d'Odessa, elle est géniale! annonce Genia. Y a un Juif qui est assis sur un pont et qui se gratte les couilles. Y a un autre Juif qui approche et qui demande: «Senia, pourquoi t'es assis sur le pont et tu te grattes les couilles?» Senia répond: «Et alors? Tu voudrais que je sois assis dessus et que je me gratte le pont?»

Nous rions. Nous n'avons pas le choix. Le programme n'est pas au top. Faut être réaliste. On va avoir trois semaines de moules et de vin froid du tonneau, une chouette compagnie féminine et, si ça marche, on se retrouvera au même endroit l'été prochain.

21

Kiev. Mai 2015. Vendredi.

Nikolaï Lvovitch jette un coup d'œil dans mon bureau. Je lui demande de repasser dans une demi-heure. Car, assis en face de moi sur le canapé légendaire du commandant Melnitchenko[1], se tient le député Karmazov, président de la Commission des festivités d'État. Sa coiffure en hérisson lui va bien. Il ressemble à un boxeur, même s'il a fait des études de vétérinaire. Il est d'ailleurs à la tête d'un réseau de cliniques vétérinaires. Bravo! À trente-cinq ans, il en a réalisé des choses!

– Il faut que vous compreniez, dit-il. Le pays subit des pertes terribles! Il est grand temps de diminuer le nombre de jours fériés! Comptez vous-même! il fait un grand geste en direction du calendrier sur le mur, qui m'a été offert par l'Institut d'études judaïques. Depuis le 25 avril, toute notre économie est en panne. Un exemple: le Bundestag allemand nous a envoyé pour la troisième fois une lettre demandant la suppression de la fête de la Victoire. C'est une fête dépassée! Il n'y a plus de vétérans! L'Europe a déjà renoncé depuis l'an dernier à sa fête du 8 mai. Quand il y aura d'autres victoires, on choisira un jour nouveau, pour que les vainqueurs

---

1. Le commandant N. Melnitchenko était responsable du Service de la protection rapprochée d'État et de la sécurité des lieux de travail du président Koutchma. Il a émigré aux États-Unis en apportant des enregistrements effectués de novembre 1999 à septembre 2000 grâce à un appareil caché dans un canapé du bureau présidentiel. Les experts américains ont conclu à l'authenticité de ces enregistrements compromettants, qui ont totalement discrédité le président de l'Ukraine aux yeux de l'opinion publique.

puissent avoir leur fête. Mais nous sommes un pays paci-
fique! Nous ne faisons la guerre à personne!

– C'est bon, dis-je, en hochant la tête, tu sais bien que
je suis d'accord avec toi. Mets ça à l'ordre du jour et mon
représentant au Parlement fera savoir mon avis. Ça te va?

Karmazov, le vétérinaire, est content. Ça fait trois
mois qu'il a demandé un entretien. Si j'avais su de quoi
il voulait me parler, j'aurais accepté plus tôt de le voir.
Mais j'avais peur qu'il veuille instaurer de nouvelles fêtes
officielles!

J'ordonne à l'aide de camp:

– Appelle Lvovitch!

– Il n'est pas là.

– Alors, va le chercher, dis-lui que je l'attends!

Kolia Lvovitch entre, maussade et renfrogné. Il demande:

– De quoi vous avez parlé?

– C'est pas tes oignons. De la fête de la Victoire.

– Et alors?

Visiblement, Lvovitch ne me fait pas confiance.

– On va la supprimer, pour hausser le niveau de
l'économie de mai à celui d'avril ou de juin. C'est
comme ça! Assieds-toi, que je t'écoute!

Lvovitch s'assied dans la petite cuvette creusée dans le
canapé par le député qui vient de sortir.

– Qu'est-ce que vous voulez entendre?

– Dans l'ordre. Pourquoi le Service des enregistrements a été vidé? Qui est cette femme, que tu m'as amenée à l'hôpital?

– Tout ça, c'est la même question.

Kolia Lvovitch ne brûle pas d'envie de me répondre,
c'est clair. Mais il ne peut pas faire marche arrière.
Surtout en étant assis.

– Elle s'appelle Maïa Vladimirovna Voïtsekhovskaïa.

– Ça, j'ai déjà entendu.

– Elle a eu dans sa vie une grande tragédie. Il y a trois

mois, son mari, Igor Leonidovitch Voïtsekhovski, né en 1980, est mort dans son hélicoptère personnel. Elle l'aimait beaucoup.

– Tu es en train de me raconter un film indien?

Je commence à perdre patience.

– Si vous n'avez pas le temps…

Lvovitch se lève de son siège.

– Assis! lui dis-je. Tu restes assis et tu racontes!

– Quand vous étiez dans le coma, en février, il a fallu prendre une décision rapide. C'était nécessaire pour la stabilité du pays… On a essayé de sauver son mari sur place, mais on n'a pas réussi. Les fonctions cérébrales étaient trop endommagées. Elle était fermement opposée à l'idée qu'on veuille utiliser son cœur pour une transplantation. Elle a même fait serment de ne jamais se séparer de lui et elle a passé un accord avec un institut pour qu'ils maintiennent son cœur vivant, contre cent mille dollars par an. Il a fallu qu'on marchande ferme! Mais c'était le cœur le plus frais.

J'effleure ma poitrine de la main. J'ai chaud.

– Finalement, on a dû signer un contrat avec elle. Quand vous serez complètement remis, vous pourrez en prendre connaissance. L'un des points du contrat mentionne son droit à se trouver en permanence à proximité du cœur de son défunt mari. Raison pour laquelle le bureau dont vous parlez a été libéré pour elle. Mais pour le moment, on ne mettra pas de pancarte. Elle ne sait pas elle-même si elle veut s'installer là ou non!

Je croise à fond les doigts de mes deux mains et je me mets à réfléchir.

– Tu ne trouves pas que mes taches de rousseur progressent?

Il examine un instant mon visage.

– Pas vraiment, il n'y en a pas plus qu'avant.

– Et alors, vous n'aviez vraiment pas un autre cœur?

– Pour en avoir un autre, il aurait fallu attendre. Et

43

celui-là, on l'avait sous la main, dans la salle d'opération d'à côté. Évidemment, il n'appartenait pas au meilleur représentant de notre société, mais Maïa Vladimirovna a juré de garder cette information pour elle.

– Et la nuit ? Elle dort où ?

Lvovitch se renfrogne.

– Rue Desiatina. Derrière le mur de votre chambre. Dans l'appartement d'à côté, là où il y avait une pièce de repos pour la femme de ménage. Mais il y a une entrée de service dans la cour. Ne vous en faites pas. Personne ne la voit, personne n'en sait rien. Presque personne.

– Qu'est-ce que tu as fait là ?

Je pose la question en prenant Lvovitch comme point de mire de mon regard.

– Je vous ai sauvé la vie et j'ai maintenu la stabilité de l'État. La deuxième chose, d'ailleurs, importe infiniment plus que la première. Vous imaginez bien vous-même qui aurait pu profiter de votre maladie ou de votre mort pour déclarer une nouvelle guerre à la corruption aux plus hauts échelons, et, du même coup, remplacer complètement notre feuille.

– Notre feuille ?

Je m'étonne car j'entends l'expression pour la première fois.

– Oui. Nous vivons dans une société feuilletée. Comme un mille-feuilles. Il y a une couche de pauvres, mais toutes sortes de couches de riches et des couches intermédiaires de demi-riches qui croient qu'on se crée une fortune personnelle par la politique et non par l'économie.

– Ne me fais pas un cours ! Qu'est-ce que tu as encore promis à cette dame ?

– Allons, Monsieur le président, faisons comme dans *Les Mille et Une Nuits*. Petit à petit. Vous saurez, comme ça, tout doucement, toute la vérité. Car vous n'avez pas votre cœur à vous, il pourrait bien ne pas le supporter. Et alors à quoi auraient servi tous mes efforts ?

Paris. Café Boucheron. Octobre 2011.

– Je veux me marier, dit-elle en fixant son verre de beaujolais nouveau.

– Toutes les femmes veulent se marier un jour ou l'autre, concédai-je, en allumant une gauloise au briquet tendu par le garçon. Ça ne veut pas dire qu'elles veulent le bonheur. Elles veulent la stabilité.

– À Bruxelles, la dernière fois, tu as juré de t'arrêter de fumer. Tu as juré que nos rencontres ne seraient espacées que de dix jours maximum. Tu n'as pas juré de m'épouser, mais tu m'as raconté que ça faisait déjà trois ans que ta femme était morte et que ta fille faisait ses études aux États-Unis. Je ne peux vraiment pas remplacer sa mère?

Chaque fois que je retrouvais Veronika, la conversation commençait par des disputes et des revendications mutuelles. Cette fois-là ne fit pas exception. Je la regardais, si belle, qui perdait peu à peu sa jeunesse et qui, du coup, devenait plus exigeante envers la vie et son entourage. J'étais une partie de son entourage le plus proche. Elle habitait rue Vladimir, mais, à Kiev, nous ne nous donnions jamais de rendez-vous. C'était impossible. Par contre, on pouvait acheter un billet pour Paris. Un pour moi et un pour elle, dans le vol qui suivait. Je pouvais l'accueillir avec un bouquet à l'aéroport Charles-de-Gaulle. L'emmener à l'hôtel *Sheraton*. La laisser se détendre deux heures dans la salle de bains, faire monter dans la chambre un massage aromatique et une bouteille de champagne. Je pouvais faire en sorte que, deux fois par mois, elle se sente une grande dame, une lionne mondaine, sauf qu'on restait hors du monde.

– Pourquoi tu te tais? a-t-elle demandé.

Elle a effleuré le vin de ses lèvres fardées et a reposé le verre sur le comptoir.

– Le beaujolais nouveau, c'est une fête pour les pauvres. Un vin jeune ne peut pas être un bon vin. Souviens-t-en !

– Si je devais me rappeler toutes tes vérités, je deviendrais un puits de banalités !

– Rappelle-toi, ou plutôt, n'oublie pas que tu es une femme jeune et belle qui cherche à se marier.

Elle a fondu un instant mais a vite rejeté la satisfaction que lui avaient procurée mes paroles. Elle a redressé les épaules et m'a foudroyé d'un regard de ses yeux verts plissés.

– Et toi, tu es un technocrate dépourvu de sentiments et qui ne connaît rien à la technique. Même à la technique de l'amour ! Tu ne fais toujours que foncer, sans savoir toi-même où.

– J'ai foncé ici et pas n'importe où. J'ai fait tout mon possible pour ça et on peut même dire que je n'ai pas tenu compte des intérêts de la Patrie !

– Ne prononce pas le mot «patrie» avec un grand «p» !

Elle hochait la tête négativement :

– Désolée, tu n'es pas devant tes électeurs ou au Parlement. D'ailleurs maintenant, tu n'es nulle part ! Tu n'es même pas ici, à côté de moi !

– Si ! Je ne suis qu'avec toi.

J'ai regardé ma Patek Philippe. Il était cinq heures et demie.

– Je te donne encore vingt minutes pour les réclamations, après, on va dîner !

Veronika a jeté un coup d'œil à sa montre, une Chaumet en platine, le cadeau que je lui avais offert pour ses trente-cinq ans. Puis elle a acquiescé.

Aussitôt son agressivité a disparu. Elle avait sans doute pensé au temps. Au fait que chaque morceau de vie se mesure en heures et en minutes et si on gaspille n'importe comment les instants réservés au bonheur, ce sera du bonheur minable, comme sorti d'un dépôt-vente.

– Je ne t'ai pas trompé, a-t-elle dit d'une voix molle.

46

Je veux me marier et, si tu n'y vois pas d'inconvénient, je le ferai dans un mois.

– Avec qui?

J'admirais la tristesse artistique de son visage.

– Avec Alkhimov…

– Aîné ou cadet?

– Tu rigoles? Le cadet, bien sûr.

– Oui… L'aîné est plus riche, mais le cadet est plus jeune et n'est pas non plus à plaindre. Au final, il héritera aussi du fric de son papa, si de nouveaux conflits ne se déclenchent pas sur le front de l'approvisionnement en carburant… Que te dire? Je n'ai pas le droit de t'en empêcher. Marie-toi!

Des larmes ont brillé dans les yeux de Veronika.

– Tu me fais déjà tes adieux? je lui ai demandé. Et notre dîner?

– Non! elle secouait la tête. Nous avons encore deux jours ensemble. Je n'ai pas le droit de casser notre rencontre. Le mariage est une chose, l'amour en est une autre. Ils coïncident rarement.

Deux vraies petites larmes ont roulé de ses yeux et ont dévalé le long de ses joues.

«Elle aurait intérêt à prendre un peu de poids», pensais-je en regardant Veronika, son visage mince et gracieux, son chemisier nacré, sa petite jupe assortie, étroite et courte qui la gênait pour croiser les jambes.

– Il faudra bien que tu vives avec lui…

Je l'observais en réfléchissant tout haut:

– Vous n'allez pas vous donner des rendez-vous à Paris ou à Amsterdam, ni vous promener sur le quai de la Tamise à côté de Pimlico…

– J'ai compris, j'ai tout compris!

Et elle s'est levée en rajustant sa jupe.

– J'arrive!

Elle a attrapé sa trousse à maquillage et est sortie se refaire une beauté.

47

Je réfléchissais au fait que son monologue bien préparé était sorti soudain comme un cri du cœur. Elle ne s'y attendait pas et ne se sentait donc plus maîtresse d'elle-même. Du coup, seul le miroir des toilettes pouvait l'aider à se remettre d'aplomb. Les forces d'une femme sont dans son visage, dans le maquillage de combat des sourcils, des joues et des cils, dans l'alliance entre la dureté de l'intonation et l'assurance du regard. C'est un dur labeur que d'être une belle femme. Pas seulement de l'être, mais de vivre en tant que femme belle. Je ne l'enviais pas. Ce genre de vie débouche souvent sur la solitude, comme une route qui s'interrompt brusquement.

23

Evpatoria. Septembre 2002.

– Serioja, surveille-le un peu, qu'il ne boive pas la tasse! me demande ma mère, en me désignant du bras Dima, mon frère jumeau.

Dima est dans la mer, il a de l'eau jusqu'aux genoux, le bord est loin. Il regarde l'horizon de tous côtés avec avidité. C'est la première fois qu'il est à la mer et la première fois en cinq ans qu'il franchit la grille de son institution psychiatrique. Il fait partie des malades mentaux qui sont calmes. De ceux qui sont même très calmes.

– Serioja, je vais acheter des glaces! Tu en veux une comment? me crie ma mère.

– Une «Châtaigne».

– Je vais lui prendre la même, vous êtes jumeaux!

Je la regarde s'éloigner, marcher, solitaire, dans l'eau basse. Beau spectacle. Je me la rappellerai toujours ainsi.

La pluie vient de s'arrêter, c'est pour cela que les touristes commencent seulement à descendre à la plage. Ils n'aiment pas s'allonger sur le sable mouillé, mais nous, on s'en fiche. On est venus pour montrer la mer à Dima.

Et il la regarde avidement, la bouche ouverte.

Il a un short de bain bleu marine avec des bandes blanches. Le moins cher. Ça lui est égal, à lui. C'est nous qui voulons qu'il ait l'air normal.

– Et là-bas, fait Dima, en se tournant vers moi, là-bas, c'est quoi, des bateaux ?

– Oui, là-bas, c'est Odessa, les bateaux, les autres pays.

– Dis, Serioja ! il cherche mon regard des yeux. Je ne suis pas malade ! C'est simplement la vie qui ne m'intéresse pas.

Dima parle lentement. Je regarde son visage et je comprends qu'il n'y a que ma mère pour voir en nous des jumeaux, quand elle nous donne à chacun la même glace. Il est maigre, il a les yeux enflés, une cicatrice sur le nez : il a été obligé de se battre contre les demeurés du coin pour défendre un camion qui livrait à leur institution des produits d'alimentation et qui était pris d'assaut par des voleurs du village. Ce qu'il a fait, d'ailleurs, permet de douter de sa maladie. C'est plutôt le contraire, c'est le médecin-chef qui m'a l'air sérieusement malade. Mais, après tout, il n'avait peut-être pas d'autre choix que d'appeler les malades au secours, au moment où les voleurs du coin ont encerclé le camion et ont commencé à tirer le conducteur hors de la cabine.

Une histoire étrange, qui s'est soldée par la remise d'un diplôme par le médecin-chef, que Dima a apporté pour pouvoir le regarder le soir, avant de s'endormir, en nous demandant, soit à moi, soit à ma mère, de lire à voix haute ce qui était écrit dessus.

En récompense de l'héroïsme et du dévouement dont a fait preuve Bounine Dimitri Pavlovitch, lors de la défense des biens de l'Institution N° 3 du bourg de Gloukhovka, région de Tchernigovsk.

– Ton père a eu la même médaille, a dit ma mère après avoir lu à voix haute l'inscription, le premier soir.

Une médaille d'argent « Pour héroïsme ». Tu es son portrait craché !

24

Kiev. Septembre 1983. Dimanche. La nuit.

– Donne-moi le numéro de téléphone de tes parents ! exige la surveillante du foyer.

La pièce est éclairée par une ampoule qui pend au plafond. Sur un des lits, une grosse fille de trente ans dort comme si de rien n'était. Sur le deuxième, celle avec qui je suis arrivé est assise, elle n'a que sa jupe et tente de cacher ses seins maigres avec ses mains. Je n'avais pas bien compris qui était censé consoler l'autre, cette nuit-là, mais un quart d'heure avant, je lui ai fait la courte échelle pour l'aider à entrer par la fenêtre qui était trop haute. Ensuite, j'ai grimpé à mon tour. Puis elle a retiré sa veste et son pull, elle a déclaré qu'elle avait froid et elle est allée en douce dans la chambre d'à côté pour y prendre une bouteille de madère dans l'armoire d'une copine. Quand elle est revenue, la surveillante, la fameuse Bourtchikha, lui a emboîté le pas et a allumé la lumière.

Et voilà toute l'histoire !

– Je ne le connais pas ! répète, effrayée, la fille aux seins maigres.

– Ça fait trois jours qu'on a des affaires qui disparaissent ! me dit, en me regardant sévèrement dans les yeux, la surveillante, une femme de service d'une cinquantaine d'années.

Elle est debout dans l'encadrement de la porte et son corps le remplit en entier.

– Donne le numéro de téléphone de tes parents, qu'ils viennent te chercher et qu'ils paient l'amende à ta place ! Sinon, j'appelle la police !

– Vous n'avez qu'à l'appeler, dis-je, pris d'une totale indifférence.

C'est la nuit de toutes les pertes, j'ai même l'impression que je n'ai plus rien à perdre.

Il s'avère que j'ai tort. D'un cri jeté dans l'obscurité du couloir, la surveillante appelle un certain Pétia, à moitié ivre, qui me maintient les bras dans le dos pendant qu'elle appelle la police.

– Comment tu es entré dans le foyer? me demande un sergent ensommeillé au poste de la rue Cherbakov. T'es passé par la fenêtre?

– Oui.

– Avec l'intention d'effectuer un vol de bien privé?

– Non.

– Et si je te flanque mon poing?

Le sergent lève les yeux du procès-verbal qu'il est en train d'établir et fixe sur mon visage un regard de taureau.

– C'est la fille qui m'a amené.

– C'est la première fois de sa vie qu'elle te voit.

– Oui, on a fait connaissance et elle m'a tout de suite amené au foyer.

– Fais gaffe à ce que tu dis. Comment une fille peut amener dans sa chambre, la nuit, le premier type sur qui elle tombe?

Je hausse les épaules. Le sergent regarde la pendule. Il est deux heures et demie. À la porte, apparaît ma mère.

– Qu'est-ce qu'il a encore fait? demande-t-elle, les larmes aux yeux. Qu'est-ce que t'as fabriqué? Pourquoi tu nous bousilles la vie? Salaud! Fumier! Parasite! Glandeur!

– Calmez-vous! le sergent la regarde d'un air réprobateur. Votre fils avait l'intention d'effectuer un vol de bien privé dans le foyer des travailleurs de l'usine agricole.

Il y a une pause, durant laquelle tous les scénarios imaginables défilent dans la tête de ma mère. Elle change d'intonation.

– Il faut que vous compreniez! Ils ont grandi sans père. Il est mort sur le champ de tir. Un militaire, il était

51

officier, capitaine. Son frère est malade, il faut tout le temps que je m'occupe de lui. Je passe du boulot à la maison. De la maison aux médecins…

– Je comprends, l'interrompt le sergent. On peut s'en tenir à un acte de délinquance, mais tout de même, aggravée! S'introduire dans un foyer de jeunes filles, c'est autre chose que casser une vitre!

– Tu veux bien sortir dans le couloir! m'ordonne ma mère.

Je m'exécute en me demandant: «Qui des deux est le sergent?» Au bout de cinq minutes, on me fait rentrer dans le bureau.

– La prochaine fois, tu seras plus malin! Et tu penseras aux conséquences! me dit ma mère en s'en allant.

Moi, on me garde. On m'a flanqué dix jours, et, pendant dix jours, je balaie le poste de police. Je lave le plancher au rez-de-chaussée, au premier et au deuxième étage. Je joue discrètement à la bataille navale avec Ziama: il a soixante ans, et il a pris quinze jours pour avoir déféqué sur le paillasson de sa voisine qui avait inscrit sur sa porte à la craie «sale Juif».

25

Kiev. Mai 2015.

– Enlevez-moi cette chemise, me dit mon médecin personnel.

Il est entré dans mon bureau et me donne des ordres. Je m'exécute. Il ausculte mon nouveau cœur. Il l'écoute attentivement. Puis il applique le froid chromé du stéthoscope sur ma poitrine. Les poumons.

– Les taches de rousseur ne passent pas? demande-t-il, mine de rien.

Je m'étonne, ayant perdu espoir de m'en débarrasser:

– Est-ce que des taches de rousseur peuvent s'en aller?

– Si elles sont dues à une maladie, ça arrive. Sinon,

elles restent. La nature. On n'a pas encore approfondi l'étude de l'apparition spontanée des taches de rousseur à l'âge adulte.

– De quoi s'occupent donc les chercheurs en médecine payés par l'État?

– Pas des taches de rousseur, répond, d'un ton sincère, le médecin. Du cancer, du sida… Mais, à dire la vérité…

– Pourquoi tu te tais?

Je me retourne et je regarde cet ancien médecin militaire que m'a conseillé Kolia Lvovitch.

– C'est seulement une supposition, reprend-il, après une pause. Il me semble que l'industrie pharmaceutique occidentale répand de nouvelles formes de grippe et d'asthme pour pouvoir mettre en vente des médicaments. Disons, comme les fabricants d'ordinateurs font de l'argent avec les programmes antivirus, en ayant d'abord fabriqué et répandu les nouveaux virus.

– Ah bon? Alors peut-être que malgré tout, mes taches de rousseur, c'est une nouvelle maladie, contre laquelle on a déjà trouvé un médicament?

– Je n'en ai pas entendu parler.

– Renseigne-toi! Quand tu sauras quelque chose, reviens me le dire!

Après le médecin, c'est Kolia Lvovitch qui vient en visite avec un paquet de documents qu'il pose sur la table.

– C'est à signer. Et aussi, pour que vous ne soyez pas pris au dépourvu… Pendant que vous étiez malade, nous avons fait une réforme au cabinet ministériel…

– Quelle réforme?

Je regarde son visage rond, comme si c'était une assiette vide qui me proposait de manger ce qu'elle ne contient pas.

– Il n'y a plus de Premier ministre en tant que tel, raconte tranquillement Kolia Lvovitch. Le poste de Premier ministre est tenu à tour de rôle par les ministres des différentes branches, et, comme ça, chacune des branches est prioritaire à tour de rôle. En ce moment, c'est Sinko, le ministre de l'Économie, qui remplit les obligations de Premier ministre. Là, dans les documents, il y a le plan de cette réforme. Vous en êtes l'auteur.

– Sors et reviens dans dix minutes ! Je vais le lire moi-même !

Resté seul, je regarde les documents. La réforme est valable, c'est dommage qu'elle vienne de ce crétin. Quoique… pas si crétin ! Puisqu'il a mis mon nom au bas de la réforme !

– Hé ! j'appelle l'aide de camp. Fais-le entrer !

Kolia Lvovitch réapparaît. J'ai envie de lui dire quelque chose d'agréable. Dans le tableau général que compose cette personnalité grise, mon regard est accroché par la cravate violette, qui ne cadre ni avec son allure ni avec son costume.

– T'as une belle cravate ! lui dis-je avec un sourire.

Il est ravi.

– On pourrait boire un cognac ? Un Hennessy ? propose-t-il.

D'un signe de tête, j'appelle l'aide de camp qui a tout entendu.

– À la réforme ! dit Lvovitch en levant son verre.

– À notre chère réforme ! dis-je en écho.

26

Kiev. Octobre 1983.

Les dix jours de balayage au poste de police m'ont été profitables. Pas seulement parce que j'y ai noué des relations utiles. Non. Avant tout parce que ça m'a fourni l'occasion et donné le temps de réfléchir aux valeurs morales et humaines. Ça, c'est pour parler avec des grands mots. Mais, dans un langage plus personnel, je dirais que j'ai eu le temps, là-bas, non seulement de pleurer sur mon destin, mais de penser à l'avenir. J'ai pensé que la vie elle-même, comme un fleuve, m'avait amené dans la cour de ce poste de police, et maintenant, ça dépendait de moi: soit je continuais à nager dans le courant, soit c'est moi qui choisissais l'itinéraire. Qu'est-ce que j'avais derrière moi? L'école, une dizaine de boulots, dans lesquels je n'avais jamais tenu plus de trois mois, et un mariage. Et maintenant, il y avait aussi mes dix premiers jours de détention. Et devant moi? J'avais pratiquement toute la vie. Mais par quoi je devais la recommencer? Par un divorce?

Pour le divorce, c'est Svetka qui a pris l'initiative. Quand je suis sorti du poste et que je suis rentré chez nous, c'est-à-dire chez ma mère, il n'y avait plus ses affaires dans notre chambre.

– Elle t'a laissé une lettre, a dit ma mère, mais je ne l'ai pas lue!

L'enveloppe avait été recollée après avoir été déchirée. Et même la lettre, quand je l'ai sortie, sentait le hareng. Ma mère adorait le hareng et, deux fois par semaine, elle nous en servait à dîner, sous forme de hachis avec de la purée.

> *Serioja,*
> *Excuse-moi. Il me semble que la mort de notre enfant est prémonitoire. Un signe contre notre mariage. Le deuxième signe prémonitoire, c'est tes dix jours de détention. Je pense qu'il faut qu'on divorce. Si tu n'es pas contre, appelle-moi. Je suis chez mes parents. Je t'embrasse.*
> *Sveta.*

– Allons bon. Et pourquoi pas trois, puisque le bon Dieu aime la trinité?

Mais je lui ai quand même téléphoné et j'ai dit que «je n'étais pas contre». Visiblement, ça lui a fait plaisir. Le divorce s'est passé très rapidement. Ses parents ont tout organisé grâce à des amis qu'ils avaient au Bureau de l'état civil.

– Il faut arroser ça! m'a dit mon copain Genia, qui vivait deux étages en dessous.

C'est ce que j'ai fait. J'ai pris une bouteille de vin doux et je suis allé le soir au poste de police. J'ai trouvé le sergent qui m'avait arrêté. Et nous avons passé un bon moment dans son bureau de garde. Il y avait aussi un tout jeune lieutenant qui a bu avec nous à mon divorce. Marat Gousseïnov, il vient du Daghestan.

– Si tu as des problèmes, t'as qu'à passer nous voir! m'ont-ils dit quand on s'est quittés.

27

Kiev. Octobre 2014. La nuit.

La pluie bat les vitres de ma fenêtre, dans l'appartement de la rue Desiatina. Elle bat le tambour de mes tympans. Mais moi, je dors. Dans la cheminée, des bûches finissent de se consumer. À travers mon sommeil léger, je les entends craquer et cela atténue le bruit de la pluie. J'ai eu une dure journée. Rien ne m'épuise autant que l'allocution télévisée que j'adresse mensuellement à la nation. Tout se passe en direct. Puis il y a la conférence de presse. En direct également. Et les questions, toutes plus réjouissantes les unes que les autres. «Est-ce que l'Ukraine va appliquer des sanctions contre la Pologne en réponse à l'interdiction d'entrée sur le territoire polonais des camions ukrainiens à moteur Diesel?» «Que pensez-vous du projet de loi prévoyant la naturalisation des émigrés clandestins?» «Quand le gouvernement mettra-t-il de l'ordre dans le secteur de l'énergie?»

Je les entends encore en rêve, toutes ces questions. Il est deux heures du matin. Et soudain, je perçois des coups légers frappés à ma porte. Les coups se prolongent quelques minutes, le temps que j'ouvre les yeux. Je focalise mon regard sur les braises de la cheminée. Je me lève, j'attrape un peignoir et je m'approche de la porte.

– Excusez-moi, Monsieur le président, risque douce-ment le responsable de la Protection, le colonel Pota-penko. Y a Nikolaï Lvovitch qui veut entrer à tout prix. Une affaire urgente.

– Qu'est-ce qui se passe ? je lui dis, quand j'entre dans le salon où il s'est installé en attendant que je me réveille.

– Ce matin, Kazimir va déclarer une augmentation du prix de l'électricité ! débite nerveusement Lvovitch. De cinquante pour cent. Vous comprenez ce que ça signifie ?

– Mais c'est son électricité privée, dis-je en réponse. Nous sommes un pays d'économie de marché. Qu'est-ce qu'on peut y faire ?

– Asseyez-vous ! m'implore Lvovitch.

Puis il se tourne vers le colonel :

– Qu'est-ce que tu fais planté là ? Va plutôt nous faire un café !

Pendant que l'autre est sorti, Lvovitch incline sa tête vers moi et chuchote nerveusement :

– Ce n'est que le début ! Comprenez donc ! Il va se remettre à priver de courant ses débiteurs. Et qui lui doit le plus de fric ? L'État ! À vous aussi, il va le couper. Il a acheté Energo uniquement pour pouvoir un beau jour couper le courant de tout le pays, se faire élire prési-dent, puis rebrancher le courant ! Et voilà ! Vous imagi-nez un peu ce qui peut arriver ? Et tout ça parce que l'électricité est entre les mains d'un seul homme !

– Mais c'est Fediouk qui l'a autorisé !

– Exact, mais le président Fediouk est en taule pour avoir porté préjudice à l'État… Au fait, vous allez peut-être quand même signer les modifications du décret ?… À propos de l'augmentation de la somme minimale du préjudice ?

– Arrête tes salades ! Il est deux heures du matin, dis-je, rageur.

– C'est bon, c'est bon ! Lvovitch opine du chef. Il nous faut des mesures d'urgence…

– T'as des propositions?

– Ouais!

L'expression de son visage rond me laisse imaginer que ses propositions vont appeler des contestations.

– Il faut réunir le Parlement, énonce-t-il prudemment.

– Quand ça? Maintenant?

– Maintenant. (Il regarde ma pendule.) Pour quatre heures. Pas besoin de tout le monde. Seulement ceux de l'opposition, ils détestent Kazimir. Et les centristes. On aura suffisamment de voix. Vous allez attaquer le plan de Kazimir et proposer un projet de loi…

– Quel projet?

– Je l'ai préparé. «Sur la production d'électricité bon marché et la restructuration de la dette d'État pour l'énergie électrique consommée.» On y ajoutera un article sur le moratoire de la hausse du prix de l'électricité jusqu'aux prochaines élections présidentielles. Ça passera, il y aura suffisamment de voix!

Potapenko revient dans la pièce. À sa suite, une femme de ménage à moitié endormie, avec une cafetière.

– Convoque le Parlement! dis-je à Lvovitch.

Il passe un coup de fil à un des siens sur son portable.

– Tu entends? Le plan «A»! dit-il, puis il raccroche.

Je bois mon café en essayant de m'imaginer ce que serait le plan «B». Il doit bien en exister un, mis au point au cas où je n'aurais pas été d'accord avec le plan «A».

Il n'y a vraiment rien de mieux que de faire un discours devant un Parlement qui a envie de dormir. À vrai dire, j'ai moi aussi sommeil, mais cela ne nuit pas à l'affaire. Dans la salle règne une atmosphère de haute responsabilité. Les séances de nuit auraient pu propulser le pays en direction de l'Europe, mais nous n'utilisons ces procédures qu'à titre exceptionnel. C'est la troisième fois en deux ans.

Le résultat du vote dépasse notre attente. Le décret est accepté et entre en vigueur immédiatement.

Après la séance du Parlement, le général Svetlov me prend à part. Il paraît que lui non plus ne dort pas la nuit.

– Je vais donner ordre de faire disparaître tous les documents concernant les impayés en électricité. Nous leur retirerons alors leurs derniers atouts!

– Bravo! Vas-y, fonce! dis-je en encouragement.

Devant le Parlement, trois cents Mercedes, Lexus et Jaguar démarrent pour ramener chez eux les députés du centre et de l'opposition, de plus en plus somnolents. Je regarde par la fenêtre du premier étage cette ruche en activité. Quel spectacle! Les phares jaunes tracent de belles lignes doubles dans la pénombre de l'aube. Les voitures semblent voler vers le parfum de fleurs lointaines, elles se hâtent vers le pollen. Elles veulent arriver les premières.

– Alors?

La voix satisfaite de Lvovitch retentit derrière mon dos. Je me retourne.

– Magnifique! Demande-moi ce que tu veux! dis-je en plaisantant à moitié.

– Signez donc ce décret sur l'augmentation de la somme minimum pour préjudice…

– Bon, dis-je. Seulement le décret n'aura pas valeur rétroactive, ceux qui ont été condamnés selon l'ancien décret resteront sous les verrous!

– Bien sûr, renchérit Lvovitch en écartant les bras. Pourquoi les déranger? Ce qui importe, c'est l'avenir!

– Encore une chose! (Mon visage est d'un sérieux impénétrable.) Il faut que je parte immédiatement en visite officielle. Avant neuf heures du matin! Les démêlés avec Kazimir doivent avoir lieu en mon absence!

Lvovitch devient songeur.

– C'est bon, approuve-t-il. Allez directement à Borispol. Je vais entrer en contact avec les Affaires étrangères et avec l'aéroport. L'avion sera prêt. Le temps que vous arriviez là-bas, nous aurons trouvé une destination pour la visite officielle.

28

Région de Tchernigovsk. Bourg de Gloukhovka. Août 2003.

Six heures du matin. Après l'orage de la nuit, c'est un plaisir de respirer. Nous sommes assis, ma mère et moi, dans une vieille Opel. Les portières de la voiture sont grandes ouvertes. Mais les portes de l'Institution N° 3 pour les malades mentaux sont encore closes. Du moins pour les visiteurs. Les malades dorment encore et les personnes étrangères sont priées de ne pas les déranger avant le petit déjeuner. On le prépare sans doute déjà. Cinq femmes sans âge sont entrées. Le gardien, dans sa guérite, entre l'enceinte de béton et la barrière, les a laissées passer.

– On aurait dû partir plus tard, dis-je à ma mère.

Elle soupire, se penche en avant et sort du sac qu'elle a posé à ses pieds un pack de lait caillé. Elle déchire le coin et le porte à ses lèvres. Puis elle me le passe.

– À chaque fois, j'ai peur d'être en retard, prononce-t-elle finalement. Je te souhaite de ne jamais connaître ça !

Je l'écoute et je ne vois pas ce qu'elle veut dire. Dima a l'air physiquement en bonne santé. C'est le mental qui ne va pas. Ma mère, bien sûr, est déjà vieille, elle a soixante-quinze ans, mais elle ne se plaint pas de sa santé.

– D'ailleurs, tu aurais pu prendre une voiture un peu mieux, et avec chauffeur !

Elle se retourne vers moi avec un regard critique. Elle a une veste rouge et une longue jupe noire.

– Toi, tu aurais pu t'habiller mieux, dis-je. Et si j'avais pris une voiture avec chauffeur, tout le ministère aurait su que j'ai un frère à l'asile !

À neuf heures du matin, on nous laisse entrer. Je passe d'abord chez le médecin-chef et dépose sur sa table une enveloppe avec cent dollars et ma carte de visite.

– Si vous avez des problèmes, passez-moi un coup de fil !

Il approuve d'un signe de tête. Une lueur de reconnaissance dans les yeux.

– Vous l'emmenez pour combien de temps?

– Pour une semaine.

Ma mère est déjà dehors avec Dima. Elle lui dit quelque chose tandis qu'il regarde le soleil en plissant les yeux.

En observant autour de moi, j'aperçois une jeune femme vêtue d'une étrange robe de chambre violette. Ses cheveux sont soignés, son visage est d'une beauté stupéfiante. Un profil parfait. Elle est svelte. Elle porte aux pieds des babouches arméniennes argentées à pointe relevée. Elle a l'air distrait.

Je l'étudie avec un intérêt avide. Elle s'avance lentement sur l'herbe. Elle approche et, d'ici quelques minutes, elle passera à côté de moi. Les gens, ici, me font penser à des vaisseaux spatiaux: chacun suit son cours parmi les étoiles et les planètes, dans un mouvement sans fin. Je fais un pas dans sa direction et demande tout doucement:

– Comment vous appelez-vous?

Son regard se fige. Elle s'arrête et me regarde un instant, l'air perplexe.

– Valia. Valia Vilenskaïa.

Je me tais. Elle aussi se tait, debout à côté de moi comme si elle attendait que je prolonge la conversation. Mais qu'est-ce que je peux lui demander? Et pendant que je cherche désespérément, elle se détourne et se remet à avancer sur l'herbe.

– Je reviens tout de suite! dis-je à ma mère et je rentre à nouveau dans le bâtiment de l'administration.

Le médecin-chef n'a pas de visiteurs dans son bureau. La fenêtre laisse entrer la lumière vive du soleil. Sur le mur, au-dessus de sa table est accroché un portrait de Chevtchenko[1]. Il a, posés devant lui, une tasse de thé et

---

1. Taras Chevtchenko (1814-1861), grand poète, écrivain, peintre et héros national ukrainien.

un dossier ouvert avec des documents agrafés. Il lève les yeux vers moi.

— Vous avez oublié quelque chose ?

— Il y a là une jeune fille, dis-je, Valia Vilenskaïa. Qui est-ce ?

— Une forme bénigne de schizophrénie, explique le médecin en haussant les épaules. Sa sœur vient la voir tous les mois. Superbe, elle aussi !

— Les infirmiers ne l'embêtent pas ? la question fuse malgré moi.

— Pensez-vous ! On y veille !

La blouse blanche du médecin et la robe violette de Valia Vilenskaïa restent à l'intérieur de la résidence. Et nous, on rentre à Kiev dans la vieille Opel. Sur le siège arrière est assis Dima, heureux.

— On va trouver un endroit sur la route pour déjeuner, dit ma mère.

Puis elle se tourne vers mon frère :

— On vous a donné quoi, au petit déjeuner ?

— De la bouillie d'avoine et de la confiture.

— Comme en Angleterre ! dis-je, moqueur.

— On ira pêcher ? demande Dima. Tu me l'as promis la dernière fois.

— Juré craché ! Si tu savais comment ça mord, dans l'estuaire ! Tu jettes ta ligne et tu dois aussitôt la relever !

Je le regarde dans le rétroviseur. Et je pense, en voyant son sourire : « Il se débrouille pas mal ! C'est comme s'il avait conclu avec la vie un pacte de non-agression ! »

29

Kiev. Octobre 1983. Le soir.

La pluie n'arrête pas. Genia, mon copain du troisième étage, a apporté une vidéo et une cassette porno. Ma mère est allée chez la couturière. Nous regardons en ouvrant de grands yeux.

– Ils ont ça tous les jours à la télé, t'imagines? dit Genia. Tandis que nous, on se tape les infos et *La Vie agricole*. C'est nul, nos programmes!

Sur l'écran, on voit une femme nue, plus très jeune, grosse poitrine, qui nage dans une piscine. Elle s'approche du bord et se caresse les seins. Ça lui donne un sourire étrange.

– Et tu voudrais qu'on ait ça tout le temps à la télé? dis-je en haussant les épaules.

– Attends, c'est après que ça devient intéressant! promet Genia.

Après, sur la cassette, c'est pratiquement la même chose, il n'y a que vers la fin qu'un mec s'approche, se met à poil et plonge aussi dans la piscine. Ils commencent par se parler en anglais. Évidemment, sans traduction. Puis ils se mettent à leur affaire, mais, à cause de l'eau, on n'y voit pratiquement rien.

Je hausse encore les épaules, je regarde Genia avec l'air de le questionner.

– C'est pas la bonne cassette, dit-il pour s'excuser. On m'en a promis une autre, mais on m'a apporté celle-là…

Il débranche de la télé son gros lecteur vidéo et l'emporte avec la cassette. Je reste seul. En principe, il n'est pas tard, mais avec cette pluie, on a l'impression que c'est déjà la nuit, une nuit qui ne finira jamais.

30

Dans l'espace aérien de l'Ukraine. Octobre 2014. La nuit.

L'équipage de l'avion présidentiel a l'air tendu. Depuis une demi-heure, le commandant de bord est venu me voir deux fois.

– On ne reçoit aucun ordre du sol, rapporte-t-il à chaque fois. Qu'est-ce qu'on fait?

– Continuez à tourner au-dessus de Kiev. L'ordre va arriver.

Les hôtesses, deux petites blondes, ont fini de se maquiller. Elles s'y sont mises à tour de rôle, dans les toilettes. Maintenant, elles attendent à l'arrière et chuchotent nerveusement. On voit que les pilotes leur ont transmis leur inquiétude. Les pilotes sont des gars malins. Ils pigent qu'il y a quelque chose qui ne va pas. Ils imaginent sans doute que, pendant que nous tournons dans le ciel nocturne, il se produit sur la terre un coup d'État militaire ou un truc du même genre. C'est effectivement un petit coup d'État, qu'on a accompli avec Kolia Lvovitch. Bien sûr, Kazimir aurait pu tenter une action en retour, mais j'espère qu'il dort encore et n'est au courant de rien.

Je me lève de mon fauteuil. J'arpente le couloir couvert d'un tapis bien propre. Je m'approche des hôtesses. Elles cessent de bavarder, attendent que je parle.

– Où aimeriez-vous aller ? dis-je en plaisantant.

– En Turquie, à la mer, répond celle de gauche.

Elle est plus hardie que sa compagne.

– En Turquie ?

Je regarde d'abord mes pieds, puis les jambes élancées des hôtesses. Elles s'en aperçoivent.

Je relève les yeux.

– On ira peut-être. Pourquoi pas ?

Je me retourne et me dirige vers la cabine de pilotage, comme en me promenant. La porte est ouverte. Une multitude de petites lampes sont allumées, des bleues, des rouges, des vertes. De l'autre côté de la vitre, c'est le noir absolu.

Le commandant de bord se lève à ma rencontre.

– Monsieur le président, l'ordre est arrivé ! On va en Mongolie !

– En Mongolie ?

Je n'en reviens pas. On aurait effectivement mieux fait d'aller en Turquie. Elle est là, tout près, juste la mer à traverser.

Une heure après, j'apprends qu'on a réuni d'urgence une délégation avec les représentants des hommes d'affaires du pays, qu'on les a mis dans le second avion présidentiel qui nous suit. Il y a aussi Kolia Lvovitch. C'est bien qu'il y ait dans le pays un seul président et deux avions présidentiels, me dis-je, avant de m'endormir au son monotone du bourdonnement des réacteurs.

31

Kiev. Juin 2015. Dimanche.

– Vous pourriez peut-être aller à Kontcha? Prendre un peu de repos? s'inquiète mon aide de camp. Il passe la tête par la porte de mon bureau de la rue Desiatina. C'est la canicule et trois climatiseurs maintiennent la fraîcheur dans l'appartement. Rien que de regarder par la fenêtre, ça me donne chaud. Et le cafard.

– Non.

Je regarde le gars et m'efforce de lui trouver quelque chose à faire pour qu'il ne se fasse plus de souci pour moi.

– Tu sais quoi, tu pourrais me rendre un service… Mais évidemment, ça reste entre nous…

L'aide de camp s'est tendu comme une corde, si on l'avait effleuré, il aurait résonné. J'ai même l'impression qu'il s'est mis sur la pointe des pieds pour mieux entendre.

– Prends la voiture et essaie de trouver quelque part une vingtaine de kilos de pains de glace. Et tu les ramènes ici. Pigé?

Il opine du chef et libère la porte. L'air frais se remet à circuler dans la pièce.

À midi arrive le médecin. Il m'ausculte le cœur et les poumons.

– Va pour un whisky?

– Moi, je ne peux pas! soupire le médecin. Mon foie!

– Et moi, je peux? dis-je, inquiet.

– Petit à petit, oui. En augmentant les doses. C'est votre cœur qui dira quand il faut s'arrêter. Un cœur greffé est plus sensible que celui d'origine. Et l'homme a pour habitude d'obéir aux organes qu'il a empruntés. Moi aussi, j'ai un foie qui n'est pas le mien, on me l'a transplanté d'un homme qui avait arrêté de boire. Raison pour laquelle moi non plus, je ne peux pas boire…

Je regarde le médecin. Aujourd'hui, il me plaît: humain, sensible apparemment, et il est constitué, comme moi, d'organes qui parfois sont les siens mais qui viennent aussi d'autrui.

– Et comment vous détendez-vous? dis-je, curieux.

– Comme dans la blague, je commence par ne pas me tendre, dit-il en riant. En réalité, je vais à la pêche, je cherche les champignons, je fais boire mes amis…

Ses derniers mots m'intriguent.

– Vous les faites boire alors que, vous-même, vous ne buvez pas?

– Exact. Ils boivent et ils parlent, et moi, je verse et j'écoute.

– Intéressant!

– Vous pouvez boutonner votre chemise. Tout va bien. Le principal, c'est de garder la tête au frais, de ne pas vous échauffer. Il n'y a que les nerfs qui puissent vous créer des problèmes, ou la surexcitation. Ce qui fait qu'il ne vous est pas non plus recommandé de vous enthousiasmer.

– Je suis quelqu'un de calme.

Le planton raccompagne le médecin et l'aide de camp refait apparition dans le bureau.

– La glace, je la mets où?

– Dans la baignoire.

– Tout?

– Oui, tout.

– Et après?

– Après, je t'appellerai.

Cinq minutes après, mon corps, épuisé par la chaleur, brûle sur la glace qui remplit tout le fond de mon jacuzzi. Je reste couché dessus comme sur des braises, cinq bonnes minutes. Puis j'ouvre l'eau froide: elle gicle en me frappant le corps et elle se met à creuser en dessous de moi des glaçons de tailles variées, les entraîne dans des tourbillons.

J'appelle l'aide de camp, il passe aussitôt la tête par la porte de la salle de bains.

– Un whisky, lui dis-je.

– Avec de la glace?

– Non, sans.

C'est un plaisir étrange: le whisky d'un côté, la glace de l'autre. J'ai envie aussi d'autre chose, quelque chose de sauvage, qui fasse vibrer mon corps.

Je demande à l'aide de camp de mettre de la musique. Il connaît mes goûts et sait identifier mes humeurs. Pour ça, il sait faire.

«Oh, si je pouvais l'exprimer par des sons!» La basse virile de Chaliapine descend des haut-parleurs installés au plafond. Voilà c'est ça, la vibration du corps. Je sens un léger frisson me parcourir, preuve que j'entends cette voix non seulement par les oreilles, mais de toute ma peau, de tout mon être, que le bain aux glaçons a refroidi.

Je m'interroge à propos de Chaliapine: «J'aimerais bien savoir s'il battait les femmes. C'est sûr qu'il le faisait! Quand il s'échauffait. Il devait certainement ne battre que les plus proches, celles qui lui étaient les plus chères. Dans la colère et la passion. Ça serait magnifique de voir pour de vrai Chaliapine en colère, levant sa main forte sur une femme délicate, effrayée, prête à tomber à genoux devant lui et à lui demander pardon, même pour ce qu'elle n'a pas commis.»

– Vous avez une lettre! la voix de l'aide de camp fait irruption dans l'univers détendu de mon imagination.

Une lettre ? Je regarde l'enveloppe avec, inscrit dessus *À Monsieur le Président*.

– Qui l'a apportée ?

– Le responsable de la Protection. Il a dit qu'il l'avait trouvée par terre.

– Apporte-moi encore un whisky !

Il s'éloigne et j'ouvre alors l'enveloppe : mes yeux s'écarquillent. Cela fait au moins dix ans que je n'ai pas vu une lettre manuscrite. La parole passe depuis longtemps par l'imprimé. Les lettres ont des facettes comme les verres anciens, elles s'adaptent à tous les propos, même les plus intimes. Pour les lettres affectives, il y a des caractères spéciaux, nerveux, pour les lettres de colère, des caractères enflés et arrogants.

> *Cher Président,*
>
> *J'espère que vous vous remettez de votre opération et que vous accepterez bientôt de me rencontrer. C'est très important pour moi. Même si je me contente pour l'instant des cinq mètres qui nous séparent la nuit.*
>
> *Je vous souhaite à la fois équilibre intérieur et bienveillance envers le monde environnant.*
>
> *Bien cordialement,*
> *Maïa Voïtsekhovskaïa.*

La lettre a traversé tout mon être comme l'aurait fait un tracteur. Je suis allongé dans mon jacuzzi, totalement désarmé par le culot de cette dame. Son écriture me ramène à la classe de cours élémentaire où on apprend, à l'aide de lignes spéciales, à incliner les lettres, pour mettre au point son écriture et tout simplement pour apprendre à écrire.

– Votre whisky ! a chantonné la voix de l'aide de camp au-dessus de ma tête.

Je prends le verre et le pose sur le bord de la baignoire. Puis je pêche deux glaçons que je jette dans le whisky.

– Renseigne-toi pour savoir qui a trouvé cette lettre et à quel endroit. Et tu reviendras me faire ton rapport!

Je buvais mon whisky, je comparais la couleur ambrée du liquide à celle de mes taches de rousseur. Quand mon verre a été vide, j'ai examiné la plante de mes pieds en les retournant: là aussi, il y avait des taches de rousseur.

32

Kiev. Octobre 1983.

Il est huit heures moins le quart. Le soir, dans mon quartier. Derrière les bâtiments du 16, une bagarre se prépare. Pas une bagarre habituelle, plutôt une sorte de rituel, entre deux rangs, «mur à mur». De notre côté, on est une cinquantaine. Ce sont des gars du 16 et du 18. Plus dix mecs qui habitent du côté de l'école N° 27. La plupart des combattants ont entre seize et dix-sept ans. J'en ai vingt-deux. Je suis le chef des opérations. C'est nous, Genia et moi, qui décidons de la stratégie et de la tactique.

– File-moi un billet de trois, je vais aller chercher du vin doux, dit Vitia Lyssyi qui vient de débouler vers nous. Le magasin va fermer!

Je lui donne le billet en râlant. Il disparaît. Le vent fait bruire et se balancer les couronnes des arbres dans notre ni parc-ni jardin. Au loin, l'orage gronde.

– Tu sais quoi? dis-je à Genia en chuchotant. Reste là à ma place. Moi, je vais aller chercher une assurance complémentaire. Dis aux copains de ne sortir les chaînes qu'à la fin et en cas d'urgence. Seulement s'ils se rendent compte que les «Ronds» ne sont pas réglos dans la bagarre!

Comme un éclaireur, je me glisse le long du groupe des «Ronds», nos ennemis de la rue Cherbakov. Je ralentis le pas et prête l'oreille:

– On leur balance les barres de fer dans les jambes, ensuite, on les piétine!

Je reviens voir Genia.

– Écoute, c'est du sérieux! Ils ont des barres de fer. Dis aux gars qu'ils se mettent tout de suite à frapper avec les chaînes. Dans les jambes.

Un quart d'heure après, j'arrive au poste de police, essoufflé par ma course dans le noir.

– Ho! Qu'est-ce que tu fiches ici! me crie par la fenêtre le lieutenant de service Marat Gousseïnov.

Je passe la tête par sa fenêtre.

– Va y avoir du grabuge, une bagarre «mur à mur». Entre ceux du 16 et le jardin. Les «Ronds» ont des barres de fer.

– Et les tiens?

– Des chaînes.

– Les barres, c'est plus lourd, commente le lieutenant, songeur. Alors, tu proposes quoi? De leur foutre les jetons?

– Pas tout de suite. Il faut d'abord faire durer le combat une dizaine de minutes pour voir qui est le plus fort, ensuite leur foutre les jetons!

Gousseïnov jette un coup d'œil sur la pendule au-dessus de son bureau.

– Le foot commence dans une demi-heure! C'est le Dynamo de Kiev contre le Dynamo de Tbilissi! Faudrait faire vite et pas le rater!

– Je file tout de suite! À dans un quart d'heure!

– D'accord, conclut tranquillement le lieutenant, et sa main se tend vers le clavier blanc du central téléphonique.

La bagarre démarre presque spontanément. Du côté des «Ronds», on expédie une brique en plein dans notre bande. Un cri de douleur s'élève. Aussitôt, toute l'équipe sort les chaînes et les fait tournoyer en fonçant sur l'adversaire. Au balcon du deuxième étage de la maison d'à côté, un type en maillot blanc observe les opérations. Au bout d'un moment, il se penche sur sa rambarde et crie: «Appelez la police! Que quelqu'un appelle la police, j'ai pas le téléphone!»

De derrière le foyer de l'usine agricole, des lumières de phares jaillissent sur la foule des combattants. On entend hurler la sirène de la police.

J'essaie de piger qui est en train de gagner, mais je n'y arrive pas. Il faut sans arrêt se baisser pour éviter les coups. Ça fait deux fois qu'une barre a volé au-dessus de ma tête. «Quand je pense qu'ils disaient "dans les jambes"», me dis-je, indigné par la double traîtrise de l'adversaire.

– Les flics! crie une voix.

Et le combat commence à se dissoudre, à se disloquer.

La jeep des flics avance lentement. C'est clair qu'ils ne veulent embarquer personne. Suffit pas d'embarquer, faut ensuite faire un procès-verbal et mettre au trou… Et le foot, dans tout ça?

Derrière le tronc d'un vieux cerisier, j'observe le champ de bataille déserté. Deux policiers ramassent à la lueur des phares les chaînes et les barres qui traînent sur le sol. Soudain, ils tournent la tête en direction d'un buisson d'où proviennent des gémissements.

«Qui ça peut être? me dis-je nerveusement. Pourvu que ce ne soit pas un des nôtres!»

Les flics tirent le gars de dessous les noisetiers et l'amènent à la voiture. Ils tâtent son crâne et l'examinent à la lumière des phares.

Mais c'est Biely! Le fils de l'institutrice!

Je sors de derrière mon arbre. Je m'approche de la voiture.

– C'est Vassia Biely, dis-je aux flics, je vais le ramener chez lui!

– Et toi, qui tu es? demande le lieutenant, méfiant.

Je regarde la tête du deuxième flic: tout aussi inconnu.

– Allez, on les embarque tous les deux! ordonne le lieutenant.

La jeep fait lentement demi-tour et avec Vassia nous regardons en silence les barres de quatre étages de la

71

cité, les arbres du parc et le foyer agricole qui s'éloignent derrière nous.

Je suis tendu. Il me semble que ce sont d'autres flics. Peut-être qu'ils ont été appelés par un des «Ronds»? Et les miens auraient tout simplement oublié?

Mais la jeep s'approche du poste que je connais, pour l'avoir si souvent balayé.

Gousseïnov nous y accueille. On verse sur la tête amochée de Vassia un flacon de teinture d'iode puis on se met à regarder le foot avec les flics. À la première mi-temps, le score est de 2/1 en notre faveur.

33

Kiev. Septembre 2003.

– Sergueï Dmitritch veut vous voir, lance par la porte entrouverte ma secrétaire.

J'acquiesce et Dogmazov entre dans mon bureau. Un docteur en sciences historiques, haut de deux mètres, président du Fonds des ressources intellectuelles. Je me rappelle comment j'ai dû faire subir une circoncision à sa carte de visite, pour qu'elle puisse entrer dans mon porte-cartes. Il y avait dessus une telle énumération de titres et de fonctions qu'en lisant la dernière ligne, j'avais déjà oublié la première.

Il a passé sa vie à essayer d'obtenir des trucs et il a fini par y arriver. Il faut bien que tout le monde sache ce qu'il a atteint!

– Sergueï Palytch, sourit-il. Vous êtes devenu injoignable! Ça fait deux semaines que j'essaie de vous appeler. Tantôt vous êtes à Strasbourg, tantôt à Bruxelles! Vous n'êtes pas fatigué?

– J'aimerais bien, mais je n'y arrive pas, lui dis-je du même ton. Pourtant, si on n'est pas fatigué, on ne se repose pas. Et c'est ça que je n'arrive pas à faire: me reposer pour de bon!

– Je ne crois pas que ce soit vraiment un problème! ironise-t-il.

Et il s'assoit dans le fauteuil des visiteurs, près d'une table basse.

C'est l'entrée en matière traditionnelle de n'importe quelle discussion d'affaires. Et plus l'affaire est importante, plus le petit jeu d'introduction dure longtemps.

– Comment va votre mère? Sa santé est meilleure?

– Vous êtes au courant de tout! dis-je, l'air surpris. Oui, j'ai dû me mettre en frais pour les médicaments, mais vous comprenez bien…

Il acquiesce. Je jette un coup d'œil discret sur ma montre. Je n'ai vraiment pas envie que la conversation s'éternise. J'ai d'autres plans pour la journée.

– Vous n'êtes pas un peu à l'étroit, ici?

Sergueï Dmitritch mesure du regard mon vaste bureau.

– Pas du tout, j'y suis très à l'aise, dis-je, en pensant: soit il contrôle mon appétit, soit il veut me proposer de monter encore d'un échelon?

L'idée de l'échelon supérieur ne me plaît guère. Je suis à présent vice-ministre. Un vice-ministre, ça vit généralement plus longtemps qu'un ministre. Et puis, je ne suis pas grand amateur des feux de la rampe et de la gloire d'État. Ma petite chandelle me suffit.

– Moi, j'ai l'impression que ce travail ne vous permet pas de déployer complètement vos ailes. Les hommes, je m'y connais. Je vois ceux qui ne sont pas à la hauteur des tâches qu'on leur donne, et ceux qui sont trop grands. Il se trouve que vous avez grandi ces derniers temps…

– Vous voulez un café?

Il est d'accord. Je demande à Nilotchka, ma secrétaire, de nous offrir un Arabica bien serré.

– Nous avons un poste à pourvoir, à la présidence, m'informe-t-il soudain dans un chuchotement. Le salaire ne bouge pas, mais les satisfactions augmentent.

Les responsabilités aussi, bien sûr. Réfléchissez, je vous repasserai un coup de fil.

Il tire de sa poche son agenda électronique. Fait défiler des choses sur son écran.

– Mercredi, à onze heures!

Le café est visiblement trop fort pour Dogmazov, il y rajoute trois cuillerées de sucre.

– Savez-vous, dit-il en souriant, dans notre famille, on a toujours aimé le sucre, et il n'y a jamais eu de cas de diabète!

Sergueï Dmitritch s'en va, en laissant à nouveau sur la table sa carte de visite. Drôle d'habitude! On se croirait dans un polar! Ou dans *Fantomas*, le film de mon enfance!

Je prends sa carte avec d'abord l'intention de la jeter. Mais ma main se fige au-dessus de la corbeille à papiers: la femme de ménage va la vider, et après, où elle va jeter tout ça? Est-ce que cette carte ne va pas se retrouver ensuite sur le bureau de je ne sais qui? Non, mieux vaut ne pas oublier que plus on est près du soleil, plus ça brûle. Je regarde la liste interminable des titres et fonctions. On dirait qu'il y a quelque chose en plus. Tiens: «Académicien, Académie européenne d'Administration». D'accord.

Je la range dans mon classeur à cartes de visite, par-dessus la précédente, en la pliant en deux.

– Sergueï Pavlovitch, intervient doucement la secrétaire sur le pas de la porte, vous avez dit à Vassia d'amener la voiture à trois heures. Il attend.

– Je ne suis plus là de la journée! lui dis-je en sortant.

Je reconnais tout de suite Svetlana Vilenskaïa. Elle ressemble tellement à sa sœur. Elle m'attend, assise à une table du restaurant *URSS*, derrière la laure de Petchersk[1]. Le médecin-chef de la résidence psychiatrique est vraiment formidable! Il a fait exactement comme je le lui avais demandé: entrer en contact avec

---

1. Célèbre monastère orthodoxe de Kiev.

elle, et expliquer qu'il y avait quelqu'un prêt à aider sa sœur. Au sens médical. Et elle m'a appelé d'elle-même. C'est ça l'essentiel: ce n'est pas moi qui ai cherché à obtenir un rendez-vous, mais elle!

– Excusez-moi d'être en retard! dis-je en m'asseyant sur la chaise d'à côté. Les obligations! Qu'est-ce que vous prenez?

Aussitôt apparaît près d'elle un serveur avec une cravate de pionnier. Il propose le menu.

Nous prenons chacun une salade et un verre de muscat Pierre Blanche.

Elle a dans les trente-cinq ans. Difficile de dire si elle est plus jeune que Valia ou si c'est l'aînée.

– Vous savez, mon frère aussi est interné à Gloukhovka. Le médecin-chef a dit que le diagnostic de votre sœur et celui de mon frère sont assez proches…

Elle me regarde attentivement. Très attentivement. Sa petite veste courte à la mode est ouverte. En dessous, elle porte un petit haut moulant. Mes yeux glissent un instant vers le bas: des jeans serrés et des chaussures de cuir souple à bout pointu. Marron également.

– Votre frère est là-bas depuis longtemps? demande-t-elle.

– D'abord, il était près de Kiev. On l'a amené à Gloukhovka il y a trois ans. Et Valia?

– Depuis peu de temps. Un peu plus d'un an… Nikolaï Petrovitch m'a dit…

– Oui, quand il m'a parlé de leurs diagnostics, j'ai pensé qu'on pourrait essayer cette nouvelle thérapie en même temps?… Vous savez de quoi il s'agit? Je ne suis pas médecin, encore moins psychiatre… Je vous le livre comme je l'ai reçu, pardonnez-moi l'expression. La chromothérapie. Il paraît que c'est les Allemands qui l'ont inventée. On doit trouver la couleur apaisante pour chaque individu, puis la couleur qui stimule son attention au réel. On les installe pendant la cure dans un appartement aménagé spécialement pour les soins, avec ces deux couleurs, et on corrige leur psychisme.

– J'ai l'argent, dit posément Svetlana. L'essentiel, c'est que ça soit efficace.

– Il n'y aura peut-être pas besoin d'argent. Je vais essayer de trouver un accord avec le ministère de la Santé. C'est une nouvelle clinique, elle vient juste d'obtenir l'autorisation… Mais vous, dans quoi vous travaillez?

– Dans le miel, dit-elle, l'exportation du miel…

– Et ça marche?

– On en manque, soupire-t-elle, on manque de miel. On pourrait en exporter trois cents tonnes de plus…

– Vous n'êtes donc pas opposée à ma proposition?

Elle ne l'est pas.

– Dans ces conditions, laissez-moi, s'il vous plaît, votre carte de visite et je vous tiendrai au courant! lui dis-je, tout en m'en voulant à moi-même de m'exprimer soudain avec autant de maladresse.

Svetlana Vilenskaïa
Tél. 210 00 01
Fax. 210 00 02

Normalement, sur les cartes de visite, on indique un peu plus que les noms, prénoms et numéros de téléphone. Qu'est-ce que ça signifie? L'indice d'une nature secrète?

34

Moscou. Octobre 2014.

Tant qu'à aller en Mongolie, ça aurait été idiot de ne pas faire escale au retour à Moscou. D'autant plus que Moscou tient à être toujours au courant des plans stratégiques de ses voisins.

– Et de quelle façon la Mongolie peut devenir un partenaire stratégique de l'Ukraine? demande le vice-président de la Douma, sincèrement étonné. Qu'est-ce que vous comptez y trouver, en dehors du cuir?

– Notre délégation a signé soixante-douze contrats, dis-je en réponse, non sans fierté. Effectivement, la moitié concerne les peausseries et l'industrie du cuir. Mais il est clair qu'on ne va pas loin sans vous. C'est pourquoi les contrats sur le cuir sont ouverts également aux entreprises russes…

«D'où ils sortent des gabarits pareils? me dis-je en observant le vice-président. Hitler rêvait d'Allemands qui auraient ce format. Il n'y est pas arrivé! Un pur aryen: un blond aux yeux bleus de deux mètres de haut, avec une petite barbe claire!»

Mon cou, tendu, est fatigué. D'ailleurs, ça n'est jamais agréable d'incliner la tête vers quelqu'un d'inférieur hiérarchiquement. Mieux vaut s'asseoir.

– Asseyons-nous, dis-je, en montrant que je suis fatigué.

De lui-même, il ne me dira pas de m'asseoir, c'est clair!

– Oui, oui! acquiesce le Russe aryen en regardant autour de lui. Allons dans la salle des pourparlers. Le grand salon est occupé: une rencontre entre le Premier ministre et le chancelier allemand.

La «salle des pourparlers», c'est un mot à eux. En fait, c'est un de ces petits salons dont il y a bien une quinzaine dans le palais du Kremlin. Il est vrai que les fauteuils sont en cuir et que le service est à la hauteur: un garçon au port impeccable, en costume strict et noir.

Le vice-président lui adresse un signe et, deux minutes après, apparaît sur la table une énorme coupe pleine de fruits et de l'eau minérale avec des verres en cristal.

– Et qu'est-ce que c'est que ce remue-ménage qu'il y a eu à Kiev, il y a quelques jours? demande le vice-président, à brûle-pourpoint.

– Un remue-ménage? Vous voulez parler de la séance nocturne du Parlement?

– Oui, Monsieur le président.

– Comme d'habitude, quand il y a des décisions urgentes à prendre, dis-je en réponse, tout en me rendant compte que cela fait déjà deux jours que je n'ai pas eu de rapport sur la situation en Ukraine.

Et je poursuis, d'un ton mi-interrogatif mi-affirmatif:

– Mais maintenant, ça y est, tout est calme!

– Oui, ça a marché! (Le vice-président approuve du chef.) Une décision raisonnable!

Je me détends, soudain. Je me sens de meilleure humeur et cet aryen russe ne me paraît plus si gigantesque. C'est même l'inverse. Maintenant, nous sommes assis tous les deux et j'ai envie de manger une pomme. Je prends la plus grosse sur la coupe. Je n'aperçois ni couteau ni assiette. Alors je l'approche de ma bouche et je mords dedans, tout simplement. Le bruit que je fais en la croquant résonne dans tout le salon. La stupéfaction se lit sur les traits du vice-président. Il ne s'attendait visiblement pas à une telle audace de la part de son visiteur.

Je finis ma pomme et lui propose de réfléchir au projet d'ouvrir en cogestion deux usines de traitement du cuir dans la zone franche située à la frontière, près de Kharkov. Il m'assure qu'il fera des contre-propositions dans la semaine. Nous nous quittons là-dessus.

Le second avion présidentiel avec la délégation des représentants de la fine fleur du business ukrainien est déjà parti pour Kiev. Le nôtre est en train de rouler vers la piste d'envol.

Sur le fauteuil d'en face est assis Kolia Lvovitch. Il a un verre d'eau minérale à la main.

– Oui, Monsieur le président, j'ai oublié de faire mon rapport. Chez nous, tout va bien. La population a approuvé les décrets concernant l'électricité bon marché. Il y a même eu une manifestation de soutien!

– Et pour la Mongolie? Tu crois que ça va marcher?

– Ils ont besoin d'accéder au marché européen de la fourrure et du cuir. Ils n'ont qu'un seul concurrent, la

78

Turquie. L'Ukraine est plus proche de l'Europe que la Turquie, et la main d'œuvre est au même prix. D'ailleurs notre marché n'est pas si faible. En calculant approximativement, les ventes potentielles seraient de trois ou quatre milliards de dollars par an, avec, en supplément, cinq ou six mille nouveaux emplois…

– Oui, c'est bien!

Je soupire en m'apercevant que je suis fatigué. L'avion s'arrache pesamment à la terre russe. Ils ont enterré des aimants, ou quoi? Rentrons vite à la maison, et au dodo, me dis-je.

35

Kiev. Octobre 2003.

Sergueï Dmitrievitch Dogmazov m'embarque dans sa Volga noire et me mène de bureau en bureau, tout en me présentant à toute sorte de gens que je n'ai jamais rencontrés auparavant. J'ai l'impression d'être une fille à marier. C'est tout juste si on ne me demande pas de me tourner et de faire voir mes jolies dents. Le bureau suivant est au début de la rue Vladimir. Un appartement au deuxième étage. Une porte blindée sans numéro ni plaque. Celui qui nous ouvre est un garde en tenue de camouflage, puis apparaît un jeune homme en costume cravate, qui nous conduit à travers un long couloir. De toute évidence, c'était auparavant un appartement communautaire. Au bout du couloir, un vaste cabinet de travail dont les murs sont ornés de cadres avec des diplômes. Derrière le bureau étincelant, je vois un type un peu chauve et voûté. La cinquantaine, les doigts épais. Deux chevalières massives. On les voit très bien car il a étalé ses mains devant lui sur le bureau. Et à côté d'elles, une grosse calculatrice.

– Voilà, vous vous rappelez? Je vous en avais parlé.

Dogmazov s'est planté devant le maître des lieux et me désigne du regard.

– C'est Sergueï Pavlovitch Bounine.

– Un beau nom, approuve le chauve. Ça me dit quelque chose...

Il a l'air d'essayer de se souvenir, puis il laisse tomber mon nom et me regarde attentivement.

– Vous êtes un homme plutôt souple ? demande-t-il, tout en bougeant un peu la tête de côté comme s'il voulait étudier mon profil.

– Assez, dis-je.

– D'ici cinq ans vous n'aurez pas encore cinquante ans ?

– Non.

– Vous n'avez pas de maladies chroniques ?

– Non.

– C'est bon. On en parlera demain, dit-il en se tournant vers Dogmazov.

Et là-dessus, l'entretien est terminé. Ça fait le huitième entretien du même genre.

– Je vous ramène chez vous, ou au bureau ? demande Dogmazov, une fois dehors.

– Chez moi.

36

Kiev. Juillet 2015. Lundi. Sept heures du matin.

Sur la table du salon, une cafetière en argent et une coupe, en argent également, avec des petits feuilletés encore chauds. Je me verse du café dans une tasse de porcelaine de Meissen en écoutant les cloches de l'église Saint-André. C'est à ma demande qu'on a fait sonner les cloches. Cette matinée ensoleillée me donne envie de sentir que je suis proche de Dieu, de sentir qu'il m'approuve.

Non, je ne suis pas devenu un vrai croyant mais j'ai cessé d'être un athée. J'ai compris que l'importance de l'Église et l'importance de la foi sont deux valeurs différentes et nécessaires. L'Église, c'est une partie du système étatique, indispensable au moment des élections.

La foi, c'est pour les électeurs croyants un prétexte et une bonne raison de faire confiance à l'Église. Sans parler du fait qu'une église, c'est beau : c'est un peu comme dans un théâtre à l'étranger, où tu ne comprends rien sans traduction, mais où tu en as plein les yeux !

D'ailleurs, à propos du théâtre. J'ai un rendez-vous avec le sculpteur Zdoba. C'est le côté agréable de la politique intérieure. Le président doit manifester de l'intérêt pour l'art.

Le café a son bon goût amer. L'aide de camp apparaît à la porte. À son air effrayé, je comprends tout de suite qui il va m'annoncer.

Kolia Lvovitch profère tout de même quelques mots pour s'excuser de débarquer si tôt.

– Il se passe des choses en Russie, dit-il. J'ai pensé que vous voudriez être informé…

– Dis toujours !

– Cette nuit, le gouverneur de la région du Primorié a été enlevé avec ses cinq adjoints et douze directeurs de sections.

– Ils n'y vont pas de main morte ! dis-je, étonné. Et pourquoi je dois en être informé ?

– Huit d'entre eux sont ethniquement des Ukrainiens. Si c'est les Tchétchènes qui ont fait le coup, on peut entrer en pourparler à leur sujet et jouer avec les Russes au « jeu du meilleur négociateur ».

– Mais de toute manière, ils ont des passeports russes, dis-je en réfléchissant à haute voix. Pourquoi mettre notre nez là-dedans ?

– Je vous tiendrai au courant. Les Russes apprécient qu'on les aide dans de telles situations.

– Bon. Tu me feras des rapports, dis-je, conciliant.

C'est bizarre, la visite matinale de Kolia Lvovitch n'a pas gâché ma bonne humeur. Même si le son des cloches et l'apparition du chef de l'Administration sont des choses diamétralement opposées. En fait, la nouvelle apportée par Kolia Lvovitch m'a l'air intéressante et je demande à l'aide de camp de faire venir immédiatement le général Svetlov.

Au bout de vingt minutes nous sommes attablés, Svetlov et moi, et buvons le café ensemble.

Mes suspicions étaient justifiées: toute cette équipe du Primorié est dans un avion qu'on nous envoie vers l'Ukraine. C'est là le premier résultat de l'opération «Mains étrangères». Et cette fois, les mains sont ukrainiennes.

– On a construit pour eux une petite prison dans les Carpathes, en montagne, annonce le général. Pour trois cents personnes. Ce sont les Turcs qui ont fait le travail. Comme si c'était un hôtel. Ce qui fait que les conditions d'hébergement sont excellentes. La zone de surveillance et les dépendances, ça a été fait ensuite par l'armée, les bataillons de la construction.

– Alors, on va bientôt devenir le Cuba de la Russie, dis-je, moqueur.

– Pourquoi ça? dit Svetlov qui n'a pas compris.

– Le Cuba destiné aux «talibans» russes. Je plaisante, dis-je en sentant que ma blague est tombée à plat.

– Il faut qu'on prépare une liste pour leur commando spécial. J'ai déjà choisi la région: le Zaporojié. Il est grand temps d'y rétablir l'ordre.

– Vas-y! Et on a prévu une relève pour les postes qui seront vacants?

– Oui. Des nôtres, pour l'essentiel. Parmi ceux d'avant.

– C'est bien, mais ne néglige pas la piétaille. Sinon, les militaires vont nous dire: «Pourquoi vous ne faites confiance qu'aux tchékistes?»

– Il y a aussi les militaires, Svetlov hausse les épaules. C'est bon, on en prendra un ou deux.

– Et prends aussi un gâteau. Ils sont tout frais. Je vais en prendre un aussi.

Nous mastiquons des feuilletés à la confiture de fraises bien tendres tout en buvant notre café, et je songe que le lundi peut être le meilleur jour de la semaine, si on le commence de la bonne manière: par le son des cloches.

37

Kiev. 31 décembre 1984.

Sacrée tempête! On a l'impression de marcher non pas dans la rue mais à travers un mur de neige qui vous pique et vous fouette les yeux. En plus, il fait nuit et on ne voit les réverbères que quand on est tout près d'eux. Ils ressemblent aux fleurs dans les contes: une boule jaune sur une tige en béton. Tu jettes un coup d'œil de bas en haut, tu vois ça, mais dès que tu t'éloignes et que tu regardes autour, tu as de la neige plein les yeux et au-delà, c'est le noir.

J'ai relevé le col de ma veste en mouton retourné. Le col est haut, il monte jusqu'à la chapka en lapin dont j'ai noué les rabats. Il n'y a que mes yeux qui sont à découvert et se prennent toute la neige. Mais ça ira.

Dans mon sac, j'ai deux bouteilles de cognac et une de muscat de Chypre qui porte le joli nom de Loël. Je vais chez les flics au poste du quartier. On va fêter ensemble le Nouvel An. Je n'avais pas particulièrement le choix. Il y a un mois, mon copain Genia a dû partir à l'armée. La vendeuse de légumes, avec laquelle j'avais une petite histoire qui commençait, m'a foutu la trouille en me demandant de la présenter à mes parents et de fêter le Nouvel An en famille. Pour ne pas prendre la fuite honteusement, je lui ai raconté que j'avais peut-être la syphilis. Et elle a immédiatement filé dans son bled, à Vinnitsa, pour y passer le Nouvel An. Ça, c'était y a une semaine. Et maintenant, quand j'y pense, je me demande comment j'ai pu seulement l'aborder, cette Rita? J'étais saoul, ou quoi?

Et il s'avère donc que seuls les flics sont contents de me voir. Bien entendu, eux et moi, nous savons à quoi

nous en tenir. J'ai même signé je ne sais quelles paperasses comme quoi j'acceptais de coopérer avec la police
et de prendre part à des trucs. Mais c'était juste pour
leur compte rendu d'activité. À la fin de l'année, ils se
sont aperçus qu'il leur manquait des informateurs sur la
liste à fournir. Comme je me souvenais du coup de main
qu'ils m'avaient donné à l'époque des démêlés avec les
«Ronds», j'ai accepté d'améliorer leur compte rendu. Et
maintenant, j'ai ma récompense. Ça tombe bien,
Gousseïnov vient d'être promu lieutenant-chef.

Une fois au poste, j'ai filé les bouteilles au sergent
Vania, qui les a cachées dans le frigo collectif. Elles tintent en se cognant aux bouteilles de champagne et
vodka qui y sont déjà. Il est dix heures du soir.

J'aide à mettre ensemble deux bureaux pour faire
une grande table carrée.

– Et la nappe? je demande.

– Tu l'auras, ta nappe, répond joyeusement le sergent Vania.

Il sort et rentre aussitôt avec une énorme carte politique du monde couverte de cellophane. Il l'étend sur la
table. Bien sûr, ce n'est pas une nappe, elle n'a pas les
bords qui retombent comme ça devrait. Mais elle
recouvre la table et c'est le principal.

À onze heures, on s'assoit. C'est pas très confortable.
Il faut s'installer en biais. Les genoux frottent les tiroirs
du bureau.

La carte du monde se couvre peu à peu de tranches
de saucisson, de lard ou de pain, de bouteilles et de
verres. Un autre sergent que je ne connais que de vue
apporte une gamelle de deux litres de salade Olivier.

À minuit moins le quart, nous sommes déjà hilares et
bien bourrés.

– On a complètement oublié! (Gousseïnov s'attrape
la tête à deux mains.) Le dicton dit bien: tu passeras
l'année comme tu l'as commencée!

Il bondit de sa chaise et sort d'un pas élastique. Sa chemise bleue d'uniforme est déboutonnée pratiquement jusqu'au nombril. Il fait sacrément chaud ici.

– Allez, vite! on entend la voix de Gousseïnov.

Qui est-il en train d'activer? Je me retourne vers la porte et vois entrer deux filles au maquillage hyperlourd et à la tenue légère.

– Allez, les nanas! ordonne Gousseïnov. À table! On a failli vous oublier!

Les filles se révèlent être des prostituées, arrêtées le matin même dans le boxon du coin. En fait, elles étaient cinq, mais trois d'entre elles ont été réquisitionnées pour le poste du quartier Lénine, je comprends maintenant pourquoi.

– On passe la nouvelle année comme on l'a fêtée! le sergent Vania verse de la vodka aux «nanas». Buvez, mes chéries, rattrapez-nous! Le champagne nous attend!

Les «nanas» vident leurs verres en mordillant du lard. Gousseïnov ouvre le champagne sans attendre. Puis il branche la télé. Ça tombe pile, juste avant les douze coups du carillon du Kremlin.

– Bonne année! dit d'une voix de basse puissante le speaker de la télé, caché derrière une image du Kremlin enneigé.

La fête bat son plein. Alla Pougatchova chante à la télé l'histoire d'un apprenti sorcier et Gousseïnov, qui est désormais lieutenant-chef, a trouvé les arguments pour convaincre les «nanas» de se mettre à poil et de monter sur la table. Elles dansent. Vania me verse à nouveau de la vodka, aux filles, il propose mon cognac.

Je tente vaguement de protester: comment ça, à moi on file de la gnôle et les filles ont droit au cognac?

– Attends, me répond Vania, tu vois un peu la vie qu'elles ont? Qu'elles prennent du plaisir ne serait-ce qu'au jour de l'An. C'est elles, le peuple! Pas toi! C'est elles qui se font enculer en permanence, pas toi…

Son boniment d'ivrogne commence à m'énerver, mais, après un nouveau verre de vodka, je comprends qu'il a raison. Je suis entièrement d'accord avec lui.

Vers quatre heures du matin, Sonia, la blonde décolorée, se retrouve assise sur mes genoux. Et je vois dans ses yeux un joli brouillard rose. Rose parce qu'elle a les yeux rouges et les pupilles dilatées.

Gousseïnov nous prépare du thé très concentré qui nous remet les pieds sur terre.

– Saloperie ! dit-il en hochant péniblement la tête. La fête est finie ! Il faut ranger, sinon le major va débarquer !… Allez, les filles ! Amnistie ! Cassez-vous. Y aura pas de procès-verbal mais laissez-nous vos numéros de téléphone ! Toi, il se tourne vers moi, tu mets les bouteilles et les ordures dans un sac et merci pour la compagnie…

J'essaie de me lever. J'y arrive, mais c'est dur.

Le premier matin de 1985 me paraît incroyablement frais, comme de la bonne saucisse bouillie. La ville a fini de faire la fête et s'est assoupie. Dans la lumière des réverbères, la couche de neige dans les rues et sur les pelouses étincelle. J'ai le champagne dans la tête, la vodka dans les jambes, et dans le cœur, une sensation de légèreté joyeuse. Comme si, réellement, on me soulevait et on me portait. Qu'on me portait vers l'avenir radieux.

38

Kiev. Octobre 2003.

Le soleil me tombe droit dans les yeux et me gêne pour conduire la voiture. Ma vieille Opel a passé une visite médicale il y a deux jours et elle file sur la route comme si elle était toute neuve.

– Bien sûr, trente-cinq mille, c'est beaucoup, mais si on convertit les francs suisses en euros, ça fait une fois et demie moins cher, dis-je en jetant un coup d'œil vers Svetlana. Son beau visage est calme.

– Non, ce n'est pas beaucoup, répond-elle.

En fait, ce n'est pas le sens de ce qu'elle dit qui m'importe, mais la musique de sa voix. Même si, au bout d'un moment, je me réjouis de sa réponse. Moi, je ne trouve pas ça évident de tirer de ma poche une telle somme pour payer à Dima une année de séjour dans une clinique suisse, je dirais même que ça me fait plutôt mal. Mais il faut apprendre à être généreux. Prendre exemple sur elle. Est-ce que le miel, ça rapporte tant que ça ? Voilà où j'aurais dû m'orienter, plutôt que vers le pouvoir.

Trente kilomètres avant d'arriver à Gloukhovka, mon estomac commence à réclamer. Svetlana est d'accord pour manger un morceau.

On s'arrête à un café nommé *Koureni*, sur le bord de la route. Deux semi-remorques sont garés devant. À l'intérieur, deux routiers sont attablés côte à côte. Ça sent le borchtch aux boulettes de pain.

– Comment peuvent-ils s'en sortir avec des prix pareils ? dis-je, étonné, en lisant le menu. Je lève les yeux vers Svetlana.

– Le peuple n'a pas d'argent, répond Svetlana en haussant les épaules. C'est pour ça que le petit commerce ne marche pas. Je prends une salade de choux et un jus d'orange.

– C'est tout ? je regarde ma montre. Il faut pourtant déjeuner !

– C'est comme ça que je déjeune d'habitude.

Moi, je me commande un borchtch sans boulettes et de la viande hachée avec du sarrasin.

La conversation, pendant le repas, ne démarre pas. Nous échangeons simplement des coups d'œil et quelques répliques.

Le café, nous le prenons dans le bureau du médecin-chef. Il est assez étonné par ce que je lui annonce.

– Et pour la chromothérapie ? Vous avez parlé de trois séances ?

– C'est un cas rare, dis-je en répétant les propos du psychiatre de la clinique privée. Ils sont tous les deux totalement indifférents aux couleurs. Ils ont seulement une réaction négative au rouge et à l'orange. Ces deux couleurs les font se terrer dans un coin. Mais les autres, ils ne les remarquent pas.

– Oui, c'est normal, cherche à nous rassurer le médecin.

– Qu'est-ce qui est normal ? dis-je.

– Pour eux, c'est normal de ne pas reconnaître les couleurs. Ne pas reconnaître, c'est ça, leur norme.

Svetlana boit son café en silence. Elle examine le plancher du bureau couvert de peinture marron. Elle réfléchit. Le médecin-chef est près de la fenêtre et soudain il nous fait signe d'approcher.

Il y a des bancs, de l'herbe. L'espace de promenade de l'Institution N° 3. Sur la pelouse, Dima et Valia Vilenskaïa se promènent sans parler. J'ai l'impression qu'ils se tiennent par la main. Je ne cache pas ma surprise :

– Qu'est-ce que ça veut dire ? Ils peuvent, comme ça… avoir des relations ?

– Des formes d'attachement peuvent apparaître, plus fortes que chez les autres…

Svetlana et moi échangeons des coups d'œil.

– D'ailleurs, nous avons déjà eu deux cas de ce genre : l'attachement a mené provisoirement à une complète guérison psychiatrique.

– Provisoirement ? reprend Svetlana.

– Oui. C'est comme un médicament qui n'agit que pendant la maladie. Le patient recouvre ensuite l'intégrité de sa nature et de son rapport au monde.

Tout en écoutant le médecin, j'observe Dima et Valia. Dima est en costume de laine bleue. Valia porte toujours sa robe violette qui lui descend jusqu'aux chevilles. Soudain, ils s'arrêtent et se tournent l'un vers l'autre. Ils se regardent dans les yeux. Il me semble qu'ils vont s'embrasser. J'en ai presque envie, même si l'idée que le médecin-chef va le voir m'est désagréable. Si on avait pu être seuls, Svetlana et moi, près de cette fenêtre, à les voir s'embrasser! J'imagine qu'on aurait peut-être, sans vraiment s'en rendre compte, répété leurs regards et leurs gestes!

Mais Dima et Valia ne font que se regarder dans les yeux. Ils restent immobiles.

– Ils se complètent l'un l'autre, dit le médecin. Cette chromothérapie leur aura au moins permis de faire connaissance. Maintenant ils sont en train de chercher la longueur d'onde qui va les mettre dans la même perception du monde environnant.

– Et pour manger, ils s'assoient ensemble? demande tout à coup Svetlana.

– Oui, l'un en face de l'autre.

Je me rappelle notre déjeuner d'aujourd'hui, dans le café sur la route :

– Et en mangeant, ils se parlent?

– Si la conversation entre eux était facile, ils n'auraient rien à faire ici…

Je regarde Svetlana, elle s'est aussi détournée de la fenêtre pour me regarder. J'ai envie de lui dire quelque chose. Et je le lui aurais bien dit, mais la présence du médecin me gêne. Je me fais cette remarque à moi-même: «Et qui me dit que nous ne sommes pas comme Dima et Valia?»

«Il est temps de rentrer à Kiev», pense Svetlana en me regardant.

– J'ai un rendez-vous à 17 h 30, dit-elle, et, voyant que j'ai compris, elle regarde à nouveau Dima et Valia.

– Les papiers seront prêts pour lundi, énonce le médecin.

39

Kiev. Juillet 2015. Vendredi.
– C'est quoi, cette huile?
Tout en retirant ma chemise, j'interroge Sonia.

– C'est un mélange. Il y a de l'huile de muscade, et aussi… Et là, elle passe au chuchotement: de l'essence de pavot et de la propolis.

Je retire mon pantalon et mon caleçon. Je m'allonge sur la couchette, les fesses en l'air. Sonia se déshabille aussi, ne garde qu'un maillot de bain. Elle se lave les mains dans un petit lavabo d'angle. Elle les sèche soigneusement.

Je l'écoute avec mon dos. Ou plutôt, je la sens approcher. Et brusquement, les lourdes gouttes d'huile me tombent sur les épaules. Voilà maintenant ses doigts puissants. Ils forment des cercles qui, en s'élargissant, font pénétrer dans ma peau le mélange d'huiles.

Sonia est une ancienne championne du monde de gymnastique sportive. Les anciens champions ont aussi vite fait de se reconvertir aux soins médicaux que les anciens députés à la prison ou à la fonction publique. Le sport, c'est plus sain que la politique, même cet exemple simple le prouve.

– Détendez-vous! elle passe le gras de ses doigts le long de mes bras allongés sur les côtés.

Quand le massage est fini et que je reste seul dans la pièce pour me reposer, je me plante devant le miroir et j'observe mon corps nu. Je ne sais pas si l'huile a atténué les taches de rousseur, comme l'a affirmé Sonia. Par contre, les poils de ma poitrine, que les médecins avaient rasés avant l'opération, repoussent. Et certains ont l'air franchement roux. Il ne manquait plus que ça! J'en arrache quelques-uns que j'ai sélectionnés.

– Monsieur le président… j'entends la voix de Kolia Lvovitch derrière la porte. L'ambassadeur d'Albanie vous attend!

Je me rhabille à contrecœur. Mon humeur se gâche franchement. Je pense à ces poils roux que j'ai sur la poitrine. L'ambassadeur d'Albanie est en fait une femme sympathique d'une quarantaine d'années. Elle me remet

ses lettres de créance. Nous égrenons les phrases proto-
colaires sur l'amélioration des relations entre l'Ukraine
et l'Albanie et là-dessus, la rencontre se termine.

– Monsieur le président, vous avez promis de
prendre un café aujourd'hui avec Maïa Vladimirovna,
me rappelle Kolia Lvovitch.

– Où ça?

– Chez vous, rue Desiatina. Elle vous y attend.

– Elle m'attend chez moi?

Kolia Lvovitch esquisse un sourire crispé. Aujourd'hui, il
est de mauvaise humeur. C'est la même chose chaque
fois qu'il doit me parler de Maïa Vladimirovna.

– Elle ne vous attend pas exactement chez vous, mais
à la résidence officielle du président de l'Ukraine, dit-il
entre les dents.

– Et ça va durer longtemps, ce café?

– Une demi-heure. Vous sentez l'huile de muscade,
ajoute-t-il, plus amène.

– Exact.

– Ça va lui plaire. Toutes les femmes adorent ce parfum amer! ironise-t-il.

J'ai une brusque envie de lui envoyer un crochet.
Mais un président doit savoir cacher ses désirs véritables.
Du moins parfois.

40

Kiev. Janvier 1985.

– Quand est-ce que tu te trouveras un boulot? me
crie ma mère depuis le matin.

J'ouvre péniblement les yeux. Un premier coup d'œil
sur le réveil. Un autre sur le lit d'en face. Mon frère
Dima, lui, pionce tranquillement. C'est bien d'être un
toqué : «Mon petit Dima, bois donc ce lait chaud avec du
miel, mange donc cette bouillie de sarrasin avec du
beurre!»

Il dort le visage tourné de mon côté et a l'air de reni-fler quelque chose. Comme un cheval qui ouvre grand les narines. Il doit faire un rêve!

Je l'observe, avec son visage qui bouge même quand il dort et je me dis: «En quoi est-il mon jumeau? Nous n'avons rien en commun! On peut pas dire, bien sûr, qu'il n'y ait rien du tout, le front est le même, et les fos-settes quand il rit, et les sourcils se rejoignent aussi au-dessus du nez, mais il y a tout le reste! Son sourire, sa façon de regarder, sa façon de rire! Tout est différent. Et sa voix, elle ne ressemble vraiment à rien. C'est la voix d'un adolescent de treize ans quand il n'est pas content. Moi, je n'ai jamais eu une voix pareille ni à douze ans ni même à dix!»

– Debout, parasite! c'est ma mère qui se pointe à nouveau dans la chambre. À dix heures, le médecin vient voir Dima. Alors, surtout, tu bouges pas d'ici! Tu l'attends et tu le lui montres, dit-elle en montrant mon frère qui dort. Et tu retiendras bien ce qu'il dira!

Je laisse tomber mes jambes par terre et m'assois sans entrain sur le lit. Le froid du linoléum me chatouille les pieds. Je me plains:

– Fait froid!

– Tu crois pas que tu pourrais m'aider un jour à col-mater les fenêtres pour l'hiver?

Elle n'attend pas la réponse, elle la connaît déjà. Presque toutes ses questions sont rhétoriques. Il n'y a que quand elle me donne des ordres qu'elle attend… non pas la réponse mais la confirmation que l'ordre a été reçu, ou au moins un signe de tête.

Après huit heures, l'appartement est à nouveau silen-cieux. Je pourrais me recoucher, mais je n'en ai pas envie. Je suis assis en short dans la cuisine sur un tabouret froid. J'ai des frissons. Ça me donne la forme mieux que n'im-porte quelle gymnastique. Encore un frisson et je vais allu-mer le feu sous la poêle où ma mère m'a laissé de quoi petit-déjeuner. De la bouillie de sarrasin et deux saucisses. Ensuite, quand mon frère se révcillera, j'aurai à lui faire cuire deux œufs à la coque en surveillant qu'il n'avale pas un morceau de coquille en les mangeant. En fait, il n'a pas besoin de moi pour manger ses œufs sans bout de coquille. C'est pas un imbécile, ou un demeuré quelconque. Il est au bout du compte plutôt normal, il est même plus malin que moi. Il fait juste croire qu'il est schizophrène, un schizophrène calme, simplement. Au final, il coûte moins cher à ma mère que moi. Elle reçoit même pour lui je ne sais quelle pension ! Et on ne lui demande rien en échange. Et moi, on me traite tout le temps de parasite et de bon à rien ! Ouais, je n'ai pas encore trouvé ma place dans cette vie ! Vraiment pas ! Quel que soit le boulot que je déniche, c'est toujours aussi rasant !

Et ma mère a de nouveau posé mon livret de travail sur le buffet, pour qu'il me crève les yeux, ce foutu carnet bleu ! D'accord, me dis-je en le retirant du buffet. On va encore essayer de le présenter quelque part, de se farcir une nouvelle formation. J'ai tout fait, comme boulot. J'ai étalé le goudron frais, ce qui m'a valu ensuite de sentir la résine brûlée pendant trois semaines. J'ai déchargé des wagons. De quel côté je vais me pointer, maintenant ?

J'allume le gaz sous la poêle et j'aperçois un cafard qui s'enfuit d'en dessous, effrayé par la flamme. En me voyant, il a encore plus peur, il se retourne et file comme une flèche vers la fente entre les carreaux vert sale du mur de la cuisine.

– Pourquoi tu as peur de moi ? Je suis un parasite, comme toi, c'est l'aspect qui est différent.

Maintenant, j'ai vraiment la forme. J'ai même envie de me mettre à faire quelque chose. J'attrape donc un petit paquet en papier marron avec écrit dessus « bicarbonate de soude », j'en verse un peu dans une écuelle émaillée. J'ajoute de l'eau. Je prends un chiffon dans l'évier, je le trempe et je me mets à nettoyer les carreaux autour du réchaud. Je suis arrêté par l'odeur des saucisses brûlées. J'arrête le feu sous la poêle. Mais pendant ce temps, tous les carreaux au-dessus du réchaud ont été dégraissés et ils brillent. On verra ce que ma mère en dira quand elle rentrera du travail !

Au-dehors, il neige. Tout est propre et blanc, dans la fenêtre. J'appuie mon front à la vitre froide et je regarde en bas, dans la rue. Le concierge a creusé dans la neige épaisse des petits chemins sur lesquels s'avancent, comme de gros hérissons noirs, des femmes chaudement vêtues, avec des sacs à provisions. Elles s'occupent de leurs affaires, elles vont chercher du hareng ou de la saucisse bouillie. Elles vivent la vraie vie soviétique.

41

Kiev. Juillet 2015. Vendredi.

– Les taches de rousseur vous vont bien, prononce Maïa Vladimirovna, avec un sourire vague.

– Excusez-moi, dis-je, j'ai du mal à vous vouvoyer. Je vais passer au « tu » et vous ferez comme vous voudrez !

Je vois sur son visage une expression de désarroi fugitif. Mais elle se reprend facilement. Elle fait un signe d'acquiescement.

Elle porte une robe légère, bleu marine, avec une multitude de petites fleurs jaune pâle. La taille est soulignée d'une ceinture. Ses chaussures à talons sont bleues également. Et la barrette, dans ses cheveux bien réunis, est aussi en émail bleu. Son visage n'a pas l'air maquillé.

« Si tu n'es pas sûr de ton goût pour t'habiller, mets tout de la même couleur ! m'a enseigné ma mère, en m'aidant à me préparer pour mon premier rendez-vous d'adulte. Le rendez-vous, en fait, s'est passé bizarrement. La fille, j'ai oublié son nom, n'est pas venue, mais a envoyé son petit frère avec une photo où elle avait

94

écrit : « Souviens-toi de moi comme sur cette photo. Ce matin mon fiancé est rentré de l'armée. Je t'embrasse. »

Je veux dire quelque chose, j'en ai assez de la voir les yeux plissés étudier mes vêtements. Je veux lui parler, mais je me sens gêné. J'ai du mal à la tutoyer. Je me décide, furieux intérieurement de voir qu'elle a gagné :

— Et votre défunt mari, il avait des taches de rousseur ?

— Tu sais, elle a un grand rire léger, il en avait, mais très peu. Il fallait vraiment regarder de près.

Enfin, la domestique arrive avec un plateau. Elle pose sur la table du salon près de la fenêtre, là où nous sommes installés dans des fauteuils de cuir vert, le service à café en argent. Elle est en tablier blanc et robe marron, et verse le café dans les tasses. Dans les tasses de fine porcelaine. Le service et les petites cuillers sont en argent.

Une gorgée de café suffit à me rendre mon assurance, que cette femme, en face de moi, a ébranlée. Je prends le sucrier des mains de la domestique et demande :

— Tu veux combien de sucres ?

— Je n'en prends pas.

Je la regarde avec insistance, tout en remuant le sucre dans ma tasse :

— Que puis-je faire pour toi ?

— Pour moi ? dit-elle, étonnée. Non, vous ne m'êtes d'aucune utilité. Je suis là uniquement pour le cœur d'Igor.

Son regard se fixe sur ma poitrine. Je me sens à nouveau gêné :

— Nikolaï Lvovitch m'a parlé d'un contrat qu'il aurait signé, à propos de mon cœur…

— Et il ne vous l'a pas montré ?

— Non.

Maïa Vladimirovna fait mine de comprendre quelque chose. Elle a dû vraiment piger un truc. Au moins dans mon comportement.

— J'en ai une copie, ajoute-t-elle, je peux vous l'apporter.

– Inutile, je regarde l'horloge. Dans cinq minutes, je dois partir.

– Ça vaudrait la peine que vous le lisiez.

Le visage de Maïa Vladimirovna exprime un regret.

42

Kiev. Février 1985. Le soir.

La ruelle Saint-André est morne et déserte. Quelle bêtise de vouloir descendre au Podol par cette rue en pente ! Les pavés sont couverts de glace. Je suis déjà tombé trois fois et je ne suis qu'à mi-pente. Je marche à présent sur le côté droit en m'agrippant aux murs froids des maisons. Dans les fenêtres brille une lumière jaune. Elle dévale à mes pieds, sur cette glace irrégulière, en grosses taches grasses. À droite, c'est le «château Richard». Les fenêtres y sont aussi éclairées. J'y suis allé souvent, chez un copain qui habite l'immense appartement communautaire du premier étage. Du plancher partout, d'énormes cafards et l'odeur du savon noir.

Machinalement, je hume l'air, comme si je m'attendais, même là, dans cette soirée glaciale, à sentir le vent m'apporter de ce château dépenaillé le parfum des briques de savon noir, dont le prix reste invariablement le même, dix-neuf kopeks. Mais là, l'air ne sent rien. Le gel n'a pas d'odeur. C'est quand ça dégèle que ça sent.

Je tombe encore deux fois et pour le coup dévale la pente, jusqu'à ce que mes pieds trouvent une prise dans une clôture. Je me relève. J'inspecte mon blue-jean, c'est incroyable qu'il ait réussi à rester intact. Mais c'est un des avantages de l'hiver quand il gèle : le verglas est toujours lisse.

Enfin, la descente est terminée et j'ai devant moi un espace égal. Je tourne à gauche, dans une petite rue et j'ai devant moi l'atelier de prothèses où Nadia m'a fixé rendez-vous. Elle a l'air d'avoir la trentaine. Elle est plus vieille que moi, mais seulement en âge. Quand elle discute sérieusement, on a envie de lui caresser la tête, de remuer ses cheveux châtains coupés court et de lui conseiller de lire un peu plus, pour essayer de devenir plus maligne.

Le reste du temps, c'est-à-dire quand elle se tait ou qu'elle soupire, elle est tout simplement adorable.

Je frappe à la porte en bois de l'atelier et je regarde par la fenêtre, à droite de la porte. Il y a de la lumière, mais une lumière étrange. Non pas jaune mais verdâtre.

La porte s'ouvre. Nadia, en bleu de travail, m'attire vite à l'intérieur et referme la porte en la verrouillant. Elle me prend aussitôt dans ses bras, se hisse pour un baiser et murmure : « Oh, tu es tout froid ! »

Une bouteille de vin doux, trois petits pâtés au chou, deux verres à facettes. Cet ensemble, disposé sur un tabouret près d'un radiateur électrique de fabrication artisanale, dont le fil en spirale, chauffé au rouge, propage une chaleur ardente, pourrait inspirer à un peintre une nature morte sublime.

– Personne ne va venir ?

– Non, le patron a filé chez sa maîtresse et l'ouvrier est beurré. Il ne se pointera pas avant trois jours.

La bouteille de vin doux est vite terminée. On recouvre la couchette défoncée de trois épaisseurs de bâche, pour éviter que les ressorts ne nous écorchent les cuisses. Pour rigoler, j'attrape et je fourre sous le vieux plaid rayé une prothèse de jambe et je caresse tour à tour la jambe de Nadia et la future jambe d'un invalide. On est au chaud, on est joyeux.

– Tu ne veux pas te marier ? me demande Nadia.

– Avec toi ?

– Ben oui !

– Et après, qu'est-ce qu'on fera tous les deux ?

– La même chose ! Nadia a un sourire gai.

– Alors, à quoi bon se marier ?

Et nous rions tous les deux. Je rejette hors du lit la prothèse qui tombe à grand bruit sur le plancher de l'atelier. Je lui demande :

– Et pourquoi tu as les seins si petits ?

– Vaut mieux qu'ils soient petits et durs que gros et mous. Embrasse-les ! Plus doucement ! Encore plus doucement !

J'apprends. Même si je suis censé savoir déjà tout.

– Voilà, comme ça ! murmure-t-elle. Et maintenant, ici ! et elle dirige ma main vers le bas, vers ses cuisses.

Comme c'est facile de se soumettre à une femme ! Facile et naturel !

On frappe à la fenêtre. Je me fige. Je jette un coup d'œil au vieil abat-jour vert, qui explique la lumière mystérieuse à la fenêtre. Je me dis : « On aurait dû éteindre ! »

– C'est qui ? crie Nadia.

– Vassia est là ? articule une voix d'homme éraillée.

– Il est chez lui, il cuve son vin ! crie en réponse Nadia.

Je me lève, je contourne le radiateur et j'éteins la lumière. Maintenant, tout est éclairé par le fil en spirale chauffé au rouge.

Je plonge à nouveau sous la couverture. Le merveilleux soir d'hiver continue. Et je ne regrette plus toutes ces chutes et ces bleus que je me suis payés pour venir ici. Il arrive que descendre soit plus difficile que monter. Encore faut-il que la descente se fasse pour quelqu'un ou quelque chose !

43

Aéroport de Borispol. Novembre 2003.

On aurait pu faire un film de la journée d'hier ! Avec Sveta Vilenskaïa, on a emmené Dima et Valia dans les magasins. Il fallait les habiller pour la Suisse. Au début, ils ont affiché une parfaite indifférence envers la « haute couture », mais Valia s'est animée la première. Sveta l'a emmenée dans une cabine devant une glace pour lui faire essayer un petit blouson de cuir avec un col de fourrure. Quand Valia est sortie de la cabine dans ce blouson et qu'elle a croisé le regard de Dima, j'ai tout compris. Peu à peu, Dima aussi s'est lancé. Grâce à Valia, bien sûr. C'est elle qui le conduisait dans la cabine et lui faisait essayer tour à tour un costume, un autre, un pull, une veste club. Nous n'avions plus rien à faire. Sauf à laisser la parole, en dernier recours, à nos cartes de crédit. Svetlana m'a battu en générosité. À quatre heures de l'après-midi, d'après mes calculs, elle avait bien aligné dix mille hrivnas, pour les joies matérielles de sa sœur. Moi, arrivé à six mille, je me suis arrêté et n'ai pas cédé à Sveta qui me conseillait d'acheter à mon frère une série de douze cravates italiennes.

Et maintenant il ne reste plus que vingt minutes avant le début de l'enregistrement pour Zurich. Nous buvons un café-cognac au bar de l'aéroport. Tantôt je lève les yeux vers le tableau indiquant les départs, déployant le menu complet des villes où se dirigent aujourd'hui les avions, tantôt je les baisse pour regarder Dima et Valia, assis en face. À un moment, je comprends que leurs vêtements sont plus beaux et plus chers que les nôtres, à Sveta et à moi. Je cherche comment je pourrais trouver une ou deux heures pour faire les boutiques. Mais on annonce l'enregistrement.

Le douanier du couloir vert est compréhensif à l'égard de Dima et Valia. Il a été prévenu. Il sourit et leur rend les passeports et les billets sans poser de question. À côté de lui, le commandant de l'équipe des douaniers les attend pour les conduire au poste-frontière. Son rôle consiste à éviter que Dima et Valia aient à entendre la question habituelle : « Quel est le but de votre voyage ? » Peut-être qu'ils auraient pu y répondre tranquillement, mais le psychologue qui nous a aidés à préparer leur voyage a été formel et a interdit tout ce qui pouvait leur rappeler leur dépendance et leur non-liberté.

J'embrasse Dima et je lui promets :

– Je viendrai te voir !

– Et Maman ?

– Maman aussi !

Sveta serre sa sœur contre sa poitrine et elles ont l'air de pleurer.

Je demande à mon frère, en montrant Valia :

– Tu veilleras sur elle ?

– Je ne la quitterai pas d'une semelle !

Dans les yeux de Dima, je vois briller une volonté si forte que j'en suis, un instant, effrayé.

– Je ferai, pour elle… n'importe quoi…

– N'importe quoi, c'est trop, lui dis-je à voix basse, il faut garder la mesure…

Il me fait non de la tête.

44

Kiev. Juillet 2015. Dimanche.

Au-dehors, j'ai vu le soleil briller dès le matin, mais après, comme dans un conte scandinave, un énorme et affreux nuage a envahi le ciel, et tout est devenu sombre. Je suis allé à la salle de bains et j'ai regardé à la fenêtre. C'est une ouverture qu'on a rajoutée, la seule de tout le mur, qui a été percée pour répondre au caprice de la femme d'un précédent président. De l'extérieur, évidemment, cette fenêtre fait idiot, mais de l'intérieur, elle permet de voir les coupoles de l'église Saint-André. Et en ce moment, dans la lumière qui précède l'orage, elles sont particulièrement belles.

– Apporte-moi le café ici !

Je me détourne un instant de cette vue merveilleuse et m'adresse à l'aide de camp, dont l'ombre me suit à travers l'appartement. L'appui, sous la fenêtre, est large et lisse. Je pourrais peut-être y manger, parfois. Complètement isolé. C'est si important, de pouvoir être seul. Pour estimer à sa vraie valeur la solitude, il faut fréquenter les autres jusqu'à en avoir la nausée, une réaction physique passagère impossible à cacher, à la seule vue de certaines physionomies concrètes. Après cela, un petit déjeuner dans la solitude complète est un plaisir incomparable.

Je regarde les coupoles, rendues mates par l'obscurcissement qui annonce l'orage.

Soudain, entre les coupoles et moi, je perçois un mouvement. Et un son étrange semble sortir de l'enfance et percer la réalité. C'est la grêle ! Des grêlons énormes frappent la gouttière de zinc, ils bombardent la rue Desiatina. Les rares touristes attardés près du monument de Prona Prokopovna s'enfuient vers le kiosque à bière installé sous une bâche bleue, où se presse déjà pas mal de monde. Je lève les yeux vers la colline à gauche, où se dresse l'église Desiatina, affreusement restaurée, qui a jadis enseveli sous ses décombres des centaines de Kiéviens qui s'y étaient réfugiés pour fuir les Mongols.

Le ciel continue à déverser des grêlons gros comme des noisettes. Je me demande si ce n'est pas ce phénomène naturel qui a soufflé aux inventeurs l'idée du bombardier ?

La cafetière en argent est très belle à regarder, posée sur le marbre vert de l'appui de la fenêtre. Je recule de quelques pas et je me baisse pour que la cafetière et les coupoles soient en perspective. Très beau !

L'aide de camp me verse le café et m'apporte un croissant chaud. Le croissant moelleux fond dans ma bouche. La soirée d'hier m'a laissé jusqu'au matin le goût d'un cognac Martel de cinquante ans d'âge. Le mélange des saveurs est une vraie fête !

— Monsieur le président ! j'entends derrière moi la voix prudente de l'aide de camp. Nikolaï Lvovitch a téléphoné.

Je réponds sans me retourner :

— Et alors ?

— Il m'a prié de transmettre qu'il y avait de la grêle.

– Vraiment? Et c'est tout?

– Non. Il a demandé à vous voir. Dix petites minutes. Maintenant.

Il veut se rattraper, me dis-je à moi-même. Avant-hier, je lui ai fait dégringoler l'escalier. Il était venu dans ma chambre à minuit et demi, avec je ne sais quels «papiers à signer». La nuit, il ne faut jamais rien signer. J'en ai déjà fait l'expérience. La conscience dort ou a envie de dormir et toi, tu veux te libérer au plus vite, et rien n'est plus facile alors que de signer n'importe quoi, sans même le lire.

Je reçois Kolia Lvovitch dans la salle de bains. Il tient dans les mains un porte-document en cuir. J'aimerais savoir quelles paperasses il y a fourrées aujourd'hui.

Je tourne le dos aux coupoles et je me dis : il faudrait lui proposer de s'asseoir. Le choix est mince : le siège des toilettes ou le bidet. L'un a un couvercle solide, l'autre n'en a pas.

– Asseyez-vous ! et je lui désigne les toilettes.

Il se retourne. Il cache difficilement son irritation.

J'insiste lourdement.

– Allez, vas-y, assieds-toi !

Il se décide à s'asseoir mais se relève aussitôt. Il est gêné. C'est humiliant, d'être assis aux toilettes en présence du président !

– Je voulais m'excuser, susurre-t-il.

J'acquiesce d'un signe.

– J'ai ici, dit-il en ouvrant un dossier, quelques propositions. L'une d'entre elles est intéressante. Elle vient de Mykola.

– Et qu'est-ce que propose notre vice-Premier ministre ?

– Une expérience régionale pour élever le niveau du patriotisme…

– La remise des passeports à l'église ?

– Oui, mais, pour commencer, seulement dans l'Ouest, en y impliquant les catholiques grecs.

– Montre-moi !

Tout est indiqué en détails, sur trois feuilles. Il a quand même fait un sacré boulot, notre grand culturel. C'est déjà autre chose !

– Intéressant ! je pose les feuilles sur l'appui de la fenêtre. C'est bon. Qu'il prépare ça. Mais pas dans toutes les églises. Seulement dans celles des chefs-lieux, sur les places. Et que ça rappelle les baptêmes de masse. Compris ?

Je me rends compte qu'aujourd'hui Kolia Lvovitch a du mal à réfléchir.

– Écoute ! Ou mieux, prends des notes !

Kolia Lvovitch se ranime. Il s'assied sur le siège des toilettes, attrape une feuille et un crayon et glisse en dessous un dossier noir. Il attend.

– Deux jours avant la fête de l'Indépendance, organiser sur la place centrale de Lvov, Ivano-Frankovsk et Rovno, conformément aux propositions du ministre des Affaires culturelles, une remise solennelle des passeports ukrainiens par les représentants de l'Église catholique grecque à tous ceux qui ont atteint l'âge de seize ans dans l'année. D'ici une semaine, préparer et me donner pour approbation le texte du serment qui sera prononcé à la réception du passeport de citoyen ukrainien. C'est Mykola qui exécute, c'est toi qui contrôles l'exécution ! Compris ?

– Oui ! Kolia Lvovitch acquiesce et sort de son dossier encore un papier. Ceci, c'est pour une autre affaire, mais c'est toujours les passeports…

– C'est quoi ?

– Au Parlement, il y a une épidémie de passeports allemands. Il y a déjà vingt-sept députés qui ont obtenu des passeports allemands et qui les utilisent pour circuler en Europe. D'ailleurs, Kazimir fait partie du lot.

– Et des citoyens israéliens, on en a combien, au Parlement ?

– Dix-huit. Plus trois qui ont le passeport de Panama, deux de Costa Rica et un du Venezuela.

– Réfléchis à ce qu'on peut y faire! (Je commence à m'énerver.) Le pays a besoin de patriotes, pas de rats prêts à quitter le navire à la première occasion! Tu diras que je veux voir Svetlov demain. À une heure.

– Mais à une heure, vous avez un déjeuner avec Maïa Vladimirovna.

– J'ai un déjeuner avec elle? Hors de question! Remets le rendez-vous au petit déjeuner et apporte-moi ce foutu contrat, que je pige comment je dois lui parler!

– Il ne faut surtout pas que vous vous énerviez, dit-il pour essayer de me calmer. J'ai pris sur moi de faire venir un spécialiste…

– Des taches de rousseur?

Kolia Lvovitch fait non de la tête.

– Un spécialiste du stress. Le plus sérieux qu'on a. Il guérit du stress les banquiers luxembourgeois.

– Tu veux dire ceux qui travaillent chez nous? D'accord! Qu'il vienne demain matin et attende la fin du petit déjeuner. Mais surtout, je veux avoir le contrat ce soir sur ma table!

Kolia Lvovitch se lève de son siège. Il brosse un peu son pantalon. Comme s'il imaginait que ma salle de bains n'était pas astiquée!

Je m'approche de la fenêtre. La grêle a cessé.

45

Kiev. Février 1985.

– J'vais finir la bouteille, j'vais sauter, bordel, m'casser d'ici! dit Gousseïnov en se penchant par-dessus la rambarde du pont.

Je l'attrape par le col de son manteau de ratine et je le tire en arrière. On est sur le pont des piétons et le vent est fort, mordant. Encore quelques mouvements brusques et notre deuxième bouteille de vodka Moskovskaïa dévale le pont en se vidant. On n'en a même pas bu la moitié.

– Comment vais-je pouvoir regarder mon père dans les yeux! dit Gousseïnov en se tournant vers moi, le regard empli d'un désespoir d'ivrogne.

– Mais arrête! On ne t'a pas mis en taule! C'est bon, tu ne seras plus flic!

– Et je serai quoi, alors? On m'a retiré mon pistolet! L'uniforme, je le garde, mais je pourrai pas le porter!

– Va voir ta famille au Daghestan! Là, tu le porteras autant que tu voudras!

L'idée que, une fois au Daghestan, il pourra se balader en uniforme de flic a l'air de le remettre un peu d'aplomb.

– Faut que tu comprennes, je pouvais pas faire autrement! Imagine que c'est ton oncle qu'on a mis au trou et que c'est toi qui dois le garder. Avec tout ce qu'il ira raconter ensuite à ta famille… Toi aussi, tu l'aurais fait partir!

Je lui fais signe que non.

– Tu l'aurais pas relâché?

– Non!

– Et un type de ton pays?

– Même chose!

Gousseïnov soupire lourdement, se penche sur la bouteille et boit au goulot. Puis il me la passe. Je bois, tourné en direction de l'île Troukhanov. Je bois, même si cette vodka me laisse dans la bouche un goût immonde. Je bois en regardant cette terre étrange, ses arbres nus, sa rive enneigée et floue.

– Chez nous, c'est pas la même chose, continue Gousseïnov. Si un cadet a fait quelque chose et qu'on l'attrape, ça se règle à la ceinture ou aux poings et ensuite on le relâche. Mais si c'est un aîné, alors on le relâche directement. Chez nous, ça se fait pas de mettre les siens en taule, tu comprends? On est peu nombreux et presque tous de la même famille.

– Et nous, on est nombreux et presque tous… rien du tout les uns pour les autres! Tu sais, si je deviens Secrétaire général, j'ordonnerai qu'on te reprenne dans la police!

La bouteille vide roule sur le pont où il n'y a personne, en dehors de nous. Le verre tinte sourdement, le vent hurle à l'unisson. Le pont a l'air de balancer. Ou alors c'est ce qu'on a bu qui nous fait tanguer.

Je compare la distance qui nous sépare des deux rives. On dirait qu'on est juste au milieu.

Gousseïnov me montre l'île d'un signe de tête :

– On y va !

– Ça marche !

L'île se rapproche mais, à ce moment-là, le ciel commence à faire tomber une neige éparse. Nous accélérons pour ne pas perdre l'île de vue. La neige épaissit, l'air glacé nous ravive les idées, nous dessoûle un peu. J'ai les jambes qui s'emmêlent.

Puis tout devient neige, autour de moi. Je ne comprends plus où je suis, où est Gousseïnov, où est l'île. Je ne comprends plus rien et je marche dans l'obscurité blanche, sans savoir où je vais, et brusquement, j'entends un craquement sous mes pieds. J'ai les jambes qui s'enfoncent dans quelque chose de froid et de mouillé. Elles descendent d'un bon mètre et demi et à nouveau touchent la terre ferme. J'écarte les bras et je les pose sur la glace. Je me sens bien. C'est à la fois terriblement froid et agréable. Le froid me ratatine, me diminue de partout, il me permet de mieux sentir chaque millimètre carré de mon corps. C'est ça, le plaisir d'éprouver sa solidité.

– On peut en crever, de se soûler comme ça !

J'entends au-dessus de ma tête une voix de vieillard.

Je crois que je suis encore dans mon trou de glace, mais il se trouve que non ! Je suis sur un lit de camp, couvert d'un plaid, d'une couverture et d'une pelisse en mouton. À côté de moi, un poêle bourdonne et un vieillard est assis sur un tabouret.

– Pensez donc ! dit-il, Vous avez un organisme tellement solide et vous le massacrez ! Vous vous êtes carrément endormi dans ce trou ! Vous faisiez des rêves ?

Je le regarde sans comprendre.

– Un amour malheureux? Ou alors des problèmes au travail?

Il continue son monologue, espérant ma participation. Soudain, je me mets à penser: «Un amour malheureux? Exact! Hier, Nadia ne m'a pas laissé entrer dans l'atelier de prothèses et j'ai parfaitement entendu, venant de l'intérieur, une voix d'homme!» Du coup, je suis retourné chez les flics, me chauffer un peu. Et là-bas, ils étaient dans le pétrin. Gousseïnov venait de laisser filer un voleur du quartier qu'on avait pris sur le fait, mais qui s'était révélé être un Daghestanais, comme lui, et un de ses parents éloignés. Voilà le lien entre l'amour malheureux et le trou dans la glace près de l'île Troukhanov.

– Allez, bois! Le vieux me fourre un verre sous le nez.

Je le vide d'une gorgée, mais je ne sens rien. Juste un goût sucré, bizarre, sur la langue.

– Qu'est-ce que c'est? je demande.

– Une décoction d'orties.

– C'est donc vous qui m'avez tiré de là?

Je commence soudain à comprendre un peu.

– Ben oui, d'abord je t'ai sorti du trou, puis je suis revenu chercher une luge, puis je t'ai amené ici sur cette luge! Ça m'a bien pris deux heures! J'ai cru que tu ne t'en tirerais pas!

– Et Gousseïnov?

– C'est qui, celui-là? Il n'y avait personne d'autre!

Le vieux est à présent le dernier habitant du village de Troukhanov. C'est par esprit de contestation qu'il reste dans cette bicoque. Et en souvenir du village. Sa femme et sa fille ont accepté d'aller vivre dans une pièce qu'on leur a fournie dans un appartement communautaire, mais lui n'a pas voulu.

– Comment vous vous appelez? je lui demande.

– David Isaakovitch.

46

Suisse. Leukerbad. Février 2004.

Une infirmière en blouse bleu pâle nous montre l'hôpital. J'ai tout de suite l'impression d'être un malade mental. Une petite pendule pend de la poche de sa blouse, sur sa poitrine, comme une médaille du travail. Le col de sa blouse est amidonné.

Le sol est reluisant, l'air embaume d'un parfum artificiel de fleurs de printemps et, à travers les fenêtres, on voit les montagnes enneigées.

L'infirmière s'arrête et montre quelque chose à l'extérieur. Elle s'adresse à Svetlana et à moi en allemand. Je me tourne vers Natacha, la traductrice de l'ambassade, elle l'écoute et nous explique : ils ont un parc fermé où les patients peuvent se promener, l'air de la montagne a sur eux une action étonnamment bienfaisante. Je montre que j'approuve tout en ayant l'impression d'être un imbécile. Un banal imbécile européen qui apprécie tout d'un signe de tête, que ce soit en écoutant le guide, le médecin ou n'importe quel interlocuteur, pour peu qu'il ait un air intelligent et inspire confiance.

– Vous pouvez demander quel genre de programme culturel ou de thérapie ils utilisent ? demande Svetlana à Natacha.

– On essaie ici de limiter les images transmises par les nouvelles technologies. En revanche, nous avons beaucoup de tableaux, dit l'infirmière en montrant les murs.

Je m'approche d'un des tableaux. Un paysage tout ce qu'il y a de plus banal. Avec, au fond, des montagnes, en bas une clairière et une vache de race qui broute. Et un petit paysan assis sous un arbre. J'ai envie de sortir une méchanceté. Je demande à Natacha :

– Demandez-lui quelle est la race de cette vache !

Natacha me traduit la réponse de l'infirmière :

– Une brune alpine !

Encore une fois, je fais un signe d'assentiment et je me sens idiot. Il faut en finir avec cette visite! Mais elle ne se terminera que lorsqu'on nous aura montré, d'un bout à l'autre, à quoi sert l'argent que nous versons, Svetlana et moi.

Une demi-heure plus tard, on nous laisse enfin en paix. Dans des fauteuils de cuir mous. Si mous que, lorsque nous voyons approcher Dima et Valia, nous n'arrivons pas à nous lever d'un coup.

Dima me serre dans ses bras. Il a les larmes aux yeux. Le visage rouge, éclatant de santé. Il doit certainement boire du lait de vache alpine tous les matins.

— Comment ça va, ici?

Il me serre encore plus fort dans ses bras.

— Bien, très bien, murmure-t-il. Seulement j'ai du mal avec l'allemand. Je leur ai demandé un professeur, mais ils ne m'en donnent pas.

— Ils ne doivent pas te comprendre. Tu leur demandes en russe?

— Je leur ai demandé en russe par écrit et ils transmettent tout ça par fax au traducteur. La réponse vient aussi par fax. Puis on me la transmet. Ils ont refusé. T'as qu'à leur ordonner!

— Ici, je ne peux pas donner d'ordre, je peux seulement payer.

— Alors paie-les!

— Je ne peux payer que s'ils sont d'accord. Je vais leur en parler.

— Mais non, ça n'a pas d'importance. (Dima change soudain de ton et se met à chuchoter.) En fait, l'important, c'est que Valia est d'accord pour qu'on se marie…

Je jette un coup d'œil vers Valia qui, en ce moment, chuchote quelque chose à sa sœur. Mon frère insiste:

— Tu vas m'aider?

— Je vais en parler au médecin.

Je vois que ma promesse ne satisfait pas mon frère.

C'est sûr que je vais en parler au médecin. Mais, pour le moment, j'ai absolument besoin de faire une pause pour comprendre ce qui se passe. À en croire l'expression de Svetlana, elle a également besoin de souffler.

Le médecin-chef suisse, qui nous reçoit dix minutes plus tard, se montre optimiste.

– C'est un élan vers la vie normale. Il faut absolument le soutenir. Mais nous avons besoin de votre accord écrit à tous les deux. Je pense que pour commencer, il faut s'en tenir à l'union libre. On peut les transférer dans une chambre double et créer l'atmosphère d'un foyer. Ils pourraient la meubler eux-mêmes... C'est un cas intéressant pour la science, ça devrait faire un bon article...

Le professeur a la soixantaine. Il est petit et maigre, comme s'il s'était arrêté de grandir à treize ans. Il a les cheveux taillés en hérisson.

– Qu'est-ce que vous en pensez? demande-t-il après la traduction de Natacha.

– Je suis contre l'union libre, dit Svetlana. Ils n'auront pas le sens des responsabilités!

– Les malades ont le sens des responsabilités plus développé que les autres, répond le professeur. Mais si vous insistez, c'est comme vous voudrez! Simplement la partie juridique de la question sera à votre charge!

La partie juridique consiste simplement à faire faire, chez le notaire, une traduction officielle des premières pages de leurs passeports et encore quelques papiers dont se charge gracieusement notre ambassade.

47

Kiev. Juillet 2015.

Le spécialiste du stress s'est présenté une demi-heure après qu'on m'eut remis le contrat signé avec Maïa. C'était un géant de presque deux mètres, en costume cintré, au visage de type non slave. Si on le rencontrait dans la rue, on penserait à un mannequin italien. Mais je ne me promène pas dans la rue. Pas dans le genre de rues où on rencontre quelqu'un par hasard. Mes rues à moi ont des plafonds et des tapis rouges.

– Nikolaï Lvovitch m'a…

Je ne l'ai pas laissé finir, le contrat m'avait mis en rage. Je l'ai posé devant moi et lui ai dit :

– Je sais ! Allez, vas-y !

– Où ? a-t-il dit, effrayé.

– Débarrasse-moi du stress !

Les yeux du géant se sont arrondis. Il n'était apparemment pas préparé à mon stress…

Il a fourré ses mains dans les poches de sa veste et s'est mis à regarder de tous côtés.

– Il faudrait que j'en détermine d'abord la cause.

Je lui ai montré le contrat :

– Lis ça !

Il s'est approché de la table, a pris la première page et a installé sur son nez fin des lunettes de lecture. Son visage a d'abord pris une expression intelligente, puis s'est plissé, s'est tendu. Une lueur effrayée est passée dans ses yeux. Ses lunettes ont dégringolé, c'est tout juste s'il les a rattrapées.

– Je ne peux pas. Je ne veux pas lire ça. C'est un secret d'État… Dites à Nikolaï Lvovitch que je ne l'ai pas lu !

– Alors débarrasse-moi du stress sans rien lire !

Je voyais à ses traits que c'était lui maintenant qui devait être délivré du stress. Mais il tenait le coup. Il essayait de réfléchir, tout son visage exprimait cet effort.

– Tu veux boire un coup ?

Il s'est calmé et j'ai doucement appelé l'aide de camp :

– Apporte du Hennessy !

Après le deuxième verre de cognac, j'ai demandé au spécialiste du stress :

– On ne t'a jamais rien transplanté ?

– Non.

– Ne donne jamais ton accord !

Avec le cognac, le stress me lâchait. J'oubliais le contrat. Maintenant, ce qui m'intéressait, c'était le spécialiste.

– À qui encore, tu es censé retirer le stress ?

– À Nikolaï Lvovitch…

Il a levé ses yeux vers le plafond, comme si sa mémoire s'était dissoute dans le cognac.

– Piotr Alekseïevitch, Semion Vladimirovitch…

– C'est qui, celui-là ? ai-je dit, étonné d'entendre un nom inconnu.

– Votre premier conseiller aux Questions familiales…

– Ah bon ? Et Kolia Lvovitch, il est souvent stressé ?

– Tous les jours.

– Et comment tu t'y prends ?

– Ça dépend. Parfois, comme maintenant…

Il a montré la bouteille :

– Parfois avec l'acupuncture, mais il a peur des aiguilles…

– Et ce Semion Vladimirovitch, il est souvent stressé ?

– Tous les jours également.

– J'aimerais bien savoir ce qui peut le stresser ?

– Il a un complexe de persécution.

– Et qui le persécute ?

– Il pense que c'est vous…

– Mais je ne le connais même pas ! Depuis quand il est conseiller ?

– Un an !

– Il ne manque pas d'air !

J'ai regardé vers la porte et appellé l'aide de camp qui a passé aussitôt la tête dans l'encadrement.

– Amène tout de suite Kolia Lvovitch !

La porte s'est refermée et j'ai lu sur le visage du spécialiste une véritable panique.

– Pourquoi vous l'appelez ?

– Il faut bien qu'un jour je fasse la connaissance de mon propre conseiller aux Questions familiales !

Kolia Lvovitch a jeté en entrant un regard perçant et interrogateur vers le spécialiste du stress puis s'est tourné vers moi avec une expression de la plus grande douceur.

– Dis-moi, qui est donc Semion Vladimirovitch, lui ai-je demandé avec une politesse appuyée.

– C'est le frère de Maïa Vladimirovna, a-t-il fait en louchant vers le contrat posé sur la table.

Je lui ai montré la bouteille :

– Verse-toi un verre !

Pendant qu'il se servait, je regardais ses mains. Elles tremblaient, comme celles du spécialiste du stress qui portait son verre à ses lèvres.

J'ai fixé sur le chef de l'Administration un regard mécontent et je lui ai dit :

– Il y a un an, tu as nommé un conseiller, et je ne l'ai jamais vu... Et pourtant ça se passait avant mon opération...

– Vous n'avez pas le droit de vous énerver ! s'est lamenté soudain Kolia Lvovitch. C'est dangereux ! Votre cœur peut ne pas le supporter ! Je vais revenir dans un instant !

Et il est sorti à toute vitesse.

Mes yeux sont tombés sur le contrat. Je me suis mis à le lire.

Le cœur, que l'opération ait réussi ou qu'elle ait échoué, reste la propriété de Maïa Vladimirovna et doit lui être restitué à l'issue du délai d'utilisation ou au vu de l'impossibilité d'une utilisation ultérieure...

J'ai levé les yeux vers le spécialiste du stress :

– Alors, qu'est-ce que tu en penses ?

Il a fait une grimace et a fixé les yeux sur son verre de cognac.

– C'est une situation particulièrement stressante. Les méthodes classiques n'y suffiront pas !

– Qu'est-ce que tu appelles les méthodes classiques?

– Ça, a-t-il dit en montrant la bouteille de cognac. Ou le sexe agressif.

– C'est sûr, le sexe n'est pas la solution. Alors c'est quoi, la solution?

J'entendais dans ma propre voix un son métallique. En fait, j'étais prêt à exploser d'une minute à l'autre!

– L'ergothérapie agressive, a dit doucement le spécialiste.

– L'ergothérapie agressive? (L'idée commençait à m'intéresser.) C'est quoi? Comme à l'armée? Creuser un fossé depuis la clôture et comme ça jusqu'au repas?

– Presque… Non, pas tout à fait… Bien sûr, je peux l'envisager. Mais il faut demander à Kolia Lvovitch.

Il a regardé en direction de la porte du bureau qui était fermée.

– Effectivement, où est-il, ce con?

Je n'avais pu me retenir… J'ai appelé l'aide de camp. Sa tête est apparue dans l'ouverture de la porte.

– Va chercher Lvovitch et amène-le vite!

– Il ne peut pas se lever… Il est dans son bureau…

– Il est soûl, ou quoi?

L'aide a fait signe que oui.

– Allons bon! Il s'est débarrassé de son stress, et moi, dans l'histoire?

Je recommençais à rager, et mon regard examinait durement le visage du spécialiste. Il a eu un geste de recul et a blêmi. Puis il a chuchoté:

– Si vous voulez vraiment, je peux… Mais il y a les questions de sécurité. Il faut une voiture, un chauffeur, une garde, quelques projecteurs puissants.

– Tu parles à qui? ai-je hurlé en me tournant à nouveau vers la porte. Hé! Viens par ici!

L'aide de camp s'est précipité dans le bureau et s'est arrêté, comme pétrifié, à côté de la table.

– Dis-lui ce qu'il te faut!

114

Une superbe pause s'est instaurée. Deux hommes, adultes, blêmes de frayeur, se regardaient dans les yeux, n'osant pas jeter vers moi le moindre regard. Ils restaient sans bouger, comme hypnotisés, craignant de rompre le silence et l'immobilité du moment.

J'en avais assez d'attendre. J'ai frappé un coup sur la table et mes deux statues se sont animées. Le spécialiste du stress, d'une voix tremblante, a énuméré à l'autre tout ce qui était nécessaire. L'aide de camp a montré qu'il avait compris et il est sorti.

La ville, à travers la fenêtre, se taisait dans le soir, elle se fichait pas mal de tout ça, de moi, de mon stress, de mon cœur qui ne m'appartenait même pas.

48

Kiev. Février 1985.

Un silence total et, dans l'âme, une sorte de paix, celle de la médecine et de l'hôpital. C'est comme si on m'avait enfermé dans un frigo avec, autour de moi, des denrées fraîches et froides. Et moi, je suis dans le même état, allongé sur une grande planche.

J'ouvre les yeux et je comprends que le silence de l'hôpital n'était qu'un rêve. Dans la cabane, il fait sombre et chaud. Des reflets rouge sombre clignotent dans le noir et le feu qui brûle dans un poêle en fonte craque doucement.

Je suis couvert de quelque chose de lourd. Je sors un bras et tâte ma couverture. Non, ce n'est pas une couverture. C'est un manteau militaire. Voilà la manche. J'ai brusquement froid aux doigts et je rentre mon bras, je serre ma main entre mes cuisses brûlantes. C'est curieux, pourquoi, quand je me réchauffe sous une couverture, toute la chaleur s'accumule entre les jambes ?

« Il faudrait que je me procure un livre sur le corps humain. » Je réfléchis tout en me rendormant. « C'est clair que dans ce domaine je n'y pige rien! Peut-être que je devrais faire des études de médecine, devenir infirmier?»

Je me rappelle vaguement l'infirmier de notre bataillon, éternellement ivre. Bien sûr, c'était le bataillon de la Construction et, dans ce bataillon, tout le monde buvait, excepté les rats de la caserne. Et d'ailleurs qu'est-ce qu'on était censés construire?

Mon cerveau, tout en s'endormant, me souffle: «Une usine de café, à Lvov.» Je corrige: «Non, pas une usine, mais un dépôt...»

Et, enfin, je me rendors. Je retourne sur ma planche invisible dans mon frigo propre et froid. Et la porte se referme sur moi avec son bruit métallique.

49

Suisse. Leukerbad. Février 2004.

La démocratie est une chose magnifique. Surtout la démocratie suisse. On dirait qu'elle a été créée pour les malades et les personnes âgées. Avant, on chantait: «Chez nous, les jeunes ont partout leur place!» En Suisse, on n'a pas chanté ce genre de chansons, mais on a toujours fait de la place pour les vieux, comme chez nous les places assises dans les transports en commun.

Le professeur a écrit une lettre à la mairie de Leukerbad disant que l'atmosphère officielle de la célébration du mariage pouvait avoir un effet traumatisant sur ses patients, c'est pourquoi il fallait que la question des témoins à la mairie se règle *in absentia*. En revanche, le fait que les signatures apposées pour les époux étaient celles du frère et de la sœur n'a fait que réjouir le maire: il est venu lui-même dans la salle des cérémonies nous serrer la main et féliciter les mariés tout en nous regardant. À plusieurs reprises, pendant son discours, il a oublié que ce n'était pas nous qu'il mariait. Natacha, la

116

traductrice, le corrigeait et il se reprenait aussitôt pour mieux continuer.

Mais la fête principale a commencé le soir à six heures. Au restaurant *Château d'eau*. C'était véritablement un château aquatique.

On nous y a emmenés dans un minibus avec le logo de l'hôpital, ce qui était une marque d'attention de la part du directeur, qui, d'ailleurs, avait promis de nous rejoindre pour féliciter les mariés, mais plus tard. Il avait encore une consultation dans la soirée.

Dans le vaste hall du restaurant, au milieu des tableaux, il y avait une petite pancarte avec un appareil photo barré d'un gros trait rouge. Mon petit Minolta, dans la poche de ma veste a eu l'air de suffoquer, pris d'effroi. Je l'ai caressé pour le rassurer en murmurant intérieurement: «Non, je ne te donnerai pas au vestiaire!» tout en observant un couple âgé qui remettait au préposé une mallette avec une caméra-vidéo.

Ensuite, le maître d'hôtel nous a accompagnés vers des cabines où nous devions nous changer. Dima et Valia sont entrés dans l'une d'elles, Svetlana et moi dans une autre. On y avait disposé des serviettes et des draps blancs délicatement pliés.

Svetlana s'est retournée et, comme si de rien n'était, a ôté ses vêtements. Elle a enroulé élégamment le drap sur son corps. Puis elle s'est tournée vers moi. J'étais debout, tout habillé, sidéré par la beauté de son corps. Son regard m'a donné l'envie de me hâter.

Notre accompagnateur, dont l'expression très sérieuse ne s'accordait plus avec son costume, s'est animé de nouveau lorsqu'il nous a vus tous les quatre. Il nous a conduits. Derrière lui s'avançaient Dima et Valia, puis Svetlana et moi. L'air était empli d'une agréable humidité. Le silence en semblait également pénétré, donnant à la salle la même résonance que dans une église. C'est peut-être pour cela qu'il m'a semblé soudain que ce

117

n'était pas le maître d'hôtel qui nous précédait, mais un prêtre qui menait les mariés vers l'autel.

L'eau s'est mise à clapoter sous nos pieds. La marche dans l'eau rendait l'atmosphère encore plus solennelle et même quelque peu biblique. Je ne m'étonnais plus de rien. Ni du fait que notre «prêtre» était en habit, ni de ce que le sol en marbre s'enfonçait à chaque pas plus profondément dans l'eau. Devant nous s'ouvrait la salle du restaurant, où des fauteuils de style entouraient des tables de marbre, tandis que le sol était couvert d'eau. L'eau montait aux genoux, mais quand nous nous sommes assis autour de la table, elle est devenue alors beaucoup plus proche.

J'avais libéré notre traductrice dans la journée, après la mairie, mais nous n'avions pas pour autant perdu tout contact avec le «monde suisse». Svetlana parlait anglais. Elle nous traduisait tout ce que disait notre «prêtre», expliquant où on pouvait se baigner et comment, après neuf heures du soir, on pouvait rester complètement nus.

Un garçon s'est approché, vêtu du même smoking aquatique. Il tirait derrière lui un plateau flottant avec une bouteille de champagne dans un seau argenté et un plat chargé de canapés miniatures.

J'ai voulu crier « *Gorko!*», mais ma voix était absorbée par l'humidité de l'atmosphère. Dima et Valia se sont embrassés. Svetlana et moi avons échangé un regard. Le bonheur irradiait de nos frère et sœur. Il s'exhalait de leurs regards, de leurs sourires. Il était évident que des gens normaux ne pouvaient pas se sentir aussi bien. Du moins c'est ce qu'il me semblait, en les regardant.

– Ici, on peut crier, de toute façon, personne n'entendra rien! ai-je dit à Dima.

Il s'est mis à rire, puis il a crié, tourné vers sa fiancée : «Je t'aime!»

J'ai regardé autour de moi. Pour le moment il n'y avait dans le restaurant que deux couples âgés, mais ils ne semblaient pas avoir entendu.

– Je t'aime, ai-je murmuré, en regardant Svetlana.

– Quoi? Je n'ai pas entendu! elle se penchait vers moi. Qu'est-ce que tu dis?

J'ai repris plus fort:

– *Gorko!...*

Et la voix de Svetlana s'est unie à la mienne.

Puis, à neuf heures, nous avons abandonné nos draps de bain et sommes allés nous baigner dans l'eau plus profonde du restaurant, dans un coin où un bar était dressé dans l'eau.

Dima et Valia étaient collés l'un à l'autre et ne faisaient plus attention à nous. Ils s'amusaient en barbotant.

Nous avions une attitude plus réservée, même si mon regard descendait souvent vers les seins « en pomme » de Svetlana.

Nous ne buvions que du champagne. Vers onze heures, j'ai apporté discrètement mon Minolta et une dame âgée a accepté de nous photographier. C'était la photo-souvenir du mariage. Quatre adultes nus et heureux, debout dans l'eau minérale qui leur monte aux genoux. Un mariage « à la suisse » avec accent ukrainien.

Vers la fin du repas, je me suis senti un peu triste. Je venais de comprendre que Valia aussi avait un corps d'une beauté idéale et des seins « en pomme », tout comme sa sœur. J'enviais Dima qui avait devant lui une nuit de noces dans la chambre luxueuse d'un hôtel cinq étoiles. Tandis que Svetlana et moi serions séparés par un mur à l'étage d'en dessous.

Mes tristes pressentiments se sont avérés sans fondement. Svetlana m'a fait entrer chez elle et la nuit de noces s'est dédoublée, chacun en a eu sa part. « Cette eau minérale contient beaucoup de fer », avait dit le médecin-chef à propos du restaurant. J'ai léché sur le corps de Svetlana le fer acide dissous dans l'eau. J'ai caressé sa poitrine ferme comme les balles de caoutchouc de mon enfance. J'étais heureux.

Ce n'est qu'au moment du petit déjeuner tardif du lendemain que je me suis souvenu que le professeur n'était pas venu à notre repas de noces.

50

Kiev. 23 février 1985.

– Tu as été à l'armée ? me demande David Isaakovitch, parlant de dessous la table.

Il a chez lui des réserves de nourriture et, penché sur le sol, il essaie d'atteindre quelque chose. Il se redresse enfin en brandissant un petit sac de pommes de terre.

– Tu y as été ou pas ? demande-t-il à nouveau en me regardant cette fois droit dans les yeux.

Je fixe son nez bossu en répondant négligemment :

– Oui, j'ai donné deux années à la patrie.

– Donc ce n'est pas seulement ma fête ! dit-il avec un grand sourire. En 45, j'ai accroché le drapeau de la victoire !

Il vide le sachet et cinq pommes de terre roulent sur la table.

– Elles sont gelées, mais, pour la purée, ça ira ! J'ai encore quelque chose ! C'est vraiment bien que tu sois venu ! Le regard de David Isaakovitch glisse sur la bouteille de vin doux que j'ai apportée. Tu es un homme pratique et tu es reconnaissant !

– C'est sur le Reichstag que vous avez accroché le drapeau ?

– Non, je ne suis pas arrivé jusqu'à Berlin. C'est dans une autre ville. Malheureusement, je ne me rappelle pas le nom. Ce qui est sûr, c'est que c'était en Allemagne. Si je me souvenais du nom, j'écrirais une lettre à leur ambassade ! Peut-être bien qu'ils m'inviteraient à y aller !… Mais je t'en fous que les nôtres me laisseraient pas sortir !… Tu es marié ?

– Non. Je suis seul.

120

– Comment ça, seul? s'étonne le vieux. Seul et unique, comme le Parti? Et tes parents?

– D'accord, j'ai une mère et un frère. Jumeau. Mais c'est un malade mental, calme.

David Isaakovitch hoche la tête, l'air compréhensif:

– T'as donc pas d'amie de cœur. Dans ce cas, tu vas ouvrir la bouteille et aller chercher le plat des gourmets au congélateur!

Je regarde de tous côtés. Dans la cabane où, malgré le poêle en fonte, il fait plutôt frais, il y a, en tout et pour tout, un lit artisanal, une table, deux tabourets et une caisse avec des casseroles et des assiettes.

– Où il est, le congélateur? je demande.

– À gauche de la porte. Tu fais deux pas sur ta gauche, puis tu balaies doucement la neige avec la main et tu trouves une caisse.

Dans le «congélateur», car il fait réellement moins quinze au-dehors, je trouve un bocal d'un demi-litre de sauté de lapin. Tout autour, les arbres dénudés sont silencieux. L'île Troukhanov rappelle un cimetière abandonné. Il est encore tôt, environ une heure, mais l'air commence à perdre sa transparence, il devient gris et se confond avec le ciel plombé où se prépare la neige qui va de nouveau tomber.

On n'a rien pour ouvrir le couvercle. Nous cassons le bocal à l'aide d'une poêle en fonte. Nous retirons les morceaux de verre du cylindre de lapin gelé. Puis, ayant renoncé à l'idée de la purée, nous jetons dans un pot de fonte les pommes de terre lavées dans la neige et, par-dessus, le cylindre de sauté de lapin, nous recouvrons le tout d'un couvercle et le posons sur le poêle.

– Tu sais, dit David Isaakovitch en avalant son vin doux à petites gorgées, j'ai une fille, Mira, si tu veux, je te la ferai rencontrer!

– D'accord!

– Elle est d'une famille d'intellectuels. Sa mère est

costumière à l'Opéra et son père, le voilà devant toi. J'avais déjà cinquante ans quand elle est née!

«Combien peut-il en avoir maintenant?» me dis-je, l'attention de nouveau fixée sur le nez du vieillard.

– Elle ne s'est pas trouvé d'autre père, mais sa mère est formidable. Elle sait coudre les pantalons, et c'est d'un chic! Même pas besoin de les repasser, si tu les laves et si tu les suspends comme il faut! Je vais te donner son adresse avec un petit mot!

«Et si elle avait le même nez?» me dis-je, pris d'un doute qui se faufile dans ma conscience embrumée par le vin doux.

– Tu sais, avant sur cette île, il y avait tout. On pouvait acheter à boire, on avait son cimetière. Mon frère y est enterré!

Il commence à faire sombre au-dehors. On a fini la bouteille. Je n'ai pas envie de m'en aller. Dehors, on a froid, on a peur. Et la neige s'est remise à tomber.

– Je n'ai plus que les os, je ne prends pas beaucoup de place, dit le vieux en préparant le lit. À nous deux, on se tiendra plus chaud. Et demain, je te ferai la lettre et tu iras voir ma petite Mira. Elle va te plaire!

51

Territoire inconnu. Juillet 2015. La nuit.

J'ai encore des élancements au cœur. Aussi bruyants que le moteur de l'hélicoptère qui nous emmène je ne sais où. Peu importe la destination, l'important, c'est le but: je pars soigner mon stress. Devant nous vole un autre hélicoptère avec les hommes de la protection rapprochée et un colonel des Services spéciaux.

Je regarde le spécialiste du stress. Les lampes du salon de l'hélicoptère sont faibles. Il est assis sur un fauteuil de cuir près d'un hublot rond et fait tout ce qu'il peut pour éviter de croiser mon regard.

Je me tourne vers mon aide de camp :

– Donne-moi du cognac. Et à lui aussi ! dis-je en désignant le spécialiste.

L'aide de camp acquiesce d'un signe de tête. Il sait qu'il vaut mieux parler avec moi par gestes et mouvements du corps. Ça évite de reposer les questions, d'exprimer des nuances ambiguës ou douteuses.

Soudain, le spécialiste s'anime, ayant aperçu quelque chose à terre. Il se tourne vers moi, mais se reprend aussitôt et replonge les yeux dans le hublot. Je lui demande :

– Qu'est-ce qu'il y a en bas ?

– On dirait une piste d'atterrissage.

De mon hublot, on ne voit rien. Je m'approche de lui et regarde vers le bas. Quatre coins lumineux délimitent un carré, à côté duquel stationnent plusieurs voitures aux phares allumés. Le premier hélicoptère est déjà en suspens au-dessus de la plate-forme.

Je demande au spécialiste :

– Combien de temps a duré le vol ?

– Une heure et demie, répond-il doucement.

En bas, c'est la nuit, le vent est faible. On entend bourdonner dans l'obscurité les voix indistinctes que mon stress a réunies dans cet endroit incongru. Ils échangent des ordres, des informations, des paroles de hautes teneur et responsabilité. Et au bout de dix minutes, le cortège constitué de trois Mercedes file sur la route de campagne. Je suis dans la voiture du milieu, à l'avant il y a le chauffeur et mon aide de camp.

– Ils ont dit que là-bas, tout est prêt, dit l'aide, pendant le trajet.

– Tout ?

Je cherche à comprendre ce que cache ce mot sans fond. L'aide connaît les intonations de ma voix et sait que je n'attends pas de réponse.

Quatre hommes munis de lampes puissantes disposent des bornes avec des drapeaux phosphorescents couleur salade. Le spécialiste surgit de l'obscurité et me remet une pelle légère avec une lame de métal blanc brillant.

– Il y a trois ares. Mais si vous êtes fatigué, vous pouvez arrêter…

Des hommes invisibles éclairent avec des lampes la terre sèche, non cultivée. Mes yeux se sont habitués à l'obscurité et je distingue, à proximité, une maison de paysans, puis d'autres derrière elle.

Je me mets brutalement au travail. La pelle est aiguisée comme un poignard. Mêmc dans la terre sèche et compacte, elle entre comme dans de la chair.

Au bout de vingt minutes, la peau de mes mains commence à se contracter agréablement. Je creuse un mètre après l'autre et je sens dans mon corps, avec un plaisir presque physiologique, un combat s'engager entre l'énergie et la fatigue, les élans de vitalité chatouiller les muscles de mes mains, mes jambes se raidir quand je me penche pour arracher une nouvelle motte de terre.

J'oublie rigoureusement tout, sauf ma pelle et mon bout de terrain. La protection rapprochée, les bornes, les hommes aux lampes ont cessé d'exister. Soudain retentit à côté de moi une voix qui ne m'est pas inconnue :

– On s'arrête !

Je m'interromps brusquement et me penche en avant vers la voix, c'est celle du colonel des Services spéciaux.

– Nikolaï Lvovitch a téléphoné. Dans une demi-heure, le soleil va se lever, il a peur qu'on vous voit ici !

Je n'ai plus que quelques mètres carrés pour finir mon lopin.

– Finis de creuser !

Je lui remets ma pelle et me dirige vers les voitures qui ont allumé leurs phares en même temps, comme si elles avaient reçu un ordre.

Le matin, dans la résidence, un médecin me répare les paumes que j'ai usées jusqu'au sang. À côté de lui se tient Nikolaï Lvovitch, qui n'a ni dessoûlé ni dormi de la nuit. Soudain, une lueur éclaire ses yeux fatigués et il sort à pas rapides.

Il revient avec un appareil photo numérique. Il vise mes mains pleines d'ampoules.

Je lui demande :

– Qu'est-ce que tu fais ?

– Toute peine peut un jour profiter ! murmure-t-il en prenant quelques clichés.

– Qu'est-ce que tu fais ? (Cette fois je hurle, tout en regrettant de me mettre dans cet état.) C'est à cause de toi, crétin, que je soigne mon stress ! Qu'est-ce que tu en as à foutre, de ces photos ?

– Excusez-moi, c'est en souvenir, pour les archives !

Lvovitch prend encore deux photos et disparaît.

Le médecin finit de me soigner les mains. La pommade qu'il met sur les ampoules et les plaies sent la graisse de mouton.

– Qu'est-ce que c'est ? dis-je, en montrant le tube.

– De la graisse d'autruche.

– J'ai presque deviné !

Le calme de ma voix m'étonne moi-même. Je comprends maintenant que ma nuit d'insomnie n'a pas été vaine. Le stress a disparu. Je suis de bonne humeur. J'ai envie de faire à quelqu'un un cadeau ou une surprise agréable. Je demande au médecin :

– Tu as des enfants ?

– Oui, une fille.

– Quel âge a-t-elle ?

– Seize ans.

– Elle veut aussi devenir médecin ?

– Non, mannequin.

– Ah bon ?

Je suis déçu mais ne ressens aucune irritation. Je retire de mon poignet ma montre Patek Philippe et la tends au médecin.

– Prends-la ! Je te la donne, un cadeau !

Il est stupéfait. Il me dévisage, effrayé, mais il prend la montre.

– J'ai aussi un fils, d'un premier mariage! ajoute-t-il, éperdu.

J'interromps mollement son balbutiement.

– Ton fils ne m'intéresse pas! Tu peux t'en aller!

52

Kiev. 24 février 1985.

Celle qui avait ouvert la porte était une fille boulotte, au visage rond, en jogging bleu. Ses yeux étaient d'un bleu très foncé, ses lèvres épaisses et moqueuses.

– Vous venez voir qui? a-t-elle demandé.

J'ai tapé mes bottes sur le béton du palier pour en faire tomber la neige. J'ai sorti sans me presser une enveloppe de ma poche.

– J'ai un mot pour vous. De votre père.

– Pour moi? De mon père?

Ses lèvres ont formé un sourire qui s'est figé dans une expression un peu bêtasse. J'ai voulu vérifier à tout hasard:

– Vous vous appelez Mira?

– Ben oui! a fait la boule et, en se retournant, elle a fait un signe vers le fond du couloir:

– La troisième porte à gauche!

«Ouf!» ai-je pensé en entrant dans l'appartement communautaire.

Mira s'est avérée plus sympathique que je m'y attendais. Et son nez n'était pas bossu. Elle avait des yeux sombres, des yeux de tsigane. De corps, elle était pas mal, il y avait où s'agripper.

Elle a lu la lettre et elle est devenue inquiète. Elle a demandé des nouvelles de David Isaakovitch, de sa santé, de son humeur. Puis elle m'a offert du thé.

Les murs de la grande pièce où elle habitait avec sa mère étaient couverts d'une multitude de portraits pho-

126

tographiques dans des cadres en bois. Deux lits métalliques étaient soigneusement arrangés et ornés de gros coussins. Même la télé était couverte d'un napperon de dentelle, sur lequel trônait un vase de cristal avec des fleurs artificielles. Tout était propret et bien soigné.

– Vous aimez la musique ? a-t-elle demandé.

– Beaucoup.

– Ma mère et moi travaillons à l'Opéra. Si vous voulez, vous pouvez venir avec moi aujourd'hui. Je dois justement y aller dans une demi-heure.

J'ai dit que j'étais d'accord.

Nous avons remonté la rue Vladimir. Sous les pas, la neige crissait. Nous marchions en silence. Je jetais des coups d'œil sur ses bottes de feutre gris et ses caoutchoucs noirs. Et moi qui pensais qu'en ville on ne portait plus des bottes pareilles !

– Je fais un saut au magasin ! a dit Mira, alors que nous étions près de la maison Morozov. Il faut acheter du saucisson et du fromage pour faire des sandwichs, sinon, au buffet, ça revient trop cher !

J'ai approuvé. Elle a disparu dans le magasin. Il neigeait sur mon nez. La nuit tombait à vue d'œil et, dans la belle obscurité enneigée, les phares des voitures formaient des taches jaunes. Il commençait à faire nuit à quatre heures de l'après-midi. Il y avait dix minutes à pied jusqu'à l'Opéra. Qu'allais-je donc faire jusqu'au début du spectacle à sept heures ?

Mira a interrompu mes pensées en sortant en trombe du magasin. Nous sommes entrés à l'Opéra par la porte de service. Le gardien m'a jeté un regard indifférent, répondant d'un signe de tête à mon «bonsoir!».

La mère de Mira, Larissa Vadimovna, m'a accueilli avec méfiance mais elle a lu la lettre que Mira lui avait passée et elle a eu un sourire chaleureux.

Elle était penchée au-dessus d'une table à repasser, tenant de sa main puissante un fer lourd. Sur la planche, un costume de velours perle brillait, celui d'un roi, sans doute. Il y avait dans la pièce une forte odeur de naphtaline.

Le fer retombait doucement sur sa base métallique, comme une plume. «J'aimerais savoir comment elle franchit les portes», me disais-je en regardant cette femme vigoureuse et volumineuse, vêtue d'une jupe noire et d'un chemisier bordeaux aux manches retroussées jusqu'aux coudes.

– Mira, ma chérie, montre le théâtre à notre invité! dit-elle d'un air distrait, en regardant à nouveau la lettre qu'elle tenait serrée dans sa main gauche.

La visite de l'Opéra s'est terminée dans le haut du grenier où il fallait monter par une échelle de bois. La pénombre s'est effacée lorsque Mira a fait craquer une allumette. La flamme a baissé, a atteint la mèche d'une bougie et j'ai pu entrevoir la pièce mystérieuse: une petite table avec des verres et des tasses vides, un vieux canapé défoncé, un bout de tapis sur le sol et de vieilles affiches déchirées, pendouillant sur les murs de planches du grenier.

– C'est ici que les acteurs organisent leurs soirées secrètes, a murmuré Mira. Et il y avait dans sa voix un tel élan de tendresse et de romantisme que cela m'a donné l'envie irrépressible de me rapprocher d'elle.

Le canapé avait beau être défoncé, il n'a pas grincé. J'avais froid, même si je n'avais enlevé que mon pull et mon tee-shirt. À Mira, j'avais retiré un gilet, une veste, un chemisier et un soutien-gorge de taille généreuse. Elle avait gardé sur elle ses bottes de feutre, mais il est vrai qu'elle en avait retiré les caoutchoucs, elle les avait déposés dans la pièce des costumes.

J'avais l'impression que mes mains se noyaient dans son corps qui n'opposait aucune résistance à mes attaques. Mes mains s'enfonçaient dans sa poitrine molle. Ses lèvres me semblaient douces et abandonnées.

Elle a brusquement appliqué ses mains sur mes épaules, en appuyant comme si elle voulait m'écarter.

– Chut! Attends! lui ai-je dit en réponse tout en accélérant les mouvements de mon corps.

– Y a quelqu'un qui arrive!

Son haleine me rappelait une odeur de menthe que je connaissais. Elixir dentaire!

Nous avons ramassé nos vêtements sur le bout de tapis et soufflé la bougie, puis nous sommes allés nous cacher derrière une sorte de cloison et, tremblant de froid, serrés l'un contre l'autre pour nous réchauffer, nous avons assisté, en retenant notre respiration, aux ébats de l'autre couple. La femme me semblait étonnamment belle. À la lumière de la bougie qu'ils avaient rallumée, son profil fier m'excitait davantage que la poitrine molle et chaude de Mira que je gardais dans ma main comme une colombe.

Leur rencontre a été brève et silencieuse, ce qui nous a évité de nous enrhumer.

– Ce sont les danseurs étoiles du ballet, a murmuré fièrement Mira dans l'obscurité, tandis que les amants redescendaient l'échelle. Tu as vu comment il l'a prise par derrière?

J'ai dû avouer que non.

Nous sommes retournés sur le canapé. Il y avait une odeur nouvelle, désagréable. J'essayais de ne pas y penser, mais elle me rattrapait, même au moment où je donnais à mon corps le rythme d'un marteau-piqueur. Ce n'est que lorsque je me suis laissé retomber sur le corps mou et conciliant de Mira que j'ai compris que c'était une odeur de transpiration. Mais cette odeur se mêlait maintenant à la mienne.

Et je n'ai pas aimé le ballet, *Spartacus*.

53

Kiev. Mars 2004.

J'en ai ras le bol de cet hiver ! Non, c'est faux ! Le champagne au petit déjeuner dans un hôtel suisse cinq étoiles, c'était aussi cet hiver. Il y a à peine trois semaines de ça ! Mais à présent quand je reçois un flocon de neige dans le visage, je me mets à jurer. Par contre, quand je suis dans mon bureau et que Nilotchka, la secrétaire, entre avec sur un plateau une tasse de moka, ou quand j'enfonce lentement les touches du téléphone pour obtenir, comme un code secret, le numéro de Sveta Vilenskaïa, dans ces moments-là, je pense que le bon Dieu a mis la main à la pâte, cet hiver. Il mériterait pour ça une augmentation ou un paquet d'actions d'un des complexes industriels de laminage des tuyaux !

– Allô, tu es où ?
– En voiture, je vais au salon de beauté.
– Tu vas te faire belle ?
– Pourquoi, hier je ne l'étais pas ?

Je ris. Je ne sais toujours pas parler aux femmes. La seule différence avec avant, c'est qu'aujourd'hui, ça ne me gêne plus.

Pourtant, quand nous nous sommes réveillés hier matin chez moi, Sveta a réussi à me décontenancer.

– Tu sais, en fait, on ne s'est jamais parlé l'un de l'autre, a-t-elle dit, avec un air soudain étonné, comme si cette idée venait de poindre dans sa petite tête intelligente.

– Ah bon ?

Ç'a été ma seule réponse, suivie de cinq minutes de silence où je cherchais des explications.

– C'est sans doute qu'on était occupés, on se faisait du souci pour Dima et Valia.

– Ça aussi, a-t-elle accordé. Au début, je pensais que tu t'intéressais plus à Valia qu'à moi.

– Qu'est-ce que tu t'imagines? Bien sûr que c'est toi qui m'intéresses! ai-je rétorqué.

Mais elle n'accordait aucune attention à mes paroles. Elle s'est levée, s'est approchée de la fenêtre et a ouvert le rideau.

Elle était immobile, superbe. Son corps semblait demander des mains sur lui. J'avais envie de la prendre par la taille, de la soulever délicatement au-dessus de moi et de la montrer au monde entier. De faire le fier. Elle s'est retournée soudain et m'a regardé pensivement.

– Je crois que je vais avoir un enfant, a-t-elle dit doucement.

– Toi?

Elle a effleuré son sein gauche de sa main droite. L'a soulevé un peu et a regardé son mamelon rose.

Je l'imaginais ainsi dévêtue, mais avec un enfant dans les bras. L'effet était agréable.

– Tu n'as jamais eu d'enfants? lui ai-je demandé.

Elle a fait signe que non.

– Et comment va le miel?

Elle m'a jeté un regard étonné. J'avais moi-même perçu combien ma question sonnait bête.

– Le miel? J'ai fini de le vendre en janvier. Maintenant, c'est les vacances.

– Des vacances romaines, ai-je dit en riant. Tu as envie d'aller à Rome?

– Je ne sais pas encore ce dont j'ai envie, a-t-elle murmuré.

«Il faut lui acheter un cadeau cher», me suis-je dit en réponse à son murmure.

54

Kiev. Juillet 2015.

Quand on dort seul dans un lit double d'une largeur royale, on fait toujours les mêmes rêves. On rêve qu'on dort à deux. On ne dort d'ailleurs pas, on se roule en boule, on se tourne dans tous les sens. Et on ferait mieux de ne pas rêver car le final de ces rêves est toujours triste et toujours identique. Tu as beau féconder ton poing ou tes draps, ça ne te rend ni plus joyeux ni plus heureux.

Et des pensées troubles et désagréables se glissent lentement vers ta nuque, comme des chenilles qui tombent d'un pommier. Et tu te mets à y penser, à imaginer certaines femmes, les femmes de ménage d'État qui changent ces draps. Ensuite, tu as envie de boire un cognac pour arrêter de penser. Pour ne pas envisager l'avenir. Et qu'est-ce que ça fait, que tu sois le président. Tu n'es pas pour autant devenu impuissant, la patrie ne te tient pas lieu de femme !

J'entends, dans mon rêve qu'on frappe à ma porte, discrètement mais fermement. En ouvrant les yeux, je passe la main sur le drap, il est sec. Ce n'était donc qu'un rêve !

– Monsieur le président !… le murmure de mon aide de camp vole vers moi comme un papillon, depuis la porte entrebâillée. Réveillez-vous !

– Que se passe-t-il ?

– Le ministre de l'Intérieur, le général Filine ! Il est inquiet ! Affaire urgente !

– Donne-lui du café !

J'enfile une robe de chambre. Je reste immobile quelques secondes à côté de mon lit et mes pensées reprennent le même fil éternel, sans le moindre rêve.

Je lève les yeux vers la pendule de ma chambre. Quelque part, de l'autre côté du mur sur lequel est accroché un paysage en forêt de Chichkine, dort cette femme, comment s'appelle-t-elle, Maïa Vladimirovna Voïtsekhovskaïa.

J'entre dans le salon, je m'arrête près de la fenêtre.

Derrière mon dos, j'entends tousser le ministre de la Police. Il a une bronchite chronique : il fume comme une cheminée de crématoire !

– Alors ? Je le fixe droit dans les yeux.

– Monsieur le président. Je ne sais même pas comment vous le dire ! On a enlevé les plus hauts fonctionnaires de l'administration du Zaporojié ! Une action préméditée. À qui cela peut-il bien être utile ? Si encore il s'agissait d'un ou deux, mais là, c'est treize d'un coup. Et une femme a sauté par la fenêtre, la chute a été mortelle.

– Qui est-ce ?

– Kalinskaïa, la vice-ministre des Finances.

– Ensuite ?

– J'ai déjà donné ordre d'expédier sur place notre meilleure brigade d'enquête. La ville est bloquée, mais on ne trouve pas de traces.

– C'est bon. Tu me tiendras au courant. Le prochain rapport à huit heures du matin !

– Vous avez des nerfs d'acier ! dit le ministre en sortant.

J'ai tout en acier, je me dis, sans cacher mon sourire.

Je n'ai plus envie de dormir. L'aide de camp est droit comme un poteau, immobile entre les deux portes qui mènent à l'entrée.

– Ma voiture ! La plus simple ! Et du champagne frais !

Au bout d'une demi-heure, une Audi noire et un chauffeur ensommeillé m'amènent à l'entrée principale du club de nuit X. Les videurs ont essayé d'approcher de ma voiture, mais des hommes invisibles, dans une autre voiture, cette fois ceux de la Protection, les ont arrêtés. J'ai pu ainsi observer les mines fatiguées, agréables et décidées des consommateurs qui se dispersaient. Je regardais en buvant du muscat du Nouveau Monde et en pensant aux générations montantes.

À six heures du matin, on a frappé à la vitre. J'étais prêt à envoyer Kolia Lvovitch au diable, mais ce n'était pas lui. C'était le général Svetlov.

– Ceux qu'on nous a mis sous tutelle ont franchi la frontière russo-ukrainienne, dit-il. On leur a construit une maison de repos dans les monts Oural.

– Assieds-toi! je pose ma main sur le cuir noir et mou du siège arrière à côté de moi. On trinque?

Svetlov acquiesce, l'air fatigué. Ce signe de tête, simple et professionnel, est irremplaçable. Aucun mot ne pourrait le remplacer.

Svetlov n'aime pas le champagne. Je le sais et je tiens à respecter ses goûts.

– Dis-moi, Valera, tu as déjà aimé pour de bon?

Je lui pose la question lorsque nous avons chacun un verre de bon cognac en main.

– Une femme?

– Oui.

– Je voulais. Mais elle ne m'a pas laissé.

– L'idiote!… ne puis-je m'empêcher de dire. Excusemoi, bien sûr!

– De rien! dit Svetlov, avec un aplomb étonnant. Vous avez parfaitement raison, Monsieur le président, une idiote! Les femmes, en fait, aiment rarement, le plus souvent, elles choisissent un de ceux qui les aiment. Elle était à l'époque courtisée par un homme d'affaires. Il avait une tête et demie de plus que moi… Il a été tué par une roquette.

Je hoche la tête.

Nous vidons notre verre. Je lui demande:

– Tu as l'intention de te marier?

– Je suis déjà marié. J'ai deux grands enfants, mais il s'agit seulement de ma «situation familiale»…

Je suis flatté. Le fait qu'il me parle comme à un égal non seulement m'apaise, mais me met au niveau des gens qui sont sûrs de la justesse de leurs vues, de leurs sympathies et de leurs pensées. La nuit d'avant, je n'étais pas sûr de moi. Je me cachais derrière la vitre blindée de ma voiture. J'étais incognito. Je fuyais la beauté inconnue de la vie.

Kiev. 27 février 1985.

Le vent glacé me brûlait le visage, je ne savais plus quel moyen trouver pour m'en protéger. Ma chapka de lapin était rabattue sur les sourcils et j'en avais depuis longtemps noué les oreillettes sous le menton. J'avais emmitouflé mon cou dans une écharpe de mohair et relevé le col de ma veste en mouton retourné. Je n'avais pas plus chaud pour autant. L'île Troukhanov, dont je m'approchais par le pont des piétons semblait me repousser. Mais je pensais au vieil homme, au fait qu'il était seul dans sa cabane, au fait qu'il n'avait peut-être plus de bûches. J'apportais dans le sac de sport qui ballottait sur mon épaule de la nourriture et deux bouteilles de vin doux. Le sac pesait son poids, mais le vent glacé le soulevait et le balançait dans mon dos.

C'était Mira qui avait acheté la nourriture et m'avait prié d'aller le voir. Elle-même avait refusé d'y aller et maintenant, je la comprenais parfaitement. Mais j'étais plus têtu que ce vent glacé et plus il me résistait, plus je lui résistais. Mes bottes s'enfonçaient dans la neige profonde, mais je ne m'arrêtais pas pour autant.

Les ténèbres précoces de l'hiver s'épaississaient. Le ciel descendait de plus en plus bas. Il est resté un moment en suspens, comme un combattant ivre, incapable de tenir sur ses pieds. Et il s'est écroulé très vite, de toute son obscurité, en quelques minutes. J'apercevais déjà la cabane du vieil homme, je voyais dans sa petite fenêtre la lueur de la bougie.

– Tu es un vrai héros, un vrai Pavlik Morozov[1]! a crié à ma rencontre le vieux tout réjoui.

– Comment ça? En voilà un qui a trahi son père!

---

1. Pavel Morozov était un garçon de douze ans ayant dénoncé son père comme koulak aux autorités en 1932, et dont on a fait un des mythes les plus puissants de l'idéologie soviétique.

– D'accord. Tu es un héros, tout simplement! Venir ici par un temps pareil! Je te revaudrai ça!

Il a sorti d'un petit meuble une bouteille entamée de vodka Moskovskaïa.

Pendant ce temps-là, je sortais mes provisions et mes bouteilles du sac.

David Isaakovitch s'est exclamé en écartant les bras:

– Quelle fête! Quelle est la raison, jeune homme? Vous vous mariez?

– Non, c'est Mira qui l'envoie!

– J'ai une bonne fille!

J'étais d'accord. Je me rappelais la soirée à l'Opéra.

– Elle est brave, mais il vaut mieux que tu ne te maries pas avec.

– Pourquoi?

– Tu feras du lard, tu deviendras un fainéant et, dans le meilleur des cas, un tailleur médiocre. Elle ressemble à sa mère. Elle ne peut pas comprendre qu'un homme a l'âme toujours en vol! La femme est un aérodrome, l'homme est un planeur. Elle doit l'attendre et non pas lui interdire le vol. Tu piges?

– Oui. Et vous voliez vers où?

– C'est une manière de dire. Je volais vers d'autres femmes... Elle n'est pas la seule à vouloir du bonheur! Écoute!

Et il est devenu soudain silencieux.

À la fenêtre, une véritable tempête s'est mise à hurler.

– Voilà! dit le vieil homme en soupirant de façon expressive. Le temps qui empêche de voler, c'est ça! Le temps où on consolide sa famille avant le printemps. Vient ensuite le temps de nouvelles valeurs, où tu ne recherches plus les beautés avec des bigoudis sur la tête, mais des compagnons de pensée, de combat... Tu sais, d'ici quelques jours, des amis vont me rendre visite. Viens, toi aussi! Tu apprendras que tout n'est pas dit dans la *Pravda*. Il y a aussi une autre vie!

Kiev. Mars 2004.

Je me suis préparé pendant deux jours à cette conversation. À parler l'un de l'autre. Je n'avais pas la moindre question à poser à Sveta. Par contre, pendant les deux jours, je m'imaginais les questions qu'elle pourrait me poser. Sur ma vie, mes pensées, mes parents, mes amis. Je me les posais en son nom et je choisissais lentement les réponses, en évaluant le degré d'authenticité qu'elles devaient avoir. Non, je ne m'apprêtais pas à mentir, ça aurait été ridicule, à mon âge et avec mon statut, d'inventer de nouvelles versions. Mais mon attente angoissée de cette soirée était tout aussi ridicule.

Ces pensées me distrayaient du travail. Aussi, pour ne pas faire de bêtise, j'ai demandé à Nilotchka de reporter à la semaine suivante les rendez-vous qui avaient été fixés avec nos hommes d'affaires « blancs » et « gris ». Et vers le soir, je l'ai priée de préparer deux tasses de café et de me tenir compagnie.

Elle est entrée dans le bureau d'une démarche encore plus aérienne que d'habitude. Nous nous sommes installés à la table basse des visiteurs, l'un en face de l'autre.

Elle était vêtue d'un tailleur de coupe sévère mais de couleur verte chatoyante, composé d'une jupe moulante descendant aux genoux et d'une petite veste cintrée laissant apparaître un chemisier blanc, et ressemblait ainsi à une actrice débutante et peu sûre d'elle. Même s'il était évident qu'elle jouait à être peu sûre d'elle. Sinon, elle n'aurait jamais su envoyer paître les visiteurs dont je ne voulais pas avec un sourire aussi charmant sur ses lèvres maquillées en rose.

– Oh ! J'ai oublié le sucre ! s'est-elle écriée, les yeux fixés sur sa tasse.

Elle a bondi hors de la pièce, sans un bruit.

– Vous en voulez ?

Sa main tenait une cuillerée de sucre suspendue au-dessus de ma tasse.

– Un peu moins ai-je dit.

Elle a secoué le dessus de la cuillerée dans le sucrier, a versé le restant dans ma tasse et a mélangé.

– Qu'en penses-tu, quel cadeau faut-il offrir à une belle femme ? lui ai-je demandé.

Nilotchka s'est mise à réfléchir en retenant un sourire.

– Vous êtes très proches ?

– Oui.

– Vous avez du cognac ?

– Elle ne boit pas de cognac.

– Non, pas pour elle, a fait Nila, confuse. Pour le café, maintenant… J'en ai, mais de l'ordinaire…

J'ai sorti une bouteille de Hennessy et des verres à cognac. Nila a porté le verre que j'avais versé à ses lèvres et a regardé sa montre.

– Vous n'avez plus de visite pour aujourd'hui ?

– Tu les as toutes reportées ?

– Oui, bien sûr, comme vous me l'avez dit ! Je reviens.

Elle est sortie à nouveau.

Je faisais alterner le goût du cognac et celui du café. Je pensais à Svetlana. Un silence inhabituel pour un ministère s'étendait autour de moi. J'oubliais que j'étais au travail, dans ma morne fonction, qui consistait à déterminer pour chaque papier la vitesse de transmission. Comme avec un billard électrique, j'appuyais sur les boutons et les divers papiers tombaient comme des boules dans le trou du billard, dans le dossier de signature qu'on présentait à mon chef. Certains disparaissaient pour toujours vers des destinations inconnues. Ce travail au ministère était ennuyeux et lucratif. On payait bien ma nostalgie de la vie véritable.

Nila a refait apparition dans le bureau. Elle n'avait plus de collants, à ce qu'il me semblait.

– Le meilleur cadeau à la femme qu'on aime, c'est de la lingerie ! a-t-elle murmuré.

Puis elle s'est tournée vers la porte, comme pour vérifier qu'il n'y avait pas de visiteur imprévu, a ôté son tailleur en ne gardant sur elle que sa lingerie, de couleur rouge. Cette tenue la rendait vraiment séduisante. Je m'agrippais à mon verre de cognac comme à une bouée de sauvetage.

Elle s'est mise de profil, s'est penchée en rejetant en arrière ses cheveux châtains. Puis elle m'a tourné le dos et s'est courbée en touchant le sol de la pointe de ses doigts. Elle m'a fait face à nouveau.

– C'est joli ?

Elle avait posé la question en désignant du regard sa culotte.

– Oui, ai-je dit en soupirant légèrement et en regardant de tous côtés. Tu as fermé la porte au moins ?

– Bien sûr, a-t-elle murmuré. Je voulais vous raconter quelque chose…

– Vas-y !

– On m'a posé des questions sur vous…

– Qui ça ?

– Dogmazov et deux autres.

– Et qu'est-ce qui les intéressait ?

– S'il y avait des femmes qui venaient vous voir, si vous vous enfermiez parfois ici, si vous buviez. Quelles sont vos habitudes et vos lectures, quels sont vos correspondants téléphoniques, qui vous recevez en dehors des listes d'inscription. J'ai l'impression que vous allez bientôt partir d'ici…

– Tu penses ?

Elle faisait des signes affirmatifs, son visage exprimait une vraie inquiétude.

– J'ai peur qu'ils ne soient déjà en train de creuser…

– Et pourquoi tu as peur ?

– Je suis bien avec vous. Vous êtes poli, vous ne criez jamais. Vous ne me forcez pas à faire des choses…

139

– Et les autres, ils te forcent?

– Ivan Semionovitch, celui qui était là avant vous, c'était presque chaque soir…

J'ai eu soudain pitié de Nila. Elle était si fragile, sans défense, dans sa culotte et son soutien-gorge rouges. Pourquoi s'était-elle déshabillée? Ah, c'est vrai, je lui avais demandé conseil pour le cadeau à offrir à une femme aimée.

– Je peux avoir encore du cognac? a-t-elle demandé.

Elle s'est assise en face de moi. Des larmes brillaient dans ses yeux verts.

– Qu'est-ce que tu as?

Ma main a effleuré sa tête, je lui ai caressé les cheveux.

– Vous allez lui offrir de la jolie lingerie, a-t-elle dit en sanglotant, le cognac tremblait dans son verre. Et moi, je me l'achète toute seule. Vous savez combien je gagne?

Je lui ai fait signe que non. Je ne m'intéressais pas au salaire des autres.

– Deux cents.

– Quoi? Et tu arrives à vivre avec cet argent?

Elle a hoché la tête négativement.

– Non, je vis avec mes parents. Ils m'aident.

– Avec tes parents?

Nilotchka faisait signe que oui, avec dans les yeux une tendre pitié à son propre égard.

Je me suis levé, j'ai ouvert le tiroir de mon bureau. J'ai pris au hasard une des enveloppes cachetées. J'en ai tâté le contenu: il devait y avoir plusieurs milliers de dollars. Je les lui ai tendus, une fois sortis de l'enveloppe.

– Prends ça, achète-toi ce que tu veux et dis-toi que c'est mon cadeau!

– Et vous l'aimez très fort?

– Sans doute, ai-je dit, cherchant à ne pas la blesser.

– Je vous raconterai toujours tout! a-t-elle promis en portant le cognac à ses lèvres. Si vous vous comportez bien à mon égard. J'ai tout, moi aussi, pour être heureuse. (Là-dessus, elle a retiré son soutien-gorge et a examiné sa poitrine de haut en bas.) Seulement le bonheur ne vient pas !

57

Région de Lvov. Stary Sambor. Août 2015.

En déclarant vouloir devenir citoyen de l'Ukraine, je jure d'aimer de tout cœur ma patrie, de soutenir ses intérêts sociaux et politiques et de faire tout mon possible pour que mon pays se développe et devienne plus fort, pour que dans le monde entier le respect de l'Ukraine se renforce, pour que l'autorité de l'Ukraine soit reconnue. Je promets d'accomplir tous mes devoirs de citoyen et de payer consciencieusement mes impôts[1]...

Malgré la décoration festive et l'acoustique exceptionnelle de la cathédrale, il y avait, dans cette cérémonie, quelque chose d'artificiel. Et cela ne venait pas du fait que tous ces clandestins venus d'Inde, du Bangladesh, d'Afghanistan et restés coincés en Ukraine lisaient péniblement à voix haute le Serment du citoyen. Certains d'entre eux avaient revêtu des chemises brodées ukrainiennes, pour souligner leur respect envers le pays qui les admettait comme citoyens du fait que leur situation semblait sans issue. Puis la foule s'est mise à chanter des psaumes. Le père, qui avait revêtu sa tenue de fête, a fait bourdonner sa voix de baryton. L'employé de l'Administration régionale de Lvov s'est avancé avec sa secrétaire qui tenait à la main un paquet de passeports flambant neufs.

– Akhmed Zahir Chakh, a annoncé l'employé en déchiffrant l'inscription du premier passeport qu'il prit

---

1. Les passages en italique dans ce chapitre, sont en ukrainien dans le texte.

des mains de la secrétaire ; et il parcourut du regard tous les Akhmed qui formaient une longue file.

Cette remise des passeports me rappelait la remise du diplôme de fin d'études dans les écoles soviétiques. J'ai appelé doucement le vice-ministre qui avait insisté pour que je vienne assister à la cérémonie :

– Mykola !

– J'écoute, Monsieur le président !

– Qui a écrit le texte ?

– Notre chanteur national Vassil Kazanski. Il est Artiste du peuple d'Ukraine.

– Tu n'as pas l'impression qu'il y en a qui feraient mieux de s'occuper de leurs oignons ? Pourquoi un chanteur doit-il écrire le texte d'un serment officiel ?

– *C'est un vrai patriote et il voulait apporter sa contribution.*

– Attends, Mykola, patriote, c'est une profession ?

– Non.

– Une vocation ?

– *Non. Mais c'est un état d'âme. C'est quand l'homme n'est pas indifférent…*

– Ça suffit ! Ce texte, c'est la première et la dernière fois qu'on l'entendra ! Pigé ? Ou tu l'écris toi-même, ou tu trouves un patriote parmi les écrivains !

Le vice-ministre a poussé un soupir mais est resté à sa place. Et j'ai tourné mon regard vers les bouquets de petits cierges allumés. Le parfum de la cire caressait agréablement les narines. Le chant s'élançait vers la coupole et, de là, retombait en une douce pluie dorée.

Je me suis tourné à nouveau vers le vice-ministre.

– Et l'archevêque n'a pas eu d'objection au fait de remettre dans l'église des passeports à des non-chrétiens ?

– *Ils ont accepté de se faire baptiser. C'était une des conditions pour obtenir la nationalité ukrainienne.*

– Il y en avait d'autres.

– *L'obligation de passer un examen d'ukrainien et d'écrire sa biographie en ukrainien.*

– Et qui a signé ce décret ?

– *C'est vous ! Je vous l'ai envoyé et on me l'a retourné avec votre signature…*

– Tu me le transmettras, que je le lise. L'un de nous deux était malade au moment de cette signature…

– Mais c'est vous, s'est exclamé le vice-ministre en toute sincérité. Vous avez bien été malade !

L'employé continuait à appeler les Ukrainiens les plus récents. Ils approchaient, la tête humblement baissée. Comme c'est l'usage à l'église. Ils prenaient leur passeport et retournaient dans le rang.

«Présent au bataillon !» me suis-je dit en soupirant.

Et j'ai ressenti comme un malaise. Comme si mon cœur était à l'étroit dans ma poitrine.

Une fois dehors, j'ai remarqué les objectifs rapaces de trois caméras. Les trois chaînes principales du pays allaient retransmettre ça ce soir. Qu'est-ce que tout ça signifiait ?

L'air frais, chauffé par un soleil d'été déjà fatigué, effleurait doucement mon visage, comme une femme. Je n'avais pas la moindre envie de penser à cette cérémonie qu'on allait retransmettre sur la première chaîne et aux réactions qui ne se feraient pas attendre. Akhmed Zahir Chakh, ukrainien orthodoxe, dans le meilleur des cas, ça ferait rire… Mais ça pourrait être pire, on pourrait ressortir le décret dans un quelconque petit journal et donner le coup d'envoi ! Et le coup serait dirigé contre moi, ça ne faisait aucun doute !

58

Kiev. 1er mars 1985.

Ce matin, ma mère a emmené Dima chez un nouveau psychiatre. Et moi, j'ai mis une chemise blanche, un pantalon repassé, un pull chaud. Puis je me suis emmitouflé comme j'ai pu pour lutter contre le froid glacial car on était passé de février à mars sans que la température remonte d'un degré.

Je savais qu'il y avait des gens qui voulaient vivre autrement, qui n'approuvaient pas la politique du Parti et ne la saluaient pas. J'avais entendu dire qu'ils se réunissaient, la nuit, dans des cuisines d'appartements et se racontaient des blagues politiques. J'avais même entendu certaines de ces blagues, mais elles ne me semblaient pas particulièrement drôles. En tout cas, je ne pouvais pas imaginer que le vieux, qui n'avait même pas de cuisine dans sa cabane, pouvait en être. Pourtant, ça m'intriguait. Et je suis retourné voir David Isaakovitch sur l'île Troukhanov.

Il n'y avait pas de vent. Le pont était immobile, couvert d'une croûte de neige qui crissait sous les pieds. Ce pont m'étonnait toujours et m'inspirait du respect, dans sa solitude hivernale. Et comme d'habitude, je m'efforçais d'apercevoir des traces fraîches. Mais la croûte était intacte. Peut-être qu'on pouvait arriver sur cette île par un autre chemin, un chemin secret? Et que par ce chemin arriveraient ceux qui venaient au rendez-vous?

C'est effectivement un autre chemin qu'ils avaient emprunté, et ils étaient déjà là.

Dans la cabane, il faisait plus chaud que d'habitude. Et sur la table, comme boisson, il y avait trois bouteilles de lait caillé. Sur le lit était assis un barbu, massif, avec un nez solide. Il n'avait pas l'air vieux, mais il voulait en imposer. Sur le tabouret à droite, un homme maigre, au profil d'aigle et à la calvitie naissante, était assis jambes croisées. Malgré son survêtement de laine bleue à bandes blanches, il était évident que cet homme n'avait rien à voir avec le sport. Le troisième invité, petit et rond, avait le visage souriant et les joues rouges.

Le vieux a fait les présentations:

– C'est Serioja, je vous ai parlé de lui.

Et il a ajouté en me montrant le barbu avec respect:

– Le père Vassili!

Les autres, il les a présentés sans façons : Ilia et Fedia.

Je me suis assis sur un tabouret, prêt à entendre une conversation intellectuelle.

Au lieu de ça, David Isaakovitch a sorti de dessous son lit un paquet de serviettes nid-d'abeilles et les a posées sur la table à côté du lait caillé.

– Bon, que Dieu nous garde ! a déclaré le père Vassili d'une voix de basse, et il s'est mis à se déshabiller.

Les autres ont suivi son exemple.

– Et toi ? m'a dit le vieux.

Je lui ai demandé :

– Mais qu'est-ce que c'est que ça ?

Je lui montrais ces hommes à moitié nus. J'étais un peu paniqué. Je m'imaginais que j'allais être l'objet d'un viol. J'en avais vaguement entendu parler.

– Allez, vas-y ! a-t-il dit. Il faut se dépêcher !

– Pour aller où ?

– À la rivière ! J'ai fait un trou dans la glace, ce matin, je l'ai bien lissé. Mais si la glace reprend, on va s'égratigner !

« Ah bon ! je me suis dit, et j'ai poussé un soupir de soulagement. C'est donc des morses, pas des homos ! »

Et nous sommes partis l'un derrière l'autre, pieds nus dans la neige, tenant chacun à la main une serviette. J'étais le dernier et je regardais ces derrières d'hommes, qui étaient blancs et tremblaient en marchant. Ils me semblaient incroyablement vulnérables, et c'est l'impression que je me donnais aussi à moi-même. Ce n'était pas seulement le froid qui me transperçait, mais une peur nouvelle, la peur de l'eau glacée.

– On ne baptise pas les hommes ivres, m'a dit le père Vassili au bord du trou.

Et il m'a poussé aussitôt d'un petit coup de la main[1].

---

1. Le baptême des adultes par immersion est caractéristique des baptistes. Leur indépendance d'esprit et leur refus de toute obédience leur valurent d'être des victimes systématiques des répressions.

Je me suis envolé dans le froid brûlant. Des étincelles d'eau m'éblouissaient, s'incrustaient dans ma peau. J'agitais les bras dans une pâtée d'eau et de glace. J'ai croisé le regard du vieux, dressé comme une momie bleutée au bord du trou.

– Ne plonge pas sous l'eau, sinon le courant va t'emporter sous la glace! m'a-t-il dit.

J'essayais de me hisser hors de l'eau, je cherchais à me dégager du trou en prenant appui sur la glace, mais elle cédait et me griffait les bras. Une fois dehors, j'ai remarqué une longue éraflure sur mon coude droit.

Le vieux m'a tendu une serviette. Mon corps, frotté avec cette toile émeri, est devenu tout rouge. L'impression de froid s'est peu à peu dissipée. Elle faisait place, dans le corps, à de la fatigue, et, dans la tête, à de l'indifférence.

Le père Vassili m'a accroché au cou une croix argentée.

– C'est un miracle de Dieu qui t'a sauvé, a-t-il dit, en jetant un regard vers le vieillard. Désormais, tu es, toi aussi, un serviteur de Dieu. Que le Seigneur te bénisse!

Les autres ont plongé à leur tour dans le trou. Et celui qui est resté le plus longtemps à barboter dans l'eau, c'était le vieux. Il poussait des gémissements, des oh! et des ah!

– Ça m'fait du bien! commentait-il. Ça m'fait comme pour les tomates en conserve! Ça m'prolonge la vie!…

J'avais un instant envisagé que c'était là un principe de vie saine, mais je m'étais mis le doigt dans l'œil. Notre première tâche, une fois rentrés dans la cabane, ça a été d'avaler un verre de vodka «à la gloire de Dieu». David Isaakovitch buvait un peu de lait caillé pour éviter d'être ivre, mais les autres s'en tenaient à la vodka.

– Vous allez parler de politique maintenant? ai-je demandé, les coudes sur la table.

Ils m'ont jeté un regard bizarre.

– La politique, c'est les vers de terre qui en parlent, a

énoncé le père Vassili. Nous, on va discuter de la vie.
Parce que la vie, c'est l'amour !

59

Kiev. Mars 2004.

Toute la nuit, les chats ont hurlé sous ma fenêtre. Si ça
avait été des chiens, leurs hurlements ne m'auraient sans
doute pas laissé dormir. Mais les chants des chats m'inspi-
raient dans le demi-sommeil des pensées bien concrètes,
et je roulais ces pensées, comme par mégarde, d'un coin
à l'autre de mon inconscient.

Et le matin, quand ma cafetière italienne s'est mise à
siffler et à répandre dans la cuisine son arôme d'arabica,
Sveta a téléphoné et a annoncé, l'air très sérieux :

– J'ai du nouveau.

Je m'attendais à parler affaires, pensais qu'il s'agirait
de régler les frais à venir de la clinique suisse pour Dima
et Valia.

– On m'a fait des examens médicaux.

Elle a marqué une pause. Suffisamment longue pour
que j'aie vraiment le temps de comprendre ce qu'elle
avait de nouveau à me dire, qui semblait me concerner
aussi.

– J'ai des jumeaux…

« Elle dit encore "j'ai", je me suis dit avec une grimace. Elle tient donc tellement à souligner qu'elle ne
dépend pas de moi ? Ou que ces jumeaux ne dépendent
pas de moi ? »

– Félicitations, j'ai répondu. On fête ça ?

– Ce n'est pas tout ! (Sa voix a eu un petit claque-
ment métallique.) Valia aussi attend un enfant !

– Qui ça ?

– Dima et Valia, ton frère et ma sœur.

– Ce soir, à sept heures, ça te va ? (J'ai eu soudain la
bouche sèche et je me suis mis à chuchoter.) Au *Déjà vu*.

Elle était d'accord.

Vers le soir, il s'est mis à pleuvoir et les pavés mouillés, devant l'Opéra, prenaient un éclat noir et nacré. J'ai dit au chauffeur de rentrer chez lui. J'avais toujours du mal à accepter que, pendant que je m'amusais quelque part, il reste à m'attendre dans la voiture et, dans le meilleur des cas, lise un livre de Daria Dontsova. Bien sûr, les règles non écrites obligent les chauffeurs des BMW et des Mercedes officielles à aller où on leur dit et à attendre devant un restaurant ou un club, parfois jusqu'au matin. Mais qu'est-ce que j'en ai à faire, de ces règles ? Je les respecte seulement quand elles m'arrangent.

Je m'assieds à la table de Sveta et l'embrasse sur les lèvres en guise de salutation.

– Elle t'a téléphoné ?

– Oui. Et, tu vois, nous en sommes au même mois.

Je lui ai souri :

– Ça veut dire… que vous avez conçu au même moment, pendant la nuit de noces.

Elle m'a fait « oui » de la tête.

Le garçon a apporté une bouteille de Moët et deux coupes. J'ai été instantanément de meilleure humeur. Si Sveta, en arrivant en avance, avait décidé que nous allions boire, c'était que je n'avais pas à craindre sa mauvaise humeur.

– Tu as un collier magnifique !

Je regardais les perles de corail, sur son chemisier, la bague avec un petit brillant à sa main droite. La tenue de Sveta reflétait toujours son humeur. Ce jour-là, elle avait de l'affection pour le monde et pour elle-même.

J'ai sorti de ma poche un petit paquet-cadeau brillant. J'étais stupéfait de constater combien la lingerie féminine à la mode était légère et éphémère. Cette culotte de couleur émeraude pesait moins que son emballage !

– C'est pour toi !

Elle a posé dans sa main le petit rectangle, a eu un

sourire malin. Elle avait visiblement deviné. Elle l'a fourré dans son sac. A levé sa coupe.

J'ai levé la mienne et soufflé :

– À toi ! Et aux jumeaux !

Ce brut était trop raffiné. C'était le genre de circonstances où, par son prix, la bouteille de champagne convenait parfaitement, mais, malheureusement, pas par son goût. Je n'avais pas les papilles assez aristocratiques, même si j'avais appris à tromper tout le monde, et moi-même par la même occasion, à consommer des boissons et des mets recherchés et coûteux en affichant un air de délectation supérieure.

– Pardonne-moi cette question banale, a dit Svetlana en me fixant dans les yeux. Tu es de la famille de Bounine ?

J'ai ri en réponse.

– Pas du tout. C'est le nom qu'a donné à mon père le directeur d'un orphelinat en Sibérie. Mon père a été pris dans un bombardement. Ils étaient dans un train pendant l'évacuation. Ses parents sont morts et personne n'a cherché les papiers. Le petit garçon sans nom a été envoyé dans un orphelinat et là, le directeur était un ancien professeur de littérature. Les amis que mon père a eus à l'orphelinat s'appelaient Gorki et Ostrovski.

– Une belle histoire… Svetlana a eu un sourire pensif qui donnait à ses yeux un air de bonté.

– J'en ai beaucoup, de belles histoires. Mais voici la plus belle, ça s'est passé il y a peu de temps à Leukerbad…

Ma main a rejoint la sienne, nos doigts se sont touchés.

– Installe-toi chez moi !

J'ai incliné la tête en essayant de donner à mon regard un air de prière et de soumission.

– Attendons un petit peu.

Svetlana a retiré sa main et soulevé à nouveau sa coupe.

– À te voir, on n'imagine pas que tu aimes les enfants, a-t-elle dit.

149

– À te voir, on n'imagine pas que tu aimes le miel. Et à me voir, on n'imagine pas grand-chose. Mais j'aime les enfants.

– Buvons à la santé de Dima et Valia ! (Elle a baissé les yeux vers la trace de rouge à lèvres sur sa coupe.) Il me semble qu'ils sont les seuls à pouvoir être vraiment heureux.

La pluie s'était arrêtée. Il faisait déjà nuit. Les phares jaunes des voitures brillaient. J'ai levé le bras et une paire de phares s'est immobilisée juste devant nous, comme un chien fidèle.

– Oh ! J'ai oublié mon parapluie ! s'est exclamée Svetlana, alors que nous approchions de ma maison.

J'ai pris mon téléphone mobile et j'ai demandé qu'on cherche le parapluie et qu'on le dépose au vestiaire. On l'a retrouvé tout de suite et ce succès de pacotille a renforcé la bonne humeur de Svetlana.

60

Kiev. 1er septembre 2015.

– Vous avez dit ça très bien ! jacasse Kolia Lvovitch. Il faut apprendre, apprendre et encore apprendre.

– Ce n'est pas moi qui ai dit ça, c'est Lénine.

– Aucune importance, Lénine, on l'a oublié depuis longtemps ! Du coup, aujourd'hui, tous les écoliers d'Ukraine ne vont penser qu'à leurs études !

Nous rentrons, avec le chef de l'Administration, de la fête de la rentrée des classes. L'école est juste en face de la maison. Les caméras de la télévision ont retransmis en direct. J'ai dit quelques mots, j'ai attrapé la cloche par son manche et j'ai sonné quelques coups. Maintenant, on va rue de la Banque. Je demande à Kolia Lvovitch :

– Qu'est-ce qu'on a, maintenant ?

– Le rapport de Filine sur la situation intérieure, entre autres sur la question de l'administration en Zaporojié…

– Quoi, ils n'ont pas encore trouvé?

En posant cette question, je ne peux qu'à grand-peine retenir un sourire. Aussitôt, le visage de Kolia Lvovitch devient de marbre:

– Non. Ils ont fouillé partout, inspecté toutes les pièces d'eau de la région.

– Allez, c'est bon! dis-je pour mettre fin à son air soucieux. Quoi d'autre?

– À quatorze heures précises, visite médicale et massage. À quinze heures quarante, vous avez rendez-vous avec la soliste de l'Opéra national. Puis la réunion restreinte du cabinet.

La suite du trajet se fait en silence. Je vais certainement voir encore débouler Potapenko, le responsable de la Protection, qui va se lamenter: «Pourquoi vous êtes partis sans demander l'escorte et les motards?» Qu'il aille se faire foutre! Mon seul souci, maintenant, est celui-ci: comment obliger Filine, le ministre de l'Intérieur, à faire son rapport en résumé, à nous dispenser de l'énumération des succès obtenus dans la lutte contre la corruption au sein de la police. Je commence à en avoir marre de ces chiffres: «Quatre-vingt mille trois cent quarante-trois employés ont été renvoyés, trente-cinq mille ont été mis en examen pour délit ou faute professionnelle.» Combien de gens y travaillent, à la police, si on peut tranquillement en renvoyer cent quinze mille et que cette police est encore en état de faire quelque chose? Et combien avons-nous de taules? Ça aussi, c'est une bonne question! Il faut que je la pose à Filine!

Il se trouve que le général Filine attend son tour depuis une demi-heure. En m'apercevant, il prend une posture spéciale, comme si sa colonne vertébrale était traversée pendant quelques secondes par un courant haute tension. C'est par cette posture que son corps me salue.

– Assieds-toi!

Je lui montre le célèbre canapé du commandant Melnitchenko. Je sais qu'il ne s'y assoira pas. Les gradés de la police et de l'armée ont peur de ce canapé. Je ne sais même pas ce qui les effraie le plus: la superstition ou la crainte d'un mauvais tour de ma part. Ils s'assoient systématiquement sur un autre siège. Pourtant il ne faut pas être très malin pour comprendre que si un magnétophone est resté caché dans ce canapé et a enregistré pendant plus de deux ans les conversations du président, le deuxième magnétophone, s'il doit y en avoir un, sera forcément caché à un autre endroit. Par exemple, dans le fauteuil situé à côté du canapé. Or le général Filine semble ne rien craindre de ce côté-là et c'est dans sa direction qu'il déploie ses arrières pour pouvoir les poser, sans mouvement ni demi-tour superflus, sur le velours beige et les ressorts mous.

J'encourage le général:

– Alors, qu'est-ce qui se passe?

Il écarte les bras:

– Dans l'administration du Zaporojié, on n'a rien obtenu. Le milieu n'a rien à y voir. Nos indics ont tout passé au peigne fin. Il est possible que des truands extérieurs soient mêlés à ça, ou je ne sais quel commando spécial. Mais il n'y a aucune trace.

«Bon Dieu, me dis-je, il a deviné, pour le commando spécial! Il est pas idiot!»

Je réponds d'un signe d'assentiment.

– C'est bon, continuez! Envoyez nos meilleures forces là-bas, dans le Zaporojié!

– Mais il y a déjà sur place deux cents personnes diligentées pour l'instruction!

En dehors de «l'énigme du Zaporojié», la situation dans le pays est normale, habituelle. Trente-sept décès par accident du travail, dix-huit morts consécutives à l'absorption de vodka trafiquée, trois assassinats commandités et treize ordinaires.

Je le branche sur son sujet préféré :

– Et la lutte contre la corruption interne ?

Son visage resplendit. Il me raconte comment deux généraux et trois colonels ont été arrêtés, comment on a découvert un groupe de policiers qui faisaient du racket sur le marché aux vêtements d'Odessa.

Je l'arrête d'un geste de ma main levée :

– C'est bon, ça suffit. Il y a le vice-ministre des Affaires culturelles qui voulait discuter de quelque chose avec toi. Essaie de trouver vingt minutes pour le voir. D'accord ?

– Bien sûr !

Aussitôt que la porte est refermée, j'appelle mon aide de camp.

– Écoute ! lui dis-je. Mais bien attentivement ! Je veux une pizza avec des crevettes et de la mozzarella. Trouve un emballage, mais que personne ici ne s'en aperçoive ! Pigé ? Je te donne vingt minutes !

Il bondit hors du cabinet. Je m'installe sur le canapé du commandant Melnitchenko et je me balance à droite et à gauche comme un culbuto. Je suis d'une humeur bizarre et enjouée. Comme si j'étais redevenu un écolier et que je venais de sécher le jour de la rentrée.

L'aide de camp m'a apporté la pizza dans un sac postal. J'ai eu une demi-heure entière pour me délecter du silence. J'ai tout simplement donné ordre de ne laisser entrer personne, je suis resté assis sur le célèbre canapé et j'ai mangé ma pizza. Et je ne me suis même pas étonné d'avoir eu cette envie si soudaine. Je n'ai pas cherché à me rappeler quand j'avais mangé pour la dernière fois une pizza avec un tel plaisir. Bizarre !

La visite médicale est allée assez vite. Le médecin a dit que mes taches de rousseur ne se développaient plus et que ma peau, d'après les résultats des analyses, était saine. Il a écouté mon cœur et a eu l'air satisfait. Si bien que la visite de la jeune masseuse chinoise a pris l'allure d'une fête. Elle m'a fait le massage dans une pièce séparée, aménagée au même étage, et elle y a mis une sorte de douceur ferme, qui me pénétrait le corps. J'étais étonné de sentir sur ma peau combien ses paumes étaient comme acérées. Et l'odeur d'huile d'amandes se mélangeait à son parfum. Pendant vingt minutes elle a rechargé mon corps d'énergie physique. À un certain moment, j'ai compris que c'était terminé : encore un peu et l'excès d'énergie allait me faire exploser !

– Suffit ! ai-je dit sévèrement, toujours couché sur le ventre, mais le visage tourné vers la masseuse.

Elle a eu l'air effrayé et m'a demandé en chinois si le massage était mauvais. Le médecin m'avait appris la réponse et je l'ai rassurée :

– *Hao, hao !*

Elle a essuyé ma transpiration avec une serviette spéciale, chaude et imbibée d'essences naturelles, elle s'est inclinée et est sortie.

Ma montre indiquait quinze heures trente : « Encore dix minutes et je dois rencontrer une femme. La soliste de l'Opéra national. Nous allons discuter, je me demande bien de quoi ? Et le chef opérateur de la première chaîne va filmer notre aimable entretien. Le président est censé s'intéresser à l'art. Il ne peut pas y couper. Même s'il ne peut pas supporter l'opéra ni le ballet. »

61

Kiev. Mars 1985.

J'ai erré une demi-journée dans le Podol glacé. Tantôt, pour me réchauffer, j'entrais au *Bacchus* prendre un verre, tantôt dans un café de la rue de Bratsk. Je n'étais pas en grande forme. J'avais envie d'aventures. Comme par exemple de la rencontre inattendue d'une fille toute simple. Je ne pouvais pas me permettre qu'elle ne soit pas simple. Qu'est-ce que c'est que cinq roubles ?

Évidemment, ça peut permettre de tenir cinq jours, mais sans qu'on ait du plaisir. Je connaissais d'expérience les boulettes de carottes râpées à douze kopecks à la cantine du boulevard Lénine, mais c'était la viande qui m'attirait toujours, les boulettes de viande. Et alors l'argent ne suffisait plus. Du moins le mien. J'en avais sacrément marre aussi d'aller taper ma mère. Bien sûr, si je m'étais mis aux études, je n'aurais pas eu besoin de quémander. Elle m'en aurait donné d'elle-même. Avec la bourse en plus. Mais étudier quoi? Il fallait trouver quelque chose qui ne soit pas compliqué à apprendre et qui mène à une spécialité pas trop ennuyeuse. Mais même si l'important chez nous c'est d'étudier, on peut ensuite aboutir à un métier qui n'a rien à voir avec sa formation. Par exemple, ma mère, c'est même drôle, a reçu une formation de tourneur. Pourtant elle travaille comme chef de l'approvisionnement d'une grande usine! Ça s'appelle monter les échelons. Ça ne risque pas de m'arriver.

Je débouche sur le Nijny Val. Les mains dans les poches de ma pelisse en fourrure synthétique. La capuche sur la tête. J'ai serré les cordons si fort sous le menton que, de profil, on peut me prendre pour un esquimau. J'ai le visage réduit à la dimension d'une pomme et les yeux comme des fentes.

Près d'ici, il y a un dépôt de livres envoyés au pilon. C'est Senia, le rouquin, qui réceptionne les livres, c'est son boulot. Il habite d'ailleurs la maison d'à côté, si bien que s'il est bourré, sa femme n'a pas à le traîner bien loin. Elle est costaud, sa femme. Elle a une tête et demie de plus que lui et deux fois son volume. Pourtant, je ne dirais pas que c'est une grosse, c'est plutôt Senia qui est un maigre.

J'inspire l'air glacé, j'hésite, debout à l'entrée de la cour qui m'est familière. C'est dans cette cour que Senia tient son dépôt. J'y vais ou j'y vais pas? J'aurai du pot ou pas? Avec Senia, c'est toujours la loterie.

En fait, pour lui, c'est trois roubles à se mettre dans la

poche, la loterie, c'est pour moi. Je lui donne ses trois roubles et il me laisse fouiller dans les paquets de livres et prendre tout ce qu'il me faut. Et moi, ce qu'il me faut, c'est ce que le bouquiniste va m'acheter. Pas loin d'ici, rue Konstantinovskaïa. J'arrive parfois aussi à vendre sans le bouquiniste. Un jour je suis tombé pile sur deux tomes d'Alexandre Dumas! Une petite dame me les a quasiment arrachés des mains. Pour dix roubles.

Je pense à ces deux tomes et j'entre dans la cour. Le dépôt de vieux bouquins ne diffère en rien d'un dépôt d'ordures habituel en briques. Il y a quand même une différence. L'odeur y est plus décente. Ça sent seulement le papier moisi. On s'y fait vite.

Senia est sur une chaise. À sa droite, sur une vieille table de nuit, il y a un verre à facettes et un sandwich entamé. Devant lui, sur le sol en béton, une balance massive peinte en bleu.

– Tiens, salut! me dit-il en levant vers moi des yeux rougis. Alors, tu t'ennuies sans bouquins?

– Ouais! Tu aurais la monnaie de cinq?

Je lui montre le billet.

– Je vais t'changer ça tout d'suite! Chez le cordonnier. Fais gaffe que personne n'entre pendant c'temps!

Il se dépêche de sortir, le billet serré dans la main.

Je jette un coup d'œil derrière la table de nuit. Il y a une bouteille de vodka à moitié vide. Je l'attrape et je me verse une dose dans son verre. Je l'expédie dans ma gorge et elle descend à toute berzingue dans mes entrailles gelées, réchauffant au passage mon ventre affamé.

Maintenant, je peux me mettre au travail! J'inspecte du regard la pièce bourrée de paquets de vieux bouquins. Le pied! J'ai devant moi une sorte d'Everest de journaux, de revues et de livres! Un Kilimandjaro!

Au bout d'une heure, je redescends, tout content, de ma montagne de paperasse, en direction de Senia, bien imbibé, et de sa balance. Le verre sur la table est plein et il a posé à côté du saucisson en tranches et deux petits pains à trois kopecks.

– Alors ? demande-t-il.

Je pose délicatement sur le sol en béton ma pile de livres. Ou plutôt les livres sont en haut de la pile et j'utilise comme plateau deux collections de la revue *Niva*, les années 1904 et 1907.

Senia prend le livre du dessus et fronce les sourcils :

– *Le Chien des Baskerville* ? Je ne savais pas que tu t'intéressais aux chiens !

– Si, dis-je. Je voulais même en avoir un mais ma mère était contre !

Senia compatit :

– Moi aussi, je voulais avoir un caniche, mais Ania m'a prévenu qu'elle nous enverrait nous faire foutre, moi et mon chien.

Ania, c'est sa femme. Elle est rousse aussi, mais ça lui va bien, à elle, tandis que Senia a des cheveux roux qui ne riment à rien.

– Et mes deux roubles ? je lui demande, à propos de la monnaie.

Il fouille à contrecœur les poches de son manteau matelassé. Il en sort deux billets froissés, qu'il continue à froisser dans sa main.

– Écoute ! Et si tu prenais un peu de gnôle et qu'on passait une petite heure ensemble ? Tu vois un peu la bouffe que j'ai achetée ? Y en aurait bien pour trois !

– Non !

Je refuse fermement et j'extrais de ses doigts les deux roubles. Il ne les lâche pas tout de suite mais desserre la main peu à peu.

Au bout d'une demi-heure, c'est seize roubles que je serre dans la poche de ma pelisse. Marik, le bouquiniste m'a acheté les deux collections de *Niva* pour six roubles chacune et m'a donné en prime quatre roubles pour les bouquins.

J'ai encore dans la bouche le goût des livres humides. Je m'en débarrasse comme un roi : avec un café-cognac ! Je fête ma victoire à la loterie des vieux bouquins ! Autour de moi, le café est quasiment vide. Deux mecs, plus quelques étudiants, qui versent en douce du vin doux qu'ils ont apporté dans leurs tasses à café. Mais pas une seule fille, pas la moindre beauté avec qui partager ma bonne humeur du jour.

62

Kiev. Mai 2004.

Le jour de la Victoire, nous avons pendu la crémaillère à deux, Svetlana et moi. Elle avait eu raison, en mars, de refuser d'emménager chez moi tout de suite. Un matin, en me promenant dans l'appartement, j'avais aperçu à mon grand étonnement des signes de fatigue sur les murs et les plafonds. On aurait pu, bien sûr, y remédier par des travaux, tout remettre d'aplomb par une intervention chirurgicale. Mais ça me semblait un processus coûteux, moins en argent qu'en temps, celui qui m'était imparti pour le bonheur. C'est pourquoi, comme je désirais décupler mon bonheur, sans me lancer dans des choses désagréables, j'en ai parlé au ministère, j'ai pris conseil auprès de Dogmazov. Et juste après, des gens chargés de veiller au confort et aux commodités du corps des hauts fonctionnaires ont eu l'air de s'en souvenir d'eux-mêmes. Et ils m'ont proposé un appartement tout neuf, rue Staronovodnitskaïa. C'était un bâtiment élevé dont le toit en forme de vague dominait le boulevard Lesia Ukrainka. J'ai choisi le treizième étage, parmi ceux qu'on me proposait. En me remettant les clefs de ce vaste appartement avec cuisine équipée, le chef de la Section logement m'a conseillé en douceur de me marier officiellement le plus tôt possible. J'ai quand même été étonné de constater qu'ils savaient vraiment tout.

D'ailleurs, je ne cherchais pas à cacher quoi que ce soit. Nous avons visité l'appartement ensemble, Svetlana et moi; et n'importe quel regard attentif aurait remarqué son ventre qui s'arrondissait. Les filles minces et élancées ont une grossesse qui se remarque plus tôt que les dames replètes.

Le bureau de Svetlana se trouvait dans le même quartier, près de la *Maison du meuble*. En bon manager, elle s'était associée avec deux copines dégourdies qui avaient élargi la sphère d'activité de la petite entreprise en ajoutant au commerce du miel celui des plantes médicinales et des compléments alimentaires. Ce qui lui valait de n'avoir plus à passer ses journées au bureau.

Rentré au ministère, j'ai demandé à Nilotchka, ma secrétaire, de téléphoner au Service de l'état civil de mon quartier pour les prévenir que je passerais le lendemain vers quatorze heures pour y faire enregistrer mon mariage. Cinq minutes après, Nilotchka, l'air soucieux et le sourire d'autant plus charmant, a passé la tête à la porte de mon bureau en murmurant:

– Ils vous y attendent!

– Parfait! Alors un café!

63

Kiev. Septembre 2015.

Les rencontres avec les intellectuels créatifs ne me procurent d'habitude aucun plaisir. Et je les oublie aussitôt terminées. Mais la dernière, celle d'avant-hier, je ne l'oublierai pas de si tôt. J'avais déjà déconnecté mon cerveau et pris le sourire-télé, celui que revêt le journaliste professionnel lorsqu'il pose des questions dans le petit écran. La danseuse étoile de l'Opéra était une ballerine déjà âgée. Personne ne pouvait s'en rendre compte, évidemment, en regardant la télé. Elle était mince, élégante, le nez droit, le profil hautain et théâtral. Mais à un mètre, pas la moindre peau vivante. Ni sur les joues, ni sur le menton. Elle avait le visage couleur chair, mat, poudré, qui ne devait ni briller ni avoir aucune tache.

Dans ce cas, le son n'a aucune importance. Ce qui compte, c'est l'image. Elle s'est mise à parler des salaires qui n'étaient pas payés, des décors et des costumes vétustes. J'étais préparé. Je m'y attends toujours, dès qu'il s'agit de la culture. La culture est constamment dans la misère. C'est dans sa nature. Du moins chez nous. Ces rencontres sont faites pour que le président s'imprègne de ces problèmes et tente d'aider à trouver des solutions. Et malgré le tour inattendu qu'a pris notre conversation, j'ai donné ordre au ministre des Finances d'accorder à l'Opéra des fonds spéciaux pour les salaires dus par l'État et pour les décors de la prochaine mise en scène.

Notre conversation finale valait bien cet argent. C'est l'odeur qui est la faute de tout. La danseuse avait déclaré d'emblée qu'elle sortait d'une répétition et qu'elle n'avait pas eu le temps de se doucher ni de s'apprêter. Elle avait parlé de la douche pour souligner l'état désastreux des installations sanitaires de l'Opéra. La douche, de fait, ne fonctionnait plus depuis longtemps. Et soudain, dès que j'ai entendu cet aveu, qu'elle faisait comme ça, à la hâte, quelque chose s'est déclenché en moi. J'ai senti, à ce moment-là, une odeur à peine perceptible de transpiration mêlée d'un vague parfum. Pas le parfum d'un déodorant ou d'un vrai parfum, mais quelque chose de plus intéressant. Je n'arrivais pas à me rappeler quelle était la deuxième composante de cette odeur. Mais dans je ne sais quelle cellule de ma mémoire, je gardais précisément ce mélange d'amer et de sucré de la transpiration féminine. Comme tout ce qui est féminin, c'est une odeur à la fois plus légère et attirante, qui peut séduire. Je regardais la ballerine sans prêter la moindre attention à sa voix peu musicale. Je la regardais en faisant défiler dans ma mémoire les parfums du passé, les épisodes de ma vie dotés d'une qualité olfactive. Ma mémoire feuilletait les pages en cherchant cette transpiration de femme mêlée sans doute à du parfum professionnel. Je ne sais quel talc ou poudre parfumée. Et soudain, tandis que je regardais ses lèvres fines et mobiles, je me suis tout rappelé et j'en ai ouvert la bouche d'étonnement. Elle a pris cette bouche ouverte pour un signe d'attention soutenue à ses propos. Et elle s'est mise à parler avec plus d'entrain et d'émotion qu'auparavant.

Quand elle s'est enfin arrêtée de parler, j'ai fixé mon regard sur ses yeux marron soulignés d'un trait de maquillage épais:

– Dites-moi, il y avait dans votre théâtre une petite pièce au grenier, avec un canapé défoncé. Pour y accéder, il fallait monter par une échelle de bois. Elle existe toujours?

La ballerine me regardait sans sourciller, comme hypnotisée. Elle se taisait alors que moi, j'avais déjà revu intérieurement cet épisode remarquable de ma vie, je l'avais fait reparaître dans ma mémoire visuelle: nous faisons l'amour, Mira et moi, dans cette pièce du grenier dépourvue de murs et de fenêtres. L'odeur est un cocktail de parfumerie et de transpiration. Nous sommes soudain effrayés par l'arrivée d'un couple de danseurs. Et nous observons leur manière de s'adonner à la même occupation. Elle, la danseuse, a de belles postures. Mira m'a chuchoté alors quelque chose de drôle. Que disait-elle? «Tu as vu comment il la prend par derrière?»

Je penche un peu la tête pour tenter d'accrocher du regard son profil. J'en suis presque sûr: c'était elle. Plus jeune, évidemment.

Mon invitée dit soudain, ou plutôt murmure dans un soupir à peine audible:

– Oui… En tout cas, cette pièce au grenier existait encore il y a quelques années.

161

J'approuve de la tête, tout en observant sa peau vivante qui réapparaît sur son visage. Elle rougit à travers l'épaisseur du maquillage qui est transpercé comme l'est la neige par les premiers perce-neige.

– Et d'où connaissez-vous son existence ? demande-t-elle à voix basse, le corps légèrement penché en avant.

– J'y suis allé une fois, dis-je du même ton.

– Le théâtre, c'est la vie, dit-elle. Tout s'y passe comme dans la vie…

Sa voix est redevenue égale, elle a retrouvé la maîtrise de soi. Elle pense sans doute que ce n'est pas moi qui l'ai coincée avec ma question, mais que c'est elle qui a eu le dessus. Car j'ai reconnu avoir été là-bas une fois. Elle s'en est dispensée.

64

Kiev. Mars 1985.

– Il faut que je te parle !

Ma mère me regarde d'un air sérieux, un peu renfrogné et désigne du menton la cuisine.

Elle est rentrée du travail plus tôt que d'habitude. Elle a mis sa robe de chambre de velours bleu, ses chaussettes de laine tricotée et ses vieilles pantoufles. En arrivant, elle était plutôt de bonne humeur, elle a même fredonné une chanson en ouvrant un bocal de trois litres de fruits au sirop. Puis, vers le soir, elle a eu l'air soucieux et je vais donc en connaître la cause.

Nous nous enfermons dans la cuisine. À travers la porte en verre, on entend la télé allumée dans le salon. Dima est en train de regarder son film préféré : *Les Vengeurs insaisissables*. Il le connaît par cœur et en cite de temps à autre des tirades. Parfois, elles tombent à pic.

– J'ai droit à un séjour en maison de repos à Trouskavets, dit ma mère.

Nous sommes assis face à face à la table de la cuisine.

– Ben vas-y !

– Mais tu avais l'intention de te trouver un boulot. Qui va s'occuper de Dima ?

– Je peux encore attendre, dis-je en haussant les épaules.

– Tu ferais mieux de reprendre les études…

– Ça ne commence qu'en septembre, et on est en mars.

Ma mère hoche la tête, elle réfléchit.

– Le bon de séjour commence le vingt-cinq. Et il faut que je me fasse soigner, sinon, je le sens dans mon cœur : je ne supporterai pas !

Je ne lui demande pas ce qu'elle ne supportera pas, qui ou quoi. C'est évident qu'elle est fatiguée. On voit sur son visage qu'elle dort mal et ne fait pas attention à elle.

Elle continue à se taire et à réfléchir. Puis elle soupire :

– C'est bon, dit-elle. Appelle Dima !

– Pourquoi ? Tu veux lui parler de Trouskavets ?

– Oui.

Je vais dans le salon. Je secoue plusieurs fois Dima par l'épaule, avant qu'il accepte de décrocher ses yeux de l'écran.

– Va à la cuisine. Maman t'appelle !

Il se lève à contrecœur et sort, tandis que je prends sa place toute chaude sur le canapé.

Je regarde le film pendant quelques minutes, soudain un cri retentit, et un bruit de verre cassé. J'accours dans la cuisine, je fais face à Dima. Il tient une louche à la main, son visage est haineux. Il me croise et file au salon. Dans la cuisine, le vent glacé s'engouffre par la vitre cassée et me brûle le visage, et là, j'entends dans le salon le même bruit de verre brisé.

Ma mère a le visage blême, pétrifié, le regard épouvanté. Elle est assise, le dos collé au réchaud.

Je ne sais quoi faire. Le verre crisse sous mes pieds. Je retourne au salon. Il y fait aussi froid et les vitres sont par terre. Dima s'est enfermé dans sa chambre.

Je reviens dans l'entrée, j'enfile mon manteau de fourrure artificielle de RDA. Je jette un coup d'œil dans la chambre.

Dima est assis sur son lit, la tête penchée, il regarde la louche, à ses pieds. Je la ramasse et retourne à la cuisine.

Une demi-heure plus tard, nous sommes assis dans une autre cuisine, chez notre voisin de palier. Nous essayons de nous réchauffer. Nous buvons du thé brûlant. Dima bâille. Le voisin l'emmène dormir avec ses enfants. Dans la chambre, il étend un matelas par terre et un sac de couchage. Nous nous retrouvons à trois dans la cuisine. La femme du voisin dort aussi. Ma mère a craqué et s'est mise à pleurer.

– Il va falloir le mettre à l'asile, dit-elle en sanglotant.

– Il faut le marier, dit le voisin. La folie qu'il a dans la tête s'en ira. Les jeunes mariés se calment très vite.

– Et celui-là, dit ma mère en se tournant vers moi. Il s'est déjà marié une fois, et qu'est-ce que ça lui a apporté ? Ni un vrai travail, ni de vrais amis !

– Une fois, c'est peu, dit le voisin en ajoutant du cognac dans son thé. Il faut essayer encore ! Il faut chercher jusqu'à ce qu'il en trouve une avec laquelle il vivra heureux et content !

À chaque gorgée de thé, le voisin élève le ton. J'ai envie de répliquer, mais nous sommes ses invités. Il nous abrite pour la nuit et il ne sait pas, sans doute, ce qu'il va faire de nous après. C'est déjà bien que Dima puisse dormir par terre dans la chambre des enfants. Apparemment, ma mère et moi devrons passer la nuit dans la cuisine.

La porte s'entrouvre et nous voyons apparaître la femme du voisin, en chemise de nuit bleue, la face ensommeillée.

– Moins fort, dit-elle à son mari, tu vas réveiller les enfants !

– Allez, va dormir, répond le voisin, mais on voit qu'il

se retient de lâcher un juron. Tu vois bien, il est arrivé un malheur à nos voisins !

Et sa femme, docile, referme la porte.

Malgré tout, nous continuons à parler encore deux heures, en chuchotant presque. Le voisin, une fois son thé avalé, commence à piquer du nez. Puis il déclare qu'il doit aller travailler tôt le matin. Et il sort en nous laissant, ma mère et moi, dans la cuisine. Nous y restons assis jusqu'au matin. En silence. Dans une sorte de demi-sommeil.

65

Kiev.13 mai 2004.

À deux heures moins cinq, j'ai jeté un coup d'œil dans la salle des cérémonies du Bureau de l'état civil et j'ai aperçu, assise derrière la table de chêne massif, une dame en robe de velours bordeaux. On voyait, sur son visage, qu'elle était au régime depuis un certain temps. Ses joues pâles et un peu pendantes étaient couvertes de poudre, ses yeux étaient fatigués.

Je me suis approché d'elle et, en me penchant, je lui ai tendu une enveloppe avec cent dollars.

– Pas de discours ! s'il vous plaît, lui ai-je soufflé dans un murmure convaincant. Juste quelques phrases chaleureuses !

Elle a eu d'abord l'air un peu perdu, puis, aussitôt, son regard est tombé sur son agenda ouvert où, en face de « 14 h », était inscrit mon nom de famille. Il était suivi de signes qui étaient peut-être des abréviations. En tout cas, son regard est devenu plus décidé et bienveillant. Elle a demandé :

– Avez-vous des souhaits à exprimer ?

– Le champagne doit être doux ou demi-sec.

– Vous aimeriez sans doute du champagne rouge ?

J'étais ravi. Elle avait pénétré mon âme et deviné mes désirs les plus secrets.

165

Je lui ai répondu par un sourire.

En sortant dans la rue, j'ai été étonné en apercevant Svetlana, à vingt mètres de moi. Elle était debout à côté de sa BMW et s'efforçait d'expliquer quelque chose à un policier âgé. J'ai voulu comprendre :

– Que se passe-t-il ?

– La jeune dame a enfreint le code de la route, a lâché sèchement le policier, tout en se tournant vers moi. Elle n'a pas respecté la priorité.

J'ai répliqué sans hâte en fixant des yeux son visage rougeaud et défraîchi :

– La jeune dame voulait arriver à l'heure à son mariage.

Le policier regardait en direction du Bureau de l'état civil. Une idée semblait lui traverser l'esprit. J'ai ajouté :

– Vous n'allez pas lui gâcher un jour pareil ? D'ailleurs, je vous ai déjà vu quelque part…

J'ai passé la main dans la poche intérieure de ma veste et j'en ai sorti une jolie carte de visite argentée, avec un trident doré dans le coin en haut à droite. Il a changé d'attitude et s'est redressé comme un « i ». Puis il a commencé à débiter des proclamations et des vœux.

– Au nom du personnel de police, je vous fais tous mes vœux ! a-t-il déclaré avec tout le sérieux nécessaire.

Son regard s'est tourné de nouveau vers la chaussée, il a serré sa matraque. « Bonne chasse ! » avais-je envie de lui dire. Mais je me suis contenté d'un « Bonne chance ! »

La dame en robe bordeaux avait tout préparé et a demandé :

– Et les témoins ?

– On s'en passera.

– Impossible. On pourrait avoir des problèmes.

– Alors, vous serez notre témoin.

Elle a donné son accord, après une seconde d'hésitation. Mais il fallait un autre témoin. J'ai pensé au policier.

Il m'a suivi docilement, « pour une minute », à l'état civil, mais il a eu l'air stupéfait quand la dame en robe de velours lui a demandé son passeport. Heureusement, un policier ne sort jamais sans son passeport! Dans la colonne «Témoins», la dame a inscrit d'une belle écriture ronde ses nom, prénom, patronyme.

Il a apposé une vraie signature de ministre, avec de grandes boucles.

– Vous n'avez jamais travaillé au poste du quartier Nivki? lui ai-je demandé tout bas, en examinant à nouveau ce visage qui me disait quelque chose.

– Si.

– Maintenant, on va faire la fête, lui ai-je dit d'une voix décidée, comme si je cherchais à l'hypnotiser.

Il a grommelé sa réponse d'un ton qui avait perdu l'assurance du policier:

– Je ne peux pas. Je suis en service… Bon, je reviens tout de suite…

Il a sorti de sa poche un talkie-walkie et s'est éloigné vers le fond de la salle.

– J'ai encore trois couples qui attendent! m'a dit la dame en prenant un air suppliant.

– D'accord, on s'en va…

Je lorgnais vers la bouteille de champagne à moitié pleine:

– Juste une dernière coupe!

La coupe suivante, nous l'avons bue avec le policier lorsqu'il nous a rejoints. Visiblement, ses coups de fil lui avaient permis d'arranger les choses.

– Seulement, je ne peux pas aller dans les lieux publics, a-t-il précisé.

– Pas grave, nous trouverons un endroit non-public!

66

Kiev. Octobre 2015.

Un rêve étrange me tourmente depuis déjà deux heures. Je suis en prison, isolé. La porte de ma cellule est fermée à double tour de l'intérieur et de l'extérieur. Curieusement, les clefs de la serrure intérieure sont accrochées de mon côté, à un clou dans le mur. Et quelqu'un frappe à ma porte. On a ouvert la porte métallique extérieure. Mais je ne laisse entrer personne. Je ne réagis pas aux coups insistants. Je regarde simplement ces deux clefs suspendues au clou. Ce sont les clefs de ma liberté intérieure. Elles ne me permettent pas de sortir, mais, par contre, je peux choisir ceux que je veux laisser entrer dans mon monde.

Une voix féminine me parvient à travers la porte :

– Sergueï Pavlovitch ! Vous avez un colis !

« Quel genre de colis ? me dis-je, méfiant. Je suis en prison et j'ai un colis ? Non, je n'y crois pas ! »

Je me perds en suppositions. J'examine l'intérieur neutre de ma cellule, je détaille le maigre mobilier : ils veulent peut-être me prendre quelque chose ? La bible, qui est sur la tablette près de mon lit ? Peu de chances ! C'est une bible en ukrainien et la femme, derrière la porte, parle russe. La télé ? Je regarde mon petit Samsung dans un coin de la pièce. Et à nouveau je hoche la tête, que feraient-ils d'un poste si petit ? Quoi d'autre ? Le petit frigo, sur lequel est placé le téléviseur ? Il est vieux, lui aussi, et minuscule. Je n'ai pas la moindre idée de ce qu'ils veulent ! J'écarte les bras en pensée. Peut-être que c'est vraiment un colis ?

Je me lève en maugréant, je retire les clefs de leur clou. J'ouvre la porte.

J'ai devant moi une femme qui tient une boîte en carton. À côté d'elle, un gardien du service intérieur m'adresse des reproches :

– Qu'est-ce qui vous prend, Sergueï Pavlovitch ? Nous avons mal aux jambes, tellement nous avons attendu.

Je signe pour la réception du colis et je m'enferme à nouveau à double tour de l'intérieur.

Dans le paquet, il y a un cadeau de Nouvel An de la

part de Filine, le ministre de l'Intérieur, avec une petite carte où on a dessiné un Père Noël en tenue de policier et, agrafé à la carte, un papier à remplir par le détenu. C'est une enquête de la Direction des services de l'exécution des peines, concernant les conditions de détention, la qualité de la nourriture. On est priés aussi d'exprimer les souhaits et les propositions permettant de rendre le séjour en prison plus utile et mieux rempli.

Il y a même le stylo-bille pour la réponse. J'écris en premier : « Il faut installer l'Internet dans chaque cellule et rénover les ordinateurs de toute la prison. » J'écris que l'ordinateur de ma cellule n'a que Word version 1992 ! J'écris que si ces faits sont rapportés à Bruxelles, l'Ukraine sera la risée de tous !

Et on continue de frapper à la porte de ma cellule. J'ai envie d'ouvrir mon cadeau de Nouvel An, mais ce bruit me dérange et me distrait. Et, à nouveau, je veux me lever, j'ouvre les yeux. Il fait sombre autour de moi. Je comprends que je viens de me réveiller. Que je ne suis pas en prison mais chez moi, rue Desiatina. Et qu'il y a réellement quelqu'un qui frappe sur le mur de ma chambre. C'en est trop ! J'appelle :

– Hé !

La double porte s'entrouvre. Je vois apparaître le visage ensommeillé de mon aide de camp. Il est toujours en faction. Il faudrait penser à lui donner une récompense. Un grille-pain, peut-être, ou une bouilloire électrique. Mais bien sûr, ça ne doit pas venir de moi personnellement.

– Tu entends ? dis-je en désignant le mur où l'on entend frapper.

Il fait signe que oui.

– Tire ça au clair ! Ce bruit m'a gâché mon rêve ! Et c'était pourtant un rêve intéressant ! D'importance capitale, et même étatique !

Je m'approche de la fenêtre. J'entends encore le bruit.

Il est clair que c'est quelqu'un qui frappe, d'une main qui se fatigue. Le rythme est inégal, comme celui d'un cœur malade. Peut-être quelqu'un demande de l'aide?

Je braque mes yeux sur ce mur et, à ce moment, la réponse me traverse l'esprit: c'est Maïa Vladimirovna qui dort à côté, pour rester au plus près de mon cœur! C'est elle qui frappe! Que lui arrive-t-il?

C'est étrange, mon irritation est passée et je commence même à m'impatienter. N'est-il pas arrivé une tuile à cette curieuse dame? Elle est toute seule, là-bas, la pauvre. Elle n'a pas droit à des domestiques. Du moins, à en croire le contrat qu'on m'a donné à lire.

Soudain les coups s'interrompent. C'est le silence. Dehors il fait sombre et on voit juste scintiller, tout en bas du paysage nocturne, les lumières éloignées des quartiers de Troïechtchina et de Radoujny, où je n'ai jamais mis les pieds de ma vie.

Derrière moi j'entends une toux discrète. C'est de nouveau mon aide de camp.

– Elle a un fil électrique qui a grillé. Elle a eu peur, dit-il d'une voix égale, indifférente et glacée. Ça sent effectivement le caoutchouc brûlé chez elle.

– Tu as fait venir quelqu'un?

Il hausse les épaules:

– Ce n'est pas un incendie!

– Mais tu es dingue, ou quoi? C'est ma résidence!

Il murmure en réponse:

– Cela obligerait à débrancher le courant dans toute la maison. Il faudrait alors réveiller Nikolaï Lvovitch et lui demander de transférer sur l'alimentation automatique tout l'appareillage de surveillance vidéo et de communication…

– Tu vas me faire un cours au milieu de la nuit?

Ce n'est pas que je sois fâché, mais je gueule comme ça, pour faire semblant d'être complètement réveillé. En fait, au creux de moi, le sommeil ne m'a pas quitté, ni l'espoir de retrouver mon rêve et de le continuer jusqu'au bout, sans en perdre une image.

– Fous le camp!

La porte se referme soigneusement. Et je replonge sous la couette. Ma tête repose sur un oreiller conforme aux principes orientaux. Il est imbibé d'une huile dont j'ignore le nom. Le sommeil reprend le dessus et déploie l'écran où ma conscience sombre. Et à nouveau je me lève du lit pour décrocher les clés de leur clou et ouvrir les verrous de la porte intérieure.

67

Kiev. Mars 1985.

Sous mes pas, je sens craquer la couche de glace que laissent les concierges négligents, en souvenir de l'hiver. En souvenir pour longtemps. Chaque jour, je tombe au minimum une fois, en glissant sur le verglas qui fond. Le soir, la glace des trottoirs se reforme et il est alors plus facile de marcher en canard. Mais avant de me coucher, quand je prends un bain chaud pour me réchauffer, je compte sur mes jambes les nouveaux bleus.

D'accord, bientôt ce sera le printemps et, de toute façon, la glace va disparaître. Avant, même pendant les grosses chutes de neige de janvier, les concierges avec leurs larges pelles refaisaient les tranchées, devant chaque entrée de maison. Maintenant, c'est comme si on les avait envoyés en vacances. À la maison de repos de Trouskavets.

D'ailleurs, ma mère n'y est finalement pas allée, à Trouskavets. Elle n'a pas profité du séjour gratuit offert par le syndicat. Notre appartement a mis plus d'une semaine à se réchauffer après qu'on a remplacé les vitres que Dima avait cassées. Il fait à nouveau vingt degrés à l'intérieur et il n'y a que la fenêtre du balcon qui laisse passer l'air froid. Les autres fentes des

171

fenêtres, c'est moi qui les ai calfeutrées avec de la ouate et des chiffons.

Cela fait trois jours que Dima ne nous parle plus. L'affaire est entendue. Le médecin a dit à ma mère qu'il fallait l'envoyer en hôpital psychiatrique au minimum pour trois mois. Il a l'impression que la maladie de Dima prend une forme aiguë et qu'il est préférable qu'il soit contrôlé quotidiennement par des spécialistes.

Cette nouvelle m'a réjoui. Il pourra regarder à son aise son émission préférée! Il me semble que tout cela ressemble à une vengeance. C'est la vie qui venge ma mère pour le séjour dont elle n'a pas pu profiter. Et moi, j'aurai ma chambre à moi, du moins pendant trois mois.

Je me dirige vers la librairie Akademkniga de la rue Lénine. C'est là que nous nous sommes donné rendez-vous, Mira et moi. Elle m'a téléphoné le matin en me disant que nous étions invités. Drôle d'horaire pour une invitation. Quinze heures pile. Je ne connais pas les amis de Mira mais ils sont peut-être, eux aussi, étranges, versés dans l'opéra ou autre curiosité.

Mira arrive à l'heure. Elle tient une boîte en carton. C'est sûrement un cadeau.

– C'est juste à côté, rue Tchkalov, précise-t-elle.

Nous allons bras dessus, bras dessous. Il n'y a plus sur les trottoirs ni neige ni glace. C'est un vrai plaisir de marcher dans la rue.

Bientôt nous montons au premier étage d'une vieille maison d'avant la révolution. Nous sonnons à la porte d'un appartement communautaire.

Dans le couloir de l'entrée il n'y a pas d'odeur de fête. Ça sent la naphtaline et, au pied des murs, sont entassées d'énormes valises. Certaines sont fermées avec des courroies qui les empêchent d'éclater. J'interroge Mira du regard. Elle fait signe qu'il faut encore avancer.

C'est un appartement immense. Le mobilier est réduit à la table et aux chaises. Sur les papiers peints des murs, on voit les carrés et les rectangles des tableaux ou des photographies qu'on vient de décrocher. La table est mise dans une des pièces, mais il n'y a personne. Pourtant on entend un bruit de conversation étouffée.

– Tiens, ils sont dans la cuisine, dit Mira.

Elle m'entraîne dans le couloir suivant qui mène à une vaste cuisine. Là, j'ai la surprise de découvrir la mère de Mira, qui m'accueille aussi chaleureusement que si j'étais son gendre. Il y a aussi trois femmes, debout près de la fenêtre, ainsi que deux vieillards et ils m'examinent comme pour vérifier que je n'ai pas de défaut.

– Voilà Serioja, dit Mira qui fait les présentations.

Bientôt, les personnes réunies là arrêtent de me jeter leurs regards à la figure et retournent à leur conversation interrompue. Puis de nouveaux invités arrivent, dont un garçon d'une quinzaine d'années qui s'appelle Lionia.

– À la réunion, ils viennent de m'exclure du Komsomol! s'exclame-t-il indigné. Là-bas j'entrerai dans un Komsomol où ils n'auront pas le droit d'entrer, pas un d'entre eux!

Je lui demande:

– Où ça, là-bas?

– En Israël, me souffle Mira. Ils partent pour Israël.

– Alors qu'y a-t-il à fêter?

– Comment ça? Leur départ!

Nous nous rassasions de poulet à l'ail et de harengs farcis, puis nous sortons. Je me dis qu'il faut quand même que je la raccompagne chez elle.

Brusquement, elle me demande en marchant:

– Et toi, tu voudrais partir?

– On ne me laissera jamais sortir! Je ne suis pas juif.

– Si tu te maries avec une Juive, tu pourras, dit-elle en blaguant à moitié et en me jetant des coups d'œil.

Et soudain, la voilà qui glisse, j'ai à peine le temps de la rattraper par le bras.

– Merci, lâche-t-elle en soufflant et en se remettant

sur pieds. Nous pouvons aller chez moi. Ma mère restera bien encore trois heures chez les Lichter. Ils sont amis depuis vingt ans.

Bon, après tout, pourquoi ne pas rester un peu chez elle, assis ou même couché ? La vie passe vite, il faut savoir en profiter. De façon à se faire plaisir et à ce que les autres en aient aussi leur part.

68

Kiev. Mai 2004. Dimanche.

Il fait chaud dans la véranda. Je tiens à la main une tasse de café de ma cafetière italienne.

Svetlana est allée à un cours de gymnastique pour femmes enceintes. Elle pourrait faire cette gymnastique à la maison mais elle préfère se trouver parmi d'autres futures mamans. Elles ont là-bas tout un rituel : d'abord une gymnastique douce, puis un massage, puis la piscine, puis elles vont au café et parlent des diverses intoxications. Dieu merci, Svetlana n'a aucun problème.

Sa sœur, Valia, a également une grossesse normale. En fait, elle n'attend pas des jumeaux mais une petite fille. Dima n'a téléphoné qu'une seule fois mais il a failli exploser de bonheur. À la fin, il a demandé de l'argent. Les « conditions spéciales » que j'ai payées d'avance pour un an ne lui suffisent pas. Quarante mille francs suisses !

Vous croyez aux miracles ? Moi, je n'y crois pas particulièrement, mais je crois au hasard qui fait se croiser les routes. Un jour, j'ai écopé de dix jours de détention pour acte de délinquance et, pendant ces dix jours, j'ai balayé les planchers du poste de Nivki. Puis je suis devenu le copain des jeunes flics qui me gardaient. Et voilà que celui qu'on appelait là-bas le sergent Vania, l'ami de Gousseïnov, devient le témoin à mon mariage ! À l'époque, il me paraissait avoir vingt ans de plus que moi mais en fait il n'en a que sept ou huit, et il ramasse

174

de la menue monnaie auprès des automobilistes, tandis que moi, je graisse les engrenages de l'État.

Vania, mon flic témoin, s'est très vite détendu, ce jour-là. Nous avons trouvé un lieu «non-public», un café avec un billard sur le Nijny Val. À l'intérieur il faisait sombre et c'était tranquille. Svetlana n'arrêtait pas de s'exclamer que c'était un drôle d'endroit pour démarrer notre fête. Mais ce n'était que le début. Nous avons bu du champagne en mangeant des salades. Puis j'ai fait une partie de billard avec Svetlana.

– Si je gagne, tu devras exaucer mes trois souhaits, comme dans le conte! dit-elle.

J'étais d'accord et je l'ai laissée gagner. J'avais drôlement envie de connaître ses souhaits. Quand elle a mis la dernière boule dans le trou, elle m'a dit:

– Le premier souhait, c'est que tu puisses ne plus m'aimer mais que tu sois obligé d'aimer toujours nos enfants! Le deuxième, c'est que nous ne nous mêlions pas de nos affaires professionnelles et que nous évitions de nous donner des conseils utiles. Et le troisième, c'est que tu ne m'achètes plus jamais de lingerie de couleur vive!

Elle a souri en approchant son visage du mien, s'est même haussée sur la pointe des pieds. Tandis que nous nous embrassions, une toux enrouée nous est parvenue aux oreilles. C'était notre témoin qui s'étranglait et j'ai dû oublier ma femme un instant pour lui donner de grands coups dans le dos. Le remède a été efficace. Il a repris ses esprits et a commandé de la vodka et une côte de bœuf. Je lui ai demandé:

– Dis-moi, tu as rencontré Gousseïnov depuis qu'on l'a renvoyé de la police?

– Moi, non, mais y a des gars qui l'ont vu…

Je lui ai tendu ma carte de visite:

– Prends ça: d'abord tu la montreras à ta femme pour qu'elle ne t'engueule pas parce que tu t'es soûlé la gueule. Tu diras que tu as été mon témoin. Ensuite, si tu apprends quelque chose concernant Gousseïnov, télé-phone-moi !

– Merci. Moi, vous comprenez, je n'ai pas de carte de visite, nous n'y avons pas droit…

– Pas grave !

Je l'ai rassuré en lui versant un verre de vodka. La serveuse en tablier blanc lui a apporté son plat de viande. Les souhaits de ma femme, je les connaissais et, désormais, ceux du témoin étaient exaucés. Restait à formuler les miens. J'ai eu beau réfléchir, je me suis aperçu avec effroi que je n'en avais pas. Je me suis rappelé qu'un médecin m'avait expliqué que l'absence de désirs était en soi une maladie psychique. Il m'en avait même dit le nom. Ça commençait par « A ». C'était peut-être le même genre de maladie que celle de Dima ? Finalement, on avait en commun d'aimer le même genre de femmes !…

Le murmure chaud de Svetlana m'est parvenu à l'oreille :

– Serioja ! J'en ai marre d'être ici ! Et j'en ai marre de lui !

J'ai déposé deux cents hrivnas devant Vania.

– Tu continueras la fête sans nous ! Il faut qu'on se prépare à la nuit de noces !

Le flic a fait un effort évident pour relever la tête et a fixé sur moi ses yeux fatigués. Il m'a fait signe de pencher la tête vers lui :

– Pardonne-moi, mais elle en est à quel mois ?

– Au troisième.

– Donc, vous vous mariez à cause de la grossesse ?

J'ai éclaté d'un rire énorme, au point que le cuisinier et deux serveuses ont pointé le nez hors de la cuisine.

– Vania, je me suis déjà marié pour cause de grossesse quand j'étais encore gosse. Maintenant, je me marie par amour !

69

Kiev. Octobre 2015.

C'est un matin de pluie. Je suis déjà passé entre les mains de la masseuse et du coiffeur. Je suis lisse et apprêté, même si aucune séance publique n'est prévue pour aujourd'hui. Quelques rencontres «de bas étage», comme dit Kolia Lvovitch. Lui même a disparu et je goûte la solitude tout en feuilletant mes derniers décrets. Il faut bien trouver le temps de prendre connaissance de mes propres initiatives en matière de législation! Sinon, Kolia Lvovitch peut se mettre en tête de proclamer en mon nom la privatisation de je ne sais quelle usine intouchable! Et j'aurai l'air de quoi?

Il est dix heures du matin, mes yeux ont encore sommeil. J'ai du mal à focaliser. J'allume la lampe de bureau. Le texte des décrets devient plus lisible, mais la lampe se met soudain à clignoter. La lumière jaune est tremblante, irritante. J'appelle l'aide de camp qui va chercher Kolia Lvovitch. Il finit par arriver en fixant sur moi un regard obtus mais concentré. Je désigne la lampe:

– Qu'est-ce que c'est que ces conneries?

Il hausse les épaules:

– L'électricité bon marché.

– Comment ça, bon marché?

– Vous vous rappelez le décret sur l'électricité bon marché, qu'on a voté la nuit au Parlement? Quand Kazimir a voulu augmenter les tarifs…

– Ce que je veux savoir, c'est pourquoi cette électricité soi-disant bon marché est là à trembler sur ma table! Téléphone tout de suite à ce crétin de Kazimir et dis-lui qu'il doit immédiatement…

– Il ne nous parle plus, m'interrompt Kolia Lvovitch. Sa secrétaire raccroche dès qu'elle entend que l'appel vient du gouvernement ou de l'Administration présidentielle.

– Il débloque ou quoi? Il s'imagine qu'il peut faire ce qui lui chante?

– Il ne l'imagine pas, il le fait! répond-il, l'air navré.

– Je veux voir Svetlov aujourd'hui même!

Il ne cache pas son étonnement:

– Je croyais que vous vouliez voir le général Filine?

– Et alors, Svetlov et Filine, c'est comme le sel et le sucre? On ne peut pas les mélanger dans le même verre?

Kolia Lvovitch se radoucit à vue d'œil:

– Bon! Il sera là pour quatre heures. Mais à quoi bon...

Puis il fait comme s'il venait de se rappeler quelque chose d'important:

– Au fait! L'ambassadeur de Russie demande instamment à être reçu. Il est déjà en route! Il sera là d'ici dix minutes.

– Il demande, ou il est déjà en route?

– Les deux. Une affaire urgente. C'est toujours comme ça, avec la Russie, ajoute-t-il en écartant les bras.

– D'accord.

Il sort pour rentrer aussitôt, en compagnie de l'ambassadeur. Drôles de dix minutes! En ce moment, c'est Poïarkovski qui est ambassadeur, un oligarque écarté des affaires. Avant, il pompait tout à son profit, jusqu'au jour où le président de Russie a tout récupéré et lui a donné le choix: l'émigration ou le service de la patrie. Maintenant, Poïarkovski continue à pomper, mais au profit de la Russie. Il met son nez dans toutes nos affaires économiques, mais, au fond, il n'y a rien à y redire! Notre économie ne nous appartient pas, même si c'est nous qui gérons, tout appartient à la Russie, à l'Allemagne, à la Lituanie et à Chypre.

– Monsieur le président!

Poïarkovski, comme toujours, incline la tête et la redresse d'un geste rapide. Il a appris à me saluer avec une grande élégance. Puis il se tourne vers Lvovitch qui s'éclipse aussitôt. Je désigne à l'ambassadeur le fameux canapé du commandant Melnitchenko. Les diplomates ne craignent pas de s'y asseoir.

Nous voilà installés. Moi, à mon bureau où sont étalés mes décrets, lui sur le canapé du commandant Melnitchenko. Il a croisé les jambes et rajusté sa cravate couleur perle. Il marque une pause comme un acteur.

Je fais mine de m'intéresser:

– Nous avons des problèmes?

– Tout à fait sérieux, approuve-t-il. Je voulais m'en ouvrir à vous. On vous cache à nouveau la réalité de ce qui se passe dans le pays.

– Qui ça?

– Votre entourage, ajoute-t-il calmement. Nous en savons plus sur ce qui se passe en Ukraine occidentale que ce qu'en écrivent vos journaux. Et cette situation nous inquiète.

– Que s'y passe-t-il donc?

– Une nouvelle flambée de catholicisme.

– Allons, nous n'en avons pas tant que ça, des catholiques grecs, ils ne peuvent pas poser problème…

– Il ne s'agit pas des catholiques grecs. À Lvov, on a repéré des membres des services secrets du Vatican. On a même réussi à éclaircir certains détails. On discute, au Vatican, la question de la reconnaissance et de la consécration d'un miracle qui a eu lieu en Ukraine occidentale.

Je m'esclaffe:

– Un miracle? Vous pensez vraiment qu'un miracle peut être dangereux? C'est une histoire dans le genre d'une icône qui pleure?

– Monsieur le président! (La voix de Poïarkovski est monocorde et ferme, dépourvue d'affect et de doute.) Il n'y a pas de miracle sans conséquences! Donnez ordre à vos services secrets de mettre sous contrôle les activités de ces hommes du Vatican et de l'Église catholique en général. L'Ukraine est le berceau de l'orthodoxie! Il ne faut pas perdre de vue cette position, le peuple ne le pardonnerait pas!

Je n'ai qu'une envie: envoyer se faire foutre cet ancien oligarque, mais un président ne peut pas se le permettre, surtout avec l'ambassadeur de Russie. Je me lève de derrière mon bureau, c'est le moyen le plus facile et délicat de signifier que l'entretien est terminé. Surtout qu'il est déjà onze heures et que le général Filine doit attendre derrière la porte.

70

Kiev. Mars 1985.

– Tu sais quoi, Serioja? Je suis suivi, me dit d'emblée David Isaakovitch, tandis que je dépose sur le sol de sa cabane une bouteille de vin doux et deux boîtes de pâté Randonneur.

– Par qui?

– Par quelqu'un.

Il ajoute en soupirant:

– C'est clair, par les flics.

– Comment ça, ils sont venus ici? je m'inquiète.

– Oui, ici et dans toute l'île. Ils ont ouvert un autre trou dans la glace près d'ici.

– Pour quoi faire?

– Pour faire croire qu'ils sont des morses et pouvoir mieux nous filer.

– Et ils y nagent vraiment?

– Moi, je n'ai rien vu, mais il semble que non. Quand ce sont de vrais morses qui se baignent, on voit sur les bords du trou des traces de pieds nus. Et là, je n'ai vu que des traces de bottes.

Il se lève du lit, ajoute deux bûches dans le poêle et regarde, songeur, ce que j'ai apporté.

– Tu as apporté à boire?

– Du vin doux.

180

– Allez, ouvre ça, on va se réchauffer. Ensuite on ira prendre un bain !

Au bout du premier verre j'ai déjà chaud et je retire ma pelisse d'Allemagne de l'Est. David a gardé sa veste sans manches, récupérée à partir d'un vieux manteau matelassé.

Il commence à faire sombre au-dehors. Le vieux regarde sa montre :

– Le père Vassili a dit qu'il passerait.

Je sens au son de sa voix qu'il a besoin d'avoir de la visite. Il est content de me voir et sera encore plus content de voir le père Vassili.

Au bout d'une demi-heure, alors que la bouteille est finie, on entend des pas crisser dans la neige et des coups à la porte.

David Isaakovitch, raconte au père Vassili la même histoire qu'à moi : les types du KGB ont fait un deuxième trou dans la glace et vont sans doute les observer à partir du trou.

– Allons voir un peu leur tête, à ces impies ! conclut le père Vassili de sa voix de basse, tout en sortant de la poche de sa veste une serviette verte.

Et il se met aussitôt à poil, enroule la serviette autour de ses hanches et sort.

David Isaakovitch hésite un peu, puis il sort lui aussi d'une cache une vieille serviette et me fait signe de le suivre.

Sur la berge, le vent souffle et on a l'impression d'être en plein hiver. Il n'y a qu'en ville que les glaçons fondent et tombent sur les passants, que les toits gouttent et que la glace a fait place à des mares. Ici, on a beau voir la ville parfaitement, comme si elle était un gros gâteau, il fait toujours moins dix degrés et rien ne laisse entrevoir l'approche du printemps.

Le deuxième trou, qui effraie tant le vieux, est à cinquante mètres. On l'a creusé en aval et j'ai du mal à imaginer que quelqu'un qui barboterait dedans puisse entendre ce qui se dit dans le premier, le nôtre.

Mais ça n'a pas de sens de discuter avec David Isaakovitch. Il connaît si bien la vie qu'il ne peut pas se tromper.

Le père Vassili abandonne sur la glace sa serviette et se jette à l'eau. Il pousse des exclamations retentissantes :

– Ce que c'est bon !

David Isaakovitch se déshabille. J'en fais autant.

Et nous voilà tous les trois dans l'eau qui brûle de froid.

– Comment tu trouves ? me demande le père Vassili.

Je réponds par un mensonge jovial :

– Formidable !

En fait, je crève de froid, mais je ne vais quand même pas l'avouer devant des vrais mecs comme eux !

Le père Vassili lorgne vers l'autre trou et je vois son visage rond devenir songeur.

– Non, dit-il. S'ils avaient l'intention de nous écouter, ils n'auraient pas fait le trou si loin. Ils ne sont pas complètement idiots !

Le vieux regarde du même côté puis s'adresse au père Vassili :

– Ils n'ont pas besoin de nous écouter, ils peuvent lire sur nos lèvres.

– Avec moi, ils n'iront pas loin, ironise le père.

C'est curieux, effectivement ses lèvres épaisses sont presque immobiles quand il parle !

À force d'être rincé par le courant froid, quelque chose d'étrange s'éveille dans mon corps. Une sorte de témérité. Sûrement à cause de la conversation sur le KGB et la filature !

J'observe à nouveau l'autre trou et je sens monter en moi un accès d'assurance. Je remplis mes poumons d'air et plonge. Le courant m'emporte immédiatement sous la glace dans la direction du deuxième trou.

J'ai les yeux grands ouverts, tournés vers le haut, vers la plaque de glace. Le froid les ronge, un froid métallique. Je nage sous la glace apparemment depuis plusieurs minutes mais je ne vois pas de trou. La peur s'insinue en moi. Le courant m'aurait donc emporté trop loin? Quelle connerie!

Mais au moment où je sens que la panique va me gagner, une grande tache claire s'ouvre au-dessus de moi. D'un brusque mouvement de bras, je jaillis hors de l'eau froide presque jusqu'à la poitrine. Ma tête a transpercé la fine couche de glace. Mes bras s'accrochent aux bords du trou pour que le courant ne m'emporte pas.

L'assurance a fait place à la fierté. Je me hisse sur la glace et regarde autour de moi.

Le père Vassili et David Isaakovitch ont regagné la rive et inspectent, effrayés, le fleuve en aval. M'ayant aperçu, ils se dévisagent, stupéfaits, se disent des choses en me désignant du doigt.

Je reviens vers eux.

– Qu'est-ce que c'est que cette histoire? demande le vieux. Pourtant, tu n'as pas beaucoup bu! Si encore c'était un pari, mais nous faire un coup pareil, juste comme ça!

– Bravo, bravo! bourdonne soudain le père Vassili. L'essentiel, ce n'est pas l'endroit où tu plonges, mais celui où tu sors. Et surtout, le principal, c'est de sortir à temps! Tu seras sûrement quelqu'un de pas banal! Dieu t'aime, puisqu'il a nagé avec toi sous l'eau. Ne t'imagine pas que tu as eu de la chance, c'est Dieu qui t'a aidé!

71

Égypte. Sinaï. Charm El Cheikh. Mai 2004.

– Tout ça, c'est pour toi! ai-je dit en désignant d'un geste le ciel nocturne, parsemé d'étoiles brillantes.

Derrière nous, un chameau s'est mis à blatérer. Les Bédouins ont étendu une natte sur le sable.

Svetlana, en réponse, a éclaté de rire, la tête renversée en arrière :

– Chez nous les étoiles sont plus grosses !

– Chez nous, tout est plus gros ! Nous avons les Terres noires, et ils ont le désert !

Le froid étrange et immobile de la nuit égyptienne m'a fait soudain regretter le pull-over oublié à Kiev.

Une allumette a craqué, un feu a jailli dans l'obscurité. Près de la flamme, j'ai aperçu l'ombre mate d'une théière en cuivre qui se balançait sur sa chaîne. Un des Bédouins s'est penché vers la théière et on a entendu l'eau couler dans le silence.

J'ai pris Svetlana dans mes bras. Nous observions l'éclat des étoiles égyptiennes.

– J'ai envie de t'embrasser !

– Serioja ! On nous a pourtant prévenus ! Dans les pays musulmans, on ne s'embrasse pas dans les lieux publics !

La malice passait de ses mots à son regard.

– Le désert n'est pas un lieu public ! ai-je murmuré en approchant mes lèvres des siennes.

Elle a regardé les Bédouins. Ils étaient tous les quatre assis autour du feu en silence. Personne ne faisait attention à nous.

Notre baiser a duré plusieurs minutes. Soudain nous avons entendu une chanson étrange et envoûtante. J'en ai été si surpris que j'en ai eu des fourmis dans le dos. Je lui ai dit en murmurant :

– Je t'aime !

– Moi aussi !

Puis nous sommes restés assis autour du feu. La flamme léchait la théière en cuivre. Les Bédouins continuaient à chanter. L'atmosphère féerique de la nuit égyptienne rendait tout romantique. Nous avions l'impression que le désert nous avait débarrassés de la réalité d'où nous venions. Comme si nous étions deux amants égarés dans le temps. Nous avions rajeuni. Nous n'avions ni passé ni avenir. Nous étions destinés l'un à l'autre pour une nuit, et nous ne pouvions même pas en profiter car les Bédouins épiaient notre bonheur, le commentaient par leur chanson triste dont je commençais à percevoir sans les comprendre les paroles en arabe.

Je tenais la main de Svetlana serrée dans la mienne. J'écoutais sa chaleur. Je répondais à ses pressions.

Nous nous sommes assoupis, bercés par le chant interminable des Bédouins. Soudain, l'un d'eux m'a réveillé :

– *Sir ! Sir !*

J'ai ouvert les yeux. Le soleil commençait à se lever sur le désert gris-jaune. Il n'y avait plus ni théière ni feu. Les Bédouins, debout près des chameaux, s'apprêtaient au départ.

Quand nous nous sommes levés, l'un d'entre eux a roulé la natte puis s'est éloigné. On entendait dans le silence le bruit lointain d'un moteur.

C'était la Jeep noire de l'hôtel qui approchait, celle qui nous avait amenés la veille ici.

Le conducteur a fourré un billet dans la main de chacun des Bédouins et ils se sont éloignés sans un regard.

72

Kiev. Octobre 2015.

Le général Filine est aujourd'hui en grande forme. C'est un vrai plaisir de parler avec lui, surtout après la visite de l'ambassadeur de Russie. Il fait son rapport :

– D'abord, en ce qui concerne la réforme ! Avec Mykola, nous avons mis deux heures à faire le programme. Nous commencerons la réforme à titre expérimental. Le budget alloué ne permettrait pas de couvrir tous les centres de détention. Bien sûr, l'important pour Mykola, c'est le passage à la langue ukrainienne dans les prisons, mais pour moi…

– Pour toi, c'est peut-être un cognac, avant d'entamer la discussion?

Je l'interromps en le regardant amicalement dans les yeux. Le respect de l'uniforme, j'ai ça dans le sang, depuis l'enfance, et là, j'ai affaire en plus à un homme agréable.

Sa réponse est lente à venir mais elle est suffisamment claire. L'aide de camp, à mon appel, pose sur la table des verres en cristal et verse le cognac.

– Santé! À la réforme!

Une gorgée de bon cognac suffit à faire couler la conversation comme une rivière. Le cours en est rapide, lisse, concret. Je connais le projet de Mykola: enseigner l'ukrainien dans toutes les prisons. Les cours seront obligatoires. On punira ceux qui refuseront d'apprendre la langue de la patrie. Non, ce n'est pas très humain. En fin de compte, nous arrivons à une variante plus acceptable. Les cours de langue seront réservés aux volontaires. Ceux qui auront réussi les examens auront la possibilité de sortir avant la fin de leur peine. En outre, ils pourront obtenir, s'ils en font la demande, une recommandation pour s'inscrire à des cours à leur sortie. Pas tous, bien sûr, mais ceux qui auront été condamnés à des peines légères.

Le général Filine est, quant à lui, surtout préoccupé par l'approvisionnement matériel des prisons, par le contenu des bibliothèques et par l'enseignement aux détenus des bases du commerce et du management.

– J'ai des centaines de lettres de prisonniers, dit-il. Ils ne veulent pas perdre leur temps en prison! Ils veulent qu'on leur donne un enseignement. Ils veulent pouvoir se tourner vers de nouvelles professions. Ce sont quand même des citoyens!

– Et des électeurs, dis-je en complétant ses paroles. Fais en sorte que ce programme d'enseignement soit couché par écrit et soit un document de référence.

Comme l'a fait Mykola. Alors, on pourra y aller et même, peut-être, y rajouter des fonds !

Le général sourit. Il est assis sur le fauteuil qui est à gauche du fameux canapé. Droit, comme s'il avait avalé son épée.

– Écoute, lui dis-je après une pause. J'ai fait un drôle de rêve… J'ai rêvé d'une cellule de prison !

Et je lui décris tout, le frigo, la télé, le vieil ordinateur, les clefs sur le clou et la double serrure de la porte intérieure.

Filine écoute attentivement. Son visage est concentré. Ses sourcils sont froncés.

– Ça alors…

Il se reprend et soupire, fronce à nouveau les sourcils.

– Quoi ?

– C'est la cellule dans laquelle on a enfermé Kazimir ! Exactement la même ! articule lentement le général, comme s'il ne croyait pas lui-même à ses paroles. Le frigo Saratov, le téléviseur Samsung…

– Kazimir a fait de la prison ? dis-je, étonné.

– Oui, pas longtemps. Deux semaines. Quand on a trouvé chez lui une Kalachnikov et de la drogue. D'abord il a comparu comme accusé, puis comme témoin, et puis, vous comprenez bien, le procureur général a ordonné sa mise en liberté afin de ne pas rompre les équilibres dans l'économie illégale. Disons que personne ne voulait que soit remise en cause la répartition des privatisations…

– Oui, d'ailleurs c'est lui qui l'a remise en cause, aussitôt après, en accaparant à son profit toute l'électricité !

Le général pousse un profond soupir.

– Mais pourquoi ai-je rêvé précisément de cette cellule ? Je n'ai jamais été en prison, moi !

Le général hausse les épaules. Son visage prend une expression fugitive de peur. Il regarde sa montre puis lève vers moi des yeux coupables.

187

– C'est bon, prépare les papiers concernant l'enseignement du commerce aux détenus, dis-je en me levant du bureau.

73

Kiev. Mars 1985.

Voilà déjà trois jours que mon frère Dima est interné dans un hôpital psychiatrique. À Pouchtcha-Voditsa. En face, c'est le camp de pionniers Aurore. Là où il est, c'est le calme et le silence, les dortoirs dans des pavillons mornes, un gardien solitaire assis dans le vestibule, qui passe son temps à appeler son chien fou.

– Copain! crie-il sans cesse d'une voix peu virile. Copain, va te faire foutre!

On voit que le gardien s'ennuie.

Et moi, je traverse la route avec ma mère pour prendre l'autobus, le 30, qui va nous ramener à Kiev. Je sais que Dima nous suit du regard par-dessus la clôture. Quand nous l'avons quitté, les larmes ont brillé dans ses yeux. Mais peut-être qu'elles signifient autre chose. Il n'est quand même pas fait comme nous.

Ma mère lui a raconté ses histoires. Elle a dit qu'elle partait en mission dans une usine de Dniepropetrovsk. Elle a demandé ce qu'elle pourrait lui rapporter. Il a hoché la tête. Le visage pensif, les épaules haussées, comme s'il avait oublié de les baisser, comme s'il voulait leur faire toucher ses oreilles.

– Alors, qu'est-ce que tu voudrais? a demandé ma mère.

J'avais envie de répondre à sa place: je n'ai besoin de rien, je suis bien précisément parce que je n'ai besoin de rien!

Mais ma mère est têtue. Elle a fini par le réveiller et obtenir une réponse claire:

– Du halva!

«Qu'est-ce que le halva a à voir avec Dniepropetrovsk?» me suis-je dit. Mais ma mère a pris un air satisfait et bienveillant.

– Je t'en rapporterai! a-t-elle promis, et elle l'a embrassé aussitôt trois fois, puis, tout en s'éloignant, lui a recommandé d'obéir aux médecins.

Le soir, une pluie oblique s'est mise à balayer les vitres. Le mauvais temps se déchaînait. Assis sur mon lit, j'imaginais le verglas qu'il y aurait dans la rue le lendemain. Puis mon regard s'est fixé sur le lit de Dima, il était bien bordé et couvert d'un plaid gris écossais. J'ai été pris d'une étrange tristesse. Il me semblait que je n'avais plus de frère. J'en avais eu un, mais il était mort. Je me suis mis à avoir pitié de lui. Et aussi de moi, bizarrement. Et quand je me suis couché, le regard toujours rivé à son lit intact, j'ai eu l'impression que nous étions tous les deux des chiots, dans une niche. Simplement le maître avait décidé de n'en garder qu'un, celui qui était en bonne santé. Et le plus faible, il l'avait emmené à l'étang.

74

Paris. Juillet 2004.

– Celles-là! Les beiges! dit Svetlana en me montrant des chaussures élégantes et incroyablement chères.

– Tu vas tomber, avec des talons si hauts! je dis en regardant son ventre imposant.

Elle s'obstine:

– Non, je ne tomberai pas!

Elle saisit une chaussure et s'assoit sur un pouf d'essayage. Les larmes lui montent aux yeux. Elle sait pourtant très bien qu'il n'est plus question de mettre du 36, avec ses pieds gonflés! Je tente de la rassurer:

– Allons, ça ne va pas durer longtemps! Le médecin t'a donné des comprimés, le temps que l'organisme s'adapte et tout redeviendra comme avant.

– Je sais, dit-elle en reniflant. Mais j'ai des amies qui ont tellement changé, après l'accouchement. Il y en a une qui a grossi au point que même ses copains ne la reconnaissaient plus dans la rue!

– Pour toi, ça se passera autrement! Regarde tous les livres de gymnastique pour femmes enceintes que tu as achetés!

– Mais est-ce que je la fais, cette gymnastique?

– Eh bien, tu n'as qu'à la faire. Je vais t'y forcer!

– D'accord!

Elle est devenue conciliante, mais son regard glisse à nouveau vers l'étagère où sont exposées les chaussures hors de prix dans son ancienne pointure.

Il faut l'éloigner de là. Mais ce n'est pas si simple, de l'arracher à la *Samaritaine*! Il y aura encore des dizaines de rayons à parcourir avant de sortir. J'avance une proposition:

– Allons au rayon layette!

Son visage prend soudain un air concentré. Elle se lève: plus question de pieds gonflés et endoloris!

Nous passons près de la parfumerie, elle ne dévie pas! Les démonstratrices la regardent avec espoir, prêtes à installer sur les fauteuils de maquillage toute passante susceptible de se laisser convaincre d'acheter des crèmes, du parfum, de l'eau de toilette, d'en faire asperger toutes les parties découvertes de son corps jusqu'à en avoir un frisson hystérique! Mais ces filles se contentent de regarder Svetlana pensivement. Elle a l'air trop déterminé. Elle est de celles qu'on n'aborde pas.

Elle saisit une boîte transparente avec trois grenouillères identiques et s'écrie:

– Regarde! Il y a écrit «De zéro à trois mois»!

– Du rose? Et si ce sont des garçons?

– Et si c'est un garçon et une fille? dit-elle en imitant mon intonation.

– D'accord!

190

Je prends résolument une boîte de grenouillères roses et une de bleues. Dix minutes plus tard, nous posons devant la caisse une vingtaine d'objets pêle-mêle.

On aurait pu acheter tout ça à Kiev. Mais c'est un moment important. Il faut qu'elle soit heureuse. D'ailleurs c'est une chance qu'on ait atterri à Paris et pas à Amsterdam ou à Bruxelles : on n'y dépense pas son argent avec autant de plaisir et d'insouciance !

Nous avons rempli deux énormes sacs affichant le nom du magasin. J'ai maintenant les deux mains prises et je marche à côté de Svetlana, comme si j'étais son domestique. Et ça me plaît ! J'ai envie de lui faire plaisir et de céder à tous ses caprices. Mais elle en a peu, comme il convient à une femme de son genre.

Je lui demande :

– On va où, maintenant ?

– À l'hôtel. On va déposer ça, puis…

– Puis on ira où ?

– Je voudrais voir les prostituées, dit-elle un peu gênée. Il paraît qu'ici, elles sont très laides…

Je me mets à rire :

– Il y en a sûrement qui sont belles, mais on les commande par téléphone. Dans la rue, évidemment, il n'y a que les moins attirantes…

L'hôtel n'est pas loin. Il faut traverser le pont, longer Notre-Dame, et, après un autre pont, on est arrivés.

Nous laissons les achats dans la chambre et retournons sur l'autre rive de la Seine, rue Saint-Denis. Elle regarde, déçue, les prostituées qui, effectivement, ne sont ni jeunes ni belles et sont postées près des portes entrouvertes des maisons. Elles ne nous accordent pas la moindre attention et cherchent à attirer par leurs gestes et leurs sourires des hommes solitaires, laids eux aussi. Cette grisaille est atténuée par la présence, çà et là, de petits cafés où l'on vend des sandwichs à la grecque et des frites.

– Tu veux quelque chose de pimenté ?

191

Je lorgne le café suivant où plusieurs kilos de viande tournent sur une broche verticale en grésillant sur la flamme.

Nous sommes assis, carrément sur le trottoir, à une table en plastique. Svetlana a versé dans son hamburger grec une telle quantité de ketchup qu'elle en a même sur les doigts. Mais elle n'a pas l'air de le remarquer, elle dévisage une prostituée métisse, postée de l'autre côté de la rue.

– Combien prennent-elles? demande-t-elle.

Je me lève. J'aborde la métisse. Je lui pose la question en mauvais anglais.

– Trente euros pour vingt minutes. Si la dame veut regarder, ça sera cinquante. Pour faire une vidéo, c'est cent euros…

Son air sérieux me donne envie de plaisanter:

– Vous n'avez pas un tarif écrit?

En guise de réponse, elle me tend sa carte de visite. Elle s'appelle Loulou. On peut l'appeler par téléphone.

Svetlana se met soudain à rire en apprenant les prix:

– Et on dit que Paris est une ville chère.

– Même dans une ville chère, il y a des choses bon marché. Tout le monde, ici, n'est pas millionnaire!

75

Kiev. Octobre 2015.

– Enfin! je me lève de mon bureau en voyant entrer Svetlov. Prends une chaise et viens par là!

Il s'assoit. On voit à son visage qu'il est prêt à tout comprendre, tout admettre, tout exécuter.

– Un cognac?

Il refuse avec un sourire d'excuse.

– Alors, on s'y met!

J'allume la lampe sur la table. Elle brille et s'éteint. Elle tremble, la pauvre.

– Tu vois ça ?

– Le contact est mauvais ?

– C'est l'électricité bon marché. Tu te rappelles qu'on a obligé Kazimir à faire payer moins cher le kilowatt. C'est sa vengeance. Et contre qui ? Contre moi !

Svetlov est songeur.

– Nous n'avons pas la possibilité de faire pression directement sur lui, énonce-t-il lentement en levant les yeux. Quand on pouvait encore lui faire entendre raison, l'ancien président a ordonné « de ne pas le toucher et de le laisser agir ». Voilà, il a agi.

– Et peut-on avoir prise sur lui indirectement ?

Il y a une minute de pause. Svetlov réfléchit.

– On ne pourra pas faire ça proprement, et on ne peut pas se mettre à faire de bruit. Il ne faut pas effrayer les investisseurs.

– Alors, je dois m'abîmer les yeux ?

Je montre la lampe clignotante. Puis je l'éteins.

– Je vais y réfléchir, promet Svetlov.

– Peut-être qu'on pourrait le mettre dans la prochaine liste des « Mains étrangères » ?

– Impossible, il n'est pas fonctionnaire. Et l'accord prévoit que cet « honneur » soit réservé aux cadres moyens et supérieurs de l'État.

– Quelle connerie ! Ça me fait vraiment râler. Je suis vexé. Moi le président, je ne peux rien faire contre un oligarque au passé criminel. Tu sais quoi ? En plus, j'ai rêvé de sa cellule ! Avec tous les détails. Et pourtant je ne savais pas qu'il avait fait deux semaines de prison !

– De la prison ? (Svetlov se ranime.) Et pour quelle affaire ?

– Demande au général Filine. Il te racontera ça…

On voit le mouvement de la pensée animer à nouveau les traits de Svetlov, ses yeux expriment de l'espoir.

– D'après toi, pourquoi j'ai rêvé de sa cellule ?

– Je n'en sais rien, répond Svetlov en passant la

193

langue sur ses lèvres sèches. La seule chose, je peux trouver un bon parapsychologue, un des nôtres.

– Trouves-en un ! Au fait il y a un problème. L'ambassadeur de Russie est arrivé. Il s'inquiète du regain d'activité des catholiques. Le Vatican envisage d'enregistrer un miracle qui s'est passé chez nous en Ukraine.

– Je vais m'informer, je vous dirai ça demain.

Svetlov se lève. Il se fige un instant dans un salut de parade et sort.

Il réussit toujours à comprendre le moment précis où la conversation doit finir. On ne doit jamais faire mine de le raccompagner ou en venir au langage des gestes.

La journée de travail du président est terminée. J'aurais pu la prolonger éternellement. Car sur le bureau de mon assistant, il y a bien vingt kilos de décrets à peine sortis du four et plein de documents à signer. Mais je ne veux pas signer sans lire. Et je n'ai pas l'intention de lire. Du moins, pas aujourd'hui. Je veux rester un peu seul, aujourd'hui, chez moi, rue Desiatina. J'en ai marre de tout ce monde. Et particulièrement de l'ambassadeur. La journée a été plus longue que d'habitude, comme si elle avait duré une semaine.

Je desserre le nœud de ma cravate. Je donne quelques indications à mon assistant. Kolia Lvovitch, lui, n'a qu'à rester ici à démêler cette toile d'araignée. Je suis fatigué. J'ai d'ailleurs plus envie de dormir que de manger.

Mais la porte s'ouvre et je vois entrer Kolia Lvovitch, l'air soucieux.

– Monsieur le président, ce soir vous avez un dîner !

– Avec qui ?

– Avec Maïa Vladimirovna.

Je reste muet. Les mots me viennent, mais il faudrait après me rincer la bouche, car ils y laisseraient un arrière-goût répugnant. Je le regarde simplement bien en face et, dans mes yeux, il lit certainement ma pensée.

– Sergueï Pavlovitch, ça sera chez vous. Juste une petite demi-heure. Déjà comme ça, elle est mal disposée. Elle a des fils qui ont brûlé dans sa chambre.

– On a réparé ?

– Non, pour ça il faudrait quelqu'un qui soit capable de ne pas trahir le secret, et je ne fais pas confiance aux électriciens.

– Alors, c'est le ministre de l'Énergie en personne, qui doit s'y mettre !

– Est-ce un ordre ? veut savoir Kolia Lvovitch.

– Oui, et aussi : si demain la lumière de ma lampe tremble encore, je te promets de ne plus jamais voir Maïa Vladimirovna ni pour le déjeuner ni pour le dîner !

Le chef de l'Administration reste abasourdi. Son menton soigneusement rasé s'effondre.

76

Kiev. Avril 1985. Mardi.

– Comment ça ? je regarde Mira, stupéfait. On va avoir de la boue jusqu'aux genoux !

Mira s'obstine, tout en examinant avec inquiétude mes bottines polonaises aux fermetures éclair cassées :

– Ensuite, on reviendra ici, et je te les nettoierai !

– Et moi, qui me nettoiera ?

– On a l'eau chaude, ici !

Ce n'est plus une demande, qu'elle a dans les yeux mais une supplication. Je continue à agiter la tête négativement.

– Bien sûr, avec dix voisins qui font la queue !

Mais, au bout d'un instant, je me rends. Nous faisons un crochet dans un magasin d'alimentation où elle achète pour dix roubles de saucisson et de fromage, ainsi qu'une miche de pain à douze kopecks et une boîte de meringues. Elle veut aussi acheter des bonbons acidulés, mais là, je l'arrête :

– Et la boisson? Qu'est-ce qu'il va boire pour accompagner ton saucisson?

– Et qu'est-ce qu'on boit avec le saucisson?

Mira prend un air de mouton, un air de bêtise, disons, naturelle.

– Au minimum du porto. L'été, on peut boire de la bière, mais maintenant, c'est l'hiver!

Mira hésite un peu puis nous nous dirigeons vers le rayon des boissons. Elle compte attentivement la monnaie qu'elle a dans la main, puis lève les yeux vers les bouteilles, manquant visiblement d'expérience. Là, elle est vraiment désarmée, comme un gosse. Je montre du doigt une bouteille:

– Celle-là! C'est ça qu'il faut prendre.

Nous allons en métro jusqu'à la place de la Poste. Puis nous continuons à pied. C'est moi qui porte le sac avec nos achats peu alcoolisés, et j'évite soigneusement les flaques sur le quai. Quand nous arrivons sur le pont des piétons, il est verglacé et le vent souffle fort.

J'avance en jurant intérieurement. J'ai du mal à imaginer que cette excursion chez David Isaakovitch pourra se terminer sans dégâts. Pourquoi s'est-elle mis en tête de lui rendre visite spécialement aujourd'hui? D'accord, c'est son père. Mais elle a dit elle-même qu'ils ne s'étaient pas vus depuis des années. Elle aurait pu attendre que le printemps soit là pour de bon.

Je l'interroge, tout en soupesant le sac:

– Dis-moi, c'est son anniversaire, ou quoi?

– Non, répond-elle.

Et moi, pris dans mes soucis, je glisse et je m'effondre. J'ai mal, immédiatement, à la hanche droite. Heureusement, j'ai réussi à maintenir le sac en l'air, sinon, le vieux n'aurait vraiment rien eu à boire.

David Isaakovitch est plus qu'étonné. Il est abasourdi. Son regard inquiet cherche à lire dans les yeux de sa fille. Sa voix douce tremble:

– Quelque chose est arrivé? Ta mère est malade?

Dans la cabane, il fait incroyablement chaud. Dans le poêle, la bûche du dessus est d'un rouge incandescent. Et il y a d'autres bûches sur le sol.

Mira cherche ses mots tout en posant lourdement son regard sur les objets de la cabane, avec lenteur. Elle fixe le sac que j'ai à la main. Elle le prend et le lui tend:

– Tiens, nous t'avons apporté quelque chose.

Il regarde à l'intérieur. À nouveau des questions viennent se loger dans les rides qu'il a sur le front et sur les tempes.

– On est le combien? demande-t-il.

– Le quatre, lui dis-je en réponse.

Finalement, il se calme et s'anime. Il commence à s'activer: pardi, c'est sa fille unique et chérie qui lui rend visite!

Nous disposons les provisions sur la table, coupons le saucisson. David Isaakovitch sort trois verres et verse le porto.

Tout se passe normalement, mais je suis encore rongé par le doute. Je ne comprends toujours pas pourquoi Mira a voulu me traîner sur l'île Troukhanov un jour de semaine et par mauvais temps. Mais, au fond, le vieux est content. Ça compte aussi.

Et soudain, quand nous avons commencé à mâcher les premières rondelles de saucisson, à nous réchauffer avec le premier verre de porto, Mira s'est lancée:

– Papa, nous partons en Israël, Maman et moi!

David Isaakovitch, aussitôt, a avalé de travers. Nous avons dû lui donner des coups dans le dos. Tandis qu'il reprenait sa respiration, Mira a insisté:

– T'en fais pas! Là-bas, il y a la mer et la montagne, comme en Crimée. Nous y serons bien.

«C'est donc ça!» J'ai enfin compris le sens de cette visite. Je suis triste.

Le vieux et sa fille restent assis en silence, à se dévisa-

197

ger. Et moi, pour ravaler ma tristesse, je mâche tantôt du fromage tantôt du saucisson. Je vide mon verre de porto. Je me sens déplacé, inutile.

Ils restent silencieux une vingtaine de minutes. Puis le vieux lâche un soupir affligé en disant:

– Vous êtes des traîtres!

Larmes de Mira. Elle a les épaules qui tremblent. Il faut que je la console, mais je ne veux pas me mêler de leurs histoires. Et j'ai du mal à me décider: lequel des deux m'est le plus proche? Le vieux est, pour moi, comme un maître, comme le père dont je ne me souviens pas. Et Mira? Avec elle aussi, je me sens bien. Et, par moment, même très bien. Évidemment, dans la vie, elle est un peu chaotique, désordonnée. Et, chez elle, les tasses ne sont jamais bien lavées. Mais c'est peut-être à cause de la queue qu'il faut faire dans la cuisine. La cuisine est commune, comme tout l'appartement. Il y a deux éviers pour une dizaine d'habitants. Et chacun a sa vaisselle à faire.

Mira, entre les larmes, fait des promesses à son père:

– Nous t'écrirons.

Il lui répond en montrant son logis du regard:

– À quelle adresse? Je n'en ai pas! Aucun facteur ne viendra porter les lettres ici!

– On trouvera quelqu'un pour les transmettre!

Elle me regarde et je me vois, traversant le pont à nouveau sur la glace. Le pont des piétons. Je porte une lettre, ou même un paquet. Et j'ai une sacoche de facteur sur l'épaule… Elle ne manque pas d'air! Elle ne m'a pas dit encore au revoir, elle ne m'a pas parlé d'Israël et elle s'imagine que je vais lui servir de facteur!

David Isaakovitch est pensif, il me dévisage longuement, puis il remplit les verres, et, la lèvre inférieure serrée, son verre à la main, il hoche la tête, l'air entendu. L'air de dire: «C'est sûr, on va s'en sortir!»

Soudain, j'ai un coup au cœur: il s'imagine sûrement

que j'étais au courant et que je suis venu pour défendre Mira. Il doit être certain que je suis de mèche avec elle!

Je scrute les yeux de Mira, pleins de larmes et dis:

– Tu vas peut-être quand même rester?

Elle essaie vainement de répondre. Elle fait signe que non. C'est évident qu'elle ne va pas rester.

Tandis que nous devenons silencieux, il commence à faire sombre à la fenêtre. Et je pense sans le moindre plaisir à ce que sera notre chemin du retour. Dans la pénombre humide, désagréable, balayée par le vent froid, avec l'eau qui clapote sous les pieds et à l'intérieur de mes bottes.

Le regard de Mira devient suppliant:

– Papa, laisse-nous partir, Maman et moi, s'il te plaît.

Le vieux répond d'une voix fatiguée, soudain apaisée:

– Allez où vous voulez.

– C'est vrai? Mira n'en croit pas ses oreilles.

David Isaakovitch répète dans un murmure:

– Vous pouvez partir.

– Alors, écris une attestation.

Mira sort une feuille de papier et un crayon. Elle les lui tend.

Il plisse les yeux, cherche à comprendre en regardant tantôt sa fille, tantôt la feuille.

– Quelle attestation?

– Pour dire que tu nous laisses partir et que tu n'as rien contre notre départ. C'est pour le service des visas!

David Isaakovitch écrit sous la dictée de sa fille, avec un calme étonnant. Elle roule la feuille, la fait disparaître dans la poche intérieure de sa veste dont la capuche est bordée d'une fausse fourrure rousse.

Sur le chemin du retour, je propose à Mira, d'une voix ironique:

– Tu veux peut-être que je t'en fasse une, moi aussi, d'attestation?

– Tu es fâché? Si tu t'imagines que c'est facile, pour

moi! C'est ma mère qui veut partir. Tous ses amis l'ont déjà fait. Je ne vais quand même pas rester seule. Ou déménager chez lui, dans cette cabane de survie? Si tu savais comme je pleure, la nuit…

Le vent nous gèle le visage. Malgré le porto, j'avance d'un pas ferme et nous arrivons à la place de la Poste sans encombre, sans la moindre chute.

– C'est dommage que nous n'ayons qu'une pièce dans un appartement communautaire, dit Mira, d'une voix nasillarde. Nous aurions pu passer la nuit ensemble.

Elle cherche à se justifier. Elle ne veut pas que je pense du mal d'elle.

– On peut aller chez moi, ma mère est partie en mission à Dniepropetrovsk.

– D'accord, approuve Mira.

Sa voix n'est pas particulièrement joyeuse. Mais nous allons chez moi et je m'efforce de faire le bon choix: où allons-nous dormir? Sur le divan de ma mère dans le salon, ou en réunissant les deux lits de ma chambre, celui de Dima et le mien?

77

Kiev. Juillet 2004.

Dès que je suis entré, Nilotchka s'est lancée dans une lamentation:

– Il s'est passé des choses, ici! Mais des choses!

– Comment ça? Quelles choses?

– Ils sont entrés chez vous. Ils se sont enfermés dans votre bureau. Ils ont sans doute fouillé les tiroirs…

J'ai demandé, intrigué:

– Qui ça, ils?

J'avais les plus mauvais pressentiments, et, en plus, j'étais venu au ministère directement de l'aéroport. Bien sûr, j'avais d'abord accompagné Svetlana à la maison. Mais Paris était encore en moi, circulant doucement dans mes veines, dilué dans mon sang, comme un alcool de bonne qualité.

J'ai poussé un soupir :

– Bon, on va voir ça. Je ne suis pas joignable pour le moment !

Je me suis enfermé dans mon bureau. Apparemment, il n'y avait pas trace de désordre. Les dossiers, les piles de documents étaient en place. La carte du *Moulin à eau* était toujours à droite.

J'ai entendu le téléphone sonner chez la secrétaire. Puis tout est redevenu silencieux. Celui de mon bureau était resté muet.

J'ai ouvert, l'un après l'autre, les tiroirs de mon bureau. Rien n'avait bougé. Pas même les quelques enveloppes que je n'avais pas eu le temps d'ouvrir. Elles contenaient, de toute évidence, des dollars. Mais impossible de me rappeler d'où elles venaient, qui les avait apportées. Des députés, sans doute, ou bien des hommes d'affaires. Ils étaient venus, m'avaient posé des questions, m'avaient fait des demandes. J'avais sans doute répondu par des promesses et des hochements de tête. Puis, plus personne, et, sur la table, une enveloppe. Un jour, un des visiteurs tenait en main un exemplaire de *Comment devenir millionnaire*. Il est sorti, mais le livre est resté sur la table. Je voulais le rattraper pour lui rendre son livre, quand une enveloppe s'en est échappée. D'un bon poids. Mais ce n'était quand même pas un million.

Il faudrait tout de même en avoir le cœur net, ai-je pensé. Ces gens, quels qu'ils soient – les services secrets sont maintenant aussi nombreux que les syndics d'immeubles –, n'ont pas touché à l'argent, c'est donc qu'ils cherchaient autre chose. Il faut être plus prudent, dorénavant, et prêt à tout.

J'ai sorti les enveloppes et les ai comptées. Il y en avait onze. Je les ai ouvertes et je me suis mis à trier les billets. Soudain une des enveloppes m'a fait éclater de rire : elle

201

contenait un paquet de billets d'un dollar tout neufs! J'ai pris la peine de compter: il y en avait quarante-huit! Quelle blague!

Compter l'argent est une occupation agréable. Mais, à la longue, l'extrémité des doigts perd sa sensibilité. On a l'impression que les billets les polissent, les couvrent d'une sorte de laque qui les rend insensibles au chaud et au froid!

Le bilan de mon inventaire est dérisoire: treize mille huit cents dollars! Je vaux donc si peu? Du reste, je n'ai rien demandé. Les visiteurs ont dû penser: «Il faut quand même lui laisser un petit quelque chose pour qu'il ne nous prenne pas pour des radins», et voilà que le montant de ces «non-dons» me vexe, même si je reste ironique à mon propre égard.

Il faut les mettre quelque part! J'ouvre la porte du bureau de la secrétaire et lui dis:

– Nilotchka! Viens voir!

Elle entre. Un charmant visage aux yeux verts et ronds. Une petite veste rouge cintrée et une jupe noire moulante au-dessus du genou. Une petite poupée au regard intelligent.

– Prends ça. Achète-toi un appartement! dis-je en montrant les dollars.

Nilotchka recule d'un demi-pas. Elle me regarde, l'air d'abord effrayé, puis ses yeux verts deviennent pensifs en considérant les tas de billets empilés. Ses yeux sont fixes, comme ceux d'un enfant à qui on a promis de montrer un tour de magie:

– Vous ne plaisantez pas?

– Prends-les! À ton âge, c'est avec un homme qu'il faut vivre, pas avec ses parents.

Elle regarde les dollars, elle doit se demander comment il faut les prendre pour que les gestes de ses mains soient les plus gracieux possible. Et aussi comment les ranger. Un porte-monnaie ne peut pas y suffire. Je dois l'aider. Je cherche dans les tiroirs de mon bureau. Dans celui du bas, je prends une grande enveloppe de papier kraft. J'y range les dollars.

– Tiens !

Des larmes jaillissent de ses yeux. Elle murmure :

– Vous êtes tellement étrange. Je ne sais jamais ce qui pourrait vous faire plaisir. Je pourrais… Mais en fait, je ne sais pas…

– Allons, allons.

J'ai envie de lui caresser la tête, de la calmer.

Elle prend enfin l'enveloppe et sort, les yeux baissés.

« Voilà, je me dis. Il y a au moins une personne que j'ai rendue heureuse. »

Mes pensées retrouvent leur calme, leur rythme lent. Et j'ai un sentiment de soulagement qui semble absorber toute l'énergie de mon corps. Je me laisse tomber sur mon fauteuil. Je bâille. Qu'est-ce que j'ai au programme, aujourd'hui ? Pour le savoir, il faut interroger Nilotchka par téléphone. Mais je n'ai pas envie de la déranger en ce moment. Elle doit être dans ses rêves. Elle avait certainement souhaité avoir un appartement à elle. Mais elle pensait que c'était irréalisable. Et maintenant le rêve va devenir réalité, il lui faut donc un peu de calme et de silence.

La même chose s'est produite en moi quand j'ai compris que la sœur de Valia, Svetlana Vilenskaïa, pouvait devenir ma femme. Par contre, maintenant que je suis marié avec elle, je suis un peu inquiet de n'avoir pas de nouveau rêve. Mais cela ne me détourne pas de la vie pour autant !

78

Kiev. Octobre 2015.

– Les taches de rousseur vous vont bien, dit Maïa Vladimirovna.

Je porte, par réflexe, la main droite au visage. Je caresse ma joue à la barbe piquante : c'est déjà le soir et je n'ai pas l'habitude de me raser deux fois par jour. Même si parfois je le devrais.

Nous dînons à la table ronde du petit salon. Une petite blondinette en robe marron et tablier blanc assure le service. Elle s'appelle Zoïa, semble-t-il. Elle vient d'une dynastie de domestiques. Depuis quatre ou cinq générations.

Maïa Vladimirovna déclare soudain :

– Vous savez, ou bien tu sais, je suis si heureuse maintenant que les choses aient tourné de cette façon…

– De quelle façon ? Je fais mine de m'intéresser à la question, qui m'indiffère totalement.

Elle sent tout. Et pas seulement parce qu'elle est une femme. Elle a le regard pénétrant. D'ailleurs, son visage a embelli, ces derniers temps. Ses rides ont disparu, ses yeux pétillent.

– Je peux débarrasser ? lui demande « Zoïa-semble-t-il », en lorgnant son assiette où l'esturgeon est resté intact.

Maïa Vladimirovna fait signe que oui. Je finis d'avaler mon propre poisson que j'ai largement arrosé de sauce japonaise au raifort. Maïa Vladimirovna porte à ses lèvres un verre de chardonnay. Je plante mes yeux dans les siens :

– Dis-moi. Comment ça a commencé ?

Elle ne comprend pas. Elle veut me faire préciser.

– Eh bien, qui t'a proposé ça ? Qu'on prenne son cœur pour mon opération.

Elle semble prise de pitié :

– Ne parlons pas de cela. D'une part, j'ai signé, j'ai fait la promesse de n'en parler à personne. D'autre part, je n'aime pas en parler. Tu comprends ?

Elle est superbement habillée, pour ce dîner. Des collants noirs, et une robe qui, en haut, est stricte et classique, mais, en bas, est découpée d'une fente irrégulière qui lui découvre pratiquement toute la cuisse. Une ceinture noire un peu brillante souligne sa taille. Des boucles d'oreilles en platine très élégantes et une coiffure années 30, avec de grandes mèches frisées devant les oreilles.

Je sens que je lui dois quelque chose. En tout cas, je lui dois la vie. Ou plutôt le cœur. Il faut que je sois plus amène, malgré mon mauvais caractère et malgré la surprise désagréable que mon nouveau cœur m'a procurée. De fait, je n'ai jamais été grossier ni cassant avec les femmes, surtout quand elles sont belles.

Je deviens pensif: «Est-ce qu'elle est belle?» Puis j'énonce à voix douce:

– C'est un bon parfum.

Maïa est étonnée. Et moi, je ne comprends pas sa surprise. Je me fie à mon nez. Je suis très sensible aux bons parfums.

Elle murmure entre deux gorgées de vin blanc:

– Aujourd'hui, je suis «nature».

La domestique pose devant elle un grand plat blanc, avec du foie de veau fumé coupé en tranches et une terrine de légumes.

Le parfum qui me plaît tant se renforce. C'est une gamine, mais c'est elle qui est parfumée. Soit, elle sait bien choisir. Je la suis des yeux, plein de respect. Puis je regarde à nouveau Maïa Vladimirovna. Je lui demande:

– Dites-moi, vous l'aimiez?

Elle me répond tranquillement:

– Non. C'est lui qui m'aimait. Pendant un certain temps, du moins, avant le mariage. Ça m'a convaincue. Il vaut mieux qu'on soit désespérément amoureux de vous plutôt que le contraire.

– Et la réciprocité?

– Rien n'est plus facile que de jouer la réciprocité. Et toi, tu as été amoureux?

Je souris en soupirant:

– J'ai bientôt cinquante-quatre ans. Bien sûr, que j'ai été amoureux. Sincèrement et passionnément.

205

Elle me demande, avec une note ironique dans la voix qu'elle n'arrive pas à cacher :

– En toute réciprocité ?

– Hier, j'aurais répondu «Oui!», mais aujourd'hui, je peux me permettre d'en douter. Du moins en ce qui concerne mes dernières histoires d'amour.

– On dit que dans la vie d'un homme, il n'y a que deux amours qui soient réciproques. Le premier et le dernier.

Et, à ces mots, ses yeux ont un éclat soutenu.

Je me rejette sur le dossier de la chaise, je repose ma fourchette sur la table :

– Je n'ai pas eu de premier amour, j'ai eu une première expérience sexuelle.

Maïa Vladimirovna exprime une sorte de compassion, elle hoche la tête :

– La vie ne sourit pas à tout le monde !

Mes yeux descendent vers ses lèvres. Je comprends que, là encore, c'est un jour «nature», sans maquillage.

– Écoutez… Écoute un peu. Je ne suis pas si mauvais qu'on peut l'imaginer. Si je fouille dans ma tête, je peux dire que mes réactions, disons négatives à ton égard, sont dues à ma psychologie. D'ailleurs tous ceux qui font carrière dans les hautes sphères de l'État s'écartent de plus en plus de la norme, tu comprends ? Du fait que je suis président, je ne suis plus normal depuis longtemps. Chez nous un président ne peut pas être normal. C'est notre particularité nationale. On ne peut pas élire quelqu'un de normal. Il serait trop bêta, trop naïf, trop bon…

Maïa Vladimirovna entrouvre les lèvres comme si elle allait prononcer le son «o».

– Vous me surprenez, dit-elle. Que se passe-t-il aujourd'hui, c'est votre jour de sincérité ?

– Maïa, nous devons choisir une bonne fois pour toutes : c'est «tu», ou «vous» ?

– Je pense que si vous continuez sur ce mode, on va définitivement passer au «tu».

Zoïa-semble-t-il apparaît, elle emporte les verres à vin blanc et verse le vin rouge dans de nouveaux verres.

Maïa Vladimirovna accompagne du regard la jeune fille et dit:

– Il me semble que tu as vécu une sorte de stress. C'est la seule explication que je trouve à ta sincérité d'aujourd'hui. Et si j'étais ta femme, j'enverrais chercher un médecin…

– Un psychiatre?

– Non. Je me suis mal exprimée. Un thérapeute…

– Tu sais, je consulte déjà pour le stress, dis-je avec un sourire un peu sot, fatigué. Après sa dernière intervention, j'ai eu des ampoules aux mains pendant deux semaines. Mais maintenant, je ne me sens plus du tout stressé. Je te jure. D'ailleurs il paraît que j'ai également un thérapeute pour les questions familiales alors que je n'ai pas la moindre vie de famille! Devine qui c'est?

– Mon frère, dit-elle tranquillement.

– C'est une coïncidence?

– Non, de telles coïncidences n'existent pas, dit-elle en haussant les épaules d'un air coupable. Mais je n'y suis pour rien. Je ne suis pas très liée à mon frère. Il n'aimait pas mon mari et moi, je ne pouvais pas supporter son entourage. La moitié de ses amis et de ses anciens copains d'école travaillent dans ton administration…

Je tends ma main droite, la paume tournée vers Maïa Vladimirovna, comme si j'attendais qu'elle y lise mon avenir dans les lignes, et je lui dis:

– Arrête. Inutile de parler de ces gens-là. Pour moi, ce ne sont que des rencontres dues au hasard. Plus je connais leurs histoires, plus ça me déprime.

– Alors, il faut que nous nous voyions plus souvent, murmure Maïa Vladimirovna. Les conversations intimes permettent d'éviter la dépression!

Je reste songeur. Ma volubilité m'inquiète moi-même. Oui, j'ai dû me lâcher aujourd'hui à cause du sentiment de culpabilité ou de dette que j'ai à l'égard de Maïa, mais les élans, chez moi, passent très vite. Et si, la prochaine fois, je lui disais des grossièretés, que penserait-elle? J'ai tout à coup pitié d'elle. Elle s'en aperçoit. Je lui dis brusquement:

— On va réparer tes fils électriques. Ça a brûlé?

— C'est déjà fait.

— J'étais en train de faire un cauchemar quand ça a brûlé chez toi. Ta chambre est à côté de la mienne. Je rêvais qu'on frappait…

— C'était moi, dit Maïa. Au début, j'ai frappé à la porte, mais personne n'a ouvert. La nuit on m'enferme de l'extérieur pour que je ne sorte pas… On m'a dit que ça pourrait déclencher l'alarme.

— Qui t'enferme?

— Je n'en sais rien. C'est une décision de Nikolaï Lvovitch…

— C'est extraordinaire. Comme ça, tu as frappé, tu as appelé à l'aide et personne n'est venu t'ouvrir…

— Oui, mais Nikolaï Lvovitch m'a dit ensuite que dans cette maison on n'avait pas le droit d'appeler à l'aide. C'est la seule maison du pays où tout est contrôlé. Il ne peut rien se produire de mal…

Je réfléchis à nouveau. Y a-t-il encore beaucoup de secrets qu'on me cache dans cette maison qui est ma résidence officielle?

Zoïa-semble-t-il fait une nouvelle apparition, mais cette fois-ci, elle pose devant moi une enveloppe. À l'intérieur, je trouve une carte: *Sergueï Pavlovitch, vous pouvez mettre fin à cet entretien. Elle a eu le temps accordé. Bonne nuit. Nikolaï Lvovitch.*

Je regarde autour de moi, je prête l'oreille. Tout est exceptionnellement calme. Où se cache-t-il donc?

Je prends un stylo et j'inscris: *Va te faire foutre!* Je mets la carte dans l'enveloppe et la tends à la blonde, en lui demandant gentiment:

– Rapporte ça à l'expéditeur et dis-lui de le lire.

Elle retient avec peine son sourire. On voit qu'elle a été à bonne école. Sa mère a dû lui dire: «Ne souris jamais en réponse à un jeu ou à un compliment!» Il doit y avoir un tas de règles dans le manuel oral d'apprentissage de l'étiquette. Mais ça suffit. Je regarde à nouveau Maïa.

– Je leur dirai de ne pas t'enfermer. On n'est plus au Moyen Âge…

Je m'imagine à nouveau la porte métallique fermée à clef de l'intérieur et de l'extérieur. Et les deux clefs à un anneau, et l'anneau avec les clefs, accroché au clou qui est enfoncé dans le mur, à gauche de la porte métallique. Mince alors! Des clés et des portes, comme les devinettes des contes!

79

Kiev. Avril 1985.

Ma mère a rapporté réellement un kilo de halva pour Dima. Elle est revenue le vendredi, mais dès le samedi matin, nous lui rendons visite, dans l'autobus à moitié vide.

Le soleil brille. Le matin, l'air est encore frais, mais vers midi il se réchauffe. Le soir, il fait de nouveau froid.

Des deux côtés de la route s'étend un bois de pins. Sous les arbres, il y a encore de la neige. La neige, dans les forêts, est têtue, elle fond en dernier, quand les flaques, en ville, ont déjà séché.

– Qu'est-ce que c'est? demande Dima en regardant le halva.

– Du halva. Je te l'avais promis. C'est toi qui l'as demandé, dit ma mère qui essaie de cacher son énervement et sa déception.

Dima prend un bout de halva, le met dans sa bouche et une expression de joie enfantine fige ses traits. Ma mère est rassurée. Elle lui découpe un plus gros morceau et lui demande:

– Tu n'as pas froid?

Dima a un survêtement de flanelle bleue. Il ne fait pas si chaud, seulement douze degrés. J'ai une veste et ma mère un manteau. Et lui, il est resté dans sa tenue d'intérieur.

– Si, j'ai froid, répond-il à notre grand étonnement, et, sans un mot, il s'éloigne vers le bâtiment de briques.

Nous restons à l'attendre sur le chemin asphalté.

Il revient bientôt, vêtu d'une robe de chambre bleu marine. Il me rappelle maintenant les membres de l'équipage d'un sous-marin. Plus exactement il me le rappelait avant de mettre sa robe de chambre.

Ma mère se tourne vers moi:

– Attendez-moi ici. Bavardez un peu, je vais faire un saut chez le médecin.

Je fais face à Dima. Nous nous taisons. Je tiens le sachet de halva devant moi. Il y plonge sans arrêt la main, il prend un morceau et hop! dans la bouche. Il me regarde avec indifférence tout en mâchonnant.

Est-ce que je dois lui parler? Et de quoi? Je n'en ai pas la moindre idée. Avant, quand on dormait dans la même chambre, on pouvait encore se dire des choses. Mais maintenant, nous avons eu des sorts différents. Je suis le chiot qui est resté dans la niche et lui, celui qu'on a noyé. Quand je ne le vois pas, j'ai pitié de lui. Quand nous sommes, comme en ce moment, face à face, et que je comprends qu'il vit une vie particulière, sa vie à lui, ma pitié disparaît.

80

Kiev. Août 2004. Samedi.

– Voilà le chocolat! dis-je, en me penchant vers Svetlana qui est encore au lit et en lui tendant un plateau de cuivre.

Elle s'efforce de sourire, mais je vois qu'elle ne se sent toujours pas bien.

Dans la fenêtre, le ciel est éclatant. Les murs bleus de notre chambre ont l'air de couler à l'extérieur.

Elle s'assoit dans le lit, le dos calé par l'oreiller. Elle prend la tasse.

– Allons faire un tour en voiture aujourd'hui, demande-t-elle.

Je regarde son ventre :

– Ce sera comme la dernière fois, tu vas avoir la nausée.

– Non, pas si je ne prends pas de petit déjeuner.

– Mais il faut que tu manges autre chose que les comprimés pour femmes enceintes !

– Tu as acheté du foie de veau ?

– Genia en a acheté.

Genia, c'est notre femme de ménage. Elle a cinquante ans et elle ne vient dans l'appartement qu'en notre absence.

Svetlana lève les yeux vers moi :

– D'accord. Je vais manger, ensuite nous irons nous promener. Sur le boulevard Circulaire.

Cinq minutes après, je suis à la cuisine. Je fais sauter le foie, coupé en petites tranches fines.

La hotte aspirante bourdonne au-dessus du réchaud. Mon estomac gargouille. Par la fenêtre ouverte, je n'entends pas le moindre chant d'oiseau. Mais, Dieu merci, je n'entends pas non plus les voitures qui passent sur le boulevard. Je jette un coup d'œil dehors, c'est presque désert.

Je me passe la main sur la joue. Il va falloir me raser. Pourquoi s'intéresse-t-elle ainsi aux prostituées ? C'était la même chose à Paris, avec la promenade rue Saint-Denis et sa question : « Pourquoi sont-elles si laides ? » C'est la troisième fois qu'elle veut aller sur le boulevard extérieur !

« Il est midi à Kiev ! » proclame la radio lorsque nous arrivons à la place d'Odessa.

211

Svetlana est assise à côté de moi, les genoux maladroitement écartés, soutenant son ventre à deux mains.

– Regarde, aujourd'hui il n'y en a pas une seule ! s'étonne-t-elle, lorsque nous passons près des « étals », entre l'arrêt du bus et les boutiques.

Je lui réponds :

– Elles sont fatiguées, elles dorment. Mais dis-moi, pourquoi est-ce qu'elles t'intéressent tant ?

Svetlana n'aime pas ce genre de questions. À chaque fois, elle ne répond que par un haussement d'épaules.

– Il me semble qu'elles savent quelque chose, répond-elle de façon inattendue.

– Sur les hommes ?

– Sur la vie. Les difficultés… Les dangers…

Difficile de ne pas approuver.

– C'est quand même le plus vieux des métiers, ajoute-t-elle.

– Oui, mais on ne peut pas y faire carrière !

Elle a entendu l'ironie de mes paroles. Elle se détourne.

– Cette combinaison en jeans ne te va pas si bien que ça, lui dis-je sans quitter la route des yeux.

J'ai réussi. Elle ne va pas me critiquer pour mon « ironie mal placée ». Svetlana regarde sa combinaison de femme enceinte en se mordant la lèvre. Elle a maintenant des pensées toutes simples : « C'est une tenue provisoire. Après l'accouchement, j'aurai une vie normale et des vêtements normaux. »

– Arrête-toi !

J'écrase le frein. Je croise du regard une jeune fille mince en pantalon étroit, avec un tee-shirt où est inscrit FUCK YOU ! Elle a un petit nez retroussé, le regard effronté et vif. Une bouche fine, hautaine, une chaîne dorée autour du cou.

Svetlana la regarde également. Puis elle se tourne vers moi :

– Va lui demander son nom et son numéro de téléphone !

Je sors de la voiture en soupirant lourdement. Je m'approche de la jeune fille. Elle a un sourire de rapace. Elle demande :

– Alors, tu veux faire ça à trois ?

Je réponds négativement de la tête :

– On fait ami-ami !

J'essaye de plaisanter, mais je n'arrive pas à comprendre à quoi correspondent les désirs de Svetlana. Est-ce que vraiment je suis en train de commander une prostituée pour ma femme ?

Je continue :

– Ma femme veut savoir votre nom et votre numéro de téléphone !

La jeune fille jette un coup d'œil vers la voiture. Elle regarde Svetlana qui, rêveuse, a entrouvert la bouche.

– Elle veut quoi ? Elle est…

Apparemment, la jeune fille manque d'imagination et elle ne trouve pas les mots pour finir sa question.

– Elle est une épouse gentille et attentionnée, dis-je pour en finir.

La fille hausse les épaules.

Je lui tends ma main, paume vers le haut, en même temps qu'un stylo, car je réalise que je n'ai pas pris de papier et il y a peu de chances qu'elle en ait dans le petit sac qu'elle porte en bandoulière. Elle prend le stylo et écrit dans ma main : *Janna 444–09 43*.

Elle a un parfum agréable. Elle relève la tête, jette un regard amusé vers Svetlana, puis brusquement, m'embrasse sur les lèvres en effleurant ma joue de ses doigts.

Je me rends compte que j'ai oublié de me raser. Quelque chose me retient près d'elle. Je ne sais pas si c'est son parfum ou autre chose. Je suis effrayé en constatant que je n'ai pas envie de retourner à la voiture. Je m'arrache à elle en regardant son visage, ses lèvres fines et mobiles, qui m'adressent un nouveau sourire. Mais là, je vois sa petite poitrine, ou plutôt l'inscription sur son tee-shirt. Et je retrouve ma voiture avec plaisir. Malgré tout, ce moment étrange se fixe dans ma mémoire.

Je montre à Svetlana le numéro de téléphone sur ma main. Elle me dit, les yeux fixés sur ma bouche :

– Fais attention de ne pas l'effacer en conduisant ! Mais pourquoi t'a-t-elle embrassé ?

81

Kiev. Novembre 2015.

– Ce n'est pas moi qui veux ça ! tente de se justifier Kolia Lvovitch. Elle n'a aucun droit légal à être ici, dans ce bâtiment. Si elle était votre femme, ça serait autre chose !

– Tu me dis ça, à moi ? (Je commence à me fâcher et, dans mon verre de whisky, les glaçons tintent.) Tu me l'as amenée alors que j'étais encore à l'hôpital, c'est toi qui l'as trouvée, elle et son cœur, et maintenant, j'apprends qu'on l'enferme dans sa chambre et qu'on ne la laisse sortir que le matin ? C'est de l'esclavage, ou quoi ? Tu veux que les journalistes finissent par apprendre que, derrière le mur de la chambre du président, il y a une femme qui est retenue en otage ?

Le chef du cabinet a une lueur dans le regard, ce n'est pas la peur, malheureusement, mais une pensée. Comme si je lui avais soufflé quelque chose ! Diable ! Il est de ceux qui se vengent, comme tous nos politiciens. Il va commencer par se taire, puis il me fera un coup en traître. Il faut que j'apprenne à me contrôler davantage.

– C'est bon, dis-je en calmant le whisky dans mon verre. Mets-toi d'accord avec elle pour qu'elle ne sorte pas de sa chambre inutilement la nuit. Mais parle-lui gentiment, sans la blesser.

– À la différence de certains, moi, je... je ne blesse personne !

Il pousse un soupir et je comprends à qui il fait allusion.

Aujourd'hui, c'est dimanche. Par la fenêtre de ma salle de bains, je vois tomber une neige légère. Et au-delà, c'est l'église Saint-André. Bel objet de méditation.

Kolia Lvovitch est parti. J'ai dit à mon aide de camp de n'entrer qu'en cas d'urgence. Je pose mon verre sur l'appui de la fenêtre. Je me fais couler un bain froid et, dans ce bruit de cascade, j'observe la neige et les cou-poles de l'église. Dieu tout-puissant! Si tu existes, un tel paysage ne peut que te plaire! Il faudrait que je montre à Maïa cette vue!

Je soupire. J'aimerais bien montrer quelque chose à quelqu'un, mais pas de ma salle de bains de président, avec ses magnifiques sanitaires espagnols, ses deux mètres entre le bidet et les toilettes, et ses carreaux de faïence si propres et si aseptisés que je me sens comme un chirurgien qui prépare pour la leçon d'anatomie le cadavre du pays couché derrière la fenêtre.

L'éponge double de mon peignoir m'enveloppe d'une douce chaleur.

La baignoire est pleine. La glace a fondu dans mon whisky. Aujourd'hui je n'ai pas besoin de froid supplé-mentaire. Comment disait-elle? «Nature?» Moi aussi, je vais prendre un bain nature, sans glace ni eau chaude.

Le froid me brûle les jambes. Je m'y enfonce lente-ment. Jusqu'au cou. Puis je plonge tout entier. Mes pieds n'atteignent pas le bout de la baignoire. On pour-rait s'y allonger à deux face à face. Mais avec qui?

J'ai maintenant clairement le sentiment animal de n'être qu'une moitié, qu'une autre partie de moi-même me manque. J'ai un lit double immense où je dors seul. J'ai également une baignoire «double». J'ai tellement d'espace, dans ma solitude, que je commence à prendre ça pour une torture psychologique. Et si on ajoute Maïa Vladimirovna, qui vit à côté presque incognito, ça devient un supplice de conte oriental.

De quoi ai-je envie? De quoi ai-je envie, dans le froid de ce bain? Ce froid qui ralentit ma pensée, la circulation dans mes veines, qui bloque mes désirs? Des désirs… Mes désirs sont tout ce qu'il y a de plus banals. Mais je ne peux pas les réaliser. Je n'en ai pas le droit. Un président ne peut pas aller dans un bar à strip-tease. Je ne peux même pas faire ce qui me procurait tant de plaisir jadis: offrir à une belle femme aimée un billet d'avion pour Bruxelles ou Paris, y partir la veille pour l'accueillir à l'aéroport, l'en arracher, et voir ensemble danser le nouveau pays au rythme de notre passion secrète. Paris et Bruxelles gardent mes anciens secrets. Ici, je n'ai plus rien à cacher. À l'exception de celle qui vit à côté de ma chambre, mais je ne garantis pas que ce secret ne soit pas partagé par des dizaines de personnes.

Le prince Charles, tant que Diana vivait, avait du mal à rencontrer Camilla. Mais moi, je vis et j'ai toujours vécu sans la moindre Diana. Du moins depuis longtemps. Et je ne peux rien faire. Je ne peux pas aller au café, au restaurant, chez le boulanger. Bon Dieu! Ils viennent eux-mêmes ici, sans que je puisse les voir. Je ne vois, de toute façon, pratiquement personne. Seulement mes enquiquineurs, dont Kolia Lvovitch a confirmé et vérifié le droit d'entrée dans l'espace présidentiel clos! C'est drôle et en même temps c'est triste.

Je finis mon whisky. Je me hisse hors de mon bain de solitude froide. J'enfile mon peignoir et je m'approche à nouveau de la fenêtre. La neige tombe à gros flocons et il commence à faire sombre.

J'appelle l'aide de camp. J'entends ses pas rapides derrière mon dos.

– Dis à Maïa Vladimirovna de venir dîner dans une demi-heure! Compris?

– À vos ordres! répond-il. Et que dois-je apporter à manger?

– Ce que tu veux. L'essentiel, c'est que ce soit bon!

82

Kiev. Mai 1985.

Tiens, c'est intéressant ! Ce n'est pas si facile de couper les liens familiaux pour avoir la permission d'émigrer ! Le service des visas a fait traîner pendant un mois l'attestation de David Isaakovitch, qu'un notaire assermenté avait contresignée, un vieux copain de classe de la mère de Mira. Et maintenant, on apprend que l'attestation est insuffisante. Que le mari ne peut pas comme ça renoncer à sa femme et à sa fille.

– Vous devez divorcer ! a-t-on déclaré à la mère de Mira. Elle a essayé de les convaincre :

– Mais ça fait plus de dix ans qu'on vit séparément !

– D'après les documents, c'est toujours votre mari.

Mira et sa mère m'ont invité à dîner pour me raconter ça. Je les écoute en mangeant du poulet à l'ail. Je préfère le poulet à leurs explications. Elles ressemblent, elles aussi, à de la volaille, une jeune et une vieille.

– Je ne sais vraiment pas comment ça va finir.

La mère de Mira soupire si profondément que sa poitrine se soulève presque jusqu'au menton.

Elle est assise à la table dans une pose étrange et maladroite. Sa veste de laine rose ne lui va vraiment pas.

– Mais mange, mange donc ! dit-elle en me forçant à regarder plutôt mon assiette de poulet et de pommes de terre. C'est un poulet hongrois, il a vraiment du goût ! Qu'est-ce qu'on leur donne donc à manger ?

La conversation revient sur David Isaakovitch. La mère de Mira serre à nouveau les lèvres de dépit.

– Il est tellement difficile, ce David, il est vraiment impossible ! Et je ne connais personne, au Bureau de l'état civil. Peut-être Sofia Abramovna connaît quelqu'un ?

Son regard se dirige vers sa fille. Mais Mira se contente de hausser les épaules.

– Si seulement il acceptait d'y venir, au Bureau de l'état civil, tout serait réglé! On ne peut pas indéfiniment vivre du bien d'autrui!

Là, il y a quelque chose que je ne pige pas. J'attends une explication. Et elle arrive:

– Le problème est que nous avons tout vendu! La table, qui est là, les chaises, les lits, tout! Les gens nous ont donné l'argent et ils attendent de pouvoir embarquer tout ça! Et nous, qu'est-ce qu'on va leur dire? «Excusez-nous, mon mari ne veut pas m'accorder le divorce?»

Ce n'est qu'en mangeant le gâteau servi avec le thé que je commence à comprendre la mission désagréable qui m'attend: persuader David Isaakovitch de venir avec sa femme à l'état civil pour divorcer. Mais le muscat de Crimée qui a accompagné le délicieux poulet à l'ail m'a rendu conciliant.

83

Kiev. Août 2004.

Le soleil inonde mon bureau. Hier je m'angoissais encore à propos des vacances, mais aujourd'hui, mon patron a retiré la question de l'ordre du jour. Les congés sont remis à plus tard et c'est tant mieux! De toute façon, l'été, le travail est trois fois moins intensif que l'hiver. Les réunions du cabinet n'ont lieu que pour la télé. Les questions sérieuses sont reportées à septembre-octobre et, à leur place, on discute de politique «générale». Qu'est-ce que c'est que la politique «générale»? C'est, par exemple le développement des «villes vertes», les déclarations garantissant qu'on va payer l'arriéré des salaires, les promesses et même les décisions d'améliorer le climat de l'investissement et de diminuer la pression fiscale sur les petites et moyennes entreprises. Les grandes entreprises n'ont pas de problème urgent. Elles ont toujours su copiner avec le fisc. Mais voilà, aujourd'hui, une réunion du cabinet du ministre qui n'était pas prévue. Les élections présidentielles approchent et le garant de la Constitution exige une «accumulation» des effets positifs. Il est plus difficile de lutter contre les effets négatifs que d'en «accumuler» des positifs. Soit! On va accumuler! Mes assistants ont déjà mis au point le texte d'un discours que je vais prononcer au nom du patron. Lui, dans sa grande sagesse, a préféré aller se faire soigner à l'hôpital et il actionne les commandes de là-bas. La réunion du cabinet n'aura lieu que demain et aujourd'hui, je peux me contenter de lire le texte de mon intervention et, à la rigueur, d'en convoquer les auteurs pour faire des corrections.

– Sergueï Pavlovitch, une visite, dit Nilotchka presque à mi-voix dans la porte entrebâillée.

Et elle commente d'un plissement d'yeux significatif.

«Qui ça peut être?» Je me penche de côté pour tenter d'apercevoir le visiteur avant qu'il fasse son entrée.

Il est maigre, petit. Son costume noir est simple mais de coupe parfaite. Ou alors, c'est dû à son physique? Il est bâti comme un sportif. Il a les yeux étroits, le visage mince. Je suis perplexe, il n'a pas l'air non plus d'un député. D'ailleurs les députés aiment tellement leurs insignes qu'on les voit à vingt mètres. Je fais entrer le visiteur d'une voix princière. Il me semble qu'il n'est pas à son aise.

Il s'assoit en face de moi et m'examine comme s'il avait déjà posé une question et en attendait la réponse. Je finis par m'intéresser à ce qui l'amène:

– Quel est votre problème?

Il se lève et me tend la main. Je vois à ses traits qu'il est mal à l'aise. Sa maladresse me fait sourire. Il se présente:

– Commandant Svetlov. Sécurité intérieure.

– Bounine, dis-je en réponse, tandis que le doute s'infiltre en moi. Ce n'est pas vous qui êtes venus en mon absence?

219

– Si, dit-il dans un sourire. C'est nous qui avons fait le travail.

Une pause s'installe entre nous, flotte sur mon bureau. Je comprends maintenant de quoi voulaient m'avertir les yeux verts de Nilotchka lorsqu'elle annonçait le visiteur.

Svetlov pose le poignet droit sur le bureau et se met à pianoter :

– Ne vous tracassez pas, j'ai quelques petites questions à vous poser et je vous laisse !

– Allez-y ! dis-je en lâchant mon souffle tandis que la peur me gagne.

C'est l'hiver, dans mon âme, je cours nu sur la neige, en me retournant à tout moment. Parce que derrière moi, dans mon dos, hurlent les loups.

– Vous pouvez comprendre, Sergueï Pavlovitch, un fonctionnaire qui fait une ascension si vertigineuse que vous exige une attention particulière.

– De la part de vos services ?

– Oui. C'est parfaitement normal. Nous devons vérifier que tous ceux qu'on admet aux plus hautes fonctions de l'État ont conscience qu'ils ont à répondre de tout, même de leurs amis et de leurs proches, et restent loyaux envers les intérêts de l'État.

Je fais un signe d'assentiment, tandis que dans ma tête, c'est le galop des pensées devinettes qui s'efforcent de saisir la raison de cette visite et de la perquisition qui l'a précédée. Les enveloppes que j'ai retirées trop tard de mes tiroirs font irruption dans ma mémoire. En fait, c'est ma seule entorse à la norme, mais elle est d'importance. De la norme à laquelle personne n'obéit, je le sais parfaitement, ni dans sa vie, ni dans son travail.

Je m'efforce de donner à ma voix l'intonation la plus tranquille et persuasive :

– Vous savez, je ne suis jamais entré dans les lobbies de qui que ce soit. Il y a des choses qu'il est difficile d'expliquer… Mais je vous garantis que dorénavant je me comporterai de façon beaucoup plus responsable.

– Arrêtez, m'interrompt le commandant d'un geste de la main. Je ne vous accuse de rien. J'ai juste deux trois questions à vous poser, et encore, c'est plutôt pour moi, afin de mieux vous comprendre. Vous attendez un enfant?

– Des jumeaux.

– Vous avez une femme charmante. Mais vos excursions avec elle sur le boulevard Circulaire? Ça, je ne le comprends pas.

– Mais je n'y vais pas en voiture officielle!

– Dieu merci! ironise-t-il. Mais à quoi ça vous sert?

Je prends un ton plus intime et, du coup, je jette un regard machinal sur la porte, comme pour vérifier qu'elle est bien fermée:

– Vous savez, je ne comprends pas pourquoi ma femme s'est prise d'intérêt pour les prostituées. Avec les femmes enceintes, il vaut mieux ne pas discuter…

Le commandant a un haussement d'épaules:

– C'est votre femme? Hmm… Je vous en prie, essayez de la dissuader d'aller dans ce quartier. D'ailleurs, vous devriez penser à changer de voiture. Vous n'avez pas de problèmes financiers.

– Non, dis-je en réalisant qu'il vient de faire ainsi allusion à ces fichues enveloppes.

Il se lève en me tendant la main:

– C'est bon. Soyons amis. Si vous avez des questions, appelez-moi, s'il vous plaît.

Et il dépose une carte sur le bureau. Je lui propose un peu trop tard:

– Vous prendrez un café?

– La prochaine fois.

Jusqu'à sept heures du soir, cette conversation m'occupe l'esprit. Même dans la voiture, je me laisse conduire par le chauffeur tout en retournant en tous sens dans ma tête les propos du commandant Svetlov. J'ai de plus en plus l'impression que cette conversation n'a pas abouti. En fait, ce n'était pas une conversation. C'était une introduction, la vraie conversation va suivre. C'est sûr.

Je suis à peine entré chez moi que le téléphone sonne. L'appartement est silencieux, il y a peu de meubles pour le moment, et la sonnerie du téléphone résonne en écho d'une pièce à l'autre, comme une balle de ping-pong.

Une voix féminine très assurée demande: «Je peux parler à Svetochka?» Je prête l'oreille aux bruits de l'appartement. Tout est calme. Trop calme. J'appelle:

– Sveta!

Pas de réponse.

– Elle est sortie.

– Pouvez-vous lui dire de rappeler Janna?

Je m'approche de la fenêtre. Le trafic bat son plein sur le boulevard. Le double vitrage m'isole de ce bruit inutile de vie citadine. J'ai envie de silence et je l'ai, ici même. Au treizième étage, en plein centre-ville.

84

Kiev. Décembre 2015.

– Il est devenu fou!

À ces mots que je n'ai pas su retenir, le général Filine fait un signe d'assentiment avant de me répondre:

– Comment est-ce qu'on peut récompenser des détenus en leur accordant des prix! Qu'est-ce qu'ils vont en faire? Ou alors, on devra les garder nous-mêmes jusqu'à leur sortie? Quelle idée, ces prix! On va se moquer de nous!

– Le premier prix, de toute façon, on le supprime, dis-je. On ne peut pas offrir l'amnistie en récompense à tous ceux qui savent parler ukrainien! Bon. Peut-être qu'on peut leur proposer des diplômes?

– Mais il ne veut pas que ce soient de simples diplômes! Il y a deux pages de description des prix et des cadeaux de valeur! Avec même certaines propositions qu'on ne peut que qualifier d'intrusion dans la réglementation interne des prisons. Comment imaginer le transfert des prisonniers désireux d'apprendre l'ukrainien dans les cellules de ceux qui parlent déjà la langue?

– Ça, encore, ça serait imaginable, dis-je, abattu. Tu sais quoi? Relis encore toutes ses propositions. Et raye celles qui ne peuvent vraiment pas passer. Celles qu'on peut discuter, laisse-les. On se retrouvera ensuite tous les trois et on prendra les décisions.

Le général Filine opine du chef, mais son visage ne me donne pas l'idée exacte de ce qu'il pense. De toute façon, il doit s'en aller. Et j'ai encore une masse de travail. Le plus important, c'est l'intervention tardive de Svetlov à propos du «miracle du Vatican» en Ukraine.

Je jette un coup d'œil sur ma montre. Svetlov doit déjà être en train d'arriver. Et en attendant, il faut que j'avale une tisane calmante, prescrite par le médecin à la dernière consultation. Il m'a ausculté et a dit, mécontent: «Vous travaillez trop! Le rythme de votre cœur est trop rapide!» D'abord, ce n'est pas mon cœur, et ensuite, je ne travaille pas tant que ça! C'est vrai que je me fais beaucoup de soucis pour le pays. Mais je ne fournis comme travail que ce que je peux et ce que Kolia Lvovitch me prépare. Et j'ai bien l'impression qu'il me ménage. Il me ménage même trop, il assume à ma place trop de rencontres et de fonctions.

Svetlov entre dans mon bureau à quatre heures pile. Il a le regard agité. Ses joues se sont creusées et il les a rasées jusqu'à les rendre bleues. On dirait qu'il n'a pas mangé depuis trois jours. Il tient un porte-document de cuir.

– L'affaire est grave, dit-il en fixant son regard sur mon verre de tisane brûlante.

– Un peu de cognac?

Moi-même, j'ai besoin de boire quelque chose

d'agréable pour enlever de la bouche l'amertume de la tisane.

Svetlov tire de son porte-document une feuille pliée. Il la déploie devant moi. C'est une carte.

– J'ai trouvé le miracle. C'est là.

Il appuie l'index de sa main droite sur un cercle rouge qui entoure un point presque invisible marquant un petit groupe d'habitations.

– En Ukraine occidentale. Région de Ternopol. Une nuit, l'été, des anges sont descendus du ciel, ils ont éclairé d'une lueur céleste le jardin en friches de la mère Oryssia Stepanidovna Loukiv, dont les enfants et le mari sont morts après la guerre en luttant contre le NKVD[1]. Elle a elle-même perdu depuis longtemps les deux mains. C'est une sœur cadette qui la nourrit, elle habite dans le voisinage. Donc ces anges se sont mis à labourer son jardin et ils y ont planté des pommes de terre d'une sorte particulière. En taille et en poids, elles ont surpassé toutes les pommes de terre de production locale. Et voilà le miracle. J'en ai même une dans la voiture.

– Une quoi?

– Une pomme de terre. Vous voulez la voir?

Je soupire:

– Le miracle de la pomme de terre! D'accord! On va voir ça!

Il appelle son chauffeur avec son portable. Deux minutes plus tard, je tiens en mains le légume, rond et gros comme un ballon. Dans ma tête, les idées sont à sec.

– J'en ai déjà donné deux à analyser. La vieille les vend maintenant cinquante hrivnas pièce!… D'ailleurs elle s'est déjà convertie au catholicisme et ses voisins sont sur la même voie. Le Vatican a envoyé des ouvriers

---

1. Ancien KGB. En 1943, une Armée insurrectionnelle ukrainienne s'est créée, dans le but de lutter à la fois contre l'envahisseur allemand et contre les Soviétiques. Après la guerre, des résidus de cette armée ont formé un maquis en Ukraine occidentale.

polonais qui sont en train de finir les fondations de la future église.

– Embarque-moi cette patate. Des miracles de ce genre, ça n'existe pas !

– D'accord ! promet Svetlov.

Je remarque une lueur dans ses yeux :

– Au fait, ajoute-t-il, je voulais vous dire que Kazimir est malade.

– Qu'est-ce qu'il a ?

– Ils n'arrivent pas à faire le diagnostic, mais les symptômes sont alarmants. Il ne peut pas garder les yeux ouverts plus de deux heures. Ils gonflent et ça s'accompagne de très forts maux de tête.

Je reste pensif. Je tâte l'interrupteur de la lampe de mon bureau. Le cône de lumière tombe parfaitement sur ma table, sans trembler ni clignoter. Je demande :

– Tu penses qu'il va se rétablir ?

– Difficile à dire, je ne suis pas médecin. Il va aller en Suisse. Dans une clinique très chère.

Je soupire tristement au souvenir de Zurich et de Leukerbad onze ans auparavant.

– Moi, on ne peut pas dire que la Suisse m'ait aidé.

– Peut-être qu'elle ne l'aidera pas non plus, dit-il, faisant écho à mon soupir.

Svetlov se lève. Il tend la main vers sa pomme de terre en forme de ballon qu'il a posée sur la carte.

– Laisse-la là, je lui demande. Reprends seulement la carte !

Il ne pose pas de questions déplacées. Il roule sa carte soigneusement, de façon à ne pas laisser tomber sur la table la terre de son légume.

Une fois qu'il est sorti, je donne la pomme de terre à l'aide de camp. Je lui demande d'aller la porter à mon cuisinier pour qu'il en fasse des frites, de cette patate catholique. On les aura pour le dîner, Maïa et moi, et on verra bien ce qu'il advient de ceux qui dévorent un « miracle » !

85

Kiev. 9 mai 1985.

Après l'orage de la nuit, le soleil brille à nouveau dans le ciel. C'est une bonne idée qu'a eue le père Vassili de téléphoner. Il m'a proposé d'aller avec lui voir David Isaakovitch.

« Formidable ! ai-je pensé. C'est le dernier jour des vacances de mai et ça me donne enfin l'occasion d'exécuter ma mission, confiée il y a trois jours par la mère de Mira. Et aussi de boire un coup ! »

Le père Vassili est habillé « en civil », seule sa barbe épaisse et large, ses cheveux mi-longs donnent à penser qu'il est un homme d'Église. Je suis moi-même vêtu légèrement. J'ai laissé mon coupe-vent à la maison. Les gens qui nous entourent sont déjà gais, à moitié ivres. Et il n'est que midi.

La passerelle des piétons tremble sous nos pas. Il y a du monde aujourd'hui sur le pont. Ils vont tous sur l'île avec des sacs à provisions. Les amateurs de pique-nique sont à nouveau attirés vers l'île d'où la neige a fondu. Et nous ne nous distinguons en rien de la foule, le père Vassili et moi.

J'ai la surprise de voir carrément plusieurs groupes qui s'amusent sur le bord du Dniepr, à l'endroit même où j'ai failli mourir et où, par la suite, nous avons fait les morses. Un gros type, visiblement déjà bien réchauffé de l'intérieur, est entré dans l'eau jusqu'à la ceinture et il se tapote le ventre avec ses mains mouillées.

Je lance un coup d'œil au père Vassili. Il comprend ce que je veux dire.

– Il faut aimer les hommes, dit-il de sa voix de basse assourdie. Même si ce sont des salauds. Il faut les aimer quand même. Sinon, ils seront encore pires.

David Isaakovitch est en pleine forme. Dans un coin

de sa cabane sont entassées des bouteilles de bière et de vodka.

– Vive le 1er Mai! Il y en a pour douze roubles! fanfaronne-t-il. L'important, c'est d'arriver à les transporter sur l'autre rive!

Nous discutons d'abord du choix d'un emplacement: faut-il mettre le couvert dans la cabane ou sur la berge? Nous coupons la poire en deux: nous allons nous installer entre les deux, près de la cabane.

Sur une vieille nappe, nous posons les provisions sorties de nos deux sacs et une bouteille de vodka. Le vieux s'affaire, il dispose des assiettes et des verres dépareillés. Nous coupons le saucisson en tranches épaisses.

De la musique s'échappe d'un magnétophone quelque part à proximité.

Le père Vassili sort soudain une gourde doublée de toile. Il la débouche et verse dans les verres un liquide d'un brun douteux.

Le vieux demande, désappointé:

– Qu'est-ce que tu fabriques?

– Tout va bien, le rassure le père Vassili. Puis il sort de sa poche trois petits verres en maillechort qu'il pose à côté des verres pleins.

– Nous buvons pour discuter entre nous, pas pour nous soûler!

Il tient maintenant à la main la bouteille de vodka et reprend, tout en versant:

– Le porto, ça peut se boire dans des verres. Mais la vodka, ça demande de la modération!

– Et c'est quoi, ce que tu as versé d'abord? demande le vieux en montrant son verre.

– Une vieille boisson populaire. Du kvas! On va pouvoir boire sans se soûler!

Le mot «kvas» a sur le vieux un effet adoucissant. Sur moi également. Je prends mon verre aussitôt et avale une grande gorgée. En hiver on ne vend pas de kvas et je n'ai pas encore vu dans la rue les tonneaux où on peut en acheter.

– Eh bien, déclare David Isaakovitch, qui prend en mains l'initiative. À la Victoire!

On trinque, on boit, on mange. Le père Vassili mastique son saucisson tout en proférant:

– La Victoire, mes amis, c'est une chose sérieuse!

– Et comment! reprend à son tour le vieux. Il y a eu tellement de sang versé!

– Je ne parle pas de celle-là, dit le père en balayant l'air de la main. Je parle de la victoire qu'on remporte dans son âme et qu'on garde quand on vit en accord avec Dieu.

– Tu pourrais fiche la paix au bon Dieu ne serait-ce qu'un seul jour! On est là pour la fête et pas pour la prière! commente le vieux en hochant tristement la tête.

– Qu'est-ce que ça change? La prière aussi c'est une fête. Mais d'accord…

Et voilà le père qui se met à agiter la tête. Sa chevelure rebelle se soulève, sa barbe se balance d'un côté à l'autre. Ça me rappelle immédiatement l'avertissement inscrit sur les nouveaux autobus à accordéon qu'on vient de voir apparaître à Kiev. Quand l'autobus tourne, il «se casse», puis il se redresse. Et il y a donc écrit: «Attention, amplitude de déploiement: deux mètres!»

– D'accord, répète le père Vassili. Pourtant, David, tu as tort! Tu dois savoir que Dieu t'aime! Combien de fois la police est venue chez toi? Combien de fois ils t'ont averti qu'ils allaient fiche en l'air ta cabane? Et ils ne t'ont pas expulsé. Pour la simple raison que Dieu t'aime!

– C'est bon, acquiesce le vieux, l'air fatigué. Dieu est avec moi! Tu as raison!

Et il remplit les petits verres pendant que le père verse le kvas.

– David Isaakovitch, dis-je enfin. J'ai quelque chose à vous demander de la part de Mira et de votre femme.

228

– Qu'est-ce qu'elles veulent encore? demande-t-il, étonné.

– Ils ne veulent toujours pas les laisser partir…

– Qu'est-ce que j'y peux? J'ai fait le certificat pour dire que je ne les retenais pas…

– En fait, c'est parce que vous n'êtes pas divorcés officiellement. Et le service des visas ne laisse pas partir ceux qui ne sont pas divorcés.

Le père Vassili remet son grain de sel:

– Dieu est contre le divorce!

Je sens que la conversation va de nouveau déraper vers les questions divines et je me hâte de la ramener du côté du réel.

– Vous n'avez qu'à divorcer pour de bon. Il suffit de vous pointer au Bureau de l'état civil.

– Aller là-bas?

David Isaakovitch m'interroge en pointant un doigt indigné en direction de l'autre rive du Dniepr.

– Qu'est-ce qu'il y a d'extraordinaire?

– Je n'y ai pas mis les pieds depuis cinq ans.

– Mais vous aviez l'intention d'aller rendre les bouteilles!

– Je voulais justement te demander de le faire à ma place, déclare-t-il.

– Il faut que vous compreniez, elles ont tout vendu, elles ont bouclé les valises et elles sont là à attendre. C'est pas très drôle!

– Aujourd'hui, c'est le 9 mai! reprend le vieux. Ce n'est pas un jour pour des discussions inutiles. Un point c'est tout! Buvons à la Victoire! À celle sur l'Allemagne et à toutes les autres.

Il se tourne vers le père Vassili:

– Que tous ceux qui ont vaincu soient heureux!

Nous sommes assis. Le soleil passe à travers les branches et ses rayons me chatouillent les joues. On ne parle plus du jour de la Victoire, la discussion porte maintenant sur autre chose: qui habitait au-dessus de l'entrée du passage? David Isaakovitch dit que c'était un tailleur très connu. Le père Vassili affirme que c'était la maîtresse de Korneïtchouk.

Je demande:

– Celui qui a écrit des contes?

– Mais non, celui-là, c'était Korneï Tchoukovski[1]. Korneïtchouk, c'est des pièces qu'il a écrit!

Ça me refroidit. Le théâtre m'ennuie.

La bouteille de vodka est vide. C'est étonnant, le temps qu'on a mis à la descendre. Plus de quatre heures. Voilà ce que c'est que de réduire les doses.

Je relance la question du divorce. Cette fois, le vieux ne proteste pas trop. Il écoute, il a l'air de comprendre. Puis, soudain, il pousse un profond soupir et lâche: «Puisque de toute façon il faut rendre les bouteilles...»

Dans ma joie, je lui promets d'aller les rendre moi-même, sur l'autre rive.

David Isaakovitch me jette un regard reconnaissant, qui vire soudain à l'inquiétude.

– Que se passe-t-il? lui dis-je, effrayé.

– Le Bureau de l'état civil, c'est un lieu officiel! dit-il. Je n'ai pas le moindre vêtement que je puisse mettre pour aller là-bas. Il faut un costume, une chemise, une cravate, des chaussures...

Le père approuve en silence puis ajoute:

– C'est sûr! Il y en a même qui s'habillent mieux pour aller là que pour aller à l'église!

Je pense: «Allons, bon! Encore un problème!» Mais je me sens plus serein. Il a quand même l'air d'accord pour divorcer, c'est le principal! Je rétorque:

– Elle n'a qu'à vous les acheter elle-même, les vêtements pour le divorce! C'est elle qui en a besoin, c'est

_____

1. K. Tchoukovski (1882-1969). Auteur de contes en vers pour enfants, très populaires jusqu'à aujourd'hui.

pas vous! Ça fait cinq ans que vous vous en passez très bien, de ce divorce!

– Neuf ans, rectifie-t-il. C'est juste! Elle n'a qu'à m'acheter elle-même un costume et tout ce qui va avec, si elle veut que je me pointe à l'état civil!

Tout a l'air d'aller, sauf qu'il faut quand même que je me coltine, le soir même, deux sacs de bouteilles vides à rapporter sur l'autre rive! Le vieux a insisté pour que je commence à remplir le contrat sans tarder. Rien n'y a fait: ni mes protestations ni les arguments prouvant qu'on était jour férié et que les consignes où on pouvait rendre les bouteilles seraient toutes fermées.

Le père marche à vide à côté de moi sur le pont.

– Elles font un joli bruit, commente-t-il en prêtant l'oreille aux tintements variés émis par mes sacs.

86

Kiev. Août 2004.

– C'est pour vous, Sergueï Pavlovitch, ma nouvelle carte de visite! dit Dogmazov en posant négligemment un petit rectangle sur ma table. Un nouveau bureau, une nouvelle adresse. Tout change, dans ce pays, tout s'améliore…

Je réponds à l'assurance du visiteur par une question:

– Du café, du thé?

– Du thé.

J'appelle Nilotchka pour qu'elle apporte deux thés.

Dogmazov jette un coup d'œil sur le cabinet et conclut:

– Ça fait un bon moment que je n'étais pas venu chez vous. Rien n'a changé. Tout est comme avant.

Je hausse les épaules:

– Ça me convient parfaitement.

– Un des classiques du marxisme-léninisme a dit: «Il ne faut pas s'en tenir à ce qui est acquis!» Pourtant, vous vous y tenez! Il est temps de penser à l'avenir.

Je regarde son visage tout en longueur, qui rappelle vaguement un cheval, je le fixe dans les yeux. J'essaie de percer ses pensées, mais rien ne me vient. Je me rappelle comment, quelque temps auparavant, il m'a conduit, comme on mène une fille à marier, à travers les différents cabinets. À chaque fois, on me regardait et c'était tout. Le silence. Un an s'est écoulé depuis que je me suis demandé pour la première fois ce qu'il attendait de moi et où il voulait me voir atterrir.

Je lui demande, sans détour :

– Alors, Sergueï Dmitrievitch, qu'est-ce que vous voulez me proposer ?

– Soit. On ne va pas tourner autour du pot. Dans deux semaines, un poste se libère au cabinet du président. À dire vrai, j'attendais que se libère un autre poste, mais je pense qu'il vaut mieux profiter de l'occasion.

– Et quelle sera ma fonction ?

– Directeur adjoint de la section de politique intérieure.

Je ne peux m'empêcher d'avoir aux lèvres un sourire ironique et je demande, étonné :

– Vous considérez que c'est une fonction plus élevée que celle que j'occupe actuellement ?

– Pour pouvoir faire un saut, il faut d'abord reculer de deux pas, réplique Dogmazov d'un ton édifiant de vieil instituteur. Votre dossier actuel est très bon. Mais il peut vieillir vite. Ou on peut y verser je ne sais quels éléments désagréables pour vous. Et là, le poste que vous avez actuellement appartiendra au passé.

Au moment précis où le visiteur prononçait ces mots, Nilotchka est entrée avec le thé. J'ai vu un reflet inquiet briller dans ses yeux verts. Elle a eu un regard mauvais vers la nuque de Dogmazov.

– Je dois réfléchir, dis-je en soupirant.

Je comprenais qu'il valait mieux ne pas réagir de façon trop vive à ce petit chantage. D'ailleurs il ne faut jamais trop réagir au chantage.

Ça fait longtemps que c'est devenu l'instrument qui permet d'atteindre les buts les plus intéressants. On n'y peut rien !

Dogmazov avale quelques gorgées de thé et se lève :

– Appelez-moi sans faute avant la fin de la semaine ! Je comprends que vous ayez des projets familiaux, mais c'est une affaire urgente !

Dès qu'il est dehors, Nilotchka me demande :

– Je vais peut-être vous faire un café ?

J'acquiesce. Elle ramasse les tasses à moitié pleines. Je m'approche de la fenêtre, regarde la couleur grise de l'immeuble stalinien d'en face. Au-dessus, le ciel est bleu et brillant. Et mon regard monte, comme à une corde, encore plus haut, le plus loin possible de ce bâtiment gris. J'ai un frisson. En bas, dans la rue, deux rangées symétriques de Mercedes noires encadrent l'entrée du ministère. Elles forment comme une fleur mortuaire. Sauf qu'il manque le centre, ou plutôt le pistil, la voiture du ministre.

– Le café ! dit la voix de Nilotchka derrière moi.

La voiture noire du ministre pénètre dans l'espace qui lui est réservé et je vois mon patron qui entre dans le bâtiment, accompagné de son assistant, tous deux en costume sombre.

«C'est vrai que j'en ai marre d'être ici, me dis-je en contemplant à nouveau les lignes mornes du bâtiment d'en face. J'ai envie de changement, mais il y en aura de toute façon en octobre, quand nos jumeaux verront le jour. Trop de changements en même temps, ce n'est pas bon !»

87

Kiev. Décembre 2015.

Maïa Vladimirovna est étonnée. Elle ne comprend pas qu'on puisse boire un «bordeaux grand cru» en accompagnement d'un plat banal de pommes de terre sautées. Et moi, pendant ce temps-là, je souris. Je mange et je bois en silence.

Elle réfléchit:

– C'est peut-être un jour particulier, aujourd'hui? Qu'est-ce qu'on fête, en décembre?

Je la coupe dans ses investigations:

– Ne cherche pas! Cette patate concerne le Vatican!

À voir son expression, il est clair que mon explication l'embrouille encore plus. Je repousse mon assiette et lui explique tranquillement le miracle enregistré par le Vatican et les inquiétudes de Moscou.

– Mais le miracle a quand même eu lieu? demande-t-elle.

– Oui, les voisins de la vieille femme et même les habitants des villages du coin ont confirmé: il y a eu une lueur dans le ciel et un bruit inhabituel. Un prof d'histoire a essayé de prendre une photo. Il affirme que ce sont des extraterrestres qui ont débarqué. Mais sur le négatif, on ne voit rien.

– Peut-être que c'est vraiment une provocation du Vatican, hasarde Maïa avec le plus grand sérieux. Ils ont pu envoyer quelqu'un et transformer ça en miracle. Il y a plein d'unités de l'armée, en Ukraine occidentale! Pour cinquante dollars, n'importe qui peut se faire balader en hélicoptère…

Ma main, qui s'apprêtait à saisir mon verre, se met à trembler. Je regarde ma paume, je me rappelle les ampoules douloureuses dues au frottement du manche de pelle, après l'ergothérapie agressive qui m'a débarrassé du stress. Tout ça se ressemble, même si je n'ai pas planté la moindre patate…

– Tu es inquiet? remarque Maïa Vladimirovna. Ça ne vaut pas la peine. Toutes les églises ont leur importance. Toutes les églises ont leur raison d'être, ajoute-t-elle avec un sourire innocent sur ses jolies lèvres.

Elle a raison. C'est drôle comme j'ai pris l'habitude

234

de lui donner toujours raison, depuis deux ou trois semaines, depuis que nos relations se sont améliorées.

Elle porte une jupe de tweed bleu marine et un grand pull à carreaux. Plus précisément, à carreaux bleu marine et verts. On pourrait lui demander de s'allonger et jouer sur elle une sorte de partie d'échecs.

Je lui demande :

– Tu n'as pas de chauffage chez toi ?

– Si, mais la fenêtre laisse passer l'air froid.

– Il faut la calfeutrer, cette fenêtre.

– Je n'en ai pas envie. Tu sais, la nuit, quand ce courant d'air froid me passe sur la peau, je ressens un plaisir étrange. Comme si mon mari m'effleurait, depuis l'autre monde.

J'étais en train de boire du vin, un bordeaux exceptionnel. Je manque de m'étrangler. Je parviens à lui dire, à travers la toux et ma main sur la bouche :

– Tu as besoin d'un psychologue. Qu'est-ce que c'est que ce plaisir ?

– Je t'ai dit, c'est étrange ! Tu comprends, on peut avoir parfois une forme de plaisir même dans la souffrance. Tu te retires parfois la peau, autour des ongles ?

Mon regard ne cache pas ma stupéfaction. Elle reprend :

– Ah, c'est vrai, tu ne sais pas ce que c'est ! Comme tous les hommes ! Moi, quand je m'occupe de mes mains, je gratte la peau à la base des ongles jusqu'au moment où je ressens une douleur spéciale, qui lance. Et c'est comme un signal ! Une clochette ! Quand elle tinte, elle me rappelle que je suis vivante, que toutes mes terminaisons nerveuses sont là, prêtes à ressentir la vie environnante. Et à y réagir. Si tu as mal, je le percevrai aussi. Quand les choses se sont produites avec Igor, j'étais prête à me faire greffer son cœur pour éprouver physiquement cette douleur et la garder en moi jusqu'à la mort. Maintenant, cette douleur n'existe plus. Et il n'y en a pas de nouvelle.

Elle prononce ces mots avec regret et je dois me retenir de lui conseiller à nouveau d'aller voir un psychologue ou un psychiatre. En revanche, je lui propose d'aller boire un café chez elle, là où le courant d'air lui provoque des plaisirs étranges.

Elle prend peur. Refuse catégoriquement. Elle n'a pas du tout envie de café. Et, au bout de cinq minutes, elle s'en va, m'abandonne à mes incertitudes. Je cherche à comprendre sa réaction brutale à ma proposition innocente : «Qu'est-ce qui lui prend? Ou alors elle a pris ça pour de l'hypocrisie?»

Puis, soudain, j'éclate de rire : Maïa a pu s'imaginer que je la désirais! Oui, une femme peut toujours se dire ça, alors que jusque-là, je n'ai jamais eu la moindre pensée érotique à son égard! Mais c'est ce que précisément je ne peux pas lui dire, elle se vexerait.

88

Kiev. 11 mars 1985.

J'ai retrouvé la mère de Mira au grand magasin une demi-heure avant l'ouverture. Nous nous approchons d'un groupe qui stationne devant l'entrée. Un cri nous parvient :

– Numéro cent quinze! Quel nom?

– Ivantchenko! répond une voix de femme.

– Vous êtes maintenant la cent quatrième!

J'aperçois une femme qui mouille son feutre dans la bouche pour inscrire son nouveau numéro dans sa main. La mère de Mira m'explique en connaisseuse :

– Ils font la queue pour les frigos!

Nous nous écartons. Le magasin ouvre ses portes à neuf heures pile. Les vêtements d'homme sont au premier étage. En quelques minutes, nous avons atteint le rayon et nous nous mettons en quête d'un costume, examinant leur diversité monotone. Bien sûr, il y en a des noirs, des bleu marine et même des gris, mais ils ont tous la même coupe. La seule chose qui les distingue vraiment est leur taille.

– Quelle taille fait-il, maintenant? demande Larissa Vadimovna à sa fille.

Mira met les bras en cercle, comme si elle serrait son père contre elle:

– Il est à peu près comme ça.

– Il a tellement maigri? s'étonne sa mère.

Mira hausse les épaules en réponse.

– Et toi, c'est quoi, ta taille? me demande-t-elle en regardant fixement ma veste de jean achetée trois ans auparavant chez un copain trafiquant.

– Quarante-huit, cinquante, dis-je.

– Il est donc plus maigre que lui, dit la mère de Mira en me désignant de la tête.

– Oui, et aussi plus petit.

– Plus petit, ça, je me le rappelle! Mais à tout hasard, il vaut mieux prendre du quarante-huit!

Et elle me jette à nouveau un regard.

Au bout d'un quart d'heure, son choix s'est arrêté sur un costume gris portant l'étiquette de l'usine Salut. Il n'a rien de particulier. La veste a quatre boutons, le pantalon une braguette à fermeture éclair. Le choix est très correct. Il n'y a que la couleur que je n'aime pas. Elle fait trop souris.

Il nous faut cinq minutes seulement pour acheter la chemise et la cravate. Les chaussures demandent plus de temps. Personne ne connaît la pointure de David Isaakovitch. La mère de Mira décide alors de recourir à la logique. «Le quarante-deux est la pointure la plus courante. Lui aussi chausse du quarante-deux, précise-t-elle en me jetant un regard. Mais David Isaakovitch fait une demi-tête de moins. Le trente-neuf est considéré encore comme une pointure de femme. Les pointures d'homme commencent à quarante. C'est donc que David Isaakovitch fait du quarante et un!»

Les chaussures marron coûtent deux roubles de moins que les noires et c'est une différence qui compte.

– Maintenant, on doit se reposer, énonce la mère de Mira, avec un soupir las.

On redescend au rez-de-chaussée et elle nous paye trois verres de thé et trois babas au rhum.

89

Kiev. Août 2004. Le soir.

– Où êtes-vous? crépite une voix de femme dans le haut-parleur.

Je réponds en hurlant:

– Dans l'ascenseur! Il est arrêté!

Après l'apparition de Dogmazov, la journée n'a été qu'une dégringolade. On a trouvé dans mon bureau des papiers égarés qui concernaient la privatisation de l'usine de briques de Soukhodolsk. L'usine ne valait pas trois sous mais le ministre avait fait traîner les pourparlers jusqu'au moment où il avait déclaré que c'était moi qui freinais volontairement la privatisation en raison de mes intérêts personnels. Après ça, j'ai eu recours à deux verres de whisky et voilà qu'arrivé chez moi, je reste coincé dans l'ascenseur!

La voix du service technique ordonne dans le haut-parleur:

– Appuyez sur le bouton «Stop»!

– Je suis déjà arrêté!

– Appuyez quand même!

J'appuie.

– Vous avez appuyé?

– Oui.

– Appuyez maintenant sur le bouton de votre étage.

Mon doigt enfonce le bouton «13» comme s'il s'agissait d'écraser l'ennemi. L'ascenseur, va savoir pourquoi, se met à descendre.

238

«Il faut que je parle à Svetlana», me dis-je en essayant de mettre mes idées au clair.

– Vous montez? me demande une petite fille qui tient en laisse un caniche blanc, dans la porte de l'ascenseur entrouverte.

– On est à quel étage?

– Au cinquième, répond-elle.

– Je voulais monter, mais l'ascenseur est descendu.

– Ça veut dire que vous étiez déjà arrivé en haut, m'explique-t-elle tranquillement.

– Et toi, tu veux descendre?

– Je vais au rez-de-chaussée! Je dois promener Pavlik! précise-t-elle avec un coup d'œil vers son chien.

Je descends donc et, une fois en bas, j'appuie à nouveau sur le bouton de mon étage.

Dans l'appartement, il y a de la musique. Ouf! Svetlana est à la maison. J'ai une envie folle de parler avec elle, de la prendre dans mes bras, de caresser son ventre où nagent, comme des poissons, nos deux enfants.

Je me lave les mains, j'entre au salon. Et là, c'est la surprise. Assise à la table en face de Svetlana, non, je ne me trompe pas, c'est bien Janna du boulevard Circulaire. Elle me fait face, elle sourit.

– Tu arrives bien tard, ce soir, dit Svetlana en se retournant vers moi. Mais nous t'avons quand même attendu pour dîner.

J'en ai le souffle coupé. Non seulement je trouve chez moi une prostituée du boulevard Circulaire, mais en plus j'apprends que nous allons dîner ensemble! Genial! Et alors? Dois-je faire un scandale et lui ordonner de foutre le camp? Que dira ensuite Svetlana? C'est elle qui l'a amenée ici. De toute façon, je déteste les scènes. Je soupire lourdement. Svetlana me lance un sourire:

– Serioja! Fais-nous d'abord un café et téléphone pour commander une pizza aux crevettes!

– Tu ne dois pas boire de café!

239

– Janna a apporté du décaféiné. Il est dans la cuisine. Et elle, elle prendra un vrai café !

90

Kiev. Décembre 2015. Lundi.

Il me reste encore deux semaines. Dans deux petites semaines, le pays s'enfoncera dans une longue beuverie. Le Noël catholique, le Nouvel An, le Noël orthodoxe, l'ancien Nouvel An, le temps de dessoûler… Pour arriver au bout de ces deux semaines, il faut mettre le paquet ! En une journée, il faut faire face à cinquante demandes de rencontre avec tous ceux qui veulent discuter des affaires de l'État. Et on ne peut pas les envoyer se faire foutre !

L'ambassadeur de Russie s'est encore pointé, vendredi, sans se faire annoncer. Et l'ambassadeur des États-Unis lui a emboîté le pas. Il voulait me prévenir des nouvelles intentions pernicieuses du gouvernement russe. À l'en croire, cette fois, les démocrates de Russie se sont mis à discuter de l'Ukraine avec les communistes. Ensuite viennent nos oligarques de malheur. Qu'ont-ils à se détester tant ? Le pays est vaste, les rails y sont longs, il y a de tout, pour tout le monde. Mais non, Untel a un paquet d'actions trop important et il faut le remettre sous contrôle de l'État, un autre en revanche a un paquet insuffisant à son goût. Il voudrait en contrôler un plus gros. Ils feraient mieux de s'en faire des bonnets d'âne, de ces paquets !

On frappe à la porte. C'est l'aide de camp. Il déclare, l'air coupable :

– Impossible de le trouver !

– Alors, va voir Kolia Lvovitch et dis-lui que je lui ordonne de le faire venir immédiatement. C'est lui qui me l'a trouvé, ce spécialiste du stress, alors qu'il le cherche lui-même !

Je reste à nouveau seul. Je contemple le canapé légendaire du commandant Melnitchenko. Enfin un moment de tranquillité. Tranquillité aussitôt interrompue. Kolia Lvovitch entre sans frapper, l'air fâché, déstabilisé.

– Pourquoi voulez-vous le voir ? demande-t-il brutalement.

– C'est pas tes affaires. Qui l'a amené ici ? C'est toi, non ? Alors maintenant où est-il ?

– Licencié.

– Assieds-toi !

Je lui montre le canapé de Melnitchenko.

Il s'y assied à contrecœur.

– Qui a choisi l'endroit pour le travail d'ergothérapie, cet été ? Quand j'ai bêché le jardin ?

– C'est lui...

– Et c'était où, cet endroit ?

– J'en sais rien.

– Alors qui le sait ? Les pilotes de l'hélicoptère ? Le Service de la protection rapprochée ? Allez, fonce ! Dans cinq minutes je veux avoir sur ma table une carte avec l'itinéraire précis de cet hélicoptère ! Compris ?

Kolia Lvovitch s'envole de son canapé. L'aide de camp passe la tête à la porte et murmure :

– Un cognac ?

– Oui, je veux un Hennessy, et le général Svetlov !

Il y a des jours où les généraux agissent plus rapidement que le cognac. Surtout s'ils sont en civil. Cette fois encore, Svetlov est entré dans mon bureau avant même que l'aide de camp n'apporte la bouteille.

Je lui fais part de mes suppositions. Je lui raconte l'histoire de mon ergothérapie.

– Le spécialiste du stress, on le trouvera, énonce-t-il, sûr de lui. Il n'est peut-être pas coupable. Mais quelqu'un a dû profiter de l'occasion pour enflammer les tendances procatholiques ! Et cette pomme de terre ! Au fait, l'expertise est peut-être terminée ?

Il sort son portable.

– C'est Svetlov, dit-il d'une voix peu amène. Vous avez vérifié ? Et alors ?… Bien. Je veux tout ça par écrit, j'envoie le chauffeur !

Il remet son portable dans la poche de sa veste, porte à ses lèvres le verre de cognac.

Je m'impatiente :

– Qu'est-ce qui se passe ?

– La pomme de terre est transgénique. Nous n'avons pas cette variété chez nous et cet échantillon est supérieur à tout ce que produisent les Américains. En plus, elle contient une énorme quantité de fer vitaminé. Les experts disent que c'est un miracle de l'agronomie.

– Normal, dis-je, avec un signe d'approbation. Personne ne trouve à redire à un miracle de la science. Ce qui compte, c'est que la Vierge n'a rien à voir là-dedans.

– Oui, mais nous ne pouvons pas nous permettre de polémiquer avec le Vatican.

– Pourquoi ça ?

– Nous avons de bonnes relations politiques, nous avons gagné le respect du Saint-Siège. Nous aurons peut-être un jour besoin de leur soutien pour trancher des questions internationales. On ne va quand même pas se fâcher avec eux pour une histoire de patate ?

– Il faudrait peut-être que je te nomme ministre des Affaires étrangères ?

– C'est une blague ?

Svetlov répond avec humour, mais je vois l'expression de ses yeux changer. Ses prunelles ont l'air de rentrer dans ses globes oculaires et d'y rester tapies à observer craintivement.

Je le rassure :

– Je plaisante. Mais qu'est-ce qu'on va faire, pour ce miracle ?

– Moi, je jouerais le jeu du Vatican. La reconnaissance officielle du miracle ne nous fait ni chaud ni froid.

Par contre, ça va donner du travail au consulat du Vatican. Les pèlerins vont venir voir et ça va développer le tourisme religieux. Pour ce coin déshérité, c'est ça, le vrai miracle, et qui se produit au bon moment.

– D'accord, mais un miracle doit rester un miracle. Ce que je veux dire, c'est que personne ne doit subodorer que c'est moi qui ai bêché le jardin. Si c'est vraiment au même endroit.

– C'est compris, déclare Svetlov. Dernière chose. Il faut en finir avec l'opération «Mains étrangères». D'après mes informations, les collègues russes ont l'intention de nous débarrasser de deux oligarques et d'un certain nombre d'hommes politiques, en tant que fonctionnaires corrompus. Le problème, c'est que les oligarques et les hommes politiques sont gardés de façon nettement plus sérieuse que tous les petits avortons des régions. On fait prendre des risques à nos gars.

– Et à l'Ukraine! dis-je, tandis que dans ma tête, l'histoire du miracle de la patate repasse au second plan. Comment nous en tirer?

– J'ai deux trois idées. Mais il faut qu'on accepte de perdre ceux qui ont déjà été arrêtés illégalement.

– Comment ça, de les perdre?

– Qu'on n'entende plus jamais parler d'eux.

– Mais c'est inhumain.

– C'est pour ça que je préférerais ne pas vous mettre au courant des détails. J'ai juste besoin d'un feu vert. Comme quoi vous vous en remettez à ma compétence et à mon humanité.

Les pupilles de Svetlov se sont à nouveau dilatées et me regardent fixement.

J'articule en réponse:

– Je m'en remets à toi.

Un sourire apparaît sur son visage. Il se détend.

– Écoute, et si c'étaient les Russes qui dévoilaient l'opération «Mains étrangères»?

– Alors, nous pourrions comprendre où sont passés les fonctionnaires du Zaporojié. Nous, on n'était au courant de rien.

Je finis mon verre de cognac dans la solitude. Le général Svetlov sait partir à temps. Ses visites me laissent toujours un arrière-goût parfait.

91

Kiev. 13 mai 1985.

La vie est étrange! Récemment, j'ai perdu ma montre. Deux semaines à peine se sont écoulées et aujourd'hui, juste à l'arrêt d'autobus, j'en ai trouvé une autre. En fait, le verre est fendu, mais elle marche. Ce qui est bien, c'est qu'elle a un bracelet de cuir.

J'ai le soleil au-dessus de la tête, mais le vent qui souffle est incroyablement froid. Pourtant le ciel est pur, pas un nuage. «C'est rien, je me dis, il est encore tôt, il est seulement huit heures. Bientôt, le soleil va chauffer et le vent deviendra tout doux.»

J'ai un grand sac à la main. Dedans, il y a la tenue «de divorce» de David Isaakovitch: le costume gris, la chemise blanche, la cravate noire et les chaussures marron. La mère de Mira a demandé qu'on soit à dix heures au Bureau de l'état civil. Ça ira.

La passerelle tremble sous mes pas. Sur l'autre rive, il y a des pêcheurs. Certains sont déjà en train de revenir. Je demande à l'un d'eux, lorsque nous nous croisons:

– La pêche a été bonne?

En guise de réponse, il me montre un sac vaguement transparent qui contient quelques poissons, à peine plus grands que la main.

– Pas grand-chose! ne puis-je m'empêcher de commenter.

Je remarque, avant qu'il ne disparaisse derrière mon dos, son sourire haineux.

Je retrouve David Isaakovitch près de sa cabane. Il a la tête mouillée. Il a déjà fait un plongeon dans le Dniepr et, maintenant, il s'essuie avec sa vieille serviette.

– Il faut que je sois propre, dit-il en m'examinant fixement.

De fait, je ne suis pas le même aujourd'hui. Pas le même que d'habitude. J'ai mis tout ce que j'avais de plus propre. J'ai retrouvé mon vieux costume bleu marine que ma mère m'avait acheté pour la fête de fin d'année de terminale. À mon grand étonnement, j'ai pu y entrer sans difficulté. Depuis mes dix-sept ans, je n'ai pas grandi ni grossi. J'ai mis une chemise beige. Il manque juste une cravate. Mais je n'aime pas les cravates. Même à la fête de terminale, je suis venu sans cravate.

Le visage de David Isaakovitch est frais, vif et souriant :

– On peut s'imaginer que c'est toi qui divorces !

– Moi, j'ai eu mon divorce par oral. Je n'ai pas eu besoin d'aller le faire enregistrer !

– Donc, tu as eu de la chance !… Bon, montre-moi ce que tu as apporté. Je ne me suis quand même pas lavé pour rien ?

Nous entrons dans la cabane. Il y fait encore chaud. Le poêle est brûlant.

– Pourquoi vous n'avez pas débranché le chauffage ? dis-je en plaisantant.

– C'est la nuit que j'ai besoin de chaleur. Dans la journée, ça va, mais, la nuit, si je ne chauffe pas, je gèle.

Le costume lui plaît. Il tâte le tissu, en écoute le bruissement sous ses doigts. Son visage est concentré. Puis il déplie la chemise. Il approuve :

– Pas mal non plus !

Par contre il s'inquiète dès qu'il a les chaussures en mains. Il les inspecte sous tous les angles.

– Il n'y avait pas d'autre couleur ?

– Il y en avait des noires, mais celles-ci coûtent deux roubles de moins, elle a donc décidé de les acheter.

– Si elles sont moins chères, elle a eu raison. Et les chaussettes?

– Les chaussettes?

– Ben oui, les chaussettes! Il faut des chaussettes, pour mettre des chaussures!

«C'est l'horreur, me dis-je, personne n'a pensé aux chaussettes!»

– Mais vous n'en avez pas du tout?

– J'en ai des vertes en laine, mais elles doivent être trouées et pas lavées…

Il se penche, fouille, soulève un manteau, une couverture, examine une fente entre le sol et le mur, en tire des chiffons qu'il se met à trier. Il trouve des chaussettes dépareillées. Elles ont toutes un trou au talon.

Il me montre un des trous:

– Tu vois, j'ai toujours marché de travers. Ceux qui marchent normalement ont des trous à l'avant, devant le gros orteil et moi, c'est toujours au talon!

J'étale les chaussettes sur le lit. Je les examine attentivement. J'en mets de côté une qui est noire et une autre bleu marine. Elles font plus ou moins la paire.

– Vous avez du fil et une aiguille? je lui demande.

– Sûr!

Il trouve une vieille boîte métallique qui a contenu des berlingots. En quelques minutes, je reprise les trous au fil noir et je tends les chaussettes au vieux.

– Bravo! dit-il, admiratif. Moi, il me faut cinq minutes rien que pour enfiler l'aiguille. Tu as été sacrément vite!

Encore cinq minutes et j'ai devant moi un autre David Isaakovitch. Ou plutôt, le vrai David Isaakovitch, car l'ancien, celui qui était ébouriffé et loqueteux, ça me faisait bizarre de l'appeler poliment par ses prénom et patronyme, surtout avec ce nom biblique. Pourtant, c'est ce que je faisais. Je ne pouvais pas imaginer qu'habillé normalement, ça le changerait à ce point. Le costume lui va parfaitement. La mère de Mira a une sacrée intuition. Et la chemise aussi est bien. Et la cravate. Pour le moment il est en chaussettes, le regard concentré sur les chaussures marron posées sur le sol. Puis il demande :

– Alors, c'est comment ?

– Parfait !

Les chaussures marron, évidemment, ne vont pas avec le costume gris. Mais c'est ce qu'on appelle un détail. L'ensemble est tout à fait satisfaisant.

Il s'assoit sur le lit, se penche pour mettre ses chaussures.

– Elles serrent, les maudites ! se plaint-il.

– Quand elles sont neuves, elles serrent toujours ! dis-je, rassurant.

Nous prenons la passerelle. Le vent n'est pas encore chaud et il souffle fort.

Au milieu du pont, le vieux s'arrête brusquement.

– David Isaakovitch ?

– Je n'y vais pas, dit-il doucement en regardant la rive droite du Dniepr qui se rapproche.

– Mais vous l'avez promis, et votre femme vous attend !

Je regarde ma nouvelle montre et réalise qu'il n'est plus question d'arriver à dix heures. J'insiste :

– On est déjà en retard !

Le pont tremble. Le vent hérisse les cheveux gris du vieillard. Il a l'air paniqué. Il ne tient pas bien sur ses jambes. Sa main droite cherche à s'agripper. Elle se pose sur la rambarde.

– David Isaakovitch ! On vous a tout acheté, le costume, les chaussures ! Allez !

– Le costume, c'est bien sûr que vous l'avez acheté, ou vous l'avez loué ? demande-t-il soudain, et ses prunelles se fixent sur moi, comme deux crayons bien taillés.

– Je vous promets qu'on l'a acheté ! J'ai encore quelque part le ticket de caisse !

Je lui montre le sac vide que j'ai mis sur l'épaule.

Finalement, le vieux se calme. Il fait quelques pas prudents, puis se remet à marcher à côté de moi.

«Il faut le faire causer, sinon, il aura encore une idée bizarre!» Je me tourne vers lui en marchant:

– Vous direz à votre femme qu'il faut fêter le divorce! Au restaurant! On pourra faire venir le père Vassili et votre costume servira à nouveau...

Il réfléchit à voix haute:

– Fêter ça? C'est une idée! Ça fait longtemps que je n'ai pas été au restaurant!

Nous sommes au rendez-vous à onze heures moins le quart. La mère de Mira, dès qu'elle nous aperçoit, se précipite à notre rencontre.

– Où étiez-vous? J'ai demandé deux fois qu'on puisse passer les premiers.

Elle se tourne vers le bâtiment officiel et montre la queue où attendent surtout des couples jeunes. C'est une petite queue, une vingtaine de personnes.

– Qui est le dernier? demande joyeusement David Isaakovitch.

Un grand gars en costume de jeans lève la main.

La mère de Mira s'agite:

– Mais non, David! Nous n'avons pas à faire la queue! Tu es un vétéran de la guerre! Vous nous laisserez bien passer? ajoute-t-elle, cette fois, en direction de la queue.

La queue acquiesce. C'est quand même formidable qu'on ait tant de respect pour les vieux dans notre pays!

La mère de Mira emmène son mari à l'intérieur et moi, je reste dehors et j'observe attentivement les jeunes femmes qui divorcent. Une pensée me traverse: «Dans un instant toutes ces belles filles et ces godiches vont ressortir libres! T'as qu'à en choisir une et l'embarquer!»

Mais ça, c'est seulement des idées. En fait, aucune d'entre elles ne me plaît. Et je n'ai pas l'humeur à ça. La matinée a quand même été chargée. Il serait temps de se reposer.

Le vent souffle toujours. Maintenant il est un peu plus chaud. Je cherche de tous côtés un café ou un square. Je ne vois qu'une boulangerie.

« C'est bon, je me dis. Je vais les attendre. Et les féliciter. Peut-être que la mère de Mira nous offrira à tous un café avec un gâteau ? C'est quand même un événement important dans sa vie. Maintenant, c'est sûr qu'elle va pouvoir partir ! »

92

Kiev. Août 2004. Le matin.

Bon Dieu ! Il est six heures du matin et j'ai toujours dans les narines cette odeur de parfum d'hier. C'est Janna qui a laissé ça dans l'air, elle est restée jusqu'à minuit. Si je ne m'étais pas mis à bâiller ostensiblement, elle serait restée jusqu'à l'aube.

Svetlana dort. Elle est allongée sur le côté, le visage vers la fenêtre. Son ventre est posé sur le lit comme sur un plateau. Encore deux mois et c'est fini ! Une nouvelle vie va commencer. Mais terminé le silence. Les bébés vont d'abord pleurer, puis ils vont apprendre à parler, à demander des bonbons, de l'argent, et, pendant quinze ans, le calme actuel sera remplacé par leurs éclats de voix.

La voix ensommeillée de Svetlana me surprend au moment où je jette un coup d'œil dans la chambre :

– Pourquoi tu n'arrêtes pas de marcher ?

– Tu ne dors pas ?

– Non, plus maintenant.

Elle s'assied lentement sur le bord du lit. Elle se penche et regarde ses pieds. Elle soupire.

– Ils n'enflent plus, dis-je.

– Non, mais ils me font mal.

– C'est lourd, simplement. Ils ont plus à porter.

Elle approuve. Se soulève. Dans sa vaste chemise de nuit rose, elle ressemble à un jouet rigolo.

Je propose de lui faire un chocolat et je lui demande, une fois qu'on est installés au bar tout neuf de la cuisine :

– Pourquoi tu l'as fait venir ?

– Je l'embauche.

Mes yeux s'arrondissent en une question effrayée que Svetlana devance en répondant :

– À la communication. Elle sait parler avec les gens.

– Avec les mecs ?

– Avec les gens en général. Avec les mecs, il suffit d'apprendre.

– C'est avec eux qu'elle a appris, dis-je, incapable de me retenir.

– Aucune importance.

– Et pendant son temps libre, elle va continuer à travailler sur le boulevard Circulaire ?

– En dehors du travail, mes collaborateurs font ce qui leur plaît. Je n'ai pas l'habitude de les contrôler. De toute façon, elle avait l'intention de changer d'activité.

– En faisant quoi ? dis-je, laissant percer un début de fou rire.

Svetlana me décoche un regard de pitié mais la sagesse féminine la retient de faire des éclats en réponse.

– Elle va s'occuper de sexe par téléphone. Le soir.

– Formidable ! Je n'ai jamais essayé !

– Je lui demanderai que tu puisses téléphoner gratis !

Là, je me rends compte, à mon tour, qu'il est temps que ça cesse avec Janna. Il faut qu'elle sorte de notre conversation, sinon ça va mal finir et on n'a pas le droit de se disputer avec une femme enceinte. Quand elles sont dans cet état, il faut céder à tous leurs caprices !

Et je mets peu à peu Svetlana au courant de mes problèmes. Je lui raconte la proposition de Dogmazov, son insistance. Elle devient pensive. Ses yeux s'emplissent de doute. Elle pose sa main sur la mienne.

– J'ai oublié le petit déjeuner ! dis-je.

250

Sur le bar il n'y a que nos deux tasses vides et nos deux mains.

– Je serai d'accord avec ta décision, quelle qu'elle soit, dit Svetlana. Peut-être qu'il est temps, effectivement, que tu changes de travail.

Elle descend prudemment de son tabouret.

– J'ai du mal à rester assise, ça les écrase, dit-elle en se caressant le ventre.

Je transporte les tasses sur la table près de la fenêtre. Je me suis vite habitué à avoir un bar dans la cuisine parce qu'on peut s'y embrasser, tout en discutant. Chose qu'on ne peut pas faire à une table ordinaire.

93

Kiev. Décembre 2015.

Kolia Lvovitch n'est quand même pas un idiot et il peut même se montrer vif comme un hérisson en période de rut. Je n'ai pas eu le temps de laisser s'effacer l'arrière-goût du cognac qu'il est de retour avec un rouleau de papier. Il l'étale et j'ai de nouveau une carte sous les yeux, mais cette fois, c'est une photocopie avec une quantité de petites flèches et de courbes. La ligne la plus grosse commence à Kiev et finit près de Ternopol. C'est donc bien le schéma d'un itinéraire.

Je fixe mes yeux sur lui, et je les tiens plissés fermement. Qu'il interprète ça comme il veut !

Je lui demande, après une pause :

– Tu sais ce qui est le plus important ? (Il se tait.) C'est que personne n'apprenne jamais rien sur ce vol ! Et qu'il n'en reste pas la moindre trace sur aucune carte ! Ni photocopie ni original ! Tu as compris ?

J'aime voir la tension nerveuse faire courir les pensées derrière son grand front. Cette course se reflète dans ses yeux mobiles et inquiets. Il crève d'envie de comprendre ce qui se passe !

Je reprends :

– Tu as compris ?

– Oui, ce sera fait…

Il répond un peu au ralenti. Et je me mets à soupçonner que mon ordre pourrait être, lui aussi, exécuté lentement.

– Pour demain soir, je ne veux aucun rendez-vous. Je dîne avec Maïa Vladimirovna.

– Où ça ? demande-t-il effrayé.

– Chez moi.

Il a un soupir de soulagement. Mais il saisit mon regard mauvais.

– Alors, vous ne me faites pas confiance ? demande-t-il doucement.

– Qu'est-ce que tu en penses ?

Kolia Lvovitch est plus que déconcerté. Son front se couvre de sueur. Ses yeux se mettent de nouveau à courir. Il comprend que sortir maintenant, c'est prendre la fuite. Et s'il s'enfuit, il ne pourra guère revenir que comme le fils prodigue. Et encore, ce n'est pas sûr qu'il soit à nouveau reçu.

– Je suis prêt à prouver ma loyauté. C'est pour vous que je fais tout ça…

J'ai un petit plan qui me vient en tête :

– Tu sais, tu as enfermé la princesse dans sa tour.

– Quoi ? ses yeux s'arrondissent.

– C'est toi qui as amené Maïa Vladimirovna et qui l'as installée à côté de ma chambre.

– Mais il s'est trouvé…

– Laisse-moi finir ! Elle habite à côté de moi. Elle a pris des affaires avec elle ?

– Deux valises.

– Eh bien, mon vieux, je veux aller inspecter son logement, mais en son absence. Compris ?

L'inquiétude de son visage s'est transformée en attention concentrée. Il commence visiblement à élaborer un projet.

– Oui, bien sûr. C'est facile, dit-il d'une voix assourdie, tout en regardant sous ses pieds.

Puis il relève les yeux vers moi:

– Je m'en charge. Mais il faut que je me renseigne pour savoir quand elle sort et où elle va… On fera en sorte qu'elle ait une visite à faire chez le médecin à propos de… disons, de l'épidémie de grippe. Puisqu'elle habite à côté de vous! Dans les deux jours qui viennent!… Les cartes aussi vont disparaître! Soyez-en sûr!

– Bon, allez, file!

– Vous devriez vous reposer, dit-il soudain en sortant. Vous avez l'air épuisé!

– Promis! lui dis-je dans son dos.

94

Kiev. Mai 1985. Vendredi.

La mère de Mira a accueilli la proposition de fêter le divorce au restaurant avec calme et même avec entrain. C'est du moins ce que m'a dit David Isaakovitch quand nous avons repris à nouveau la passerelle sur le Dniepr. Le soleil brillait, là encore, mais ses rayons étaient de temps en temps voilés par des nuages légers que le vent des hauteurs faisait tourbillonner sur les bords. Il était toujours dans son beau «costume de divorce». Il boitait discrètement: ses chaussures le serraient encore. Et malgré tout, il se dépêchait. Il ne voulait pas arriver en retard au restaurant.

Le père Vassili nous attendait près de la salle des concerts, Mira et sa mère étaient en face, à l'entrée de l'hôtel *Dniepr*. C'est là qu'une table avait été retenue.

Le vieux avait décidé de ne pas inviter Ilia, ni Fiodor, ni aucun de ses autres amis.

– Inutile d'inviter des parasites, avait-il déclaré. On passera un moment tranquille et on mangera davantage. Ça sera plus facile de garder les souvenirs, ils seront plus concrets.

Le père Vassili avait, lui aussi, mis un costume. Vert foncé. On pouvait dire maintenant que c'était un dîner habillé : les trois hommes étaient en costume. La mère de Mira avait pris, elle aussi, les choses au sérieux, pour ce dîner de fête. Sa coiffure, soutenue par une quantité d'épingles, s'élevait au-dessus de sa tête comme une sorte de coupe à fruits. Elle avait une longue robe de velours noir, avec une broche sur la poitrine. Au poignet, une montre-bracelet en or. Mira était habillée plus simplement : un chemisier blanc avec un col en dentelle sur une jupe noire un peu rétrécie aux genoux.

– Tu aurais pu apporter des fleurs ! lança à David Isaakovitch son ex-femme en guise de salut. Mais aussitôt elle se mit à sourire à la cantonade et ce sourire resta figé sur ses lèvres jusqu'à la fin du repas.

Notre table était près de la fenêtre. Et, de temps à autre, je regardais les passants devant l'hôtel, du haut du premier étage.

Nous parlions peu. Et nous mangions également sans entrain, sans passion. Une salade russe, des côtelettes « à la Kiev », de la vodka Ambassadeurs et du cabernet de Moldavie pour les dames. Rien de spécial. Mais l'atmosphère était agréable. En tout cas, bien plus détendue qu'à la table voisine, à dix mètres de nous, où se fêtait dans l'intimité une noce « pour cause de grossesse ». Ça, je l'avais tout de suite repéré. La fiancée n'arrivait absolument pas à cacher son état. Elle en était déjà, apparemment, au sixième ou au septième mois. Et le fiancé, qui n'était qu'un gosse, lui lançait de temps en temps des regards perdus, buvant tantôt de la bière tantôt de la vodka ou du champagne. Il n'y avait pas le moindre toast pour les mariés.

Je suis tombé sur lui, le gamin, dans les toilettes. Une heure après le début du repas.

– N'aie pas peur, lui ai-je dit, d'ici quelques mois tu vas divorcer sans problème. Je suis passé par là !

Il m'a regardé, l'air confiant et respectueux. J'avais sans doute le même air quand j'écoutais parfois David Isaakovitch me raconter les histoires de sa vie, et que j'en tirais une morale qui disparaissait aussitôt.

Vers la fin du repas, l'ex-femme de David Isaakovitch a pris la parole, sans être du tout ivre. Elle s'est levée, a rajusté d'abord sa broche, puis sa robe. Elle a pris à la main son verre de vin et a déclaré :

– David, les dernières années, je t'ai sous-estimé. Mais maintenant, je vois que malgré tout… malgré tout, tu es resté un homme bien. Tu as fait pour nous tout ce qui était en ton pouvoir. Évidemment, ce n'est pas énorme. Mais j'aimerais boire à ta santé, te souhaiter de longues années de bonheur. Nous t'écrirons. Essaie de changer de vie et de devenir un membre normal de la société.

Elle s'est penchée vers son sac, accroché au dossier de sa chaise. Une enveloppe est apparue dans sa main. Il y a eu un bruit métallique. Elle l'a tendue à son mari :

– Tiens, prends ça, dit-elle. Ne pense pas de mal de nous. Nous sommes ta famille la plus proche. Tu n'as pas d'autres parents !

David Isaakovitch a pris l'enveloppe. Elle a tinté à nouveau.

– Qu'est-ce que c'est ? a-t-il demandé, prudent.

– C'est la clef de l'appartement où tu es enregistré et où tu n'as pratiquement jamais vécu[1] ! Maintenant, tu pourras y emménager et commencer ta nouvelle vie !

« La clef de l'appartement ? me disais-je. Non, c'est la clef d'une pièce d'un appartement communautaire. Pourtant, c'est quand même dix fois mieux que sa cabane de l'île Troukhanov. Pourtant, ça m'étonnerait qu'il la laisse tomber, sa cabane. »

---

1. Le droit de séjourner et donc de travailler dans une ville dépend, depuis l'époque soviétique, de l'enregistrement d'un domicile légal auprès des autorités et de son inscription dans le passeport.

– Viens, que je t'embrasse !

Les yeux de la mère de Mira étaient pleins de larmes. Elle a contourné la table et s'est arrêtée près de David Isaakovitch, qui s'était levé. Ils se sont serrés dans leurs bras. Leur baiser a duré plus d'une minute. Pendant ce temps, je regardais du côté des mariés «pour cause de grossesse». Là-bas, personne ne s'embrassait !

95

Kiev. 1ᵉʳ septembre 2004.

– Dans six ans, nos enfants iront à l'école, dit Svetlana.

Je suis devant le miroir et je noue ma cravate italienne. Je me retourne et je regarde son ventre, comme un enfant qui attend un tour de magie. Je souris. J'éprouve une sorte de bonheur stupide. Et je me fiche complètement de savoir ce que va me dire Dogmazov et son copain de l'Administration présidentielle. Qu'ils fassent ce qu'ils veulent. Ma décision est prise. La vie me pousse dans la gueule du lion aux dents d'or. C'est de l'or tendre, mais qui peut quand même me transpercer, s'il est affûté, ou me broyer la cervelle, s'il est en lingot.

Pendant la nuit, je me suis amusé à faire des associations : le silence, c'est l'or, le silence, c'est l'assentiment, le pétrole, c'est l'or noir, l'excès de sucre, la mort blanche… L'insomnie m'a mis dans un état étrange. Si on avait été au XIXᵉ siècle, j'aurais passé les heures nocturnes en solitaire à battre les cartes. J'aurais étalé une réussite sur la table et j'aurais bu du champagne.

– Tu rentreras tôt, aujourd'hui ? demande Svetlana.

– Je n'en sais rien.

– Ce soir, Janna va venir, ajoute-t-elle prudemment.

Je vois du coin de l'œil qu'elle attend ma réaction avec inquiétude.

– Bon, dis-je en m'étonnant moi-même de ma réponse.

Le parfum que Janna a apporté du boulevard Circulaire s'est inscrit dans ma mémoire. J'en ai même apparemment la nostalgie. Et puis, il y a eu ce reportage, dans un journal, sur la vie des prostituées. C'est à pleurer! La vie peut pousser les gens vers n'importe quoi. Et moi, la vie m'a envoyé ce Dogmazov qui me pousse là où je ne serais certainement pas allé de mon propre gré! Ce qui veut dire qu'il y a eu aussi quelqu'un qui a poussé Janna vers le trottoir. Ou c'était peut-être la vie, simplement. Le manque d'argent. Le manque d'avenir.

Je confronte le gris perle de ma cravate, le vert foncé de ma chemise et ma veste, qui est foncée mais pas tout à fait noire. Et je demande:

– Où habite-t-elle?

– Avec sa mère. En banlieue, à Borchtchagovka. Dans une seule pièce.

C'est ce que je pensais.

– Comment tu es habillé? dit Svetlana d'une voix désespérée. Tu ne vas pas au théâtre! Là où tu vas, il faut s'habiller en noir et en terne! Tu as bien vu l'entourage du président à la télé!

J'ai vu ça. Un entourage sans couleur, des costumes sans couleur. Moi aussi, je dois être sans couleur pour ne pas provoquer chez quiconque le moindre sentiment de danger ou d'irritation. C'est facile de mettre une chemise blanche, une cravate noire et un costume gris. Heureusement, j'ai déjà tout! J'ai acheté le costume pour je ne sais quel enterrement. Depuis je ne l'ai mis qu'à des funérailles. Cinq ou six fois.

96

Kiev. Décembre 2015.

C'est une drôle d'affaire de monter par l'escalier de service de mon propre appartement de fonction. En fait, ce n'est pas sale, mais il n'y a ni tapis, ni éclairage correct. Les marches sont étroites, ça sent le renfermé. Kolia Lvovitch monte le premier.

On s'arrête à mon étage. J'aperçois une caméra vidéo dirigée sur la grosse porte en bois et la poignée de bronze.

Kolia Lvovitch me jette un regard plein de sous-entendus. Puis il glisse une clef dans la serrure. La porte s'ouvre, après quelques grincements.

– Et où est-elle en ce moment? dis-je, me rendant compte qu'on ne va pas chez le médecin le soir.

– On a trouvé une de ses copines d'école de Donetsk. On a fait en sorte qu'elle soit, ce soir, justement, de passage à Kiev. Elles sont toutes les deux au restaurant.

Le logement de Maïa n'est pas terrible. Une petite cuisine, un débarras, une entrée et une chambre. Tout a l'air stérilisé. Du moins la cuisine. Nous y entrons d'abord.

Kolia Lvovitch allume partout la lumière.

Je jette un coup d'œil au frigo. Je suis curieux de savoir ce qu'elle mange. Un bocal grand format de cornichons au sel, un autre de tomates également marinées, dans la contre-porte des bouteilles de vodka Nemiroff, du Pepsi. Dans le bac à légumes, un radis noir et une betterave.

Je cherche du regard le chef de l'Administration pour échanger des commentaires, mais il n'est pas là.

Je regarde dans la salle de bains. Il y a juste le minimum. Du savon et un shampoing bulgare. Bizarre, pour une veuve d'oligarque!

– Monsieur le président! appelle Kolia Lvovitch, à l'entrée de la chambre. Venez par ici!

Dans la chambre, il y a un lit d'une place et demie contre le mur et, près du mur opposé, un bureau. Dans un coin, une télé sur une petite table.

– Qu'est-ce qu'il y a?

Kolia Lvovitch dirige mon regard vers le mur au-dessus du lit. Une photo sous verre est suspendue. Au début, je vois que sur la photo, il y a beaucoup de rouge

258

et aussi des lignes argentées. Mais je n'arrive pas à concentrer mon attention.

Je demande, d'un ton détaché :

– Et alors ?

– Une seconde !

Kolia Lvovitch retire ses chaussures, monte sur le lit et décroche la photo du mur. Il me la tend. La lumière est faible, dans la chambre, j'ai l'impression qu'elle tremble. Je passe dans la cuisine et je la pose sur la table. Je me penche. J'ai brusquement un goût de sang dans la bouche. Comme quand j'étais enfant et que je fourrais mon doigt coupé immédiatement dans la bouche.

C'est, de toute évidence, une photo médicale. Le cliché a été pris pendant une opération. Une poitrine d'homme grande ouverte, fixée dans cet état par des pinces et des instruments chromés qui brillent. Au centre, un cœur, parcouru de veines blanches et bleutées, de vaisseaux et d'artères. Les vaisseaux supérieurs sont serrés par des petites pinces à linge bleues et jaunes. On a l'impression que ce n'est pas un cœur mais une bombe à retardement et que les trucs bleu-vert, ce sont des fils qu'il faut tenir séparés pour que la bombe n'explose pas.

Je demande à voix basse :

– Qu'est-ce que tu penses, c'est celui de qui ?

– Pas compliqué ! répond Kolia Lvovitch dans mon dos. C'est le sien ! Enfin, c'était le sien. Ou plutôt celui de son ex. Le sien, quoi…

– Ferme-la ! dis-je pour faire cesser son bégaiement. Tu m'en feras une copie ! Compris ?

– Pour quoi faire ? s'étonne-t-il.

Je lui fais face.

– D'accord, d'accord. Dès demain !

Sa voix a changé. Il branle du chef comme un poussah de porcelaine. À ce moment, son portable se met à sonner dans sa poche.

– J'ai compris, répond-il dans l'appareil. D'accord !

Puis il me lance :

– Elle est en train de sortir du restaurant.

– Bravo ! lui dis-je.

– À qui, à elle ?

– Non, bravo à toi ! Tu fais suivre tout le monde ?

– Ce sont les services qui font suivre. Moi, je me contente de surveiller. Les affaires de l'État exigent une très grande attention.

– C'est ce que je te dis : bravo ! Continue comme ça !

97

Kiev. Juillet 1985.

– Tout droit, indique une vieille femme à ma mère. Après, vous prendrez à gauche et vous verrez une maison de deux étages.

Il commence à pleuvoir. Ma mère tient à la main un parapluie pliant. Elle regarde le ciel et n'arrive pas à décider si ça vaut la peine de l'ouvrir.

Nous allons tous les deux à l'hôpital n° 17. C'est là qu'on a amené Dima hier soir. Ce qui est bien, c'est qu'il est à côté de son asile. Ma mère est inquiète.

Nous entrons dans la cour.

– La traumatologie ? reprend un gardien, son balai figé à la main. (Il se tourne vers un des bâtiments.) Je crois que c'est au rez-de-chaussée. Mais ne passez pas par l'accueil, entrez par la deuxième porte, à gauche, là-bas !

Nous trouvons Dima rapidement. Il est dans la troisième chambre. La pièce est petite, elle a trois lits. Sur l'un d'eux, il y a une béquille. L'autre est soigneusement fait, il est sans doute libre. Sur le troisième, il y a Dima, la tête bandée.

Ma mère se jette sur lui :

– Tu es idiot, ou quoi ? Comment peut-on avoir des idées pareilles ? Seul contre deux ivrognes, et à mains nues ?

Le psychiatre de l'asile nous a déjà tout raconté au téléphone. Hier soir, Dima, comme d'habitude, était près de la clôture et regardait l'arrêt du tramway. Une jeune fille attendait. Puis, deux gars éméchés se sont approchés d'elle et ont commencé à l'embêter. Ils l'ont entraînée vers le bois. Alors, il a sauté par-dessus la clôture et s'est précipité à leur poursuite. Il en a attrapé un par les cheveux et lui en a même arraché une touffe. Les gars ont lâché la fille et se sont mis à le tabasser. Résultat : des bleus, des écorchures, un traumatisme crânien et des vêtements déchirés.

— Tu as eu de la veine, continue ma mère. Ils auraient pu te tuer !

Dima tourne des yeux indifférents tantôt vers moi, tantôt vers ma mère.

— Dans la vie, il y a toujours un exploit à accomplir, dis-je doucement, et le visage maigre de Dima laisse apparaître un léger sourire.

Ma mère me jette un regard critique :

— Toi, tu ferais mieux de te taire. Lui, il est malade, et toi, tu es un parasite en bonne santé et je t'ai sur le dos !

— Je vais faire des études, bientôt, en septembre !

— Où ça ? dit-elle en ricanant.

Évidemment, elle ne me croit pas.

— À l'Institut technique d'industrie légère. Dans l'agroalimentaire.

Ses yeux se plissent un instant, comme si elle confrontait mes paroles avec la réalité.

— Et comment tu y entreras ? demande-t-elle après une petite pause. Il faut d'abord passer un examen !

— Je le passerai, dis-je tranquillement.

Elle balaie d'un geste mes paroles et se tourne vers Dima :

— Tu prends tous tes médicaments ?

Il fait signe que oui.

— Tu écoutes les médecins ?

Même réponse.

«Voilà la conversation idéale! me dis-je. Comment peut-on discuter ou bien se fâcher avec quelqu'un qui ne répond que par des signes de tête?»

À nouveau, j'envie un peu Dima. Mais ça passe tout de suite. En fait, ma vie me semble infiniment plus riche et plus intéressante. Hier, par exemple, le père Vassili et moi, nous nous sommes occupés du vieux en installant dans l'appartement communautaire des meubles achetés au dépôt-vente. Maintenant, il a un lit, un fauteuil, une table ronde, un buffet et trois chaises dépareillées. Deux rembourrées et une viennoise, avec un siège en contreplaqué.

Je doute encore: «Est-ce qu'il va vraiment déménager pour y habiter?»

Mais c'est clair, qu'il va déménager. Le père Vassili l'a aidé financièrement. Il a fallu cent roubles rien que pour les meubles. Plus dix au chauffeur du camion.

– Nous n'allons pas le garder longtemps, nous dit le médecin à la fin de la visite. Encore trois jours et, s'il n'y a ni fièvre ni douleur, nous le ramènerons chez lui.

Ma mère acquiesce et fourre trois roubles dans la poche du médecin.

– Je vous remercie, dit-elle. J'ai eu tellement peur. J'ai pensé qu'il s'était cassé…

98

Kiev. Septembre 2004.

Je ne sais pas comment décrire cet état bizarre et pénible où on n'arrive pas à penser quoi que ce soit jusqu'au bout, où la tête se transforme en une bassine émaillée au-dessus de laquelle est fixé un hachoir à viande ancien modèle. Dans ce hachoir, on a mis des craintes et des suppositions parfaitement fondées, claires et manifestes. Ensuite on a fait tourner le hachoir, mais rien n'est tombé dans la bassine.

«Non, me dis-je, je vais lui téléphoner et lui demander d'attendre que les jumeaux soient nés…»

Et donc je téléphone à Dogmazov, je lui parle de mes
projets familiaux immédiats.

– Bien, dit-il d'une voix où perce la plus parfaite
indifférence. Continuez à travailler là où vous êtes. Je
reprendrai contact avec vous.

Et là, je mets une croix dans mon esprit sur ma carrière au ministère et je contemple mon bureau, auquel
j'avais déjà dit au revoir. Je ne sais plus ce que je dois faire.

Nilotchka apparaît dans l'encadrement de la porte.
Ses yeux pétillent. Elle a des chaussures et des collants
brillants couleur champagne :

– Sergueï Pavlovitch! Je peux entrer une seconde?

J'accepte. J'ai envie de me distraire.

Elle s'assied en face de moi.

– Sergueï Pavlovitch, gazouille-t-elle, vendredi, je
pends la crémaillère… Je vous en supplie, venez! Sans
vous, ce ne sera pas une fête… C'est vous qui…

– Où l'as tu acheté?

– Place de Sébastopol.

– Un studio?

– Non, reprend-elle fièrement, c'est un deux-pièces!
J'ai eu de la chance!

– Continue à en avoir!

Je suis parfaitement sincère en le disant.

– Tant que je serai près de vous, j'aurai de la chance!
dit-elle d'une petite voix ferme.

– Qu'est-ce qui t'en rend si sûre?

– J'ai été chez une voyante.

La journée passe vite. Après avoir bavardé avec la
secrétaire et discuté avec deux collègues, je reprends
docilement mon rôle de vice-ministre. Ce qui m'étonne,
c'est que personne, pas même Nilotchka, n'ait remarqué que durant au moins une demi-journée, j'étais un

autre, j'étais un gros bocal vide, dont on a déjà versé tout le contenu, sans rien mettre à la place.

– Alors? me demande Nilotchka.

– Rien de nouveau, dis-je en soupirant. Ils ont dit qu'ils téléphoneraient. Il faut qu'on décide de la date pour l'avion.

– Le médecin a dit qu'il fallait partir dans la semaine. Après, c'est trop risqué.

«Voilà qui est bien, me dis-je, il fallait bien qu'ils soient mis au courant. Le ministre est informé de l'accouchement imminent. Il n'y aura donc pas de problèmes.»

99

Kiev. Décembre 2015.

C'est drôle, ces derniers temps, j'attends les dîners avec Maïa comme des moments de détente, où je me sens redevenir un être simple, qui n'est pas accablé de problèmes. Un être, précisément, et non pas un homme. Je ne sais pas pourquoi, mais, à ses côtés, je ne me sens pas viril. Ou peut-être que je ne la ressens pas, elle, comme une femme. Elle est simplement un interlocuteur agréable. On me l'a imposée si longtemps et si grossièrement, ou plutôt, on m'a imposé sa présence invisible de façon si visible, justement, qu'il ne faut pas s'étonner si, aujourd'hui encore, je jette parfois à Maïa des regards furtifs et méfiants. Heureusement, elle ne le remarque pas. Ou, si elle le remarque, elle ne réagit pas. C'est la réaction la plus noble, de ne pas réagir.

Nous dînons encore ensemble. La même Zoïa assure le service. Cette blonde en tablier blanc a toujours un aussi bon parfum. Aujourd'hui, c'est jeudi et c'est donc un hasard si nous avons un dîner de poisson. Du filet de saumon, de la salade de crevettes et de crabe, de l'esturgeon à l'étouffée et un bon vin blanc.

– Il m'arrive d'avoir tort, dit Maïa en ajustant la

petite veste gris perle qu'elle porte sur un chemisier rouge foncé.

– Ça arrive à tout le monde !

– Non, je parle d'une chose concrète... Aujourd'hui, on pourra aller prendre le café chez moi.

Je m'étonne. Mon regard ne le cache pas.

– L'autre fois, je n'avais ni café ni cafetière. Mais maintenant j'ai tout ce qu'il faut...

J'accepte volontiers. Et j'apprends de nouvelles choses concernant l'architecture de cette maison. Nous descendons d'un étage, entrons par une petite porte sur la droite et nous nous retrouvons dans les pièces de service. Nous traversons plusieurs d'entre elles, où s'alignent des machines à laver, des commodes avec des dizaines de tiroirs. Nous sortons par une autre porte qui ouvre sur l'escalier de service que j'ai déjà emprunté. Nous remontons un étage et nous nous arrêtons devant la porte de son appartement.

Nous nous installons à la cuisine. Il fait bon s'y sentir à l'étroit, devant la petite fenêtre où l'on aperçoit les lumières du soir dans le Podol. La cafetière Siemens se met à chuchoter puis à cracher son café. L'atmosphère embaume aussitôt.

– C'est pas mal, ici, dis-je en contemplant la cuisine.

– On voit que tu n'es jamais venu chez moi, s'esclaffe Maïa. Chez moi, pour le coup, c'est pas mal. Quatre cents mètres carrés. La cuisine fait trente mètres et est équipée d'un bar ! Tu as déjà pris le petit déjeuner au bar de ta propre cuisine ?

– Tu me sous-estimes ! Je n'ai pas toujours été président. Moi aussi, j'ai un appartement avec un bar dans la cuisine. Je ne suis pas non plus chez moi dans l'appartement qui est derrière le mur de ta chambre !

En m'entendant parler de sa chambre, Maïa tressaille. Elle jette un regard alarmé vers la porte de la cuisine.

– Tu aurais du cognac pour le café ?

– Oui.

Elle apporte deux verres et une bouteille de cognac Tauride.

– Dis-moi, et ensuite, qu'est-ce que tu seras? demande -t-elle soudain.

– Ensuite? Ensuite, je serai Personne, avec un grand «p». C'est ce qui arrive à tous les anciens présidents. Certains se retrouvent dans deux endroits à la fois: en prison et dans les livres d'histoire contemporaine. Certains, que dans les livres. Mais, pour pouvoir en juger, nous n'en avons pas eu assez, de présidents.

– Oui, surtout que chacun d'eux a réussi à se faire élire deux fois. Même un seul mandat, c'est lourd!

– C'est vrai! Surtout depuis qu'on a rallongé le mandat présidentiel. Par contre, quand on en a envie, on peut rejeter tout le travail sur l'Administration et le cabinet, et alors, on n'a plus mal à la tête et on peut boire un café au cognac en agréable compagnie... Et toi, tu ne t'ennuies pas, ici?

La voix de Maïa devient soudain douce et pensive:

– Le deuil dure habituellement un an. Je vais rester une petite année auprès du cœur d'Igor et après, on verra!

Je n'ai pas réussi à avaler ces paroles que le téléphone se met à sonner dans l'entrée. Elle sort de la cuisine et revient au bout de quelques secondes.

– C'est pour toi, on te cherche!

Je prends l'appareil en maugréant. Mon aide de camp me transmet:

– Monsieur le président, le général Svetlov vous attend, il a des nouvelles urgentes à vous communiquer.

– Où est-ce qu'il m'attend?

– Ici, à la résidence.

– Fais-lui du café et qu'il attende!

Ce coup de téléphone ne pouvait que rompre l'atmosphère détendue mais fragile de cette cuisine. Maïa se verse un cognac supplémentaire et lève les yeux vers moi:

– Les affaires? demande-t-elle d'une voix un peu triste.

– Eh oui, les affaires! Mais je vais finir mon cognac sans me presser!

Elle s'étonne de me voir revenir à la table. Et réellement, je ne me dépêche pas. Svetlov n'a qu'à attendre. Ses nouvelles seront encore fraîches le matin. Et nous allons parler encore, avec Maïa, parler de sujets personnels, cœur à cœur, sans nous toucher.

100

Kiev. Juillet 1985.

Celui qui ouvre la porte de l'appartement communautaire du vieux est un type mal rasé, nu jusqu'à la ceinture, en pantalon de jogging avec des poches aux genoux. Je remarque qu'il a aux pieds les chaussures « de divorce » du vieux.

– David Isaakovitch est là? dis-je, soupçonneux, en lorgnant les chaussures.

– Il va arriver. Vous pouvez attendre chez lui.

Je longe le couloir, en passant devant les toilettes. Je ne risque pas de les oublier, ces toilettes. Il y a sept ampoules au plafond, et à l'entrée, à droite de la porte, sept interrupteurs différents. Quand j'y suis entré pour la première fois, j'ai allumé n'importe où. Mais à peine m'y étais-je enfermé que la lumière s'est éteinte. Un des voisins, apparemment le propriétaire de l'interrupteur, veillait à ce que personne n'utilise son électricité personnelle.

La chambre du vieux fait toujours un peu vide. Même si des meubles ont fait leur apparition, même si le lit est fait et qu'on y a planté deux coussins pour faire impression. Il manque toujours quelque chose, mais quoi?

J'examine de tous les côtés. Il faudrait peut-être des tableaux ou des photos sur les murs?

Mon regard se pose sur la fenêtre. Maintenant, je comprends: il manque des rideaux. La mère de Mira les a vendus avec le mobilier. C'étaient des rideaux lourds, verts, à rayures grises. Je me rappelle que juste avant leur départ, nous nous sommes enfermés ici, Mira et moi, et avons fermé les rideaux. Malgré le soleil du dehors, il s'est mis à faire sombre, comme en pleine nuit. Sa mère a dû comprendre ce que nous nous disposions à faire. Elle est allée se promener spécialement dans Kiev, «pour dire adieu à son enfance», comme elle nous l'a déclaré ensuite.

Et nous sommes restés vautrés sur ce divan jusqu'à six heures du matin. Jusqu'au moment où ce même voisin à moitié nu est venu frapper. Il a dit qu'on demandait Mira au téléphone. Il a fallu se lever, s'habiller. Et une demi-heure plus tard, on nous a retiré le divan d'en dessous de nous. Les acheteurs sont arrivés avec un camion et en dix minutes, ils ont tout emporté Dieu sait où. Et la dernière nuit, Mira et sa mère sont allées dormir chez des amis. Le matin du départ, nous nous sommes retrouvés, à l'angle de la rue du Komintern et de la rue Saksaganki, près du magasin d'alimentation.

Leurs affaires étaient entassées sur le quai de la gare et, à côté, bourdonnait la foule de ceux qui étaient venus accompagner. On vantait les mérites de Vienne où on distribuait à tous les émigrés un sac avec des sandwichs et une bouteille de Coca-Cola par personne. Et nous nous regardions une dernière fois en silence. Un mur commençait à se dresser entre nous. Une distance croissante nous séparait, même si les yeux ne la percevaient pas encore. Nous nous faisions à l'idée que désormais nos chemins bifurquaient. Même le dernier baiser m'a semblé fade, forcé. Elle ne pleurait pas. De fait, elle n'avait pas à pleurer. Ce départ avait déjà commencé depuis longtemps et on m'avait impliqué dans cette histoire pour des raisons utilitaires. Je m'étais mis en quatre pour que le vieux divorce, j'étais allé lui acheter des vêtements. Bref, il y avait belle lurette que ma mission avait changé et maintenant elle prenait fin. Et si Mira m'embrassait et faisait l'amour avec moi, les derniers temps, c'était plutôt par inertie. Et d'ailleurs peut-être aussi par reconnaissance. Va savoir. Ce qui est sûr, c'est qu'il n'y a rien d'éternel, dans la vie. Même l'amour, même la passion ont une fin.

David Isaakovitch entre dans la pièce.

– Ah, tu es déjà là?

Il a un sac à provisions à la main et, aux pieds, des pantoufles.

– Le voisin vous a fauché vos chaussures, il les met dans l'appartement!

– Pourquoi «il les a fauchées»? C'est moi qui lui ai donné un rouble pour qu'il me les fasse. Sinon, regarde, elles m'ont déjà complètement écorché les talons. Tu as faim?

Nous nous installons à la table ronde pour manger un morceau.

Le vieux détache son regard des tranches de saucisse bouillie, qu'il a découpée non pas dans une assiette mais dans le papier gris de l'emballage:

– Tu sais quoi? L'État me doit quinze cents roubles. Tu imagines?

– Comment ça?

– C'est ma retraite, je ne l'ai pas touchée pendant quelques années, et ça s'est donc accumulé. Maintenant, je dois aller à la caisse d'allocations chercher un papier et me voilà millionnaire! Je vais acheter des assiettes, des fourchettes, des cuillers!

– Il faut les rapporter de l'île Troukhanov. Il y a tout ce qu'il faut, là-bas!

– Non, maintenant, c'est ma maison de campagne! L'été, j'irai m'y reposer et, l'hiver, j'irai m'y baigner! On peut aller acheter la quincaillerie ensemble, à la brocante de la rue aux Foins, là-bas, c'est donné!

Le même voisin passe la tête à la porte:

– David Isaakovitch, vous avez un coup de fil de l'étranger!

Le vieux se précipite. Il revient dépité :

– Quelle bêtise ! grommelle-t-il. La téléphoniste a dit qu'on avait essayé de me joindre de Vienne mais qu'on n'y était pas arrivé ! Qu'est-ce qu'elle en sait ? Elle, l'imbécile, c'est ici, au standard, qu'elle travaille !

– Peut-être que c'est à cause d'elle qu'ils n'ont pas réussi, ce qui fait qu'elle est forcément au courant ?

– Ouais, répond le vieux. Peut-être bien, peut-être bien… Mais de toute façon, c'est bon signe. Ça veut dire qu'elles sont encore à Vienne.

101

Kiev. Septembre 2004. Vendredi.

– Montrez-moi celle qui est en haut, là-bas, avec les lignes vertes, dis-je à la vendeuse.

Elle monte sur un petit tabouret et retire délicatement de l'étagère l'assiette qui m'a plu. Je m'informe :

– Ça vient de Turquie ?

– Pensez-vous ! De France ! Vous voyez bien le prix.

– Le service est pour combien de personnes ?

– Pour quatre, pour six ou pour douze.

Je réfléchis. Un service, c'est la première idée qui m'est venue en tête pour la pendaison de crémaillère de Nilotchka. Ce qui veut dire que tous les autres invités auront la même idée. Et que fera-t-elle si elle a plusieurs services ?

Je rends l'assiette à la vendeuse, je passe en revue les autres assiettes et soupières et je tombe d'accord avec moi-même. Je n'ai plus rien à faire dans le magasin *Porcelaine* du boulevard Krechtchatik. Je vais au grand magasin. Je me réjouis d'avance d'avoir à choisir parmi les nombreux grille-pain, mais la petite lampe s'allume dans ma tête : « C'est la deuxième idée qui viendra à l'esprit de chacun ! »

La troisième idée doit être originale ! Je prends un

capuccino dans un verre jetable au bar du grand magasin, je m'installe à une table et je réfléchis.

Et, au lieu d'idées nouvelles, me vient le souvenir du
parfum de Janna. Elle était encore chez nous, hier soir. Et
je n'ai ressenti ni hostilité ni irritation à son égard. Nous
avons bu du vin blanc en mangeant un poulet grillé qu'elle
avait acheté. Elle était habillée avec soin, voire même avec
goût, ses gestes et ses regards étaient empreints d'une sorte
de douceur lente. Et en sortant, qu'est-ce qu'elle m'a dit?
«Tu vois, Sveta me téléphone, et toi, non!»

«Quand donc sommes-nous passés au tutoiement?»
me dis-je en m'efforçant vainement de me souvenir.

Un petit tsigane d'une dizaine d'années, en veste et
pantalon de jeans, me tire par la manche:

— Monsieur, s'il vous plaît, pour m'acheter un sandwich!

— Va laver les voitures, on te donnera de l'argent! lui
dis-je sans me détourner de mes pensées.

— Va les laver toi-même, connard! crie-t-il à tue-tête
en se dirigeant vers la table voisine.

Qu'est-ce que je peux acheter? Je regarde ma
montre. Il reste une demi-heure avant la fête. De toute
façon, je vais être en retard. J'ai dit à Svetlana que je ren-
trerais tard. Tout va bien, sauf que je n'ai pas de cadeau.

Je parcours de nouveau les rayons et je m'arrête
devant les appareils photo.

— Parfait! Un bon appareil photo et un gros bouquet
de roses!

— Celui-là? L'Olympus? me fait préciser le vendeur.

— Oui, avec une optique normale. Et un film Kodak!

Maintenant, je peux acheter les fleurs. Personne
n'aura l'idée d'offrir un appareil photo pour une pendaison de crémaillère, ça c'est sûr!

Le taxi me dépose devant un immeuble de huit
étages. Le n° 13, deuxième entrée principale, appartement 63, troisième étage.

De l'autre côté de la porte règne un silence étonnant. Les invités seraient-ils tous en retard?

– Oh, Sergueï Pavlovitch! Vous voilà! C'est formidable, s'exclame Nilotchka, ravie.

– Je suis donc le premier?

– Vous êtes le seul!

Elle attrape à deux mains le bouquet de roses, d'un jaune pâle aristocratique. Je garde encore le paquet contenant l'appareil photo.

– Entrez, entrez donc par ici! Je reviens, je vais chercher un vase!

L'appartement sent encore la peinture. Tout est propre, tout est neuf! Les murs de l'entrée sont vert pomme. Ceux du salon sont couverts de papier peint allemand avec des dessins légèrement en relief dans les tons pastel. Le mobilier est neuf, une table ronde, avec une nappe rose. Le couvert est mis pour deux. Je suis donc vraiment le seul invité. Mince de mince! Une crémaillère en petit comité. Ou plutôt, réservée au patron! Bon, de toute façon, il y a une bonne odeur d'épices et de viande rôtie. Et j'ai très faim. Et, en plus, je suis de bonne humeur! C'est drôle, j'adore faire des cadeaux. Et la joie, sur le visage rond de Nilotchka lui donne un air si gentil de gosse naïf que j'ai envie de la caresser et même de l'embrasser.

Sur la table, il y a un seau avec du champagne rouge demi-sec, celui, justement, que je préfère. Je propose mon aide, mais Nilotchka m'arrête, le regard étincelant:

– Je vais l'ouvrir moi-même!

Elle a un jean serré et un chemisier de soie bleue, moulant également, comme si elle avait tout acheté une taille en dessous.

Elle retient délicatement le bouchon, pendant que le gaz s'échappe de la bouteille en chuintant.

– Je vous suis tellement reconnaissante, dit-elle en levant son verre. Vous ne pouvez même pas vous imaginer!

— Mais si, je peux! Enfin, pas autant que vous!

Nilotchka rit:

— Au travail, vous n'êtes pas pareil!

— Personne n'est pareil au travail! Vous non plus! Si vous veniez comme ça au bureau, avec ce rire éclatant, on me kidnapperait ma secrétaire en moins de cinq minutes!

— On ne me kidnappera pas!

L'éclat joyeux et effronté de ses yeux verts m'illumine à nouveau et me traverse comme une irradiation:

— Allez, je vous ressers de la salade!

Nous buvons et mangeons comme si toutes ces salades, ce rôti de veau et ces frites étaient des images virtuelles. Ils sont sur la table, Nilotchka m'en ressert et je ne sens toujours pas de poids dans l'estomac. J'ai l'âme et le corps étonnamment légers. J'ai l'impression qu'avec les minutes qui passent, je perds des kilos!

Ce qui m'arrête, à la fin, ce n'est pas de me sentir rassasié mais de constater que les plats sont vides.

— C'est tout! Maintenant, on passe au dessert! dis-je avec un geste moqueur de la main pour protéger mon assiette.

Nilotchka retire les assiettes sales. Elle les emporte à la cuisine.

Je guette, inquiet, la porte par où elle va revenir avec un gâteau. Même le plus petit sera trop gros pour deux.

Mais elle réapparaît cette fois dans un peignoir de soie bleue, retenu à la taille par une ceinture du même tissu. Elle jette un coup d'œil narquois sur ses jambes nues, ensuite sur moi:

— Vous aimez les douceurs! dit-elle en chuchotant presque, tandis que le peignoir glisse au sol.

Nilotchka se fige dans la pose de la *Vénus de Milo*. Sauf qu'elle, rien ne lui manque, et je dois reconnaître que la nudité lui va bien. Je la regarde en sentant mon sang couler plus vite. Je suis un peu hébété. Le champagne m'a empêtré les idées mais a avivé la réaction physique qu'on a naturellement devant une femme nue.

Je reste assis immobile à la regarder, tout en cherchant dans ma tête paniquée une explication rationnelle à mon désir de me jeter sur elle. Je finis par réaliser que tant que je chercherai cette explication je ne bougerai pas. Voilà la solution ! Je dois simplement m'abrutir de questions du type : « Pourquoi ça m'arrive ? Où ça peut m'amener ? » Puis vient l'explication évidente : « Dans un mois, ma femme aura des jumeaux ! » Je reprends mon souffle. Ça y est, c'est gagné.

Mais ses yeux disent l'étonnement et l'interrogation. Je m'efforce de donner à ma voix le plus de douceur possible :

– Excuse-moi ! Tu comprends bien ! Nous attendons un enfant. Deux…

– C'est que, tout simplement, je ne sais comment vous dire ma reconnaissance, murmure-t-elle.

Je veux l'aider à s'en sortir, mais je ne trouve pas.

Pendant ce temps, Nilotchka s'arrête devant mon cadeau que j'ai laissé sur le divan.

– Sergueï Pavlovitch, prenez-moi en photo ! Ce sera moins vexant ! Je ne vous aurai pas tout montré pour rien !

« Ce sera moins vexant ? me dis-je. Elle est donc quand même vexée… En fait, je peux comprendre ! »

À l'aide du champagne, j'imagine que c'est moi qui suis nu devant une femme qui n'a pas l'intention de se déshabiller. Je lui réponds :

– Très bonne idée !

Je charge l'Olympus et nous partons dans un fou rire pendant que je me transforme en paparazzi et en Zeus à la fois, la poursuivant de mes éclairs de flash. Je suis époustouflé par la grâce de ses poses érotiques, son corps trouve des positions étonnantes et naturelles. Les lignes de son corps commencent à se dédoubler dans mes yeux.

Elle s'étend sur le sol, les bras et les jambes rejetés sur les côtés et sa voix sonore et joyeuse s'élance: «Et maintenant, de dessus! Voilà! Et maintenant, depuis la porte!»

À un moment donné, je réalise qu'il y a de la musique. Un blues intime, nocturne. Et ce que nous faisons est comme une danse. Toute la pellicule Kodak est pleine de nus de Nilotchka et nous nous arrêtons soudain en reprenant notre souffle, comme si nous avions eu une tout autre activité que la photographie!

Elle se relève avec légèreté, court vers moi et m'embrasse les lèvres puis le menton:

– Merci! Merci! Je reviens tout de suite!

Je reste seul, les yeux fixés sur l'appareil photo. Je le pose sur le divan et reviens vers la table. Cette danse m'a plu, incontestablement, mais j'en garde un arrière-goût étrange. Soit parce que j'ai contenu mon désir, soit parce que j'envie la jeunesse et le charme de Nilotchka. D'ailleurs ce n'est pas moi, me semble-t-il, qui en suis jaloux, mais toutes les autres femmes qui ont perdu leur jeunesse et leur entrain.

102

Kiev. Décembre 2015. La nuit.

– C'est la pomme de terre qui t'amène ici?

– Oui, mais... Monsieur le président... C'est pour la question du miracle... Il y a des choses très intéressantes...

– C'est bon, dis-je au général Svetlov en lui indiquant du regard la direction du salon.

Je soupire en m'asseyant dans un des fauteuils de cuir vert. Nous sommes séparés par une table basse. Je lui demande:

– Et alors?

– Cette variété de pomme de terre a été volée dans un laboratoire américain. Vous comprenez, c'est un de leurs «Top-secret».

– Et comment a-t-elle atterri chez nous, dans un jardin abandonné, en plus ?

– Les services de renseignements du ministère de la Politique agricole.

– Et depuis quand l'agriculture a ses propres services de renseignements ?

– Après les événements, on n'avait pas envie de perdre nos cadres, mais on n'avait pas besoin non plus de vrais services de renseignements et d'ailleurs on n'en avait plus les moyens. On a donc réparti les spécialistes entre les différents ministères. Avant, ils faisaient de l'espionnage industriel. Mais désormais, à quoi ça allait nous servir ? Ils iraient voler un croquis quelconque et on en ferait quoi ? Pour nous, maintenant, l'essentiel, c'est de nourrir la population.

Je commence à deviner :

– Et ces espions ont donc fauché aux Américains une nouvelle variété de pomme de terre ?

– Oui ! Mais ça a été légalisé ! Par le Vatican, qui a enregistré un miracle divin !

– Bien joué ! Ça s'arrose !

L'aide de camp pose sur la table basse une bouteille de champagne rouge. Je me remets à faire le point :

– Donc, quelqu'un a réussi une opération brillante, qui nous permet de continuer à faire pousser tranquillement cette patate volée de qualité exceptionnelle ?

– Oui.

– Et tu sais qui supervise ?

Svetlov fait signe que non.

Je réfléchis à haute voix :

– Il faudrait qu'on le sache, pour pouvoir accorder une récompense à la hauteur.

– Parlez-en au ministre de l'Agriculture !...

– Attends un peu. Mais ! Notre ministre de l'Agriculture, c'est bien le général d'artillerie Vlassenko ?

– Précisément, dit Svetlov avec un rire poli.

– Alors c'est lui qu'on va récompenser !

Vlassenko est quelqu'un que je n'ai pas souvent rencontré : la nouvelle que vient de me transmettre Svetlov me réjouit et m'étonne en même temps. Tout n'est pas perdu si ce sont des généraux qui dirigent l'agriculture ! C'est sûr ! Il nous faudrait plus de généraux de ce genre dans le civil, et moins dans l'armée !

Nous buvons à la santé du ministre et de son équipe. Svetlov une fois sorti, je m'enferme avec le champagne dans la salle de bainss et j'admire l'église Saint-André. La rue est pratiquement déserte. Le pavé verglacé de la chaussée brille sous les lampadaires jaunes. Quelques vitrines de magasins et de cafés sont éclairées.

Soudain, l'éclairage au-dehors devient plus intense. Je m'aperçois qu'une autre source de lumière s'est ajoutée, celle des phares d'une Jeep de couleur jaune qui éclairent puissamment ma fenêtre, de bas en haut. Je me jette sur le côté, comme si je pressentais un danger. La lumière semble s'être fixée sur mon verre de champagne. J'attrape ma coupe et la retire du dessous de la fenêtre.

Le dos appuyé sur les carreaux, j'avale une gorgée qui me fait retrouver mon calme.

103

Kiev. Août 1985.

Bizarre ! Parfois, tu dis un truc à toute allure et ça se transforme en réalité ! Ma mère est partie travailler quand je dormais encore. Elle est entrée dans ma chambre, a commencé à me secouer, mais comme elle ne voulait pas se gâcher la journée en recourant à la force, elle m'a laissé une enveloppe sur l'oreiller à côté de ma tête et elle est sortie.

J'ai regardé le contenu de l'enveloppe nettement plus tard, en buvant mon thé dans la cuisine. J'ai trouvé un papier officiel avec un tampon et une signature et

j'en suis resté baba. C'était une lettre de recommandation des autorités militaires, adressée à l'ancien soldat
S. P. Bounine à l'issue de son service dans l'Armée soviétique, en vue de l'obtention d'une bourse d'études à
l'Institut technique d'industrie légère. La recommandation était épatante. Il s'avérait que j'avais été «encouragé
à plusieurs reprises» et décoré pour «réussite dans la
préparation militaire et politique». J'aurais bien voulu
savoir combien ça avait coûté à ma mère, cette recommandation. Bien que les militaires, au fond, soient des
gens simples et des picoleurs! Deux bonnes bouteilles
de cognac avaient dû suffire!

Malgré le mauvais sourire que je n'ai pas pu retenir,
quelque chose en moi me disait: c'est ta chance! Ne la
laisse pas passer!

J'ai essayé de me rappeler quand j'avais eu, pour la
première fois, l'idée de l'industrie alimentaire? Peut-
être que j'avais souffert de la faim dans mon enfance?
Apparemment pas. Tant pis. C'était une branche
comme une autre!

104

Kiev. Septembre 2004. Samedi.

Je suis rentré chez moi vers une heure du matin. J'ai
ouvert la porte sans bruit, pour essayer de ne pas
réveiller Svetlana. J'ai traversé l'entrée sur la pointe des
pieds… Mes efforts étaient inutiles. Svetlana ne dormait
pas. Elle était assise dans un fauteuil et regardait la télé.
Elle s'est redressée aussitôt en rectifiant son peignoir et
en actionnant la télécommande, qui a transformé la
quelconque série russe en carré noir de Malevitch.

– J'ai cru que j'allais m'endormir avant que tu
rentres! a-t-elle déclaré en m'embrassant par-dessus son
ventre rond. Tu as faim?

– Non, j'ai été à une pendaison de crémaillère!

– Valia a appelé, de Suisse.

Je me suis assis sur le canapé.

– Tu te rends compte! Les médecins, là-bas, ont fixé le jour de la naissance et c'est le même que pour moi! Le 27 octobre! C'est un vrai miracle!

– Exact! Mais vous avez aussi conçu le même jour, tu te rappelles? ai-je ajouté, avec la hâte du savant qui explique un miracle.

– Elle a déjà trouvé une bonne clinique à Zurich, a-t-elle continué. Pas trop chère. Elle veut qu'on accouche ensemble. Tu n'as rien contre?

– Bien sûr que non!

– C'est ce que je lui ai dit! Tu te rends compte, on pourra être dans des salles de travail voisines! Ce que c'est drôle! En fait, je n'ai vu d'accouchement qu'au cinéma! Dima veut y assister, il veut aider les médecins, tu imagines? Mais moi, je ne veux pas que tu sois à côté. Je refuse! Il y a un petit hôtel qui appartient à la clinique. Tu attendras dans ta chambre. D'accord?

– D'accord.

– Valia a dit aussi que Dima a eu des petits problèmes. Il s'est enfui. Il n'est pas rentré pendant deux jours. Il a fait plus de quarante kilomètres à pied. Il a simplement décidé un beau jour de partir sur la route. Puis il s'est assis à un arrêt de bus et il y est resté jusqu'au moment où les gens du coin ont appelé la police. C'est une chance qu'ils soient si méfiants, sinon, il se serait enrhumé. C'était un jour de pluie... À la suite de ça, le professeur lui a ordonné dix piqûres. Et maintenant il est rétabli. Tu veux peut-être du thé?

– Pas après le champagne! On ferait mieux d'ouvrir une nouvelle bouteille!

– D'accord, mais je ne boirai pas beaucoup... Non mais tu imagines un peu? Nos trois enfants vont naître le même jour au même endroit! C'est si beau! Nous avons conçu la même nuit, nous allons accoucher le même jour!

279

Elle a éclaté d'un rire joyeux puis a posé sa main sur la bouche, et ses doigts fins couvraient ses lèvres rieuses. Je n'avais jamais vu de ma vie Svetlana si heureuse et si sotte!

105

Kiev. Décembre 2015.

Le poète a dit: «On ne peut pas comprendre la Russie[1].» C'est exactement ça.

Kolia Lvovitch est arrivé avec une cassette vidéo, il y a une demi-heure, et j'ai eu l'impression de me retrouver dans les contes d'Andersen. Mais tous les contes étaient fondus en une seule histoire et elle se passait à Moscou.

– Je la repasse? me demande Kolia Lvovitch.

Il a en main deux télécommandes: celle du téléviseur et celle du magnétoscope.

– Vas-y!

Et, sur l'écran plat, on voit à nouveau la troïka russe, le dernier emblème de la chaîne RTR. Puis vient le reportage. Les rues de la capitale en hiver. Les décorations du soir, avec les chrysanthèmes étincelants des réverbères. Et des milliers de personnes qui forment un chemin de croix.

«Des millions de Russes orthodoxes, commente la voix fière du speaker, ont accueilli dans la ferveur et l'élan spirituel la décision du Saint-Synode qui accorde la sainteté au défenseur véritable des humbles et des orphelins Vladimir Ilitch Oulianov-Lénine, victime de la juive Faïna Kaplan. Dès le jour d'aujourd'hui, l'orthodoxie toute entière vénèrera Vladimir, saint et martyr. En accord avec le président de la Russie et le patriarche de l'Église orthodoxe russe, les reliques de saint Vladimir continueront à reposer dans sa chambre de pierre près

---

1. F. Tioutchev (1802-1873). Premier vers d'un quatrain très connu, souvent cité dans un contexte nationaliste.

du mur du Kremlin, mais le mot «Mausolée», qui n'est pas conforme aux canons de l'orthodoxie, sera effacé. Si vous prêtez attention à ceux qui participent à ce chemin de croix, vous voyez que certains ont déjà en mains des icônes avec la face de saint Vladimir le martyr. Passons maintenant à quelques informations sportives…»

Kolia Lvovitch éteint le téléviseur. Il pousse un nouveau soupir et murmure, sans enthousiasme :

– Il faut réagir, d'une manière ou d'une autre.

– Il vaut peut-être mieux attendre? Notre tradition politique consiste à voir venir, plutôt qu'à réagir!

– Mais il faut mettre au point une attitude globale face à ça! insiste Kolia Lvovitch, et je sens qu'il a raison. Il faut savoir quelles positions vont prendre nos patriarches!

– D'accord! Prends avec toi le responsable du Comité des affaires religieuses et fais le tour des patriarches. Ensuite, tu me feras ton rapport!

Kolia Lvovitch met du temps à partir. Il a l'expression de celui qui vient de recevoir l'ordre de traverser un champ de mines. Pourtant c'est lui qui a apporté la nouvelle. Mais ça l'a plus ému que moi. Ce qui veut dire qu'il doit trouver en lui la force de faire face à ce conte de fées où rien ne manque: ni le prince dans son cercueil de cristal, ni la foule des simples d'esprit avec leurs icônes et leurs oriflammes, ni la neige avec les fleurs des réverbères. J'allais oublier! Il y a aussi Dieu, qui observe, depuis le ciel, le fil des événements.

106

Kiev. Octobre 1986.

La vie est belle, et même, parfois, on peut la conduire, comme une moto. On se lance, on tourne à quatre-vingt-dix degrés et on continue tout droit. La nouvelle ligne droite est plus chouette que l'ancienne. Ma nouvelle ligne, à moi, c'est du pur plaisir. Je n'avais jamais imaginé que la vie d'étudiant, ce serait un tel pied! Tu te contentes d'avoir la moyenne, tu fais des descentes dans les discos et les foyers d'étudiantes! Tu reçois une bourse de trente-six roubles, et tout ça alors que le café, à côté de l'Institut technique, coûte sept kopecks! Tant pis si les autres étudiants ont quelques années de moins que moi. En revanche, j'ai déjà fait mon service militaire et l'avenir me sourit. Les autres s'adressent à moi comme à un «ancien», comme quand on était à l'armée. Et les profs me fichent plus ou moins la paix. J'ai déjà des bases dans le domaine de l'alimentation. L'histoire du PCUS, je l'apprends en pointillé. Notre professeur de marxisme-léninisme n'aime ni Staline, ni Brejnev. Son grand héros, c'est Nikita Khroutchev. Il nous raconte de temps en temps des histoires sur le maïs de l'URSS et sur la manière injuste dont se sont comportés à son égard Brejnev et les membres du Bureau politique. Il faut bien apprendre quelque chose. Ce n'est pas le but, mais c'est la justification de la vie étudiante et de ses plaisirs.

Je rends souvent visite à David Isaakovitch. Il est sorti de son récent traumatisme: on a détruit sa cabane au bulldozer. Il ne l'a gardée qu'un an comme maison de campagne. Elle ne gênait personne. Nous y allions l'hiver avec le père Vassili, nous allumions le feu dans le poêle et nous nous baignions dans le trou de glace. Et je ne sais pas pourquoi, il y en a qui se sont mis en tête de réduire la cabane à zéro. C'est dommage. Mais c'est surtout le vieux qui me fait pitié. Il est resté deux mois hébété. Il a planté une croix à l'endroit de la cabane, comme si c'était une tombe. D'ailleurs, c'en est une. C'est là qu'est enterrée son indépendance à l'égard de la «réalité immonde». C'est comme ça qu'il a dit. Mais par contre, il est devenu riche. Il a reçu d'un coup plusieurs années de sa retraite et il continue à la toucher chaque mois. Il boit peu. Il a acheté à la brocante deux tapis qu'il a mis sur les murs de sa nouvelle chambre.

Elle s'est peu à peu remplie d'objets et de poussière. Quand on y entre, ça sent la vie concrète. Une odeur bizarre comme il y en a quand c'est toujours la même personne qui vit quelque part. C'est certainement un mélange qui est constitué par les petites habitudes particulières. Par exemple, dans la chambre de son voisin, celui qui a porté ses chaussures marron et les a d'ailleurs bien améliorées, ça sent l'oignon frit. Et pourtant, c'est dans la cuisine commune qu'il fait frire son oignon ! Chez le vieux, on n'arrive pas à distinguer les éléments dans l'odeur, comme on retrouve les composantes culinaires d'un plat. Mais c'est une odeur qu'il a lui-même, et ça veut dire qu'il ne fait plus qu'un avec sa chambre et qu'il s'y sent certainement mieux que dans sa cabane.

Mon frère Dima vit toujours à Pouchtcha-Voditsa dans son asile de fous. Ma mère lui apporte des meringues au chocolat. Elle y va chaque semaine. Je l'accompagne une fois sur deux, mais sans éprouver de joie particulière à le faire. La seule chose qui m'amuse, c'est de chercher les livres que me commande mon frère. Ces derniers temps, il lit beaucoup. Les deux livres qu'il préfère en ce moment sont *Et l'acier fut trempé* et *Le Taon* de Voynich. C'est un goût malsain, évidemment, mais il ne se prend pas lui-même pour quelqu'un de normal, alors…

Les gens normaux ne lisent pas d'eux-mêmes ce genre de livres. Il me semble d'ailleurs qu'ils ne lisent pas du tout. Au mieux, ils lisent les journaux ou la revue *Ogoniok*.

Nous allons justement chez Dima, ma mère et moi. Derrière les vitres de l'autobus à moitié vide qui nous y emmène, j'aperçois la forêt d'automne. Le dernier numéro des *Nouvelles de Moscou* tressaille dans mes mains. J'y ai trouvé trois articles intéressants. Un sur la vie dans les camps staliniens, un sur la recrudescence de la syphilis, un sur les ordinateurs.

107

Kiev. Septembre 2004. Lundi.

La réunion qui a eu lieu chez le ministre a été la plus ennuyeuse de ma carrière. Pour la vingtième fois, il nous a demandé de lutter contre les malversations de nos subordonnés, d'obtenir la plus grande transparence sur les modalités de la privatisation des moyennes et des grandes entreprises. Je le regardais dans les yeux en me disant : il va, d'un moment à l'autre, nous faire un clin d'œil et nous le lui rendrons. L'air de dire : tout ce qui est exigé là est clairement énoncé et parfaitement entendu, mais maintenant, on va se remettre au travail et recommencer comme avant ! Mais il n'a pas fait le moindre clin d'œil et les visages sont restés perplexes, ceux des collègues comme le mien.

Nilotchka m'a accueilli avec une joie plus marquée que d'habitude. Et j'en ai été aussitôt soulagé. J'avais peur qu'elle se soit vexée.

— Du thé ou du café ? a-t-elle dit en quittant son bureau.

Le téléphone s'est mis alors à sonner.

— Rappelez, s'il vous plaît, dans un quart d'heure ! Il n'est pas encore arrivé ! a-t-elle répondu en me fixant avec ses yeux rieurs.

« Elle a de l'audace ! » me suis-je dit, sans chercher à savoir qui avait appelé.

Cinq minutes après, nous buvions le café chez moi.

— Votre femme ne vous a pas engueulé ?

— Non ! Pourquoi ça ?

Elle s'est mise à rire.

— Je dis ça comme ça ! J'ai un si bon souvenir de cette soirée !

— Moi aussi, ai-je avoué tout à fait sincèrement.

— Alors je vous inviterai encore. Vous viendrez ?

— Nilotchka ! On verra ça quand je reviendrai ! D'ailleurs, à ce propos, retiens les billets pour Zurich pour ce vendredi. Avec un retour open! En classe affaires. Tu y penseras?

– Sergueï Pavlovitch! Je n'oublie jamais rien, surtout pas les bonnes choses!

Et elle est repartie du même rire sonore et moqueur, qui m'avait tellement réjoui le vendredi soir.

– Fais gaffe! lui ai-je dit pour rire, un doigt menaçant pointé sur elle. Si on entend ça, on va te faire partir d'ici!

– Mais moi, je vous ai dit qu'ils ne me feraient pas partir!

À cet instant, la sonnerie du téléphone a retenti avec insistance à l'accueil. Nilotchka est sortie puis est revenue vers moi, le regard amusé et étonné:

– C'est pour vous, on vous appelle de la police!

– Quoi? De quelle police?

– Le capitaine Mourko.

– Demande-lui ce qu'il veut.

Nilotchka a reparu au bout de trente secondes:

– Il dit qu'il a été le témoin à votre mariage et qu'il a une information importante à vous transmettre.

– Bon, passe-le moi, lui ai-je dit, conciliant.

Une voix d'homme enroué jaillit, sans saluer, exigeant une réponse immédiate:

– Sergueï Pavlovitch, vous vous souvenez de moi?

– Bien sûr, capitaine. À propos, comment vous appelez-vous?

– Ivan.

– Bon, alors, Ivan, que se passe-t-il?

– J'ai trouvé Gousseïnov, comme vous me l'aviez demandé!

– Ça, alors! dis-je, stupéfait. Et il est à Kiev?

– Ouais! Il vend des frigos! Je vous donne son téléphone!

– Je note!

– 288-33-12, sa boîte, c'est Nord-plus.

– Donne-moi aussi à tout hasard ton téléphone, je ne

285

sais plus où je l'ai marqué. Je t'appellerai pour le baptême, d'ici un mois ou deux !

Le capitaine Mourko, d'une voix réjouie, m'a aussitôt dicté ses trois numéros: celui de son travail, celui de chez lui et celui de sa belle-mère.

Une fois le téléphone raccroché, je suis devenu triste, les yeux rivés sur le numéro de Gousseïnov. Je me suis rappelé le pont enneigé qui menait à l'île Troukhanov, le vieux qui m'avait tiré de la glace et porté dans sa cabane. Ça m'aurait intéressé, bien sûr, de revoir Gousseïnov, de savoir comment il s'en était tiré, durant toutes ces années. Mais avant de discuter avec lui, il fallait que je lui mette mon poing dans la gueule ! Et en toute conscience ! Les vrais amis ne vous lâchent pas comme ça ! Et moi qui pensais à l'époque qu'on était de vrais copains !

Nilotchka a refait son apparition :

– Sergueï Pavlovitch, quelqu'un de la mairie est arrivé. C'est au sujet de l'usine à béton d'Obologne.

Je lui ai répondu en soupirant :

– Fais-le entrer !

Elle s'est exclamée, inquiète :

– Vous avez la cravate de travers…

Elle s'est approchée et l'a redressée en un instant.

108

Kiev. Décembre 2015.

Les craintes de Kolia Lvovitch se sont révélées justifiées dès le lendemain. Le parti communiste d'Ukraine ainsi que les néocommunistes et les néokomsomols, dès le matin, ont bombardé l'ambassade de la Fédération de Russie avec des pommes et des tomates en saumure. On a organisé des piquets de grève, mais vers onze heures, le Parti ukrainien de l'orthodoxie laborieuse est venu en renfort des Russes. Plus d'un millier de jeunes «laborieux» ont formé une chaîne double autour du bâtiment de l'ambassade. Certains avaient apporté des icônes qu'ils avaient peintes avec le visage du nouveau promu, Vladimir, saint et martyr. On chantait des psaumes, on priait à sa mémoire éternelle et aux autres victimes des juifs. On a organisé dans le Podol un meeting du Congrès des communautés juives, exigeant que la formulation du Saint-Synode soit modifiée.

Vers midi, j'ai fait annuler mes rendez-vous, j'ai convoqué les responsables des structures de force[1] et j'ai exigé que l'ordre soit rétabli au plus vite :

– Mobilisation générale des services ! Que tous ceux dont on n'est pas sûrs soient placés sous contrôle ! Le maire de Kiev…

Je parcourais des yeux tous ces visages connus mais je ne le trouvais pas.

–… Où est-il ?

Je me suis tourné vers Kolia Lvovitch :

– Trouve-le ! Et transmets-lui : qu'il ferme à la circulation, dès demain matin, le centre et le quartier de l'ambassade de Russie, qu'il organise des fêtes de rue et des attractions de Noël, des animations avec les groupes amateurs et autres conneries du même genre ! Que toutes les brasseries et les fabriques de vodka sponsorisent les festivités ! Que tout le pays soit imbibé jusqu'au vieux Nouvel An ! Compris ? Imbibé, mais digne ! Et qu'il n'y ait pas de bavures. Pas de crime dont on entende parler ! C'est clair ? Général Filine, qu'on expédie aux Canaries toute la fine fleur du Milieu, à leur propre compte ! C'est compris ?

Le général Filine écoutait en hochant la tête. Les autres acquiesçaient du regard.

Quand la réunion s'est terminée, j'ai appelé Kolia Lvovitch et je lui ai demandé en douce :

---

1. Siloviki ou Structures de force : ce sont les responsables de l'Armée, de la Sûreté et de la Police.

– Qu'est-ce que tu en penses, de toute cette blague autour de Lénine et de sa canonisation, c'est pour nous qu'ils l'ont inventée?

– Pour tout le monde… a-t-il chuchoté. Mais c'est plus dangereux pour nous que pour les autres!

– Écoute! Je te donne carte blanche. Réunis un comité d'urgence de contre-attaque aux provocations. Tu feras ton boulot en douceur et clandestinement. Aucune information à la presse. S'il y a quoi que ce soit, tu viens me voir aussitôt. Je vais en parler à Svetlov. Il va vous aider!

– Pas besoin de Svetlov, a dit Lvovitch.

– Pourquoi?

– Il est suivi par tellement de services! S'il vient à notre comité, il y amènera les Russes et tous les autres!

– Ah bon? D'accord, agis seul, dans ce cas! Demain matin, je t'attends avec un plan d'intervention!

Il suffisait que je me retrouve seul pour qu'un poids invisible me tombe sur les épaules et je me suis effondré sur le canapé du commandant Melnitchenko. Le doute et la perplexité m'écrasaient complètement. Il me semblait que ma vie, déjà mouvementée, avait perdu à jamais toute tranquillité.

Dehors, il neigeait. À gros flocons. C'était l'hiver sans joie dans la rue, mais j'étais le seul à remarquer que l'hiver était triste. Tous les autres, visiblement, savaient s'en satisfaire.

– Vous devriez vous reposer, a chuchoté l'aide de camp, juste au-dessus de mon oreille.

J'ai ouvert les yeux, effrayé. Je n'avais ni la force ni l'envie de lui crier dessus.

– Appelle la voiture. On rentre à la maison.

– Je m'en charge. Vous avez une enveloppe, du général Svetlov.

J'ai pris l'enveloppe, j'en ai tiré un bout de papier d'un quart de page.

Monsieur le président. Il vaut mieux transmettre les mauvaises nouvelles par courrier. Votre spécialiste du stress a été trouvé pendu dans une forêt près de Loutsk. S'il n'avait pas eu les mains liées dans le dos, on aurait pu penser à un suicide.

Heureux de vous servir.

«Eh bien! je me suis dit tristement. Je ne saurai jamais ce qui relie le potager de Ternopol, mon stress et la patate transgénique!»

109

Kiev. Décembre 1986.

Voilà deux semaines qu'il neige. Tout est couvert d'un doux tapis blanc. Le matin, quand il fait encore noir, on entend crisser les pelles des gardiens d'immeubles. On creuse des chemins et des tranchées. Le balcon est rempli de neige jusqu'à la balustrade. D'ailleurs, ça n'a pas d'importance. La porte-fenêtre a été calfeutrée et collée, ce qui fait que je ne pourrai sortir à nouveau sur le balcon qu'en mars ou avril.

Ma mère est allée travailler. Elle a des petits problèmes, au boulot, mais elle ne me dit jamais rien. Il y a quelque chose qui s'effondre, dans ce pays. Il est trop vaste. J'ai seulement entendu du bout de l'oreille un coup de fil de ma mère, d'où j'ai compris que deux wagons en provenance de Kazan, qui transportaient des pièces quelconques, n'étaient pas arrivés jusqu'à Kiev. Ça fait déjà plusieurs jours qu'on cherche ces wagons. À cause d'eux, il y a je ne sais quelle industrie qui est en rade. C'est clair que c'est le bordel. Mais moi, je n'y peux rien. Tout ce qui dépendait de moi, je l'ai fait. J'ai permis qu'on me fasse entrer à l'Institut technique. Maintenant, il ne faut plus rien me demander. Maintenant, je suis un étudiant soviétique dans les règles. Moitié nonchalant, moitié futur jeune spécialiste.

Mais aujourd'hui, c'est mon jour de nonchalance. Aujourd'hui, nous allons nous baigner dans un trou de glace, David Isaakovitch, le père Vassili et moi. D'ailleurs ceux de mon groupe, ou plutôt celles de mon groupe, à l'Institut, ont été très impressionnés d'apprendre que j'étais un «morse». Dans notre groupe, il y a neuf filles et trois garçons. Les deux autres mecs ont été envoyés là par leur kolkhoze. Ils devaient juste avoir des «3» pour pouvoir entrer. Moi aussi. Les filles, elles ont dû s'appliquer. Elles ont potassé les manuels. Et elles continuent. Elles se font des fiches, elles bûchent. Nous trois, on a une approche plus simple : on ne bosse que pour les examens. Et les stages en usine, personnellement, ça me plaît bien. J'aime les machines qui aident à préparer tous les concentrés et autres denrées destinés au ravitaillement. J'aime la solidité de notre industrie agroalimentaire. C'est seulement quand on se frotte aux détails et aux réalités de ce secteur qu'on comprend qu'il est si important de nourrir le peuple. Si on ne le nourrit pas, d'une part il peut se soûler et, n'ayant rien à grignoter avec la boisson, faire un gâchis qu'on mettrait des siècles à réparer. D'autre part, il y a peu de chances qu'un affamé aille au travail. Ce qui fait que, consciemment ou inconsciemment, je l'ignore, je suis remonté aux sources de l'activité laborieuse de notre peuple. Et ça m'a fortement impressionné.

En fait, quand j'ai raconté autour de moi comment on fabriquait les spaghettis, même David Isaakovitch a été intéressé. Il ne s'était jamais demandé d'où ils provenaient. Et quand il l'a appris, et il ne m'a pas caché que c'était une découverte, il a montré encore plus de respect pour la nourriture. Le père Vassili, en revanche, n'a pas été particulièrement ému. Il soutient que tout ce qu'on mange est «nourriture de Dieu» et que, quel que soit celui qui actionne les machines de la conserverie, seul Dieu en est le maître, Dieu qui est boulanger et pêcheur, qui préside aux spaghettis comme au saucisson.

Avec lui, d'accord, je ne discute pas. Il y a deux manières d'envisager la nourriture. Non pas en opposant le divin à la science, mais l'homme rassasié à celui qui a faim. Or, depuis que je connais le père Vassili, je ne l'ai jamais entendu parler de sa faim. Non, il est toujours prêt à manger quelque chose et le fait même avec plaisir. Mais pour ce qui est de demander une tartine ou proposer qu'on se mette tous à table, ça, jamais! C'est en général le vieux qui le propose, et le père Vassili ouvre les bouteilles et remplit les verres.

Je regarde dans la rue, à travers la vitre que le givre rend opaque. Et je me demande: ça sera comment, la traversée du pont enneigé? Et le chemin à faire pieds nus jusqu'au bord du trou? Pourvu qu'une couche de nouvelle glace ne l'ait pas encore refermé!

Un coup de téléphone me distrait de mes pensées. C'est la voix de ma mère:

– Serioja? N'oublie pas, demain, on va voir Dima! Achète les journaux qui viennent de sortir.

– Mais d'ici demain, il en sortira d'autres!

– Achète ceux d'aujourd'hui et même chose demain! insiste ma mère. Tu te rappelles ce qu'a dit le médecin?

D'accord, je me dis. Je vais les acheter.

Le médecin de Dima est nouveau. Il est plutôt jeune. Il a déclaré que Dima progressait. Qu'on pouvait parler pratiquement de tout avec lui. Et que ses questions étaient étonnamment pertinentes. Il a remarqué que Dima ramassait parfois les journaux abandonnés par les familles des malades, qu'il les remettait en ordre et les lisait. Et que ça améliorait son humeur. À titre expérimental, il lui a apporté plusieurs fois la revue *Ogoniok* et a discuté après avec lui du contenu. C'est ensuite qu'il en a parlé à ma mère. La joie qu'elle a eue, à l'idée que

291

Dima était presque normal, que ses problèmes n'étaient pas tant d'ordre psychique que d'ordre émotionnel! Et qu'il fallait lui apporter plus de journaux! Comme quoi, s'il rentrait dans le contexte de la vie, il pourrait peu à peu revenir dans la vie elle-même et qu'il en aurait même envie, de revenir dans cette vie dont parlaient les journaux qu'il allait lire. D'autant plus qu'elle s'améliorait à une telle allure!

On verra... je me disais en soupirant. Les derniers articles que j'ai lus dans *Le Journal littéraire* racontent des histoires de maniaques qui assassinent les femmes près des stations de chemin de fer. Si j'étais Dima et que je lisais des articles pareils, est-ce que j'aurais envie d'y revenir, dans notre vie?

110

Kiev. Septembre 2004. Mardi soir.

– Tu n'as pas trouvé d'autre endroit pour me donner rendez-vous? a demandé Gousseïnov en jetant un coup d'œil étonné au grand logo jaune du *MacDonald's*. Regarde l'église, à côté, comme elle est belle. Tu aurais pu dire «devant l'église»!

– Si ça avait été une mosquée, d'accord!

– Je ne suis pas croyant! Mais bonjour quand même!

– Bonjour, lieutenant! lui ai-je répondu.

Nous nous sommes donné l'accolade.

– Pas lieutenant, colonel de la police, ancien colonel! a-t-il rectifié fièrement. Alors, on se met où?

J'ai cherché des yeux un café. La place de la Poste, à cette heure de la journée, était un régal pour les yeux. Le funiculaire, de l'autre côté de la route, escaladait lentement la colline Saint-Vladimir comme un ver luisant. Un wagon identique descendait à sa rencontre. Des lampadaires éparpillés sur les pentes brillaient isolément. De l'autre côté de la place, des lignes de néons s'enroulaient autour du bâtiment de la gare fluviale, et de la terrasse du restaurant *Les Flots*, animée et bruyante, s'échappait une musique légère, pour les plus de quarante ans. À gauche de la gare fluviale, un bateau de croisière à trois ponts était à quai, lui aussi plein de vie et de lumière.

– Allons chez les Américains ! a proposé Gousseïnov.

– À *L'Arizona* ?

– Ouais !

Nous avons longé le quai de Krechtchatik et sommes entrés dans la petite cour bien éclairée du restaurant. C'est là que j'ai pu constater avec surprise que mon vieil ami avait un goût parfait. Son costume avait de la classe. Ses chaussures, sa chemise, sa cravate, tout était à la dernière mode. On voyait qu'il lisait les revues masculines !

– Mademoiselle ! Donnez-nous la meilleure table !

Il avait mis ses deux bras en avant, comme s'il maintenait fermement une pastèque invisible entre ses mains.

Elle nous a menés en silence à une table en bois, dans le coin gauche du restaurant. Puis elle a voulu aller chercher le menu. Gousseïnov l'a arrêtée :

– Comment vous appelez-vous, Mademoiselle ?

– Vita.

– Ma chère Vita, j'ai pas besoin du menu ! J'aime pas lire !… Dites-moi plutôt : quels sont les plats les meilleurs et les plus chers ?

– Et si les prix ne correspondent pas au goût ?

« Bravo ma fille ! » je me suis dit.

– Alors, quel est votre meilleur plat ?

– Du mouton grillé à l'argentine.

– Donnez-nous-en deux, et des salades variées ! T'as rien contre ?

– Si c'est toi qui invites, ça marche !

– Bien sûr, que je t'invite ! C'est toi qui m'as retrouvé ! Je te dois bien ça ! Qu'est-ce qu'on boit ?

– Avec le mouton ? Le mieux, ça serait du rouge du Chili ou d'Argentine.

– Non, moi, je ne veux pas de vin. Le Coran me l'interdit. Je vais boire de la vodka. Mais pour toi, on va prendre du vin !

– Il y a une demi-heure tu n'étais pas croyant ! ai-je dit, mi-étonné, mi-sarcastique.

– Je ne suis pas croyant mais je suis musulman. Tu comprends ?

– Avant, tu buvais du porto, et sans te faire prier…

– Avant, on pouvait ! Avant, en URSS, on était tous égaux et on buvait en frères !

Il a commandé une bouteille de vin du Chili et une de vodka Nemiroff. J'ai jeté un coup d'œil inquiet à ma montre : il était huit heures passées. J'ai appelé Svetlana sur mon portable et lui ai dit de ne pas m'attendre et de se coucher.

– Tu pends encore une crémaillère ? a-t-elle demandé d'une voix où je ne percevais aucune irritation.

– Non, j'ai rencontré un vieil ami et nous sommes au restaurant sur les quais. Dans le Podol.

J'ai écarté un instant le téléphone de mon visage et j'ai demandé à Gousseïnov :

– Dis un mot gentil à ma femme pour qu'elle ne s'inquiète pas !

Il a pris le portable :

– Bonsoir ! Je m'appelle Marat Gousseïnov ! Je connais votre mari depuis qu'il est tout jeune, depuis qu'on l'a amené au poste pour la première fois ! Nous sommes seulement tous les deux, pas la moindre femme à l'horizon. Parole de Caucasien ! Voilà ! Bonne nuit !

Il m'a rendu le portable. J'ai dit à Svetlana encore deux ou trois mots tendres avant de la quitter.

– Elle est belle ?

Il désignait le mobile que j'avais posé sur la table.

– Bien sûr qu'elle est belle. Nous attendons un enfant, ou plutôt des jumeaux. C'est pour bientôt !

– Alors moi, j'offre les berceaux !

On nous a d'abord apporté les bouteilles, puis deux assiettes immenses, qui croulaient sous la viande.

Gousseïnov a entamé son récit tout en mâchant:

– Je suis donc retourné au Daghestan. Je me suis trouvé un boulot dans la police et je suis même devenu colonel, c'est plus facile qu'ici! Et ensuite, ça a commencé en Tchétchénie, et jusque chez nous. On a commencé à mettre des bombes chez les policiers, chez les ministres. On n'était plus tranquilles. J'ai dit à mon père: je veux retourner en Ukraine. Il m'a autorisé. J'ai apporté un peu d'argent. J'ai acheté un appart. J'ai ouvert un commerce. La vie normale, quoi! Je peux envisager d'avoir une famille.

Je l'écoutais en me disant: est-ce que vraiment il ne se rappelle pas cette dernière journée d'hiver que nous avons passée ensemble, après laquelle nous ne nous sommes pas revus? Est-ce qu'il a pu oublier comment il m'a abandonné sur l'île Troukhanov alors que j'étais complètement ivre? Et le bruit de la bouteille de vodka vide qui dévalait tout le long du pont couvert de neige glacée?

– Tu t'es marié, depuis ce temps! Tu attends des jumeaux! continuait-il. C'est ça qu'il faut faire! Un vrai homme!

Nous avons trinqué, moi avec mon ballon d'excellent vin, lui avec son petit verre à vodka.

– On boit à l'amitié! a-t-il proposé.

– D'accord, ai-je répondu un peu fraîchement.

Brusquement, il s'est avisé de mon ton et une question a mûri en lui. Il a fini par demander:

– Dis-moi, on dirait que t'es pas content?

– Je suis content, mais, pendant tout ce temps, j'ai eu envie de te poser une question…

– Pose-la!

– Tu te rappelles notre dernière rencontre, l'hiver 85? Tu as oublié?

– L'hiver? 85? Quand on m'a viré de la police?

– Oui. On a fêté ça tous les deux. On a bu de la vodka sur le pont de l'île Troukhanov. Ensuite, tu m'as abandonné alors que j'étais ivre ! Tu te rappelles pas ?

Gousseïnov a remué les lèvres, comme s'il prononçait une prière musulmane. Et son regard était tourné vers l'intérieur. Peut-être avait-il vraiment oublié ?

Ses yeux sont revenus vers moi, il a pris l'air coupable :

– Tu comprends... J'ai honte, vraiment. Je me rappelle. Je me suis souvent souvenu de cette soirée ! Je m'étais mis à roter, sur le pont, pour essayer de me faire vomir. Je me suis penché par-dessus bord. Et quand j'ai été soulagé, je me suis retourné et j'ai vu que tu marchais vers l'île. Il neigeait. «Va te faire foutre !» je me suis dit. Excuse-moi, mais c'est exactement ça que j'ai pensé, je me le rappelle encore ! Je me disais que si j'allais te chercher, je crèverais de froid sur place ! Je me disais que tu étais un gars du coin, qu'il se trouverait toujours quelqu'un pour te ramasser, tandis que moi, le Caucasien, on m'abandonnerait comme un chien !...

Je l'écoutais avec étonnement. Sa mémoire me surprenait, mais surtout son courage. M'avouer des choses pareilles, c'était comme s'il se couvrait de boue.

– Si tu peux, pardonne-moi ! On va boire en frères, on sera des vrais frères. Ça ne se reproduira plus jamais ! Je le jure sur la tête de ma mère !

– Tu sais, ai-je répondu en repoussant mon verre à moitié rempli sur le côté. Tu te souviens mieux que moi de tout ça. Mais si ce soir-là un vieux Juif ne m'avait pas remarqué par hasard près du pont, nous ne serions pas assis là, tous les deux. Nous n'aurions pu nous revoir que quelque part là-haut !

Et, d'un geste, j'ai désigné le ciel, puis j'ai repris :

– J'ai glissé dans un trou, entre la berge et la glace. J'aurais pu rester au fond de l'eau jusqu'à maintenant...

Mes dernières paroles sonnaient comme du métal froid. J'en étais moi-même effrayé. Et Gousseïnov écoutait en me regardant droit dans les yeux, sans sourciller. Puis il a dit, d'une voix inquiète :

– Qu'est-ce que je peux faire ? Dis-le-moi ! Il ne faut pas garder si longtemps une blessure, ça ne sert à rien ! Nous étions soûls, tous les deux. Toi aussi, tu aurais pu m'abandonner là-bas !

– Oui, c'est une hypothèse… Mais il se trouve que ça a été le contraire. C'est toi qui m'as abandonné !

– Mais qu'est-ce qu'il faut faire pour que tu me pardonnes ? Vas-y, cogne, si tu en as envie !

– Ça fait longtemps que j'en ai envie !

Gousseïnov s'est resservi un verre de vodka, il l'a avalé d'une gorgée. Puis il a jeté un regard autour de lui.

– D'accord. Mais pas ici. Ici, ça serait moche. Il y a des étrangers !

Il s'est levé, titubant un peu. Il s'est dirigé vers la sortie. Je l'ai suivi. Sur le quai, il faisait déjà sombre. Il s'est arrêté à l'entrée de la cour du restaurant.

– Frappe un bon coup… Qu'on puisse oublier tout ça et ne plus jamais avoir à s'en souvenir ! N'aie pas peur, on m'a déjà cogné, je sais tenir le coup ! Attends !

Il montrait un couple qui sortait du restaurant. Les deux jeunes gens montaient dans une BMW noire. Nous avons attendu qu'ils démarrent. Il a jeté un dernier coup d'œil autour de lui et a dit :

– Vas-y !

Je l'ai frappé au visage de toutes mes forces. Il a volé en arrière, est tombé à la renverse et n'a plus bougé.

J'ai attendu tranquillement quelques secondes. Ensuite je suis devenu nerveux. Est-ce que je l'aurais tué ? Sa nuque pouvait très bien avoir cogné l'asphalte, ce qui est bien pire qu'un coup au visage ! Qu'est-ce qui allait se passer ? J'étais un crétin ! Qu'allaient devenir la Suisse et l'accouchement ? Dans *Les Nouvelles de Kiev*, on verrait à la une un gros titre : *Le vice-ministre de l'Économie a tué un homme d'affaires daghestanais !*

Je ne sais pas combien de scénarios effrayants se sont succédé dans ma tête pendant ces quelques minutes, mais, à un certain moment, je me suis aperçu que Gousseïnov bougeait. Il s'est arc-bouté sur ses coudes, s'est assis sur l'asphalte et est resté là, silencieux. Puis il s'est remis sur ses jambes.

– Si j'avais su, j'aurais mis un jean, a-t-il dit en couvrant son nez aquilin de sa main droite. Et moi qui me disais : tu vas retrouver un vieil ami, il faut être bien habillé ! Un costume Versace, une chemise Hugo Boss…

De la main gauche, il tâtait sa veste et son pantalon :

– Ça n'a pas l'air déchiré…

Je me suis mis à tourner autour de lui en époussetant sa veste et son pantalon.

– Non, tout est intact !

En le rassurant, je me rendais compte que ma haine, qui s'était accumulée comme des intérêts à la banque, s'était volatilisée.

– Tu m'as cassé le nez, a-t-il constaté calmement.

Ses yeux humides brillaient derrière la main qui couvrait son nez. Ils étaient pleins de pitié à son propre égard.

– Viens ! lui ai-je dit en le prenant par le bras.

Je l'ai emmené dans les toilettes. Du sang coulait de sa narine gauche. Il s'est lavé à l'eau froide. Il était debout devant le miroir, au-dessus du lavabo et regardait le sang qui continuait à goutter de son nez. Les gouttes se mélangeaient au mince filet d'eau. Je lui ai tendu quelques serviettes en papier pour qu'il s'essuie le visage. Il en a fait un genre de boulette et s'est bouché la narine.

– Regarde, ça marche ! On retourne à table !

La serveuse était justement à notre table.

– Oh ! Mais qu'est-ce qui s'est passé ? a-t-elle demandé, les yeux inquiets fixés sur le pantalon sale de Gousseïnov.

– Rien du tout, on est allés fumer dehors et j'ai buté sur quelque chose…

Elle insistait :

– Mais vous pouvez fumer ici, je vais vous apporter un cendrier!…

– Non merci! J'ai assez fumé! J'en ai plus envie. Apportez-nous plutôt un dessert! Quel est le plus sucré?

Vita a énuméré plusieurs desserts. Il a opté pour du gâteau aux pommes et au miel. Puis, quand elle s'est éloignée, il a rempli nos deux verres et a insisté pour qu'on se lève et qu'on boive «en frères», en croisant nos deux bras.

Boire cul sec un verre de vin du Chili, c'était évidemment sacrilège. Mais telle était sa volonté. Je voulais la respecter, comme dix minutes plus tôt, il avait respecté mon désir de lui mettre mon poing sur la gueule. Une de mes vengeances était accomplie, effaçant une offense de ma mémoire et de ma biographie.

111

Kiev. Décembre 2015.

Dès que les festivités populaires ont commencé, le nouveau saint Vladimir a été oublié. Les passions s'étaient éteintes, mais je comprenais que ça ne durerait pas. C'était le calme avant la tempête. La seule chose que je ne savais pas, c'était d'où viendrait la tempête et quelle forme elle prendrait. La météo avait peu de chance de pouvoir m'informer.

En l'honneur du Noël catholique, j'ai reçu le nonce Grigori, ambassadeur du Vatican. Nous avons échangé des cadeaux, dans une atmosphère de recueillement presque funèbre. Ça se passait au palais Marinski, dans la salle de réception, à côté d'un sapin décoré.

Le nonce parlait assez bien le russe et il a profité d'un moment où mon aide de camp et l'interprète s'étaient détournés pour me dire en chuchotant: «Méfiez-vous des Rois mages qui apportent les cadeaux!» J'ai pris un air entendu. Ce n'est qu'ensuite, après son départ, que je me suis demandé à qui il faisait allusion. Ce jour-là, en dehors de lui, personne ne m'avait apporté de cadeau. Et d'ailleurs son cadeau était symbolique et n'avait rien de personnel : un tableau du XVIe siècle représentant la place Saint-Pierre de Rome.

Vers midi, je suis retourné à la résidence et j'ai fait venir Kolia Lvovitch. Il est entré, de sa démarche élastique, plein jusqu'au sommet du crâne du sentiment de sa dignité et de sa propre importance. Il tenait un porte-document en cuir brun. Je lui ai montré le canapé du commandant Melnitchenko. Il y a plongé le derrière, a croisé les jambes, puis a dit, en ouvrant son dossier :

– Pendant qu'on est tranquilles, je vous ai apporté ce que vous m'avez demandé !

Il s'est levé et a posé devant moi une feuille colorée avant de se rasseoir.

– Qu'est-ce que c'est ?

– Une photocopie couleur de la photo qui est dans la chambre de Maïa Vladimirovna.

– D'accord. Et quoi d'autre ?

– Quoi d'autre ? J'ai tout compris. La Russie a des problèmes. C'est bientôt les présidentielles. Ils ont donc cassé l'opposition de gauche. La solution qu'ils ont trouvée est très futée ! Si vous voulez avoir un saint comme président, tournez-vous vers les partis chrétiens qui appartiennent à la majorité proprésidentielle, si vous ne le voulez pas, allez vous faire foutre ! Parce que, de fait, le président a déjà été adopté par l'Église qui l'a déclaré «Protecteur des humbles, des orphelins et des détenus». D'ailleurs, les ateliers d'icônes de la laure de Petchersk ont reçu hier soir une commande de Zagorsk pour vingt mille icônes de Vladimir, saint et martyr ! Chez nous, en tout cas, c'est calme. Les fêtes finiront vers la fin janvier et, d'ici là, les gens se seront habitués au nouveau saint et ils n'y prêteront plus attention.

– On n'a donc aucun problème ? lui ai-je demandé, narquois, son autosatisfaction me rendait méfiant.

– Mais si, bien sûr, Monsieur le président! On en a toujours, des problèmes!

«Évidemment, je me suis dit. S'il n'y avait pas de problèmes, qu'est-ce que j'aurais à m'emmerder avec toi?»

– L'Église orthodoxe ukrainienne a fait une déclaration comme quoi elle ne reconnaît pas le nouveau saint, et elle interdit à ses fidèles d'effleurer des lèvres ou de l'esprit ses icônes.

– Et à quoi tout ça peut nous mener?

– À une scission de l'orthodoxie. Mais le pays n'a rien à craindre! Plus l'Église aura de problèmes internes à régler, moins elle se mêlera des affaires de l'État.

– Tu es un malin, ai-je soupiré. Et comment ça se passe, l'expérience qu'on a lancée pour la remise des passeports?

– Tout se passe bien. On a étendu la mesure à cinq régions et à la république de Crimée. Le futur citoyen choisit, parmi les églises qu'on lui propose, celle où il a l'intention de devenir citoyen de l'Ukraine. Là où ça coince, c'est avec les Tatars de Crimée. Nous n'avons pas donné l'approbation pour leur traduction du serment en tataro-criméen. Et ils ne veulent pas la retoucher.

– Et qu'est-ce qui ne va pas?

– Le serment ne mentionne pas l'Ukraine, il faut juste promettre d'être un bon musulman et de vivre en accord avec le Coran.

– Mykola n'a qu'à s'en occuper!

– Il est en maison de repos!…

– Moi aussi, j'aimerais aller en maison de repos… je lui ai dit, tout en ramenant vers moi la photocopie du cœur qu'il avait posée au milieu de la table. Pour des soins postopératoires…

J'ai placé le cliché sous la lampe de bureau que j'ai allumée. La lumière a jailli et s'est mise à trembler. Et cette lumière tremblante m'a aussitôt donné des élancements dans le cœur. J'ai interrogé du regard le chef de cabinet. Toute sa morgue du jour avait disparu.

301

– Je croyais que tu avais réglé le problème?

– Je l'ai réglé… Ça doit être autre chose… Sûrement une histoire de contact!

– Allume la lumière de la pièce! lui ai-je dit, glacial.

Kolia Lvovitch s'est levé, il a tendu la main vers le mur. Un éclair, et l'électricité bon marché s'est mise également à trembler au plafond.

– Tu veux quoi, que j'aie un infarctus? Allez, fonce chez Kazimir, et je veux que, dans une demi-heure, tout soit réglé. Sinon, j'abolis la Constitution et la démocratie pendant cinq minutes et je recours à la force pour remettre en ordre ce foutu bordel!

Kolia Lvovitch avait disparu, en ne laissant qu'une trace creuse sur le canapé de Melnitchenko. Mon cœur me faisait réellement mal. Je contemplais la photocopie, ce cœur pitoyable qui n'avait pas l'air bien costaud et qu'on avait sans doute photographié en souvenir, avant de refermer la poitrine et de l'y coudre à l'intérieur.

J'ai appelé mon aide de camp. Je lui ai demandé de faire venir le chirurgien qui m'avait opéré. Puis je me suis assoupi sur le canapé du commandant Melnitchenko.

112

Kiev. Juin 1987.

Les examens bourdonnent encore dans ma tête. Un vrai vacarme. Parce qu'avant les examens, je ne buvais pas autant. Alors que, maintenant, au foyer universitaire, c'est jour et nuit que nous fêtons les résultats, les «4» et les «5». Je n'arrive d'ailleurs pas à comprendre comment les gens font pour obtenir si facilement des mentions «bien» ou «très bien». Moi, en tout cas, je n'y arrive pas. Mais je me contente de mes «3».

Avec ma mère, maintenant, on ne fait plus qu'échanger des messages. Je passe à la maison quand elle n'est pas là. J'écris à chaque fois: *Excuse-moi, je ne rentrerai pas*

302

pour dormir! Je prépare mes examens au foyer universitaire.
Quand je me pointe à la maison, la fois suivante, je
reçois la réponse: S*alaud! Quand tu auras des enfants, tu
comprendras! Rentre immédiatement à la maison! Dans les
foyers universitaires, il n'y a aucune hygiène et il y a la syphilis!* Le message que je lui laisse en réponse est le suivant:
*Ne t'en fais pas! Je n'aurai ni enfants ni syphilis! Je rentrerai
quand mes examens seront finis!*

En fait, je me sens coupable. Évidemment, que je suis
un salaud. Mais il y a plus d'une heure de transport
entre la résidence et la maison. Aller et retour, ça fait
deux heures et demie. Et j'ai déjà pris goût au bordel
étudiant. Je ne savais pas que c'était si sympa, les études!
Et j'aurais pu ne jamais le savoir, je suis quand même le
plus vieux de mon année! J'ai vingt-six ans! Et encore, je
le dois à ma mère, qui s'est débrouillée pour me trouver
une recommandation de l'armée! Il faudrait que je la
remercie, d'une manière ou d'une autre, je me dis.

Et la fois suivante, j'arrive à la maison avec un bouquet de fleurs. Je laisse sur la table sept œillets rouges à
cinquante kopecks et un tube de crème pour les mains.
Ça tombait pile au moment où je venais de recevoir un
cadeau de David Isaakovitch. Il m'avait donné dix
roubles le jour d'avant, quand j'étais passé le voir. Il
s'était plaint, tout en buvant son thé:

– Je commence à avoir de l'argent en trop. Les médecins ont dit qu'il fallait que j'arrête de boire de la vodka
et même du vin. Alors je n'ai pas besoin de dépenser
l'argent. Tandis que toi, tu y as droit! Achètes-en, tu boi-
ras à ma santé!

Les dix roubles m'ont permis d'acheter une bouteille
de porto. Je n'avais pas envie de vodka: nous autres étudiants, nous n'aimons pas trop ça, la vodka! Notre boisson, c'est toute la gamme des portos et autres vins doux.
Avec la monnaie, j'ai acheté les fleurs et le tube de
crème, il me restait encore de la ferraille. J'aimerais bien

savoir ce qu'elle va m'écrire, ma mère, en réponse à mon cadeau-surprise.

113

Espace aérien. Septembre 2004.

J'ai tourné les aiguilles de ma montre une fois dans l'avion. L'hôtesse de l'air revenait toutes les dix minutes et demandait, anxieuse, si on avait besoin de quelque chose. En même temps, elle regardait le ventre de Svetlana qui s'était assoupie sur son fauteuil. Avant d'embarquer, on avait beau être passés par le salon des VIP, on nous a demandé de remplir un papier. Comme quoi Svetlana, dont la grossesse était très avancée, prenait l'avion à ses risques et périls et ne pourrait formuler aucun grief envers la compagnie d'aviation en cas d'incident.

– Quel genre d'incident ? ai-je voulu savoir.

– Au cas où l'accouchement commencerait en vol, a expliqué en douceur la représentante de la compagnie. Vous comprenez, il n'y aura peut-être pas de médecin ou de sage-femme parmi les passagers et ça nous coûterait cher de demander un atterrissage d'urgence.

Je lui ai expliqué que nous étions à trois semaines du terme, mais ça n'a pas eu l'air de la tranquilliser. Une fois qu'on a signé la feuille, elle ne s'est plus montrée. On nous a emmenés en minibus à l'avion et on nous a laissés nous installer à l'aise en classe affaires. Pendant dix minutes, nous étions seuls dans l'avion. Puis un bus est arrivé avec des classes économiques.

Svetlana a supporté facilement le décollage. L'avion s'est arraché à la pénombre de Kiev, a fendu de ses ailes les nuages et, une fois en plein soleil, a semblé se faire sécher.

Lorsqu'on nous a proposé les boissons, j'ai pris un verre de champagne et Svetlana du jus d'orange, ce qui ne nous a pas empêchés de trinquer.

– Que tout se passe bien !

– À notre bonheur! a-t-elle répondu.

Pendant qu'elle somnolait, je me remémorais le jour précédent, quand j'étais passé voir ma mère. Elle m'avait remis de force un pull pour Dima. Je protestais: «S'il n'a pas de pull-over, je lui en achèterai un sur place!» mais elle insistait. Finalement, j'ai emporté le pull, mais je l'ai laissé chez moi.

– Revenez, après! disait ma mère en retenant ses larmes. Ne restez pas là-bas! Je vous aiderai, je garderai les petits! Dis-le aussi à Dima! Il faut qu'il revienne! Je m'ennuie, toute seule. Toi, je te vois une fois tous les trois mois, et encore, tu passes en coup de vent! Et Dima… S'ils ont décidé qu'il pouvait avoir un enfant, ça veut dire qu'il est guéri! Et en plus, ça te bouffe tout ton fric!

Là, elle n'avait pas tort. Mes économies se tarissaient. Après les dépenses qui étaient prévues pour la clinique et le séjour en Suisse, il ne resterait plus sur mon compte à la banque ukrainienne Ukreximbank que quinze mille dollars. Et le prochain appel de fonds pour la clinique de Dima et Valia me pomperait trente mille. À ce moment-là, selon les critères occidentaux, je serais en faillite et on mettrait Dima et Valia à la rue.

Mes réflexions n'étaient pas bien gaies. J'écoutais le vrombissement du Boeing tout en me disant qu'il faudrait que j'aie une discussion sérieuse avec Dima avant l'accouchement. J'avais fait tout ce que je pouvais pour lui. Et même plus. Mais maintenant, il allait devenir un homme normal. Il aurait une famille et un enfant. Il avait où loger à Kiev. Dieu merci, ma mère avait un appartement de trois pièces. Et puis, en cas de besoin, il pourrait compter sur mon aide.

Svetlana dormait toujours. L'hôtesse est revenue et a demandé à voix basse si j'avais regardé le menu. Je lui ai répondu sur le même ton que j'avais choisi le saumon.

– Et comme boisson?

– De l'eau non gazeuse.

La veille, quand j'étais arrivé au bureau, Nilotchka m'avait offert une petite croix en turquoise avec un fil rouge. «Porte-bonheur!» avait-elle dit, et j'avais failli éclater de rire. Je l'avais embrassée sur les lèvres, de façon simple et naturelle.

J'étais venu pour jeter un dernier coup d'œil sur les papiers de mon bureau avant de partir. Il y en avait une quantité. Les plus importants, ceux qui concernaient les affaires où je n'avais rien à redire, je les avais mis, avec mon paraphe, dans le dossier «Au ministre». Les autres formaient une pile sur le coin gauche de mon bureau et je n'avais pas la moindre envie d'y mettre le nez.

– Je les rangerai bien à part! a promis Nilotchka, qui avait remarqué mon inquiétude.

– Range-les de telle manière qu'on n'ait plus à les voir, ni moi ni personne! ai-je dit en plaisantant à moitié.

Elle s'est soudain souvenue:

– Mon Dieu! J'allais oublier de vous dire que Dogmazov a téléphoné! Il a demandé que vous le rappeliez!

– Je le rappellerai quand je reviendrai!

Elle était devant moi, vêtue d'une petite jupe noire étroite. Son chemisier blanc à col de dentelle soulignait son air juvénile et innocent. À cet instant, à nouveau, elle m'a semblé très séduisante. Je lisais dans ses yeux humides qu'elle me priait de ne pas l'oublier. Je l'ai serrée très fort dans mes bras en signe d'adieu et j'ai promis de lui téléphoner.

114

Kiev. Décembre 2015.

Vers le soir, mon cœur s'est calmé. Mais mon angoisse est restée. Elle a même augmenté quand Svetlov m'a annoncé que Kazimir était en vol pour Moscou où il devait rencontrer les plus hauts fonctionnaires du gouvernement russe.

«Et pourquoi, moi, je ne vais nulle part? Pourquoi, ces derniers mois je n'ai fait aucune visite officielle, en dehors de la Mongolie?» J'ai ordonné qu'on me passe le ministre des Affaires étrangères. Il a bafouillé, l'air effrayé, qu'avant mon opération, c'était interdit, et que maintenant, c'était encore un peu tôt. Que les visites officielles constituaient une épreuve pour la santé d'un président. Qu'il fallait que je reprenne des forces. «Nous préparons une visite en Albanie, a-t-il lâché, finalement. Pour mars de l'année prochaine.» J'étais perplexe, en reposant le téléphone: «L'Albanie? Pour quoi faire, l'Albanie? Autant planifier une visite au Honduras!»

Vers neuf heures, l'angoisse qui m'avait envahi est devenue presque insupportable. J'avais envie de quelque chose de beau. Mais Maïa n'était pas chez elle. J'ai dit à l'aide de camp de m'organiser une visite dans un musée.

– Quel musée? a-t-il demandé, avec un regard inquiet vers la pendule.

– Dans lequel y a-t-il quelque chose de vraiment beau?

Il a haussé les épaules:

– Je ne suis allé qu'au musée de la Guerre patriotique.

– Moi, je veux voir des tableaux.

– Le Musée russe?

– Va pour le Musée russe!

Trois quarts d'heure après, le parquet ancien du musée d'Art russe craquait sous mes pieds. Le directeur et ses conseillers scientifiques étaient restés plantés près de l'escalier avec ma garde. Je voulais être seul. Je voulais m'isoler avec quelque chose de beau. Je m'enfonçais de plus en plus dans l'art russe et je me suis retrouvé dans une salle en cul-de-sac, dont les murs étaient couverts d'immenses toiles de Chichkine[1], des paysages de

---

1. Chichkine (1832-1898). Peintre réaliste, sans doute le plus populaire en Russie, dont les paysages de forêt exaltent la signification morale et nationale de la nature russe. Il est l'un des fondateurs de l'Association des Peintres Ambulants dont le but est de rapprocher la peinture du peuple.

forêt, vraiment superbes. Un de ces tableaux protégeait mon sommeil, il ornait le mur à la tête du lit présidentiel. Je me suis assis sur le banc de bois qui permettait d'admirer les tableaux et me suis dit:

«C'est là où je voulais aller! Dans ces clairières ensoleillées... Rien à foutre que ce soient des forêts russes! Chichkine a certainement fait ses croquis ici, dans une forêt ukrainienne! Ou alors, c'est qu'entre la forêt ukrainienne et la forêt russe, il n'y a aucune différence!»

115

Kiev. Juillet 1987.

La vie est belle et bonne à manger. Ça, je l'ai compris dès le premier jour de mon stage. On m'a envoyé, avec Viktoria Kozelnik, à la cantine du Comité central du Komsomol[1]. C'est vrai que, logiquement, on aurait dû y mettre des élèves de l'école hôtelière, mais alors on se serait retrouvés, Vika et moi, comme des couillons, dans une cantine d'usine ou une usine à viande!

Et nous voilà donc tous les deux en blanc, des vrais anges! Nous disposons les aliments sur les assiettes, nous veillons à la décoration, à la taille des portions, nous effectuons des contrôles en pesant les côtelettes et les morceaux de viande. Et nous prenons le temps d'avaler au passage des petits bouts de saucisson ou de fromage.

Les journées passent très vite. Il y a de la pression seulement au déjeuner. Nos dirigeants sont des gens plutôt joyeux et pleins de vitalité. Ils n'ont aucun problème d'argent ou d'appétit. Et d'ailleurs, d'où leur viendraient ces problèmes, si une tartine avec du caviar rouge leur coûte trente-deux kopecks et avec du caviar noir, quarante-trois?

---

1. « Jeunesse Communiste Soviétique » : organisation de la jeunesse où on entrait à partir de 18-20 ans mais où on restait souvent jusqu'à un âge avancé car elle servait de courroie de transmission du parti communiste.

Hier un de ces dirigeants est venu me voir, celui qu'on appelle Jora. «Dis-moi, tu es un gars sur qui on peut compter?» m'a-t-il demandé. Je lui ai répondu que oui. «Alors, tu ne mourras pas de faim!» m'a-t-il dit en riant et en me tapotant l'épaule.

Vika aussi est contente. Mais elle a d'autres raisons de se réjouir. À la fin du travail, elle retire en douce le fromage et le saucisson des sandwichs invendus, elle les roule dans des serviettes en papier et les fourre dans les poches de son grand sac. Elle habite dans un foyer et elle pourvoit ainsi à son petit déjeuner sans oublier les copines. Moi, je n'ai pas ce genre de problème. Je suis d'abord retourné vivre chez ma mère, mais, au bout d'une semaine, je me suis encore fâché avec elle. J'en avais marre des visites chez Dima. «Une fois par mois et pas une de plus!» ai-je déclaré en ultimatum. Elle s'est remise à couiner: «Quand tu auras des enfants, tu comprendras!» Et moi, je lui ai répondu: «Je n'aurai jamais d'enfants, t'inquiète pas!» et j'ai claqué la porte.

Depuis, je vis chez David Isaakovitch. Je vais à la pharmacie lui acheter ses médicaments, je lui fais sauter des pommes de terre à la poêle dans la cuisine communautaire où tous les voisins me connaissent et chuchotent que je suis un parent éloigné du vieux, que ma famille m'a envoyé là pour que je puisse obtenir mon enregistrement sur cet appartement avant que David Isaakovitch rende l'âme.

Une âme, il en a une, le vieux, ça, c'est certain. Ce qu'il a pu se réjouir, quand il a reçu la lettre de Mira et sa mère! Il ne pouvait pas se lasser de regarder les photos en couleur. Voilà Mira et sa mère devant un magasin, les voilà près d'une fontaine avec, en fond, une voiture chic.

– Ça va, elles sont installées! soupire le vieux, soulagé, en se tournant vers moi. J'ai donc bien fait d'accorder le divorce. Maintenant, elles sont bien.

J'approuve en ajoutant:

– Nous aussi, on est bien.

Et j'essaie de mâcher une pomme de terre trop risso-lée. Elle grince, elle craque sous les dents, elle se fend mais finit par se rendre. Le coupable, c'est le voisin qui m'a distrait de ma poêle à frire en me demandant de venir changer son ampoule, dans les toilettes. Il y a sept lampes au plafond, autant que de voisins. Et il a fallu les allumer une par une avant de comprendre laquelle avait grillé. Puis la dévisser et en revisser une autre. Pendant que je m'affairais à ça, mes patates ont trop cuit, elles sont devenues dures. La bonté, ça se paye. Mais qui sait? Si j'avais refusé ce service au voisin, il aurait pu me mettre, une autre fois, une saloperie quelconque dans ma poêle. La cuisine est communautaire, même les fri-gos, on les partage. Il y en a trois pour sept voisins. Il faut faire gaffe à tout ce que tu fais pour qu'un voisin n'ait pas une dent contre toi. Parce que la dent d'un voi-sin, c'est parfois plus dangereux qu'un couteau.

116

Suisse. Leukerbad. Septembre 2004.

Dès qu'on est arrivés à Zurich, j'ai pensé qu'on pas-sait de septembre à août. L'air frais des Alpes était sacré-ment réchauffé par le soleil et j'ai eu envie de retirer ma veste dès l'aéroport.

Nous sommes tombés sur un chauffeur de taxi particu-lièrement aimable. Et il a redoublé de gentillesse quand il a su où il devait nous emmener. D'après mes calculs approximatifs, cette course devait lui rapporter trois cents ou quatre cents francs suisses. Il a vite compris qu'on ne parlait pas allemand et s'est mis à baragouiner en anglais. Ayant appris que nous étions de Kiev, il s'est mis à chanter *Kalinka*. Et quand on a commencé à monter, il s'est arrêté plusieurs fois pour nous faire admirer le paysage. Il nous a même offert un thé dans un petit village.

Svetlana s'assoupissait régulièrement. La fatigue du voyage se faisait sentir. Je m'inquiétais en voyant ses paupières un peu enflées. Je demandais au chauffeur si on arrivait bientôt. Il haussait les épaules en disant: «Soon! Very soon!» Mais ça ne correspondait pas à la réalité. Entre Leuk et Leukerbad, il a arrêté la voiture sur un pont étroit pour qu'on puisse regarder en bas, vers le précipice. Svetlana s'était réveillée. Soit par politesse, soit par curiosité, elle a voulu regarder. Elle s'est sentie mal et a eu la nausée. Et j'ai vraiment eu peur. Le chauffeur aussi. Au bout d'une demi-heure, il sortait du coffre nos bagages. Le groom de l'hôtel était là, prêt à monter nos valises à n'importe quel étage et à attendre près de l'entrée de la chambre sa récompense. Il a emporté les bagages sans poser de question.

– Je vais m'allonger un peu, ensuite, on ira voir Dima et Valia, a dit Svetlana d'une voix fatiguée.

Je l'ai aidée à retirer ses chaussures. Je lui ai rapporté un peignoir immense et je suis sorti sur le balcon.

La chambre était au premier étage. Les fenêtres donnaient sur le nord. Le village finissait à trois cents mètres de l'hôtel et la terre devenait du rocher qui montait vers les cimes. Ce village, niché dans une large gorge, m'avait frappé, déjà la dernière fois, il avait l'air d'un joli jouet, fragile et sans défense. Il était situé comme au fond d'un grand verre, et si Dieu ou la nature décidaient un jour de remplir d'eau ce verre, il n'y aurait pas de rescapés. Mais, apparemment, les dieux suisses protégeaient Leukerbad. Les avalanches ne passaient pas par là et les glissements de terrain épargnaient les villas, les hôtels et les sanatoriums. C'est comme si le bon Dieu avait assuré lui-même tout le village. Bref, la Suisse, dans sa beauté et sa sécurité.

J'ai pris une bouteille de bière dans le minibar. J'ai écouté la respiration de Svetlana. Elle était paisible et régulière. Et je suis ressorti sur le balcon pour admirer les Alpes qui s'élançaient dans le ciel.

Kiev. Décembre 2015.

La nuit, j'ai rêvé de forêt russe. Pourquoi russe? Parce que quelqu'un, au fond des bois, parmi les sapins immenses, jurait sans arrêt en russe. Un homme à la voix éraillée appelait Doussia. Et moi, je ramassais des champignons en observant les fourmis et leurs chemins vivants. À un moment, je me suis accroupi et j'ai tendu la main vers un nouveau bolet, j'ai vu alors que les poils, sur le dessus de ma main, étaient devenus roux. J'ai relevé la manche de mon manteau ouatiné – puisque je portais ce vêtement pour ramasser les champignons, c'était donc bien une forêt russe, sinon je n'aurais pas dû mettre ce genre de manteau! – et j'ai compris avec horreur que tous les poils que j'avais sur le corps étaient devenus roux. Avec, en plus, des taches de rousseur partout!

– Doussia?! appelait le type enroué, invisible derrière les arbres.

J'ai décidé de partir dans l'autre sens pour éviter de le rencontrer. Je me suis engagé dans un sous-bois de jeunes sapins, en ramassant au passage une dizaine de pleurotes avec mon couteau à manche de bois. J'ai débouché sur une clairière et j'ai vu devant moi une Jeep toute neuve, d'un jaune étincelant. Il n'y avait personne dedans. La plaque d'immatriculation était de chez nous, de Kiev, avec un numéro spécial. OO1111NN.

Juste devant la roue avant gauche, il y avait toute une famille de pleurotes. J'ai coupé les champignons délicatement, pour ne pas toucher au pneu. Je les ai mis dans mon seau en plastique et je suis parti, tout en me retournant sur la jeep. J'avais l'impression de l'avoir déjà vue quelque part.

Au bout de quinze mètres, je me suis arrêté: il y avait devant moi dans la clairière un couple d'amoureux qui s'apprêtaient à faire un pique-nique. Ils étaient assis sur une couverture vert foncé. Ils avaient posé entre eux une bouteille de champagne et une assiette avec des gâteaux. L'homme s'est retourné. Son visage aux pommettes saillantes était hautain, vaguement irrité. Sa main a glissé dans la poche de sa veste de tweed gris. Il en a sorti quelque chose de noir qui ressemblait à la télécommande d'une télé. Il l'a dirigée vers moi et j'ai disparu aussitôt, volatilisé dans la forêt. Le seau, dont le poids était conséquent et que j'avais plaisir à porter, a également disparu. J'ai ouvert les yeux, j'ai regardé autour de moi. Il faisait sombre. J'étais dans mon lit «royal» de la rue Desiatina. Mon cœur, angoissé par le cauchemar, bondissait dans ma poitrine. Ma main s'y est portée d'elle-même. Mes doigts ont parcouru la cicatrice verticale. Puis ma paume s'est posée sur ma poitrine. J'ai senti les deux parties de mon corps échanger leur chaleur.

– Allons, ce n'est qu'un rêve, ai-je murmuré.

Mais malgré tout, l'angoisse est restée. Et j'ai pensé que ça faisait deux semaines que je n'avais pas vu de médecin.

J'ai appelé l'aide de camp. J'ai entendu quelque chose qui tombait derrière la porte. C'était le bruit sourd que font les livres en s'effondrant.

Dans l'ouverture de la porte, une tache : c'était le visage de mon aide.

– Trouve-moi Kolia Lvovitch… Non, dis-lui plutôt qu'il me trouve un médecin ! Je veux que dans une demi-heure le médecin soit là !

Je n'ai pas pu distinguer dans l'obscurité son signe de tête docile, mais je l'ai deviné en l'entendant refermer la porte. Il est parti exécuter mon ordre. Et moi, je suis resté allongé sur le dos, immobile, j'avais envie d'écouter mon corps. De l'écouter avant que ne l'ausculte le médecin.

Kiev. Mai 1990.

Il y a des choses étranges qui se passent dans le pays. Surtout dans les magasins. Il n'y a ni viande ni savon normal. C'est vrai que ma mère se débrouille pour en trouver. À la maison, ça va, et le frigo n'est pas vide. Je rapporte, moi aussi, des bricoles de mon travail. J'ai été embauché au bar du Comité central du Komsomol. On m'a persuadé, dorénavant, d'être étudiant aux cours du soir. C'est Jora qui a insisté: «Qu'est-ce que tu en as à foutre des études? qu'il a dit. Tu es un gars intelligent. Ton diplôme, tu l'auras de toute façon. Par contre, ici, tu seras au chaud et en bonne compagnie!»

J'ai fini par accepter. Je ne peux pas dire que je regrette! Qu'est-ce que ça me fait, ce qui est inscrit dans mon livret? Il y a des choses plus importantes que ça. D'autant plus que ma mère, maintenant, elle me respecte, à cause de mes contributions au frigo familial. Et Dimka se régale avec mes tartines de caviar, même si elles sont un peu sèches. Quand il y a un «buffet de sortie», j'en rapporte une bonne vingtaine, de ces tartines! Et d'autres choses encore! Et les «buffets de sortie», il y en a de plus en plus, presque chaque semaine. On appelle ça, en général, des séminaires, on les organise dans les maisons de repos et ça se termine toujours par un buffet bien garni, avec cognac et danses d'ivrognes.

Il y a deux jours, Jora m'a demandé:

– Tu te rappelles, il y avait une fille sympa qui travaillait avec toi?

– La première fois? Quand j'étais en stage?

– C'est ça.

– Oui, Vika, je me rappelle.

– Comment va-t-elle?

– J'en sais rien. Je ne l'ai pas vue depuis longtemps.

– Essaie de la trouver. Elle n'est pas de Kiev?

– Non. Elle est dans un foyer.

– On a une fête qui se prépare, entre mecs, a-t-il dit d'un ton confidentiel. Ça serait bien de faire venir des étudiantes. Parle-lui, elle amènera peut-être des filles sympas ?

– Bon, je lui en parlerai.

Jora m'a donné une tape sur l'épaule et il est parti en fredonnant un air.

« Ils en ont marre de leurs filles du Komsomol », je me suis dit, en le regardant partir.

Et vers la fin de ma journée, j'étais occupé à retirer le saucisson et le fromage des sandwichs qui restaient quand je me suis demandé : « C'est drôle, il y a de moins en moins de komsomols, ici. Il y a des visages que je n'ai pas vus depuis des semaines. Où sont-ils passés ? Peut-être qu'ils sont en vacances ? C'est sans doute l'été qui approche… »

119

Suisse. Leukerbad. Septembre 2004.

Nous avons retrouvé Dima et Valia seulement le jour suivant notre arrivée. Ils sont venus d'eux-mêmes à l'hôtel, inquiets de ne pas nous voir. Mais nous avions de bonnes raisons. Svetlana, aussitôt allongée, s'était endormie jusqu'au lendemain. Je m'en réjouissais. Tout de même, trois heures d'avion et presque trois heures de taxi par-dessus, ce n'est pas rien pour une femme au neuvième mois de sa grossesse.

Nous étions visiblement les derniers à prendre le petit déjeuner, car il n'y avait plus qu'une seule table avec des couverts dans la salle à manger. La blonde qui nous servait le café regardait le ventre de Svetlana avec un tel respect que j'ai pensé qu'elle s'était déjà entichée de nos petits qui n'étaient pas encore sortis de leur coquille.

Et quand nous sommes passés dans le hall de l'hôtel, nous avons aperçu Dima et Valia à la réception. C'était la première fois que j'entendais Dima parler allemand. J'étais sidéré. À l'école, il avait pu se faire dispenser d'anglais. Il était déjà clair qu'il était malade et personne n'avait particulièrement insisté. Et là, son allemand fluide m'a soufflé.

Derrière le comptoir, la femme nous a désignés du regard. Et, bien sûr, nous sommes tombés dans les bras les uns des autres. Je m'amusais en voyant les deux sœurs s'embrasser par-dessus leurs gros ventres. J'ai serré mon frère sur ma poitrine en lui tapant sur l'épaule. Mais c'était surtout les retrouvailles de nos femmes qui nous fascinaient.

– Pas loin d'ici, il y a un téléphérique formidable, déclara Dima après une pause. On pourrait y monter. En haut, il y a un lac avec un petit sentier. On y est déjà allés, c'est un vrai paradis !

J'ai jeté un coup d'œil à l'extérieur. Le temps n'avait rien à voir avec celui de la veille. Des nuages de dentelle fine traversaient le ciel. Ils formaient des petits tas qui tantôt arrêtaient les rayons qui venaient du soleil, tantôt les laissaient passer sans leur faire obstacle, comme dans le « couloir vert » de la douane.

Valia et Svetlana ne manifestaient pas beaucoup d'enthousiasme en réponse à la proposition de Dima.

– Vous pouvez aller faire la balade, a dit Svetlana. Nous, on ira bavarder au café. Ça fait longtemps qu'on ne s'est pas vues !

Dima a eu l'air désappointé, mais j'ai approuvé ce que disait Svetlana. D'autant plus qu'en haut, dans ce paradis, on pourrait tranquillement discuter des projets d'avenir de Dima. J'avais envie de mettre tout de suite les points sur les « i », car il imaginait sans doute qu'il allait continuer à vivre bien tranquillement en Suisse sans même se préoccuper de savoir ce que ça coûtait à son frère.

Alors que nous étions déjà à deux cents mètres au-dessus du village, le vent s'est mis à faire balancer notre cabine. Je me suis imaginé avec horreur ce que ça aurait été pour Valia et Svetlana! Il fallait vraiment être fou pour faire une telle proposition à des femmes enceintes de neuf mois.

La cabine a été ballottée encore un quart d'heure, jusqu'au moment où elle a heurté les rails caoutchoutés et s'est calée au fond de la dernière plate-forme.

Ici, au-dessus de Leukerbad, le soleil était beaucoup plus chaud et plus intense. Entre le village et nous flottait une mince couche de nuages, celle-là même qui filtrait le soleil. Il y avait de la neige çà et là, autour du lac, qui restait sans doute de l'année précédente.

Nous avancions sur un sentier étroit. Parfois, il s'élargissait et permettait que nous marchions côte à côte, mais quand il se rétrécissait, je laissais Dima passer devant.

– Alors, quels sont tes projets? lui ai-je demandé prudemment.

– Ils sont magnifiques, a-t-il répondu joyeusement. Notre enfant va naître, nous allons le nourrir et l'élever. Nous viendrons vous voir à Kiev…

– Tu es sérieux?

Il m'a regardé un instant, l'air de ne pas comprendre:

– Et en quoi ne le suis-je pas? C'est la vie. J'ai l'impression qu'elle commence à peine. La vie normale.

– Bon, bon…

Nous avons continué à marcher en silence encore cinq minutes. Puis, j'ai finalement dominé ma peur des réactions de mon frère et j'ai déclaré:

– Dima, je voulais te dire quelque chose d'important.

Dima a quitté le sentier et s'est assis sur un tronc d'arbre mort.

– Tu sais, il faudra bientôt que vous rentriez à la maison. Je ne peux plus couvrir les frais. Svetlana non plus. Maman s'ennuie beaucoup. Elle a un grand appartement. Elle vous aidera, pour le bébé…

– Pourquoi tu ne peux plus couvrir les frais?

La voix de Dima semblait trembler de froid.

– Parce que je n'ai pas l'argent. Je ne prends pas de pots-de-vin ! Et si je récolte parfois quelque chose, ça ne suffit pas pour deux familles !

– Et pourquoi tu ne prends pas de pots-de-vin ? demanda-t-il en vrillant sur moi ses yeux qu'il plissait pour les protéger du soleil.

– Je ne veux pas faire ça. Parce que si je commence, je devrai, toute ma vie, copiner et boire avec ceux qui me les donnent. Tu comprends ?

– Tu n'as qu'à en accepter seulement certains, ceux que te proposent des gens bien, qui ne viendront pas t'embêter après !

– Mais des gens comme ça, ça n'existe pas ! Tu ne t'en rends pas compte ?

Je commençais à comprendre que cette conversation ne menait à rien.

– Bref, l'argent qui me reste va servir à payer l'accouchement et notre séjour. Après, on rentre à Kiev. Svetlana pourra vous payer encore trois ou quatre mois. Et c'est tout. Est-ce que tu as compris ?

Dima a fait vaguement signe que oui. Puis il s'est mis à regarder sous ses pieds la mousse épaisse, couleur d'iode, qui rampait sur les pierres. Il était plongé dans ses pensées. Je me taisais. L'atmosphère était lourde, mais je lui avais quand même sorti tout ce que j'avais à lui dire. Et c'était bien de l'avoir fait dès la première rencontre.

Il ne pourrait pas fuir cette réalité, même s'il en avait envie.

120

Kiev. Décembre 2015.

Dehors, il fait encore sombre. Il ne fera pas jour de si tôt. De toute façon, il ne commence à faire clair, en ce moment, qu'après le début du travail. Mais aujourd'hui, je n'ai pas envie d'y aller. Je fais un boulot de merde. Qui ne m'apporte ni plaisir ni bonheur.

On frappe des petits coups prudents à ma porte.

L'aide de camp glisse sa tête dans la chambre, me cherche des yeux et chuchote :

« Le médecin est arrivé ! »

J'allume une applique dans un coin de la pièce. La lumière douce atteint le lit mais ne suffit pas à éclairer l'autre moitié de la chambre. Je comprends aussitôt que l'électricité a changé de réseau depuis cette nuit, ce n'est plus de la camelote. C'est le courant habituel. La lampe ne tremble pas.

Je suis assis sur le bord du lit en robe de chambre. J'ai les pieds posés sur le parquet.

— Il y a quelque chose qui ne va pas ? demande le docteur, les yeux ensommeillés.

— Il y a beaucoup de choses qui ne vont pas. Par exemple : pourquoi n'ai-je pas eu de visite médicale depuis quinze jours ? Je suis en parfaite santé ou quoi ?

— Excusez-moi, j'étais enrhumé…

— C'est bon, fais ton travail !

Il sort de sa sacoche un stéthoscope à l'ancienne.

J'ouvre ma robe de chambre. L'oreille ronde en métal me refroidit la poitrine. La voilà qui descend juste sur la ligne de la cicatrice.

— Vous ne vous sentez pas très bien, ces temps-ci ? demande le médecin.

— On peut dire ça comme ça. On peut dire aussi que je me sens foutrement mal. Je fais des rêves idiots…

— C'est les nerfs, m'interrompt le médecin. Tournez-vous, s'il vous plaît.

Je me lève, je retire ma robe de chambre et lui tourne le dos. Maintenant l'oreille métallique me parcourt les côtes.

— Ne respirez pas !

J'arrête de respirer et j'écoute le silence. Et aussitôt,

319

comme si mon ouïe était devenue particulièrement fine, j'entends des froissements, un tic-tac, un grincement éloigné. Le tic-tac semble venir de derrière le mur, de la chambre de Maïa. Les bruissements proviennent de derrière la porte, là où mon aide de camp sans nom monte la garde. Quant au grincement? J'écoute à nouveau. Le médecin rompt le silence :

– Vous avez besoin de repos. Il y a quelque chose, dans votre cœur, qui ne me plaît pas…

– Moi aussi, il ne me plaît pas. D'autant plus que ce n'est pas le mien…

– Excusez-moi. Ce n'est pas ce que je voulais dire…

– Au fait, tu voudrais le voir?

Le docteur me jette un regard inquiet. Il imagine sans doute qu'il me faut un psychiatre. Je le rassure :

– Non, ne t'en fais pas, je ne vais pas me faire hara-kiri. J'ai une photo.

– Une photo?

– Oui, de la table d'opération. Tu veux boire un coup?

Il est de nouveau déconcerté. Les pensées cavalent dans sa tête.

– J'aurais plutôt besoin d'un calmant…

J'appelle l'aide de camp :

– Hé! Apporte-nous deux verres et une bouteille de Hennessy. Dans la salle de bainss!

Je me tourne vers le médecin et je suis pris de pitié pour lui. Il porte la main à son cœur. Je lui demande :

– C'est le tien, ou un qu'on t'a transplanté?

– Je suis pas assez important pour qu'on me fasse une transplantation…

– Allez, on y va!

Dans la salle de bainss, on est parfaitement bien. L'aide de camp apporte aussitôt un plateau. Il le pose sur l'appui de la fenêtre. Il verse le cognac.

– Approche-toi, dis-je au docteur en lui montrant son verre.

Et moi, pendant ce temps, je me tourne vers la fenêtre et j'admire l'église Saint-André.

Il boit lentement, nerveusement, sans me quitter des yeux.

– Ah! La photo! J'allais oublier! dis-je en lui tendant le cliché. Voilà ce que c'est, les nerfs!

Le docteur pose son verre, prend la photo, la contemple en silence. Il recule vers la lampe halogène pour que la lumière tombe sur la photo et là, brusquement, il s'accroupit.

– Pas possible! murmure-t-il.

– Qu'est-ce qui n'est pas possible?

Il continue à examiner la photo. Il a l'air stupéfait et même un peu effrayé.

– Allons, parle, t'es pas muet!

Le docteur revient vers la fenêtre. Il se verse lui-même un nouveau verre de cognac. Il en avale la moitié d'un trait. Ce n'est qu'ensuite que son regard glisse vers mon visage, prudemment. Mais il ne veut pas me regarder en face. Ses yeux fixent tantôt mon menton, tantôt mon nez.

– Alors, qu'est-ce qu'il y a?

– Peut-être que ce n'est qu'une impression, mais ce cœur n'a pas l'air très sain, dit-il la voix tremblante. Je suppose que c'est votre cœur d'avant l'opération. On vous avait mis un pacemaker?

– Non, on ne m'en a jamais mis! Pourquoi, mon cœur ne te plaît pas?

– Il y a une cicatrice sur le cœur. Suite à une opération. Il y en a des comme ça lorsqu'on a mis un pacemaker…

– Comment s'appelle le chirurgien qui m'a réparé le cœur?

– Le professeur Khmelko.

J'appelle l'aide de camp qui apparaît au bout de vingt secondes:

– Trouve-moi Khmelko, le chirurgien qui m'a opéré, et amène-le ici en vitesse!

Après ça, je me fais couler un bain d'eau froide et je reviens près de la fenêtre. Je demande au docteur :

– Raconte la suite !

– La suite de quoi ?

– Le cœur, sur la photo.

– Je n'en sais rien… C'est un cœur comme un autre… Avec des traces de graisse… Il n'y en avait sans doute pas d'autre…

– Pas d'autre ?..

Je me tourne à nouveau vers la vitre. La vue de la ruelle Saint-André, la nuit, me calme, me fascine. Je regarde ce paysage immobile et j'essaie de deviner le mouvement qui va se produire. Et justement, sur le trottoir, du côté droit de l'église, apparaît une petite silhouette de femme avec un manteau long, jusqu'aux pieds. Elle a sur la tête un foulard ou un châle. Et dans la main une bougie allumée.

– Regarde ! dis-je au docteur. Qu'est-ce que tu en penses, elle a quel âge ?

– Qui ça ?

– Cette femme, là-bas, avec une bougie !

– Il n'y a personne, dit-il en haussant les épaules.

Il a de nouveau l'air effrayé. Je regarde attentivement. La silhouette est bien là. Il y a suffisamment de lumière dans la rue pour qu'on la voie. Je demande au docteur :

– Peut-être que tu as une mauvaise vue ?

– Maintenant, je la vois, murmure-t-il. Elle vient juste de sortir du coin. Elle est en manteau long, c'est ça ?

Je me tourne vers lui. Je lui demande, après avoir marqué un temps d'arrêt :

– Est-ce qu'un docteur peut soigner les autres, s'il est lui-même malade ?

– L'éthique médicale veut qu'un docteur soigne d'abord les autres et qu'il s'occupe de lui ensuite.

– Ce qui veut dire qu'il n'aura jamais le temps de se soigner…

La porte s'ouvre avant qu'il n'ait pu me répondre. Cette fois, l'aide de camp ne se gêne pas. D'habitude, pour faire son rapport, il n'ouvre la porte que de vingt centimètres. Mais, cette fois, il l'a ouverte en grand!

– Monsieur le président, le professeur Khmelko est mort… Hier soir.

– Mort de quoi?

– Une insuffisance rénale…

– Tu vois, dis-je au docteur. Lui non plus n'a pas eu le temps de se soigner…

121

Kiev. Mai 1990. Dimanche.

À neuf heures du matin, deux minibus portant le logo de l'agence de voyage Spoutnik ont quitté le Comité central et ses colonnes staliniennes. On a tout d'abord chargé les bouteilles et la nourriture dans le deuxième véhicule. C'est là aussi que je me suis installé avec quatre filles du foyer. Dans le premier minibus se sont installés des «jeunes» komsomols de quarante ans. Ils avaient le visage soucieux, des attachés-cases à la main, comme si le but de leur virée n'avait rien à voir avec un pique-nique.

On est arrivés sur les bords de la Desna. Jora a ordonné qu'on allume un feu et qu'on prépare des brochettes et autres victuailles apportées du buffet. Et qu'on distraie les filles en même temps. Quant à eux, les komsomols, ils avaient des affaires à régler.

Leurs histoires n'avaient pas l'air d'être simples. Ils s'étaient installés au bord de l'eau. Ils passaient des cris aux chuchotements. Ils se transmettaient des papiers et des documents.

Je prêtais l'oreille et, de temps en temps, me parvenaient des mots connus et inconnus où revenaient le plus souvent les termes «crédit» et «transfert». Les filles s'étaient éparpillées. Elles étaient toutes en jean, comme si elles étaient assorties. Et toutes maquillées. Vika avait refusé de venir. Elle était enceinte de trois mois et elle avait des taches sur le visage, ce qui fait que, même si elle avait été d'accord, j'aurais insisté pour l'en dissuader.

Le feu de branches de pins crépitait agréablement. La fumée chatouillait les narines. Encore une demi-heure et on pourrait installer le barbecue et sortir des sacs le fait-tout qui contenait la viande marinée.

J'ai voulu vérifier qu'on ne manquerait pas de boisson. Dix bouteilles de cognac Napoléon et une bouteille de champagne soviétique. Pour commencer, ça allait, mais, après, quand le champagne serait fini? Il faudrait que les filles se mettent au cognac? C'était sans doute prévu d'avance. Sinon Jora, l'organisateur de toutes nos sorties, aurait pensé à prendre du vin. Mais là, il ne l'avait pas fait. C'était lui qui avait rempli en douce le sac de bouteilles et l'avait passé au chauffeur, l'air de dire : «Prends ça et mets-le dans ta bagnole!»

122

Espace aérien suisse. Octobre 2004.

Le médecin du lieu a examiné Svetlana et Valia et a déclaré qu'il leur déconseillait d'aller à la clinique de Zurich en voiture. Elles seraient trop secouées et la route sinueuse pourrait provoquer un accouchement.

– Alors, on doit y aller à pied ou quoi? ai-je demandé à Dima, qui traduisait. Ou bien il veut qu'on accouche ici?

Dima a discuté un instant avec le médecin, puis s'est tourné vers moi :

– On peut commander un hélicoptère, il nous emmènera à Zurich et nous déposera sur le toit de la maternité.

Maintenant, ils étaient deux à m'interroger du regard, le médecin et Dima. J'ai voulu en savoir plus :

– Et combien ça coûte, ce petit plaisir ?

– Trois mille francs, a répondu Dima.

Sacré frère ! Il n'avait pas eu besoin de traduire ma question au docteur, ça voulait dire qu'il savait tout d'avance.

– Va pour l'hélico !

Et nous voilà à bord. L'hélicoptère est blanc avec des grosses croix rouges sur les côtés. J'ai d'abord pensé que c'était un hélicoptère d'hôpital. Puis j'ai eu un doute : le drapeau de la Suisse a aussi une croix rouge. Mais peut-être que la Suisse était elle-même un hôpital. En tout cas, c'est ce qu'elle était devenue depuis longtemps pour nous, ainsi que pour Dima et Valia.

Le pilote est plutôt maigre, la trentaine. Il a des petites moustaches idéalement taillées et un casque sur les oreilles. À chaque instant, il se tourne vers nous et nous regarde. Et nous, nous sommes assis, ceintures bouclées, sur deux rangs face à face.

L'hélicoptère s'élève verticalement au-dessus du village. Puis il franchit un col. On voit apparaître les maisons de Leuk. Puis nous volons au-dessus de la route qui se tortille comme un serpent, tandis que nous, nous fonçons tout droit.

L'hélicoptère tremble. Je vois aussi trembler les mains de Dima, sur ses genoux. Tremble également le ventre de Valia. C'est drôle, Valia et Sveta ont des ventres de même dimension. Pour le coup, la forme ne correspond pas au contenu. Si l'on s'en tient aux maths, leur enfant doit correspondre en poids à nos deux jumeaux. Cela ne me réjouit pas. Je sais que plus un nouveau-né est gros, plus il est en bonne santé, plus il a de force. Mais, par contre, Svetlana sera débarrassée en une seule fois et nous aurons deux enfants d'un coup, tandis que Valia, pour avoir un deuxième enfant, devra encore souffrir neuf mois !

Je prends la main de Svetlana. Elle est brûlante. Nous échangeons un regard. Je sens qu'elle est nerveuse. Son inquiétude me gagne et je ne lui lâche plus la main jusqu'à l'atterrissage.

L'hélicoptère se pose délicatement sur le toit du quatrième étage. Une infirmière en blouse blanche qui porte une montre-bijou sur sa poche de poitrine comme une décoration pour la «prise de Berlin» nous guide sur le toit. Sveta se retient les cheveux à deux mains. Je suis, moi aussi, poussé dans le dos par le souffle des pales, même si je porte deux grosses valises et une sacoche de cuir en travers de la poitrine.

Peu après, nous nous installons dans une suite de luxe d'un hôtel situé sur le bord du lac. Il y a un jardin avec, au bout, la plage, une ambulance, un médecin et des infirmières. Et tout le reste: téléphone, télévision câblée, et, dans la salle de bainss, peignoirs et chaussons en éponge ainsi qu'un miroir grossissant pour examiner en détails les points noirs qu'on a sur le visage.

Je vais sur le balcon pour admirer le lac et les voiliers qui y naviguent. Il y a une cinquantaine de mètres jusqu'à l'eau et, tout le long de la rive, des bancs. J'aperçois, assis sur l'un d'entre eux, Dima, qui me tourne le dos. Il a fait vite, pour s'installer!

– Svetlana, on va faire un tour au lac?

– Non, mon chéri, je vais m'allonger, je ne me sens pas bien!

Je reviens dans la chambre quelques minutes plus tard, Svetlana est déjà endormie, couchée sur le côté. Je me dis que ça ne doit pas être commode de dormir avec un ventre pareil. Le principal, c'est que ceux qui y sont soient à l'aise. Nos gamins. Quand ils seront nés, ça sera toujours eux, le principal. Et le ventre de Svetlana reprendra sa place habituelle dans notre vie et lui causera encore bien des soucis tant qu'elle n'aura pas réussi par tous les moyens à lui redonner sa taille antérieure, de façon à pouvoir à nouveau le considérer comme un ventre et le montrer à la plage ou à la piscine, en maillot échancré.

Je m'arrête près du banc de Dima :

– Je peux m'asseoir ?

Il s'arrache difficilement à la contemplation de l'eau. Puis il se retourne vers moi, me regarde en silence quelques instants, finit par accepter.

Je m'assieds à l'autre bout du banc. Un mètre nous sépare.

– Et Valia, comment va-t-elle ?

– Elle se repose, dit-il en regardant de nouveau l'eau.

– Aujourd'hui, on est le treize ?

– Et alors ? Le temps est magnifique. Il y a du soleil et le vent est plus chaud qu'à Leukerbad ! Tu vois, là-bas, la villa avec des colonnes blanches, de l'autre côté du lac ?

Sa voix a un petit tremblement nerveux, inhabituel. Comme si quelque chose lui faisait peur.

Je me tais, il continue à s'extasier devant la villa blanche sur l'autre rive. Son enthousiasme dure cinq minutes puis il se tait brusquement.

– Je ne rentrerai pas à Kiev ! déclare-t-il soudain, les yeux rivés sur la rive opposée.

J'observe un voilier. Une petite fille de douze-treize ans, dans son gilet de sauvetage rouge, essaie de maîtriser la petite voile indocile. Elle n'arrive absolument pas à la faire changer de côté. Le vent, régulièrement, aplatit le voilier sur l'eau et elle, aussitôt, attrape la drisse et se suspend au-dessus de l'eau sur le bord émergé et fait remonter le voilier. Elle a au moins parfaitement acquis cette technique.

Je n'ai plus envie de parler à Dima.

Un superbe silence s'instaure. Si c'était moi, je le ferais durer jusqu'au 27 octobre. On serait plus tranquilles, lui et moi. Ensuite, on se congratulera mutuellement et on se préparera à rentrer à Kiev.

123

Kiev. Décembre 2015.

Les événements de la nuit dernière me préoccupent au plus haut point. Pendant que je dormais tranquillement rue Desiatina, quelqu'un a volé dans mon bureau le canapé légendaire du commandant Melnitchenko. C'est un vrai scandale et il faut absolument tenir les journaux à l'écart.

Je suis à ma table de travail. Je regarde le vide inopiné dans la décoration du bureau et j'attends le général Svetlov. C'est quand même surprenant que la protection de l'Administration du président n'ait rien remarqué. Il existe aussi un système de vidéosurveillance. Et donc, comme me l'a affirmé Kolia Lvovitch, « tout est enregistré ».

Svetlov déboule enfin dans mon bureau. Il est hirsute, hors d'haleine.

– Je sais tout, Monsieur le président !

Il se fige et jette un coup d'œil rapide à l'endroit où était le canapé, puis reprend :

– Mes hommes sont au travail. Ils passent au peigne fin l'Union des écrivains…

– Qu'est-ce que les écrivains en ont à fiche, de mon canapé ?

– Nous allons ratisser toute la région, pas seulement les écrivains, annonce-t-il d'une voix ferme.

Je déplace la conversation sur un autre sujet, qui m'importe bien plus que l'histoire du canapé :

– Trouve la cause de la mort de Khmelko, mon chirurgien, fais une photocopie de la photo de mon cœur et organise une expertise.

– Une expertise d'une photocopie ?

– Non, de mon cœur. Je veux qu'un spécialiste compétent et discret dise ce qu'il pense du cœur sur la photo. T'as compris ?

Une demi-heure après, le général Filine me rend visite. Il examine le bureau en vrai professionnel, comme si on avait fait réduire le canapé et qu'on l'avait caché quelque part sur place.

– Il faut transférer le Service de la protection présidentielle sous le contrôle du MVD, énonce-t-il en hochant la tête. C'est parfaitement inadmissible !

Je l'interromps, irrité :

– C'est tout ce que tu as à dire ?

– Je le répète, Monsieur le président.

– Alors va-t-en et cherche-moi ce canapé !

C'est de nouveau le silence. Je bois un thé à la menthe. On dit que ça apaise. Je crois que je ferais bien de prendre des tranquillisants. J'ai envie d'être au calme, de sortir du stress, mais sans provoquer un nouveau «miracle» !

À ce propos, j'aimerais bien savoir où on en est du côté de Ternopol. Mais, soudain, j'aperçois la neige qui tombe au-dehors. Je me mets à la fenêtre. Devant moi, des flocons laiteux innombrables s'éparpillent du haut vers le bas. Certains flocons essaient de s'accrocher à la vitre, aussitôt chassés par les flocons suivants.

«C'est le Nouvel An. Le Nouvel An va tout remettre en place. Tout ce bordel va finir et il y aura un nouveau… un nouveau bordel.»

C'est une illusion. Jamais il n'y aura de nouveau bordel parce que le vieux, le bordel actuel, est éternel. Autrement, il faudrait qu'il y ait des gens nouveaux. Et il n'y en aura pas. Si un nouveau se présente, avant de le laisser arriver jusqu'ici, on lui fait subir un usinage spécial, on lui rabote tous les reliefs, tout ce qui dépasse, on lui éradique du cœur et de la tête tout ce qu'il a de courage et de détermination, on lui atrophie le sens de l'humour. Il ne lui reste plus qu'un vague instinct de conservation et une soumission agressive.

Je crève d'ennui ! Je me rappelle les tableaux de Chichkine et je me dis qu'il est important de se frotter à l'art régulièrement, pour l'équilibre. Ou d'aller ramasser les champignons. Ces deux choses ont d'ailleurs beaucoup en commun. Ou c'est une impression que j'ai ?

J'appelle l'aide de camp :

– C'est quoi, le musée qui est à côté de celui d'Art russe ? Le musée d'Art occidental ?

– Je crois bien…

– Appelle-les ! Je vais leur rendre une visite aujourd'hui. Ce soir, vers dix heures, avant de dormir… Avec Maïa Vladimirovna.

– Nikolaï Lvovitch ne va pas aimer ça, murmure-t-il.

Mais son visage montre bien qu'il regrette ce qu'il vient de dire avant même d'avoir refermé la bouche.

– Ton Nikolaï Lvovitch, tu peux te le fourrer…

J'ai à peine commencé qu'il s'éclipse, tête baissée.

124

Kiev. 20 décembre 1991.

L'effondrement de l'Union soviétique, David Isaakovitch l'a accueilli avec une joie mauvaise. Sa santé était meilleure, il a donc décidé de fêter le versement de sa pension. Il m'a demandé d'appeler le père Vassili, ce que j'ai fait sans me faire prier.

Sur la table, il y a deux harengs coupés en tranches, ornés de rondelles d'oignon et arrosés d'huile. Une casserole de pommes de terre bouillies, une salade Olivier avec de la saucisse et deux bouteilles de vodka.

– Qu'est-ce qui te rend si ronchon ? me demande le père Vassili en remplissant les verres de vodka.

– Quoi donc ? je lui rétorque.

Mais en même temps, je glisse la main dans la poche de ma veste usée que j'ai mise sur un vieux pull bleu. J'en tire mon livret de travail et je le lui tends.

Il repose sa bouteille et se met à feuilleter les pages de ma biographie de travailleur.

– Licencié pour cause de réorganisation, énonce-t-il. Eh bien, quoi? Tu vas te trouver un boulot normal!

– D'accord, dis-je en tendant la main vers mon verre.

– Ce qu'il faut, surtout, c'est ne pas te presser, conseille le père Vassili. Ce sera bientôt le Nouvel An. On verra bien alors dans quel pays on se retrouve! Peut-être que la grâce de Dieu fera qu'on n'aura plus besoin de travailler! Tu vois bien comment les choses changent!

– Qu'est-ce qui change? ricane le vieux. L'an dernier, quand on appelait une ambulance, elle arrivait au bout d'une heure, cette année, elle met deux heures et demie! C'est donc devenu pire!

– Ça ne pourra jamais être pire! répond ironiquement le père Vassili. (Et il se tourne vers moi.) T'es pas d'accord?

– Ça peut toujours être pire[1]. Tout est possible. Le meilleur comme le pire!

– Allez au diable! réplique le père en agitant sa barbe. Ils ont sur leur table vodka et hareng et ils se plaignent! Qu'est-ce qu'on est venus faire ici? demande-t-il en s'adressant cette fois à David Isaakovitch.

– Ce n'est pas vous qui êtes venus mais moi qui vous ai fait venir! dit le vieux. Parce que je suis à nouveau en forme. Aussitôt que j'ai arrêté d'avaler ces médicaments, je me suis senti mieux! Buvons à ce que le passé ne revienne plus jamais.

– Mais à quoi bon? se renfrogne le père Vassili. Bien sûr qu'il ne reviendra plus, le passé. Il faut souhaiter le bien à tout un chacun! Et que le bien soit rendu en bien!

– Va raconter ça à tes vieilles! s'obstine David Isaakovitch. Mais puisque c'est moi qui t'ai invité, tu dois boire quand je porte un toast!

---

1. Écho de la blague soviétique bien connue: Le pessimiste se lamente: «Ah mon Dieu, ça ne pourra jamais être pire!» L'optimiste le réconforte en lui disant: «Mais si, mais si!...»

Je ne comprends rien à leurs paroles. En fait, je saisis le sens, mais ce qui domine, c'est une vibration nerveuse. Une tension. D'ailleurs moi aussi, je suis nerveux. Le Nouvel An, qui est tout proche, ne me réjouit pas. Et le passé non plus. De façon générale, et ça fait un bout de temps que j'ai remarqué ça, tout le monde a les mains qui tremblent et semble avoir peur de quelque chose. Ma mère aussi, elle a la trouille. La nuit dernière, elle s'est mise à pleurer tout d'un coup. Il n'y a que Dima, visiblement, qui ne craint rien et pour qui tout va bien.

J'en suis à mon troisième verre et je me rappelle comment je suis passé, par habitude, au Comité central du Komsomol. J'y ai vu toute une série de portes sous scellés. Et il y avait des gens qui vidaient une pièce encore ouverte et emportaient des dossiers. Je leur ai demandé s'ils savaient où était Jora, Georgui Stepanovitch… L'un d'eux m'a répondu: «Il est en Amérique, ton Jora!»

– Tout va s'arranger! proclame soudain le père Vassili en passant à une voix de baryton presque chantante. Ce qu'il faut, c'est ne pas se presser et voir venir!

125

Zurich. Octobre 2004.

Une semaine avant la date prévue pour l'accouchement, Dima nous a encore joué un tour. On avait pris ensemble le petit déjeuner au restaurant, puis il est allé se promener et là, il a disparu. Nous étions assis sur un banc, avec Svetlana, et nous regardions les bateaux lorsque j'ai entendu Valia qui s'approchait derrière moi, elle était inquiète et essoufflée.

Elle s'est appuyée sur le dossier du banc et a demandé:

– Dima, vous ne l'avez pas vu?

– Non, a répondu Svetlana.

Valia s'efforçait de reprendre haleine et regardait autour d'elle.

– Où a-t-il bien pu passer ?

– Va le chercher, me dit doucement Svetlana, puis elle leva la tête vers sa sœur. Assieds-toi, on va attendre ici et Serioja va le retrouver !

« C'est bien joli, me disais-je en retournant vers l'hôtel : le chercher, mais où ? »

Je me suis rappelé comment Svetlana s'était inquiétée lorsque, par téléphone, sa sœur lui avait appris que Dima avait fait à pied quarante kilomètres et s'était arrêté sur un banc. C'est là qu'on l'avait trouvé. Cette fois-ci, il pouvait parfaitement être allé faire un tour à Zurich. Temps superbe. Le soleil sur la tête et, sous les pieds, le froufrou des feuilles mortes.

Je sors devant l'entrée de l'hôtel. À gauche, c'est Zurich, à droite, la banlieue qui s'étire le long du lac.

– Où a-t-il pu passer ?

Je regarde d'un côté puis de l'autre. Moi, j'aurais été à Zurich. Mais, à supposer que je ne sois pas tout à fait normal, j'aurais fait le contraire. Et je tourne de nouveau la tête à droite. Mon instinct me dit que s'il s'est vraiment enfui et qu'il n'est pas simplement allé se promener, alors, il s'est éloigné de Zurich, comme il avait fui Leukerbad peu de temps auparavant.

Je commence à marcher d'un pas vif sur le trottoir de la rue qui longe la rive. Je dépasse des Suisses âgés qui ne sont pas pressés. Et les Suisses pressés me dépassent dans leurs grosses voitures.

Il aurait mieux valu demander à l'hôtel une carte du coin, et mieux encore, commander un taxi et guetter par la fenêtre mon demi-fou de frère qui se prépare à devenir père de cette drôle de façon. Mais j'y vais à pied. J'ai envie d'exercice physique. À rester tout le temps assis avec Svetlana, en passant du restaurant au banc du jardin, il y a de quoi devenir obèse.

Et je marche. Vite. J'ai même envie de courir. Mais je ne m'y mets pas. Car j'ai aux pieds non pas des tennis, mais des chaussures à cinq cents dollars. Elles ne tiendraient pas longtemps. Ce qu'il faut pour courir, c'est des chaussures de sport ou des souliers bon marché et je n'en ai pas. Des deux côtés défilent des hôtels, des restaurants, des pensions. Sur la droite surgit de temps en temps le lac avec ses bateaux. Je m'arrête près de la terrasse d'un café sympathique. J'y aurais bien fait une pause-café. Mais le devoir m'appelle.

Au bout d'une demi-heure, je ralentis le pas, fatigué par cette marche sportive, et, en apercevant à nouveau une terrasse de café, je me dis : « C'est la halte ! » La terrasse est entièrement découverte et, dans le fond, à la dernière table, devant une haie de thuyas plantés bien serrés et parfaitement taillés, j'aperçois Dima. Il est assis, il tourne le dos, non pas seulement à moi, mais à la terre entière. Il écrit quelque chose sur une feuille de papier. Il a une tasse de café devant lui.

Je m'assois à la table à côté. J'appelle la serveuse. Elle est jeune, elle a le teint mat, elle doit venir de Grèce ou d'Albanie. Je lui demande un café et un Coca.

Je n'ai aucune envie de déranger Dima. Mais il est déjà une heure et demie.

Je m'approche tout doucement et je lui dis :

— Dima, on vous attend à l'hôtel.

Il se retourne en sursautant, l'air un peu effrayé. Puis il me dit avec un sourire méfiant :

— C'est toi ? Bon, bon…

Il roule en vitesse son papier, le fourre dans la poche de sa veste, puis il se lève.

Je dépose deux grosses pièces de cinq francs dans la main de la serveuse qui est derrière moi avec la note. Puis je lui dis, en la regardant droit dans les yeux : « Taxi, please ! »

Kiev. Décembre 2015.

Ces imbéciles ont coupé la rue Terechenkovskaïa à la circulation. Ils laissent passer seulement les trolleybus. Tout ça parce que Maïa et moi sommes là, assis à une table d'acajou dans la salle des «Petits maîtres hollandais».

On est enfermés. Derrière chaque porte on monte la garde, et j'entends aussi les pas nerveux de Kolia Lvovitch.

Je remplis de vin rouge le verre de Maïa:

– Dis-moi… Ton Igor, il était souvent malade?

Notre dîner, ce soir, n'est pas très raffiné. J'ai commandé un pique-nique: la nourriture est abondante mais froide. Du saumon fumé, des tartelettes au caviar, des œufs de caille farcis et autres amuse-gueules.

Maïa rectifie le décolleté de sa robe noire pour la troisième fois. Le tissu est mou. Il glisse le long de son corps sans souligner les formes. Peut-être qu'elle n'en a plus, Maïa, de formes naturelles. Je ne suis pas très au courant de la mode, mais, si j'étais son mari, je lui aurais conseillé d'acheter une autre robe. Comme je n'ai pas de femme, je n'ai personne à conseiller.

– Tu sais bien que je n'aime pas parler de lui…

– Ne me parle pas de lui, mais de sa santé. Il n'a jamais eu de problème, avec son cœur?

– Tous les hommes qui sont dans les affaires et qui boivent ont des problèmes cardiaques.

– D'accord. Il n'a pas eu d'opération du cœur?

Je finis mon verre et j'attrape une tartelette de caviar.

– Pas quand il était avec moi, répond-elle, mais je vois bien à son expression qu'elle a des arrière-pensées.

– Et quand il n'était pas avec toi?

– Nous n'avons été mariés que deux ans. Ce qu'il a eu avant, je n'en ai pas idée.

«Il faut que je me détende… Que je prenne du plaisir à un pique-nique qu'on m'a organisé dans un cadre aussi extraordinaire que celui d'un musée... Je n'obtiendrai d'elle aucun renseignement utile. »

Je me lève et m'approche d'une petite toile sur laquelle des paysans flamands habillés bizarrement boivent du vin à la cruche.

– Avant, la vie était beaucoup plus simple, dis-je en jetant un regard vers Maïa.

Elle se tait.

– Tu sais, on a volé le canapé qui était dans mon bureau. Il me semble que c'est la première fois qu'on vole un meuble dans un bureau présidentiel.

Maïa, brusquement, éclate de rire. Puis elle se ressaisit, met la main sur la bouche, mais le rire continue à percer. Ses épaules tremblent et son décolleté glisse à nouveau sur le côté en découvrant un bout de soutien-gorge bleu marine.

– Qu'est-ce qui te fait rire ? C'est vrai, c'est un vrai cirque, mais un cirque lugubre, où j'ai le rôle du clown triste...

– Tu le sais bien qu'on vole tout le temps, chez nous. C'est une vieille tradition byzantine. La seule chose, c'est que maintenant, le cambriolage se pratique aussi dans les hautes sphères, au cœur du pouvoir, là où, jusque-là, on ne s'occupait pas de ces babioles. On ne s'intéressait qu'au vol de grande envergure.

– Arrête, c'est l'opposition qui te file du fric ? dis-je sombrement. En plus, ça n'a rien d'une babiole ! Ce canapé doit bien peser cent kilos !

– Tu es au courant des pétitions qui circulent pour demander ta démission ? murmure en réponse Maïa, devenue soudain grave, inquiète, même.

– D'où tu sors ça ?

– Je l'ai lu dans le journal.

– Tiens, tiens. Et qui est à la tête ?

– Les communistes et une coalition de l'opposition de droite...

– Kazimir ?

– Oui. On dit qu'il va prendre la direction de l'opposition d'un jour à l'autre.

– Ça suffit ! Plus de politique !

Je fixe les œufs de caille en pensant à Kazimir : si on pouvait le pendre lui aussi quelque part et l'y laisser pourrir !

– Tu as l'air si malheureux ! murmure Maïa en me regardant tout à coup avec des yeux différents, humides de compassion.

– Ce n'est pas une raison pour pleurer. Nous avons quarante-cinq millions de malheureux et je suis seulement l'aîné de tous. Si bien que tu ferais mieux de t'apitoyer sur le pays tout entier plutôt que sur le président.

Il reste sur la table une quantité de miniatures comestibles, mais le pique-nique est fichu. Je n'ai plus envie de parler avec Maïa. Nous finissons notre vin en silence.

Je la fais sortir d'abord. On va la raccompagner rue Desiatina, moi, je reste encore un peu. Svetlov doit venir ici. J'espère qu'il aura des choses à me raconter.

127

Kiev. 12 avril 1992.

– Tu es en retard, me dit le père Vassili au moment où j'arrive dans la cave du *Quinta*.

Nous avions effectivement rendez-vous à une heure mais il y a du verglas dans la rue et presque pas d'autobus.

Il me commande un verre de vodka. Je m'assieds à sa table sans retirer le vieux manteau en peau de mouton que j'ai trouvé chez moi récemment, au fond d'un placard. Il fait moins quinze. Ce qui est dommage, c'est que je n'aie pas pu récupérer de moufles ou de gants.

– Alors, quelles nouvelles ? je lui demande.

– D'abord, on boit ! dit il, l'air sombre.

Je lève mon verre pour trinquer, mais il écarte le sien. Comme après un enterrement[1]. Je me dis: «Bon, il y a donc quelqu'un qui est mort. Est-ce que ça serait le vieux?»

– David Isaakovitch nous a quittés, dit le père Vassili après avoir avalé sa vodka. Une congestion cérébrale.

Je hoche la tête, compréhensif et triste.

– L'enterrement est pour quand?

– À nous de décider. Il n'avait plus personne, en dehors de nous. Ça ne vaut pas la peine de prévenir sa fille et son ex-femme. Du moins pas pour l'instant.

Il sort de la poche de sa vieille pelisse un trousseau de clefs qu'il pose sur la table.

Puis il me regarde fixement dans les yeux.

– Tu sais, articule-t-il enfin. Demain, il faut le retirer de la morgue. Mais je suppose qu'il n'aurait pas aimé être enterré.

– Et qu'est-ce qu'il aurait voulu?

– Si tu es prêt à m'aider, on va lui faire plaisir…

Il lit ma question dans mes yeux. Je n'arrive pas à la formuler assez vite.

– Tu te rappelles, à l'emplacement de sa cabane, il a construit un tertre et planté une croix? Ça sera sa tombe. C'est l'endroit qu'il aimait, sa vraie maison, où il a vécu sans voisins ni cuisine commune.

Je dis «oui» en silence. Mais j'ai plein d'autres questions, plus concrètes, qui me viennent en tête: comment faire pour le transporter jusqu'à l'île Troukhanov? Pour creuser la terre gelée? Et même: comment l'enterrer? Dans un cercueil ou juste comme ça?

Je demande, prudemment:

– On a le droit de faire ça?

---

1. Les rites funéraires sont très observés encore aujourd'hui. Ils comportent en particulier de nombreux repas destinés à évoquer la mémoire du mort, en buvant sans choquer les verres, contrairement à l'habitude.

– Dieu est notre seul juge et il ne peut pas nous l'interdire!

Je hausse les épaules.

Le père me montre les clefs:

– Je reviens de chez lui. Il y avait de l'argent. Ça devrait suffire pour l'enterrement et le repas funéraire…

128

Zurich. 25 octobre 2004.

Le dernier contrôle médical a confirmé que Svetlana va accoucher dans deux jours. Mais à la clinique, ils ont préféré qu'elle entre avec sa sœur la veille. «À tout hasard», a dit le médecin. Il a d'ailleurs tenu à avoir avec Dima et moi un entretien d'un genre particulier. J'y suis allé le premier, avec Valia qui traduisait. Pour une femme qui allait accoucher, elle avait un teint resplendissant. Je n'arrêtais pas de la comparer à Svetlana, ou plutôt de comparer son humeur, son sourire, sa bonne forme. Le visage de Svetlana, à l'inverse, était particulièrement pâle, surtout depuis qu'on était arrivés à Zurich. Elle se reposait plus souvent, mais les marques de fatigue ne quittaient pas ses traits, ses yeux ne brillaient pas de leur éclat habituel. Bien sûr, c'était plus facile de porter un bébé que des jumeaux. Je m'expliquais ainsi la différence d'allure entre les deux sœurs.

– Voulez-vous assister à l'accouchement? m'a demandé le médecin.

– J'aimerais bien, mais ma femme ne veut pas.

Valia traduisait.

– Alors, on vous tiendra au courant dès qu'elle aura perdu les eaux. Vous pourrez rester dans une pièce de repos à côté de la chambre de votre femme. Ensuite, quand ça commencera, on l'emmènera en salle de travail et on vous tiendra au courant régulièrement.

– Mais je ne parle pas l'allemand!

– On vous parlera en anglais.

L'entretien avec Dima a duré nettement plus long-temps. Valia était là aussi pour la traduction. Moi, j'at-tendais derrière la porte et j'entendais des éclats de voix. En sortant, Dima avait l'air fâché.

Nous sommes rentrés tous les trois à l'hôtel, mais Svetlana dormait encore. Elle ne s'est réveillée que dans la soirée, et là, elle s'est animée et a voulu manger. Dima, lui, était parti en direction du lac, toujours de mauvaise humeur. Nous avons dû dîner à trois. Valia nous a raconté que le médecin avait catégoriquement refusé que Dima assiste à l'accouchement. Il se référait à une conversation qu'il avait eue par téléphone avec le psychiatre de Leukerbad. Dima avait juré qu'il mettrait son poing sur la gueule du psychiatre, dès qu'ils revien-draient au village.

– Bah, il se calmera, a dit Valia. Le psychiatre m'a donné des comprimés pour Dima. Contre l'irritabilité. Je lui en ai déjà mis dans son thé… c'est vrai qu'ils agis-sent. Il devient aussitôt gentil et attentionné…

Je me suis soudain surpris à penser que je ne percevais pas le moins du monde Valia comme une malade men-tale. Je me suis rappelé son expression figée, déconcertée quand je l'avais vue, pour la première fois, dans le jardin de l'asile psychiatrique. Elle était lente, la maladie se lisait dans sa mimique, mais aussi dans chacun de ses gestes et de ses pas. Celle qui était assise à la table aujour-d'hui était une jeune femme superbe, en pleine santé. La grossesse avait donné plus de vivacité et de couleur à son visage. Et celui qui se soignait en même temps qu'elle, celui qui était devenu son mari et le père de son enfant du surlendemain, mon frère jumeau qui ne me ressem-blait plus depuis longtemps, lui, il n'était pas guéri, il était resté un pauvre schizophrène, comme le disait par-fois ma mère. Un être au comportement imprévisible et au destin incertain.

129

Kiev. Décembre 2015.

Le général Svetlov a cessé d'apporter des bonnes nouvelles. On aurait pu le dégrader pour ça. Mais les nouvelles, ce n'est pas lui qui les crée, il se contente de les apporter. Et il faut que je trouve ceux qui les créent, ces nouvelles affligeantes.

Hier, à minuit passé, avant de sortir du musée, j'ai longuement contemplé le *Portrait d'un inconnu*. Et j'ai été jaloux. Ce que j'aimerais devenir un inconnu! Même sans portrait. Chez nous, quel que soit le président, c'est un malheur pour le pays. Dans les livres d'école, on se contente de donner les dates des mandats. Il n'y a pas un mot sur ce que l'Ukraine a réalisé pendant ces mandats. Il faut tenir les enfants à l'écart de l'histoire. Surtout l'histoire récente.

J'ai essayé d'imaginer un manuel, dans cent ans: «On a transplanté au président S. Bounine le cœur d'un oligarque décédé tragiquement. Ce cœur était malade et ne fonctionnait que grâce à une pile qu'on y avait greffée. Quand le président Bounine a tenté d'éclaircir les détails de son opération, il s'est trouvé que son chirurgien venait de mourir, que ses deux assistants avaient péri dans le même accident de voiture, que l'anesthésiste avait disparu et que toutes les infirmières des blocs opératoires du pays niaient avoir participé à l'intervention. Après quoi, Bounine a fini par clamser du fait que la pile de son stimulateur cardiaque était morte et qu'il n'y avait personne pour la remplacer. Ou pas d'autre pile.»

Ou alors un examen, à l'école: «Qui était S. Bounine?» «Un président auquel on a volé son canapé» «Exact. Et comment s'appelait ce canapé?» «Le canapé du commandant Melnitchenko» «Et qui était le commandant Melnitchenko?» «Le plus mystérieux des héros d'Ukraine, il était malin comme l'hetman Mazeppa. Il aimait beaucoup être assis sur ce canapé.» «C'est bien, tu peux t'asseoir, c'est parfait!»

Le problème, c'est qu'aujourd'hui on m'emmène faire un scanner. On dirait que mon cœur pressent quelque chose. Comme un chien, parfois, pressent à distance la mort de son maître. Il bat sans rythme, avec des pauses.

«Un bain froid!» demande mon état intérieur. «Pas question! je réponds. On va d'abord chez le médecin!»

130

Île Troukhanov. 13 janvier 1992. Le soir.

La soirée d'aujourd'hui est un mélange de film d'horreur américain et de cinéma soviétique sur le siège de Léningrad. On a commencé par retirer David Isaakovitch de la morgue. On a fait ça, non pas le matin, mais dans les ténèbres d'un soir d'hiver, vers quatre heures. Le père Vassili a d'abord examiné les quelques ambulances qui stationnaient près de l'hôpital, il a engagé la conversation avec les chauffeurs et les infirmiers. Puis il a choisi les plus sympas et les a convaincus de nous aider à accomplir les «dernières volontés du défunt». Même si, à dire la vérité, le mort ne nous avait rien demandé.

À la morgue, on a commencé par donner au vieux une allure correcte. On lui a mis le costume du divorce. Puis on l'a chargé dans l'ambulance et on est partis.

On avançait lentement, sans gyrophare ni sirène. On a pu emprunter le pont piétonnier avec une facilité déconcertante. On est arrivés jusqu'à l'île Troukhanov, mais là, le chauffeur de l'ambulance a refusé catégoriquement de quitter le pont. Ce qui fait qu'on a déposé la civière avec David Isaakovitch directement sur la neige. On l'a sorti délicatement du brancard pour pouvoir restituer le matériel en bonne et due forme et pendant encore dix minutes on a aidé le chauffeur à faire demi-tour, en tractant son véhicule presque à bout de bras pour qu'il puisse repartir en sens inverse.

Et voilà, nous regardons s'éloigner et se fondre dans l'obscurité de janvier les deux feux arrière rouges du véhicule. Nous restons longtemps plantés là, immobiles et tristes, à regarder s'en aller l'ambulance.

Je commence à sentir le froid et je m'énerve. Le père Vassili descend sous le pont et en tire une luge qu'il avait cachée à l'avance. Nous y couchons le vieux et le tirons ainsi vers les profondeurs de la jungle hivernale, sur cette île devenue déserte, vers son ancienne cabane.

Nous y arrivons au bout d'un quart d'heure. Le père a décidément un sacré sens pratique. Un tas de bûches est déjà là et, dans un coin sous la neige, il dégage une barre à mines et une pelle. Nous allumons un feu sur la tombe de la cabane de David Isaakovitch. Je comprends maintenant ce qui se prépare. Le feu va chauffer la terre et nous pourrons transformer la tombe symbolique en tombe réelle.

Au bout de cinq heures, peut-être, de deux pauses et d'une bouteille de vodka qu'on vide au goulot pour se réchauffer, la tombe est prête. Le père Vassili prend brusquement l'attitude solennelle de l'homme d'Église, et il entonne un chant mortuaire. Dans l'obscurité qu'éclairent les restes du feu, la voix de baryton du père est triste et émouvante. Je ne comprends presque pas les paroles. Ou plutôt, je n'écoute pas les mots mais la voix. Et j'ai envie de pleurer. Les lueurs du feu tombent sur le visage jauni de David Isaakovitch. On dirait une figure de cire qui ressemble sans lui ressembler à l'homme que j'ai connu vivant.

On a installé le vieux dans sa niche de terre, puis le père Vassili lui a serré sa main froide et a dit: «À bientôt David!» Ensuite, il m'a regardé, attendant quelque chose. J'ai serré la main du vieux, mais je n'ai pas pu prononcer un mot.

Sur le pont piétonnier, au retour, un vent froid nous transperçait le visage. Nous avons marché en silence. Nous sommes descendus sur la berge et avons atteint le port fluvial. Tout était silencieux, il n'y avait pas de voiture ni de fenêtre éclairée. De toute façon, il n'y avait guère que deux ou trois maisons.

– Tu as froid ? a demandé le père.

– Un peu.

– On va chez lui ! J'ai les clés. C'est là qu'on fera le repas funéraire !

Sur le chemin, nous avons trouvé un kiosque ouvert la nuit, nous avons réveillé le vendeur et nous avons acheté du salami hongrois, deux bouteilles de bière, une boîte de caviar rouge et une bouteille de vodka.

Dès lors, nous avons marché avec plus d'entrain, le vent glacé nous semblait moins cruel.

131

Zurich. 26 octobre 2004.

Le temps s'est arrêté. Je regarde les chiffres rouges du réveil électronique de l'hôtel. Il est minuit vingt. La chambre est étonnamment silencieuse malgré la fenêtre entrouverte par laquelle entre la fraîcheur du lac. Aucun pays, semble-t-il, n'a le sommeil si profond et si serein que la Suisse. Svetlana dort auprès de moi, comme toujours couchée sur le côté. Son ventre est tourné vers moi sur le grand lit carré. Pour arriver à atteindre son petit nez fin, il faut tendre le bras. Mais le ventre, il est là. Il touche mes côtes. Je suis couché sur le dos, je regarde le plafond. C'est moi qui me suis glissé contre Svetlana, qui appuie mes côtes sur son ventre où sont nos bébés. Je sens leurs mouvements. Tantôt ils s'arrêtent, tantôt ils recommencent à bouger.

Je pense à ce qui va se passer le lendemain ou le surlendemain. Je tente d'imaginer ce que sera notre vie.

J'ai du mal à y arriver. Je manque visiblement d'imagination. Le chiffre rouge du réveil montre que seulement
dix minutes se sont écoulées depuis que j'ai regardé
l'heure la dernière fois. Peut-être qu'il ne marche pas ce
réveil ? Peut-être qu'il va bientôt faire jour ? Pourquoi
n'ai-je absolument pas envie de dormir ?

Les jumeaux se déchaînent pour de bon. L'un d'eux
me donne un coup de genou ou de pied dans les côtes. Je
trouve ça drôle. Ça commence à ressembler à un jeu. Je
passe la main sur le ventre chaud de Svetlana et tente de
suivre les mouvements des bébés, je joue avec eux avant
même leur naissance. C'est une sensation étonnante ! Ils
appuient leurs genoux et leurs coudes sur la paroi molle
de leur abri temporaire. Et je suis leurs mouvements avec
ma main. « Attendez, je leur dis, en soulevant la tête et en
regardant vers le ventre. On se verra bientôt ! »

Vers trois heures du matin, ils se sont calmés et se
sont endormis. Je leur ai murmuré en caressant le
ventre chaud :

– Reposez-vous. De dures journées vous attendent.

Le sommeil ne venait toujours pas. Je me suis levé.
J'ai enfilé un peignoir blanc. J'ai ouvert le minibar et
une petite lumière s'est allumée, accueillante, éclairant
une série de bouteilles miniatures de Campari, de gin et
de whisky. En dessous, il y avait des bouteilles de plus
grande taille, de la bière, du Coca, de l'eau de Vittel et
du champagne Moët. Je me suis dit : « Demain, c'est le
27, j'achèterai une grande bouteille de champagne,
mais en attendant, je vais commencer par une petite. »

J'ai pris le champagne et un verre. Je suis sorti sur le
balcon pieds nus sans faire de bruit. J'ai refermé derrière moi la porte vitrée.

Le silence au-dehors était le même qu'à l'intérieur.
Tout dormait, la Suisse, le lac de Zurich et même la rive
où ne brillaient que quelques réverbères.

Le bouchon de la bouteille de champagne était,

comme d'habitude, retenu par des fils de fer. Je les ai desserrés, je les ai retirés lentement du goulot. Soudain, le bouchon s'est arraché bruyamment et a filé. Effrayé, j'ai regardé de tous les côtés. Ce bruit sec, qu'on n'aurait pas remarqué ailleurs, ressemblait ici presque à un crime. J'avais attenté à ce qu'il y avait de plus sacré, au silence nocturne de la Suisse. J'ai rentré la tête dans les épaules et j'ai attendu. Comme un enfant fautif, je vérifiais si un adulte avait remarqué ma bêtise. Mais le silence était comme de la vase. Il a absorbé le bruit du bouchon. Sans le moindre écho. Et il n'y a pas eu de champagne dans mon verre. Seulement une mousse blanche, qui est montée puis s'est arrêtée.

J'ai porté la bouteille à mes lèvres. Je n'avais jamais bu le champagne d'une si petite bouteille. C'était encore du brut. Mais cette nuit-là tout m'était égal, je ne buvais pas pour le goût. Je buvais en prélude à notre nouvelle vie. Je n'étais donc pas dérangé par son goût acide et sec, ni par ses bulles qui me chatouillaient les narines !

Je buvais lentement et me remémorais un Nouvel An au siècle dernier : je buvais du champagne au goulot avec des copains dans la chaleur de l'entrée d'un HLM. J'étais un adolescent qui essayait de jouer à l'adulte. Avec une grande bouteille de champagne.

Maintenant, le monde s'était renversé et m'avait entraîné à mon tour. J'étais grand. Et la bouteille de champagne, elle, était petite. Et ça me convenait.

132

Kiev. 30 décembre 2015.

– C'est votre cœur, m'explique le médecin en me montrant quelque chose sur la radio fixée au panneau lumineux. Et ça, c'est un stimulateur.

Il arrête la pointe de sa flèche lumineuse sur un petit triangle situé dans la partie gauche du cœur.

– Mais ce stimulateur ne vient pas de chez nous...

– Comment ça?

– Ceux qu'on implante ici d'habitude ne sont pas comme ça. Nous avons un modèle tout simple et celui-ci est particulièrement sophistiqué.

Mon regard fait le tour du cabinet. Je songe: pourquoi est-ce qu'on a choisi de m'amener ici? Notre hôpital de Feofania a toujours été considéré comme le meilleur, et là, je suis dans une clinique privée, comme il doit y en avoir des dizaines rien qu'à Kiev.

Kolia Lvovitch est figé comme une statue dans le canapé près du mur. Soudain son mobile se met à sonner. Il bondit hors de la pièce tout en essayant de déchiffrer son écran.

– Ce n'est pas un stimulateur, me chuchote le médecin à la hâte, tout en lorgnant vers la porte à moitié refermée. Ce n'est pas un stimulateur...

– Et c'est quoi?

Le médecin hausse les épaules en murmurant:

– Il faut montrer la radio à des spécialistes de l'électronique.

J'acquiesce, songeur.

– Mais ce n'est pas moi qui vous l'ai dit...

J'approuve encore d'un signe de tête tout en regardant plus attentivement le visage du médecin. Les blouses blanches leur ôtent leur personnalité. Elles les transforment en saints. Et les saints se ressemblent tous. Ce «saint» en blouse blanche a une quarantaine d'années. Il est mince. Il a les joues creuses, mal rasées. Le nez bossu. Un Juif, sans doute. En général, ce sont des Juifs qui nous soignent.

– Comment vous vous appelez?

– Semion Mikhaïlovitch.

– Et votre nom de famille?

– Rezonenko.

– Je peux vous faire confiance?

Il n'a pas le temps de répondre. La porte s'ouvre en grinçant un peu, c'est Kolia Lvovitch qui revient.

J'ai reçu à la sauvette un «oui» en réponse, inscrit dans les yeux du médecin. C'est drôle. Si je peux lui faire confiance, lui, en revanche, a peur de Kolia Lvovitch. Donc je ne peux pas faire confiance à mon chef de l'Administration…

– Merci, lui dis-je en réponse, du ton le plus neutre et le plus formel.

Je me tourne vers Kolia Lvovitch:

– Prends les radios et trouve encore deux ou trois spécialistes à consulter. Et charge-toi de toute cette affaire. Qu'ils mettent leur opinion par écrit!

– Ça sera fait, répond-il doucement.

J'enchaîne aussitôt:

– Ça ne concernait pas le canapé, ton coup de fil?

– Non, de ce côté-là, rien de nouveau.

– Et les enregistrements de la vidéosurveillance, on ne les a pas retrouvés non plus?

Il fait «non» de la tête.

– Qu'est-ce que tu en penses, il faut qu'il y ait au minimum combien de voleurs et de traîtres dans l'Administration pour qu'on puisse effectuer ce genre de vol?

C'est une plaisanterie. Mais je vois les pensées parcourir les traits de Kolia Lvovitch, du menton vers le front.

– Cinq personnes, répond-il en hésitant.

– Si tu ne mets pas la main dessus…

– On les cherche, m'assure-t-il, mais ses yeux restent étrangement calmes. Inhabituellement calmes.

133

Kiev. Février 1992.

Je me suis rappelé récemment une expression française: partir, c'est mourir un peu. Ça m'est revenu en pensant à David Isaakovitch. Sa femme et sa fille sont parties en mourant un peu. Puis c'est lui qui est mort. Il est parti pour de bon.

Ça fait un mois qu'il n'est plus là. Il est sur l'île Troukhanov, dans la terre congelée. D'un autre côté, on s'invite chez lui sans arrêt, avec le père Vassili, et hier, j'ai même été déposer l'argent pour le loyer et l'électricité. J'ai l'impression que les voisins nous considèrent comme ses héritiers. En tout cas, on les a invités trois fois à venir boire un verre en souvenir du défunt dans sa pièce. On a mis sur la table tout ce qu'il fallait pour le repas funéraire, sans regarder à la dépense. «On arrêtera quand son argent sera épuisé», a dit le père Vassili en réponse à mes doutes.

Par contre, c'est fou ce qu'on a pu entendre, à cette occasion, comme louanges sur le vieux! Tous les voisins l'adoraient. Tous le regrettent… Et la dernière fois, Valentina Petrovna, que je n'avais, je crois, encore jamais vue dans l'appartement, a déclaré, avec des tremblements d'effroi dans la voix, qu'on pouvait très bien leur flanquer comme nouveau voisin un clochard ou un alcoolo. Et elle m'a regardé comme si j'étais son dernier espoir. Au début, je n'ai rien compris, mais, après un nouveau toast funèbre, où tout le monde s'abstenait de choquer les verres, un silence imposant s'est installé. Le genre de pause où on se dit que soit un ange est en train de passer, soit un énorme secret va être soudain révélé à l'assemblée. Il s'est produit quelque chose qui se rapprochait plutôt de la deuxième variante. La merveilleuse famille communautaire s'est adressée à moi en chuchotant pour me faire une proposition sacrément alléchante. J'ai appris que si quelqu'un déclarait avoir vécu dans un appartement pendant plus de six mois sans s'être fait enregistrer à la police et que les voisins pouvaient en témoigner, on était obligé de lui accorder le droit de séjour dans cet appartement.

Vous comprenez ce qu'ils avaient en vue? Ils préfé-

raient qu'on m'attribue le logement du vieux à moi, plutôt qu'à un quidam venu on ne sait d'où. Ils ne pouvaient pas eux-mêmes revendiquer la pièce, ayant
chacun atteint le nombre de mètres carrés alloué par
personne. Et aucun d'entre eux n'avait d'enfants.

Le père Vassili a renchéri, à la fin du monologue
solennel de Valentina Petrovna :

– Réfléchis ! Ça aurait fait plaisir à David Isaakovitch.
Il te considérait comme son fils !

– On pourra le confirmer ! a ajouté tout bas le voisin
spécialiste dans l'élargissement des chaussures.

– Je vais y penser ! ai-je promis.

Et c'est ce que j'ai fait. J'ai réfléchi à la question le plus
sérieusement du monde et j'ai même demandé conseil à
ma mère. En fait elle était tout ce qu'il y a de plus au courant des lois et des usages en matière de logement.

– C'est dans quel quartier ? Le vieux Kiev ? J'ai une
copine qui y travaille au comité d'arrondissement !

Le sort du logement communautaire était jeté.

134

Zurich. 27 octobre 2004.

La pièce est vaste, avec trois canapés et chacun sa
table basse. Une grande fenêtre donne sur le parc et ses
arbres taillés en forme de ballons.

Le canapé sur lequel je suis assis est trop mou. Ou
c'est moi qui suis nerveux. J'envie le calme olympien de
Dima. C'est une femme médecin qui nous a amenés là
comme des écoliers. Elle nous a dit d'attendre, qu'elle
nous tiendrait au courant.

Je me lève. J'écoute le silence. Je me verse un
bouillon. Le verre se remplit d'un liquide verdâtre. Ça
sent le bouillon Knorr. Je bois sans hâte. En me chauf-
fant les mains.

« Bon Dieu, ce que je n'aime pas attendre ! »

Je regarde ma montre. Il est bientôt minuit et je n'entends pas le moindre cri de nouveau-né. Peut-être d'ailleurs qu'en Suisse, ils ne crient pas ? Par respect du silence nocturne obligatoire ?

À minuit et demi, la femme médecin reparaît. Elle porte, à mon grand étonnement, des sortes de pantoufles. C'est pour ça qu'on ne l'entend pas marcher. Elle regarde Dima avec un sourire sévère. Elle lui dit quelque chose et je vois les yeux de mon frère étinceler de bonheur.

– J'ai une fille ! m'annonce-t-il fièrement.

Il disparaît derrière elle.

Il revient un quart d'heure après pour me dire au revoir et retourne à l'hôtel en taxi. Il me souhaite de ne pas avoir à attendre trop longtemps l'heureux événement.

Le temps coule lentement, comme s'il avait peur de l'obscurité, peur de heurter quelque chose. Je vais voir ce qui se passe dans le couloir. Mais il n'y a personne. Tout est calme et silencieux. J'ai même du mal à imaginer que ma femme est en train d'accoucher quelque part par ici. Qu'elle crie, qu'elle gémit. Comment font les Suisses pour isoler tous les bruits ?

J'ai la tête qui commence à bourdonner. Je ne peux plus résister à l'envie de m'allonger.

135

Crimée. Foros. Résidence officielle. 31 décembre 2015.

Ici, le soleil rugueux de l'hiver semble plus doux. Il fait cinq degrés. La mer gronde, monotone. Je prends l'ascenseur avec Maïa pour descendre sur la plage. Elle a un jean serré et un pull bleu. Ça souligne ses formes appétissantes et lui donne un peu l'air d'une adolescente. Je glisse un œil vers l'arrière de sa silhouette. Ce jean moulant lui met sacrément les fesses en valeur !

Je n'aurai sans doute plus jamais de rencontres romantiques ni de fêtes de Nouvel An !

C'est drôle, les vagues mugissent, mais elles s'écrasent à peine sur la rive. Je tends la main et le froid de l'eau me brûle les doigts. Quel plaisir! Il faudrait se baigner!

Je regarde ma compagne: cette fois, elle va vraiment me prendre pour un fou.

– Maïa, tu ne veux pas te baigner?

Elle me dévisage avec curiosité:

– Moi, non, mais si tu veux y aller, ne te gêne pas! De toute façon, on viendra à ton secours…

Elle désigne du regard trois hommes qui se cachent derrière un kiosque. Je m'esclaffe:

– Ils ont peut-être la mission exactement inverse?

Je me mets à poil et j'entre dans la mer Noire glacée.

Les vagues, même petites, me repoussent vers le bord. Mais le courant, en profondeur, me tire, lui, vers le large, après chaque vague. Je m'enfonce en silence jusqu'au cou. J'aurais aimé pouvoir partager cette sensation incroyable. Ah, si le père Vassili et David Isaakovitch étaient là!

Je regarde vers la rive, Maïa, qui s'en est aperçue, me fait signe de la main. De derrière le kiosque, quelqu'un m'observe à la jumelle. Et si je lui montrais mon zob? Mais je n'ai pas encore envie de sortir. Il s'en passera. Pourtant il n'a sans doute jamais vu celui d'un président! Il aurait des choses à raconter ensuite à sa femme et ses enfants!

Je sens en moi une harmonie extraordinaire, comme si je faisais partie intégrante de la mer, de la faune marine. J'ai l'impression que mon sang se refroidit, comme se refroidit mon envie de retourner vers le rivage. Peut-être qu'en fait, je suis un homme amphibie? Comme dans ce vieux film de science-fiction soviétique? Peut-être qu'il faut me mettre dans un bocal avec de l'eau de mer pour que je me sente à l'aise et que la dysharmonie qui trop souvent m'apparaît entre mon corps et son milieu ambiant ne me heurte pas trop? C'est ce qui me rend inquiet et méfiant. Je n'ai d'ailleurs pas d'autre choix que d'être méfiant. J'apprends qu'on m'a fait une greffe cardiaque seulement après qu'on a cousu ce cœur de fils blancs! Et s'il s'avère qu'on a placé dans mon cœur une sorte d'ordinateur destiné à je ne sais quoi! Et dans mon bureau, on vole un canapé et par la même occasion la cassette du système de vidéosurveillance! Dites-moi si je peux encore dormir sur mes deux oreilles! Je me demande même comment je fais encore pour m'endormir, avec une vie pareille!

Je m'aperçois soudain que je m'éloigne du rivage. En me retournant, je vois que la plage présidentielle est bien à trois cents mètres. Deux des hommes sont maintenant sortis de derrière le kiosque. Ils sont debout, immobiles et l'un d'eux regarde à la jumelle. Maïa est debout également, mais elle a l'air d'examiner quelque chose sous ses pieds.

Un bruit de moteur me parvient côté Turquie. Je me hisse le plus haut possible au-dessus de l'eau dans un mouvement énergique des bras et j'aperçois un bateau de sauvetage qui se dirige vers moi. Ah, c'est comme ça? J'emplis d'air mes poumons et je plonge.

L'eau ne veut pas de ma présence en profondeur, elle cherche à me faire remonter. Je n'ai pas la force suffisante pour descendre davantage, je nage donc comme je peux, sans savoir dans quelle direction. J'ai les yeux grands ouverts mais je ne vois rien d'autre qu'un espace gris et presque opaque. Le contact avec l'eau froide leur fait du bien, pour eux c'est une douce fraîcheur.

J'émerge et me retrouve contre le bord du canot de sauvetage. Je dresse la tête hors de l'eau pour exprimer mon humeur et j'aperçois alors celui que j'attends le plus au monde. Kolia Lvovitch se dresse au-dessus du bord, vêtu d'un costume sombre sur lequel il a enfilé un gilet de sauvetage orange.

– Sergueï Pavlovitch! me crie-t-il. Je suis avec Zelman,

le gouverneur de Crimée. Il a une communication secrète à vous faire. Vous pourriez peut-être monter à bord?

– Zelman?... D'accord! Envoie l'échelle!...

Je suis furieux qu'on ait interrompu mon bain mais je me calme. J'aime bien Zelman, même si je ne l'ai rencontré que cinq fois. C'est un homme de petite taille, un Juif tatar de Crimée. Je monte à bord par l'échelle de plastique blanc et Zelman me présente une grande serviette que j'enroule autour de ma taille. Puis Kolia Lvovitch me tend un verre de whisky.

– Alors, qu'est-ce que tu voulais me dire?

Zelman a soudain l'air inquiet.

– Les Russes sont en train de creuser un tunnel sous le détroit de Kertch.

– D'où tu tiens ça?

– Ils ne le cachent pas. Sur leur rive, ils ont tout clôturé. Leur matériel est bien gardé. Mais l'un de leurs ouvriers est passé de notre côté. Il est d'origine ukrainienne. Il a raconté qu'il avait vu les plans du tunnel. Et qu'on avait déjà déchargé deux engins de déblaiement. D'ailleurs, il paraît que tout a été calqué sur le modèle du tunnel sous la Manche.

Mon regard se tourne vers Kolia Lvovitch:

– Et la Russie ne nous a rien communiqué à propos de ce chantier?

– Non, au contraire.

– Comment ça, au contraire?

– Ça fait six ans qu'on essaie de mettre au point un projet de pont suspendu avec deux sections qui se relèvent pour permettre le passage des bateaux. Il n'a jamais été question d'un tunnel.

– Alors essaie de trouver quelque chose. Sinon, ils vont effectivement se pointer sur notre territoire, à la sortie du tunnel, en disant: «Coucou! Nous voilà réunis à nouveau!»

– J'y pense, approuve Kolia Lvovitch. J'ai déjà quelques idées…

– Tu m'en feras part ce soir. Au fait, et le canapé ? On l'a retrouvé ?

Kolia fait la moue, lèvres serrées. Je pousse un soupir :

– Bon… Verse-moi encore un verre et cap sur le rivage ! Sinon, Maïa va s'inquiéter…

Le whisky est bon. J'ai insisté pour que Kolia Lvovitch s'en verse un verre. Zelman boit du Pepsi. Il vient d'opter pour l'islam et, pour commencer, il en respecte toutes les règles. Pourtant je ne crois pas que le Coran ait jamais parlé du whisky.

136

Kiev. 8 mars 1992.

Il y en a pour qui le 8 mars, c'est la Journée des femmes, mais pour ma mère et moi, aujourd'hui, c'est une fête drôlement plus importante. Hier, on m'a inscrit, dans mon passeport, une nouvelle adresse. Maintenant, j'ai officiellement le droit de séjour dans la chambre de David Isaakovitch. Bien sûr, ça m'a coûté des efforts. En fait, l'opération n'était pas si simple : il fallait un papier signé par le vieux de son vivant, disant qu'il demandait qu'on m'enregistre avec lui. Finalement, ce papier, il l'a écrit. Avec mon écriture. Ma mère, suspendue au-dessus de ma tête, me donnait des instructions, pendant que je refaisais pour la troisième fois le texte de la déclaration destinée au Service de l'enregistrement des passeports :

– Applique-toi un peu ! C'était un vieillard ! Toi aussi, tu dois écrire d'une main tremblante, ne fais donc pas les lettres si rondes ! On ne te demande pas d'être un bon élève !

La pluie, pendant ce temps-là, n'arrêtait pas, elle se

transformait parfois en neige mouillée. Le temps était immonde. Personne ne me téléphonait. L'entrée sentait la pisse de chat et ma mère se plaignait de la voisine, accusant son chat siamois d'avoir choisi notre paillasson pour y faire ses petits besoins.

Et donc ce matin, en sortant de la maison, j'ai été saisi par l'odeur spécifique des chats. Mais comme je suis enrhumé, ça ne me gêne pas, c'est une odeur parmi d'autres. À cause de la fête, on vend des fleurs près du magasin d'alimentation. C'est ce qui m'a fait sortir, d'ailleurs. Il faut que je remercie ma mère au lieu de l'énerver tout le temps avec mon goût de l'indépendance. D'ailleurs, elle ne voit pas d'un mauvais œil que je prenne le large.

Je demande à la vendeuse :

– C'est combien, les tulipes ?

– Trois cents.

– Allez, bonne fête ! Vous me feriez pas un petit prix ?

– Viens à la fin de la journée, on s'arrangera…

Elle dit ça d'une voix enjouée, mais vulgaire. Je laisse tomber et je lui tends mes billets en disant :

– C'est bon, donne-m'en trois !

Je tiens maintenant à la main un bouquet enroulé dans une page du *Kiev Soir* et il me reste suffisamment d'argent pour acheter du caviar et une boîte de bonbons. Il faut, ne serait-ce que de temps en temps, savoir aimer ses parents. Surtout quand c'est un parent qui est tout seul, isolé, et qui se fait du souci pour son éternel adolescent de fils !

Ma mère est émue, elle en pleure presque.

Et j'en ressens comme un élan de l'âme, j'ai envie d'être meilleur, plus reconnaissant et plus attentif. Et je me mets à éplucher les pommes de terre. Je sais comment il faut s'y prendre. J'ai vu ma mère le faire des centaines de fois. D'ailleurs ça a sur elle un effet drôlement apaisant, comme la méditation chez les yogis.

137

Zurich. 28 octobre 2004. Le matin.

On me tire doucement par l'épaule. Je m'arrache à mon rêve où j'essayais de descendre la rue Saint-André en hiver. J'ouvre les yeux.

Une femme en blouse blanche est au-dessus de moi. Elle a des cheveux châtains coupés court. Une petite horloge-pendentif sort de la poche de poitrine de sa blouse. Elle a sur le visage une fraîcheur artificielle. Elle me regarde de ses yeux marron, à la fois exigeants et indifférents.

— *Bitte, stehen Sie auf!* me dit-elle.

Je pose mes pieds sur le sol. Je sens qu'il y a quelque chose qui cloche. C'est ça. Je n'ai aux pieds que mes chaussettes. Où sont passées mes chaussures de luxe? Je les cherche des yeux.

— *Was ist los?*

Je me lève et je cherche sous le divan. Je n'y trouve que des traces de serpillière. Ah! Les voilà! On a soigneusement rangé mes chaussures dans un coin de la pièce, à droite de la fenêtre. Je les lace en vitesse. Maintenant je suis prêt à écouter cette dame en blanc, même si je ne comprends pas un mot de ce qu'elle dit.

— *Wir haben für Sie eine schlechte Nachricht!* dit-elle lentement en me regardant droit dans les yeux, comme si elle voulait m'hypnotiser.

— *Sorry!* je lui dis. *Ich habe kein Deutsch... Do you speak English?*

Elle marque une pause. Puis elle me dit en anglais, après un soupir:

— Je suis désolée, mais nous n'avons pas réussi à sauver vos enfants...

Les mots ne me parviennent que difficilement. Peut-être que j'ai mal compris? Je lui demande de répéter.

Pas de doute. J'avais bien entendu.

J'ai du mal à respirer. Je lui demande, à travers le spasme qui me serre la gorge :

– Qu'est-ce que vous voulez dire ?

– Vos enfants sont nés à quatre heures du matin. Nous les avons immédiatement transférés en réanimation. Ils avaient des problèmes cardiaques et respiratoires. Nous avons fait tout ce qui était possible. Malheureusement, la médecine est parfois impuissante.

Je me sens perdu. J'essaie de comprendre : je suis debout ou assis ? J'ai brusquement perdu la sensation de mon corps. Je suis quand même assis.

Je me lève. Je la dépasse maintenant d'une tête.

– *Sorry ! I don't understand...*

Ma voix est faible et enrouée.

Elle répète alors les mêmes phrases, sur la médecine impuissante et les problèmes cardiaques. Je l'interromps :

– Qui est né ?

– Un garçon et une fille.

– Ils sont morts ?

Ma voix est devenue chuchotement, elle a peur des mots « mort » et « mourir ».

Elle dit « oui » en silence et dans son signe de tête, je vois enfin de la compassion. Sa maîtrise professionnelle, la distance convenue à l'annonce des mauvaises nouvelles, tout ce savoir-faire disparaît. Elle me regarde avec des larmes dans les yeux. Elle garde le silence.

Je répète en murmurant :

– Un garçon et une fille...

Et je m'effondre dans une sorte d'abîme intérieur, d'où cette femme en blanc me semble être une géante de pierre.

Je continue à tomber. J'aperçois juste le regard qu'elle jette sur sa petite horloge suspendue à la poche de sa blouse. Et c'est tout. Elle disparaît. Tout ce qui m'entoure devient immense et changeant. Tout vient à ma rencontre. Et j'ai, moi aussi, l'impression de me déplacer. J'ai trop chaud. Mes pieds sont à l'étroit dans mes chaussures inconfortables, ils sont fatigués de marcher. J'avance et je vois des sons, le grondement des voitures et des autobus qui me dépassent. Tout est gris. Sauf une sorte d'oiseau jaune, le cri strident d'une adolescente qui fait de grands signes à son amie, restée de l'autre côté de la rue.

J'ai l'impression d'être tombé dans un kaléidoscope. Et, de temps en temps, l'enfant le tourne et tout ce qui est autour de moi change de position. Et nous restons tous figés pendant que l'œil curieux nous regarde. Je suis un morceau de mosaïque qui se répète au milieu des couleurs. Je ne sais plus penser. J'étouffe de plus en plus. Le soleil au-dessus du lac est déjà levé. Qu'est-ce qu'il fait ici, ce lac ? J'aperçois un jeune gars en jean qui téléphone avec son portable.

À droite, il y a un trou profond. Comme si quelqu'un avait arraché de terre une maison avec ses fondations. Puis avait dispersé du sable à cet endroit. Au-delà, il y a de l'eau.

Je m'arrête. J'ai si chaud que la sueur me monte au front. Et j'ai les aisselles humides. Je marche sur le sable et je m'approche de l'eau. Je trempe le bout de ma chaussure. C'est drôle, même à travers le cuir, je sens combien j'aime le froid de l'eau du lac. J'entre d'abord jusqu'aux genoux, puis je m'arrête quand j'ai déjà les épaules immergées.

L'eau m'embrasse le corps. Elle n'est pas gênée par mes vêtements. Elle me sent et me voit entièrement. Le froid se répand agréablement dans mes bras et mes jambes. J'ai l'impression de prendre du poids. Je suis à nouveau en mesure de sentir mon corps. Je monte et descends les bras. Je ne sais pas si je souris, mais j'ai plaisir à savoir que j'exerce à nouveau un contrôle sur mon corps.

Je me retourne vers la rive que j'ai quittée. Je vois des maisons avec leurs clôtures, un homme, sur le balcon de la maison de droite. Il m'observe, debout. Je ne distingue pas son visage, mais je suppose qu'il a l'air étonné. Il n'y a personne d'autre qui se baigne, malgré le soleil d'octobre. Qui brille tellement que je ne peux pas le regarder. Je lève la tête vers le ciel et j'essaie d'y fixer mon regard le plus longtemps possible.

La sortie de l'eau est pénible. L'homme continue à m'observer de son balcon. Il a maintenant un téléphone à la main. Il a l'air de parler de moi à quelqu'un.

« Vas-y, cause ! » je me dis.

Je marche dans la rue, vite, malgré la fatigue et malgré l'eau qui couine dans mes chaussures. Je suis pressé.

138

Crimée. 31 décembre 2015.

Je n'aurais jamais imaginé que le dernier jour de l'année puisse se démultiplier en heures et en minutes aussi agréables. J'ai aujourd'hui une sacrée araignée au plafond. Je suis parfaitement détendu. Je suis loin du palais présidentiel, loin de Kiev. Et, à dire la vérité, je n'ai aucune envie d'y retourner. Si mon destin était que je devienne, ou plutôt, que je sois un président, j'aurais préféré, tant qu'à faire, recevoir la charge d'un pays plus petit et plus simple. Genre Crimée. Ici, tout est différent, l'élite locale me fait la cour avec une sorte de franchise mêlée de naïveté. C'est-à-dire qu'ils ont vraiment la trouille de faire un truc qui me déplaise et que d'un signe de main, je les expédie en fanfare dans les cachots locaux rejoindre la nouvelle génération des maires corrompus et autres professionnels des pots-de-vin. Mais je n'en veux pas à ce gratin aux ruses minables et je n'ai pas la moindre envie de me battre avec eux. Ça fait trois ans que le Parlement revient sur un projet de lutte contre la corruption et trois ans qu'ils n'arrivent toujours pas à trancher : combien doit-il y avoir de catégories dans la corruption, quelle est celle qui doit être punie, quelle est celle qui doit être considérée comme relevant simplement de la culture quotidienne et de la tradition… Qu'ils se démerdent ! Je ne vais pas promulguer la loi à leur place !

Et, en attendant, je suis installé devant un miroir, dans un fauteuil de cuir. Au-dessus de mon visage s'active le maquilleur des studios de Yalta qui, visiblement, a passé plus de temps à recevoir les instructions du responsable de la Protection rapprochée qu'à étudier mon visage. Sa mission est de me rendre totalement méconnaissable.

L'envie m'est venue d'aller me promener sur les quais de Yalta. En compagnie de Maïa. Et Maïa doit tenir en laisse un petit chien. Si possible de couleur marron.

Il est maintenant cinq heures, ce qui veut dire presque le crépuscule, mais les fausses moustaches et la barbiche postiche ne seront pas de trop. Le teint pâle est mon teint naturel aujourd'hui. Sans doute la conséquence de mon bain de mer. Kolia Lvovitch a l'air nerveux, mais il ne se plaint pas. Il a un gros poids sur la conscience, le canapé du commandant Melnitchenko. Quand il l'aura retrouvé, il pourra se permettre de râler.

En fait, je ne me rappelle pas vraiment comment était le petit chien de la dame de Tchekhov. Je ne suis même pas tout à fait sûr d'avoir lu le récit. Mais je me rappelle en avoir lu un autre : *Châtaigne*[1]. Je crois même qu'il m'a fait pleurer. J'ai toujours eu pitié des chiens. Des dames aussi parfois, mais moins souvent.

Au bout de vingt minutes, nous partons à bord d'une BMW noire ; on voulait une voiture modeste. On a quand même fermé la corniche inférieure à la circulation. Mais ce n'est pas désagréable de regarder la Crimée, lassée du manque de touristes et d'argent, à travers les vitres légèrement teintées. Les petites lumières dans les maisons,

---

1. Nouvelle de Tchekhov (de 1887), dont le héros est un chien.

les réverbères clairsemés, les kiosques à bière vivement éclairés qui se passent de frigos en cette saison.

À côté de moi, il y a Maïa et le petit chien, un caniche miniature bien lavé qui semble sortir des mains du coiffeur. Il a le poil châtain, comme nous l'avons demandé.

Maïa, elle aussi, a des vêtements de circonstance. Conformes à la saison et à cette époque mystérieuse. Une petite veste cintrée marron clair avec un col relevé bordé de renard. Et une jupe longue, étroite jusqu'aux genoux puis évasée vers le bas pour permettre la marche. Des bottes marron à talons de hauteur moyenne. Mon attention aujourd'hui est particulièrement affûtée. Je suis comme les enfants qui croient que demain, avec le Nouvel An, quelque chose de nouveau et de très important va arriver. Peut-être pas au pays, mais du moins à moi.

Le quai de Yalta est presque désert. Il y a quand même des passants, mais dans la lumière tremblante des réverbères on ne les voit presque pas. Visiblement, l'électricité de camelote est arrivée jusqu'ici.

Je me promène en tenant Maïa par le bras. Je suis d'humeur à plaisanter. D'ailleurs, c'est normal, le fait d'être ici est déjà une blague, une bêtise.

– Ma chérie…

Je me tourne en marchant vers Maïa, qui me jette en réponse un regard inquiet. Peut-être que mon idée ne lui plaît pas?

– Ma chérie… Dis-moi, qu'est-ce qui te ferait plaisir?

– Sincèrement?

– Est-ce que je t'ai demandé de mentir?

– J'aimerais aller à Moscou, au restaurant du *Métropole*.

Elle n'a pas l'air de plaisanter. Je suis étonné et même un peu déçu. Mais je ne le montre pas. Je fais mine de m'intéresser à autre chose:

– Qu'est-ce que tu en penses, Olga Knipper aimait Tchekhov?

Le caniche marron essaie de s'échapper et il tire

brusquement sur la laisse, ce qui oblige Maïa à s'arrêter. Avec un cri plaintif, il revient vers ses pieds: quelle adorable soumission! Maïa lui jette un regard de réprobation et me répond:

– Knipper n'aimait pas Tchekhov. Tchekhov était rasoir et elle, une belle femme qui aimait la gloire et les attentions.

– Ah bon? Et pourquoi les hommes de talent ont si peu de chance avec les femmes?

Maïa éclate de rire.

– Les hommes de talent sont ambitieux et ils se choisissent des femmes à côté desquelles ils auront belle allure. Et les femmes qui entrent dans ce jeu comprennent un jour qu'elles ont encore plus d'allure à l'écart des hommes de talent. C'est tout.

– Tu détruis toutes mes illusions! Je veux croire aux femmes, à leur fidélité, à leur dévouement…

– Parfait! dit-elle en haussant les épaules. Personne ne t'en empêche! Mais rappelle-toi que l'amour désintéressé est le propre des femmes laides, et encore, c'est par pure reconnaissance envers celui qui a bien voulu leur prêter attention! Les femmes belles sont toutes calculatrices. Ce qu'elles ressentent et ce qu'elles affichent, ça fait deux.

– Tu es notre jolie femme?

– Comment ça, notre?

– Mais oui, nous, c'est le pays, c'est l'Ukraine…

– Pour vous, je suis une femme nature. Qui n'est ni de première jeunesse, ni de dernière fraîcheur.

– Belle expression. Je la ressortirai un jour.

Notre caniche fait un brusque écart et Maïa laisse échapper la laisse. Il s'enfuit dans une allée sombre, entre le quai et le trottoir parallèle où sont installées les terrasses des restaurants et des cafés.

Maïa s'arrête, interdite. Je me précipite vers le chien. J'entends devant moi un aboiement strident. Trois jeunes gars en tenues de sport sont assis sur un banc. Un berger allemand est étendu à leurs pieds et, juste à côté, notre caniche fait des bonds et aboie comme un fou.

– Eh, toi, le pédé! me dit un des gars en blouson de cuir, après avoir craché son mégot. Ramasse ton clebs, sinon je dirai à mon toutou «Attaque!»…

Je sens monter en moi une saine agressivité et je réponds, furieux:

– C'est qui, le pédé? Viens un peu que je te…

– Du calme, pépé! Tu passeras pas le Nouvel An! Et les enterrements sont chers aujourd'hui…

Le gars se lève en fouillant la poche de sa veste. Je tâte désespérément les poches de mon imper super élégant. Elles sont vides, comme il se doit des poches d'un président. Il ne paie pas de sa poche mais de celles du pays. Je regarde autour de moi et soudain je vois quelque chose briller au-dessus de la tête du gars. C'est une bouteille vide qu'on vient d'abattre sur son crâne.

Je cherche à deviner d'où ça vient, une idée me traverse: «Maïa?»

Mais non. Le type s'est effondré comme un sac sur le banc et, derrière lui, je vois apparaître Kolia Lvovitch. On me saisit immédiatement par les bras et on m'emmène.

Tandis que j'essaie de comprendre ce qui se passe, une BMW noire s'arrête devant moi. On m'ouvre la portière. Je m'assois et je vois Maïa installée à l'arrière.

– Ça ne serait pas arrivé au *Métropole*… dit-elle avec rancœur.

– Et où est passé le chien?

– Il a foutu le camp, ton chien, soupire-t-elle.

139

Kiev. Fin mars 1992. Dimanche.

J'ai les pieds qui pataugent dans la gadoue, résultat de la neige d'hier. Le ciel est tout frais, tout bleu. Et le soleil aussi est frais. Le problème, c'est que j'ai mal à la tête. Hier, Jora, un des anciens chefs du Komsomol, m'a emmené au resto. Il est rentré d'Amérique avec quelques kilos en plus et un début de calvitie. Et il sent bon comme une femme. Mais il a gardé sa voix et son entrain. Hier matin, il m'a dit au téléphone :

– J'ai besoin de toi. D'urgence !

Et à midi, nous nous sommes retrouvés sous le portique de la Poste centrale. Après quoi il m'a emmené dans un restaurant géorgien. Il m'a demandé :

– Alors, ton diplôme, tu l'as eu ?

– Non, je suis les cours par correspondance…

– Pas grave, tu l'auras ! dit-il avec un sourire malin, en me versant le cognac. J'ai besoin de toi pour affaire !

– Quel genre ?

– Tu vas être le directeur d'un resto fermé, réservé aux banquiers et aux truands. Avec un bon salaire et de la bouffe. T'es d'accord ?

– Mais… Je ne me suis jamais occupé de ça…

– Tu t'y mettras ! Tu as bonne mine, tu inspires confiance. Tu as acquis de l'expérience à notre buffet des komsomols. Là, ce sera le même genre mais en plus gai. Tu auras deux cents dollars par mois. Décide !

– Deux cents ? ! je réponds, époustouflé par le chiffre. J'suis d'accord !

– Ça marche ! Affaire conclue ! dit-il en me serrant la main et en levant aussitôt son verre de cognac. Allez ! Panique pas ! Le restaurant me fera connaître du monde et moi, je t'aiderai à t'en sortir ! Actuellement, à Kiev, y a pas un endroit où un homme politique ou un banquier puissent s'isoler un peu ! On a maintenant la compagnie, mais toujours pas l'endroit[1] !

Il s'esclaffe. Derrière le comptoir, un Arménien typique nous observe, le sourire obséquieux. Il a une

---

1. Reprise d'une expression ironique soviétique, soulignant la pénurie de logement.

chemise blanche et un nœud pap noir. Il s'imagine qu'on est là pour se soûler. Il peut pas comprendre qu'on vient de me proposer un salaire à deux cents dollars. Il est loin de pouvoir en espérer autant en revendant les fonds de bouteille récupérés sur les tables !

On s'est enfilé deux bouteilles de cognac, avec Jora. Et s'il n'y avait pas eu le champagne par-dessus, ça aurait été parfait. Mais le champagne sur le cognac, ça passe pas. Et maintenant, j'ai la tête qui bourdonne, même si je fais tout pour le cacher. J'ai promis à ma mère d'aller avec elle voir Dima. J'ai déjà enfilé ma doudoune et c'est la cinquième fois que je regarde ma montre. Il est midi moins le quart. Ma mère va rentrer du magasin où elle est allée acheter du saucisson pour Dima et on va y aller.

140

Zurich. 28 octobre 2004.
— Whisky !
C'est la quatrième fois que j'en demande au barman, derrière son comptoir de chêne. Sur la table, devant moi, trois verres bas sont alignés, vides. Ce qui est drôle, c'est qu'il ne les enlève pas. Et alors, je me dis, si j'en bois, disons, une douzaine, de ces doses ridicules, j'aurai douze verres qui resteront sur ma table ?

— *Bitte !* Le garçon pose devant moi le quatrième verre. Il jette un œil désapprobateur à la mare qui entoure mes pieds.

— *Sorry !* lui dis-je en réponse.

Et je bois. Lentement, en faisant passer le goût du whisky dans mon palais et dans ma bouche avec la pointe de la langue.

J'ai eu brusquement froid et je suis entré dans ce bar. Sinon, j'aurais continué. Mais maintenant, au quatrième verre, la chaleur me revient. Mon corps me paraît toujours peser cent tonnes et, même si je suis confortablement installé, j'ai la tête qui tourne et qui m'entraîne tantôt d'un côté, tantôt de l'autre. J'ai l'impression que je vais tomber, que je vais perdre définitivement l'équilibre.

On pose devant moi un nouveau verre de whisky. Puis un autre. La porte du bar claque. Je me retourne et je vois deux policiers qui se dirigent vers moi. Ils s'assoient des deux côtés de ma table. Ils font la moue en jaugeant le nombre de verres vides. Le garçon accourt. Il leur explique quelque chose.

J'observe son visage en me disant: «Ah, je comprends! Donc, depuis le début, tu voulais me livrer aux flics! C'est pour ça que tu ne retirais pas les verres... tu voulais me faire passer pour un ivrogne!»

– Passeport? Carte d'identité? demande l'un des policiers en me regardant droit dans les yeux.

Je sors non sans peine tout ce que j'ai dans les poches de ma veste mouillée. Des billets trempés, de la ferraille, une carte de crédit et une fiche en plastique qui est la clef de l'hôtel.

Il y a cinq étoiles dorées disposées en demi-cercle sous le nom de l'hôtel. C'est ce qui attire aussitôt l'attention des policiers et ça leur fait perdre une part de l'assurance qu'ils affichaient quelques minutes auparavant.

– *English ? American ?* demande l'un des deux.

– Ukraine, Kiev!

– *Russisch ?*

– *Russisch, russisch...* je leur concède, fatigué.

L'un d'eux sort de sa poche de ceinture un talkie-walkie et y baratine quelque chose.

Je suis pris d'un ennui mortel. Je repousse les verres vides sur le bord de ma table, je couvre mon visage de mes mains et je laisse tomber ma tête sur la table.

– Excusez-moi!...

Une voix de femme essaie de pénétrer, comme le son d'une cloche, dans mon rêve épais et lourd.

Une jeune fille de vingt-cinq ans est debout en face de moi à la table où je m'étais endormi en compagnie des deux policiers. Elle est coiffée en hérisson blanc, a des boucles aux oreilles et des anneaux à tous les doigts, une veste, un jean et des bottes à bout pointu.

– Je m'appelle Mila. Je suis là pour traduire.

– Eh bien traduisez! dis-je somnolent.

– Pendant que vous dormiez, ils ont tout vérifié. Vous avez bu, c'est tout…

– Et ici, on ne boit pas?

– Ce n'est pas le problème, dit-elle en s'asseyant. Vous avez dit au barman, en mauvais anglais, que vous aviez tué vos enfants… Il y a aussi quelqu'un d'autre qui a appelé la police en disant qu'un homme d'allure douteuse était entré dans l'eau tout habillé. C'est pour ça que le barman les a prévenus…

– Je n'ai pas tué mes enfants. (J'ai soudain les larmes qui me coulent des yeux.) Je n'ai jamais tué personne de ma vie!…

J'ai envie de sangloter, sans prêter attention aux autres.

– Ils sont au courant. Pendant que vous dormiez, ils ont tout vérifié. On vous cherche. Vous avez laissé votre femme à la clinique…

– La clinique?… Quelle heure est-il?

Je réalise que je n'ai plus ma montre au poignet.

– Quatre heures et quart.

– Et je suis où?

– Vous êtes à Reslieteil.

– C'est loin de Zurich?

– À vingt-sept kilomètres.

– Et comment je suis arrivé ici?

Mila me regarde avec un air de bonté maternelle.

– Désolée, je n'en sais rien. Ils vont vous raccompagner. Je vais aussi aller avec vous à la clinique. Ne vous en faites pas, c'est gratuit. C'est eux qui me paieront pour la traduction.

141

Crimée. 31 décembre 2015.

J'ai voulu rester seul un moment. L'incident sur le quai m'avait perturbé. Maïa, par discrétion, est descendue sur la plage pendant ma courte déprime. J'étais dans mon bureau lorsque Kolia Lvovitch s'est pointé avec une bouteille de whisky en déclarant :

– On a téléphoné de Kiev. Les spectacles que vous avez offerts au peuple ukrainien sont magnifiques !

– Tu y étais pour le voir ?

– J'ai vu l'avant-dernière variante, mais maintenant, ils ont changé le fond. On m'a raconté ça par téléphone. Svetlov a tout vu. Ça lui a plu.

« Si ça a plu à Svetlov, c'est que c'est bon ! » je me suis dit. Et j'ai aussitôt regardé Lvovitch d'un autre œil : « Le gros malin ! Il sait que, dans toute leur équipe de merde, celui en qui j'ai le plus confiance, c'est Svetlov ! Sacré Lvovitch ! »

– À propos, c'est moi qui te dois une bouteille ! Tu m'as sauvé de la délinquance publique !

Il hausse les épaules, l'air modeste et dit en souriant :

– Je ne peux pas recevoir une bouteille du président... La seule chose qu'il puisse m'accorder, c'est un petit décret...

Je vois où il veut en venir. Mais ma bonne humeur soudaine ne va pas s'évaporer pour si peu et je ne prête pas attention à ce petit chantage. C'est même le contraire. J'ai envie de plaisanter avec lui. De le taquiner.

– Allez, donne-le, ton décret...

Je me concentre et j'observe son costume qui tombe droit sur lui, de toute évidence, les poches sont vides, j'avance donc la suite :

– Si, dans la minute qui vient, tu me donnes un décret, je le signe !

Kolia Lvovitch déboutonne sa veste à toute allure. Il la retire et la retourne. À ma stupéfaction, je vois que, dans la doublure du dos, on a cousu une poche transparente pour y mettre des papiers. Et, précisément, il y a des dossiers. Il sort de la poche un décret et me le tend. Pendant que je tourne les pages, il renfile sa veste.

– Sacré…

Je retiens le juron qui me vient sur la langue. Il a quand même asséné à mon agresseur le coup de bouteille qui l'a mis K.-O.! C'est un fait!

Il me tend un stylo. C'est un gros Parker, que je prends en soupirant. Et je signe le décret sur l'élévation du montant au-delà duquel on a affaire à la justice, quel que soit le grade ou la fonction.

Kolia Lvovitch est rayonnant. Mais il a tort de montrer si vite sa joie! Je reviens au début du décret et j'ajoute la mention: *Entrera en vigueur le 1ᵉʳ janvier 2017. Sans effet rétroactif.* Puis je lui rends le dossier.

Il s'assombrit aussitôt:

– Pourquoi vous avez fait ça?

– C'est une loi destinée à qui? À toi, à moi, et pas à ceux qui étaient là avant nous! Maintenant, tu peux servir le whisky!

Peu de temps après, Kolia Lvovitch a retrouvé une humeur plus conforme à la fête du moment. À ma demande, il donne l'ordre par téléphone de transmettre à Maïa qui se promène au bord de la mer de venir nous rejoindre.

Il est six heures et quart. Il fait cinq degrés. Le pays est l'Ukraine. La fête est le Nouvel An.

142

Kiev. Avril 1992.

– Il faut que tu l'échanges contre un studio en ajoutant le complément!

Ma mère répète son conseil. Nous sommes dans l'appartement communautaire. Elle est allée faire du thé dans la cuisine commune et en est revenue en émoi:

– Il y a un nid de cafards dans le four! Il faut que tu en parles à tes voisins!

– Je n'ai pas l'intention de discuter avec eux. Nous avons d'excellents rapports et je n'ai pas peur des cafards!

Elle fait une moue de désapprobation.

– Réfléchis un peu! Une pièce en communautaire mais située dans le centre, ça s'échange contre un studio dans le Syrets! Peut-être même sans versement complémentaire!

Je n'ai pas envie de réfléchir. Je n'ai pas la tête à ça. Elle est venue me rendre visite avec un bocal de borchtch d'un litre et elle recommence à me donner des leçons de sens pratique!

– Et tu devrais changer les meubles! reprend-elle, l'air apitoyé. Ça sent le vieux!

– Et le jeune, ça sent comment? je lui demande, sarcastique.

Pas de réponse. Mais moi, je sais ce que ça sent, la jeunesse, la jeunesse sauvage et déchaînée. Le parfum sucré du porto au fond des verres mal lavés, la fumée des cigarettes, le parfum bon marché et aussi... Mais c'est une époque révolue. J'ai appris à faire mon nœud de cravate. Pas tout seul, bien sûr, c'est Jora qui m'a appris. Maintenant, dans notre restaurant-club, j'ai l'air de quelqu'un qui vaut «mille dollars». Ou comment disent-ils, dans les films américains? Peut-être un million? Elle ferait mieux de se réjouir: son fils, à trente ans et quelques, est déjà directeur d'un restaurant!

Brusquement elle me demande:

– Tu as gardé des photos?

– De qui?

– De ton Juif, celui qui vivait ici!

Je me dirige vers le buffet, j'ouvre le tiroir et je m'aperçois que les photos, qui avant étaient éparpillées

371

là, ont été rangées en paquet par le père Vassili, qui apprécie l'ordre.

– Tiens, regarde !

Ma mère examine attentivement les papiers. Elle s'arrête sur une photo dans un des documents. Une fois qu'elle a tout passé en revue, elle revient sur ce document et je vois qu'il s'agit du Fonds d'entraide de l'armée.

– Je te l'emprunte pour quelques jours !

– Tu peux le garder !

Elle a un sourire heureux en réponse :

– Tu sais… Hier, j'ai réussi à reprendre tout le fric que j'avais investi chez Omet Inster ! Avec les intérêts !

– C'est le Fonds d'investissements qui a fait faillite aujourd'hui ?

Je dis ça en me rappelant les titres des journaux du matin. Elle me répond par l'affirmative avec une expression de joie carrément enfantine, sauvage.

– Maintenant, tu vas pouvoir offrir à Dima l'imper que tu voulais lui acheter !

– L'imper attendra ! dit-elle en prenant un air sérieux. Il y a des choses plus importantes.

Elle a certainement envie que je lui pose des questions. Mais moi, je ne tiens pas à savoir ce qui est plus important que l'imper de Dima. Je lui conseillerais plutôt de s'en acheter à elle, des vêtements. Parce que c'est bizarre qu'une femme porte dix ans de suite la même jupe longue noire et la même veste en laine rouge. Qu'elle ne pense pas qu'elle pourrait renouveler sa garde-robe dans un magasin, mais se rappelle par contre qu'elle a une vieille couturière qui habite je ne sais où et qui lui a fait une robe à la mode il y a trente ans de ça ! Je l'ai vue, cette robe ! Si j'avais rencontré la plus belle fille du monde dans cette robe, j'aurais immédiatement changé de trottoir ! C'est comme un diagnostic ! Ce que ma mère porte aujourd'hui est révélateur ! C'est pas Dima qu'il faut soigner, c'est elle ! Mais comment m'y prendre ?

Et je me mets soudain à imaginer qu'avec mes deux cents dollars en poche, j'emmène ma mère au marché et que nous lui achetons des fringues polonaises à la mode, pas chères et de couleurs vives, normales, quoi! Ou bien sans couleurs vives, ce n'est pas son genre.

Mais ma mère se lève. Elle enfile son vieux manteau à col de renard, qui a été lui-même taillé à partir d'un manteau plus vieux encore. Avant de passer dans le couloir, elle se retourne une dernière fois pour examiner ma chambre.

Je suis alors saisi moi aussi par cette odeur de vieux, l'odeur de la vie de feu David Isaakovitch. Je comprends ce qui déplaît à ma mère, c'est le parfum de la vie d'un autre, d'une vie qui, en plus, s'est éteinte. Je n'ai pas l'intention de faire des travaux de rénovation. Et sans ces travaux, sans pogrom, sans une catastrophe quelconque, cette odeur ne passera pas.

143

Zurich. 28 octobre 2004.

La police a commencé par me reconduire à l'hôtel. Heureusement Mila leur a traduit ce que je demandais. J'ai mis des vêtements secs, je me suis repeigné. J'avais même envie de me raser, mais je n'en avais pas la force.

À la clinique, c'est la même infirmière qui nous a accueillis, nous l'avons suivie le long d'un couloir où le linoléum étouffait le bruit de nos pas.

Nous avons croisé Dima, qui m'a regardé avec une sorte de crainte ou de méfiance. Il m'a à peine salué. Le cabinet du médecin sentait la menthe sauvage. Elle a mis gracieusement des lunettes fines à monture dorée sur son nez et a pris un papier sur sa table. Mila a traduit ses propos prudents:

– Veuillez recevoir nos condoléances… Vous avez eu un garçon et une fille. Le garçon pesait trois kilos cent, la fille, trois kilos deux cents. Juste après la naissance, ils ont eu des problèmes d'insuffisance cardio-respiratoire. On les a transférés aussitôt en réanimation. Malheureusement, nous n'avons pas pu les sauver. Nous ne pouvons pas pour l'instant déterminer la cause du décès. Nous allons faire toutes les analyses et nous vous en communiquerons le résultat dans six semaines.

Je me tourne vers Mila :

– Mais comment feront-ils, puisque nous n'habitons pas ici ?

– Nous vous le transmettrons par courrier express. Vous n'aurez qu'à régler d'avance le prix du courrier et nous laisser votre adresse… Votre femme va rester ici encore deux jours. Physiquement, tout va bien. Mais elle a besoin de soutien psychologique. Vous pouvez séjourner ici dans sa chambre. Et dans deux jours vous reviendrez me voir.

144

Crimée. 31 décembre 2015.

Tout serait parfait, sauf que l'absence de neige me dérange. Maïa s'en fiche, elle, de la neige. Elle se promène à travers la résidence, une coupe de champagne à la main. Comme une reine abandonnée par sa suite. En fait, je n'avais pas prévu que je m'ennuierais d'être toujours seul avec elle et qu'il n'y aurait personne d'autre pour lui tenir compagnie. Il est dix heures moins cinq. Des bruits de vaisselle montent de la cuisine, les domestiques préparent la table pour la fête. Lvovitch est allé vérifier que tout se passait bien dans le pays et voilà plus d'une demi-heure que ça le tient occupé. Ça ne rime pas à grand-chose. Il va y avoir bientôt les infos et ce sera tout, en matière d'événements, car les infos sont sous le contrôle efficace de Lvovitch et, cette année, il n'y aura pas la moindre mauvaise nouvelle qui pourra filtrer dans le pays. Il ne faut pas que le peuple ait sa fête gâchée. Pour le reste, on peut faire ce qu'on veut. Mais ce n'est pas une idée à moi. C'est comme ça, tout simplement, que ça se passe.

Je m'assois sur un canapé devant un énorme écran plat de télévision accroché comme un tableau sur le mur opposé. Je prends la télécommande sur la table de marbre. Le canapé est un peu dur et le souvenir douloureux de celui qu'on a volé me revient en mémoire.

Je suis absolument seul dans ce salon. J'appelle mon aide de camp qui arrive, l'air fatigué :

– Dis à Lvovitch qu'il vérifie qu'on n'a pas retrouvé le canapé !

Pendant qu'il disparaît, les premières images des infos de la première chaîne apparaissent sur l'écran.

On voit d'abord un reportage sur les rues des principales villes, les sapins de Jitomir, Lougantsk, Simferopol, Lvov. Le sapin le plus petit et le plus rabougri est celui d'Oujgorod. «À retenir!» je me dis. Puis il y a un reportage sur la laure de Petchersk. Puis la cathédrale Saint-Vladimir et une voix qui annonce le miracle du Nouvel An : l'icône du nouveau saint Vladimir s'est mise à pleurer. On montre un gros plan de l'icône. Sous les yeux de saint Oulianov, il y a réellement deux traces mouillées de larmes. Devant la nouvelle icône miraculeuse, des vieilles et un couple de jeunes gens sont agenouillés. Puis un nouveau venu s'agenouille à son tour devant l'icône et il se signe consciencieusement. La caméra se baisse en même temps puis se tourne vers le visage du fidèle. Il est clair que le chef opérateur s'est agenouillé lui aussi. «Merde!» J'éclate en voyant le gros plan : c'est Kazimir, le patron de l'électricité ukrainienne. Il fixe la caméra avec une telle intensité et une telle sensibilité dans l'expression qu'on s'attend à voir des larmes lui couler des yeux.

– Je souhaite au peuple ukrainien le bonheur, la prospérité, l'épanouissement et le miracle économique !

articule-t-il à l'écran, mais l'expression de son visage tient un autre discours: «Comme vous me faites pitié, vous qui êtes pauvres et misérables, opprimés par le pouvoir actuel!»

– Sacré salopard!

Je lance mon insulte à l'écran et je me tourne aussitôt vers la porte. Où est passé Lvovitch? Quel est celui qu'il a chargé de surveiller les ondes à Kiev?

Il ne réapparaît dans le salon qu'au moment de la météo. J'éteins la télé. Je le dévisage avec fureur:

– Tu as vu les infos?

– Non, j'étais en train…

– En train de quoi?… Qui a donné l'autorisation de transmettre aux infos les vœux de Kazimir au peuple ukrainien? Quel fils de pute?

Lvovitch a l'air effondré. C'est évident qu'on ne lui a pas demandé son avis.

– Je vais le savoir, je vais les envoyer se faire… licencier! marmonne-t-il.

Et moi, je continue:

– La chaîne nationale, elle appartient à qui?

– Je reviens dans cinq minutes! s'écrie Lvovitch en s'enfuyant.

Qu'il se démerde, ce con! Moi, je vais voir Maïa pour qu'elle me calme un peu, sinon. Je vais leur en foutre, à eux tous, du Nouvel An!… Ils n'auront plus qu'une envie, rester dans l'année passée!

145

Kiev. Avril 1992. Dimanche.

Ma mère m'ouvre la porte en souriant. C'est formidable ce que ça peut vous apporter, de vivre séparément! Durant le mois écoulé, elle ne m'a pas fait le moindre reproche! Le dimanche, je viens la voir. Nous déjeunons et nous allons voir Dima.

Je sens, en entrant dans l'appartement du HLM, une odeur de boulettes de veau et de sarrasin. Dans le couloir, son sac à provisions est déjà prêt pour Dima. Je sais que si je me penche au-dessus, l'odeur de saucisse bouillie dont raffole Dima va couvrir l'odeur des boulettes. Mais on ne flaire pas ce qui ne vous appartient pas!

Après le déjeuner, ma mère déclare en enfilant son manteau:

– Tu pourrais quand même nous inviter un jour avec ton frère dans ton restaurant!

– Je vais vous inviter, mais il faut choisir un jour où il n'y a personne!

En chemin, comme c'est moi qui porte le sac à provisions, j'essaie de deviner: qu'est-ce qu'elle a pu mettre dans son sac? Il pèse bien dix kilos, il ne peut pas y avoir que de la saucisse!

Nous passons près du cimetière Berkovtsky lorsque nous changeons d'autobus. Ma mère, brusquement, me montre l'entrée et me dit:

– Allons y faire un tour!

Je ne comprends pas bien: nous n'avons pas de parent qui soit enterré là, à moins que l'amie de ma mère qui est morte d'un cancer récemment...

Nous passons le portail et je me dis, en soupesant le sac: «pourvu que ce ne soit pas loin...» Le cimetière est immense, il faut plus d'une demi-heure pour le traverser! Mais ma mère m'entraîne hors de l'allée centrale, vers le bâtiment hideux de l'Administration. On y voit, dressées sous le ciel bleu, des plaques de granit ou de marbre poli destinées aux tombes.

– Où est Seva? demande ma mère à un type mal rasé, en veste épaisse, qui tient un marteau à la main.

– Se-va! hurle le type de tous les côtés. On te demande!

Seva apparaît, la cinquantaine, la même veste ouatinée que l'autre, un pantalon vert de l'armée enfilé dans des bottes en cuir synthétique.

– Tout va bien! dit-il à ma mère. Je parle pas en l'air!

Il nous conduit vers un endroit, près de la clôture, où sont déposées sur des planches de bois noirci les stèles funéraires qui sont déjà terminées. On s'arrête devant une plaque de granit poli où est inscrit en lettres dorées:

BRODSKI DAVID ISAAKOVITCH
12 OCTOBRE 1922 – 9 MARS 1992
À NOTRE CHER ONCLE, LA FAMILLE BOUNINE

Et, au-dessus de l'inscription, il y a un médaillon ovale en céramique avec la photo, à peine reconnaissable, du vieux.

– Et d'où tu tires tout ça? La date de naissance, le nom de famille? Même moi, je n'étais pas au courant!

Je scrute le visage de ma mère, qui rayonne d'une joie douce, comme si elle avait accompli une mission sacrée. Elle me tend le livret du Fonds d'entraide de l'armée:

– Tiens! Tu le remettras à sa place!

– Attends voir! Il est mort plus tôt que ça! dis-je en examinant la date sur la stèle.

Ma mère se penche vers moi et murmure en lorgnant du côté de Seva qui est allé fumer une cigarette à l'écart:

– Il est mort après avoir écrit l'attestation qui te donne le droit d'habiter chez lui!…

Maintenant, je pige tout! Bravo, Maman! Elle a fait fort: à la fois un geste humain, du sens pratique et une vraie preuve. C'est carrément un document! Un grand document de marbre! Une attestation à la fois de naissance et de décès!

Seva s'est approché, il regarde la pointe de sa botte qui écrase dans la boue le mégot de sa cigarette et dit:

– Alors? Ça vous va?

– C'est parfait! répond ma mère à la hâte.

Puis elle se tourne vers moi et demande:

– Laisse-nous une minute!

Je m'écarte en les regardant s'affairer autour d'une grosse liasse de billets qu'ils recomptent. Voilà donc où est passé l'argent qu'elle a arraché, avec les intérêts, des griffes des investisseurs véreux!

– Ah, au fait! C'est bien ici qu'il est enterré? me demande ma mère.

Seva me regarde aussi, comme s'il attendait un signal pour réunir des gars et aller aussitôt porter la stèle à destination. Pour avoir une nouvelle liasse de billets à compter.

– Non, il n'est pas là… Il est dans un autre cimetière…

– Alors, il faut que vous emmeniez ça d'ici demain, déclare Seva d'une voix étrangement forte. Il y a des contrôles, et c'est du marbre qui n'a pas été enregistré…

– D'accord, s'empresse d'approuver ma mère. (Elle me désigne des yeux.) Il passera la prendre!

– Faudra que tu t'adresses directement à moi! dit Seva en fourrant les billets dans la poche intérieure de sa veste. Tu demanderas Seva! T'as compris?

J'ai tout compris. Sauf une chose: où devra-t-elle aller, cette stèle? Il faut que je téléphone au père Vassili. Ce soir même. Quoique, non! Aujourd'hui, on a une fête privée au resto… Demain, je l'appellerai!

En sortant, je me dis en souriant: «Dima est en train d'attendre son saucisson!» Dima aussi nous sourit quand il nous voit. Et nous, la pitié et la compassion nous font sourire. C'est l'échange perpétuel des hommes, fait de pitié, de sourire et de saucisson.

146

Zurich. 28 octobre 2004.

Avant d'entrer dans la chambre de Svetlana, je suis resté deux minutes à écouter à la porte. Je n'entendais rien. Je pensais qu'elle dormait et je suis entré doucement.

Svtelana était couchée et regardait le plafond. J'ai été effrayé de la voir si pâle. Cette fois, elle avait même des ombres bleues sur le visage, des ombres de mort. Paniqué, je me suis approché du lit. Je voulais vérifier qu'elle était vivante.

Elle s'est tournée vers moi et m'a regardé. Et le silence s'est déchiré. Le visage de Svetlana s'est contracté de douleur. Les larmes ont jailli de ses yeux. Elle s'est mise à sangloter en murmurant: «Pardonne-moi! pardonne-moi, s'il te plaît!»

Je me suis agenouillé devant son lit et je l'ai prise dans mes bras. Je ne sais pas combien de temps elle a continué à pleurer. Puis elle s'est tue et a fixé ses yeux sur moi. Elle me suppliait du regard et son visage n'était plus aussi effrayant.

– Je t'aime, ai-je murmuré en lui caressant la joue.

– Ils sont si petits, si beaux… On me les a amenés. Tout propres, bien habillés. Je les ai pris dans les bras et ils se taisaient…

Je me suis mis à pleurer avec elle. Ici, il était inutile de se retenir. Il n'y avait pas d'étranger.

147

Crimée. 1er janvier 2016.

Nous y voilà. Il fait noir et chaud. À côté de moi, il y a un corps de femme qui, il y a un instant à peine, feignait la passion. J'écoute la respiration de Maïa. Je n'entends rien. Pourquoi est-ce qu'elle s'est détournée de moi? Je ne l'intéresse plus. De toute façon, elle n'était pas d'une humeur flambante. Elle voulait aller au *Métropole*, à Moscou. C'est là qu'elle doit se trouver, maintenant. Et moi, je suis là tout seul. Ce corps de femme ne compte pas. Sa maîtresse est à Moscou.

Je soupire et je me lève. La fenêtre donne sur la mer qu'on ne voit pas. Dans la vitre, il y a mon reflet. C'est bizarre que les lampes de jardin ne soient pas allumées. Je sors de la chambre, j'allume les lumières. Aussitôt l'aide de camp bondit. Il se frotte les yeux et me regarde en biais, sous la ceinture. Je suis à poil. Je le rappelle à l'ordre :

– Ton président n'est pas là, dis-je en montrant le bas de mon ventre. Mais là !… et je tapote mon front du doigt. Il est ici, ton président ! Apporte du whisky et des glaçons !

Il sort. Ça me fait sacrément plaisir d'être nu. Va savoir pourquoi. Je m'approche de la fenêtre d'une démarche joueuse. Dehors, il fait un froid humide. Je tourne le dos à la fenêtre et j'aperçois des photos sur les murs. C'est drôle, avant je ne les avais pas remarquées.

Je m'approche. Ce sont les portraits des cinq présidents. Le premier, c'est Hruchesvki. Ensuite, Kravtchouk, Koutchma et les deux derniers. C'est drôle ! Le type, là, est en prison, mais son portrait est sur le mur de la résidence ! Il faut que je dise qu'on le retire !

L'aide de camp arrive avec son plateau. Cette fois, il est réveillé. Il a la démarche ferme, et pourtant ce qu'il porte n'est pas léger : une bouteille d'Aberlour, un seau à glace en argent avec ses pinces, et mon verre préféré, gros et trapu.

Je lui demande, tout en me versant le whisky :

– Ça fait longtemps qu'elles sont là, ces photos ?

– Nicolas Lvovitch a demandé avant-hier de les accrocher…

– Lui ? Eh bien, tu lui demanderas d'y ajouter la photo du canapé volé ! Et s'il refuse, qu'il mette tous ces portraits dans sa chambre et qu'il nous en débarrasse !

– Il veut que ça devienne une tradition…

Je n'ai aucune envie de prolonger la conversation. Surtout avec un homme qui n'a pas de nom. Il ne doit pas être encore réveillé, pour se permettre de me raconter les salades de Lvovitch !

Je reviens dans la chambre avec mon verre et je m'assois sur le bord du lit présidentiel où est censée se trouver une femme. J'effleure l'épaule de Maïa avec mon verre froid. Aucune réaction.

Je suis pris d'une tristesse paisible, inhabituelle. Comme si je regrettais le passé. C'est naturel. L'année qui est morte exige qu'on la pleure, même si elle m'a apporté tant de désagréments. Elle est déjà passée dans l'histoire, et moi pas encore. Mon tour, pour plus tard. Maintenant, mon problème c'est ce corps de femme inutile qui me tourne le dos. Je baisse les yeux vers mon membre, à peine visible dans l'obscurité. On n'en mène pas large, tous les deux. Ce qui est vexant, c'est qu'il manque, entre son corps et le mien, le frottement qui pourrait faire jaillir la flamme. Non. Pas la moindre étincelle. Nous ne pouvons pas nous recharger l'un l'autre. Elle ne veut pas m'enflammer. Et moi, je ne peux m'embraser volontairement que dans le froid, l'eau ou la glace.

Mais, peut-être… que je pourrais essayer? Je pose mon verre à moitié plein sur la table de nuit et, conscient de ma soudaine insignifiance sexuelle, je pousse un soupir en me glissant sous la couverture pour me coller à son corps et y pénétrer. Sans éprouver ni passion, ni sentiment, ni le moindre élan du cœur. Il y a des chances pour qu'elle ne se réveille pas. Ou plutôt pour qu'elle fasse semblant de dormir et de ne rien remarquer. Il y a une heure, elle faisait semblant d'être dévorée de passion. Sale histoire. À quel moment précis je me suis rapproché de cette femme?

Non, ce n'est pas le moment d'établir des liens de cause à effet. C'est la première nuit de l'année, la première nuit que nous passons ensemble avec Maïa. Et sans doute la dernière.

148

Kiev. 14 avril 1992.

Nous buvons du café, le père Vassili et moi, dans ma piaule. Il m'écoute, étonné:

– Une stèle? Pour le vieux? Mais ce n'est pas un cimetière!

– Elle n'était pas au courant! Le problème, c'est qu'elle a tout payé et qu'il faut embarquer ça vite fait!

Le père Vassili se caresse la barbe. Je regarde les pellicules qui parsèment son pull noir. J'attends qu'il me dise ce que je dois faire.

– Et elle ne voudra pas venir voir la tombe?

– Je ne crois pas. Mais qui sait?

Le père Vassili a l'air à la fois indigné et hésitant.

– Bon. Elle aurait mieux fait de nous demander conseil. On aurait pu faire forger une croix. Ça aurait coûté moins cher. Et ça aurait été moins de gâchis, s'ils l'enlèvent…

– Mais les tombes, on ne les enlève pas!

– Ce n'est pas un cimetière. Dieu sait ce qui va se passer sur cette île! Ce qui est clair c'est qu'ils n'ont pas expulsé les gens pour rien. Ils ont enlevé sa cabane. Tu l'as bien vu…

Le père Vassili prend soudain un air résolu.

– Écoute! On va retrouver l'ambulance et on va leur demander de nous aider. Il faut que ça se passe discrètement. Le granit, ça coûte cher, et la misère est grande en ce moment!

– Tu saurais les retrouver? je demande.

– Je me rappelle bien les visages, répond le père Vassili, sûr de lui.

Sur la rive gauche, il pleut. Nous marchons du métro à l'hôpital sans parapluie. Nous contournons plusieurs véhicules dans la cour, mais nous ne trouvons pas les ambulanciers qui nous avaient aidés.

– On attend un peu? je demande.

Ça fait plus d'une heure qu'on attend. Nous approchons de chaque ambulance qui arrive. Mais rien à faire. Aucun visage connu. Le père Vassili décide d'aller discuter avec l'un des chauffeurs. Il revient, déçu, au bout de cinq minutes.

– Ils ne veulent pas !

– J'ai une idée ! On rentre !

On revient chez moi, on se réchauffe en buvant du thé. Puis je téléphone aux urgences. Il va bientôt être cinq heures. Si mon plan marche, nous arriverons à retirer la stèle du cimetière juste avant qu'il ferme. Le plus important, c'est que Seva soit sur place !

149

Zurich. Fin octobre 2004.

Mila nous a conduits au bureau de la «conseillère pour le respect de la mort», selon sa traduction de l'allemand. C'était dans une petite église située à côté de la clinique, dont l'entrée était décorée d'angelots, d'arbres et de fleurs en bois sculpté.

– Dieu apprend à souffrir et à se réjouir. Adressez vos prières à Dieu et il vous entendra… Voici une brochure avec des conseils psychologiques. En ce qui concerne vos enfants, vous avez le choix. On peut les enterrer dans le cimetière qui est tout proche. Bien sûr, c'est cher, mais il y a une petite réduction pour ceux qui sont morts dans notre clinique. Ou on peut les incinérer. Il y a une section pour enfants, on l'appelle le jardin Lewis-Carroll. Il est possible de mélanger les cendres avec la terre et d'y planter deux rosiers. Ce serait bien de décider aujourd'hui.

– Alors, ai-je demandé à Svetlana une fois revenu dans sa chambre, comment te sens-tu ?

– Mal…

Et j'ai vu ses yeux vides que les larmes avaient désertés.

C'est moi qui ai pris la décision : le lendemain matin, nous avons pris congé de nos enfants dans la petite église et nous avons planté deux rosiers.

Mila nous a raccompagnés à l'hôtel, on nous avait remis une enveloppe avec les photos des petits et leurs actes de naissance et de décès.

384

Il fallait faire nos bagages et partir. Notre douleur ici ne servait à personne.

« J'ai trois enfants qui sont morts maintenant, ai-je pensé. Kiev-Zurich, mon destin ne change pas, même quand je change d'endroit. »

150

Crimée. Foros. 1ᵉʳ janvier 2016. Le matin.

Maïa dort encore, mais elle est maintenant tournée vers le plafond. Je m'approche de la fenêtre et j'ai le souffle coupé devant le paysage. Le soleil se lève sur la mer. Ses rayons tombent sur l'eau calme et déferlent en vagues de lumière vers le rivage. Ils se transforment en milliers de petits lapins qui bondissent dans le parc et sur les murs de la résidence, sur les troncs des cyprès et des figuiers. Au loin, à l'horizon, un navire veille sur l'ordre du monde. Comme tout est beau !

Je me retourne vers Maïa. Je peux tout lui pardonner. D'abord, parce qu'elle est une femme qui dort. Ensuite, c'est une femme au caractère différent des autres. Même si, au fond, toutes les femmes que j'ai connues étaient comme ça. C'est peut-être ça qu'on appelle la féminité. C'est moi qui m'en faisais une idée fausse. En fait, je me basais soit sur la Joconde, soit sur je ne sais quelle Vierge à l'enfant.

Le cri des mouettes me parvient à l'oreille. J'ouvre la fenêtre et un air froid et salé entre dans la chambre. Je vais voir dans la pièce d'à côté. L'aide de camp est assis près de la table basse et boit du thé. Il lève vers moi des yeux coupables et effrayés. Je l'ai surpris au repos ! Mais je suis de très bonne humeur. Il me manque juste un petit quelque chose.

– On entend mal le cri des mouettes, lui dis-je en souriant.

Il repose sa tasse sur la table et se lève en hâte :

– Je reviens tout de suite.

Cinq minutes plus tard, les mouettes semblent plus proches. Je regarde à la fenêtre, mais je ne les vois pas. Elles sont en bas sur le rivage. Leurs cris sont de plus en plus forts, recouvrant les soupirs apaisants de la mer. La vague vient s'écraser et aussitôt après, on entend des sons menus. Parfaite atmosphère pour la méditation. Je me tourne vers Maïa. Je me dis que si elle se réveille maintenant, dans le cri des mouettes, elle passera la journée et même toute l'année dans le bonheur et l'apaisement. Et peut-être même avec moi?

Mon regard monte vers le plafond. Il s'arrête sur un petit haut-parleur à peine visible, peint en blanc comme le reste, dans l'angle à gauche de la porte. Je porte mes yeux vers les autres angles, là aussi il y a des haut-parleurs. Les cris de mouettes sont en quadriphonie. Genial! C'est l'union de la nature et de l'acoustique. Maïa dort. Non, bien sûr, elle entend tout. La musique doit arriver en plein dans son rêve, où elle est certainement allongée dans la cabine privée du solarium du *Métropole.* Elle est allongée et chacune des cellules de sa peau nue reçoit le soleil artificiel. Et, à côté d'elle, un homme habillé se réjouit de son bien-être et contemple le solarium, comme s'il s'agissait d'un énorme gril sur lequel un morceau de viande se couvre d'une croûte appétissante.

Je vais bientôt être pris d'un accès d'amour de l'humanité et d'esprit démocratique. Il ne faut surtout pas qu'elle me surprenne ainsi, sinon je suis mort!

Je vais dans la pièce d'à côté et je demande à mon aide de camp de me faire un thé. Là aussi, il y a le cri des mouettes et les mêmes haut-parleurs au plafond. Il surprend mon regard et murmure prudemment: «Vous ne voulez pas que je mette un peu plus fort?» Je lui réponds non de la tête. Zut, je suis nu! Il faut que je me mette quelque chose sur le dos. J'attrape ma robe de chambre. Et, quand je reviens, l'aide de camp a déjà posé sur la table mon verre à thé préféré et, prévenant, il a mis à côté la bouteille d'Aberlour, le seau à glace et le verre à whisky trapu.

151

Kiev. 14 avril 1992. Le soir.

Les hommes, finalement, je m'y connais. C'est une de mes qualités, que j'ignorais jusque-là. Mais le fait que mon plan ait réussi à cent pour cent m'a donné à réfléchir sur mes capacités.

Donc, nous avons appelé une ambulance. Et un quart d'heure après, on a sonné à la porte. J'ai fait entrer dans la pièce un infirmier et une jeune femme médecin qui s'est adressée aussitôt au père Vassili :

– C'est vous, le malade ?

Il était mal à l'aise et s'est tourné vers moi. J'ai lancé une réponse qu'ils ont mis plusieurs minutes à comprendre :

– Il est mort !

J'étais surtout inquiet des réactions de la femme. Elle avait l'air tout ce qu'il y a de plus avenant : les yeux maquillés, les ongles faits, les cils courbés. Bref, une blonde maquillée, c'est-à-dire l'être le plus capricieux qui puisse exister. Du moins, c'est ce que je me disais.

J'avais tort. Au bout de cinq minutes, ils n'ont pas vu d'objection à boire un café avec du cognac. Et la somme de vingt mille coupons que je leur ai proposée les a pleinement satisfaits.

– Quel est le trajet ? a voulu savoir l'infirmier.

– Du cimetière Berkovtsky à l'île Troukhanov. Mais après le pont, il faut faire encore quatre cents mètres.

L'infirmier a échangé un regard avec la femme médecin.

– Je dois descendre une minute, le temps de parler à Piotr, a-t-il dit.

J'ai deviné qu'il s'agissait du chauffeur, et qu'il devait avoir le rôle principal dans l'histoire.

L'infirmier est resté absent au moins cinq minutes. Et quand il est revenu, j'ai compris qu'il fallait faire vite.

On n'a pas mis longtemps pour retrouver Seva. Il était assis, complètement bourré, sur une des plaques funéraires.

– Ah! Vous venez chercher le Juif? a-t-il dit en me reconnaissant. Embarquez-le!

Ça n'a pas été une mince affaire de transporter le morceau de granit avec le portrait de David Isaakovitch. À cinq, nous l'avons chargé sur une brouette d'emprunt et nous l'avons accompagné en le soutenant des deux côtés, puis nous l'avons déposé dans l'ambulance.

Il tombait sur la ville une neige mouillée, nous avons donc mis du temps à atteindre le pont. Mais là, le chauffeur a exigé une rallonge. On est montés jusqu'à trente mille et il a engagé la voiture sur le pont.

C'est drôle, il ne neigeait pas sur l'île. Il ne restait qu'un peu de neige sous les arbres, si bien que le chauffeur n'a pas fait d'histoire quand je lui ai montré le chemin non asphalté, qui longeait l'île sur la droite, après le pont. Il ne restait plus qu'une centaine de mètres jusqu'à la tombe. Il a avancé encore un peu mais il a soudain pris un air buté et a déclaré qu'il n'avancerait plus d'un pouce.

Nous avons déchargé la plaque de granit et l'avons portée à quatre vers la tombe. La femme était restée seule dans l'ambulance, l'air pensif. Mais le chauffeur nous a aidés consciencieusement.

– On vous ramène? a demandé l'infirmier, une fois la plaque plantée dans la terre au bout de la tombe.

– Non, a répondu le père. On va rester un moment.

Les deux hommes ont empoché l'argent et sont retournés vers le minibus où la lumière intérieure était allumée. Et nous sommes restés un moment près de la tombe avant de reprendre le chemin vers le pont.

– Il faudra revenir ici, a déclaré en marchant le père Vassili. Et avant l'été, on va la consolider. Il faudrait se renseigner pour savoir comment faire : peut-être avec du ciment ?

152

Kiev. Aéroport de Borispol. Novembre 2004.

Le matin, de l'hôtel, j'ai téléphoné à Nilotchka pour la prévenir de mon arrivée. J'ai demandé qu'elle envoie la voiture et lui ai transmis en deux mots les tristes nouvelles. Sa voix s'est mise à trembler et j'ai aussitôt coupé court, sans même m'informer de la situation dans notre ministère.

Nous étions seuls, en classe affaires, avec Svetlana, installés dans des sièges de chaque côté du couloir. Je n'avais envie ni de boire ni de manger. Je regardais ma femme assise immobile près de moi et ne savais pas quoi lui dire. J'avais pourtant envie de lui parler. L'hôtesse venait sans arrêt nous proposer quelque chose, déposer un plaid ou un oreiller sur les sièges d'à côté. Elle n'avait que nous et s'ennuyait. J'ai pris la main de Svetlana. Elle m'a regardé et m'a fait un petit signe de tête. «Tout ira bien», ai-je pensé, tout en me disant que ce n'était pas si sûr. Et ça n'irait jamais aussi bien qu'au milieu du bruit des voix d'enfants, dans le brouhaha joyeux et désordonné de la vie de famille.

En sortant de l'avion, nous avons été accueillis par la bruine de l'automne à Kiev. Une Mercedes noire est venue se poster devant la passerelle. J'ai cherché des yeux celui qu'on venait accueillir comme ça, directement sur la piste, et qui aurait dû être avec nous en classe affaires. Nous étions seuls et le minibus avec l'inscription VIP qui devait venir nous prendre avait visiblement du retard.

À ce moment, la porte de la Mercedes s'est ouverte et

le chauffeur en est sorti, habillé avec une élégance excessive pour une telle voiture. Il a regardé vers nous et s'est approché en disant, d'une voix très assurée :

– Sergueï Pavlovitch ! Prenez place !

J'étais stupéfait :

– Ben ? Où est mon chauffeur ?

– Vous avez maintenant une nouvelle voiture et un nouveau chauffeur ! a-t-il répondu et il a ouvert la porte arrière en proposant à Svetlana de s'asseoir la première.

Puis il a ouvert pour moi la portière avant.

Nous avons attendu nos bagages et avons quitté l'aéroport. Le chauffeur a alors déclaré d'une voix douce :

– Vous avez les condoléances de tout le monde. Et j'ai une lettre pour vous. Si vous voulez la prendre…

Sans quitter la route des yeux, il m'a tendu une longue enveloppe. J'y ai d'abord trouvé une carte de visite de Dogmazov. Un nouveau titre s'ajoutait aux précédents. Il était désormais, entre autres décorations, professeur honoraire de l'université Mohiliev et vice-président de la Commission des prix d'architecture décernés par l'État. La lettre était un message qui tenait en quatre phrases :

Recevez nos sincères condoléances. Je pense que le moment est venu pour vous de changer de sphère d'activité. Votre bureau est prêt et Victor Andreïevitch va vous le montrer tout de suite.

Signé *Dogmazov*, avec de jolies boucles, façon empereur. J'ai demandé au chauffeur :

– Victor Andreïevitch, c'est vous ?

Il a fait oui de la tête.

– Je vous emmène d'abord chez vous, je vous aiderai à porter vos affaires. Puis je vous attendrai dans la voiture. On m'a demandé de vous montrer votre bureau aujourd'hui même.

Pas de problème. J'avais effectivement envie de me

changer les idées. De plonger dans quelque chose de profond et d'opaque, où personne ne me verrait et ne me poserait de questions ! Je n'avais pas l'espoir que ce vœu se réalise dans mon nouveau lieu de travail. Mais au moins j'y serais un homme nouveau, auquel, en conséquence, on ne s'adresserait qu'avec prudence et circonspection, du moins au début. Et ça me permettrait de souffler un peu intérieurement, de reprendre mes esprits et de trouver le rythme de travail qui m'emmènerait dans la vie comme un train express. Et moins j'aurais de temps pour regarder à la fenêtre, mieux je me porterais.

153

Crimée. Foros. 1ᵉʳ janvier 2016.

Je serais ravi si toute l'année pouvait être aussi légère et paisible que ce premier jour. Le dîner se passe autour d'une grande table ovale en bois de noyer, en compagnie du gouverneur de Crimée et de son épouse, de Kolia Lvovitch et de Maïa, qui a mis une robe de soirée décolletée laissant apparaître une poitrine rebondie, comme si on l'avait gonflée. La table pourrait accueillir douze personnes, mais où trouver autant de gens dignes de confiance et d'amitié ? J'aurais bien vu là Svetlov. Et peut-être aussi le médecin qui avait réussi à me communiquer ses doutes concernant mon stimulateur cardiaque. J'aurais, par contre, volontiers retiré Kolia Lvovitch, mais il se peut que je me trompe. Il est ici, après tout, près de moi. Il a commencé l'année avec moi et il a donc l'intention de la finir. La dinde farcie est un peu grande pour nous cinq. Évidemment, on peut toujours renvoyer les restes à la cuisine pour les domestiques. Et en donner aussi à l'aide de camp. Ce matin, nous avons passé un bon moment ensemble en prenant le thé. Je me suis tellement adouci et tellement plongé dans ses histoires banales que j'ai failli lui demander son nom. J'ai bien fait de m'en abstenir. Sinon, ça aurait été le début de la fin. De sa fin à lui, bien sûr.

Le champagne étincelle dans les flûtes en cristal et, au moment où nous les levons pour un toast, le portable de Lvovitch fait entendre sa mélodie. Il fait mine de ne pas s'en émouvoir et trinque avec nous. Puis il boit son champagne sans se presser. Et ce n'est qu'après avoir reposé son verre qu'il attrape son téléphone. Je guette l'expression concentrée de son visage. Il a l'air inquiet et murmure quelque chose dans l'appareil. Puis il raccroche. Et il se met à avaler nerveusement son esturgeon. Il ne me regarde pas. Ça veut dire qu'il y a quelque chose qui cloche. Bon! je me dis. Les mauvaises nouvelles, on les donne d'habitude au dessert!

Maïa s'intéresse aux gelinottes en curry. J'approuve son choix. Je vais prendre, moi aussi, des gelinottes. Et encore du champagne. J'ai de mauvais pressentiments. Il faut les noyer, les enterrer. Personne ne doit gâcher la fête!

Nous enduisons de gelée d'airelles nos morceaux de dinde, mais Lvovitch est de plus en plus tendu. Il regarde sans arrêt sa montre.

Je finis par lui demander:

– Tu es pressé?

– Non, non! répond-il aussitôt. C'est simplement qu'une surprise nous attend! Dans douze minutes, la fête continue…

– Tiens, tiens…

– Il faudra juste aller sur la terrasse, ajoute-t-il.

– D'accord.

Nous échangeons un regard avec Zelman et sa charmante épouse. C'est une vraie Tatare de Crimée. Elle s'appelle Leïla. Je lui demande:

– Comment dit-on «Nouvel An» en tatar?

Elle répond de sa voix douce:

– *Eny yil.*

– Et «amour»?

392

– *Sievguelik.*

– C'est une belle langue…

Il fait froid sur la terrasse, mais nous avons jeté nos manteaux sur les épaules. Au-dessus de la mer, le ciel est sombre. On voit, plus bas, les feux d'un bateau qui s'est approché de la rive.

Lvovitch lance un ordre et le ciel est aussitôt inondé d'une gerbe d'étincelles. Les feux d'artifice forment des mosaïques de couleur qui éloignent les ténèbres. Même les serveuses, en apportant le champagne sur des plateaux, ne peuvent détacher les yeux du ciel peinturluré.

– C'est un cadeau de la part de la flotte russe ! articule Lvovitch, l'air satisfait.

– Comment ça, de la flotte russe ? Et la flotte ukrainienne ?

– Ça va venir, promet Lvovitch. On donne d'abord la parole aux invités. Les maîtres de maison parlent toujours en dernier.

– Le dernier mot, on le donne non pas aux maîtres de maison, mais à l'accusé ! Tu confonds !

– Vous faites des plaisanteries sinistres, cette année ! murmure Lvovitch.

Il jette un regard vers Zelman puis vers le champagne.

Zelman comprend. Les flûtes se remplissent à nouveau.

154

Kiev. 14 avril 1992. La nuit.

– Qu'est-ce que tu as à roupiller ! grouille-toi un peu !

Jora m'engueule au téléphone, mais j'ai du mal à m'activer. Il m'a sorti du lit vers onze heures du soir, mais après tous les événements de la journée, après avoir trimballé comme je l'ai fait, la plaque de marbre, je n'ai eu qu'une envie, dormir. Et le voilà qui s'impatiente :

– Amène-toi en vitesse ! Slavik et Ioulik sont déjà en route ! On a des clients qui rappliquent à une heure !

Qu'est-ce que ça peut être que ces clients à une heure du matin? Des gens qui veulent manger? Peu de chances. D'ailleurs, la bouffe qu'on leur propose n'est pas terrible. Pourtant, il y a des gens qui viennent. Mais c'est plutôt pour se chuchoter des trucs en buvant un coup. Et souvent, on ferme les portes de l'intérieur, et tant qu'ils sont là, on doit les servir. Ou plutôt, c'est Ioulik et Slavik qui font le boulot. Moi, je représente l'établissement. Alors que nous n'avons même pas encore d'enseigne. Il y a juste une adresse et une porte.

Mais Jora est de plus en plus actif. Il est chaque jour plus rayonnant. Et aujourd'hui, il s'attend à quelque chose d'exceptionnel. Il a dit qu'il viendrait sur place, pour être sûr. Sûr de quoi? Va savoir!

Slavik et Ioulik ont les traits bouffis. Moi aussi, sans doute.

Jora se démène. Il balance des ordres:

– Allez! Vite! Balayez sous les tables! Et toi, Ioulik, astique les tables et les couverts!

Je regarde ce qu'il y a au frigo. Du mouton d'hier, du jambon, du fromage, dont un «roquefort» polonais.

Le téléphone rompt le silence. Jora bondit pour décrocher et répond aussitôt:

– Oui, oui! Je vous ouvre!

Quatre types entrent. Ils affichent des bonnes manières un peu louches. On dirait qu'ils sont déguisés ou qu'ils portent un costume pour la première fois. En tout cas, ils n'ont pas grande allure. Ils ont les mains épaisses. Et l'air plutôt gêné aux entournures.

Jora les installe et me fait signe d'approcher. Il leur vante les mérites de la vodka Nikolaï. Ils lui font confiance et en demandent une bouteille. Le reste de la commande, c'est moi qui la reçois: du jus de tomate, du hareng, des blinis au caviar, des œufs farcis, de la salade au foie de morue…

Même moi, je réalise à quel point leur goût est peu

raffiné. Mais mon rôle est d'approuver, de sourire et de filer à la cuisine. Ioulik est déjà en train de leur fabriquer la salade et tout ce qui s'ensuit. D'ailleurs, il n'est pas cuisinier de profession, mais, comme à l'armée il a servi au mess des officiers, il a appris des rudiments, la conception militaire de la bouffe.

C'est moi qui me charge de servir la vodka. À mon approche, ils arrêtent de parler. Mais seulement la première fois. Quand je reviens pour remplir à nouveau les verres, ils ne s'interrompent pas. Ils ont le visage rouge. Deux d'entre eux ont desserré leur nœud de cravate. Et un autre a carrément retiré sa veste et l'a posée sur le dossier de sa chaise. Il crie presque à travers la table :

— Comment veux-tu que je te les transfère en dollars ? T'as qu'à ouvrir un compte à la Parex-bank, les Baltes t'apprendront à effacer les traces. Moi, je les ai, ici. À la Gradobank. Tu les prendras en hrivnas, je peux faire la demande de virement quand tu veux !

Je retourne en cuisine. Je me verse un peu de cognac. J'échange quelques mots avec Ioulik. Il est en train de renifler une boîte de foie de morue qu'il vient d'ouvrir. Il me la met sous le nez et me demande :

— Qu'est-ce que tu en penses ?

Je renifle à mon tour. L'odeur est suspecte, désagréable.

— Sale un peu plus et mets de l'huile d'olive. Ils boivent de la vodka, ça neutralise tout !

Je vais les voir encore une dizaine de fois. Tantôt je leur verse la vodka, tantôt je vérifie comment ça se passe. Ça se passe très bien pour ce qui est de boire et manger. Et ils ne s'engueulent plus. Ils ont retiré leurs cravates. Il y en a un qui l'a fourrée dans la poche de poitrine de sa veste et elle pendouille. Il me demande brusquement :

— Tu as fait des études ?

— L'Institut technique d'industrie légère.

— Pas mal non plus ! dit-il à son voisin en riant, et il lui tend vingt dollars qu'il tire de sa poche. C'est toi qui as gagné!

« C'est drôle! je me dis. C'est de moi qu'ils parlaient? »

Au bout de cinq minutes, Jora s'assoit à leur table. Et il devient immédiatement leur sosie : les mêmes manières, les mêmes expressions. Mais il porte le costume avec plus d'assurance. Le costume, c'est son uniforme, comme la blouse blanche pour une infirmière. Il me fait un clin d'œil en m'appelant :

– Une autre « Nikolaï » !

Les clients partent vers trois heures. Jora, éméché, donne à Ioulik et Slavik vingt dollars chacun et leur appelle un taxi. Et moi, il m'emmène dans je ne sais quel bar.

– Tu verras, ça te plaira! dit-il en prenant le volant de son Audi apportée d'Allemagne. Tu as déjà bu de la Tequila?

– Non.

– Tu as des tonnes de plaisirs à découvrir dans la vie! Au fait, tu leur as plu, aux gars! Ils sont chargés d'organiser un comité des entrepreneurs ou quelque chose dans ce genre-là. S'ils ne racontent pas de blagues, ils vont m'y donner un job.

– Et à moi?

Je dis ça en plaisantant, car je suis à jeun et ne peux donc pas me mettre au diapason.

– Toi, tu es mon lieutenant. T'as pas encore pigé?

– Mais si, mais si…

Le feu passe au rouge devant nous mais Jora a le pied sur l'accélérateur. On entend un grincement de freins sur la droite.

Jora rit aux éclats. Je boucle ma ceinture de sécurité d'une main tremblante.

– À nous la victoire! hurle-t-il.

Et la voiture file dans les rues désertes de Kiev en brûlant les feux.

155

Kiev. Novembre 2004.

Tout est nouveau: la voiture, le chauffeur, le bureau, le mobilier italien. Dans le couloir interminable de l'Administration présidentielle, j'ai encore raté la porte de mon bureau. Il n'y a toujours pas d'inscription sur la porte. La première fois que je suis entré dans le bureau d'à côté, le type en costume gris qui travaillait là m'a jeté un regard tout ce qu'il y a de plus désagréable. Mais le jour suivant, on s'est croisés dans le couloir et il m'a souri. Il m'a reconnu comme un des siens. Au début, j'avais la nostalgie de mon ministère de l'Économie. Je regrettais l'ambiance familiale. D'ailleurs je ne sais pas si c'était une ambiance ou tout simplement le fantôme du passé récent, qui reparaissait, les traits un peu maquillés. Toujours est-il que, quand on m'a annoncé qu'on allait m'attribuer une secrétaire et qu'en l'occurrence ce serait Nilotchka, que je connais si bien, je n'ai pu que me réjouir.

Mardi, on m'a présenté au président. Et c'est bien entendu Dogmazov qui m'a amené. Il est resté debout trois minutes à côté de moi, le temps que le président me regarde, l'air fatigué et méfiant, qu'il me tende la main, qu'il me souhaite de réussir à mener mes tâches à bien dans ma nouvelle fonction.

— Ton prédécesseur a fait beaucoup de bêtises. Ça serait pas mal que tu regardes de près ce qu'il a fabriqué. Pour ne pas répéter la même chose, m'a-t-il dit.

— Il y veillera! a affirmé Dogmazov en me jetant un regard d'avertissement.

Il faut dire qu'il avait une drôle d'allure. Il était plus grand que nous. En regardant le président, il se tenait voûté, comme si sa haute taille le gênait. Mais quand il me regardait moi, il redressait les épaules et prenait des airs d'aigle, de rapace. Comme s'il était mon maître et qu'il avait à le prouver.

– Et où est passé mon prédécesseur? lui ai-je demandé quand nous sommes sortis de chez le président.

– On l'a envoyé en Mongolie comme ambassadeur.

– Mais s'il a fait des bêtises… On ne devrait pas le punir, plutôt que d'en faire un ambassadeur?

– C'est sa punition. Quatre ans de Mongolie, je ne le souhaiterais pas à mon pire ennemi. En tout cas, d'ici les élections présidentielles, on ne pouvait pas le garder en Ukraine. Et surtout pas à Kiev, ça aurait été trop dangereux. Il n'a qu'à se faire bronzer et boire du koumys! Mais toi, regarde bien ses papiers! On te les apportera cet après-midi. Renseigne-toi le plus possible. Il a offert à l'opposition tellement de gens bien! Il n'a rien fichu en deux ans. Le président a besoin d'un appui solide dans la société. Et l'autre, il n'a pas su l'organiser, cet appui. Pourtant, dans leur majorité, tous ces professeurs, ces académiciens, ces gens de la culture et autres sportifs, ils nous auraient suivis! Allons dans ton bureau, je vais t'expliquer quelque chose!

Il m'a expliqué pour la troisième fois en quoi consistaient mes obligations. Je l'écoutais patiemment.

– Tu comprends, il y a des questions que le président ne peut pas se permettre d'aborder lui-même. Il lui faut un prétexte. Par exemple une pétition signée par un groupe d'éminents savants ukrainiens. On peut alors donner suite à leur demande. Mais il faut que toi, tu l'organises, cette pétition. Que tu trouves des signataires. Que tu la transmettes à la presse. À ce moment-là, on la publie et l'affaire peut tourner!… D'ailleurs, il faudrait que tu mettes tout de suite au point la liste des VIP. Le président doit avoir des rencontres régulières avec les représentants de l'élite culturelle et scientifique. Mais, devant les caméras, ça ne doit pas toujours être le même chanteur d'opéra ou le même joueur d'échecs. Il faut lui trouver de nouvelles têtes, des gens qui ont fait parler d'eux. Nous sommes un pays jeune et chaque citoyen a besoin de le savoir. Tu te rappelles, on chantait: «Les jeunes ont toujours de la place[1]. »

– Mais alors, on ne peut plus utiliser l'ancienne liste des VIP?

– Pourquoi ça? On peut l'utiliser pour décerner les prix ou les récompenses, mais pas toute la liste et pas pour les rencontres officielles. Il y a des noms que je vais supprimer, c'est ceux qui ont fricoté avec l'opposition, mais les autres, c'est des gens normaux et sympathiques.

Les noms qu'il a supprimés, c'étaient des chanteurs de rock connus. Comme je n'aimais pas le rock, ça m'a plutôt réjoui de ne pas être obligé de me frotter à ces gens-là.

156

Crimée. Foros. 1ᵉʳ janvier 2016. Le soir.

Après le feu d'artifice russe, mon cœur a commencé à me faire mal. Nous sommes revenus à table et avons entamé le dessert. Maïa avait l'air fatigué. Je lui ai soufflé à l'oreille:

– Va demander qu'on te fasse un massage!

Elle a eu un sourire tendu et a quitté la table en prétextant une migraine. Zelman et sa femme se sont également excusés au bout de dix minutes.

Resté seul avec Kolia Lvovitch, j'ai vu qu'il fixait l'écran de télévision sur le mur.

Il a regardé sa montre et a dit:

– C'est l'heure des infos!

– On va regarder ça!

Le reportage que la présentatrice commentait avec enthousiasme montrait les rues des grandes villes. Le peuple faisait encore la fête. Certaines personnes interrogées au hasard affirmaient que le Nouvel An n'était pas

---

1. Reprise de la chanson stalinienne la plus populaire: «Vaste est mon pays natal… », condensé du dogme optimiste de la fin des années 30.

encore arrivé. C'est des choses qui arrivent, me suis-je dit. L'important, c'est qu'il n'y ait pas de politique dans les infos. Mais vers la fin, il a été question d'un nouveau miracle. Pendant la nuit du Nouvel An, une autre icône de Vladimir saint et martyr s'était mise à pleurer dans la cathédrale de la laure de Petchersk. Le miracle avait déjà attiré des milliers de croyants, qui formaient une queue parfaitement organisée aux abords de la cathédrale, avec l'espoir de prier devant l'icône et, dans la mesure du possible, de s'y prosterner. Visiblement, la queue des croyants faisait de l'effet au chef opérateur. Il l'a filmée pendant deux minutes en centrant l'objectif sur les visages concentrés, recueillis, de fidèles jeunes et moins jeunes.

— On dirait qu'en Ukraine il y a davantage de miracles orthodoxes que catholiques. En tout cas, aujourd'hui, c'est deux à un, ai-je commenté en me tournant vers Lvovitch.

— Ça ne me plaît pas…

— Moi non plus, je n'aime pas voir pleurer. Surtout les bolcheviks !

Lvovitch s'est retourné, l'air respectueux, et a dit de son ton officiel :

— Nous aurons une année difficile, Monsieur le président. Vous, particulièrement…

J'ai poussé un soupir. Je pouvais laisser Lvovitch exprimer ses idées en détail. Mais je n'avais pas envie d'entendre de mauvaises nouvelles. Les seules choses qui m'attiraient, c'étaient le whisky et la beauté, surtout celle de l'art car les femmes vieillissent et l'art demeure.

— On parlera de ce qui ne va pas demain. Dès le matin, si tu veux. Pour me gâcher l'appétit. Il sera temps de se mettre au régime. Mais pour l'instant, ce que j'aimerais, c'est du whisky et de l'art !

— Quel genre ?

— Fais venir avec ses toiles n'importe quel peintre de Crimée, du moment qu'il est doué et intelligent. Même un Tatar… Le vrai talent ignore les nationalités.

157

Kiev. 1ᵉʳ mai 1992.

– On n'en a plus rien à foutre! s'exclame joyeusement Jora, en déambulant, tout excité à travers la salle du restaurant. Après demain, c'est des nouveaux propriétaires qui s'installent! Et nous, les jeunes, on va pouvoir aller de l'avant!

Je le regarde en cherchant à comprendre: qu'est-ce qu'il entend par «jeunes»? Ce mec de cinquante ans, avec ses tempes grises, ses joues flasques et son double menton hérités de sa jeunesse mouvementée au Komsomol? Je peux, moi, être encore considéré comme un jeune, mais je m'abstiens d'en parler. C'est une qualité qui passe, à la différence des autres, comme le sens de la débrouillardise, l'intelligence, la formation supérieure, même si je n'ai pas été jusqu'au bout.

Jora s'approche machinalement du frigo. Il l'ouvre et s'exclame. Je regarde à mon tour par-dessus son épaule: il y a une quantité incroyable de nourriture, sans compter les kilos d'agneau, de poulet et de poisson qui sont au congélateur.

Jora reste silencieux. Mais je sais à quoi il pense. Il regrette que tous ces délices ne puissent pas servir à une fête, comme celles qu'il a organisées au Komsomol, avec filles et feux de camp, nuitées en maisons de repos. Tout ça, c'est terminé, ça ne reviendra plus. (Et tout va changer. Les jolies filles qu'il pourra encore faire venir n'auront pas l'entrain et la légèreté qu'avaient celles d'avant la révolution fantôme de 1991.)

Je lui demande:

– Est-ce que je pourrais pas organiser une petite fête, avec ces réserves? Pour ma famille. On fera la cuisine nous-mêmes. Disons une récompense pour bons et loyaux services…

– Une récompense? À toi?

Il réfléchit puis hausse les épaules:

– Pourquoi pas? Allez, mais que tout soit bouffé d'ici demain soir. Je passerai peut-être aussi. Qui va faire la cuisine, c'est toi?

– Avec ma mère, je lui réponds, en imaginant d'avance comment ça va la mettre en joie. Ça correspond tout à fait à son sens pratique. Le frigo a été vendu, mais on n'a pas inclus le contenu dans le prix!

158

Kiev. Novembre 2004.

C'est la troisième fois qu'en rentrant un peu tard du travail, je tombe sur le même tableau: Janna installée avec Svetlana au salon. Elles boivent du thé au cognac. En silence. Je les salue et je vais dans mon bureau. Je n'ai pas envie de les rejoindre. Tant qu'à me taire, je peux rester tout seul. Depuis qu'on est rentrés de Zurich, j'ai aménagé dans mon bureau une chambre provisoire. Un divan, face à la bibliothèque.

Je m'installe à mon bureau et j'examine paresseusement des papiers que j'ai apportés. Mais j'ai du mal à fixer mon attention sur mes notes. J'ai laissé la porte entrouverte. Hier, quand je suis allé me laver les dents avant de dormir, j'ai vu que Janna et Svetlana étaient encore au salon et qu'elles pleuraient toutes les deux.

Vers onze heures, j'ai envie de dormir. Mais les voilà de nouveau en train de pleurer, blotties l'une contre l'autre. J'aimerais bien savoir où dort Janna. Est-ce qu'elle passe aussi la nuit chez nous?

Ça m'étonnerait. J'ai le sommeil léger et je laisse la porte de mon bureau ouverte, à tout hasard. Je suis inquiet pour Svetlana, mais quelque chose m'empêche de revenir dans notre chambre.

Il faut encore attendre. Un jour, elle arrêtera de pleurer et le désir refera surface. Pour l'instant, quand elle me regarde, je ne vois dans ses yeux que de la culpabilité ou une sorte de méfiance.

Aujourd'hui, j'ai dit au chauffeur de venir plus tôt. À huit heures moins le quart. Nous voilà en route vers le Palais présidentiel. Il n'y a pas encore beaucoup de circulation et nous roulons en silence. Je suis ravi à l'idée que, dans dix minutes, je vais laisser mon chauffeur dans la voiture et entrer par la grande porte de mon nouveau lieu de fonction pour rejoindre mon bureau où je commence à me sentir à l'aise.

159

Crimée. Foros. 1er janvier 2016.
L'hélicoptère a déposé le peintre et ses tableaux vers minuit. Maïa était allée se reposer et je n'ai pas voulu la réveiller. Mon ardeur envers elle commençait à se refroidir. Elle avait cessé d'être un mystère pour moi et avait perdu son charme. Elle était devenue une femme ordinaire. De celles qui deviennent capricieuses en vieillissant. Je profiterais donc sans elle de la présence du peintre et de son art.

Le peintre a l'air d'avoir sommeil. Il a posé ses tableaux dans la salle à manger et est resté en arrêt devant l'un d'entre eux, comme si ce n'était pas lui qui l'avait peint.

Je me suis approché et lui ai demandé quel était le sens caché du tableau. Il a répondu :

– Il n'y en a pas nécessairement. Bien sûr, on peut chercher un sens philosophique, mais c'est de l'art pour l'art. Vous, ça ne vous dit rien, vous êtes un homme du concret !

Sa hardiesse me plaît mais je n'ai pas envie de discuter, je préfère être d'accord avec lui.

– Je comprends parfaitement et je connais ça : c'est la même chose que présider pour présider…

– Ça existe ? s'étonne-t-il.

– Bien sûr, et partout !

Il a l'air très étonné, je me demande à quoi il pense.

– Quels sont tes peintres préférés ?

– Chichkine, Sourikov, Rousseau, Chagall, Kleist…

– Pour Chichkine, tu as raison. C'est bien d'être peintre ?

– Oui, mais pas d'être la femme d'un peintre.

– Pourquoi ?

– Parce que c'est dur de nourrir sa famille.

– Bon, bon ! On va acheter tes tableaux pour les mettre dans la résidence. Je vais encore les regarder. Pourquoi n'y a-t-il pas de femmes sur tes tableaux ?

– Je ne sais pas, avant j'en dessinais puis j'ai arrêté.

– Il faut revenir de temps en temps aux femmes, dis-je, en m'étonnant du conseil que je lui donne.

– J'y reviendrai, promis ! dis le peintre.

Et je me demande vers quelles femmes il va revenir : celles qu'il a dessinées ou celles qu'il a quittées.

160

Kiev. 2 mai 1992. Le soir.

Aujourd'hui, j'ai le ventre en fête. Il y avait de la nourriture pour tout le monde, pour ma mère qui avait fait la cuisine comme pour le père Vassili : il remplissait son verre et le mien de vodka Finlandia et versait du vin doux de Bulgarie dans les verres de ma mère, de Dima et de son médecin-chef. Le psychiatre est devenu joyeux, comme tout le monde. Ce n'est pas tous les jours que la famille d'un patient l'invite au restaurant ! Au début, il était silencieux, mais au troisième verre, il s'est mis à raconter des blagues sur les hôpitaux psychiatriques et s'est animé de plus en plus.

– Et celle-là, vous la connaissez ? On demande à un détenu, au camp : tu es condamné pour quoi ? Il répond : parce qu'on a organisé une manifestation, à l'asile, pour l'anniversaire de Lénine, avec les slogans «Lénine est avec nous ! Lénine est parmi nous ! »

Le père Vassili est parti d'un grand rire, sans cesser de s'intéresser à sa cuisse de poulet. Ma mère a ri aussi. Dima, lui, était complètement hilare.

– Mais c'est vrai! a-t-il approuvé. Un infirmier m'a dit que si, dans un hôpital psychiatrique, il n'y a pas deux Lénine, deux Gorbatchev et deux Napoléon, le médecin-chef perd sa prime et on l'envoie refaire une formation!

J'ai regardé Dima et je me suis demandé: qu'est-ce qu'il fait dans un asile? Si, pour qu'il se comporte normalement, il suffit de l'asseoir à une table et de lui servir à boire, quel genre de maladie a-t-il?

Après le repas, nous avons lavé gaiement la vaisselle. Puis, ma mère a jeté un coup d'œil instinctif dans le placard de la cuisine et elle en est restée figée: il était rempli de conserves: pâtés polonais, harengs de Riga, ananas au sirop.

– Ça ira où, tout ça? m'a-t-elle dit. C'est demain qu'ils arrivent, les nouveaux propriétaires?

Et elle est restée plantée devant le placard ouvert. J'ai fini par lui dire, un peu gêné:

– On va tout embarquer!

Et on a fait le partage. Comme ça ne tombait pas juste, j'ai décidé d'offrir deux boîtes d'ananas à mes voisins de l'appartement communautaire.

– Oui, ils le méritent, a approuvé ma mère.

Nous sommes sortis et le médecin chef lui a alors demandé d'une voix plaintive:

– Je ne pourrais pas venir dormir chez vous avec Dima? J'habite à Boïarka et il n'y a plus de trains…

– Allons chez moi, lui ai-je proposé. Le divan est vieux mais on peut y dormir, même si les ressorts pointent. C'est à vingt minutes à pied…

Nous avons marché sur l'asphalte luisant, dans l'air humide de la nuit, avec les conserves qui brinquebalaient dans nos sacs. Je lui ai demandé:

– Qu'est-ce que vous en pensez, Dima est réellement malade?

– Je ne dirais pas «malade». Il a un rapport à la réalité qui ne correspond pas à celui de la majorité. Et en même temps, il n'aime pas se distinguer des autres. C'est la raison pour laquelle il est plus tranquille chez nous. Personne ici ne cherche à blesser autrui…

J'ai croisé alors le regard attentif du médecin, et j'en ai été comme percé à vif. J'avais l'impression qu'il voulait poser un diagnostic. «Ça va, je suis pas malade! me suis-je dit, furieux. Mon rapport à la réalité correspond à celui des autres! Je suis capable d'emmerder le monde et si on me maltraite, j'en fais pas une histoire! C'est pas la peine de me faire de la pub pour votre réserve de fous!»

– Vous devriez venir voir Dima plus souvent, a-t-il ajouté au bout de quelques minutes. Il vous adore.

– Je vais essayer. Justement, je n'ai plus de travail…

– Quelle est votre formation?

– J'ai pas fait médecine. Je suis encore étudiant. L'industrie légère…

– Bon, bon… Si vous avez des problèmes, on a toujours des remplacements. Sauf que ça n'est pas bien payé…

– J'y penserai…

Mais je n'y ai pas pensé le moins du monde. Les préoccupations du psychiatre me faisaient rigoler. Son rapport à la réalité n'était certainement pas le même que le mien.

161

Kiev. Novembre 2004.

Ce lundi a été le meilleur jour de la semaine. Nilotchka m'a accueilli à la porte de mon bureau et elle était habillée impeccablement. Elle n'avait pas l'air d'une secrétaire mais d'une femme d'affaires. Ses gestes et son regard imposaient le respect. Mais son sourire donnait de la gaieté à son assurance. Et bien évidemment, j'ai eu tant de joie à la retrouver que je l'ai soulevée et je l'ai fait tourner dans mes bras comme un gamin.

Il y avait des fleurs partout, dans mon bureau, dans l'entrée, et, dans l'air, un parfum de femme jeune et jolie.

– C'est formidable que tu sois là aussi ! lui ai-je dit.

– La voyante m'a prévenue : je ne dois pas m'éloigner de vous, sinon il y aura un malheur !

Elle m'a proposé du café et a posé un dossier sur mon bureau :

– Le document du dessus est très important !

Elle me regardait en souriant, toute proche de moi. J'avais les yeux fixés sur ses lèvres. Le téléphone s'est mis à sonner à l'accueil. Elle a bondi hors de la pièce en laissant la porte entrouverte.

La feuille du dessus, dans le dossier, venait de l'Administration présidentielle ; deux phrases y étaient inscrites : *Pour un entretien télévisé avec le président le 12 novembre à 10 h 30, proposer un choix de trois personnalités du monde du théâtre. La liste des candidats doit m'être présentée aujourd'hui à midi.* Et une signature ample.

J'avais déjà rencontré le chef de l'Administration. Un ancien lieutenant-colonel, qui avait servi dans la police puis avait été adjoint du directeur du Service des impôts. J'avais remarqué que son poste élevé ne le mettait pas très à l'aise. Ou peut-être qu'il savait qu'on ne l'avait nommé là qu'à titre provisoire, en attendant de trouver un profil plus adéquat. En tout cas, l'ordre ne pouvait pas venir de lui. Ou plutôt la formulation venait de ses assistants, dont on aurait dit qu'ils étaient nés ici et qu'ils survivraient à tous les présidents et tous les chefs de l'Administration. Lui-même parlait sèchement, essayant de cacher sa gentillesse naturelle derrière le formalisme le plus terne. Mais son visage m'inspirait confiance.

« Bon, me suis-je dit. Va pour midi ! »

J'ai d'abord consulté l'ancienne liste des VIP. J'ai tout de suite laissé tomber deux metteurs en scène, lauréats de prix d'État. Un président, ça ne doit pas rencontrer un metteur en scène homme. Le théâtre, c'est un art féminin ! Tiens, voilà le nom d'une danseuse étoile du ballet du Théâtre national ! Juste ce qu'il me faut ! À côté du président doit se trouver la grâce, pour que tout le monde comprenne, jusque dans les villages les plus reculés, que le président a affaire avec la beauté !

162

Espace aérien. Ukraine. 3 janvier 2016.

Hier, il a commencé à neiger. De gros flocons, lents et friables. Ils ont formé autour de la résidence un mur qui isolait ma chambre de la mer. C'est un vrai hiver qui s'est abattu sur la Crimée du sud. Et les mauvaises nouvelles sont venues avec.

— Dis-moi un peu, dis-je à Lvovitch qui est assis sur le siège d'avion en face du mien, comment la seule chaîne de télé qui soit nationale peut avoir une dette d'électricité de trois millions ? Qui occupe actuellement le poste de Premier ministre ? Qui est le ministre de l'Énergie ?

— Le Premier ministre actuel est le ministre de l'Écologie, et le ministre de l'Énergie est Safronov.

— Qu'est-ce qu'on en a à fiche, de l'écologie, en plein hiver ? L'argent pour la chaîne de télé a bien été prévu dans le budget ?

— Oui !

— Alors, pourquoi l'électricité n'a pas été payée ?

— Il y a bien eu un poste dans le budget mais pas dans le Trésor public… Il a été utilisé pour payer des arriérés de salaires. Aux mineurs. Sinon, on n'aurait pas pu mettre en route le chauffage dans les grandes villes…

— Je n'y comprends rien ! Comment Kazimir peut exiger la mise en faillite de la chaîne nationale ? Comment ?

— La loi l'y autorise. Mais ce sont des juges bien à nous, des nationaux… Ils vont recevoir la plainte, mais ils refuseront de donner suite… Je me suis fait tout préciser. Il n'y aura pas de faillite…

– Allez, branche-nous ça!

Lvovitch fait signe au steward d'approcher et de régler la télévision. Sur l'écran bleu apparaissent les infos. À droite de la présentatrice, sur le bureau, une bougie est allumée. C'est sans doute le symbole des problèmes qui viennent de leur tomber dessus. Car tout, dans le studio, est éclairé comme d'habitude.

Soudain, une annonce remplace la présentatrice: *La rédaction de la première chaîne ne partage pas nécessairement les opinions exprimées par les invités des émissions.*

«Tiens! Voilà qui est nouveau!» me dis-je en redoublant d'attention.

On voit apparaître alors la tête de Kazimir, en gros plan sur l'écran:

– Permettez-moi de vous présenter tous mes vœux de Nouvel An! dit-il d'une voix assurée en fixant la caméra, et donc le peuple, bien en face. Je vous souhaite d'en finir avec les problèmes non résolus, les maux divers, les désagréments de l'année qui s'en va. D'y reléguer aussi les hommes politiques et les membres du gouvernement qui n'ont pas été à la hauteur de vos espérances. Que la nouvelle année vous donne de nouveaux espoirs! De nouvelles personnalités! Une confiance nouvelle dans l'avenir radieux, dans l'avènement tant attendu du printemps de notre nation! Cette année, nous fêterons le vingt-cinquième anniversaire de l'Ukraine indépendante. Avec un peu de chance, cette fête aura lieu dans un pays rénové! Nous allons demander la démission publique du président, son *impeachment,* car il n'a pas justifié les espoirs du peuple!

Lvovitch bondit. Il coupe la télé. Il se tourne vers moi. Il a le regard et les mains qui tremblent. Je le dévisage en cherchant à comprendre comment Kazimir, le baron de l'électricité, l'ennemi reconnu du gouvernement et du peuple, a bien pu s'adresser à la nation sur la chaîne de télé nationale? Comment a-t-il pu le faire? Où est

Svetlov? Où sont nos responsables des structures de force?

– Transmets à Kiev: dans deux heures, réunion des responsables de toutes nos structures de force. Armée, sûreté, police, tout le monde chez moi! Compris?

Il acquiesce en silence.

J'ai froid, brusquement. Le steward le remarque et m'apporte une couverture. Me propose un whisky. C'est la première fois, depuis des années, que je suis gêné et même accablé par le froid. Normalement, il sert à recharger mon corps comme une batterie. J'ai surtout froid aux bouts des doigts, aux oreilles et au nez. Mais j'ai chaud au cœur. Comme s'il brûlait. Il a la fièvre. La température du corps a baissé, mais celle du cœur a monté.

J'avale mon whisky, en le débarrassant d'abord de ses glaçons, que je jette à mes pieds. Il descend lentement, œsophage, estomac, stop! Il me paraît sans goût et sans alcool. Il laisse un arrière-goût d'huile de tournesol.

Je fais signe au steward:

– Quelle est la température extérieure?

– Moins cinquante-huit.

Ça correspond tout à fait à ce que j'éprouve en moi.

Je regarde l'écran éteint de la télé. C'est de là que vient le courant d'air! C'est lui qui m'a gelé les os! Lvovitch a bien fait de l'éteindre. Mais, au fait, où est-il passé? D'une voix tremblante, je demande au steward de le faire venir. Il se dirige vers la cabine de l'équipage.

L'avion est étrangement silencieux. Les réacteurs sont seuls à troubler le silence froid du ciel ouvert.

163

Kiev. 15 mai 1992.

Jora m'a téléphoné à l'aube.

– Prends ton passeport et ton livret de travail et rapplique en vitesse!

– Où ça?

– Près de la Maison des officiers. Je t'attends dans vingt minutes!

– Plutôt vingt-cinq! Ou même dans une demi-heure! Bref, à huit heures!

– Putain!… Bon, va pour huit heures!

Et me voilà qui attends près de la Maison des officiers. Il est huit heures et quart et je ne vois pas apparaître mon komsomol grisonnant! Le mois de mai est froid, cette année. J'ai les yeux qui piquent à cause du vent humide. Mes poings sont serrés dans les poches de ma doudoune, toujours ce sacré froid!

En fait, j'ai bien envie que ce rendez-vous m'apporte quelque chose. On ne demande jamais comme ça aux gens d'apporter leur passeport et leur livret de travail. Ça sent le boulot. Et j'ai déjà une idée du genre de travail que Jora a en vue. Moi, ça me convient. Parce que ce qui compte, pour lui, ce n'est pas ce que je vais faire, ou comment je vais le faire, mais c'est qu'on peut me faire confiance et que je pige tout de suite.

– Excuse-moi! déclare-t-il dans mon dos.

Je me retourne. Il est frais, rasé de près, il sent l'eau de Cologne et l'élixir dentaire.

Il m'emmène dans la rue latérale où nous longeons les canons qui ornent le trottoir. On tourne à droite et on entre dans le porche d'un bâtiment stalinien. Un ascenseur étroit nous mène au cinquième étage. La porte à deux battants est délabrée, couverte sur ses deux côtés de multiples sonnettes, comme une éruption de boutons. C'est l'appartement communautaire typique. Jora se contente de frapper à la porte, deux grands coups de la paume.

Un des battants s'ouvre et je me rends compte que la porte est un camouflage. Dès le seuil, ça sent la lotion pour la peau, la peinture fraîche et le vernis à parquet. On vient de rénover les lieux.

Une jeune fille, jean serré et cheveux coupés court à la garçonne, nous précède dans le corridor blanc. Elle ouvre la porte d'un bureau confortable, nous y installe et demande, avant de sortir: «Du café? Du thé?»

Deux portraits ornent le mur blanc: Tarass Chevtchenko et le président Kravtchouk. Le poète qui rêvait de l'Ukraine libre et l'homme politique censé représenter cette liberté. Des parallèles me viennent aussitôt en tête. La vieille porte avec toutes ses sonnettes, c'est un camouflage destiné à cacher une rénovation à l'européenne. Ça tient de la conspiration. Mais pourquoi doit-il y avoir, dans un tel lieu, les portraits obligés, ceux de la nomenklatura, conformes à la norme? De quoi s'agit-il au juste? D'un deuxième pouvoir? Ou de ses coulisses?

– Qu'est-ce qui t'inquiète? demande Jora.

– Qui ça?

– Toi, bien sûr!

Je deviens songeur. Je me sens plutôt calme, pas la moindre panique dans ma tête. Mais je m'interroge, normal! Pas de quoi s'inquiéter!

La jeune fille pose une tasse de café devant moi, Jora lui prend des mains un verre d'eau minérale.

Maintenant, c'est le silence. Le café est trop fort et pas assez sucré.

– Oh, vous êtes arrivés avant moi! s'écrie en entrant un homme en long manteau noir.

Il dépose son manteau, son bonnet de fourrure et son écharpe dans les bras de la jeune fille qui est derrière lui et il s'installe au bureau à côté de nous.

Son visage n'a aucune expression, mais il est prêt à tout instant à en prendre une, n'importe laquelle. Il me semble que je l'ai déjà vu. Mais où?

– Eh bien voilà, dit-il à Jora. Tout se passe comme prévu. La rénovation est parfaite. Le matériel de bureau sera livré demain. On peut passer à l'action.

Jora sort son passeport de la poche de sa veste et il le

lui tend. Puis il me regarde et je sors, moi aussi, mon passeport et mon livret de travail.

Le maître des lieux examine mon livret et me le redonne.

– Nous n'avons pas de service du personnel pour le moment, l'enregistrement, ça sera pour plus tard. Le salaire est de trois cents dollars par mois de la main à la main, plus vingt par voie officielle. C'est bon?

– D'accord.

– Le travail, c'est de dix heures à cinq heures, parfois aussi les jours fériés. Y aura des déplacements. Ça va?

– Oui.

– Les cartes de visite seront prêtes demain. On inscrira les noms et prénoms du passeport. Le téléphone ne sert que pour le travail. C'est clair?

– Parfaitement.

Et soudain je me rappelle ce visage. C'est un des quatre types qui sont venus, la nuit, juste avant qu'on vende le restaurant. Exact! C'est un des quatre!

– Alors aujourd'hui, tu es libre! Demain tu seras là à dix heures, en costume et cravate. Vera te fera voir ton bureau.

«Bien, bien, je me dis. Elle s'appelle donc Vera!»

Je descends à pied du cinquième étage, en observant toutes ces portes délabrées, qui sont ornées, elles aussi, de leurs grappes de sonnettes.

«Je voudrais bien savoir si c'est de vrais appartements communautaires ou si c'est comme en haut?»

Dans la rue, il bruine. Il n'est que neuf heures du matin. J'entre dans une cafétéria, en face de la Maison des officiers. Je me commande du thé et des boulettes de viande. Et j'essaie de comprendre. On m'a engagé pour faire quoi, comme boulot? J'ai idée du salaire, des horaires. Mais on ne m'a rien dit de ce que j'aurai à faire! Bizarre! Mais c'est pas grave, on me le dira demain! Ce qui est sûr, c'est que ce sera pas un boulot salissant puisqu'il faut venir en costume et cravate ! Tiens, il faut que j'en achète une, de cravate !

164

Kiev. Novembre 2004. Dimanche.

La semaine dernière, Janna n'a fait que deux apparitions chez nous. Il est vrai que Svetlana a disparu à deux reprises, pour revenir à la maison assez tard, vers onze heures. Mais je ne lui ai pas posé de questions. Elle continuait à aller mal. Sur son miroir je voyais de temps en temps les petites photos Polaroïd de nos bébés.

Svetlana se levait habituellement vers dix heures. En attendant, les jours où je ne travaillais pas, je vaquais tranquillement à des tâches domestiques dans l'appartement, je me préparais le déjeuner, faisais du café. La vie jouait pour nous une mélodie mélancolique, nous l'entendions et l'écoutions. Chacun pour soi. Peut-être avions-nous chacun notre propre mélodie.

Je me suis habitué au petit canapé de mon bureau. J'aime me tourner vers le mur tendu d'un tapis hongrois sur lequel est représentée une bibliothèque avec de gros livres anciens. Il y a quelque chose d'amusant dans ces deux murs opposés de mon petit bureau. Comme si les livres de ma bibliothèque regardaient le portrait de famille de leurs ancêtres. Il y a quelques jours j'ai essayé de vérifier combien de livres j'ai réellement lus. Sur les cinq étagères j'en ai péniblement trouvé six, dont quatre lus il y a une vingtaine d'années. Pourtant, je peux dire que je suis cultivé. J'ai toujours acheté les revues littéraires, russes, ou de chez nous, je m'installais dans les toilettes, ou bien dans la cuisine et je les feuilletais avec avidité. Mais je n'arrivais à lire jusqu'au bout que les récits courts, et pas à chaque fois. Et puis toute cette prose était d'un tel pessimisme que j'avais envie de trouver l'auteur et de lui donner de l'argent pour qu'une fois au moins il ait un regard plus joyeux sur le monde environnant!

Derrière la vitre la neige tombe. La première neige de l'année. C'est bien qu'elle tombe un dimanche. Svetlana dort encore, mais d'un instant à l'autre elle va ouvrir les yeux.

Je lui fais du café. J'ai envie que cette journée démarre pour elle avec davantage de joie que la précédente. Je verse le café, je pose la tasse sur un plateau, avec un petit pot à lait. Elle prend le café sans sucre.

– Bonjour! dis-je par la porte entrouverte de la chambre.

Elle est allongée et regarde le plafond, mais lorsqu'elle m'entend, elle lève la tête et sourit. C'est sûr qu'elle ne sourit pas comme avant. Mais c'est quand même un sourire. Triste, las, calme, comme un murmure d'enfant.

– Tu veux manger?

Elle fait non de la tête.

– Je descends chercher les journaux et je reviens tout de suite.

Dehors il fait un petit froid bien agréable. C'est fini, cette malédiction d'automne. Je suis sorti sans chapka, et les flocons me transpercent de froid en se déposant sur mon front, mon nez, mes cheveux coupés court.

Au kiosque il n'y a que les journaux d'hier, samedi. Chez nous on ne sort pas encore de journaux le dimanche. Mais hier je ne les ai pas lus. Et je ramasse tout ce qu'il y a. Je regarde autour de moi, j'examine le paysage à travers la neige, qui forme comme un voile de mariée. Mon regard s'arrête sur la vitrine d'un café, un café tout à fait ordinaire. J'entre. Une femme forte, avec un drôle de petit tablier démodé, me prépare un excellent café, bien serré. Je suis là, tout seul, à regarder les journaux.

«Le chef de l'Administration présidentielle a dit ceci, cela…» Je me dis, avec un sourire ironique: «Il pourrait vous dire aussi bien l'inverse!» Et je feuillette les pages politiques, les nouvelles économiques, les faits divers et j'en arrive au sport. Là c'est plus intéressant. Il est plus difficile de prévoir les nouvelles sportives. Alors, Klitchko senior, il a mis une raclée à qui, hier? À un Allemand? Bien fait! Il n'avait qu'à pas s'en prendre aux meilleurs poings d'Ukraine! Et Le Dynamo de Kiev, qu'est-ce qu'il a fait? Encore match nul? Bon, tant pis!

En un quart d'heure, j'ai fini les journaux. D'ailleurs je ne sais pas ce que j'y cherchais.

– Valia a appelé, m'informe Svetlana d'une voix revigorée dès que j'entre dans l'appartement.

Elle porte une robe de chambre verte et des mules arméniennes. Il me semble que je n'ai encore jamais vu ces pantoufles.

– Quelles nouvelles chez eux?

– Tout va bien. Ils ont appelé la petite Liza. Elle pèse déjà presque cinq kilos! Et puis ton vieil ami, avec un nom du Caucase, il a téléphoné, lui aussi…

– Gousseïnov?

– Oui, c'est ça. Il a demandé l'adresse, je lui ai donné. Il voulait la permission de passer juste un petit moment ce soir.

– Qu'est-ce qu'il veut?

– C'est ton ami, pas le mien. Je ne peux pas demander à tes amis ce qu'ils te veulent. Il a dit qu'il nous comprenait. Il a dit cela bizarrement, comme s'il était au courant.

– Mmm… Et Valia, elle a parlé de Dima?

– Oui. Elle a dit qu'il l'aide, qu'il promène Liza dans son landau. Il a complètement changé. Elle a aussi demandé qu'on leur vire de l'argent sur leur compte. Elle dit qu'il ne leur reste que cinq mille francs.

Je la regarde dans les yeux:

– Et nous, combien il nous reste?

– Moi, j'ai une vingtaine de milliers de dollars, toi, je ne sais pas.

– Moi j'ai moins. En Suisse j'ai parlé avec Dima. Je l'ai prévenu qu'il faudrait qu'ils reviennent à Kiev.

– Et alors ?

– Il n'était pas ravi.

Svetlana a hoché la tête et soupiré :

– Ici je pourrais de temps en temps aider Valia.

Le soir, le concierge nous a soudain téléphoné d'en bas. Il a dit qu'on avait apporté un gros carton pour moi et les livreurs demandaient s'ils pouvaient le monter.

Ils étaient quatre : jeunes, costauds. À côté d'eux était posé un énorme frigo.

– Sergueï Pavlovitch Bounine ? a demandé l'un des gars en jetant un coup d'œil à son carnet.

– Oui.

– La cuisine, où elle est ?

Même à quatre ils ont eu du mal à le soulever. Ils l'ont posé au milieu de la cuisine, et j'ai regardé, surpris, notre frigo.

– Mais vous en avez déjà un ? a fini par dire l'un d'entre eux.

– Oui. Et celui-ci, ai-je dit en désignant celui qu'ils avaient apporté, je ne l'ai pas commandé.

– Mais vous êtes bien Bounine Sergueï Pavlovitch ?

Le chef des livreurs a jeté un coup d'œil à son carnet.

– Oui.

– Alors c'est bien ça. Où on le met ?

J'ai indiqué un angle vide, à droite de la fenêtre.

– Et bien, posez-le là-bas pour l'instant…

– Signez, pour la réception ! a demandé l'un des livreurs en me tendant un carnet et un stylo.

J'ai apposé ma signature. Les livreurs sont partis et Svetlana a jeté un coup d'œil dans la cuisine. Elle a fixé avec surprise le nouvel objet. « Bosch ! »

– Je ne comprends pas d'où il sort ce Bosch. À moins que ce soit un pot-de-vin ?

Un sourire a effleuré son visage.

Elle s'est approchée du nouveau frigo et a tiré la porte vers elle. À l'intérieur: des paquets, des sachets et même des bouteilles.

– C'est curieux, ai-je dit, quand j'ai vu que le nouveau frigo était plein.

À ce moment-là, on a sonné à la porte. Toujours sous le coup de la surprise, je suis allé ouvrir et j'ai vu le visage souriant de Gousseïnov.

– Bonjour, mon ami. (Il a fait un pas à l'intérieur et m'a pris aussitôt dans ses bras.) Ne t'en fais pas, je ne voulais pas que ta femme se donne du mal, qu'elle ait à mettre la table. Tu comprends?

Je commençais à comprendre.

– Mon travail, c'est le commerce de réfrigérateurs. Et ça, c'est un cadeau à un vieil ami et de quoi grignoter avec le cognac. Je sais bien qu'en ce moment tu n'as pas la tête à recevoir des invités. Mais chez nous, au Caucase, on ne peut pas laisser des amis seuls dans le malheur. Ta femme est à la maison?

– Oui.

– Dis-lui de ne pas se tracasser. Quelle jolie voix elle a au téléphone!

On s'est installés dans le salon. Svetlana a sorti du saucisson, du saumon, du fromage, des olives. Gousseïnov a décollé lui-même de la contre-porte du frigo une bouteille de cognac Naryn Kala. Svetlana en a bu un petit verre, et, prétextant un mal de tête et de la fatigue, elle est partie dans sa chambre.

– Tu en auras encore beaucoup, des enfants, disait-il en versant le cognac. Ne t'en fais pas! Un homme a toujours plus de chances qu'une femme d'avoir des enfants! C'est la loi de la nature!

J'ai essayé de plaisanter:

– C'est la loi du Caucase!

Gousseïnov n'a pas réagi.

– Tu sais, notre père a eu huit enfants, de deux

418

femmes. Et je te souhaite autant de respect de la part de tes enfants que notre père en a reçu de nous !

J'ai acquiescé d'un signe de tête. Je pensais à ma mère, je n'étais allé la voir qu'une seule fois depuis le retour de Zurich, et encore, pour quelques minutes.

– Comprends bien, Sergueï, poursuivait Gousseïnov, quand on dit: «Les enfants, c'est notre avenir», ce n'est pas une plaisanterie ! Il est là le sens de la vie. Pour que tout ce qu'on possède, on puisse le transmettre à des héritiers !

«Qu'est-ce que je pourrais bien posséder?» me demandais-je. Ne trouvant pas de réponse j'ai tendu la fourchette vers les rondelles de saucisse fumée.

165

Kiev. 3 janvier 2016.

Dans l'obscurité complète, tous feux éteints, l'avion présidentiel allait atterrir. J'étais surpris de ne pas voir les lumières de la ville. Cinq minutes plus tard j'ai eu la réponse.

– Nous avons atterri à Gastomel, m'a annoncé Lvovitch qui avait franchement pâli. Ne vous inquiétez pas. L'aéroport est encerclé par les forces de sécurité. Il faut qu'on ait le contrôle de la situation…

– Il faut qu'on l'ait, donc on l'a pas? je lui demande encore alors que le froid continue à m'envahir.

– Je reviens tout de suite, je vous ferai un rapport ! Lvovitch recule vers la cabine de pilotage.

L'avion roule encore sur la piste en béton. Il fait des bonds à chaque jonction des plaques. Il tourne d'abord à droite, ensuite à gauche. Mais derrière les hublots il fait nuit.

– Ça marche ! (La voix de Lvovitch est froide, tremblante, comme les mains d'un alcoolique.) Svetlov est sur place pour nous accueillir !

– Pourquoi cette panique? Pourquoi Gastomel?

Le nom de Svetlov me redonne un peu de chaleur, du moins à la tête.

– Mesures de précaution, explique Lvovitch. Il fallait s'assurer de la loyauté des unités spéciales ! En fait, Kazimir a offert un crédit gratuit à toutes sortes de généraux.

– Des crédits pour quoi faire ?

– Pour vivre…

– Pourquoi, ils vivent mal ?

– Non, mais ils ont pris l'habitude d'accepter ce qu'on leur propose. Ils ne savent pas refuser, a dit Lvovitch, avec un soupir grave.

– Et toi, tu sais refuser ?

– Moi, oui… et il fait un signe de tête plein d'assurance.

Notre cortège est constitué de deux dizaines de Mercedes noires. Les numéros d'immatriculation ont été remplacés par des tridents bleus sur fond jaune. Dans l'une d'elles se trouve Lvovitch, dans l'autre Svetlov et moi. Plusieurs voitures roulent à vide. Comme des draisines devant un train blindé. Au cas où il y aurait une mine.

– Il a collecté trois millions de signatures pour l'*impeachment*, expose Svetlov, sombre.

– Quand a-t-il pu faire ça ? Il a annoncé à la télé un *impeachment* national il y a seulement deux heures !

– Ça fait deux semaines qu'il a commencé à collecter les signatures, et il a fait l'annonce alors qu'il en avait déjà trois millions, explique Svetlov. Nous avons essayé de trouver ces signatures, mais sans résultat pour l'instant…

– Et si on les trouve, qu'est-ce qu'on en fera ? On ne va pas punir trois millions de personnes parce qu'elles ont envie de changer de président !

– Elles n'ont envie de rien. On leur donne vingt hrivnas par signature. Elles ne demandent même pas ce qu'elles vont signer ! Tout ce qu'on aurait pu faire c'est trouver ces signatures et les brûler. Ça lui aurait coûté à nouveau deux semaines et soixante millions de hrivnas… Au moins on aurait gagné du temps !

420

– C'est si grave que ça?

Je regarde le général droit dans les yeux. Il soutient mon regard sans ciller, avec sévérité. Il faut croire qu'en effet, c'est grave.

– Et qu'est-ce qu'il peut faire d'autre?

– Il peut poursuivre tout le gouvernement en justice, exiger qu'on déclare le pays en banqueroute pour cause de non-paiement de l'énergie électrique.

– Mais c'est du délire!

– Soit, mais il y a déjà deux ans que le Parlement a adopté des lois sur la responsabilité pour non-paiement de dette à n'importe quel niveau.

– Qu'est-ce qu'il faut faire? je lui demande, et j'entends le désarroi de ma propre voix. Peut-être que je dois démissionner?

– Sûrement pas, dit fermement Svetlov. L'essentiel, c'est d'avancer par surprise et de reprendre l'initiative!

– Et qui va la reprendre, l'initiative? je lui demande, tandis qu'une indifférence totale envahit ma tête à mesure que la chaleur gagne mon corps. Peut-être faudrait-il simplement transférer le pouvoir au Premier ministre ou même à Lvovitch, pour raison de santé et conformément à la Constitution?

– Le Premier ministre vous a déjà vendu, murmure Svetlov. Il vaudrait déjà mieux Nicolas Lvovitch... Mais je ne me précipiterais pas! La précipitation est signe de faiblesse.

C'est parti. À présent Svetlov va me raconter ce que je dois faire, et quand!

J'ai beau avoir l'impression de maîtriser mes émotions, j'ai des points au cœur que je ressens soudain avec acuité.

– Ça ne va pas? s'inquiète Svetlov, en regardant ma tête qui s'affaisse vers mes genoux.

– Le cœur, dis-je dans un murmure. Y a quelque chose qui cloche.

Il me tend une gélule verte. Ensuite il me donne un petit verre d'eau. Mon cœur retrouve son calme.

– Maïa n'est pas avec vous? demande soudain le général.

– Non, elle arrive demain, par le vol régulier de Simferopol.

Il opine du chef.

– Nous avons pris un peu de retard, s'avise-t-il soudain en jetant un coup d'œil à sa montre.

– Pour aller où?

– Mais c'est vous qui avez fixé une réunion des responsables des structures de force.

J'acquiesce. Le cours du temps ne m'intéresse plus.

Les Mercedes noires grimpent rapidement en long serpent vers le Syrets. À droite, nous laissons derrière nous l'enseigne lumineuse du restaurant *Doubki*.

166

Kiev. 20 mai 1992.
Sur ma toute première carte de visite on peut lire:

Comité public d'aide à l'entreprise privée
Bounine Serguei Pavlovitch
Rédacteur consultant
Tél./Fax: 293-97-93

Mes obligations sont simples et peu fatigantes. Je suis le premier maillon, ou plus exactement le premier tamis à travers lequel le jus des baies coule dans notre «bassine en cuivre» pour se transformer dans un proche avenir en une «gelée» épaisse et consistante, qui reflètera le point de vue de la jeune entreprise privée ukrainienne. Nous proposons aux jeunes chefs d'entreprise, en échange d'une modeste cotisation, une aide juridique et autre, dont le règlement des conflits et le remboursement des dettes. À dire vrai, je ne connais pas toutes nos possibilités, mais je sens une force concrète derrière notre comité public. Jora Stepanovitch est là, lui aussi, mais son bureau est mieux, ce n'est pas ma petite cellule aux murs blancs, où il n'y a de place que pour un bureau et une chaise pour le visiteur. Au fond, ça me plaît. J'ai l'impression d'être un médecin qui reçoit ses patients, tous ceux qui viennent me parlent de leurs problèmes, et moi je les écoute, je promets de l'aide. Ensuite le visiteur remplit un formulaire et se rend à notre caisse informelle que dirige Vera, la garçonne.

J'ai déjà fait plus ample connaissance avec elle. Elle est tranchante comme du verre. La toute première fois, j'ai failli me couper. Je lui ai proposé d'aller dans un bar, vu qu'on m'avait donné une enveloppe avec une avance dès mon premier jour d'entrée en fonction.

– Jeune homme, elle m'a dit. Je peux te donner l'adresse du magasin où on doit s'habiller pour sortir avec moi dans le monde ! Sinon, tu risques de ne pas te sentir à l'aise…

Bien sûr, ce n'était pas vraiment un refus. Mais pas non plus la promesse d'une relation joyeuse ou de rapports chaleureux.

Dix heures du matin. Pour l'instant tout est calme. J'ai envie de café, mais Vera ne me le fera pas. Je peux aller dans la salle d'accueil et m'en préparer un moi-même, mais il n'est pas recommandé de traîner là-bas. Surtout le matin, quand le chef de service reçoit des gros calibres les uns après les autres.

La porte s'ouvre sans qu'on ait frappé, et Jora jette un œil dans mon cagibi à l'européenne.

– Alors, ça va ?

– Impeccable !

– C'est ce qu'il faut dire, si tu veux aller plus loin que ce que te permettent tes compétences réelles. Au fait, à partir de la semaine prochaine nous ne serons plus un comité public !

– Nous serons quoi ?

– L'Association des chefs d'entreprises privées d'Ukraine ! Pigé ?

Je lui avoue que non. Mais la voix du chef résonne dans le couloir :

– Georgui Stepanovitch !… Viens vite, on téléphone du cabinet du ministre !

– Au boulot ! me lance Jora, pivotant à cent quatre-vingts degrés.

Le soir, en entrant dans mon cher appartement communautaire, je me cogne contre des sacs et des valises qui barrent l'entrée de ma chambre. Un bourdonnement de voix me parvient de la cuisine. Plus fort que d'habitude. Bizarre, je me dis, les voisins de la pièce d'à côté doivent recevoir de la famille ?

Je jette un coup d'œil dans la cuisine et reste figé de surprise. Autour des deux petites tables, les voisins et voisines sont assis, en pantoufles et tenue d'intérieur et, au milieu du groupe, deux visages de femmes, tout rouges et que je connais bien : Mira et sa mère.

Le bourdonnement cesse, toute la tablée de la cuisine communautaire a tourné les yeux vers moi.

La scène muette dure près d'une minute. C'est Mira qui rompt le silence, en se levant de son tabouret.

– Nous avons décidé de revenir, dit-elle. Il fait trop chaud là-bas, et… il y a trop…

« … de Juifs », lui souffle ma pensée.

– … d'Arabes, dit-elle.

167

Kiev. Décembre 2004. Lundi.

Des enfants font de la luge sur la pente enneigée. Une multitude d'enfants. La neige crisse sous mes pieds. Il y a une heure que je suis sorti de la maison. J'ai renvoyé le chauffeur, prétextant que j'étais épuisé et que j'avais pris froid. J'ai promis de le rappeler dès que je me sentirais mieux. Mais il sera bientôt onze heures, et ça ne va pas mieux.

Ce matin j'ai jeté un coup d'œil dans notre chambre, pour souhaiter une bonne journée à Svetlana. Et je les ai vues toutes les deux dans le lit. Elle et Janna. Elles dormaient enlacées.

J'approche de l'entrée de notre immeuble. Je me demande si je dois monter ou attendre encore. Et si Janna était toujours là ? Et comment me comporter ? Suite à ces interrogations, la migraine pour laquelle j'avais par anticipation renvoyé le chauffeur fait son apparition.

Et en attendant j'observe les enfants sur leurs luges.

À côté une jeune femme en manteau trois-quarts en renard promène deux bassets. Mon regard, d'abord attiré par les petits chiens, revient au visage de leur maîtresse, un visage agréable et avenant.

– Dites-moi, vous habitez ici ?

– Oui, là-bas, répond la dame aux petits chiens en tendant la main vers l'immeuble voisin.

– Et je peux vous poser une question bête ?

Elle me regarde attentivement, puis fait oui en silence.

– S'il vous arrivait de rentrer chez vous et de trouver votre mari au lit avec un autre homme, qu'est-ce que vous feriez ?

– Vous connaissez mon mari ?

Il y a de l'effroi dans sa voix.

– Mais non, pensez-vous ! Ici je ne connais pratiquement personne, dis-je, affolé, pris dans un flot de paroles et maudissant ma langue stupide. C'est mes amis... il leur arrive une histoire idiote...

Elle me regarde attentivement, comme pour décrypter mon visage syllabe après syllabe.

– Vous mentez, dit-elle fermement. Vous connaissez mon mari !

– Allez au diable, je murmure, en me détournant et en m'éloignant sur la neige qui crisse.

J'avance en sentant son regard dans mon dos. Et je me répète cette phrase du *Maître et Marguerite* que j'avais tant aimé jadis: «Ne parlez jamais avec des inconnus!»

168

Kiev. 3 janvier 2016.

C'est une chose terrible que la politique. Elle vous appâte lentement, vous tire doucement vers le haut, sous la coupole, sous les feux des projecteurs. Et elle vous y laisse, sous cette coupole, tout seul. Ou presque. Et sur un fil. Et des millions de regards curieux vous suivent d'en bas: alors, il va se rompre l'échine ou il va réussir à tenir?

Douze personnes sont assises autour de la longue table de l'Administration présidentielle. Je suis le treizième. Le général Filine, ministre de l'Intérieur, note quelque chose sur un bout de papier et de sa main gauche il protège ce qu'il écrit du regard du ministre de l'Écologie, assis en face. Le général Svetlov scrute lentement les personnes réunies, comme s'il les examinait à travers un viseur. Moi aussi je promène mon regard sur ces visages que rien ne distingue. Certains me paraissent totalement inconnus. Je fais un signe à Kolia Lvovitch, assis à ma droite. Il se penche vers moi.

Je lui murmure:

– Le deuxième derrière Svetlov, avec un nez aquilin… Qui est-ce?

– Le ministre des Transports.

– Il me semble que je ne l'ai jamais vu.

– Il a été nommé quand vous étiez malade…

– Et devant Filine, à gauche?

– Le nouveau ministre de la Défense, Yatskiv.

– Yatskiv? D'où il sort?

426

– C'est dans le quota du parti libéral…

– Alors notre armée, à présent, elle est libérale ?

– Il faut commencer, murmure Lvovitch, sans réagir à mon sarcasme.

Je fais un signe de tête à Svetlov. Aujourd'hui c'est lui qui préside la séance.

– Bien, dit-il d'une surprenante voix de basse. On commence ! Je vous rappelle qu'aujourd'hui nous ne sommes pas réunis au nom des partis que vous représentez, mais au nom de la Patrie ! Ne l'oubliez pas !

Le Premier ministre s'agite sur sa chaise. Visiblement il y a quelque chose qui le perturbe. Soit des hémorroïdes, soit des pensées.

– La situation est critique. Il y a des forces qui recherchent l'instabilité du pays et sont prêtes à faire passer leurs intérêts personnels avant ceux du peuple et de l'État.

– Pourquoi me regardez-vous ? s'écrie le Premier ministre indigné.

« Tiens, me dis-je. Le top est lancé ! »

– Je vais regarder chacun à tour de rôle, dit calmement Svetlov. Vous n'êtes pas le seul dans ce cas !

– Comment ça, « dans ce cas » ?

J'interviens pour les rappeler à l'ordre :

– On n'est pas à la foire, ici ! Continuez !

Svetlov échange un regard avec moi et poursuit :

– Ce matin, avant neuf heures, nous devons élaborer une politique gouvernementale unie pour faire face à la situation actuelle. Je vous communiquerai au fur et à mesure les informations que je recevrai. Pendant que nous sommes ici, nos adversaires continuent à s'activer. Mais s'ils ont des hommes parmi nous, la réciproque est vraie !

Je vois que Svetlov pointe à nouveau son regard sur le Premier ministre. Celui ci a déjà les doigts qui tremblent. Bien sûr, c'est encore un gamin, il n'a pas quarante-cinq ans ! Pas la moindre retenue, pas le moindre sang-froid !

– Selon les derniers renseignements, poursuit

Svetlov, l'ennemi rencontre en ce moment des officiers de la région militaire de Kiev...

Le Premier ministre secoue la tête :

– S'il vous plaît ! Entre gens civilisés, on doit dire «opposition de droite», et pas «ennemi»! Il s'agit quand même d'un combat politique !

Je trouve ça osé, et je tourne mon regard vers Svetlov, dans l'attente de sa réponse.

– Dans quel sens «de droite»? demande Svetlov.

– Attendez ! Kolia Lvovitch se dresse au-dessus de la table. Il y a un point que nous devons régler une fois pour toutes : est-ce que nous avons tous un seul et même but, ou plusieurs? Nous avons la volonté de restaurer la stabilité dans le pays, oui ou non?

– Et comment allons-nous régler ça? dit Vlassenko, le ministre de l'Agriculture. Avec un pistolet contre la tempe et un interrogatoire?! C'est lui qui est coupable, de tout ! Et il pointe son doigt sur moi.

À ce moment-là je me sens vraiment mal. Je me tourne vers Lvovitch, mais il regarde ailleurs. En direction du ministre de l'Industrie agro-alimentaire.

– Car c'est lui qui n'a pas signé les lois dont on avait besoin ! poursuit l'autre. C'est lui qui a supprimé les franchises sur la TVA pour l'agriculture. C'est lui qui a introduit les taxes à l'exportation pour les céréales !

C'en est trop pour moi, je me lève :

– Qu'est-ce que tu racontes, connard? Quelles taxes? Quelles lois? J'ai signé ce qui avait été approuvé par le cabinet du ministre. D'ailleurs, ce n'est pas moi qui vous ai convoqués aujourd'hui ! J'avais donné l'ordre de réunir les responsables des structures de force ! (Et mon regard s'arrête sur Lvovitch, blême.) Qui tu as convoqué? Ce conducteur de tracteur? (Je montre du doigt le ministre de l'Agro-alimentaire.) Ou encore ce spécialiste en écologie? (Et je pointe l'index sur le Premier ministre.) Qu'est-ce qu'ils fichent ici?

– Mais la situation est grave, risque Lvovitch en bégayant.

– Svetlov! Expose à tout le monde ce que tu sais!

Le général se lève, sort de la poche intérieure de sa veste une feuille pliée en quatre. Il la déplie.

– Cela ne concerne que les deux dernières semaines, prévient-il en me jetant un regard d'approbation. Le Premier ministre a reçu de Kazimir deux millions d'euros sur son compte à la banque Andorre-Crédit, ainsi que cinq cent mille dollars sur le compte de sa fille à la City-bank. Hier, à midi il a rencontré l'assistant de Kazimir, Bourenkov, et ils ont défini la ligne de conduite qui serait la sienne pendant les réunions de crise du gouvernement! Ils ont déjà prévu le scénario de la crise et des réactions du gouvernement! Je continue. Le ministre de l'Industrie agroalimentaire...

Vlassenko se met péniblement debout en levant la main pour demander la parole. Svetlov le laisse parler:

– Je refuse de prendre part à ce cirque, commence Vlassenko, la main sur le cœur. Amusez-vous sans moi!

Un sourire sarcastique parcourt le visage de Svetlov:

– Mais attendez, vous ne pouvez pas partir comme ça! Vous avez volé huit millions au budget et, en plus, vous en avez pris trois chez Kazimir... Et votre costume, c'est aussi un cadeau de Kazimir, pour vos soixante ans! Eh bien quoi? Ce n'est pas vrai?

J'interromps Svetlov:

– Abrège. Les traîtres aux intérêts de l'État n'ont qu'à se lever et sortir! Nous n'avons pas de temps à perdre à proclamer tout ça!

– Vous devez démissionner! me lance le Premier ministre d'une voix fluette.

– C'est pas à toi de me donner des leçons! je réponds, et je sens que mes pensées et mon état psychologique entrent en résonance et prennent hardiment le sentier de la guerre ouvert par d'autres. Dehors!

Le Premier ministre se lève, affolé, et jette un regard interrogateur sur Lvovitch, puis sur la porte.

– Allez, va, va ! le bouscule Svetlov.

La conférence trouve progressivement sa dynamique. Vlassenko et le ministre écologiste sont sortis, suivis par le ministre des Transports et celui de la Santé. Il ne reste plus effectivement dans la salle que les responsables des structures de force.

– On a retrouvé le canapé ? je demande tout d'abord au général Filine.

Il secoue la tête négativement et se lève lentement de sa chaise.

– Assis ! j'ordonne. Le canapé, maintenant, ce n'est pas l'essentiel !

Il règne dans la salle de conférences une atmosphère malsaine, comme si les traîtres qui en sont partis avaient infecté l'air. Nous passons dans mon bureau présidentiel et ouvrons une petite bouteille de whisky.

– Il faut prendre les devants, dit Lvovitch fermement.

– En effet, approuve Svetlov.

Filine se tait. À côté de lui, le général Yatskiv reste lui aussi silencieux, il inspire davantage confiance en comité restreint que pendant la réunion des membres du cabinet ministériel.

– Qu'est-ce qu'ils veulent ? je demande de façon purement rhétorique en avalant une gorgée de Ballantines. Quel est leur objectif principal ?

– La prise du pouvoir, répond Svetlov. Le remplacement du président actuel par Kazimir.

– Comment peuvent-ils s'y prendre ? J'essaie de procéder par ordre logique.

– En instaurant le chaos dans le pays, en montrant que le gouvernement n'est pas en état de contrôler la situation. En exigeant la démission du président et en décrétant un gouvernement provisoire et des élections anticipées, débite Lvovitch, comme un tir de mitrailleuse.

– Exact. Et qui l'emporterait dans des élections anti-cipées ?

Cette question provoque un silence angoissant. Je scrute du regard toutes les personnes présentes. Leurs yeux sont éteints. De peur, leurs doigts se cachent dans leurs poings refermés.

Je soupire :

– Bon, vous croyez en notre capacité à prendre les devants ?

Encore une gorgée. Et là, j'ai un élancement au cœur. Mon regard s'embrume. Le monde se déplace et flotte. Le visage effrayé de Lvovitch flotte également.

– Le président se sent mal !

J'entends sa voix, quelque part au-dessus de moi.

Moi, je tombe dans un puits, et cela m'est égal qu'il y ait ou non de l'eau en bas.

169

Kiev. 20 mai 1992. La nuit.

Derrière la fenêtre, la lune répand sa lumière. Justement, aujourd'hui, elle est pleine. Et elle remonte nettement le moral dans la ville. Des voix, des bruits, des claquements de portes ne cessent d'entrer par le vasistas ouvert.

Je suis assis avec ma mère dans la cuisine, et nous réfléchissons. Plus exactement, elle réfléchit, et moi je médite paresseusement. Parfois à voix haute. Il est vrai que ma mère interrompt rapidement mes méditations.

– Qu'est-ce qu'elles espèrent ? demande-t-elle en incli-nant légèrement la tête et en me regardant dans les yeux.

– Je n'ai parlé que dix minutes avec elles. Je les ai lais-sées là-bas et je leur ai dit que je reviendrais le matin.

– Voilà, ça, c'est la première erreur ! Elles n'ont pas d'enregistrement à cette adresse. Tu as fait preuve de faiblesse !

– Qu'est-ce que la faiblesse vient faire ici ? C'est elles

qui vivaient là-bas, avant. Qu'est-ce que je devais faire ? Leur proposer de dormir dans le couloir ? Elles n'étaient même pas au courant de la mort du vieux, elles pensaient qu'elles revenaient chez lui ! Elles n'ont plus d'endroit où habiter…

– Oui, m'accorde-t-elle. Elles n'ont plus d'endroit… Mais c'est elles qui ont décidé de quitter l'Union soviétique !

– Mais il n'y a plus d'Union soviétique !

– C'est vrai, acquiesce-t-elle pensivement. Elle rajuste sur sa poitrine sa robe de chambre en cretonne violette.

Elle est assise sous le vasistas ouvert, et je vois ses cheveux ébouriffés, teints au henné, onduler dans le courant d'air. Il faudrait lui dire qu'on ne se teint plus au henné. Mais je sais que dans le tiroir de l'armoire de sa chambre il reste encore une vingtaine de sachets de cet éternel henné d'Iran qui ne se périme jamais.

Elle a l'air de vouloir conclure cette conversation :

– Voilà. Demain nous irons ensemble leur parler. Je ne les laisserai pas jeter mon fils à la rue ! Va dormir !

170

Kiev. Décembre 2004.

On a apporté le paquet de la clinique de Zurich à huit heures du matin. Je me suis trouvé nez à nez avec le coursier.

Je l'ai ouvert une fois assis dans la voiture, sur le siège arrière, et j'ai sorti les deux feuillets en allemand.

– On vous apporte le courrier si tôt ? a dit Victor Andreïevitch, surpris, en me regardant dans le rétroviseur.

– Non, c'est le service express, ai-je répondu en tentant de reconnaître dans le texte des mots connus et compréhensibles.

Une heure après, j'ai demandé à Nilotchka de chercher parmi mes collaborateurs quelqu'un qui parlait allemand. Un traducteur du Service du protocole est arrivé dans mon bureau et m'a proposé son aide. Je lui ai tendu la lettre :

– Ça vient de la clinique. Les conclusions sur les causes du décès...

Il a eu un hochement triste de la tête, et s'est concentré sur la première page. Je suivais son expression. Avant qu'il ait terminé je lui ai demandé :

– Et alors ?

Il a soupiré :

– Il faut faire une traduction écrite et vous irez voir un spécialiste avec.

– Pourquoi ?

– Il y a là des termes médicaux compliqués... Et puis ils disent qu'ils vous recommandent de procéder à des examens de vos organes...

– Quels organes ?!

– Si vous n'avez rien contre, Sergueï Pavlovitch, je peux donner la lettre à un collègue de la direction de la Santé. Je l'enverrai par fax, et d'ici quelques heures vous aurez une traduction exacte. Sinon j'ai peur de me tromper...

J'ai suivi son conseil.

On m'a apporté la traduction dans l'après midi. Les médecins de Zurich m'informaient de l'atrophie de certaines fonctions vitales des fœtus sans doute liée à « la qualité de la semence du père ». Après une énumération en latin des anomalies possibles, les médecins de Zurich recommandaient avec insistance de faire procéder à un examen approfondi des organes de reproduction, aussi bien de ceux de la conjointe, Vilenskaïa, que de ceux du conjoint, Bounine, avant d'entreprendre une nouvelle tentative pour devenir père et mère.

– Vous prendrez du thé, m'a proposé Nilotchka en passant la tête par la porte entrouverte.

J'ai refusé poliment. Et j'ai senti dans la poitrine un poids que j'avais oublié. Je me suis souvenu de la fin octobre et de la clinique au bord du lac de Zurich, de cette nuit calme, terrible, qui avait mis un terme à nos projets de famille.

Et Svetlana? Fallait-il lui montrer la lettre? Jusqu'à présent elle s'est senti coupable. Comment allait-elle réagir?

Mais dans la lettre il était aussi question de moi. D'un examen approfondi. J'allais sans doute commencer par là. Faire toutes les analyses, subir les examens. Et on me donnerait les résultats en mains propres. Si tout allait bien, cela signifierait que c'est vraiment elle, la cause de la mort des bébés. Il faudrait alors renoncer à avoir d'autres enfants et il n'y aurait pas de raison de lui montrer la lettre. Et si c'était le contraire…? Mais à quoi bon chercher à lire l'avenir?

171

Carpathes. Janvier 2016.

Lorsque j'ai ouvert les yeux j'ai été frappé par le silence absolu, stérile. Apparemment, j'étais couché dans une chambre d'hôpital, mais dans cette chambre il n'y avait pas de fenêtre. Dans un coin, à gauche de la porte, sur une petite table métallique clignotaient les signaux multicolores d'un appareil électronique. Une caméra vidéo, dirigée vers moi, était accrochée au plafond.

J'ai tenté de me soulever, appuyé sur les coudes, mais en vain. L'étrange faiblesse de mes muscles m'a effrayé. Mais c'était comme une frayeur superficielle, à la surface d'une indifférence fondamentale au monde environnant et même à ma propre personne. Comme s'il ne s'agissait pas de moi, mais d'une imitation du président de l'Ukraine, qui, en outre, aurait conscience de ne servir à rien et d'être un faux.

Soudain j'ai réalisé qu'une partie du mur blanc était la porte: elle s'est ouverte et le général Svetlov est entré dans la chambre. Un homme de petite taille le suivait, vêtu d'une pelisse en mouton retourné, un attaché-case marron à la main. J'ai compris pourquoi je me sentais faible : j'avais froid. Très froid. Ce froid paralysait mes muscles. J'ai lancé un regard inquiet à Svetlov. J'étais persuadé que je ne pouvais émettre aucun son.

– Ah ! ai-je prononcé prudemment, et j'ai constaté aussitôt que les personnes qui étaient entrées réagissaient.

– A-a-ah ! ai-je répété plus longuement.

Puis j'ai centré mon regard sur Svetlov :

– Dis-moi ce qui se passe ?

J'ai entendu ma voix. Faible et grelottante.

– Asseyons-nous, a dit Svetlov. Et il s'est assis sur la chaise blanche à côté de ma tête de lit. Il parlait avec la voix d'un médecin qui doit annoncer le diagnostic à son patient :

– Les affaires sont graves. Encore heureux qu'il y ait des gens en qui on puisse avoir confiance…

Et il a tourné son regard vers le petit homme en manteau qui, penché sur l'appareil électronique, semblait contrôler quelque chose. Celui-ci a redressé la tête et fait un signe affirmatif au général.

– Ne vous inquiétez pas, Monsieur le président. La situation n'est pas désespérée, et puis, vous avez une bonne équipe ! Nous n'avons pas de lieu où nous replier. Nous n'avons pas derrière nous Moscou, comme Kazimir…

– Soyez plus concret.

Svetlov a échangé à nouveau un regard avec le bonhomme au manteau qui lui a adressé un signe affirmatif.

La voix de Svetlov a pris de l'assurance :

– À présent, il est clair que la prise du pouvoir était projetée depuis longtemps. Au moins un an. En tout cas plusieurs mois avant votre opération. On vous a transplanté un mauvais cœur, dans lequel on a placé un capteur électronique sophistiqué. Nous ne connaissons pas encore complètement ses fonctions, mais nous savons déjà une chose : ce capteur transmet quelque part vos coordonnées, où que vous soyez; il permet d'écouter et de transmettre vos conversations à un satellite ou à un récepteur éloigné. On peut également craindre que ce capteur permette d'arrêter votre cœur…

– Ce n'est pas mon cœur! Et donc, à tout moment on peut me débrancher! Et en ce moment, les ennemis écoutent notre conversation?

Svetlov a souri:

– Non… Ici nous avons réussi à créer une protection totale contre la pénétration des ondes et des signaux radio. Le fonctionnement du capteur est bloqué. Nous avons réussi à faire ça à temps. Le médecin lui-même a été surpris. Il a dit que les choses évoluaient vers un coma classique, et brusquement, quand on a installé le système de blocage, vous vous êtes senti mieux…

Il montrait l'appareillage derrière lui. J'ai soupiré:

– Ouf… Comment avez-vous appris tout ça?

– Le médecin qui vous a examiné récemment m'a fait part de ses soupçons. Son nom est Rezonenko.

J'ai fait oui en silence, et je me souvenais que ce médecin s'était tu dès que Lvovitch était entré dans la pièce. J'ai demandé, soupçonneux:

– Et Lvovitch, où il est?

– Ici, ici. Il travaille! Tout va bien, je veux dire, lui, ça va. On l'a contrôlé.

Il a prononcé ces dernières paroles d'un air pensif.

– Alors qui ne va pas?

– Maïa. Elle a disparu… Elle n'était pas sur le vol de Simferopol.

«Bof, me suis-je dit, c'est tout ce qu'il y a de plus logique. Une femme qui rêve d'aller au restaurant *Métropole* ne peut pas être une patriote ukrainienne. En plus, la femme d'un oligarque…»

– Dans une demi-heure nous aurons une réunion, ici. Svetlov était passé au chuchotement. Le médecin a dit que vous pouviez désormais participer à des prises de décisions.

436

– Ici, c'est où? Et d'ailleurs, où est-ce que je me trouve?

– Dans les Carpathes, dans la prison construite pour l'opération «Mains étrangères». Ne vous inquiétez pas, pratiquement personne n'est au courant et c'est un territoire protégé comme un champ de tir secret en montagne…

Brusquement je me suis souvenu confusément que j'avais décidé d'éliminer les détenus de cette prison, car ils représentaient un danger certain.

– Et en dehors de moi, il y a d'autres détenus, ici? ai-je demandé prudemment.

– Oui, oui. Et heureusement que nous ne les avons pas éliminés! Telles que les choses se présentent, ils vont nous servir. Qu'on le veuille ou non, ce sont quand même des représentants du pouvoir russe!

172

Kiev. 21 mai 1992. Le matin.

On peut dire que Mira et sa mère nous ont bien accueillis. Elles ont recouvert la table d'une vieille nappe rose, apparemment sortie du buffet. Pour ma part je n'ai rien touché dans cette pièce, depuis la mort du vieux. Je n'y ai rien pris, j'y ai simplement ajouté un peu de mon propre bric-à-brac.

Sur la table chante le samovar électrique et autour, c'est la ronde des tasses et soucoupes bariolées. Plus deux coupes avec des gâteaux secs et des bonbons bon marché.

– Nous avons un si bon thé d'Israël! annonce la mère de Mira en fouillant dans l'un des sacs.

Cinq minutes plus tard nous sommes à table.

– Je te suis tellement reconnaissante! me dit Larissa Vadimovna. Les voisins m'ont tout raconté. Le repas funéraire que tu as organisé, et comme tu es gentil! Si j'avais pu avoir un fils pareil!…

À ces mots je vois scintiller dans les yeux de ma mère le désir éclatant de dire une horreur ou de lancer une pique quelconque. Mais elle se retient. Et nous continuons à écouter attentivement la mère de Mira qui s'en prend à présent aux sales Arabes et aux tout aussi sales Juifs.

– Vous vous rendez compte ? se lamente-t-elle d'une voix monocorde. Je savais qu'il existait des Juifs aquaphobes qui sentent mauvais. Même ici je connaissais un tailleur dans le genre, mais là-bas il y en a partout ! Et il faut voir où ils nous ont installées ! J'arrive de la capitale avec une fille de bonne éducation, et ils nous mettent dans un kolkhoze avec un réfectoire et des réunions hebdomadaires ! Moi je n'ai jamais été au Parti. Qu'est-ce que j'en ai à faire des réunions !

Je bois mon thé et j'attends que la mère de Mira en ait assez de parler. C'est à croire qu'elle s'est tue pendant longtemps. Pendant plusieurs années.

Ma mère aussi écoute patiemment, mais je vois sur son visage qu'il ne lui reste de la patience que pour une dizaine de minutes. Pas plus.

En effet, elle finit sa deuxième tasse de thé, et nous propose, à Mira et moi, d'aller faire un tour, pendant qu'elles vont examiner la situation avec Larissa Vadimovna. La mère de Mira accepte sans problème et me fait signe d'aller vers la porte, gentiment, mais avec l'air de la maîtresse des lieux.

En sortant du hall d'entrée je demande à Mira :

– Alors ? On va au café ?

Elle me regarde, pensive. Puis elle propose d'aller au musée d'Art russe :

– Les belles choses m'ont manqué.

Je la regarde attentivement. Elle n'a pas changé du tout, elle est juste un peu plus bronzée.

– Va pour le musée !

Kiev. Décembre 2004.

– Vous avez une forme de pathologie rare, me dit avec tristesse le professeur en ôtant ses lunettes de son nez charnu et en les rangeant dans la poche de poitrine de sa blouse blanche.

Les résultats des analyses sont posés sur la table, devant lui.

– Ça ne peut pas avoir d'incidence sur votre mode de vie, ajoute le professeur d'un ton rassurant. Le problème c'est que vos spermatozoïdes… C'est une anomalie très rare, en tout cas chez les spermatozoïdes…

Lorsque j'ai compris que le style professoral de la conversation allait me rendre fou, j'ai imploré :

– Venez-en au fait !

– Oui, oui, j'en viens au fait. Votre sperme contient jusqu'à quatre-vingts pour cent de spermatozoïdes sains. Mais ils sont terriblement passifs, incroyablement lents. Et les vingt pour cent de ceux que l'on pourrait qualifier de génétiquement déficients, sont terriblement rapides et actifs. Et ce sont ces vingt pour cent de spermatozoïdes déficients qui dépasseront toujours les sains, qui seront toujours les premiers. Vous comprenez ?

– Vous voulez dire que je ne peux pas avoir d'enfants en bonne santé ?

– Ce serait une simplification…

Le professeur a de nouveau chaussé ses lunettes et a pris l'un des documents des analyses.

– Si la totalité, cent pour cent de vos spermatozoïdes étaient déficients, mais vous avez… Les perspectives ne sont pas si tristes. Ce qui me chiffonne, ce sont vos spermatozoïdes sains : pourquoi ne sont-ils pas actifs ? !

– C'est vous qui me posez la question ? Dites-moi plutôt ce que je dois faire ?

– J'ai entendu dire qu'un jeune chercheur a mis au

point une méthode d'épuration du sperme. Sur le même principe que pour le sang. Je crois que vous auriez intérêt à le voir. Vous ne me paraissez pas du genre à vous faire soigner longtemps et patiemment. Je ne me trompe pas?

– Je suis très occupé, ai-je murmuré entre les dents.

Ma cravate commençait à me faire mal au cou. J'ai desserré le nœud.

– Je comprends. Ça peut aussi attendre. Mais si vous êtes inquiet pour votre descendance, alors, en effet, adressez-vous à ce spécialiste. Lui aussi il est jeune, il se mettra à votre place. Il me semble que vous voulez concevoir un enfant, et le plus rapidement possible. C'est cela?

– On peut le dire comme ça.

– Alors il n'y a qu'une voie. Procéder à une épuration du sperme et ensuite à une insémination artificielle. Allez, je ne vais pas vous retenir! J'avais sa carte de visite quelque part par là…

Le professeur a repoussé mes analyses. Il a soulevé d'autres paperasses recouvertes d'une illisible écriture de médecin. Il a sorti d'en dessous les papiers une carte de visite rectangulaire et me l'a tendue.

– C'est un jeune chercheur sérieux, de nombreux patients se sont déjà adressés à lui… Et prenez aussi vos analyses. Donnez-les-lui!

Je me suis levé, j'ai fourré la carte de visite et les analyses dans ma poche, et je suis sorti.

– Où allons-nous maintenant? m'a demandé Victor Andreïevitch, lorsque je me suis installé sur le siège arrière de ma Mercedes de service.

– Là-bas! lui ai-je ordonné en lui tendant la carte de visite que je venais de recevoir.

440

174

Carpathes. Janvier 2016.

J'ai bientôt compris que je m'étais imaginé plus faible qu'en réalité. Tout s'est éclairci lorsque deux officiers de la sécurité, juste avant la conférence, m'ont aidé à m'asseoir sur le lit. Ils m'ont pris de chaque côté sous les bras et m'ont soulevé, ce qui n'a pas été aisé. J'ai eu assez rapidement l'explication de ma soudaine pesanteur physique. Par-dessus l'épais pull-over, je portais un gilet blindé horriblement lourd. À en juger par son poids, il aurait pu me sauver même si j'avais été touché directement par un obus d'artillerie. Mais j'étais en dessous de la vérité. En fait le gilet constituait une ligne de défense supplémentaire pour mon traître de cœur. Il doublait le système de blocage du capteur cardiaque. Il ne pesait pas moins d'une cinquantaine de kilos.

Kolia Lvovitch, le général Filine, deux hommes en uniforme, à l'air sombre et décidé, pour lesquels Svetlov lui-même s'était porté garant, sont arrivés à la conférence. Le docteur Rezonenko a aussi jeté un œil dans la chambre. Je l'ai reconnu tout de suite. Il m'a vu et m'a fait un signe de tête encourageant.

– Soyons brefs et concrets, a proposé le général Svetlov et, du regard, il a donné la parole à Lvovitch.

– Kazimir s'est de nouveau rendu à Moscou pour une demi-journée, et il est revenu de très bonne humeur. Voici les photos…

Il m'a tendu trois clichés, de toute évidence pris à distance. On y voyait Kazimir descendre la passerelle de l'avion. Il arborait un sourire plein d'assurance.

– … Nous ne savons pas qui il a rencontré. Mais son premier rendez-vous à son retour à Kiev a été avec le leader communiste. S'ils s'unissent, nos chances de l'emporter seront considérablement réduites.

– Soyez plus concret, lui a demandé Svetlov.

Je devinais que cette équipe s'était déjà réunie plus d'une fois, sans moi. Et qu'elle avait pris une décision importante que Lvovitch, précisément, était chargé de formuler en tant que chef de l'Administration présidentielle.

– S'il vous plaît, ne réagissez pas tout de suite, a poursuivi Lvovitch. Prenez le temps de la réflexion. Et surtout, ne vous inquiétez pas ! Nous pensons que le plus raisonnable actuellement, en ce qui vous concerne, c'est de rédiger une déclaration de démission… et d'annoncer une élection présidentielle anticipée. Et, d'annoncer aussitôt, bien sûr, votre candidature ! C'est comme ça que nous briserons les projets de Kazimir. Et le processus prendra ainsi un cours légitime. Après ça, les communistes comprendront qu'ils ont une chance d'accéder au pouvoir sans Kazimir, et leur union potentielle n'aura pas lieu…

– D'accord, ai-je dit dans un souffle, et j'ai ressenti aussitôt un soulagement dans la poitrine. À la seule condition que je ne participe pas à l'élection !

Lvovitch et Svetlov ont échangé un regard.

– Non, vous n'avez pas compris ! a débité Lvovitch nerveusement. Nous avons tout calculé ! S'il y a des élections anticipées, vous gagnerez. Nous tenons tout le scénario ! Nous avons travaillé trois jours d'affilée !

J'ai désigné ma poitrine :

– Vous voulez qu'on me débranche aussitôt après les élections ?… Et qu'on recommence des élections ?

Svetlov a fait un signe de tête négatif.

— Non. Nous nous occupons de cette question. Les Américains nous ont même proposé leur aide. Il faut déterminer le service à partir duquel on tente d'établir la liaison avec votre capteur cardiaque. Si on arrive à repérer une onde longue, on la suivra et on remontera à la source !

– Pourquoi, on ne sait vraiment pas à qui ça profite ? ai-je demandé avec un sourire sarcastique.

– Si, mais dans ce genre de situation on ne peut

mettre la main que sur les exécutants, pas sur les commanditaires.

– Faites comme vous voulez! Mais installez-moi une télé, que je regarde au moins les infos!

– Impossible, a dit le général Svetlov, la voix pleine de compassion. Elle ne marche pas, ici. Tout est bloqué… On pourrait accéder à votre capteur même par un téléviseur allumé, plus exactement par son antenne.

– Vous m'avez coupé de tout?… Vous me faites penser à des conspirateurs…

– Un whisky, peut-être? a proposé soudain le général Filine avec un regard prudent vers Svetlov. Il peut, non?

– Un whisky? a répété Svetlov d'une voix triste. Oui, je vois!… Monsieur le président a droit à tout ce qu'il désire!… Il ne pense pas à l'État! Il ne pense pas que si c'est l'opposition qui prend le pouvoir, la majorité de son équipe se retrouvera en prison, et que les autres se verront confisquer tout ce qu'ils possèdent, et seront envoyés nus, des pieds à la tête, de l'autre côté de la frontière… Avec leurs femmes, leurs enfants et leurs maîtresses! Ce n'est pas vous que nous défendons, nous tentons de sauver tout le système! D'un autre système bien pire!

Curieusement, après avoir écouté ce monologue désespéré de Svetlov, j'ai brusquement eu honte. Non, mon indifférence persistait, mais une légère protestation avait pointé dans ma tête. Une protestation contre cette indifférence au destin de la Patrie et de ses serviteurs.

J'ai tenté de les encourager par un sourire:

– Bon… Je suis avec vous. Mais tenez-moi informé de ce qui se passe!

175

Kiev. 22 mai 1992.

Je déteste les esclandres. Vraiment. Parce que je ne sais pas y prendre part et c'est une raison de plus pour laquelle je n'en tire aucun plaisir. Et hier, lorsque nous nous sommes retrouvés les seuls visiteurs du musée d'Art russe (voilà ce que c'est qu'un pays cultivé!), et que Mira admirait les Ambulants, sans doute parce qu'avec son émigration en Israël et son retour à Kiev, elle était devenue elle-même une ambulante, ou plutôt une porteuse de bagages, moi, j'imaginais avec inquiétude nos mères en train «d'examiner la situation». Je lançais des coups d'œil nerveux à ma montre et je me demandais quand nous devrions rentrer.

Nous avons passé environ deux heures à déambuler à travers les salles du musée. Puis nous sommes entrés dans une boulangerie pour acheter des petits pains au pavot et, sans nous presser, nous sommes retournés sur le lieu des négociations.

– Ta mère est déjà rentrée chez elle, elle t'attend pour manger, m'a dit Larissa Vadimovna d'un ton sentencieux dès notre retour. Et demain nous nous retrouverons à nouveau ici.

– Et pour la nuit? j'ai regardé le canapé et les bosses des ressorts, ainsi que le lit métallique avec ses pommes de pin en fer.

– Ta mère t'expliquera tout!

J'ai pris congé d'un signe de tête. Et je suis parti au travail. Le matin j'avais appelé Jora Stepanovitch pour le prévenir que j'avais un problème d'appartement.

– Tu viendras quand ça sera réglé, avait-il dit tranquillement.

Le problème restait entier, mais il fallait aller travailler. Au moins là-bas j'avais mon petit bureau, très à l'européenne, avec un téléphone. Là-bas je me sentais quelqu'un d'important et tout simplement un adulte, seule Vera me traitait de haut. Mais ça aussi, ça passerait lorsque j'aurais résolu mon problème d'appart et que je serais allé dans son magasin. D'autant plus que maintenant j'en connaissais le nom et l'adresse.

176

Kiev. Décembre 2004.

C'est drôle, quand on se soigne on a sans raison le pressentiment d'une vie meilleure. Pendant longtemps j'ai observé ça autour de moi, même chez ceux pour qui les soins ont débouché sur une issue fatale. Et voilà que moi-même j'avais ce syndrome.

– Qu'est-ce qui te rend si joyeux? m'a demandé Svetlana lorsque je suis rentré à la maison. (Elle avait un ton et un regard méfiants.) Tu sors, ce soir?

– Non. Pourquoi?

– Comme ça, je pensais que tu savourais à l'avance...

Et voilà, on pouvait même lire mon syndrome dans l'expression de mon visage. «Je savoure», pensais-je, en enlevant mon manteau long, en me déchaussant et en jetant un regard de côté à Svetlana figée et perplexe dans le hall. Elle portait un peignoir en éponge tigrée et des pantoufles avec de la fausse fourrure.

– Et toi tu attends quelqu'un? je faisais allusion à Janna.

Plus personne ne venait chez nous, ou plutôt chez elle. Et Janna, elle la recevait sans se soucier de sa tenue. La perfidie de mes réflexions s'est mise en veilleuse lorsque je me suis souvenu pourquoi je me faisais «soigner».

Je me suis approché de Svetlana, je l'ai prise dans mes bras. Elle a flanché aussitôt, elle a posé sa tête sur mon épaule. Elle allait pleurer. Je lui ai murmuré:

– C'est bientôt le Nouvel An...

Elle a appuyé à deux reprises son front sur mon épaule, puis elle a secoué la tête en murmurant:

– Je ne veux pas le fêter.

– Nous ferons comme tu voudras.

Ce soir-là, elle s'est couchée de bonne heure. Moi, je suis resté dans la cuisine. Je buvais du thé en me souvenant de la conversation avec le jeune spécialiste de la clinique. Il avait longuement examiné mes résultats d'analyses, puis s'était mis à parler.

– C'est en effet une pathologie génétique rare. Habituellement elle se manifeste dans le psychisme, mais parfois, comme chez vous, dans le sperme.

À ces mots, j'ai pensé aussitôt à mon frangin Dima et à sa petite fille bien portante. Tout juste! Un sperme parfaitement sain et une tête malade.

– Le procédé de micro-épuration est très coûteux, m'a-t-il dit d'emblée. Le pourcentage de réussite est élevé, près de quatre-vingt-dix pour cent. Je n'ai pas encore eu de cas similaire, mais j'ai déjà séparé des spermatozoïdes sains de spermatozoïdes malades pour permettre ensuite une insémination artificielle. Dans votre cas, pour garantir la réussite, il faudra trois éjaculations distinctes.

Je ne comprenais pas.

– À trois reprises vous devrez éjaculer dans un récipient différent ou dans trois préservatifs, et déposer le sperme au réfrigérateur. Mais il faudra nous l'apporter dans les vingt-quatre heures suivantes. Ensuite, c'est mon problème.

– Et combien ça va coûter?

– Une douzaine de milliers de dollars.

Je n'avais pas d'objections. Le spécialiste m'a gratifié d'un regard réconfortant en guise d'au revoir.

Je suis arrivé à la maison d'excellente humeur. Sur le chemin je me félicitais de n'avoir pas montré la lettre de la clinique suisse à Svetlana. À présent je comprenais que c'était ma pathologie rare qui était responsable de tout, mais je n'avais pas à lui en faire l'aveu maintenant. J'allais me ressaisir! Quant au Nouvel An, on pouvait ne pas le fêter. On pouvait se contenter de l'attendre et se préparer à une nouvelle vie.

Carpathes. Janvier 2016.

Mon état s'est amélioré au bout de quelques jours. J'étais gêné seulement par le poids du gilet blindé.

On avait installé dans la chambre un bureau et deux fauteuils. À ma demande, on avait accroché aux murs de grandes photos en couleurs avec des «vues de la fenêtre». Je savais maintenant ce que j'aurais pu voir. Un beau paysage enneigé des Carpathes.

On m'apportait les informations sorties de l'imprimante. Après l'annonce de ma démission et des élections présidentielles anticipées, la situation dans le pays s'était stabilisée. On avait cessé de collecter des signatures pour l'*impeachment*. Kazimir était désarçonné et il s'était à nouveau rendu à Moscou. J'aurais bien aimé savoir auprès de qui il prenait conseil, là-bas! Le leader des communistes avait déclaré une nouvelle guerre aux oligarques et appelé le peuple à restaurer dans le pays la justice sociale et un fonctionnement normal. La Commission centrale électorale avait déclaré ouvert le registre des candidatures à la présidence. Une dame représentant un parti inconnu, le parti des Habitants des banlieues, une certaine Akorytenko, s'était présentée la première. Lorsque j'ai interrogé Svetlov à son sujet, il a fait un geste de la main accompagné d'un sourire crispé:

– C'est comme une draisine que l'on fait avancer devant un train blindé. Pour vérifier s'il y a des mines…

Apparemment, on m'avait oublié et, pour les gens, ma démission équivalait à ma mort. Mes réflexions sur ce sujet m'ont conduit à la conclusion triste et amère que je ne manquais pas au pays. Mon absence, ou plutôt mon départ, n'avait dérangé personne. Le peuple attendait patiemment, ou disons qu'il observait passivement et paresseusement ce qui se passait.

«Bon, je me disais, la voilà, la sentence contre le

pouvoir. Ou plutôt la future sentence contre le peuple!
Moi, je ne leur ai fait ni chaud ni froid, mais si Kazimir
devient président, c'est la haine qui va les dévorer. Je n'ai
pas serré la vis aux gens. Je leur ai fichu la paix. Mais ce
que fera Kazimir, on peut à peine l'imaginer. D'abord, il
fera payer les dettes pour l'électricité. Au peuple et au
Trésor public... »

Lvovitch est entré, il apportait un plateau avec de la
nourriture et du thé. Il s'est excusé pour la cuisine.

– Le cuisinier travaille dans les prisons, mais là, il ne
sait pas pour qui il cuisine, a-t-il dit, les épaules rentrées
et l'air fautif. Svetlov est à Kiev. Il revient demain. Il a
promis des informations.

– Et Maïa, on la cherche?

– Oui.

– Et le canapé, on l'a trouvé?

Lvovitch a soupiré avec lassitude.

– En ce moment on a d'autres soucis que le canapé.

– Qui vole un œuf vole un bœuf, ai-je dit d'un ton
sentencieux. D'abord le canapé, ensuite le pays...

Lvovitch s'est contenté de hocher la tête et de prendre
dans l'assiette émaillée encore un peu de salade Olivier.

178

Kiev. 22 mai 1992.

– Nous nous comprenons bien, toutes les deux, nous
avons élevé nos enfants sans leurs pères, m'a dit ma
mère, le soir dans la cuisine. Alors je t'en prie, prends au
sérieux ce que je vais te dire maintenant.

Mais avant de parler, elle a versé dans les assiettes du
sarrazin, qu'elle a recouvert de petites lamelles tordues
de bœuf stroganoff, et elle a arrosé le tout de sauce.

– Tu comprends, elles n'avaient pas prévu de revenir... Aujourd'hui elles vont dormir là-bas, et demain,
elle ira pour quelque temps chez une amie...

– Qui ira chez une amie ? Toutes les deux ?

– Larissa Vadimovna va partir et Mira va rester.

– Et moi ?

Ma mère a soupiré, elle a avalé une bouchée et a de nouveau levé les yeux vers moi :

– Il va falloir que tu te maries avec Mira…

– Quoi ?

– Un mariage blanc ! Je ne te demande pas de coucher avec elle ! Tu es grand, à toi de voir. Mais il faut qu'elles mettent en règle leur droit de résidence, et il n'y a pas d'autre moyen. Écoute, et ne m'interromps pas ! Tu te maries avec elle, tu fais enregistrer aussi sa mère. Vous entrez automatiquement dans la liste d'attente des appartements et en même temps, Larissa Vadimovna et moi, nous essaierons de faire accélérer les choses. Tu comprends ? Réfléchis un peu, sans enregistrement, elles ne trouveront pas de travail, elles n'auront pas d'argent !

– Et si je décide de me marier avec quelqu'un d'autre ?

– Ça pourra attendre. Dès qu'elles auront leur droit de résidence, tu pourras faire les formalités de divorce et te marier pour de vrai.

Je la regardais et j'essayais de comprendre comment la mère de Mira avait pu vaincre la combativité de la mienne. Quelle arme elle avait utilisée.

– Et si ça se trouve, tu vas te plaire avec Mira ! Elle murmurait comme une conspiratrice. Tu ne te connais pas toi-même ! Et avec des Juifs, tu ne resteras jamais en rade. Et ils ont de beaux enfants…

J'ai failli lui dire que je connaissais Mira comme ma poche et que je me connaissais moi aussi. Mais je ne suis pas assez bête pour discuter avec ma mère. Si tu veux croire que je suis toujours un petit garçon qui a besoin de conseils, vas-y ! Autant que tu veux !

Une nouvelle idée a éclairé son visage :

– Au fait, j'ai promis à Larissa Vadimovna que samedi

tu nous amènerais sur la tombe de David Isaakovitch. Elles veulent la voir.

– Bon. Mais il n'est pas enterré au cimetière.

– Et où, alors?

– Dans la zone du parc. C'est lui qui l'avait demandé.

– Mais tu as fait mettre une grille autour de la tombe?

– Non.

– Il faudrait…

– Maintenant qu'elles sont revenues, c'est elles qui vont s'en occuper, ai-je dit en bâillant.

179

Kiev. 26 décembre 2004.

La matinée commence par la signature des cartes de Nouvel An. Les textes sont imprimés: ce qu'il faut, c'est apposer une signature vivante, «humide». Mais mes doigts sont fatigués de tenir mon gros Parker. Si seulement je pouvais utiliser un stylo à bille léger et bon marché! Mais impossible. Ils ne comprendraient pas. Ici c'est un autre style, d'autres stylos.

– Sergueï Pavlovitch! Le café! souffle Nilotchka d'une voix suave.

Encore vingt cartes et une dose de café. Une petite tasse suffit. Maintenant je vais regarder par la fenêtre. Je vais me concentrer et écrire une lettre à mon frangin Dima. Il est temps de lui faire comprendre qu'il doit revenir au pays.

Je trace au Parker les mots: *Cher Dima*, et j'éprouve aussitôt une gêne, une incompatibilité entre le stylo et les mots qu'il écrit. Je finis par sortir mon stylo à bille et je poursuis:

Malheureusement ma situation financière précipite la nécessité de ton retour. D'après mes calculs approximatifs, nous avons avec Svetlana assez d'argent pour tenir jusqu'à la fin février. Alors prépare-toi à une vie tranquille ici,

450

à Kiev. Maman t'attend, toi et toute ta famille. Aussitôt le Nouvel An passé, je vous réserverai vos billets. J'espère que vous passerez bien les fêtes. Pour nous, ce sera une fête triste. Jusqu'à présent, Svetlana ne s'est pas remise de la perte des enfants et pour moi, auprès d'elle, ce n'est pas toujours facile. Mais, par chance, il y a un nouvel espoir.

Je vous attendrai à l'aéroport, comme il se doit. Lorsque tu feras les bagages, n'oublie pas de demander au professeur des copies de tout le dossier médical. Je t'embrasse, ton frère Serioja.

Ça faisait une lettre étriquée et, pour l'épaissir, j'ai ajouté dans l'enveloppe une double carte de Nouvel An, avec, sous le texte imprimé, ma signature au Parker.

— Nilotchka, fais partir cette lettre avec les cartes, ai-je demandé à l'ange gardien de mon bureau.

— Bien sûr.

Carpathes. Janvier 2016.

On ne peut pas commander son cœur. J'étais assis à la table, j'avais repoussé les feuilles des informations et je pensais à Maïa. Je pensais à elle comme à la dernière femme de ma vie, la dernière, à laquelle rien ne me liait, sauf le cœur de son défunt mari. Chaque nouvelle femme, dans ma vie, était plus compliquée, plus lointaine. D'abord, dans ma jeunesse, mes femmes avaient été des erreurs, de ma part ou de la leur. À commencer par Svetka, dont j'avais depuis longtemps oublié le visage. Je me souviens seulement du mariage pour cause de grossesse et du divorce à l'amiable. Ensuite, à ce qu'il me semble, j'ai appris. Je suis devenu plus exigeant envers la vie et envers les femmes. Et je leur ai permis d'être plus exigeantes envers moi. Jusqu'à un certain point, bien sûr.

Et à présent? Si je fais le bilan? Celle que j'ai le plus

aimée, c'est Svetlana Vilenskaïa, avec qui j'aurais pu avoir deux enfants et une vie heureuse. La plus joyeuse et la plus délurée, c'était, comment s'appelait-elle? Celle de l'atelier de prothèses dans le Podol. Son nom et son visage s'étaient effacés de ma mémoire. La plus simple et la plus solide, comme un mec, c'était la fille de David Isaakovitch. La plus froide, la plus étrangère, l'apothéose de ma défiance envers les femmes, c'était Maïa.

Mes tristes réflexions ont été interrompues par Svetlov, entré dans la chambre sans avoir frappé. Il a commencé par regarder, avec compassion, les photos «vues de la fenêtre» sur les murs.

– Patience, Sergueï Pavlovitch, les choses avancent comme prévu. Demain on enregistre votre candidature. On verra la réaction.

– On verra. Et comment vont mes affaires de cœur?

– Ah, oui, on a retrouvé Maïa!

– Et alors?

– En fait, elle n'a pas quitté la Crimée. Elle vit dans la petite maison du personnel, à la résidence du gouvernement... Avec le jardinier.

Je ne comprenais pas.

– Elle vit avec le jardinier. Nous nous occuperons d'eux plus tard...

– Et pourquoi s'occuper d'eux? Si ça se trouve, ils sont heureux?

Svetlov m'a jeté un regard inquiet qui m'a amusé:

– D'accord, vous vous occuperez d'elle... quand elle aura quitté son jardinier!

Svetlov s'est détendu. Soudain il a pensé à quelque chose. Il a sorti de la poche de sa veste son téléphone portable, a composé un numéro, mais s'est souvenu du système de blocage, et il est sorti sans un mot.

181

Kiev. 2 juin 1992. La nuit.

Demain, avec Mira, nous irons faire enregistrer notre mariage. C'est aussi un élément de la monotonie. Je vais la secouer et lui demander ce qu'elle en pense ou ce qu'elle ressent.

Nous avons accepté la décision de nos mères avec un peu trop de naturel et de facilité. Et, dès la première nuit, nous avons décidé de faire des économies sur les draps et les housses de couette. Cela ne fait que deux semaines que nous dormons ensemble, et j'ai l'impression que cela fait un siècle que je vis avec cette femme. Nous nous glissons sous la couverture et nous ne faisons pas l'amour, nous nous activons. Plus exactement, je m'active sur Mira, jusqu'à épuisement, tandis qu'elle attend patiemment. Ensuite elle tourne vers moi son large dos et s'endort.

Je me rappelle notre expédition à l'île Troukhanov, sur la tombe du vieux. Larissa Vadimovna n'a pas été enthousiasmée par la stèle, ni par le lieu. Elle a eu simplement une moue et un soupir amer, puis elle a planté de ses propres mains, sans outil, sur un petit monticule, une motte de violettes qu'elle avait apportée. Elle a simplement creusé un trou dans la terre, de son gros index, elle y a déposé les fleurs fragiles, puis elle a tassé la terre. Avec les doigts.

Ma mère était inquiète, elle se demandait si l'inscription *de la part de la famille Bounine* plairait à Mira et à sa mère. Elle avait déjà oublié que même la date de décès sur la stèle ne correspondait pas à la réalité. De toute façon, cela n'intéressait personne. Le vieux était mort, il avait une tombe. Une stèle sur la tombe. C'est tout ce qui comptait.

Dans son sommeil, Mira a rejeté la couverture de ses épaules. Elle avait sûrement chaud. Avant qu'elle émigre, déjà, son corps ne se distinguait ni par la grâce, ni par la beauté. J'essayais de me souvenir de notre première rencontre intime. Je crois que c'était à l'Opéra, dans le grenier. J'ai fait un effort de mémoire, mais je ne parvenais pas à retrouver les émotions et les sentiments qui avaient accompagné ce premier contact.

– On ne se baigne pas deux fois dans le même fleuve, ai-je murmuré pensivement.

J'ai cru que j'avais murmuré, mais en fait j'avais parlé doucement, de ma voix habituelle.

Mira a bougé. Elle s'est retournée lourdement et ses yeux endormis m'ont fixé :

– Qu'est-ce que tu dis ?

– On ne se baigne pas deux fois dans le même fleuve. C'est un Ancien qui a dit ça.

– Et pourquoi tu ne dors pas ?

J'ai répondu d'un ton malheureux :

– Je n'y arrive pas. Je pense.

Elle s'est moquée :

– Tu es inquiet, c'est la noce ?

J'ai eu envie de lui dire quelque chose de grossier, mais je me suis tu.

Les traces de sommeil ont disparu des yeux de Mira.

– Et le fleuve ? c'est à propos de moi ?

– Quoi ?

– Eh bien, tu as peut-être voulu dire qu'il ne faut pas pénétrer deux fois la même femme ?

J'ai réfléchi. Et j'ai compris que ce n'était pas faux. Il n'y avait pas d'autre raison pour que je me souvienne de ces sages paroles de l'Antiquité.

– Sans doute, ai-je soupiré.

– Un corps, ce n'est pas un fleuve. On peut pénétrer dans un corps autant qu'on veut. Ça n'a rien d'extraordinaire, un corps…

« Le tien, c'est sûr », me suis-je dit en regardant sa poitrine informe.

Kiev. 31 décembre 2004.

Finalement, hier soir, je suis allé à la recherche d'un cadeau pour Svetlana. Je suis sorti du magasin *Le Nouvel Ermitage*, sur la place de l'Insurrection-de-Janvier, avec un joli chandelier à deux branches en argent.

Je ne voulais pas attendre minuit, et j'ai tout de suite offert son cadeau à Svetlana. Elle l'a reçu placidement, puis elle a soupiré :

– Tu sais, si tu veux, tu peux sortir… J'aimerais rester seule.

Je l'ai regardée, hésitant :

– Comment ça ? Tu vas rester seule à table jusqu'à minuit ?

– Non, je vais me coucher.

Je me suis soudain souvenu de Svetlana à l'époque de sa grossesse, légèrement maquillée, coiffée. Comment la ramener à cette image chère à mon cœur ? Seulement par une nouvelle grossesse ? Et si elle avait peur que l'histoire se répète ? Je ne lui avais pas parlé des résultats des analyses ni de ma décision, qui allait bientôt passer à exécution.

– Réfléchis, a-t-elle dit d'une voix lasse, tu ferais peut-être bien de sortir ? De passer un réveillon normal avec des amis ?

– Je vais réfléchir.

Et je suis allé dans la cuisine. Dehors il faisait nuit. Derrière la vitre tombait une petite neige fine. On ne voyait presque plus le boulevard, juste les phares des voitures. D'un jaune intense, comme des pissenlits tout juste ouverts.

« Et où je pourrais aller ? me suis-je demandé, en regardant le va-et-vient des voitures. Où donc ? »

Et une seule réponse m'est venue à l'esprit : chez Nilotchka. Mais qu'est-ce qui me laissait penser qu'elle passait le réveillon seule chez elle ?

J'ai sorti mon portable de ma poche et l'ai appelée.

– Bonne année!

– Sergueï Pavlovitch! Oh! Vous aussi! Bonheur, amour, santé, et d'heureuses surprises!

J'ai interrompu le flot de ses vœux:

– Vraiment? Et où passes-tu le réveillon? Avec des amis?

– Pensez-vous! Je vais aller pour une heure ou deux chez ma tante, lui souhaiter bonne année, et puis je rentrerai, regarder la télévision!

– Et si je venais te souhaiter bonne année?

– C'est vrai? Vous pouvez? Bien sûr, Sergueï Pavlovitch! Venez! À quelle heure?

– Eh bien, après la tante… Vers dix heures.

– Je vous attends!

J'ai raccroché et me suis tourné à nouveau vers la fenêtre, j'ai regardé en bas le monde qui s'agitait pour les fêtes. «Ma femme me laisse partir facilement, comme si peu lui importait chez qui et où je vais! Au fond je la comprends. Nous n'attendons rien l'un de l'autre à présent. Sa présence me suffit, mon absence lui fait parfois plaisir. C'est un moment à passer. Il faut patienter.»

183

Carpathes. Janvier 2016.

Chaque jour qui passait me persuadait des talents politiques de l'équipe qui était restée avec moi. Le peuple, plongé dans la longue période des fêtes, n'avait pas été surpris par l'annonce de ma participation aux élections. Les cotes des candidats passaient par des soubresauts, comme si elles étaient des terminaisons nerveuses parcourues par une aiguille chauffée à blanc. Au début, le communiste était en tête, suivi de près par Kazimir et moi. Mais le leader des socialistes libéraux avait posé sa candidature le sixième, et, aussitôt, le communiste et lui s'étaient retrouvés derrière Kazimir et moi. Kazimir exigeait des débats télévisés avec moi, menaçait de révéler des chiffres et autres choses compromettantes. Mais Svetlov et Lvovitch avaient tout de suite rétorqué que Kazimir n'avait besoin de moi que pour me débrancher le cœur avec sa télécommande. Ainsi le paysage de mes fenêtres photographiques ne changeait pas. Mais j'avais cessé d'appeler ce lieu une résidence. Maintenant c'était une piaule. Épouvantablement simple.

Lvovitch m'a montré une affiche de la campagne électorale pour me remonter le moral. Au premier plan les paumes de mes mains, usées par le manche de la pelle, tendues, offertes au monde, comme l'explication de l'extraordinaire et noble fatigue de mon visage. Au-dessus de l'image un slogan : *Seul le travail nourrit le président!*

– Dis donc… (J'ai relevé la tête et j'ai regardé le plafond blanc, pour me rafraîchir la mémoire.) C'était pendant que je me débarrassais du stress!…

– Oui, oui. Je sentais bien qu'il fallait prendre des photos de vos mains avec des ampoules!

J'ai encore regardé l'affiche.

– Le texte est bête!

– Moi non plus ça ne m'emballe pas, a dit Lvovitch avec un sourire, mais c'est pour le peuple!… Il faut se mettre à son niveau, au moins le temps des élections.

– À toi de voir!… Mais dis-moi, Lvovitch, cette puce, on peut l'extraire de mon cœur? On a de bons chirurgiens chez nous!

– Nous y avons pensé. Nous avons de bons chirurgiens, mais ils ne sont pas sûrs à cent pour cent, et puis, vous avez le cœur fragile. Mais les choses suivent leur cours!

Là-dessus, Lvovitch a roulé l'affiche dans un tube et s'est retiré rapidement.

184

Kiev. 3 juin 1992.

Le mariage, au Bureau de l'état civil, ne nous a pas pris plus de vingt minutes. Ça s'est passé sans solennité mais dans l'ennui. La femme qui représentait l'État nous a évalués immédiatement comme un couple «hors norme», formé par la nécessité et pas sur un élan du cœur ou de la chair. Elle nous a filé les papiers à signer, comme une formalité. Elle a pressé les témoins pour la signature, pour se débarrasser de nous le plus vite possible. Nos témoins, le voisin et la voisine d'appartement, étaient au courant des vraies raisons de cette union, mais ils s'étaient quand même endimanchés.

À la sortie, nos mères et nos voisins témoins ont poussé des soupirs de soulagement et ils se sont mis à parler du repas dans l'appartement communautaire. J'ai compris alors pourquoi ma mère avait avec elle son cabas en cuir égyptien. J'ai laissé Mira rentrer avec eux à la maison et j'ai promis de les rejoindre un peu plus tard. Tout ça m'écœurait.

Et eux m'ont laissé partir avec une facilité étonnante.

– La table sera prête d'ici une heure et demie, m'a averti Larissa Vadimovna.

Je suis parti. Un point, c'est tout. Je tournais à chaque coin de rue. C'est ainsi que je me suis retrouvé à la hauteur d'un bar étrange, dont le nom avait à voir avec le sport. Il était situé dans une cave et son enseigne s'ornait d'un ballon de basket.

«J'aimerais bien savoir ce que boivent les joueurs de basket?»

À l'intérieur, à en juger par la taille des gens, il n'y avait pas de joueurs de basket. En revanche, les prix de la vodka et du cognac n'étaient pas exorbitants et les sandwichs du comptoir, qu'une large cloche tenait à l'écart des mouches qui tournaient au plafond, avaient l'air accessibles. À gauche il y avait une pile de sandwichs à la saucisse bouillie. Et soudain je me suis réjoui. J'étais content que ma mère n'ait pas amené mon frangin Dima à la cérémonie. Mais un peu plus tard, je me suis mis à le regretter. Je pensais qu'en fait, j'aurais pu demander son passeport à Dima et faire enregistrer le mariage de Mira avec lui, et non pas avec moi. Lui, ça lui était égal, mais moi, ce tampon sur mon passeport ne me plaisait pas du tout. D'ailleurs je n'aime pas les tampons.

J'ai regagné mon appartement communautaire après minuit. Tout était calme, on entendait juste le tintement des gouttes d'eau dans l'évier de la cuisine.

Dans la chambre, cette fois, il y avait des draps sur le canapé. Mira dormait dans le vrai lit, le canapé était donc pour moi. J'ai ricané, chancelant sous les effets de la vodka :

– C'est quoi, une petite vengeance ? Avant le mariage on pouvait, mais depuis que le mari est légitime on ne peut plus ?

Je me suis déshabillé et je me suis glissé près d'elle sous la couverture, sans prêter attention au canapé qu'elle avait préparé.

185

Kiev. 31 décembre 2004. Le soir.

Au supermarché, à côté de chez Nila, j'ai acheté une bouteille de champagne rouge, une grosse boîte de bonbons et, à la caisse, trois préservatifs. Ma main s'était tendue d'elle-même vers le petit emballage. Ce n'est qu'en sortant que j'ai brusquement réalisé : trois préservatifs ! C'était justement ce qu'il me fallait ! Et je n'aurais aucune explication à donner ! C'était miraculeux, le destin m'avait rapproché de l'exécution de mon plan.

Dans l'appartement de Nilotchka, presque rien n'avait changé. Comme la fois précédente, la même table était dressée. Il est vrai que Nilotchka, elle, était plus en beauté. Une courte robe de cocktail qui remontait sur le côté, laissant un peu de cuisse à découvert. Un collant chair brillant, une petite chaîne en or avec un pendentif, des boucles d'oreilles. Et, surtout, elle sortait de chez le coiffeur.

– Je suis si contente que vous ayez pu venir ! (C'est tout juste si elle ne pleurait pas de bonheur.) Sinon, je ne sais pas, j'aurais regardé la télévision toute la nuit !

Nous avons quand même regardé la télévision. Mais nous avons d'abord bu une bouteille de champagne qu'elle avait en réserve, puis la mienne. Et nous avons été de si bonne humeur que seul le logo de la télévision avec son Père Noël et la Fille des neiges nous ont rappelé que c'était le Nouvel An. Nous avons parlé de bien des choses, jusqu'à ce que le regard de Nilotchka dérape soudain de l'écran. Nous avons éteint le son et laissé l'image. Nous l'avons laissée pour pouvoir ensuite monter le son et nous ranimer.

Tout s'est passé entre nous avec une remarquable facilité. Nous avons chanté en même temps qu'Alla Pougatcheva et Serdioutchk, puis nous nous sommes mis à danser. La danse nous a conduits jusqu'à la chambre à coucher où il n'y avait pas de lumière. Et là, nous sommes passés tous les deux au chuchotement. Un doux chuchotement dans l'obscurité, accompagné du froufrou de la robe de cocktail, qui passait par-dessus la tête de Nilotchka.

Malgré l'ivresse du réveillon, je n'avais pas oublié les instructions du spécialiste en micro-épuration du sperme et, après chaque élan de passion, je restais un peu allongé à caresser la peau douce de la charmante Nilotchka, puis j'allais à la cuisine où je cachais dans le frigo le préservatif noué, qui conservait à présent, pris au piège, une multitude de spermatozoïdes sains et vingt pour cent de déficients, tous ces petits êtres à queue invisibles qui rêvaient de devenir des humains.

Le matin, Nilotchka a demandé du café. Je lui ai fait

cette gentillesse, et, comme j'avais compris qu'elle n'avait pas l'intention de se lever, je lui ai dit au revoir tout doucement, dans un murmure, en m'excusant de partir si vite, j'ai attrapé mes trésors dans le réfrigérateur, puis j'ai fermé doucement la porte derrière moi.

186

Carpathes. Janvier 2016.
La deuxième semaine de ma réclusion dans les Carpathes a eu un effet bénéfique sur ma santé. Depuis longtemps je ne prêtais plus attention à la caméra vidéo accrochée au plafond, et dans les moments de silence, couché, je prenais appui sur mes bras et faisais une dizaine d'abdominaux. Bien sûr, s'il n'y avait pas eu le poids du gilet blindé, je n'aurais pas eu de raison de pavoiser. Ces exercices tenaient plus de l'athlétisme que de la culture physique. Même mes biceps, je les sentais avec une joie animale. En étirant simplement mes muscles, tantôt du bras droit, tantôt du gauche, et en les touchant, j'éprouvais des accès de grande forme. J'avais vraiment la sensation d'effectuer des séances d'entraînement, dans un camp sportif, d'où, le moment venu, je sortirais en peignoir sur le ring sous le feu des projecteurs. Et d'un coup, d'un seul, j'enverrais mon adversaire au tapis.

J'aimais cette illusion. D'autant plus que le lien entre l'illusion et la réalité était évident. Lvovitch, Svetlov et les autres étaient mes entraîneurs et psychologues. Ils me préparaient, et préparaient le monde à ma personne. Et moi, je m'entraînais, je gonflais mes muscles et j'affinais mon art.

Svetlov a jeté à nouveau un coup d'œil dans la chambre, alors que je terminais le dixième exercice :

– Vous devriez être plus prudent. Votre cœur…

J'ai sauté sur mes jambes et je me suis installé au bureau livré la veille, le dos tourné au lit.

– Au rapport! ai-je ordonné, avec plus de vigueur que d'habitude.

Le général s'est gratté le front.

– Une question indiscrète, a-t-il dit à voix basse. Sergueï Pavlovitch, il vous est arrivé de vous intéresser à l'érotisme?

– Hein?

Mes yeux, arrondis de surprise se sont mis à cligner.

– Aujourd'hui, à la Maison des artistes, on inaugure votre exposition de photos érotiques. C'est Kazimir le sponsor…

J'ai ouvert les bras. J'étais sans voix.

– Je vais aller vérifier sur Internet. Sur l'affiche, il y avait l'adresse du site web. Je reviens tout de suite.

Pendant qu'il était sorti, j'ai pensé au fait qu'il n'y a rien de moins érotique que la politique. Et soudain, j'ai pris toute la mesure de ma solitude. Je suis entouré d'hommes, exclusivement, et je mange des repas de prison, préparés par un cuisinier des prisons pour des détenus, tous des hommes. Et comment ai-je fait pour ne pas devenir dingue?! À moins que je le sois depuis longtemps? Depuis que je suis entré en politique? Car c'est depuis cette époque que ma vie est devenue stérile et froide comme un instrument chirurgical. Et moi-même, je suis devenu un instrument chirurgical qui n'éprouve plus rien, ni plaisir, ni joie. Seuls le whisky et le froid mettent de la couleur dans ma vie blanche comme des draps d'hôpital.

On a frappé à la porte et, surpris, j'ai crié d'entrer, je me demandais qui ça pouvait être. C'était Svetlov, avec une liasse de papiers dans les mains. L'expression inhabituelle et chaleureuse de son visage m'a mis sur mes gardes. Il s'est assis sur une chaise, de l'autre côté de la table et m'a tendu un paquet de clichés. Mes mains, soudain pénétrées de douceur, les ont étalés soigneusement sur la table. Des poses, des regards ludiques, moqueurs et provocateurs. C'était Nilotchka! Cela remontait à plus de dix ans… Je lui avais offert un appareil et une pellicule et elle, elle s'était offerte à l'objectif.

– Vous la connaissez? a murmuré Svetlov.

– Oui, c'est Nila, mon ancienne secrétaire…

– Ce sont de bonnes photos, a dit le général Svetlov, pensif. Osées, mais quand même, elles ne sont pas vicieuses, pas vulgaires…

En disant cela il pensait sans doute aux femmes. Et à lui-même. Au sens «chaud» de la vie.

– Il veut, de toute évidence, vous présenter comme un obsédé sexuel, a dit Svetlov absorbé.

– Ça peut me nuire?

Il m'a regardé droit dans les yeux:

– J'ai de curieux pressentiments. Je reviens tout de suite… Il faut que je vérifie vos affaires…

– Quelles affaires?

– Votre dossier.

Au mot «dossier» j'ai été saisi de froid, une vague de fourmillements a parcouru mon dos comprimé par le gilet, produisant en moi, curieusement, une sensation de bien-être, sans lien avec mon humeur et mes pensées.

J'ai ironisé, penché en avant au-dessus de la table:

– Pourquoi, on fait des dossiers sur les présidents?

– Tout le monde a un dossier… Ce qui importe, c'est qui fait le dossier, et non ce qu'il contient!

Et il est parti d'un pas léger, comme s'il venait de délester ses épaules du fardeau le plus lourd de sa vie.

Je me suis mis debout. Je n'avais pas envie de faire des abdominaux. J'avais envie d'envoyer au diable ce gilet blindé posé sur mon pull. J'avais envie d'un bain, sinon froid, du moins tiède, mais avec de la glace. Et que les glaçons me piquent la peau, me brûlent de froid, me rappellent que je suis apte à supporter toutes sortes d'épreuves et même d'en faire une habitude dont je ne pourrais plus me passer!

Égypte. Hourghada. Fin juin 1992.

De chacun selon ses capacités, à chacun selon ses besoins.
Un bon slogan, mais je n'en avais pas fait ma devise personnelle. Parce que je suis modeste. Pas difficile de comprendre qui m'a élevé ainsi. Ma mère. Pourtant, il y a quelques jours, j'ai eu une surprise agréable. Le travail, je me suis lancé dedans vraiment «selon mes capacités», mais je n'ai rien demandé, je me suis contenté de prendre ce qu'on m'a donné. Et voilà que Jora Stepanovitch entre dans mon minibureau, les yeux brillant du sentiment de sa générosité, et me dit:

– Après-demain tu pars en congé!

– ?...

– Tu t'envoles pour l'Égypte! En voyage touristique! C'est l'agence Orient Express qui sponsorise, et nous, on fait de son patron le vice-président de l'association. En fait, on n'avait pas de vice-président!

C'est Vera qui m'a apporté l'argent de mes congés dans une enveloppe rose. Elle a murmuré:

– Tu t'es marié?

– Non, je me suis fait enregistrer à l'état civil.

J'ai regardé dans l'enveloppe et j'y ai vu, à ma grande joie, au moins cinq cents billets verts.

– Quelle différence?

Il y avait un air moqueur dans ses petits yeux.

Je soupire. Je la regarde comme un consommateur malheureux. Cette fille est un vrai sucre d'orge. Menue, avec un pantalon-cigarette moulant, un chemisier aux couleurs vives et chatoyantes, une coiffure à la garçonne qui donne à sa jolie frimousse une expression espiègle.

J'essaye de parodier son murmure rieur:

– On va à l'état civil pour faire enregistrer son lieu de résidence. Et on se marie pour se présenter mutuellement des revendications sexuelles!

– Tu es donc plus intelligent que je croyais! murmure Vera, et elle tourne la tête vers la porte de mon minibureau restée ouverte.

– Et qu'est-ce qui t'a fait penser que je… (Je cherche un peu le mot, pour qu'il soit moins blessant, parce que c'est de moi que je parle.) Qu'est-ce qui t'a fait penser que j'étais bête?

– Mais c'est ce que tu étais, quand on t'a amené ici!

– Alors si je suis devenu plus intelligent, c'est sous ton influence!

– Dommage, moi on ne m'a pas offert de voyage, soupire-t-elle.

J'essaye de la consoler, d'un ton neutre:

– Tu le sais bien, tout le monde ne peut pas vivre aux frais de la princesse. Je t'aurais bien emmenée…

– Il y a assez pour un deuxième billet! dit-elle en montrant du doigt l'enveloppe rose entre mes mains.

On frappe à la porte. Ça tombe bien. Je n'ai pas besoin de sortir de l'impasse dans laquelle Vera, par jeu, vient de me mettre.

C'est un nouveau membre potentiel de l'Association des chefs d'entreprise. Vera glisse un regard innocent sur le visiteur:

– Vous voulez du café ou du thé?

– Du café.

– Moi aussi, dis-je, et j'aperçois sur sa frimousse un sourire impertinent.

Et maintenant, attablé dans le restaurant de l'hôtel, avec mes assiettes de salades et merguez, je m'ennuie. Et si j'avais amené Vera? Mais peut-être qu'elle a dit ça en l'air?

Je soupire, je bois mon orange pressée, je regarde mes voisins de l'hôtel-club. Ils prennent tous un pied d'enfer, alors que pour moi, c'est limité: la mer et le soleil gratis.

Kiev. Janvier 2005.

Depuis hier je suis en état de choc. Au début je n'arrivais pas à joindre mon spécialiste, Knoutych, un nom rare. Mais vers six heures il a enfin allumé son portable et il a immédiatement réagi avec joie à mon rapport. «Le matériau est prêt? Parfait! a-t-il dit avec entrain. Apportez-le à la clinique d'ici une heure!»

Je suis arrivé là-bas un peu en avance et j'ai fait le pied de grue une quinzaine de minutes sur le seuil enneigé. Il est arrivé dans une BMW bleue. Il est sorti avec élégance de sa voiture, en prenant les clés dans la poche de son long manteau en peau retournée.

Il a allumé la lumière dans le couloir, puis a repoussé la lourde porte en fer portant l'inscription *Laboratoire*. Ensuite, tout s'est passé comme dans les films américains. Nous nous sommes arrêtés devant une table de laboratoire. Je lui ai remis le petit paquet avec les trois «éjaculations», comme il avait dit dans son jargon médical. Il en a versé méticuleusement le contenu dans des éprouvettes qu'il a agitées devant ses yeux, les regardant à la lumière. Il a collé sur chacune une étiquette avec un numéro, les a fermées avec des bouchons en caoutchouc. Puis il a dévissé le couvercle d'un gros bidon chromé, d'où s'est échappée une brume froide. Le médecin a chassé le brouillard de sa main et d'un geste précis il a déposé les éprouvettes dans les orifices d'un plateau à l'intérieur du bidon. J'ai eu le temps de remarquer qu'à côté dépassaient les bouchons d'autres éprouvettes étiquetées. J'ai pensé ironiquement que c'était là le fonds génétique de l'Ukraine!

– Ne vous inquiétez pas, Sergueï Pavlovitch, m'a-t-il dit en fermant le bidon. D'ici un mois nous aurons fait de votre sperme de l'extra-raffiné! Grâce à ma méthode! Et vous pourrez immédiatement mettre les choses en route!

Je me suis enquis de l'aspect financier de l'affaire :

— Et je devrai payer quand ?

— Vous allez payer par versements ou cash ?

— Cash.

Ma réponse lui a plu. Il a jeté un coup d'œil au calendrier mural.

— Vers le quinze, après les fêtes !

189

Carpathes. Février 2016.

— Tout va pour le mieux, m'a dit Lvovitch pendant le déjeuner.

Il a des poches sous les yeux et le teint gris. Soit il n'a pas dormi, soit il a pris une cuite. Mais tout va pour le mieux !

— Soyez plus précis.

Je regarde l'œuf à la coque et approche de son sommet une petite cuiller en aluminium.

— La cote monte, dit-il en avalant à grandes gorgées le thé dans la tasse en faïence. Nous avons passé la nuit, avec Svetlov, à lire votre dossier. On a trouvé des choses utiles pour votre campagne. Oui ! Et surtout, on a trouvé votre Nila. Elle est à Budapest. Quelqu'un est déjà parti. Il la verra ce soir. Nous vous ferons immédiatement un rapport !

J'ai un sourire perfide :

— Et moi, je peux le lire, mon dossier ?

— Vous, non ! répond-il très calmement. Nous n'avons pas de loi autorisant les citoyens à prendre connaissance des dossiers établis à leur sujet par les services spéciaux.

— Il en faudrait une… dis-je lentement.

— Inutile ! réplique Lvovitch avec assurance.

Il me regarde fixement, en rectifiant sa cravate.

Je vois que sa chemise n'est pas nette et qu'à l'intérieur du col son cou sale a laissé une trace brune.

467

– Mieux vaut ne pas y penser, reprend-il du ton de la conviction absolue. Cela pourrait déboucher sur des formes imprévisibles de corruption, au sein des services spéciaux. Il faut que vous preniez une douche…

– Toi aussi. Il n'y a donc pas de baignoire ici?

– Il n'y a pas d'eau chaude. Le moteur du générateur est cassé.

– Je peux très bien me laver à l'eau froide.

Lvovitch quitte la chambre plus tendu et fatigué qu'à son arrivée. Difficile de dire ce qui l'a peiné. Moi, au fond, ça m'est égal. Je pense à Nila et j'essaie de deviner pourquoi elle s'est retrouvée à Budapest. Ce n'est quand même pas New York ou Paris!

190

Kiev. Juillet 1992.

À Kiev, le Dniepr s'était réchauffé et, telles des mouches, les citadins et les touristes venaient s'y faire bronzer. Si je n'avais pas été bronzé et reposé, moi aussi je me serais rué vers les sables du parc Nautique. Mais je n'étais pas très tenté par les eaux troubles du Dniepr et les plages de sable parsemées de capsules de bière.

Mira ne s'est pas montrée ravie du souvenir que je lui ai rapporté, une petite cruche en cuivre. Je crois qu'elle n'était pas non plus enchantée de mon retour. J'avais à peine débarqué dans la chambre et jeté mon sac par terre qu'elle s'est préparée.

– Je reviens ce soir, a-t-elle dit en sortant.

Pendant que je me faisais frire des pommes de terre, le voisin qui avait élargi les chaussures neuves du vieux a jeté un coup d'œil dans la cuisine.

Il a chuchoté d'un ton confidentiel:

– Tu aurais pas dû la laisser. Elle amène un homme!

Je me suis retourné. J'ai regardé son torse, à moitié recouvert par son maillot, le tatouage bizarre qui dépassait, son pantalon de survêtement déformé aux genoux. Je le regardais, et je ne savais pas comment réagir à cette information.

J'ai fini par demander:

– Il est jeune, au moins?

– Entre les deux.

– Et alors, il a passé la nuit ici?

Le voisin a fait un signe de tête affligé.

– Je vais voir ça.

Tout en mangeant mes pommes de terre dans la chambre, je pensais que tous les voisins devaient se faire du souci à cause de l'infidélité de Mira. Et qu'ils attendaient la suite des événements. Surtout maintenant que le mari légitime, de leur point de vue, était revenu de congé.

Le soir, quand Mira est rentrée, je lui ai parlé du type qu'avaient vu les voisins.

Elle a été surprise:

– Qu'est-ce que ça peut te faire? De toute façon, il est temps qu'on divorce! Maintenant qu'on est en règle pour le droit de résidence, allons-y!

Moi, j'ai fait une petite marche arrière:

– Comprends-moi, je n'ai rien contre ta vie privée, mais eux…, et j'ai fait un signe vers la porte du couloir, ils ne comprennent pas…

– Les hommes, ça va, ça vient, les femmes, c'est éternel, a dit Mira avec un sourire presque altier. Trouve-toi une femme normale et va la voir, tant qu'elle en a pas marre! Et tant que je n'ai pas d'autre chambre, je te propose un contrat: on ne viendra chez moi qu'en ton absence. Donc, il faut que tu me préviennes.

– De mon absence?

– Ben oui.

– Tu veux boire quelque chose?

Une expression de surprise sincère a parcouru son visage.

– En quel honneur?

469

– Notre divorce !

– C'est bon.

– Je fais vite un saut, le magasin va fermer d'ici une vingtaine de minutes. Qu'est-ce qu'on boit ?

– Prends du cahors et des saucisses, s'il y en a !

Les voisins n'ont pas eu droit à la scène de ménage qu'ils espéraient.

Après la bouteille de cahors et les sandwichs au salami hongrois (il n'y avait pas de saucisses au magasin), nous nous sommes couchés, pleinement conscients que nous étions indépendants l'un de l'autre. Après nous être un peu «activés», nous nous sommes endormis dos à dos.

Kiev. 15 janvier 2005.

Je me suis réveillé plusieurs fois dans la nuit, je suis sorti de mon bureau transformé en chambre à coucher, et j'ai regardé dans notre chambre, où dormait Svetlana, les bras écartés, sur notre grand lit, couchée sur le dos.

«Je reviendrai vers toi», ai-je pensé en la regardant au moins pour la quatrième fois au cours de cette nuit.

Je ne me recouche pas. Je fais un nœud serré à la ceinture de mon peignoir et je vais dans la cuisine. Je compte les dollars que j'ai retirés hier à la banque. Douze mille. Deux paquets de billets de cinquante et un de billets de vingt. Tout neufs, comme si on les avait fabriqués ici.

À huit heures du matin je téléphone à Knoutych. Il me fixe rendez-vous pour midi dans un petit restaurant japonais, *Kampaï*, rue Saksanganski. «Vous savez où c'est ?» demande-t-il. «Je trouverai !»

Et à midi pile, Viktor Andreïevitch me dépose au *Kampaï*.

– Tu me prendras dans une demi-heure, dis-je en sortant de la Mercedes.

Le spécialiste en micro-épuration est déjà à l'intérieur. Je m'assois à sa table.

– La cuisine est très bonne ici, me dit-il, persuasif.

Il porte une veste en tweed d'une marque à la mode, avec des pièces de cuir aux coudes. Sous la veste, un pull à col roulé noir.

Je parcours le menu. Je choisis une petite soupe japonaise et un assortiment de sushis. Le médecin prend des sushis au caviar et au saumon.

– Où en est le processus ?

– C'est parfait, dit le médecin avec assurance. Encore un passage et on aura du sperme extra-raffiné… plus pur et plus sain, ça n'existe pas.

J'approuve de la tête. Mes pensées procèdent à l'union sémantique entre le mot « raffiné », toujours associé pour moi au sucre, et le mot « sperme ».

Je soulève mon attaché-case, l'ouvre sur mes genoux et pose sur la table trois enveloppes bien garnies. Le docteur Knoutych les regarde attentivement, puis porte son regard sur moi, et je comprends que son cerveau est traversé par la nécessité de me dire quelque chose d'important.

– Je vous préviendrai dès que tout sera terminé. Ensuite nous pourrons congeler l'extra-raffiné ou bien le conserver au frais, mais le mieux serait que vous puissiez mettre les choses en route tout de suite. Il faut que vous prépariez votre épouse. C'est un processus qui n'est pas très agréable.

Il dit cela d'un ton neutre, tranquillement, en professionnel. Je suis impressionné par le choix des mots, l'intonation.

– Bien, dis-je en poussant les enveloppes vers lui.

On nous apporte nos plats et des baguettes. Et nous mangeons, simplement.

– On vous attend au musée d'Histoire, me rappelle Viktor Andreïevitch dès que je prends place sur le siège

471

arrière. Le directeur du musée a demandé que vous soyez là vers midi et demi…

– Il attendra.

Je n'ai pas la moindre envie d'aller dans ce musée, mais c'est le chef qui me l'a demandé personnellement: il faut choisir un tableau de valeur de deux mètres sur un mètre soixante, en bon état. Pour le bureau du Premier ministre.

«C'est curieux, pourquoi des dimensions aussi précises? me dis-je. Qu'est-ce qui se passe, les tentures se sont déchirées? Ou bien il y a une tache sur le mur? Ce serait bien si je m'y connaissais en peinture! Le directeur du musée est un filou! Il ne lâchera jamais un objet qui a vraiment de la valeur. Il va sans doute essayer de nous refiler une croûte.»

192

Carpathes. Février 2016. Lundi.

Depuis ce matin ma réclusion dans les Carpathes est devenue sensiblement plus agréable. On m'a enlevé le gilet blindé et mon état général s'en est aussitôt trouvé mieux. Un instant, je me suis senti plus léger que l'air. J'avais l'impression que si je faisais un bond, j'allais rester suspendu au-dessus du sol couvert d'un vague tapis marron. Je pourrais voler jusqu'aux fenêtres photographiques derrière lesquelles depuis deux mois les mêmes pins et sapins dans leurs housses de neige avaient fini par me faire des durillons aux yeux.

– Nous avons renforcé le blindage de la chambre et du couloir, m'explique Svetlov en tenant à la main mon gilet.

Je lis la surprise sur son visage. Visiblement il n'avait pas imaginé le poids de cette petite veste d'intérieur.

Il dépose le gilet par terre et s'accroupit.

Je remarque, posé au pied du bureau, un attaché-case. Je ne l'ai pas vu arriver. Je pense aussitôt à l'attentat

472

manqué contre Hitler, au cartable contenant l'explosif qui avait été posé derrière un pied de table en chêne trop massif.

– C'est à toi?

Il l'ouvre sur ses genoux et commence par en sortir une bouteille d'Aberlour à l'étiquette étrange. Mon regard s'arrête sur un timbre fiscal bleu. Je penche en avant tout mon corps et l'examine.

– Alors, c'est toi qui es allé à Budapest?

– Oui. C'est la porte à côté.

– Raconte!

– Tout va bien. On lui a donné cent mille euros. Pour les photos, et, en cas de nécessité, pour des interviews détaillées, destinées à la presse à scandale, faisant valoir qu'elle est votre ancienne maîtresse.

– Et tu dis que tout va bien?

– Oui, elle nous a tout raconté. Comment elle a été approchée par notre ancien collègue, celui qui la surveillait, à l'époque où elle travaillait avec vous. Mais maintenant il travaille pour Kazimir. Il est évident que c'est son idée. Il était au courant pour les photos. Et Nila n'avait pas le sou. Toute seule, dans un appartement minuscule…

– Comment elle est?

– À peu près comme sur les photos. Je veux parler de son visage…

– Continue!

De manière étrange, le destin de Nila présentait subitement pour moi un vif intérêt. D'autant plus étrange qu'on l'avait déterrée comme une arme secrète contre moi.

– Cela fait trois ans qu'elle est à Budapest. Elle a épousé un «nouvel Ukrainien». Il a pris un gros crédit et s'est rué en Hongrie. Il a acheté cet appartement à son nom à elle, et il a disparu. Elle travaille un peu chez nos expatriés, comme nounou, ou comme femme de ménage. Elle a été très contente de notre rencontre. Elle a posé des tas de questions sur vous…

– Comment ça ?

– Elle voulait savoir si vous n'aviez pas grossi, si vous n'étiez pas marié, combien d'enfants vous aviez...

Je soupire profondément. Je pense à Liza, la petite fille de Valia et Dima, qui doit avoir douze ans à présent.

– Qu'est-ce que tu lui as dit ?

– Que vous êtes très seul. Que vous vivez dans une petite pièce. Que vous êtes inquiet pour l'avenir du pays et tentez de l'empêcher de faire un pas stupide qui pourrait l'entraîner dans un précipice... Nous l'avons aidée à déménager et lui avons laissé de l'argent. Maintenant elle est dans une autre petite ville, pas loin de Budapest. Et elle est prête à faire tout ce que nous lui demanderons...

– C'est bien. Reviens dans une petite demi-heure, j'ai besoin de rester seul.

Le silence habituel de la chambre m'emplit de pitié envers moi-même.

Je m'assois à la table et sors les photos de Nila. De toute évidence je ne la voyais pas, au moment où je prenais ces photos. J'appuyais simplement sur le déclencheur, sans faire attention à l'extraordinaire beauté de son corps. Pourquoi ne l'avais-je pas observée plus attentivement ? J'étais aveuglé par Svetlana, j'étais si heureux que les autres femmes, quelle que soit leur attitude envers moi, n'existaient pas.

J'ai ouvert la bouteille d'Aberlour, je m'en suis versé dans un verre. Je l'ai avalé, sans quitter des yeux les photos de Nila sorties de l'imprimante.

193

Kiev. Juillet 1992. Samedi.

Le certificat de divorce a quelque chose de plus agréable à regarder et à toucher que le certificat de mariage. Après le divorce d'avec la première Svetka, je ne l'avais pas ressenti. À l'époque, je prenais tout au sérieux.

Aussi bien le sinistre repas de noces au restaurant *Doubki*, que le mot de Svetka sur la nécessité du divorce, et le divorce lui-même, prononcé hors de ma présence physique et sans ma participation. À présent, c'était le contraire, mon cœur chantait ma liberté, bien que personne n'y ait porté atteinte. Car, malgré tout, c'était un vrai tampon que j'avais eu dans mon passeport, et il m'avait salement démangé, comme une piqûre de puce ou de moustique. Maintenant, un autre l'avait remplacé. La démangeaison était passée, j'avais envie de marquer le coup. Et je me suis dirigé vers le magasin où Vera m'avait déjà envoyé plusieurs fois «pour mon bien». J'ai dépensé cinq cents billets verts et me suis transformé en jeune homme sorti de la couverture d'un magazine en couleurs hongrois. Je ne lorgnais pas encore vers les magazines américains ou français. Mais les dollars dépensés m'ont donné davantage d'assurance et j'ai aussitôt téléphoné à Vera, au travail, pour l'inviter dans un bar. À ma propre surprise, elle a accepté.

Nous nous sommes retrouvés le soir et, unissant nos efforts, nous avons choisi un bar sympathique dans le Podol, nous y sommes restés jusqu'à une heure du matin, au moment où allait commencer le strip-tease. Ce programme n'intéressait pas Vera, et d'ailleurs, après une dizaine de Martini elle s'était mise à bâiller.

Le ciel scintillant d'étoiles nous a donné le courage minimum pour remonter à pied la colline Saint-Vladimir. De temps en temps nous nous arrêtions pour nous enlacer et nous rouler des patins. Comme des adolescents. Et, comme un adolescent, je n'avais pas d'endroit où amener Vera, qui était prête à rester avec moi jusqu'au matin. Ce n'était pas raisonnable, non plus, de traîner avec elle, qui trébuchait à chaque pas, dans les rues vides. J'ai pris un taxi près de l'hôtel *Dniepr* et je l'ai ramenée chez elle, rue Petchersk. Le chauffeur m'a soutiré dix dollars, et quand j'ai voulu protester il m'a dit:

«Pourquoi tu radines! Ta veste coûte autant que le sol de ma voiture!» Je n'ai pas discuté. Je lui ai donné les dix billets verts et suis rentré chez moi à pied. Soit dit en passant, ma veste avait coûté cent quatre-vingts dollars, c'est-à-dire, dans le meilleur des cas, à peu près un quart de la valeur de sa vieille Volga.

194

Kiev. 16 janvier 2005.

Ce cosaque, avec sa massue, j'en rêvais même la nuit. J'étais en train de boire du café dans la cuisine et d'admirer la ville sous la neige, du haut du treizième étage, et je me disais: «On ne m'a pas dit si le tableau allait être accroché à l'horizontale ou à la verticale. On m'a juste donné les dimensions, deux mètres sur un mètre soixante. Le directeur m'a fourgué un tableau vertical. Je ne le mettrais pas chez moi, mais pour le bureau du Premier ministre, c'est parfait. Un terrible cosaque armé d'une massue regarde de côté, l'air méchant. En tout cas c'est un tableau patriotique, alors, le Premier ministre qui s'y connaît encore moins que moi en art n'aura sûrement pas d'objections. Pour lui, le plus important c'est les dimensions. Et l'expression du visage du cosaque ressemble à s'y méprendre à celle du Premier ministre. Je serais curieux de savoir sur quel mur il va l'accrocher. Ce serait bien de le mettre de telle sorte que le cosaque regarde les personnes qui entrent. Ça ferait un effet bœuf, un double regard! Comme de la vidéo en stéréo!»

Je finis mon café. Puis je m'habille et je sors. La voiture est près de l'entrée, mais Viktor Andreïevitch a l'air triste, défait, plus renfermé que d'habitude.

Dès que je ferme la portière, il met le moteur en marche et la voiture démarre. Il me lance un ou deux coups d'œil inquiets.

– Des problèmes?

Il acquiesce.

– Votre passeport pour l'étranger est au bureau? demande-t-il brusquement.

– Oui, pourquoi? Je prends l'avion?

– Je ne sais pas, on m'a simplement dit qu'il fallait que vous l'ayez.

– Qui ça?

– La secrétaire du patron, Lilia Pavlovna.

– Elle n'a rien dit d'autre?

– Non.

Nous roulons en silence. J'essaie de me souvenir si j'ai entendu parler d'un voyage à l'étranger. Il me semble que non. Ce n'est pas dans les habitudes, de faire partir des délégations en janvier.

«Ce n'est pas grave, me dis-je. L'essentiel c'est que ça ne soit pas pour la Mongolie!»

195

Carpathes. Février 2016. Mercredi.

– Il faut immédiatement réagir.

Lvovitch était agité. Il étalait les journaux sur la table. Le titre du premier proclamait: *L'ex-président était érotomane.* On écrivait ensuite que le calendrier avec les photos érotiques de l'ex-président avait battu des records de vente. Plus de deux millions d'exemplaires!

Svetlov, debout à côté de moi, observait mes réactions.

– Il faudrait peut-être engager une action en justice? ai-je demandé en levant les yeux sur mes plus proches conseillers. Ce sont quand même mes photos, et on les a utilisées sans mon autorisation…

– Oui, mais plus tard! a coupé Svetlov. Dans l'immédiat il faut changer votre image, sinon au moment du vote, les électeurs auront à l'esprit le corps de Nila et pas votre tête! Il faut vous préparer à prendre une décision grave!

Je me suis brusquement tourné vers Svetlov. Ces derniers temps je n'avais rien fait d'autre que prendre des décisions graves.

– Nous sommes sur le point d'accéder à la télécommande de votre cœur, ce qui signifie que vous pourrez bientôt, et sans crainte, retourner à Kiev. Mais Kazimir a été plus loin que nous n'avions imaginé, avec l'histoire des photos…

– Et qu'est-ce que tu proposes ? ai-je demandé sèchement. Que je pose nu pour *Playboy*, ou quelque chose du même genre ?

– Ce n'est pas une bonne idée.

Svetlov a fait claquer sa langue en lançant un regard énervé à Lvovitch, comme pour lui signifier qu'il devait prendre la relève, telle l'artillerie lourde relayant l'infanterie.

– Nous pensons que vous devez vous marier, a dit Lvovitch.

La surprise m'a fait exploser de rire :

– Avec qui ?

– Avec Nila, a dit le général Svetlov. C'est une gentille femme, elle est belle. Elle fera une parfaite épouse de président. Je m'en porte garant.

– Vous vous portez garant de ma future épouse ?!

– Et ce n'est pas tout, a renchéri Lvovitch, en se remplissant les poumons d'air pour s'enhardir. Les élections sont fixées au 8 mars. C'est ce jour-là que vous devez célébrer votre mariage. Nila doit être présentée au pays comme une maîtresse de longue date, qui a eu une fille avec vous.

Svetlov est intervenu :

– Mais pour le mariage il faut qu'elle soit à nouveau enceinte !

Le tableau de ma vie privée brossé par Svetlov et Lvovitch me brouillait l'esprit. Et je plissais les yeux. Ma main droite s'était fermée en poing. Je mourais d'envie de l'envoyer à travers la figure de Lvovitch. Mais le vieux rat, sentant mon envie à distance, s'était emparé de la bouteille d'Aberlour et remplissait les verres.

– Nous devons prendre d'urgence une décision, a-t-il dit nerveusement, en essayant de surveiller à la fois mes réactions et les verres qu'il remplissait. Si vous acceptez, nous avons gagné!

– Nila est d'accord, a dit Svetlov d'une voix un peu éraillée et tremblante, en me regardant prudemment.

– Nila est d'accord, ai-je répété. Il ne reste plus qu'à me poser la question, à moi...

Je les ai regardés l'un après l'autre et j'ai dit, perfide:

– Vous savez, la première fois que je me suis marié, c'était pour cause de grossesse. Et vous savez comment ça s'est terminé?

– Oui, a répondu Svetlov le plus calmement du monde. Mais pour ce mariage, c'est la patrie qui sera enceinte. Les présidents mort-nés, ça n'existe pas. A côté du cercueil de Mitterrand il y avait sa femme, sa maîtresse, et sa chère fille illégitime. Vous, tout sera légitime de votre vivant!

– Et vous avez pensé aux réactions de Kazimir? Vous croyez qu'il va se contenter d'observer tranquillement l'exécution de votre plan?

– Il a déjà de quoi s'occuper, a souri Svetlov. Nous avons laissé filtrer une information, comme quoi il vous retenait en otage dans les Carpathes. Et on a aussi fait courir la rumeur qu'il aurait à voir avec la disparition des hauts fonctionnaires russes. Il doit mettre tout en œuvre pour neutraliser ces bruits et rumeurs...

– Oui, mais alors, il va me rechercher! Et c'est vous qui lui avez soufflé où je me trouve!

– Ce n'est pas un imbécile, il ne va pas aller chercher là où on lui souffle! Dites, Sergueï Pavlovitch, je vous en supplie, au nom de l'Ukraine, vous acceptez?

Le verre tremblait dans ma main. Je l'ai approché de mes lèvres. Un parfum bien connu et qui m'était cher m'a frôlé les narines.

Puis mon regard a glissé sur les clichés en noir et blanc de Nila, et s'y est arrêté, comme l'ancre d'un énorme vaisseau qui aurait enfin touché le fond.

J'ai parlé sans lever les yeux vers Svetlov et Lvovitch :

– J'accepte.

Je les ai entendus boire d'un trait. Nerveusement et en chœur, avec un énorme soulagement.

Le silence dans la chambre a duré cinq minutes.

– Tu as parlé d'une fille ?

J'ai fini mon whisky et regardé le général dans les yeux.

– Oui, je voulais parler de votre fille, Liza, actuellement en Amérique. Il va falloir qu'elle revienne. Ne serait-ce que provisoirement.

– Liza ?! ai-je répété, et malgré moi, j'avais les larmes aux yeux.

Cela faisait si longtemps que je ne l'avais pas vue !

Svetlov et Lvovitch ont échangé un regard et se sont levés.

– Nous repasserons plus tard, a dit Lvovitch, tout doucement.

À cause des larmes dans mes yeux, deux silhouettes, floues sont sorties par la porte trouble. Et elle s'est refermée.

J'étais peut-être simplement ivre. Mes nerfs ne pouvaient probablement plus supporter cette claustration. Ou je me sentais réellement coupable envers Liza, l'unique pousse de ma famille, de ma lignée pratiquement disparue de la surface de la terre.

196

Kiev. Août 1992.

«Les hommes, ça va, ça vient, les femmes, c'est éternel.» C'est Mira qui a dit ça, mais à présent ses actes prouvent l'inverse. Son type a trouvé du travail dans une chaufferie d'hôpital. Il travaille vingt-quatre heures d'affilée tous les trois jours, et je m'y retrouve très bien dans son emploi du temps. À la chaufferie, il y a un canapé, une table basse et même un petit frigo. Il faut croire qu'il y a là suffisamment de confort pour faire semblant d'y mener une vie de famille heureuse. En tout cas maintenant Mira y passe aussi un jour sur trois. J'espère seulement qu'elle ne distrait pas le chauffagiste de ses obligations professionnelles. Bien qu'il me soit difficile d'imaginer les obligations d'un chauffagiste en août, quand il fait trente-trois degrés dehors et vingt-cinq à l'intérieur. Il se contente peut-être de chauffer l'eau du robinet?

Mais, quoi qu'il en soit, Mira revient toujours heureuse et satisfaite de ses journées là-bas.

J'ai enfin informé ma mère de notre divorce. Je pensais qu'elle ne réagirait pas, mais ça lui a fait un choc, ce qui m'a surpris:

– Tu savais depuis le début que tout ça était fictif!

– Mais, dans la vie, la moitié des événements commencent par ce que tu appelles du fictif, et ensuite, ils deviennent la vérité de la vie, la réalité. Parce qu'il y a une notion, figure-toi, qui s'appelle le sens de la responsabilité d'un adulte!

– Qu'est-ce que tu racontes? Tu devrais peut-être aller vivre un peu chez Dimka? Là-bas, on sera tout de suite d'accord avec toi!

Comme il fallait s'y attendre, cette conversation a fini dans les larmes et les reproches. Et les menaces dans le style: «Attends un peu, quand tu auras des enfants, tu comprendras!»

Je n'ai plus rien répondu. Je n'en avais aucune envie. J'avais simplement pitié de ma mère vieillissante et de son rabâchage d'idées absurdes. J'ai attribué ça au rétrécissement de l'esprit qu'occasionnait la fin des principes de la morale soviétique. Actuellement plus aucune morale n'avait cours. Le cours de la morale s'était effondré presque en même temps que celui du rouble soviétique. Maintenant, la norme, c'était le dollar, et je savais depuis l'enfance que là où il y a le dollar, il n'y a ni morale ni justice.

À ce propos, mon enveloppe mensuelle a grossi, elle est passée à six cents billets verts. Ma mère ne le sait pas encore, mais je vais lui acheter un micro-ondes. Et je vais aussi acheter quelque chose pour Dimka. Et à Vera, même si pour l'instant nous ne sommes pas allés au-delà de baisers et d'étreintes en état d'ivresse.

197

Espace aérien. 16 janvier 2005.

L'avion s'est envolé de Borispol à quinze heures. Il est presque quatre heures.

Une hôtesse de l'air blonde se penche vers moi:

– Vous mangerez peut-être quelque chose?

Je secoue la tête:

– Non, donnez-moi encore du whisky!

Elle se dirige vers le chariot. Aujourd'hui, elle n'a que moi comme passager. Seul dans toute la classe affaires. Elle voit dans quel état je suis. Les hôtesses sont de bonnes psychologues, elles savent qui il faut plaindre, et sur qui il faut avoir l'œil. Moi, il faut me plaindre. Elle l'a tout de suite compris. Je tremble de tout mon être dès que je repense à ce qui s'est passé.

Ce matin Svetlov m'attendait à l'entrée de mon bureau. Un visage de marbre, mais des yeux pénétrants, vifs. Il m'a salué d'un signe de tête. Puis il m'a emboîté le pas. Ensuite il m'a annoncé la nouvelle à voix basse: «Il vous est arrivé un malheur, Sergueï Pavlovitch. Votre frère Dimitri et sa femme se sont jetés dans un précipice. Un suicide.»

Je suis sous le choc. J'ai la bouche sèche. Un bruit sourd dans la tête. Je le regarde stupidement, je n'arrive pas à dire quoi que ce soit. J'ai les lèvres figées, comme paralysées par une crampe. Et une boule dans la gorge. Froide comme un morceau de glace. J'essaie de l'avaler.

482

Rien à faire. Il attend patiemment. Finalement la boule de glace dégringole, loin, profondément, là où elle ne peut plus m'empêcher de parler.

– Comment? Pourquoi?

Ce sont les premières paroles qui m'échappent, libérées du choc.

– Vous devez y aller. Des gens de l'ambassade vous accueilleront et vous expliqueront tout. Ne parlez à personne de ce qui est arrivé. En tout cas, pas maintenant. Vous comprenez qu'une information pareille, si elle était rendue publique, ne ferait du bien ni à vous, ni à nous, ni, surtout, à l'Ukraine. En Suisse, les autorités ne nous font pas de difficultés et il est possible que cette tragédie ne soit pas divulguée. On vous apporte votre billet dans une demi-heure. C'est le vol de quinze heures. L'ambassade vous offrira toute l'aide nécessaire.

Brusquement je pense à Liza, la fille de Dima et Valia, et je demande:

– Et l'enfant? Comment elle va?

– Elle est vivante, pour l'instant elle est à l'hôpital… C'est aussi une partie du problème qu'il faudra régler conformément à la législation suisse et à nos intérêts…

Et il est sorti, d'un pas rapide et silencieux. Je n'ai rien entendu, en le suivant du regard. C'est ainsi, sans doute, que marchent les anges.

Resté seul dans le bureau j'ai été dévoré par une question surgie immédiatement après le départ de Svetlov: pourquoi Liza était-elle à l'hôpital? Il lui était donc arrivé quelque chose?

198

Carpathes. Février 2016. Jeudi.

Ce matin on a frappé à la porte de la chambre. J'ai demandé d'attendre. Je me suis levé, habillé. J'essayais de deviner qui pouvait frapper à la porte alors qu'elle n'était pas fermée. Peut-être le général Filine? Je crois qu'il est le seul à se comporter comme avant, avant tous ces remous. Lvovitch et Svetlov entraient généralement sans frapper ou en frappant en même temps qu'ils ouvraient la porte.

Tout en m'installant au bureau, j'ai crié:

– Oui!

Le général Svetlov est entré. J'ai tout de suite remarqué ses chaussures cirées. Je n'ai vu qu'après l'enveloppe entre ses mains.

– Du courrier?

Il a fait un signe de tête significatif et s'est assis de l'autre côté de la table.

L'enveloppe avait été grossièrement ouverte. Dessus, on pouvait lire, d'une écriture nettement féminine:

Au président S.P. Bounine.

Cher Serioja, et mon regard a filé jusqu'à la signature. J'avais vraiment envie de comprendre qui pouvait se permettre une telle familiarité. La signature, indéchiffrable avec ses volutes, ne me disait rien, et j'ai repris la missive au début.

Je sais que je joue avec le feu. Plus exactement, j'y ai joué jusqu'à la fin de l'année dernière. Maintenant je me sens bien et je veux que ce «bien» dure le plus longtemps possible. C'est pourquoi je veux me racheter par une information qui va beaucoup t'aider. Elle va peut-être même te sauver la vie. En échange, je te demande de m'oublier et d'ordonner à tous tes services et gardes variés d'en faire autant. Je reste en Crimée avec une personne que j'aime. Et toi, je te conseille de trouver le chirurgien Minoussenko, de l'hôpital Octobre, et de ne pas le ménager. Si on lui fait suffisamment peur, il aura des choses à dire sur ton nouveau cœur. À ce propos, j'ai déchiré le contrat. Il n'y en a plus. J'en ai eu besoin jusqu'à mon premier amour. Comme lien avec un passé heureux. Maintenant que j'ai trouvé cet amour, j'ai décidé de tout oublier du passé, tout.

– Ça vient d'où? ai-je demandé à Svetlov qui avait patiemment attendu que j'aie fini de lire.

– De Maïa, de Crimée.

– Je vois, et pourquoi c'est ouvert?

– À cause des bactéries toxiques, a répondu tranquillement le général.

– Et ce Minoussenko, on l'a trouvé?

– Bien sûr.

– Et qu'est-ce qu'il vous a dit?

– Il ne nous a rien dit. Voilà ce qu'il nous a donné!

Svetlov a sorti de sa poche un petit boîtier, qui ressemblait à une clé de voiture.

– C'est votre interrupteur personnel…

J'ai pris le petit objet noir avec deux boutons, je l'ai gardé dans le creux de ma main.

– Et alors, il vous l'a donné, comme ça?

– Non, ça n'a pas été si simple… Par contre, il a raconté quelque chose de très drôle. Les hommes de Kazimir lui ont acheté cet interrupteur contre un appartement immense, place Sainte-Sophie. Mais il a confondu et il leur a donné un petit objet noir identique, qui était la clé de son Audi. Maintenant ils peuvent sans difficulté lui voler sa vieille caisse, mais ils ne peuvent pas vous déconnecter… C'est sûr qu'il va falloir le protéger un certain temps.

– Et c'est là-dedans que se trouve… ma liberté? Je soupesais l'objet dans ma main.

– Votre vie aussi, a ajouté le général. Mais ça nous permet surtout de passer à l'action!

J'ai regardé Svetlov dans les yeux avec gratitude:

– Alors, vas-y! Je suis content de ne pas m'être trompé sur ton compte!

Svetlov s'est levé. Il s'est dirigé vers la porte. Avant de sortir il s'est retourné:

– Il faut que vous dormiez bien. Demain la journée sera longue et difficile. Et agitée, sans doute…

199

Kiev. Août 1992.

– Je vais avoir un enfant! m'a annoncé Mira au petit déjeuner.

J'ai failli m'étrangler avec l'omelette. Et j'ai immédiatement essayé de me souvenir quand nous avions eu nos derniers ébats. Des soupçons désagréables ont germé, mais elle les a dissipés bien vite:

– Vitia et moi, nous allons nous marier dans quelques jours.

– Vous faites un vrai mariage?

– Seulement pour ses amis.

– Ici?

– Non, à la chaufferie, pendant ses heures de travail.

– Tu m'invites?

– S'il est d'accord.

J'ai acquiescé.

Elle a posé sur moi un regard tendu et a demandé, après une pause:

– Tu ne vois pas d'inconvénient à ce qu'on fasse son enregistrement de domicile ici?

– Ici?! (J'ai réfléchi.) Regarde combien on est déjà, ici: toi, moi, ta mère…

– Tu vois bien, le nombre n'a plus d'importance.

– Et puis après, il y aura ton enfant, en tout ça fera cinq! On ne peut pas en faire enregistrer autant, ici!

– Pour cinquante dollars, on y enregistrerait aussi deux grands-mères et trois grands-pères juifs, a-t-elle dit d'un ton condescendant, comme si elle parlait avec un idiot.

J'ai préféré laisser tomber:

– Fais enregistrer qui tu veux!

Elle est partie une demi-heure plus tard, moi je suis resté assis à la table. Je regrettais ma dernière phrase. Parce que mon coin dans cet appartement pourrait passer de sept à quatre mètres. Et qu'est-ce qui me resterait à faire ? Retourner chez ma mère ? Non ! Il fallait trouver une autre solution.

Le soir, après le travail, j'ai téléphoné au père Vassili et je lui ai proposé qu'on se retrouve. Il a accepté avec joie.

Nous avons décidé de nous baigner le soir. En descendant vers la colonne Alexandre, je pensais à Vera. Je me disais que samedi, il faudrait lui proposer d'aller à la plage. À l'île Troukhanov ou au parc Nautique !

Le père Vassili m'attendait en bas. Nous avons traversé d'un bon pas le pont des Piétons, et nous avons nagé dans le Dniepr. L'air était moins brûlant, mais le sable de la plage avait conservé l'énergie solaire de la journée. Et nous sommes restés étendus à même le sable.

Je lui ai parlé de Mira, de sa grossesse, du mariage, et de l'enregistrement du domicile.

– Vanités séculières. Et puis c'est une chambre de rien du tout ! Elle disparaîtra comme elle est venue. On va dire que tu l'as gardée pour les proches du vieux. Du ciel, il te remercie !

J'ai haussé les épaules. J'avais besoin d'un conseil concret, pas d'un sermon.

– Allons là-bas, chez lui ! a proposé le père Vassili.

À la place de la cabane il n'y avait ni tumulus ni stèle. Nous nous sommes arrêtés dans la clairière, balafrée par des traces de tracteur. On avait supprimé la tombe, en douce. À la vue de ce terrain vague fait par la main des hommes, j'ai eu un pincement au cœur. Tous les problèmes liés à l'enregistrement et à Mira m'ont paru mesquins et sans intérêt. S'il était si facile de supprimer la tombe d'un homme, d'effacer son souvenir, est-ce que ça valait la peine de se tracasser pour soi, pour sa propre vie ? La belle affaire, j'aurai quatre mètres carrés. Les morts en ont droit à deux, et en plus, on peut les supprimer ! Comme ça, au tracteur ou au bulldozer !

J'étais accablé :

– Il faut le dire à Mira et à sa mère…

– Tu vois, a dit finalement le père Vassili d'une voix de basse, l'homme est une crapule rare, et en tant qu'espèce aucune religion ne pourra le sauver. Il faut sauver ceux qui, comme toi, se sentent proches en esprit! Les autres, qu'ils aillent se faire foutre hors de l'arche de Noé!

Pour la première fois, j'entendais le père parler grossièrement, et c'était tellement convaincant que je n'avais pas la moindre envie de m'insurger.

Je me répétais: «Qu'ils aillent se faire foutre, tous!»

Ensuite je me suis dit que les paroles du père Vassili coïncidaient avec des réflexions que je m'étais faites récemment. Ce sont les proches qu'il faut sauver!

Et j'ai décidé d'acheter un four à micro-ondes à ma mère dès le lendemain, et des livres pour Dima. En ce moment il était passionné par l'histoire et, pendant notre dernière visite, il m'avait déversé un flot d'épisodes de la vie du maréchal Joukov. Bon. Je vais lui chercher une biographie du maréchal Boudionny.

200

Suisse. 16 janvier 2005. Le soir.

C'est le chauffeur de l'ambassade qui est venu me chercher à l'aéroport. Il m'a installé à l'hôtel *Florhof*.

Demain, une voiture me conduira d'abord à Berne, où quelqu'un de l'ambassade veut me rencontrer. Puis cette même personne ira avec moi à Leukebard. Je n'ai pas envie de penser à demain. Je n'ai pas non plus envie de dormir.

Je prends dans le hall un parapluie de l'hôtel et je sors faire un tour. Cinq minutes sous la pluie et me voici sur une place où se trouvent des arrêts de tramway et un musée d'art contemporain.

Je descends vers le lac. C'est calme et désert. Et je pense à mon frère et à Valia: «De vrais schizophrènes. Vouloir une famille, faire un enfant en bonne santé et se

488

suicider ?! Comment est-ce possible ? C'est incompré-
hensible ! Pourquoi ? À quoi pensaient-ils ? »

La porte d'un bar s'ouvre brutalement à côté de moi,
et toute une bande de jeunes se déverse dans la rue,
sous la pluie. Par la porte qui se referme j'aperçois l'intérieur chaud du bar et je m'y engouffre à la recherche
de chaleur, d'air sec, d'un autre monde.

Dans la poche de mon manteau j'ai des dollars et une
carte de crédit. Je montre le tout au barman. Il choisit
les dollars et désigne du regard les étagères pleines de
bouteilles.

« Voilà, la pluie ne va peut-être pas s'arrêter, mais
pour ce qui est de me réchauffer, je vais me réchauffer ! »

Je choisis du bourbon et je m'installe à une table près
de la fenêtre le long de laquelle s'égoutte l'hiver suisse.

« Je serais curieux de savoir au bout de combien de
temps je vais être ivre ? » À tout hasard, je dépose sur la table
la carte de mon hôtel. Pour qu'on sache au moins d'où
vient ce client imprévisible, qui se surprend lui-même.

201

Carpathes. Février 2016. Vendredi.

Cette nuit je n'ai pas dormi. Je suis allé sans arrêt aux
toilettes. Dans les intervalles, assis au bord de la chaise,
je me tenais le ventre des deux mains. Ça n'avait aucun
sens de me coucher.

Il faut croire que c'était la faute du cuisinier des prisons. La daube qu'il avait versée sur les pommes de terre
bouillies devait être avariée. En tout cas, pendant le
dîner, j'avais déjà senti un arrière-goût désagréable. Et
les premières nausées ne se sont pas fait attendre. Juste
après le dessert, j'ai ressenti la première douleur. Et puis
ça a commencé. Je ne me suis même pas demandé pourquoi ce soir-là personne ne m'avait tenu compagnie pendant le dîner : ni Filine, ni Lvovitch, ni Svetlov.

Tôt le matin, dans l'obscurité, une fusillade a retenti. Des tirs de mitraillette. Je n'avais pas peur. L'intoxication me rendait absolument indifférent à tout ce qui se passait, l'essentiel étant que la voie entre ma chaise et les toilettes soit dégagée. Mais, au bout de cinq minutes, j'ai entendu dans le couloir un bruit de bottes pesantes, ou de grosses chaussures. Plusieurs soldats costauds, cagoulés, en tenue de camouflage, ont fait irruption dans la chambre. Ils m'ont attrapé sous les aisselles et m'ont emporté, sans un mot, comme une plume, à travers le couloir. D'autres soldats, dans la même tenue, accouraient en sens inverse. Eux aussi emportaient quelqu'un. Et moi j'avais envie d'aller aux toilettes, de poser le plus vite possible mon derrière sur la cuvette froide qui n'avait même plus de lunette. Mais ces hommes me faisaient passer devant des portes et je ne savais plus ni où j'étais, ni ce qui m'arrivait.

Ensuite, le grondement d'un moteur d'hélicoptère m'a rempli les oreilles. On m'a donné un comprimé et un verre d'eau. J'ai eu le temps de voir l'hélice tournoyer de plus en plus vite, telle un hachoir à viande, et j'ai plongé dans le sommeil. J'avais aussi aperçu d'autres hélicoptères à côté.

Une voix familière m'a réveillé :

– Pas de question ! Aucune !

Mais cette voix ne parlait pas, elle criait, nerveuse, excitée.

J'ai ouvert les yeux et j'ai vu plusieurs caméras de télévision dirigées sur mon visage. Et la lumière vive m'a fait cligner des yeux. Je me suis protégé de la main.

Je retrouvais lentement mes esprits, et les premières pensées ont surgi : qu'est-ce qui m'arrivait ? Où étais-je ? En captivité ? Que se passait-il ?

On m'a donné encore un comprimé et je me suis retiré tout au fond de mon être, du côté de mon estomac enfin calmé. Dans une tiédeur encore un peu trouble.

490

Une voix, au-dessus, est parvenue jusqu'à moi :

– Arrangez l'oreiller !

Ça s'est passé, en fait, plusieurs heures plus tard. Mais je n'ai pas pu m'en rendre compte tant que mes yeux ne se sont pas ouverts. J'ai alors cherché un point d'appui pour ma vue instable et brouillée. Ce point, c'était un visage penché au-dessus de moi. Quand mon regard s'est fixé, quand il a accommodé, j'ai reconnu Svetlov. Il avait les yeux rouges, gonflés.

J'allais lui demander quelque chose, mais en voyant mes lèvres remuer, il a stoppé mes efforts en levant sa paume vers moi :

– Tout va bien !

202

Kiev. Août 1992.

– Dans une semaine nous partons pour la Pologne ! m'a annoncé ce matin Jora Stepanovitch, d'une voix joyeuse. Nous allons préparer une conférence ukraino-polonaise des chefs d'entreprise !

– On va rester longtemps ?

– Trois jours. Pourquoi ? Tu as des choses importantes à faire ?

– Non.

La gaieté a disparu de son visage. C'est un homme perspicace, mais de toute façon, même un sourd aurait pu percevoir l'intonation triste de ma voix.

– Qu'est-ce qui se passe ?

– Un problème d'appart, ai-je avoué. Mon ex-femme se marie, demain. Elle est enceinte. Il va falloir y faire enregistrer son nouveau mari…

– C'est vrai ?!

Il a réfléchi. Il m'a transpercé de son regard interrogateur. Puis il a passé sa main sur ses cheveux fraîchement coupés en brosse.

491

– D'abord la Pologne, ensuite on s'occupe de tes problèmes d'appart!

Sa promesse m'a requinqué, mieux que le café préparé par Vera. «Si ça se trouve, il va vraiment trouver une solution? Ces komsomols des années quatre-vingt-dix, c'est des gars inventifs et jusqu'à présent ils n'oublient pas les services rendus!»

Il avait quitté mon petit bureau. Et moi je restais assis, à me dire que sur les six personnes qui travaillaient ici, j'étais le seul à ne pas m'être fait couper les cheveux court. C'est Vera qui, la première, avait introduit cette mode. Et, bien sûr, sa coupe en brosse était toute relative. J'avais les cheveux de la même longueur, pas de coupe, ça faisait négligé. Mais là, en passant en revue tous les collaborateurs et même le patron de notre association, je m'apercevais que tous, sauf moi, avaient récemment été chez le coiffeur pour se faire faire une coupe qu'on pourrait qualifier de sportive et branchée. Ça me travaillait.

J'ai prévenu Vera que je sortais pour une petite heure. J'ai pris l'autobus, le 20, jusqu'au Krechtchatik, et j'ai jeté un coup d'œil dans le salon de coiffure *Tcharivnitsa*. Comme il n'y avait pas la queue, je me suis vite installé sur un fauteuil vide devant le miroir.

Une dame d'une cinquantaine d'années, avec des boucles violettes, s'est plantée derrière moi. Elle a regardé pensivement ma nuque. Et moi j'observais son reflet dans le miroir.

– Qu'est-ce qu'on fait?

– Une brosse!

En rentrant au bureau je me suis heurté au patron, qui raccompagnait un visiteur apparemment haut placé. Ma nouvelle coiffure l'a distrait un instant, et il a dit en souriant: «Le sens d'une équipe unie, c'est ça qui prime!» Il poursuivait peut-être sa conversation avec le visiteur. Mais peut-être qu'il appréciait mon effort d'intégration. Installé à mon bureau, j'ai décroché le téléphone et j'ai demandé à Vera de passer une minute. Maintenant, c'était sa réaction qui m'importait.

203

Suisse. 17 janvier 2005.

Une heure après avoir quitté Zurich sous la pluie, nous sommes arrivés dans les montagnes enneigées.

J'avais été surpris de voir dans la voiture de l'ambassade un autre chauffeur, mais en fait c'était le deuxième secrétaire d'ambassade qui avait décidé de m'accompagner lui-même à Leukerbad. Il s'était présenté, mais je n'avais compris que son prénom, Vladimir.

– Vous avez mal dormi? m'a-t-il demandé, juste après avoir posé mon sac de voyage dans le coffre de l'Audi gris métallisé.

– J'ai peu dormi, et mal, je crois.

– Je vais vous faire la traduction et vous conseiller, dans la mesure du possible, m'a dit Vladimir. En général les Suisses ne nous font pas de difficultés. Même dans la presse locale rien n'a filtré. Il faut d'abord que nous allions à la police, ensuite viendront les questions les plus pénibles…

Elles me trottaient déjà dans la tête. J'imaginais que j'aurais à reconnaître leurs visages et leurs corps, mutilés par la chute. De façon générale je n'avais pas envie de me frotter à la mort, mais on y est constamment obligé. C'est peut-être là le sens de la poursuite de la vie: on se frotte à la mort, et on continue, jusqu'à la fois suivante. Jusqu'à ce que quelqu'un se frotte à ta propre mort. Et poursuive sa vie.

Après une pause, Vladimir a repris:

– Il faut que vous décidiez dès maintenant de ce que vous souhaitez faire. On peut faire transporter les corps pour les enterrer dans leur patrie, mais c'est psychologiquement pénible et ce n'est pas donné. Bien sûr, si vous faites ce choix, nous vous aiderons. Cela rentre dans les obligations de l'ambassade. On peut aussi procéder à une crémation et transporter les cendres. Et on peut faire un enterrement ici. Vous avez informé votre femme ?

– Non.

– Tant mieux. La police nous a prévenus : ils ont quelque chose à vous remettre. Ce sont sûrement les objets personnels des personnes décédées. Il faudra aussi prendre une décision à ce sujet.

À midi et demi nous sommes arrivés à Leuk. C'est là que se trouvait la direction de la police locale. Vladimir m'a présenté à un gradé de la police, un petit homme avenant, en uniforme, avec une petite moustache soigneusement taillée. Ensuite il s'est tourné vers moi et m'a traduit quelques phrases :

– Monsieur le commandant va vous conduire dans un bureau où il vous fera lire les documents trouvés chez ces personnes. Pour votre information, tout simplement. Ensuite nous poursuivrons l'entretien.

D'un geste, le policier m'a proposé de m'asseoir. Il a disparu un instant et a réapparu avec un dossier noir. Il me l'a remis et a fermé la porte de l'extérieur. Je suis resté seul dans la petite pièce et, un instant, je me suis cru dans une cellule de prison.

J'ai ouvert le dossier. À l'intérieur, il y avait une dizaine de papiers. J'ai pris celui du dessus. C'était ma dernière lettre.

J'ai lu les lignes soigneusement écrites, d'abord au Parker, puis au stylo à bille.

Cher Dima,
Malheureusement ma situation financière précipite la
nécessité de ton retour…

J'ai frissonné. Mes soupçons les plus secrets, auxquels je ne donnais pas libre cours, même comme simples

494

hypothèses, commençaient à se préciser. En fait, il avait fait le serment de ne jamais revenir. Le serment, ou la promesse. Mais en tout cas, il avait tenu sa parole. La parole qu'il avait donnée, et que mes oreilles n'avaient pas voulu retenir.

La liasse suivante m'a fait frémir. Une lettre d'adieu, qui m'était adressée :

Cher frère,

Merci pour tes vœux de Nouvel An. Et pour tout ce que tu as fait pour moi. Je comprends que tu ne peux plus rien, et que tu penses sûrement que le destin n'a pas été juste envers toi. Je partage ton sentiment. Vous n'avez pas mérité un tel chagrin, vous êtes tous les deux des gens bien. Je comprends parfaitement que c'est une mince consolation, mais nous te laissons notre petite Liza. Une famille saine doit avoir des enfants ! C'est par une erreur monumentale que nous avons eu la chance de l'avoir. Je répare cette erreur et te souhaite d'être heureux ! Dima

Je n'ai pas pu me retenir :

– L'imbécile ! Comment je pourrais être heureux ?

Les larmes me montent aux yeux, les voilà qui coulent. Heureusement que je suis seul dans cette cellule. Heureusement que personne ne me voit. Je penche la tête vers la table. Mes épaules tremblent. J'ai terriblement froid, d'un froid hostile, qui m'est étranger, comme si le métal d'une lame invisible me pénétrait.

Un peu plus tard, on a frappé à la porte. En me retournant, j'ai vu le visage attentif du commandant de police.

D'un geste il m'a invité à le suivre.

Nous étions à nouveau tous les trois. Lui, moi, et Vladimir de l'ambassade.

– Monsieur le commandant a expliqué que tous ces papiers doivent rester ici quelque temps, jusqu'à l'annonce officielle de l'accident. Ensuite, ils seront détruits.

– Mais c'est un suicide, ai-je dit doucement. Ce n'est pas un accident.

– En Suisse, le suicide de handicapés mentaux est qualifié d'accident, m'a expliqué Vladimir calmement. Pour nous aussi, c'est important...

J'ai acquiescé. Et je me suis dit: «Comme c'est bien que ces papiers soient détruits! Le premier imbécile venu comprendrait la cause du suicide...»

Le policier a demandé quelque chose à Vladimir, qui m'a regardé. Je suis sorti de mes réflexions.

– Voulez-vous voir l'endroit d'où ils ont sauté?

Le commandant me regardait avec beaucoup de gravité. Il attendait ma réponse.

– Non. Je ne veux pas. Où est l'enfant?

– La fillette est dans un hôpital pour enfants. Il n'y avait pas d'autre endroit où la confier, même provisoirement. C'est qu'elle est petite.

– Là..., ai-je dit en faisant un signe de tête en direction du bureau, là... j'ai lu dans la lettre écrite par Dima avant sa mort, qu'il me confiait sa fille...

Vladimir m'a regardé fixement de ses yeux marron. Son regard était dur, un regard à envoyer se faire fiche n'importe qui, sans un mot de plus.

– C'est un problème très compliqué. Nous verrons cela plus tard. Maintenant on nous attend à Leukerbad au service des décès.

– Et l'enfant est ici ou à Zurich?

– À Berne, a répondu Vladimir. C'était plus commode, parce que l'ambassade est là-bas. En route, il est temps!

Le commandant m'a serré la main. Il compatissait. Je le voyais et je l'entendais dans sa voix.

204

Kiev. Février 2016. Samedi.

– Repasse-la encore ! ai-je dit d'une voix faible à Lvovitch.

Nous étions assis devant la télé dans le salon de mon appartement rue Desiatina. Il a rembobiné la cassette dans le magnétoscope et il a repassé le dernier bulletin d'informations.

Des projecteurs dans la nuit, des lampes de poche, des tirs de mitraillettes, des jurons et des silhouettes en tenues de camouflage. Plusieurs minutes sans commentaires. Ensuite la présentatrice, émue, qui raconte d'une voix tremblante que, juste avant le lever du jour, une opération spéciale a été conduite pour délivrer le président retenu en otage. Et, dans le même endroit, tout à fait par hasard, on a découvert treize hauts fonctionnaires russes disparus depuis plusieurs mois. Deux d'entre eux ont été tués par des balles perdues durant la fusillade avec la garde de cette prison secrète. Parmi les morts on a identifié deux gardes du corps de Kazimir. Celui-ci a réussi à partir pour Moscou dans son avion personnel, mais le ministère des Affaires étrangères d'Ukraine a déjà envoyé à la Russie une note à ce sujet. Ensuite on voit à nouveau mon visage, épouvantable, bleu, gonflé par ma nuit d'insomnie et les douleurs, le visage d'un homme qui ne comprend pas ce qui se passe. Et puis les cris de Svetlov : « Pas de question ! Aucune ! »

Après avoir visionné la bande jusqu'au bout pour la cinquième fois, j'ai regardé Lvovitch, sans un mot.

Il m'a demandé, serviable :

– Encore une fois ?

J'ai refusé d'un signe de tête. Puis j'ai demandé :

– Avec quoi vous m'avez empoisonné ?

– De la banale daube de l'armée… On n'imaginait pas que ça ferait si mal…

Je sentais encore la douleur dans mon estomac. J'ai lâché en soupirant :

– Bande de cons !…

Et j'ai ajouté :

– Quand même, chapeau !…

Lvovitch a souri, las.

– Vous voulez peut-être un bain froid ?

J'ai accepté. Derrière la fenêtre de la salle de bainss régnaient les ténèbres sans fin des soirs d'hiver. Sur le rebord en marbre de la fenêtre, il y avait une bouteille de Glenfiddish 1948.

Lvovitch est entré, avec un petit seau à champagne en argent où scintillaient des cubes de glace. Ils sont tombés en grêle dans le bain.

– Et l'autre, où il est ?

– Qui ?

– L'aide de camp ?

– Comment il s'appelle ?

J'ai haussé les épaules. Lvovitch m'a expliqué tranquillement :

– Nous sommes en train de renouveler toute l'équipe d'encadrement. Après ce qui est arrivé, il faut un personnel neuf, mais avant de le mettre en place, il faut effectuer un contrôle minutieux. Alors, un peu de patience Monsieur le président…

Lvovitch est sorti sans bruit, sans un mot. J'ai rempli mon verre et je me suis laissé glisser doucement dans l'eau froide.

Le silence environnant me pénétrait lentement. Tous les événements des derniers temps s'éloignaient dans l'histoire. Dans l'histoire de l'État ukrainien.

J'ai fini mon whisky et me suis levé. J'ai marché sur mon peignoir tombé par terre. Je suis retourné vers la fenêtre.

La ruelle Saint-André, figée dans la pénombre des soirs d'hiver, m'a semblé plus familière que d'habitude. Seule une petite fenêtre dans un entresol, éclairée d'une lumière jaune, sentait le chez-soi. Pas un passant, pas une voiture aux phares allumés.

Plusieurs minutes se sont écoulées, sans doute, avant que quelque chose ne bouge dans ce paysage. De derrière la clôture inférieure de l'église, une femme en long manteau foncé est sortie. Elle tenait une bougie allumée dans la main. La femme s'est arrêtée, le dos contre la clôture de l'église. Et elle a baissé la tête vers la flamme, comme pour la protéger du vent.

Je les ai longuement regardées, elle et sa bougie. J'avais la gorge sèche. J'ai pris la bouteille et rempli mon verre. Quand j'ai relevé la tête, la femme n'était plus là. Elle n'avait pu aller nulle part, si ce n'est descendre la pente. Le côté droit du trottoir était caché par la clôture de l'église.

205

Kiev. Août 1992.

Il fait encore plus chaud dans la chaufferie que dans la rue. Et les invités arrivent en shorts et tee-shirts. Sur la table, constituée de trois panneaux de contreplaqué, on dispose des bouteilles, des bocaux et des boîtes en plastique pleines de salades. Les visages expriment un sentiment de totale liberté. Ce sont des gens de mon âge, ou un peu plus jeunes, mais ils me font penser à des étrangers. J'essaie de comprendre d'où me vient cette sensation. Peut-être parce que moi j'ai apporté un cadeau, un robot de cuisine à quarante dollars, alors qu'eux ont apporté des bouteilles et leur bonne humeur ?

– Je peux t'aider ? ai-je demandé à Mira.

Rien à dire, elle s'est mise en quatre, pour cette fête. Elle s'est maquillée, les plis de son jean sont repassés. Mais de toute façon, ça ne lui va pas d'être sapée. Elle jette des coups d'œil autour d'elle, un peu perdue, comme si elle ne comprenait pas, elle non plus, qui étaient ces invités. Je me surprends à me faire du souci pour elle, comme si j'étais un parent, comme si c'était moi qui la mariait.

– Où est ta mère?

– Elle ne viendra pas, répond-elle tristement. Tu comprends, Vitia n'est pas juif, il vient de Moldavie.

– C'est la seule raison?

– Non. Elle a dit que les chaufferies, c'était pas le genre d'endroit où elle allait!

– Ça dépend laquelle… je lui dis, pour la rassurer et lui faire comprendre que celle-ci me plaît.

Mon regard tombe sur un vieux canapé défoncé, dans un coin éloigné du local. C'est sûrement là-dessus qu'a été conçu leur futur enfant. J'évalue les dimensions de son ventre. Pour l'instant on ne voit pas qu'elle est enceinte.

Il n'y a que de toutes petites fenêtres, sous le plafond. Les gerbes de tuyaux en fer et le foyer avec son monticule de charbon ne nous dérangent pas, ils sont comme à l'écart, au pied du mur d'en face, derrière les nuages de fumée des cigarettes.

Je fixe à nouveau Mira. Elle ne quitte pas des yeux son Vitia, un maigre aux cheveux longs, en jean, avec une chemise hawaïenne bariolée par-dessus le pantalon. Mais lui, malheureusement, il ne regarde pas sa fiancée. Il bavarde avec deux copains. J'ai envie de la distraire. Et je lui dis ce que j'ai gardé secret jusque-là. Je lui parle de la disparition de la tombe et de la stèle de David Isaakovitch.

– Mais c'est nous qui l'avons déterré, me répond-elle tranquillement. Nous l'avons enterré au cimetière du Syrets. Il a sa mère, là-bas.

Je m'exclame:

– Mais ça vous a coûté combien?

– C'est la Fondation juive pour la Mémoire qui a payé.

Le sujet est épuisé. Moi qui étais inquiet, qui me demandais si je devais lui parler de ça, qui m'en voulais de n'avoir rien dit, alors que tout était si simple ! Un petit coup de bulldozer juif sur le passé de David Isaakovitch, un transfert au sein de la collectivité, histoire qu'il ne sorte pas du lot ! On ne lui a pas permis de rester après la mort l'ermite qu'il a été de son vivant. Le père Vassili et moi, nous le comprenions mieux que tous ces…

La table est mise, il y a une trentaine de personnes qui piétinent, il est temps de s'installer et de commencer à fêter l'événement. On a mis en place des bancs, en fait des planches posées sur des tabourets. Il faut donner le signal du départ. Je crie :

– *Gorko !*

Tous les visages sont tournés vers moi, ébahis. Moi aussi je les regarde sans comprendre. Mais aussitôt, je suis le regard d'une jeune fille dont le cou et les poignets sont ornés de petits cordons rouges qui pendouillent, et je constate qu'elle examine ma cravate comme si c'était un cobra prêt à lui sauter dessus. Et je lis dans ses yeux une sorte d'horreur contenue.

« Eh bien Mira, t'es mal barrée ! » je me dis, et je sens que je dois partir.

Je me retourne pour regarder la mariée. Mais je ne peux rien dire. Ma langue est paralysée.

– Eh, les gars, crie quelqu'un, le champagne, il est chaud ! Faut l'ouvrir !

Et les invités s'installent à la table en contreplaqué, ils se font passer des assiettes en carton et ouvrent les récipients en plastique.

« Ils viennent peut-être tous de Moldavie, c'est pour ça que j'ai l'impression d'être avec des étrangers. »

– Hé ! Mira ! crie Vitia, en tapotant de sa main la place libre sur le banc à côté de lui.

Moi, je reste planté, à me demander si je dois rester ou partir. Et pas moyen de me décider.

– Tiens ! ouvre la bouteille, moi je n'y arrive pas !

Une jeune fille en short de cuir noir et tee-shirt me

tend une bouteille de vodka. Je finis par l'ouvrir et je lui rends la bouteille.

– Assieds-toi! Tu nous caches la vue! me dit-elle d'un ton joyeux et elle tapote, elle aussi, la place libre sur le banc. Juste à côté d'elle.

Je m'installe.

– Cette herbe, j'sais pas ce qu'elle a, elle me fait complètement dérailler… se plaint mon voisin de droite.

Je fais mine de compatir. Je lui propose de la vodka.

– Ça va pas? dit-il, effrayé. Faut pas mélanger le péché et la vertu!

«C'est bon, je me dis, la vertu, je n'en fume pas, je vais donc me contenter du péché.»

Et je me remplis un gobelet en plastique de vodka.

206

Espace aérien. 18 janvier 2005.

À l'extérieur du Boeing, la température est de moins cinquante-deux. Dans mon âme, il fait zéro degré. Dans mon verre, il y a de la vodka à quarante degrés. Pour la première fois depuis longtemps, je n'ai pas eu envie de whisky. Demain aura lieu la crémation des pauvres Dima et Valia, et on dispersera leurs cendres au cimetière de Zurich, près du jardin Lewis-Caroll où poussent deux roses.

Ce que je voulais hier est inaccessible aujourd'hui. Mais à présent, je doute. Vladimir a eu raison d'insister pour que la gamine reste encore en Suisse. D'abord parce qu'elle n'a pas encore trois mois. Ensuite parce que l'apparition dans ma famille d'un enfant qui n'est pas un nouveau-né provoquerait toute une série de questions et servirait de prétexte pour fouiller et découvrir la tragédie qui vient de se produire. Enfin, dans l'état où se trouve Svetlana actuellement, il vaut mieux qu'elle n'apprenne pas la mort de sa sœur et de Dima.

Comment Vladimir est-il au courant de l'état psychique

de ma femme ? Ce n'est que maintenant, en me souvenant de ses arguments, que je me pose la question. Il en sait beaucoup trop sur moi ! Mais je n'en suis ni contrarié ni agacé. J'essaie de me rappeler mot pour mot notre conversation d'hier. Nous étions assis dans un agréable bureau de l'ambassade d'Ukraine à Berne. «Nous allons nous arranger pour mettre Liza dans une bonne crèche privée, disait-il en buvant son Campari-orange. Pour ce qui est de la tutelle ou même de l'adoption, il faudra beaucoup de temps et de paperasse. Le moment venu, nous vous y aiderons. Mais pour l'instant, faites comme si rien ne s'était passé. Vous avez simplement fait un déplacement professionnel. Votre frère, sa femme et leur fille s'apprêtent à aller vivre en Amérique. Ils ont obtenu une allocation médicale. Si vous, vous y croyez, ça sera encore mieux. »

«Pourquoi a-t-il parlé de l'Amérique ? Non, il a simplement proposé une légende pour Svetlana et ma mère. Il m'a presque fait des clins d'œil en disant ça. »

«Ce qui est arrivé doit rester secret ! Quant à l'enfant, nous vous donnerons régulièrement de ses nouvelles. Nous trouverons un moyen ! »

207

Kiev. Février 2016. Lundi.

Après cette interruption, longue et inhabituelle, mon bureau m'a paru excessivement chaud. J'ai laissé les fenêtres ouvertes au moins dix minutes.

Le dossier en cuir avec le trident doré gravé dessus contenait avec peine la pile de décrets et de lois qui attendaient ma signature.

Je buvais mon thé en réfléchissant. Je me demandais si je devais l'ouvrir tout de suite ou attendre un peu.

Et pendant ce temps, Lvovitch est entré. Repassé, lavé, astiqué, rasé de près, lustré. Un costume tout neuf, une nouvelle cravate.

Il s'est contenté de sourire à mon regard surpris.

– Je vais tout revoir, a-t-il dit avec un franc signe de tête vers le dossier que je n'avais finalement pas touché. Tous ces documents datent de l'an dernier. Beaucoup de choses ont changé depuis. De toute façon, vous signerez après le 8 mars, après les nouvelles élections… À propos ! il y a une nouvelle importante : Kazimir a été arrêté à Moscou. Avec son partenaire russe ! C'est osé ! On a déjà présenté l'acte d'accusation : liens avec les combattants tchétchènes et organisation de prises d'otages de citoyens russes.

– Tu crois qu'ils ne vont pas le relâcher ?

– Tant d'accusations rendues publiques ! C'est grave ! Je crois qu'on ne va plus le voir pendant vingt ans. Le tout, c'est de ne pas demander son extradition !

– Ça, je suis d'accord ! j'ai souri.

– Svetlov a demandé à être reçu. Je le fais entrer ?

– Oui.

Lvovitch est sorti. Et soudain, je me suis senti inquiet. Ma main est allée à la poche de ma veste. Elle a sorti mon « interrupteur » personnel, la petite chose noire avec deux boutons. Elle l'a posé sur la table. Aussitôt j'ai cherché des yeux le dossier au trident doré, qui était posé là un instant plus tôt. Bien sûr, Lvovitch voulait le prendre… mais je ne l'avais pas vu faire. Et il me semblait qu'il était sorti sans ce dossier. Non, ce n'était pas possible, sinon il serait encore là, sur la table.

J'ai secoué la tête. Cela a provoqué une douleur, comme si une vague de vase y montait pour s'écraser sur ma nuque, tel un mauvais écho.

Mon regard s'est posé sur l'interrupteur. Je me suis souvenu du conte *Koshsheï l'immortel*. L'aiguille est dans l'œuf, l'œuf dans le canard et ainsi de suite… J'ai caché l'interrupteur dans le tiroir du bureau.

J'ai fixé du regard l'absence du canapé du commandant Melnitchenko. Svetlov est entré.

– Eh bien? ai-je demandé.

– Pour les élections, c'est impeccable! Tous, sauf les communistes, ont retiré leur candidature. Il y a des lettres de travailleurs qui demandent d'annuler les élections et de les organiser conformément à la Constitution, dans deux ans… Mais je pense que nous ne devons pas reculer. Tout d'abord, c'est un vote de confiance, ensuite la prolongation de votre mandat pour deux ans…

J'ai soupiré :

– Oui, oui. Pour la prolongation du mandat, c'est exact.

– Mais, Monsieur le président…

Je lui ai proposé amicalement de m'appeler plus simplement.

– Sergueï Palytch, il y a une demande de la Direction de l'application des peines. Ils veulent procéder aux élections dans les prisons et les camps dès le premier mars, pour montrer au peuple à qui vont les voix de ceux qui sont en bas de l'échelle…

– Qu'est-ce que tu veux dire?

– Les détenus ont déclaré que toutes leurs voix iront à votre candidature. Sans la moindre fraude! Ils vous sont reconnaissants d'avoir mis en place un système de formation à l'intérieur des prisons, qui leur permet d'acquérir une spécialisation tout en étant détenus…

– Pour ça, c'est Mykola qu'il faut remercier.

– Oui, mais c'est vous qui avez donné le feu vert.

– En effet. À toi de régler ça avec la Commission centrale électorale! Et puis charge-toi de retrouver le canapé de Melnitchenko! Fouille tout le pays, mais remets-le à sa place!

– Je vais essayer, a promis Svetlov.

Ensuite il a posé une enveloppe sur la table, et il est sorti, en faisant un salut militaire.

La fatigue m'avait à nouveau envahi. Je regardais l'enveloppe blanche, vierge, sans le moindre intérêt. Et j'imaginais qu'elle contenait une nouvelle missive de Maïa, en provenance de Crimée, et qu'elle me proposait encore je ne sais quel secret en échange de la liberté et de l'immunité. La seule évocation de Maïa me plongeait dans l'ennui. J'avais passé presque une année auprès d'elle, et ça ne m'avait apporté, à moi et à tout le pays, que des ennuis et des bouleversements. Qu'est-ce qu'il disait, Stolypine, aux révolutionnaires? «Vous, il vous faut de grands bouleversements, et moi, il me faut une grande Russie!» Moi aussi, il me faut une grande Ukraine…

On a frappé à la porte, elle s'est ouverte et j'ai vu un garçon d'environ dix-huit ans, les cheveux brillants de laque et lissés à la perfection. Il portait un costume noir et des chaussures à la mode à bouts pointus.

– Monsieur le président! Du thé? Du café? Un cappuccino?

J'ai lu sur son visage tant de zèle que je n'ai pu refuser.

– Du thé. Avec du miel et du citron. Il y a longtemps que tu es là?

– C'est le premier jour.

Un sentiment d'humanité a frémi en moi, j'ai eu envie de lui demander son nom, ce qu'il avait fait avant. Mais je me suis retenu, me limitant à un signe de tête réservé mais avenant.

Resté seul, j'ai ouvert l'enveloppe. J'en ai sorti deux photos et une lettre. J'ai étalé le tout devant moi. Il y avait deux visages. Que je connaissais bien. Une femme et une adolescente.

C'était une lettre très courte. Une écriture féminine, tranquille.

Cher Serguëi Pavlovitch!
Liza et moi sommes très rapidement devenues amies. Elle est adorable. Bien qu'il soit difficile de lui parler en russe. C'est une famille d'émigrés estoniens qui lui a appris le russe.

L'insémination artificielle à la clinique s'est passée sans problème. Le professeur dit qu'il y a quatre-vingt-dix-sept pour cent de chances de réussite. Je suis folle de bonheur! Il y a longtemps, déjà, une diseuse de bonne aventure m'avait dit de m'accrocher à vous, et que ma vie serait lumineuse. Nous attendons le printemps, et notre rencontre.

Nilotchka et Liza.

J'ai regardé les photos. Liza ressemblait beaucoup à Valia, et aussi à Svetlana. Je pouvais déjà imaginer son visage dans une dizaine d'années. Une beauté hautaine et sûre d'elle. Nilotchka n'avait pratiquement pas changé. De petites rides s'étaient simplement formées autour de ses yeux rieurs.

Le garçon m'a apporté un plateau avec du thé puis a reculé jusqu'à la porte sans un mot, pour ne pas interrompre mes réflexions.

J'ai pensé à Svetlov:

«Bravo. Il sait ce qu'il peut exposer de vive voix, et ce qu'il faut déposer en silence sur la table.»

208

Kiev. Septembre 1992.

Vitia, le nouveau mari de Mira, est un vrai loser. L'exemple parfait de l'injustice de la vie. Encore qu'il serait stupide de chercher un responsable à ses malheurs, car c'est lui le réalisateur et metteur en scène de tout ce qui lui arrive.

Avant-hier dans la nuit, on lui a téléphoné pour qu'il aille secourir un ami qui avait fait une overdose. Il l'a tiré d'affaire en le faisant vomir. Mais sa générosité lui a coûté sacrément cher. Sur le chemin du retour, il a freiné, la Lada qui le suivait s'est arrêtée. Trois types en sont sortis. Ils l'ont tabassé, lui ont pris son blouson, ont vidé ses poches qui sont toujours vides, et l'ont jeté dans une bouche d'égout. Des ferrailleurs avaient déjà volé la plaque en fonte, un crime en amène un autre.

Il est rentré à six heures du matin. L'arcade sourcilière et les lèvres tuméfiées, le visage plein de boue et de traces de sang. Et voilà qu'à sept heures, la mère de Mira s'est pointée pour parler à Vitia de son enregistrement dans l'appartement communautaire. Elle avait d'elle-même, Dieu merci, suspendu la procédure, du fait que Vitia avait négligé de venir à la fête que sa belle-mère avait organisée pour ses amis à l'occasion du mariage, à la cantine de l'usine d'aviation. Depuis, elle surveillait de près son gendre. Elle lui avait donné un mois de mise à l'épreuve, et voilà qu'à la fin de ce délai, alors qu'elle venait voir où en était la situation, c'était un gendre battu, piétiné et ruisselant d'eau d'égout qui lui ouvrait la porte.

Le cirque, qui s'était poursuivi sous mes yeux depuis le jour du mariage dans la chaufferie, touchait à sa fin. Et il n'y avait là ni acrobates, ni dresseurs. Uniquement des clowns. Des clowns tristes. Moi-même, j'étais devenu un clown, du fait que j'avais refusé de quitter la chambre et mes mètres carrés légaux. J'avais mis un matelas sous le radiateur, j'y avais fait mon lit, et j'avais laissé le canapé et le lit aux jeunes. Ils avaient réuni ces deux meubles de hauteurs différentes, mais qui étaient bien mous, et il leur arrivait de s'y activer. Sans ardeur et sans un mot. Dans ces moments-là ils devaient croire que je dormais.

Et donc la mère de Mira, à peine arrivée, a refusé le bon café soluble qu'on lui proposait et a prononcé la sentence : « Pas question de l'enregistrer ! » Et elle est repartie en claquant la porte.

– Si c'est comme ça, on se casse ! a lancé Mira à sa mère qui s'éloignait.

Et moi j'ai demandé :

– Où ça ?

– En Allemagne ! Maintenant l'Allemagne accueille les Juifs ! Ils nous doivent bien ça pour Babi Yar !

Là, je me suis tu. J'ai réfléchi. Et j'ai senti comme un lien étrange, à peine perceptible, et presque familial, avec Mira. Comme si elle était une sœur, avec qui je me serais chamaillé toute mon enfance, mais qui me manquait déjà, au moment où j'envisageais son départ.

Un moment plus tard, désignant Vitia, qui dormait sur le canapé dans ses vêtements sales, j'ai demandé :

– Et lui, il aura son visa ?

Mira a baissé les yeux sur son ventre déjà rond, elle l'a caressé :

– Oui.

Et elle a ajouté, d'une voix attendrie :

– Celui-là, il est vraiment juif. Son père, c'est une calamité, mais c'est quand même son père !

J'ai regardé ma montre neuve, un cadeau du maire de Kiev en personne pour me remercier d'avoir organisé et animé la première Conférence ukraino-polonaise des chefs d'entreprise. Huit heures et treize minutes, et au milieu du cadran, un trident doré.

– Rince-le à la vodka, et mets-lui du sparadrap, pour que ça ne s'infecte pas. Sinon, il ne tiendra pas jusqu'à ton Allemagne !

Mira a acquiescé et m'a regardé d'un air plaintif et chargé de reproches, comme si j'étais responsable de ses malheurs.

Je lui ai souhaité en pensée de tenir le coup, j'ai mis ma cravate avec l'aigle polonais rouge au milieu, encore un cadeau de la Conférence, et je suis parti au travail.

209

Kiev. Janvier 2005. Le soir.

Au début, je n'ai pas cherché à interpréter le silence surprenant de l'appartement. Je suis arrivé, j'ai jeté mon sac de voyage dans mon bureau-chambre à coucher, et je suis passé à la cuisine.

Il y avait une montagne de vaisselle dans l'évier.

Ma première envie était de boire du thé, mais je ne l'ai pas satisfaite. Il m'a paru plus logique de me réchauffer avec une boisson plus forte. J'ai choisi le cognac.

Et le silence a de nouveau attiré mon attention. Svetlana est peut-être déjà endormie? Il est huit heures et demie. Un peu tôt, pour se coucher.

Je regarde dans la chambre. Le lit est fait. Trop bien fait, avec un soin particulier. Je le regarde bêtement. Et soudain je remarque une lettre posée sur l'oreiller.

Excuse-moi, j'ai encore envie d'être seule. Pour le moment je vais m'installer chez Janna. Son numéro de téléphone: 239 00 45. Si Valia appelle, tu lui donnes. Toi, appelle-moi seulement en cas de grave nécessité. Je t'embrasse. Svetlana.

Je suis dans la cuisine et je tiens toujours la lettre à la main. Derrière la vitre, la neige continue à tomber dans la nuit froide. Je n'ai envie ni de thé, ni de café. Ni de solitude. Mais il y a une pensée qui me console, qui me radoucit l'humeur. Je n'ai pas à mentir. Je n'ai personne à qui mentir, tout simplement. Je n'ai pas à inventer le pourquoi et le comment de mon voyage. C'est Svetlana elle-même qui a fait en sorte de ne pas connaître la vérité. Elle a peut-être eu un pressentiment.

Le téléphone sonne:

– Sergueï Pavlovitch? C'est le docteur Knoutych. Voilà, tout est terminé! C'est parfait, j'ai tout vérifié au microscope! Il y a presque cent pour cent de garantie! On peut tout mettre en route, dès à présent!

– De quoi parlez-vous?

– C'est le docteur Knoutych, de la clinique.

– Ah, oui! Et qu'est-ce qu'on peut faire dès à présent?

– Je vous propose l'insémination artificielle demain matin. Votre femme pourra?

– Demain matin? Non. Il vaut mieux attendre.

– Alors quoi? On garde au frais, ou on congèle?

– Quelle différence?

– Eh bien, si c'est une question de deux ou trois jours, il vaut mieux garder au frais. Mais si c'est davantage, on congèle.

– Congelez!

– Vous êtes fatigué? demande la voix du docteur, soucieuse. Je vous rappelle demain matin!

– Entendu.

210

Kiev. Février 2016. Mercredi. Le soir.

Derrière la fenêtre de ma salle de bains, la neige tombe à gros flocons. De façon irrégulière, comme si quelqu'un la déversait d'en haut, à grosses pelletées. Tantôt elle est dense, tantôt le paysage que j'aime se dégage, ma vue préférée sur les premières maisons de la ruelle Saint-André, sur l'église et sur le couple en bronze froid d'une vieille comédie du cinéma soviétique. Le temps des comédies est passé depuis longtemps. Maintenant ça serait le moment de faire une ou deux épopées tragiques tirées de la vie. Mais il y a longtemps qu'on ne fait plus de films, chez nous. Comme l'a dit l'avant-dernier ministre de la Culture: «C'est une branche d'activité qui n'a pas d'avenir en Ukraine, du fait de l'absence des cadres créateurs.»

Pourquoi je me sens si bien dans cette salle de bainss vaste et froide? Bien sûr, c'est moi qui l'ai voulue froide. C'est moi qui ai donné l'ordre, il y a quelques années, de débrancher le chauffage par le sol. Pourquoi je me sens si bien ici, seul, et même avec ce Lvovitch déconcerté qui entre à tout bout de champ, comme attiré par un piège?

Jadis aussi, j'aimais notre petite cuisine, froide, avec son odeur tenace d'huile de tournesol frite, son plafond noir de fumée, ses deux pots de plantes grasses sur l'appui de la fenêtre qu'on avait peint et repeint. C'était extraordinaire, la nuit, dans la cuisine, quand ma mère et Dimka dormaient. Et que moi, je pouvais regarder les fenêtres éclairées des immeubles d'en face, sans allumer la lumière. Presque toutes étaient des fenêtres de cuisine. Et derrière chacune, ou presque, quelqu'un était assis à table et pensait, peut-être, à l'éternité.

Moi aussi, je peux penser à l'éternité. Les deux derniers jours se sont écoulés dans une étrange torpeur. Je ne devais ni ne pouvais prendre aucune décision concrète. Je n'en avais nullement l'intention, mais par ailleurs Svetlov et Filine avaient apporté, à ma demande, les listes de leurs collaborateurs qu'il fallait récompenser pour leur défense du régime constitutionnel.

– Moi aussi je vais préparer une liste, a menacé Lvovitch en voyant celles de Svetlov et de Filine.

– Vas-y, et tu peux mettre aussi ton nom !

Je ne plaisantais qu'en partie. J'étais en colère. Mais Lvovitch n'a pas relevé la plaisanterie.

– Le général Filine l'a déjà fait, et moi je mettrai le sien sur ma liste. Pas de dispute !

Sur l'appui en marbre de la fenêtre, il y avait maintenant deux petits cadres en argent, avec les photos de Nila et de Liza. À tout moment mes yeux s'y arrêtaient, comme sur des icônes.

Mon regard a mesuré à nouveau l'intervalle entre deux pelletées célestes, puis il s'est posé sur la fenêtre éclairée d'un entresol dans la ruelle Saint-André. C'était peut-être une cuisine ?

J'ai avalé ma salive. J'ai pensé à un bon plat. J'avais faim, ou quoi ? Il était une heure et demie du matin. Même si j'avais faim, je n'aurais pas mangé si tard.

– J'appelle une voiture ? a demandé le garde de l'étage, les yeux écarquillés sur mon long manteau noir.

– Non, je reviens tout de suite…

Dehors, le vent soufflait, vif et froid. Les flocons me piquaient le visage et le cou.

Je me suis arrêté près de la fenêtre éclairée. J'ai jeté un coup d'œil, mais je n'ai rien vu. Elle était obstruée de l'intérieur. J'ai tendu l'oreille. Des voix d'hommes me sont parvenues, elles bavardaient paresseusement.

Dans le mur d'angle, deux marches descendaient vers la porte de cet entresol. J'ai frappé du poing à la porte en fer et l'ai tirée vers moi. Elle s'est ouverte. Je suis entré. J'ai aussitôt senti sur moi les regards curieux de quatre types assis autour d'une table basse dans une pièce minuscule, à gauche de la porte.

– Je peux ?

– Asseyez-vous ! m'a répondu le plus âgé.

Je me suis assis au bord d'un vieux canapé en cuir tout craquelé.

– Par hasard, vous ne la connaissez pas, cette femme qui se promène parfois la nuit, avec une bougie… ou plus exactement, qui reste près de l'église ?

– Kapnist ? a demandé l'homme aux cheveux blancs. Maria Kapnist, oui, elle s'y promenait. Mais c'était il y a longtemps. Une trentaine d'années. Elle a été renversée par une voiture…

– Et il y a eu d'autres femmes qui se promenaient avec une bougie ?

Il a secoué la tête négativement.

– Non, il n'y a eu qu'elle. Pour les fêtes religieuses. Je n'ai vu personne d'autre avec une bougie allumée.

– Non ?

J'ai réfléchi. Je l'ai regardé attentivement dans les yeux :

– Qu'est-ce que tu en penses, une fenêtre peut donner sur le passé, et pas sur l'extérieur ?

Il a souri.

– Bien sûr. Presque toutes mes fenêtres donnent sur le passé !… Pas pour eux, pas encore. Ils sont trop jeunes ! Mais nous…

513

Je lui ai serré la main. Et, avec un signe de tête en guise d'adieu, je suis parti sous la neige dans la nuit hivernale de Kiev.

211

Kiev. Octobre 1992.

Le bel automne est propice aux changements. Le vert vire au jaune et au rouge, les fruits mûrs tombent, les fleurs fanées se couchent et se dessèchent sous le soleil qui faiblit.

Mira et Vitia sont partis pour l'Allemagne il y a trois jours. Je les ai accompagnés à la gare avec la mère de Mira. Ça faisait drôle de les voir avec les mêmes trois sacs de voyage rapportés d'Israël. À présent, ces sacs, la carte de visite de l'émigré, ont été chargés dans un wagon du train «Kiev-Varsovie-Berlin», et le train est parti.

Auparavant, Mira avait annulé son enregistrement dans l'appartement communautaire, et désormais nous étions, sa mère et moi, les locataires officiels de cette parcelle d'habitation. En fait j'y vivais enfin seul. Larissa Vadimovna habitait avec une copine dans le Syrets, mais elle me téléphonait souvent, pour se plaindre tantôt de sa copine, tantôt de la vie, tantôt de l'inflation à laquelle elle ne comprenait rien et qui la laissait donc constamment sans le sou.

L'Association des chefs d'entreprise était une ruche agréable. Tout le monde y était excité, on chuchotait. Les rumeurs étaient variées. On laissait entendre que l'association allait devenir une Commission nationale pour l'entreprise privée et que nous en ferions tous partie, y compris Verotchka, qui s'était encore fait couper les cheveux.

Elle m'avait, d'ailleurs, chuchoté que ses parents partaient pour Malte. Un murmure et un clin d'œil.

Et, ensuite, Jora Stepanovitch est passé dans mon minibureau.

– Alors, d'accord pour une promotion? a-t-il demandé d'un ton joyeux.

– Avec un appart? ai-je demandé tout aussi joyeusement.

– Évidemment, je te l'ai promis.

– Alors, d'accord.

C'est curieux, mais en acceptant, je voulais dire que j'acceptais l'invitation de Verotchka. Mais bien sûr, je n'allais pas refuser la promotion. Surtout que pour l'appart, Jora Stepanovitch n'avait pas eu l'air de plaisanter.

212

Kiev. Février 2005. Mardi.

Il est neuf heures passées et je suis toujours au bureau. Rien ne me presse, tout simplement. Sinon, quoi? Le logement vide du treizième étage?

Nila passe la tête dans mon bureau.

– Vous devriez partir, vous avez l'air tellement fatigué, Sergueï Pavlovitch!

– Nilotchka, toi il faut que tu rentres, mais moi je vais rester encore un peu à réfléchir. Dis à Victor Andréievitch qu'il te raccompagne!

Elle me quitte avec un sourire et ferme doucement la porte.

Il faut encore que je sélectionne les organisations qui vont déposer une demande auprès du Parlement pour une réforme constitutionnelle. Mais toutes, même les plus petites, celles de Crimée et d'Ivano-Frankovsk, ont à présent leurs apparatchiks et à chaque fois, elles sont exigeantes sur la compensation. C'est plus facile et moins onéreux de créer une nouvelle organisation, par exemple une association des retraités des aciéries, et de l'utiliser pour la cause nationale, avant qu'elle ne devienne une sorte de monstre. On peut s'exprimer plus simplement: il faut créer une équipe de pantins, leur donner un peu d'argent et un studio pour l'adresse légale, puis leur confier les initiatives que les hommes politiques et les législateurs, par gêne ou par pudeur, ne veulent pas prendre eux-mêmes. Les initiatives de ce genre doivent venir d'en bas.

En ce moment, notre chef est préoccupé par les prochaines élections présidentielles. C'est pas sorcier. Si le président n'est pas réélu, toute notre équipe pourra aller se faire voir ailleurs. Et là, je regretterai ma place douillette, à l'ombre du ministre de l'Économie. C'est vrai que pour l'instant, je me sens bien au chaud. Dans l'Administration présidentielle, il fait une température moyenne de vingt-cinq degrés. Même dans les couloirs, il n'y a pas le moindre courant d'air. Une serre, qui produit des micro-organismes et une faune spéciale ne survivant pas en cas de modification du microclimat. Voilà ce que la solitude engendre comme pensées. La solitude, l'absence d'envie de rentrer chez soi, où il fait plus froid qu'au bureau. Et si j'allais chez Nilotchka ? C'est une pensée qui me réchauffe. Elle est déjà chez elle, Nila.

Je demande par téléphone une voiture de service. Une dernière fois, je regarde sans me presser le planning de demain. Rien d'enthousiasmant. Aujourd'hui il reste un an avant les élections présidentielles, et c'est précisément aujourd'hui qu'a commencé le marathon d'idées folles dont l'unique objectif est de garder le président actuel, pour garder soi-même sa place auprès de lui. Mais moi, à vrai dire, je ne l'aime pas, ni lui, monsieur Fediouk, ni son ombre, mon chef, ni l'ombre de cette ombre : moi-même. C'est moi que j'aime le moins.

Je donne au chauffeur anonyme l'adresse de Nilotchka et la Toyota Camry se met en route.

213

Kiev. 8 mars 2016.

Les premières journées de mars ont été marquées par le dégel. Le soleil n'a fait qu'un passage éclair sur les visages des passants. Les jeunes se sont empressés d'enlever leurs chapkas. Les plus âgés ont tardé à passer à la tenue de printemps. Tout le monde craignait un mauvais coup. De la nature, cette fois.

Dans l'attente des élections, je m'ennuyais et je pensais, alangui, à l'arrivée de Nila et Liza. Parfois je restais au Palais présidentiel à boire du thé. Les affaires de l'État suivaient leur cours grâce au mécanisme de l'Administration présidentielle, et sans ma participation active. Lvovitch entassait les papiers pour me les déverser sur mon bureau dès que les résultats seraient proclamés. Au Parlement on examinait sans entrain les modifications de la Loi sur la langue nationale. Un groupe de députés avait demandé l'introduction d'un article reconnaissant le tataro-criméen, comme langue semi-nationale. Un autre groupe essayait de démontrer que notre État était une entité indivisible, et que donc le tataro-criméen devait devenir une seconde langue nationale. Et ainsi de suite. On m'a apporté le compte rendu des débats, j'ai ri et bu un whisky en me disant que ça avait été une excellente idée de réunir tous ces bavards et de leur balancer des sujets de discussion.

Deux fois par jour je traversais la ville, sans gyrophare ni voitures d'escorte. J'étais simplement spectateur de la vie. Je regardais mes affiches de campagne électorale, mes mains pleines d'ampoules. Je regardais celles de mon concurrent, dont la cote baissait obstinément, avec sa physionomie rougeaude et son vilain nez.

Il aurait fallu annuler ces élections dès lors qu'on avait arrêté Kazimir à Moscou. Mais personne n'avait voulu stopper le processus en cours. Les prisons et l'armée avaient voté, comme ils l'avaient demandé, une semaine avant la date officielle. Quatre-vingt-dix-huit pour cent pour moi, zéro pour les communistes. Mais il faut dire que tout cela ne m'intéressait pas.

J'attendais impatiemment l'arrivée de Nila et de Liza. Je n'avais personne d'autre. Pas de famille. Mais un pays qui ressemblait à un balancier, penchant tantôt à l'Ouest, tantôt à l'Est, et dont je ne pouvais rien faire. Il y avait les ennemis cachés et les ennemis déclarés. Les compagnons cachés et les compagnons déclarés ou plus exactement des membres d'une équipe qui craignaient pour la vie de leur capitaine. Il y avait de tout, sauf de la chaleur, sauf des proches.

Oui, je savais que cette période, la plus importante pour moi, allait servir à fabriquer, pour tout le pays, un *soap opera*. Mais je m'en fichais. L'essentiel était que nous soyons à nouveau ensemble. Que «je» devienne «nous».

214

Kiev. Octobre 1992.

— Tu me surprends agréablement, chuchote Vera.

Elle a le front couvert de sueur, le souffle fatigué et suave, elle soupire de plaisir.

Du bout des doigts, j'enlève doucement la sueur de son petit front et je la goûte.

Je lui murmure :

— Et toi, tu doutais de moi ?

— Oui, avoue-t-elle. Mais c'est fini !

Elle se penche vers moi, m'embrasse les lèvres. Retombe sur moi, épuisée. Elle est légère comme du duvet, fine comme un roseau… Mais elle a tout pour être une belle femme. Et ses seins fermes, comme deux pommes, exercent une pression agréable sur ma poitrine.

— Ma dernière femme…

— Celle qui est partie ?

– Oui. Elle aimait dire : les hommes, ça va ça vient, mais les femmes, c'est éternel ! Tu vois, elle avait raison. Je viens vers toi, je pars, et je reviens !…

Véra rit :

– C'est faux.

Elle s'installe sur moi plus confortablement.

– Si tu avais un appartement à toi, je viendrais chez toi ! Peut-être même pour y rester !

Je me vante :

– J'en ai un ! Un peu loin, c'est vrai, et une seule pièce. Un cadeau du maire !

– Normal ! Pour nous aussi, ça a été comme ça. D'abord une maison délabrée dans le Zaporojié, ensuite un studio à Troechtchina, après ça, un deux-pièces à Darnitza, et maintenant ce quatre-pièces ici, rue Petchersk… Et on va bientôt m'en acheter un pour moi.

– Dis-moi, je voulais te demander depuis longtemps, qu'est-ce qu'ils font tes parents ?

– Mon père est le vice-ministre de l'Économie, et ma mère a deux salons de beauté. Et les tiens ?

Je réponds tristement :

– C'est plus simple, mon père est mort sur le champ de tir, il y a longtemps, et ma mère est à la retraite.

– Mon petit orphelin ! me dit Vera, câline, et elle m'embrasse dans le cou. Ses doigts fins tracent des lignes sur ma peau.

– Tu sais, murmure-t-elle, les orphelins vont loin dans la vie, ils ont l'esprit de vengeance.

– Et ils se vengent sur qui ?

– Sur la vie. Moi je n'ai à me venger de rien, c'est pour ça que je n'ai pas d'ambition. Ça ne m'intéresse pas. Tu veux boire ?

– Qu'est-ce que tu as ?

Nous nous levons du lit. Nus, tous les deux. J'admire sa nudité, sa beauté nocturne. Et je n'ai pas honte de la mienne. Vera m'attire d'un geste léger de la main, et je la suis. Nous passons dans le salon. Elle s'arrête devant une jolie petite armoire vitrée.

– Qu'est-ce que j'ai?

Elle ouvre les deux battants, regarde les étagères garnies de dizaines de bouteilles de whisky, de vodka, de vin, de tout. Et elle soupire tristement:

– Tout.

215

Kiev. Février 2005. Dimanche.

Hier, j'ai eu une visite que je n'attendais pas. Si, il m'avait prévenu qu'il viendrait. Il m'en avait même demandé l'autorisation. Et il est arrivé à l'heure, comme promis. À vingt heures pile. C'était le colonel Svetlov. Quand il m'a téléphoné pour demander s'il pouvait passer, j'ai pensé qu'il s'agissait encore de mon voyage en Suisse… Le départ de Svetlana m'avait fait oublier une grande partie des tristes événements de janvier. Je pensais surtout à moi et à mon désarroi.

Svetlov est arrivé avec une bouteille de whisky irlandais, du Jameson de dix-huit ans d'âge.

– Comment vous sentez-vous, Sergueï Pavlovitch? a-t-il demandé. C'est un peu dur?

– Oui… c'est sûr. Mais qu'est-ce que je pouvais faire? D'autant plus que Vladimir, de l'ambassade, m'a tout expliqué…

Il a hoché la tête:

– Je ne parle pas de votre frère et de sa femme. Je parle d'aujourd'hui. Vous êtes seul, maintenant. Votre vie quotidienne est perturbée, vous éprouvez un sentiment de vide. Et vous cherchez à le combler à la va-vite…

Il guettait une réaction de ma part.

– Vous voulez parler de Nila?

– Oui.

– Vous pensez que je ne devrais pas…

Svetlov m'a arrêté d'un geste de la main. L'expression de son visage était amicale.

– Moi, vous ne me devez rien. Je pense simplement que vous n'avez personne auprès de qui prendre conseil. De plus, j'ai une information qui peut vous aider à réfléchir. Il faut que vous divorciez d'avec Svetlana. Il est peu probable qu'elle revienne. Votre vieil ami lui tourne autour…

– Quel vieil ami ?

– Marat Gousseïnov. Ils se sont déjà vus deux fois. Non, ne croyez pas que Svetlana vous ait trompé. Ils ont juste dîné au restaurant. Au *Pavillon Lipsky* et au *Da Vinci*. C'est parce que nous veillons sur votre CV que nous avons décidé d'avoir cet entretien avec vous. Si vous le voulez, nous pouvons mettre Gousseïnov hors jeu. Une fois pour toutes. Sinon, pensez au divorce.

La voix de Svetlov était de plus en plus froide. Je buvais mon whisky en essayant d'imaginer Gousseïnov et Svetlana au restaurant. Je n'y arrivais pas. Ils étaient si peu en harmonie que je me demandais comment ils avaient fait pour se retrouver ensemble ? Comment elle avait pu ?

– Alors ? Il vous faut un peu de temps pour réfléchir ? Mais vous avez si peu de temps pour penser à vous en ce moment. Vous allez en avoir encore moins… Bientôt les présidentielles…

J'ai soupiré avec lassitude :

– Bon.

– Bon quoi ?

– Bon, qu'ils aillent au restaurant…

– C'est généreux. Nous allons parler avec Svetlana, nous pouvons nous occuper des formalités de divorce sans vous. *In absentia*. Vous êtes d'accord ?

Je commençais à avoir trop chaud. Une étrange douleur me cognait dans la tête.

– J'ai donné tout mon argent.

Je me suis tu aussitôt. Je comprenais que je me conduisais bizarrement.

– Vous avez des problèmes d'argent?

Svetlov prenait les choses à cœur.

– Non, ça va. Je voulais simplement avoir des enfants. J'avais des problèmes, et maintenant que tout est prêt… Il faut que je rende sa liberté à la mère de mes… Mais qu'est-ce que je dis?

Mes yeux sûrement ivres, larmoyants, se sont posés sur Svetlov comme sur un sauveur qui pouvait non seulement formuler avec précision ses pensées les plus complexes, mais qui pouvait aussi facilement lire celles des autres, les miennes par exemple.

– Vous parlez de l'épuration du sperme?

– Vous êtes au courant?

J'étais surpris, mais en même temps je me disais que, puisqu'il savait pour Svetlana et Gousseïnov…

– Ne soyez pas inquiet, puisque vous avez demandé qu'on le congèle!

– C'est vrai.

– Vous savez, c'est comme le disait Tchekhov pour les pièces de théâtre: s'il y a un fusil accroché au mur au premier acte, il y aura forcément un coup de feu au dernier. Ne vous inquiétez pas!

– Vous aimez le théâtre?

– Il vous faut du repos. Au moins demain. Encore une chose, vous pouvez faire pleinement confiance à votre chauffeur et à Nilotchka, mais utiliser un véhicule de service pour aller passer la nuit chez Nila… Réfléchissez un peu! Soyez plus prudent. Votre vie privée appartient aussi à l'État…

216

Kiev. 8 mars 2016.

Depuis le matin, c'était tantôt une pluie fine, tantôt le soleil. Un vent agréable me caressait le visage. Il régnait dans l'aéroport de Borispol un silence anormal. Mais rien d'étonnant. Tout l'aéroport attendait patiemment le vol spécial de Budapest. Les autres avions étaient mis en attente et effectuaient des cercles quelque part vers Kiev.

Un de mes jeunes adjoints tenait un parapluie au-dessus de ma tête. À gauche, un autre tenait deux bouquets de roses jaunes à la main. Le reste de la suite se pressait derrière moi. Malgré le cordon mis en place à l'entrée de l'aéroport, des centaines de correspondants avaient réussi à se faufiler à l'intérieur. Il allait donc falloir que je me montre, mais juste pour un instant. Ensuite ce serait la célébration du mariage à la cathédrale Saint-Vladimir, une visite dans un bureau de vote, et alors seulement nous pourrions nous reposer des flashs, des questions, des regards et du bruit.

L'avion a atterri. Il s'est posé en douceur sur la piste en béton et a roulé dans notre direction.

Puis il s'est arrêté. Deux personnes poussant une passerelle roulante se sont empressées vers lui. Deux autres les suivaient en courant, avec un tapis roulé.

Moi aussi, je me suis avancé vers l'avion. Je marchais dans des flaques où mes pieds clapotaient, mais je ne regardais pas où je les posais. J'entendais dans mon dos le grondement de l'armée de jambes qui m'accompagnaient.

La passerelle a été placée à l'ouverture ovale du petit avion. Le tapis était déroulé. Je défaillais presque.

La porte ovale s'est ouverte et une hôtesse est sortie, elle a d'abord eu l'air effaré, puis elle a souri. Visiblement elle ne s'attendait pas à cette invasion. Ou alors elle ne savait pas qui voyageait dans son avion.

Nila est sortie la deuxième, puis Liza. J'ai attrapé les deux bouquets et j'ai couru vers elles, je sentais que j'allais me mettre à sangloter de bonheur. Elles étaient là. Elles étaient mon salut. Elles étaient aussi le salut du pays, mais c'était sans importance. Une simple coïncidence.

«Nos présidents ne courent pas!»: la voix de Dogmazov me revenait en mémoire.

«Mon Dieu, on dirait que je rajeunis! La mémoire me revient!»

J'ai couru jusqu'à la passerelle et c'est à ce moment-là que mes deux filles ont mis le pied sur le tapis. Toutes deux étaient apeurées, et c'est seulement en posant les yeux sur moi qu'elles se sont reprises.

Nous nous sommes étreints, nous avons sangloté en chœur. Plus exactement elles sanglotaient et moi je pleurais de bonheur. Nous restions là, tête baissée, nous tenant par la main pour former en triangle une bouée de sauvetage. Les caméras de télévision étaient braquées sur nous, leurs objectifs traquaient nos réactions, nos sentiments. Peu m'importait tout ça, ceux qui nous entouraient, ceux qui avaient un regard curieux, et ceux qui, gênés, détournaient les yeux. Je m'en fichais.

Nous nous sommes installés dans la même voiture.

La cavalcade s'est mise en mouvement sur la route de Borispol. Des élèves officiers et des miliciens au garde-à-vous formaient une chaîne sans fin des deux côtés de la principale autoroute d'Ukraine, et des dizaines de voitures leur filaient sous le nez à la vitesse du vent. Le soleil brillait, à nouveau dégagé. Ce dimanche promettait d'être le meilleur de ma vie.

Toutes les chaînes de télévision ukrainiennes ont transmis en direct la célébration de notre mariage à la cathédrale Saint-Vladimir. Plus tard, j'ai su qu'immédiatement après la retransmission, le présentateur avait rappelé aux téléspectateurs que c'était un dimanche d'élections présidentielles. Et effectivement, le téléspectateur est allé voter. Il a voté pour moi, comme les détenus et les soldats. Le pauvre communiste a récolté en tout six pour cent des voix.

Dès le lundi, l'appartement de la rue Desiatina est devenu beaucoup plus joyeux. Je l'ai partagé généreusement avec Nila et Lizotchka. Je n'ai gardé pour mon usage exclusif que la salle de bains avec la vue sur le passé et la rue Saint-André. À l'autre bout de l'appartement il y avait une deuxième salle de bains. Je n'ai pas le souvenir qu'elle ait jamais servi, mais le moment était venu. J'ai fait déménager les auxiliaires et la domesticité instable dans des locaux de service à l'étage et je leur ai donné l'ordre de ne se montrer qu'à la demande. Le vigile de l'étage a immédiatement compris les nouvelles règles de ma vie privée et s'est enhardi à faire le salut non seulement devant moi, mais aussi devant Nilotchka, qui a particulièrement apprécié.

Une nouvelle vie a commencé. Pour moi et pour tout le pays. Et j'ai décidé que, tant que je serais heureux, je ferais tout pour que le pays le soit aussi.

Épilogue

Kiev. 15 mars 2016.

Les informations des deux derniers jours ne pouvaient pas ne pas m'inquiéter. D'abord, j'ai appris qu'à New York, le canapé du commandant Melnitchenko avait été mis aux enchères chez Sotheby's. C'est le commandant lui-même qui en avait fait la publicité en s'y asseyant et en posant ses mains sur le dossier. Il est vrai que la vente n'a pas eu lieu et que le canapé a été vendu au prix initial à Lazarenko, l'ancien Premier ministre d'Ukraine, qui venait d'être libéré de son lieu de détention aux États-Unis. CNN a passé ce reportage plusieurs fois, en l'accompagnant d'une carte de l'Europe sur laquelle était indiqué l'emplacement précis de l'Ukraine.

Lvovitch s'est permis de se moquer de cette histoire pendant que moi, assis au salon, je scrutais attentivement la cassette vidéo. Cela ne me faisait pas rire. Ce canapé volé, c'était comme le vol de l'honneur national de l'Ukraine. Et on n'avait pas retrouvé les coupables.

La deuxième information, comme je l'ai tout de suite compris, allait avoir des conséquences nettement plus graves pour l'Ukraine. Le patriarcat de Moscou a annoncé qu'il ferait un cadeau à l'Ukraine en l'honneur du vingt-cinquième anniversaire de son indépendance. C'était un cadeau destiné à la laure de Petchersk, à Kiev. Les reliques de Vladimir Oulianov, saint et martyr. Les chaînes de télévision russes ont montré le parcours officiel qu'allaient emprunter les croyants orthodoxes en portant les reliques sur leurs épaules entre Moscou et Kiev. Ce parcours sinueux traversait toutes les villes importantes de l'Ukraine orientale et méridionale. On ne pouvait que se perdre en conjectures sur la façon dont se terminerait cette procession.

Mais les spécialistes ne manquaient pas, aussi bien dans le service du général Svetlov que dans l'Administration présidentielle, pour analyser les conséquences et conjecture. Je pouvais donc ne pas m'en préoccuper pour l'instant.

Je pensais en secret à mon avenir personnel. J'avais fini par confier à Svetlov, pour l'éternité, la «télécommande» de mon cœur. Et à présent, je me disais qu'après la naissance du bébé je prendrais tout doucement ma retraite. Il est bien plus facile d'aimer un petit enfant qu'essayer d'aimer tout un pays. C'est plus facile et plus agréable, sans parler de l'amour que vous rend d'habitude un enfant. À la différence d'un pays.

Postface

Une bonne histoire n'est jamais terminée. Celle-ci ne l'est que partiellement. Si vous voulez vraiment savoir tout ce qui s'est passé et connaître la suite, écrivez à votre narrateur, écrivez-moi. Je me mettrai à ma table de travail, je ressusciterai le passé et penserai l'avenir.

Avec mes sentiments respectueux.

L'auteur

Première réimpression

Cet ouvrage a été achevé d'imprimer en mars 2015
dans les ateliers de Normandie Roto Impression s.a.s.
61250 Lonrai
N° d'imprimeur : 1501372
Dépôt légal : octobre 2014

Imprimé en France